– Sylvaine –

# MA SOMBRE VANESSA

Kate Elizabeth Russell

# MA SOMBRE VANESSA

Traduit de l'anglais (États-Unis)
par Caroline Bouet

LES ESCALES

Titre original : *My Dark Vanessa*


Édition française publiée par :
© Éditions Les Escales, un département d'Édi8, 2020
92, avenue de France
75013 Paris – France
Courriel : contact@lesescales.fr
Internet : www.lesescales.fr

ISBN : 978-2-36569-479-7
Dépôt légal : octobre 2020
Imprimé en France

Couverture : Hokus Pokus créations

Mise en pages : Nord Compo

*J'ai grandi dans le Maine et j'y ai été scolarisée. J'ai fréquenté un établissement privé (un externat) en troisième et en seconde – avant de quitter l'école pour des raisons personnelles. Je suis revenue dans la région par la suite afin d'étudier à l'université. En raison des similitudes entre ces faits assez généraux et certains éléments fictifs que l'on retrouve dans* Viens que je t'adore, *j'ai bien conscience que les lecteurs connaissant un peu mon histoire pourraient s'empresser de conclure, à tort, que je raconte dans ces pages l'histoire secrète de ces événements. Ce n'est pas le cas. Il s'agit d'une œuvre de fiction, dont les personnages et le cadre sont complètement imaginaires.*

*Quiconque a suivi l'actualité ces dernières années a eu vent d'histoires qui évoquent la trame de ce roman, et que mon imagination a transformées. D'autres influences sont venues enrichir cette matière, comme la théorie critique du traumatisme, la culture pop, le post-féminisme du début des années 2000, ainsi que mes propres sentiments complexes à l'égard de* Lolita. *Ce que je décris ici correspond au processus normal d'écriture fictionnelle. Mais un excès de prudence me pousse à répéter que rien dans ce roman ne vise à raconter des événements réels. Hormis les quelques vagues parallèles énoncés précédemment, ceci n'est pas mon histoire personnelle, ni celle de mes professeurs ni celle d'aucune de mes connaissances.*

*Aux Dolores Haze et Vanessa Wye du monde réel*
*dont les histoires n'ont pas encore été*
*entendues, crues ou comprises.*

# 2017

Je me prépare pour aller travailler et cela fait huit heures que le post est en ligne. Tout en passant le fer à boucler dans mes cheveux, je rafraîchis la page. Jusqu'à présent, 224 partages et 875 « likes ». J'enfile mon tailleur noir en laine, rafraîchis de nouveau la page. Je cherche mes escarpins noirs plats sous le canapé, rafraîchis. Attache au revers de ma veste le badge doré avec mon nom, rafraîchis. Chaque fois, les chiffres grimpent et les commentaires se multiplient.

*Tu es tellement forte.*
*Vous êtes tellement courageuse.*
*Quel genre de monstre a pu faire une chose pareille à une enfant ?*

Je relis le dernier SMS que j'ai envoyé à Strane il y a quatre heures : Bon, tu tiens le coup… ? Il ne l'a toujours pas lu. J'en tape un autre – Je suis là si tu as envie de parler – avant de me raviser, de l'effacer, et d'envoyer à la place une simple ligne de points d'interrogation. J'attends quelques minutes, j'essaie de l'appeler, mais lorsque je tombe sur sa messagerie, je fourre le téléphone dans ma poche et je sors de mon appartement en claquant la porte derrière moi. Pas la peine de se donner autant de mal. C'est lui qui a créé ce bordel. C'est son problème, pas le mien.

Au travail, installée derrière le comptoir du concierge qui occupe un coin du hall de l'hôtel, je recommande des activités et des restaurants aux clients. La haute saison touche à sa fin, et les derniers touristes viennent admirer le feuillage automnal avant que le Maine baisse le rideau pour l'hiver. Avec un sourire inébranlable qui peine à se lire dans mes yeux, je réserve une table pour un couple qui fête son premier anniversaire de mariage, et je fais en sorte qu'une bouteille de champagne les attende dans leur chambre à leur retour, une petite attention que rien ne m'oblige à avoir et qui me vaudra un bon pourboire. Je réserve notre Lincoln pour conduire une famille à l'aéroport pour jets privés. Un homme qui séjourne ici un lundi soir sur deux pour affaires m'apporte trois chemises sales et me demande s'il est possible de les récupérer le lendemain matin.

— Je m'en charge.

— Vous êtes formidable, Vanessa, me dit-il avec un grand sourire qu'il accompagne d'un clin d'œil.

Quand vient l'heure de ma pause, je m'assieds dans un box inoccupé des services administratifs qui se trouvent derrière la réception, et, le regard rivé sur mon téléphone, je mange un sandwich de la veille, reliquat d'un buffet. Consulter le post Facebook est devenu compulsif. Je ne peux empêcher mes doigts de bouger ni mes yeux de se déplacer frénétiquement sur l'écran, de noter le nombre croissant de « likes » et de partages, les dizaines de *Tu es courageuse, Continuez à dire la vérité, Je te crois*. Trois petits points clignotent – quelqu'un rédige un commentaire à l'instant même. Et puis, comme par magie, un nouveau commentaire surgit, un nouveau message d'encouragement et de soutien qui me pousse à envoyer valser mon téléphone en le faisant glisser à l'autre bout du bureau, et à balancer le reste de mon sandwich rassis dans la poubelle.

Je m'apprête à retourner dans le hall de l'hôtel quand mon téléphone se met à vibrer : APPEL ENTRANT JACOB STRANE. Je ris en décrochant, rassurée qu'il soit en vie, qu'il appelle.

— Ça va ?

Pendant quelques secondes, silence radio, et je me fige, je regarde fixement la fenêtre qui donne sur Monument Square, sur le marché des petits producteurs et les food trucks. Nous sommes début octobre, l'automne est à son apogée, et tout, en cette saison, semble sorti d'un catalogue

L.L.Bean[1] – citrouilles et calebasses, pichets de cidre. Une femme en chemise bûcheron et *duck boots* traverse la place en souriant au bébé harnaché contre sa poitrine.

— Strane ?

Il laisse échapper un profond soupir.

— J'imagine que tu as vu.

— Ouais. J'ai vu.

Je ne pose pas de question, mais il se lance tout de même dans une explication. Il me dit que l'école est en train d'ouvrir une enquête et qu'il se prépare au pire. Il pense qu'on va l'obliger à démissionner. Il doute de pouvoir terminer l'année scolaire, peut-être même qu'il sautera avant les vacances de Noël. Entendre sa voix est un tel choc que j'ai du mal à suivre ce qu'il me raconte. Voilà des mois que nous ne nous sommes pas parlé, depuis que, en proie à une intense panique suite à la mort de mon père victime d'une crise cardiaque, j'ai dit à Strane que cela ne pouvait plus continuer. Le genre de sursaut de moralité qui s'est emparé de moi à plusieurs reprises tout au long de mes années de conneries – au gré des licenciements, ruptures et dépressions –, comme si bien me comporter pouvait réparer de manière rétroactive toutes les choses que j'ai cassées.

— Mais ils ont déjà mené l'enquête quand elle était ton élève.

— Ils réexaminent les choses. Ils réinterrogent tout le monde, répond-il.

— Si à l'époque ils en étaient arrivés à la conclusion que tu n'avais rien fait de mal, pourquoi changeraient-ils d'avis aujourd'hui ?

— Tu as suivi les infos récemment ? Les temps ont changé.

J'ai envie de lui dire qu'il dramatise la situation, que tout ira bien du moment qu'il est innocent, mais je sais qu'il a raison. Depuis un mois, quelque chose prend de l'ampleur, toute une vague de femmes révèle que des hommes sont des harceleurs,

1. Enseigne américaine originaire du Maine connue pour ses vêtements réservés aux activités en plein air à l'allure décontractée mais chic.

des agresseurs. Ce sont principalement des gens célèbres qui sont visés – musiciens, hommes politiques, stars de cinéma –, mais des noms de personnes moins connues ont également été mentionnés. Quelle que soit leur histoire, les accusés passent par les mêmes étapes. Tout d'abord, ils nient en bloc. Puis, quand il devient évident que le vacarme des accusations ne se dissipera pas, ils démissionnent de leur fonction dans la disgrâce et font une annonce officielle dans laquelle ils présentent vaguement leurs excuses, sans pour autant aller jusqu'à admettre leurs torts. Vient alors l'étape finale : ils se taisent et disparaissent. C'est hallucinant d'assister à ce spectacle jour après jour – de voir ces hommes tomber si facilement.

— Ça devrait aller, dis-je. Ce qu'elle a écrit est un tissu de mensonges.

Au téléphone, Strane aspire une bouffée d'air qui siffle entre ses dents.

— Je ne sais pas si elle ment, du moins pas d'un point de vue technique.

— Mais tu l'as à peine touchée. Dans ce post, elle parle d'agression.

— Une agression, répète-t-il avec dédain. Une agression, ça peut signifier tout et son contraire, de même que « coups et blessures » peut vouloir dire que tu as attrapé quelqu'un par le poignet ou que tu l'as bousculé en lui flanquant un coup dans l'épaule. C'est un terme juridique vide de sens.

Je regarde le marché de l'autre côté de la vitre : la foule qui fourmille, les nuées de mouettes. Une femme qui vend de la nourriture ouvre une marmite métallique et libère un nuage de vapeur en sortant deux *tamales*.

— Tu sais, elle m'a envoyé un message la semaine dernière.

Blanc.

— Ah bon ?

— Elle voulait savoir si moi aussi, je témoignerais. Elle a dû se dire qu'elle serait plus crédible si elle réussissait à m'embarquer là-dedans.

Strane reste muet.

— Je n'ai pas répondu. Évidemment.

— Non. Bien sûr.

— J'ai cru qu'elle bluffait. Je ne pensais pas qu'elle aurait le cran de le faire.

Je me penche en avant, j'appuie mon front contre le carreau de la fenêtre.

— Ça va aller. Tu connais ma position sur le sujet, dis-je.

À ces mots, Strane laisse échapper un soupir. J'imagine le sourire de soulagement sur son visage, les rides au coin de ses yeux.

— Je suis ravi de l'entendre, dit-il.

Quand je retrouve mon poste derrière le comptoir, j'ouvre Facebook, je tape « Taylor Birch » dans la barre de recherche, et son profil emplit l'écran. Je fais défiler le maigre contenu public que je surveille depuis des années, les photos et les mises à jour sur sa vie, et désormais, tout en haut, le post au sujet de Strane. Les chiffres continuent de grimper – 438 partages maintenant, 1 800 « likes », et de nouveaux commentaires, toujours la même chose.

*Tu es un exemple pour nous tous.*
*Votre force m'impressionne.*
*Continue à porter ta vérité, Taylor.*

Quand Strane et moi nous sommes rencontrés, j'avais quinze ans, et lui quarante-deux. Pratiquement trente années parfaites nous séparaient. C'était ainsi que je décrivais à l'époque la différence entre nous : parfaite. Trois fois mon âge – ce chiffre me plaisait. Comme il était simple d'imaginer trois « moi » en lui : un moi autour de son cerveau, un autre autour de son cœur, et le troisième, à l'état liquide, coulant dans ses veines.

À Browick, m'avait-il alors expliqué, on savait que de temps à autre, il y avait des histoires d'amour prof-élève, mais lui n'en avait jamais vécue, car avant moi, jamais il n'en avait éprouvé le désir. J'avais été la première élève à lui mettre cette idée dans la tête. Quelque chose en moi faisait que le jeu en valait la chandelle. J'étais dotée d'un charme qui l'avait attiré.

Ce n'était pas ma jeunesse, pas en ce qui le concernait. Par-dessus tout, il aimait mon esprit. Il trouvait que j'avais l'intelligence émotionnelle d'un génie, et que j'écrivais comme un prodige, qu'il pouvait me parler, se confier à moi. Tapi au plus profond de moi, disait-il, se trouvait un romantisme sombre, semblable à celui qu'il percevait en lui-même. Avant moi, personne n'avait jamais compris cette part sombre de son être.

— C'est bien ma veine, m'avait-il dit. Quand enfin je trouve mon âme sœur, elle a quinze ans.

— Et moi, qu'est-ce que je devrais dire alors ? avais-je répliqué. Tu imagines, tu as quinze ans, et ton âme sœur, c'est un vieux.

Il avait alors scruté mon visage pour s'assurer que je blaguais – ce qui était bien entendu le cas. Les garçons de mon âge ne m'intéressaient absolument pas – leurs pellicules et leur acné, leur cruauté, leur façon de découper les filles en caractéristiques, de donner des notes de 1 à 10 aux différentes parties de notre corps. Je n'étais pas faite pour eux. J'aimais la prudence mûre de Strane, sa façon de me courtiser lentement. Il comparait mes cheveux à la couleur des feuilles d'érable, me glissait de la poésie entre les mains – Emily, Edna, Sylvia. Il me poussait à me voir avec ses yeux à lui, une fille ayant le pouvoir de surgir avec ses cheveux rouges et de dévorer les hommes comme l'air. Il m'aimait tellement qu'une fois que j'avais quitté sa salle de classe, il lui arrivait de se laisser tomber sur ma chaise et de poser sa tête sur la table de séminaire afin d'essayer d'inhaler ce qu'il restait de moi. Et tout cela, c'était avant même que nous nous soyons embrassés. Avec moi, il s'était montré prudent. Il s'était vraiment efforcé de bien agir.

Il est facile de déterminer le moment où tout a commencé, cet instant où je suis entrée dans sa classe baignée de soleil, et où j'ai senti ses yeux me boire pour la première fois, mais il est plus difficile de savoir quand cela s'est terminé, si cela s'est bel et bien terminé. Je crois que cela s'est arrêté quand j'avais vingt-deux ans, quand il m'a dit qu'il devait se ressaisir et ne pouvait vivre décemment tant que je me trouvais à proximité. Mais ces dix dernières années, il y a eu des coups de fil tard dans la nuit, des moments où lui et moi avons revécu le passé, tourmentant la blessure que nous refusions tous deux de laisser cicatriser.

Je suppose que c'est vers moi qu'il se tournera dans dix ou quinze ans, lorsque son corps commencera à se dégrader. Voilà comment, à mon sens, cette histoire d'amour se terminera probablement : moi, fidèle comme un chien, laissant tout tomber et faisant tout mon possible, tandis que lui prend, prend, prend.

Je sors du travail à onze heures du soir, et je marche dans les rues désertes du centre-ville en comptabilisant chaque pâté de maisons que je franchis sans consulter le post de Taylor comme une victoire personnelle. Une fois dans mon appartement, je ne regarde toujours pas mon téléphone. J'accroche mon tailleur sur un cintre, je me démaquille, je fume un bong au lit et j'éteins la lumière. Maîtrise de soi.

Mais dans le noir, quelque chose change en moi, et je sens les draps qui glissent entre mes jambes. Soudain, je ne suis que besoin – j'ai besoin d'être rassurée, de l'entendre dire, clairement, que, bien sûr, il n'a pas fait ce dont cette fille l'accuse. J'ai besoin qu'il dise une fois de plus qu'elle ment, qu'elle mentait il y a dix ans et ment toujours, qu'elle se laisse aujourd'hui berner par les sirènes de la victimisation.

Il décroche au milieu de la première sonnerie, comme s'il attendait mon appel.

— Vanessa.

— Je suis désolée, je sais qu'il est tard.

Et voilà que je me dérobe, sans trop savoir comment lui demander ce que je veux. La dernière fois que nous l'avons fait remonte à il y a tellement longtemps. Mes yeux se promènent dans la pièce obscure, je distingue le contour de la porte du placard restée ouverte, l'ombre du réverbère projetée sur le plafond. Dans la cuisine, le frigo ronronne et le robinet goutte. Il me doit ça, pour mon silence, ma loyauté.

— Je ferai vite. Quelques minutes, pas plus.

J'entends le bruissement des draps tandis qu'il s'assied dans le lit et fait passer le téléphone d'une oreille à l'autre, et pendant un instant, je crois qu'il va me dire non. Mais alors, dans ce demi-murmure qui change mes os en lait, il commence à égrener ce que j'étais : *Vanessa, tu étais jeune et tu exhalais la beauté. Tu étais adolescente, érotique et tellement vivante, cela me foutait carrément la trouille.*

Je me mets sur le ventre et je cale un oreiller entre mes jambes. Je lui demande de me donner un souvenir, quelque chose dans quoi me glisser. Il passe les scènes en revue en silence.

— Dans le bureau derrière la classe, commence-t-il. C'était en plein cœur de l'hiver. Toi, allongée sur le canapé, ta peau tout hérissée de chair de poule.

Je ferme les yeux et me voilà dans le bureau – les murs blancs et le parquet lustré, la table avec une pile de copies non corrigées, un canapé râpeux, un radiateur qui siffle, et une unique fenêtre, octogonale, avec une vitre de la couleur de l'écume. Les yeux rivés sur cette vitre tandis qu'il s'occupait de moi, j'avais l'impression d'être sous l'eau, mon corps en apesanteur dans le roulis des flots, et peu m'importait où se trouvait la surface.

— Je t'embrassais, te léchais. Te faisais frémir.

Il laisse échapper un petit rire.

— C'est comme ça que tu disais. « Fais-moi frémir. » Ces drôles d'expressions que tu inventais. Tu étais tellement timide, tu détestais parler de ces choses, tu voulais juste que je les fasse. Tu te souviens ?

Je ne m'en souviens pas. Pas exactement. Tant de mes souvenirs de l'époque sont confus, incomplets. J'ai besoin qu'il comble les blancs, même si parfois, la fille qu'il décrit me semble être une inconnue.

— Tu avais du mal à ne pas faire de bruit, poursuit-il. Tu te mordais pour ne pas ouvrir la bouche. Je me souviens qu'une fois, tu t'es mordu si fort la lèvre inférieure que tu as commencé à saigner, mais tu ne voulais pas que je m'arrête.

J'enfonce mon visage dans le matelas, je me frotte à l'oreiller tandis que ses mots inondent mon cerveau et me transportent hors de mon lit, dans le passé, à mes quinze ans, je suis nue de la taille aux pieds, affalée sur le canapé de son bureau, je tremble, je brûle, tandis qu'il est agenouillé entre mes jambes, les yeux posés sur mon visage.

*Mon Dieu Vanessa, ta lèvre. Tu saignes.*

Je secoue la tête et enfonce mes doigts dans les coussins. C'est bien, continue. Finis-en.

— Tu étais si insatiable, dit Strane. Ce petit corps ferme.

Je respire fort par le nez en jouissant alors qu'il me demande si je me souviens de ce que je ressentais à l'époque. Oui, oui, oui. Je m'en souviens. Les sentiments, voilà quelque chose à quoi j'ai su me raccrocher – les choses qu'il me faisait, cette façon qu'il avait de toujours pousser mon corps à se contorsionner et à en réclamer davantage.

Je vois Ruby depuis huit mois, depuis la mort de mon père. Au début, il s'agissait d'une thérapie autour du deuil, mais désormais, il s'agit de parler de ma mère, de mon ex, du sentiment que j'ai d'être coincée dans mon boulot, dans tout. C'est un luxe, malgré les barèmes dégressifs qu'elle pratique – cinquante dollars par semaine uniquement pour que quelqu'un m'écoute.

Son cabinet se trouve à quelques centaines de mètres de l'hôtel et consiste en une pièce à l'éclairage tamisé, meublée de deux fauteuils, d'un canapé flanqué de part et d'autre d'une petite table d'appoint sur laquelle sont posées des boîtes de mouchoirs en papier. Les fenêtres donnent sur Casco Bay : nuées de mouettes au-dessus de la jetée du port de pêche, lent ballet des pétroliers, bus touristiques amphibies Duck qui cancanent lorsqu'ils se glissent dans l'eau et se transforment en bateau. Ruby est plus âgée que moi, grande sœur plutôt que maman, a des cheveux blond foncé et des vêtements baba cool. J'adore ses sabots à talons en bois, leur *clac-clac-clac* quand elle traverse son cabinet.

— Vanessa !

J'adore aussi sa façon de dire mon nom lorsqu'elle ouvre la porte, comme si elle était soulagée de me voir moi plutôt que quelqu'un d'autre.

Cette semaine, nous parlons de la perspective de mon retour à la maison pour les prochaines vacances, les premières sans papa. Je suis inquiète pour maman que je trouve déprimée, et je ne sais pas comment aborder le sujet avec elle. Ensemble, Ruby et moi élaborons un plan. Nous passons en revue des scénarios, les réactions eventuelles qu'aura ma mère si je lui laisse entendre qu'elle a peut-être besoin d'aide.

— Du moment que vous évoquez la question avec empathie, remarque Ruby, je pense que ça ira. Vous êtes proches, toutes les deux. Vous pouvez vous permettre de parler de sujets difficiles.

Proche de ma mère ? Je ne discute pas, mais n'acquiesce pas non plus. Parfois, je suis épatée par ma capacité à tromper mon monde sans même essayer.

Je parviens à ne consulter le post Facebook qu'en fin de séance, quand Ruby sort son téléphone pour noter notre prochain rendez-vous dans son agenda. Lorsqu'elle lève les yeux, elle me surprend en train de faire défiler furieusement la page sur mon portable et me demande si une nouvelle vient de tomber.

— Laissez-moi deviner... Un nouvel agresseur a été démasqué.

Je détache les yeux de mon téléphone. J'ai les membres gelés.

— C'est sans fin, n'est-ce pas ? dit-elle avec un sourire triste. Impossible d'y échapper.

Elle se met à parler du dernier homme célèbre à avoir été dénoncé, un réalisateur qui a bâti sa carrière sur des films dans lesquels des femmes sont maltraitées. L'envers du décor étant qu'apparemment il aimait s'exhiber devant de jeunes actrices qu'il parvenait à convaincre de lui tailler des pipes.

— Qui aurait pu imaginer que c'était quelqu'un de violent ? demande Ruby d'un ton sarcastique. Ses films suffisent à le prouver. Ces hommes se cachent au vu et au su de tous.

— Uniquement parce que nous les laissons faire, dis-je. Nous fermons tous les yeux.

Elle hoche la tête.

— Vous avez entièrement raison.

C'est excitant de parler ainsi, de s'approcher tout doucement si près du bord.

— Je ne sais pas quoi penser de toutes ces femmes qui ont travaillé avec lui, encore et encore. Et l'estime de soi dans tout ça ?

— Eh bien, on ne peut rejeter la faute sur les femmes, déclare Ruby.

Je ne relève pas, je me contente de lui tendre mon chèque.

À la maison, je me défonce et je m'endors sur le canapé sans prendre la peine d'éteindre les lumières. À sept heures du matin, mon téléphone vibre contre les lattes du parquet, et je traverse la pièce en titubant pour le récupérer. Maman.

Salut chérie. Je pensais juste à toi.

Les yeux rivés sur l'écran, j'essaie d'évaluer ce qu'elle sait. Le post de Taylor est en ligne sur Facebook depuis trois jours maintenant, et bien que maman ne soit en contact avec personne de Browick, cette publication a été énormément partagée. Et puis elle passe ses journées sur le Net ces derniers temps, et n'arrête pas de « liker », de partager et de se prendre le bec avec des trolls conservateurs. Elle a très bien pu le voir.

Je réduis le texto et j'ouvre Facebook. 2 300 partages, 7 900 « likes ». Hier soir, Taylor a publié un nouveau post public :

CROYEZ LES FEMMES.

# 2000

Au moment où elle s'engage sur la deux voies en direction de Norumbega, maman déclare :

— J'aimerais vraiment que tu te bouges, cette année.

C'est le début de ma seconde, j'emménage aujourd'hui dans la résidence étudiante, et ce trajet en voiture représente pour maman la dernière chance de me faire promettre des choses avant que Browick ne m'avale tout rond et qu'elle ne puisse plus être en contact avec moi qu'à l'occasion de nos coups de fil et des vacances scolaires. L'année dernière, parce qu'elle craignait que je me dévergonde en pension, j'ai dû lui promettre de ne pas boire et de ne pas coucher. Cette année, elle veut que je lui promette de me faire de nouveaux amis, ce qui me semble exponentiellement plus insultant, voire cruel. Ma dispute avec Jenny remonte à cinq mois, mais la blessure reste vive. L'expression « nouveaux amis » suffit à me retourner l'estomac. Cette idée est comme une trahison pour moi.

— Je ne veux pas que tu restes cloîtrée toute seule dans ta chambre jour et nuit. C'est si terrible que ça ?

— Si j'étais à la maison, je resterais cloîtrée dans ma chambre jour et nuit.

— Mais ce n'est pas la maison. N'est-ce pas tout l'intérêt de cet endroit ? Je me souviens que tu nous as parlé de « tissu social » pour nous convaincre de te laisser venir ici.

Je me recroqueville sur le siège passager. Si seulement mon corps pouvait s'enfoncer complètement dans le rembourrage pour ne pas avoir à entendre ma mère retourner mes propos contre moi. Il y a un an et demi, lorsqu'un représentant de

Browick est venu dans ma classe de quatrième pour nous montrer une vidéo de recrutement montrant un campus manucuré baigné de lumière dorée et que j'ai commencé à tenter de convaincre mes parents de me laisser faire une demande d'inscription, j'ai dressé une liste en vingt et un points intitulée « Raisons pour lesquelles Browick est préférable à l'école publique ». Parmi ces points, il y avait le « tissu social » de l'établissement, le taux d'élèves de terminale admis à l'université, le nombre important de cours de niveau universitaire[1] – autant d'éléments que j'avais glanés dans la brochure. Au final, deux arguments ont suffi à persuader mes parents : j'ai obtenu une bourse grâce à laquelle ils n'auraient rien à verser, et il y a eu la fusillade de Columbine. À l'époque, nous avons passé des jours entiers devant CNN, à regarder les images diffusées en boucle de gamins qui couraient pour sauver leur peau. Quand j'ai sorti « Un truc comme Colombine ne pourrait jamais arriver à Browick », mes parents ont échangé un regard comme si je venais de dire tout haut ce qu'ils pensaient tout bas.

— Tu as broyé du noir tout l'été, poursuit ma mère. Maintenant, il est temps de te reprendre en main et d'aller de l'avant.

Je marmonne « Ce n'est pas vrai », et pourtant, elle a raison. Quand je ne rêvassais pas devant la télévision, j'étais affalée dans le hamac avec mon casque sur les oreilles, et j'écoutais des chansons faites pour me tirer des larmes. D'après maman, on ne peut pas passer sa vie à ressasser ses sentiments, il y aura toujours quelque chose pour nous contrarier, et le secret d'une existence heureuse est de ne pas se laisser entraîner dans la négativité. Elle ne comprend pas à quel point la tristesse peut être satisfaisante. Les heures entières que je passe à me balancer dans le hamac avec Fiona Apple dans les oreilles m'apportent quelque chose de plus gratifiant que le bonheur.

1. Il est question ici des *advanced placement courses*, des cours très exigeants réservés aux lycéens les plus brillants qui permettent à ces derniers, sous réserve de bons résultats scolaires, de valider des modules universitaires avant même d'avoir intégré l'université.

Je ferme les yeux pendant que nous roulons.

— Dommage que papa ne soit pas venu. Tu ne m'aurais pas parlé comme ça.

— Il te tiendrait le même discours que moi.

— Ouais, mais il dirait ça plus gentiment.

Même les paupières closes, je peux voir tout ce qui défile derrière la vitre. Ce n'est que ma deuxième année à Browick, mais nous avons fait ce trajet une bonne dizaine de fois. Il y a les exploitations laitières, les contreforts vallonnés de l'ouest du Maine, les épiceries qui font de la pub pour de la bière fraîche et des appâts vivants, des fermes dont les toitures s'affaissent, des tas de pièces automobiles rouillées dans des jardins, au milieu de l'herbe haute et des gerbes d'or. Dès qu'on entre dans Norumbega, cela devient beau – le centre-ville parfait, la boulangerie, la librairie, le restaurant italien, la boutique baba cool qui vend des articles pour la fumette, la bibliothèque municipale et, au sommet de la colline, le campus de Browick, tout de briques et de bois blanc étincelant.

Maman prend l'entrée principale. La grosse enseigne BROWICK SCHOOL est ornée de ballons marron et blancs parce que c'est aujourd'hui que les élèves emménagent, et les routes étroites qui sillonnent le campus sont noires de voitures, de SUV pleins à craquer garés n'importe comment, de parents et de nouveaux lycéens qui se promènent le nez en l'air pour admirer les bâtiments. Maman est penchée au-dessus du volant, et l'atmosphère entre nous se tend alors que la voiture roule cahin-caha – avance, s'arrête, avance.

— Tu es une fille intelligente et intéressante. Tu devrais avoir une bonne bande de copains. Ne te laisse pas complètement aspirer par une seule personne.

Ses mots résonnent sans doute plus durement qu'elle n'en avait l'intention, mais je lui réponds tout de même sèchement.

— Jenny n'était pas n'importe quelle personne. C'était ma camarade de chambre !

Je dis cela comme si le sens de cette relation devrait être évident – son intimité déroutante, le pouvoir qu'elle avait, parfois, de transformer le monde au-delà de la chambre que nous partagions en quelque chose de tiédasse et de pâle –, mais maman ne comprend pas. Elle n'a jamais habité dans une résidence étudiante, n'est jamais allée à la fac, et encore moins en pension.

— Camarade de chambre ou pas, tu aurais pu avoir d'autres amis. Tout miser sur une seule personne n'est pas la chose la plus saine qui soit, voilà mon avis.

Devant nous, la file des voitures se disperse à l'approche des pelouses du campus. Maman met le clignotant gauche, puis le droit.

— C'est de quel côté ?

J'indique la gauche en soupirant.

Gould est une petite résidence, une simple maison, en fait, composée de huit chambres et d'un appartement pour l'adulte référent. L'année dernière, à la loterie organisée pour l'attribution des logements, j'ai tiré un petit chiffre, ce qui m'a permis d'obtenir une chambre simple, fait rare pour une élève de seconde. Il nous faut quatre allers-retours à maman et à moi pour ramener toutes mes affaires : deux valises de vêtements, un carton de livres, un rab de coussins et du linge de lit, un édredon que ma mère m'a confectionné en recyclant mes vieux tee-shirts devenus trop justes, et un ventilateur sur pied que nous mettons en mode oscillatoire au centre de la pièce.

Pendant que nous déballons mes affaires, des gens passent devant la porte restée ouverte – parents, élèves, le petit frère de quelqu'un qui s'amuse à courir dans le couloir jusqu'à ce qu'il tombe et se mette à hurler. À un moment, maman se rend dans la salle de bains, et je l'entends dire bonjour de sa voix faussement polie. La voix d'une autre mère lui rend son salut. J'arrête d'empiler des livres sur l'étagère au-dessus de mon bureau pour tendre l'oreille. Les yeux plissés, j'essaie de reconnaître à qui appartient cette voix – Mme Murphy, la mère de Jenny.

Maman revient dans la chambre, referme la porte derrière elle.

— Quel boucan dans le couloir.

Tout en faisant glisser des livres sur l'étagère, je demande :

— C'était la mère de Jenny ?

— Hum-hum.

— Tu as vu Jenny ?

Maman hoche la tête, mais ne développe pas plus. Pendant quelques instants, mon installation se poursuit en silence. Alors que nous faisons le lit, que nous tirons le drap-housse sur le matelas à fines rayures, je dis :

— Honnêtement, j'ai pitié d'elle.

J'aime bien la musique de ces mots, sauf que, bien entendu, c'est un mensonge. Rien qu'hier soir, j'ai passé une heure à me scruter dans le miroir de ma chambre, essayant de me voir à travers les yeux de Jenny, me demandant si elle remarquerait que mes cheveux avaient blondi grâce au spray éclaircissant Sun In, si elle remarquerait mes nouvelles créoles.

Sans faire de commentaire, maman sort l'édredon d'un grand sac en plastique. Je sais qu'elle a peur que je régresse, qu'une fois de plus, je me retrouve le cœur en miettes.

— Même si elle tentait de redevenir mon amie, je ne perdrais pas mon temps avec elle.

Maman esquisse un tout petit sourire, lissant la couverture sur le lit.

— Elle sort toujours avec ce garçon ?

Elle veut parler de Tom Hudson, le petit ami de Jenny, qui a été le catalyseur de notre brouille. Je hausse les épaules comme si je l'ignorais, alors que je le sais. Bien sûr, que je le sais. Tout l'été, j'ai consulté le profil AOL de Jenny, et son statut est resté sur « En couple ». Ils sont toujours ensemble.

Avant de partir, maman me donne quatre billets de vingt et me fait promettre d'appeler la maison chaque dimanche.

— Pas d'oubli ! Et tu reviens nous voir pour l'anniversaire de papa.

Après m'avoir donné ces instructions, elle me serre si fort dans ses bras que mes os me font mal.

— Tu m'étouffes !

— Pardon, pardon.

Elle met ses lunettes de soleil pour cacher ses yeux embués de larmes. En sortant de la chambre, elle pointe un doigt vers moi.

— Sois bienveillante envers toi-même. Et sois sociable !

— Ouais, ouais, ouais, je réponds en agitant la main pour lui dire au revoir.

Depuis le seuil de ma chambre, je la regarde s'éloigner dans le couloir, disparaître dans la cage d'escalier, et voilà, elle n'est plus là. J'entends deux voix approcher, les rires joyeux et sonores d'une mère et de sa fille. Je m'engouffre dans ma chambre pour me mettre à l'abri au moment où elles apparaissent, Jenny et sa mère. Je ne fais que les entrevoir, juste assez pour remarquer que ses cheveux sont plus courts et qu'elle porte une robe que je me rappelle avoir vue dans son placard toute l'année dernière mais qu'elle n'a, je crois, jamais mise.

Je m'allonge sur le lit, et tandis que je laisse mes yeux se promener dans la pièce, j'écoute les au revoir dans le couloir, les reniflements et les pleurs discrets. Je repense à l'année dernière, à mon emménagement dans la résidence des élèves de troisième, à cette première nuit où nous avons veillé tard avec Jenny au son des Smiths et des Bikini Kill qui passaient sur son gros radiocassette, des groupes que je n'avais jamais entendus mais que je faisais semblant de connaître parce que je craignais de révéler que j'étais une naze, une plouc. Je craignais que, sinon, elle ne m'apprécie plus. Au cours de ces premiers jours à Browick, j'ai écrit dans mon journal intime : *Ce que je préfère ici, c'est la possibilité de rencontrer des gens comme Jenny. Elle est tellement COOL, et le simple fait d'être avec elle m'apprend à être cool aussi !* Entre-temps, j'avais arraché cette page, je l'avais jetée à la poubelle. Lorsque je la voyais, mon visage brûlait de honte.

L'adulte référent de Gould est Mlle Thompson, la nouvelle prof d'espagnol fraîchement diplômée. Lors de la réunion le premier soir dans la salle commune, elle ramène des marqueurs de couleur et des assiettes en carton afin que nous confectionnions des petits écriteaux avec nos noms que nous accrocherons sur la porte de notre chambre. Les autres filles de la résidence sont dans des classes plus avancées, et Jenny et moi sommes les seules élèves de seconde. Nous nous laissons mutuellement beaucoup d'espace, chacune assise à un bout opposé de la table. Jenny est penchée sur le petit panneau qu'elle est en train de fabriquer, et ses cheveux bruns au carré tombent sur ses joues. Lorsqu'elle lève la tête pour respirer et changer de marqueur, ses yeux glissent sur moi comme si elle ne m'avait même pas remarquée.

— Avant de retourner dans votre chambre, prenez-en un, dit Mlle Thompson en ouvrant un sac plastique.

Au début, je pense qu'il contient des bonbons, mais ensuite, je vois que ce sont des sifflets métalliques.

— Il est probable que vous n'ayez jamais à vous en servir, mais autant en avoir un, au cas où.

— Pourquoi on aurait besoin d'un sifflet ? demande Jenny.

— Oh, vous savez, simple mesure de sécurité du campus.

Mlle Thompson sourit tellement que je devine qu'elle est mal à l'aise.

— Mais l'année dernière, on ne nous en a pas donné.

— C'est au cas où quelqu'un essaierait de te violer, dit Deanna Perkins. Tu siffles pour qu'il arrête.

Elle porte un sifflet à ses lèvres et souffle fort dedans. Le son qui résonne dans le couloir, assourdissant, est tellement satisfaisant que nous ne pouvons nous retenir, toutes, d'essayer.

Mlle Thompson tente de parler par-dessus le raffut.

— Ok, ok.

Elle rit.

— Autant s'assurer qu'ils fonctionnent, j'imagine.

— Est-ce que si quelqu'un essaie de nous violer, ça l'arrêtera vraiment ? demande Jenny.

— Rien ne peut arrêter un violeur, affirme Lucy Summers.

— Ce n'est pas vrai, répond Mlle Thompson. Et ce ne sont pas des sifflets anti-viol. Ils servent à vous protéger de façon plus générale. Si, un jour, quelque chose vous met mal à l'aise sur le campus, sifflez.

— Les garçons en ont aussi un ? je demande.

Lucy et Deanna roulent les yeux.

— Pourquoi les garçons en auraient-ils besoin ? rétorque Deanna. Utilise ton cerveau.

À ces mots, Jenny se met à rire très fort, comme si Lucy et Deanna ne roulaient pas aussi les yeux en la regardant.

C'est le jour de la rentrée, et le campus est en effervescence. Les fenêtres des bâtiments au bardage de bois sont ouvertes, les parkings réservés au personnel, complets. Au petit déjeuner, juchée au bout d'une longue table de style Shaker, je bois du thé noir. J'ai l'estomac trop noué pour manger. Mes yeux font le tour du réfectoire au plafond cathédrale, notent les nouveaux visages et les changements sur ceux que je connais déjà. Je remarque tout sur tout le monde – que Margo Atherton place la raie de ses cheveux sur la gauche pour masquer son œil droit paresseux, que Jeremy Rice vole une banane au réfectoire chaque matin sans exception. Même avant que Tom Hudson ne commence à sortir avec Jenny, avant qu'il y n'ait une raison pour que je m'intéresse à ce qu'il faisait, j'avais remarqué la rotation exacte des tee-shirts à l'effigie de groupes qu'il porte sous ses chemises. C'est à la fois flippant et incontrôlable, ce talent que j'ai pour remarquer tant de choses au sujet des autres alors que je suis certaine que personne ne remarque jamais quoi que ce soit me concernant.

L'allocution de rentrée a lieu après le petit déjeuner, juste avant la première heure de cours. Grosso modo, c'est un laïus plein d'entrain censé nous propulser dans cette nouvelle année scolaire. Nous entrons à la queue leu leu dans l'auditorium tout en boiseries chaleureuses et rideaux en velours rouge. Le soleil qui filtre à l'intérieur illumine les rangées incurvées de chaises. Pendant les premières minutes de l'assemblée, tandis que la proviseure, Mme Giles, les cheveux au carré poivre et sel calés derrière les oreilles, passe en revue le règlement intérieur de sa voix extrêmement chevrotante dont le gazouillis emplit la salle, tout le monde semble avoir le teint frais et paraît tout neuf. Mais quand elle quitte la scène, l'atmosphère dans l'auditorium est étouffante, et de la sueur perle désormais sur tous les fronts. Deux ou trois rangées derrière moi, quelqu'un grogne : « Ça va durer combien de temps, ce truc ? » Mme Antonova se retourne et jette un regard noir par-dessus son épaule. À côté de moi, Anne Shapiro s'évente le visage avec ses mains. Une brise entre par les fenêtres ouvertes et agite le bas des rideaux en velours qu'on a tirés.

Et puis M. Strane, responsable du département de littérature, traverse la scène. Je le reconnais, mais je ne l'ai jamais eu comme prof, je ne lui ai jamais parlé. Il a des cheveux noirs ondulés et une barbe noire, des lunettes qui renvoient un reflet et empêchent de voir ses yeux, mais la première chose que je remarque – la première chose que tout le monde remarque sans doute –, c'est sa taille. Il n'est pas gros mais costaud, large, tellement grand que ses épaules sont voûtées comme si son corps voulait s'excuser de prendre autant de place.

Une fois sur l'estrade, il est obligé d'étendre le fil du micro au maximum. Quand il commence à parler avec le soleil qui se réverbère sur ses lunettes, je cherche mon emploi du temps dans mon sac à dos. Voilà, mon dernier cours de la journée : littérature américaine renforcée avec M. Strane.

— Ce matin, je vois des jeunes gens sur le point d'accomplir de grandes choses.

Ses mots résonnent dans les enceintes, chacun prononcé si clairement qu'on éprouve presque un malaise en les entendant : voyelles longues, consonnes dures, c'est comme si on vous endormait avant de vous réveiller brusquement. Il nous sort les clichés habituels – visez les étoiles, et si vous ratez votre coup, pas grave, vous atterrirez peut-être sur la lune –, mais il est bon orateur et, bizarrement, donne l'illusion que ses propos sont profonds.

— Au cours de cette année scolaire, ne cessez jamais d'essayer d'être la meilleure version de vous-même. Mettez-vous au défi de faire de Browick un endroit meilleur. Laissez votre trace.

Il sort alors un bandana rouge de sa poche arrière et s'en sert pour tamponner son front, révélant une tache sombre de transpiration qui émane de son aisselle.

— J'enseigne à Browick depuis treize ans, et au cours de ces treize années, j'ai été le témoin d'innombrables actes de courage de la part d'élèves de cette école.

Je m'agite sur mon siège, consciente de ma propre sueur au creux de mes genoux, de mes coudes, et je me demande ce qu'il veut dire par « actes de courage ».

Mon semestre d'automne se compose des cours suivants : français renforcé, biologie renforcée, histoire mondiale (*Advanced Placement*), géométrie (pas celle destinée aux génies des maths, même Mme Antonova la surnomme « géométrie pour les nuls »), option « Politique et médias américains » pendant laquelle nous regardons CNN et parlons de l'élection présidentielle à venir, et littérature américaine renforcée. Le premier jour, je sillonne le campus de classe en classe, ployant sous le poids des livres. L'augmentation de la charge de travail de la troisième à la seconde est immédiatement évidente. Tandis que la journée s'écoule lentement et que chaque professeur attire notre attention sur les défis qui nous attendent, les devoirs, les examens, le rythme accéléré, parfois effréné – parce que ce n'est pas une école ordinaire, pas plus que nous ne sommes des jeunes ordinaires, et qu'en tant que jeunes exceptionnels, nous devrions embrasser les difficultés, nous épanouir en leur sein –, l'épuisement s'empare de moi. À la mi-journée, j'ai du mal à lever la tête, alors quand vient l'heure du déjeuner, au lieu d'aller manger, je retourne en catimini à Gould, je me pelotonne dans mon lit et je pleure. Je m'interroge : si cela promet d'être aussi difficile, pourquoi se donner la peine d'essayer ? C'est un très mauvais état d'esprit, surtout pour un jour de rentrée, et cela me pousse tout d'abord à me demander ce que je fais à Browick, et puis pourquoi ils m'ont accordé une bourse, pourquoi ils ont pensé que j'étais assez intelligente pour être ici. J'ai déjà été aspirée dans cette spirale, et chaque fois, j'en arrive à la même conclusion : que j'ai certainement un problème, une faiblesse intrinsèque qui se manifeste sous forme de paresse, de peur du dur labeur. En plus, quasiment personne d'autre à Browick ne semble ramer autant que moi. Les autres vont de classe en classe avec toutes les bonnes réponses, toujours bien préparés. À les voir, on a l'impression que c'est facile.

Quand j'arrive en littérature américaine, mon dernier cours de la journée, la première chose que je remarque est que M. Strane a changé de chemise depuis son allocution de ce matin. Adossé au tableau à l'avant de la classe, les bras croisés sur sa poitrine, il semble encore plus grand que tout à l'heure sur scène. Nous sommes dix élèves, parmi lesquels Jenny et Tom, et quand nous entrons dans la classe, les yeux de M. Strane nous suivent comme s'il nous jaugeait. Au moment où Jenny arrive, je suis déjà installée à un siège de Tom. Le visage de ce dernier s'illumine lorsqu'il la voit, et il lui fait signe de s'asseoir sur la chaise vide qui nous sépare – il ne se rend pas compte, il ne comprend pas pourquoi c'est absolument inenvisageable. Jenny s'accroche aux bretelles de son sac à dos et lui adresse un sourire crispé.

— Viens, on va s'asseoir là-bas, plutôt.

Elle veut dire à l'opposé, loin de moi.

— C'est mieux, ajoute-t-elle.

Ses yeux glissent sur moi comme pendant la réunion avec Mlle Thompson. D'une certaine manière, cette façon de déployer autant d'efforts pour faire comme si toute une amitié n'avait jamais existé me paraît idiote.

Lorsque la sonnerie retentit pour signaler le début du cours, M. Strane ne bouge pas. Il attend que nous nous taisions pour parler.

— J'imagine que vous vous connaissez tous, dit-il. Mais je ne pense pas vous connaître tous.

Il se déplace jusqu'à la table de séminaire et s'adresse à nous au hasard, nous demande nos noms, d'où nous venons. Il pose à certains d'autres questions – avons-nous des frères et sœurs, quel est l'endroit le plus lointain où nous ayons voyagé, si nous pouvions nous choisir un nouveau nom, quel serait-il ? Il demande à Jenny à quel âge elle est tombée amoureuse pour la première fois, et son visage entier rosit. À ses côtés, Tom rougit lui aussi.

Quand vient mon tour de me présenter, je dis :

— Je m'appelle Vanessa Wye, et je ne viens de nulle part en particulier.

M. Strane se cale sur sa chaise.

— Vanessa Wye, de nulle part en particulier.

Je ris nerveusement, je ris en entendant à quel point mes mots semblent idiots quand on me les répète.

— Enfin, c'est un endroit, mais pas vraiment une ville. Elle n'a pas de nom. Ça s'appelle juste le canton 29.

— Ici, dans le Maine ? Du côté de la route qui dessert la côte ? demande-t-il. Je sais exactement où ça se situe. Il y a un lac, là-bas, qui a un nom charmant. Le lac de la Baleine quelque chose.

Je cligne des yeux tellement les bras m'en tombent.

— Le lac du Dos de la Baleine. Nous habitons juste au bord. Nous sommes les seuls résidents à l'année.

Tout en parlant, je sens mon cœur se serrer étrangement. À Browick, il est rare que la maison me manque, mais peut-être est-ce parce que personne ne connaît jamais l'endroit d'où je viens.

— Sans blague, dit M. Strane.

Il réfléchit quelques secondes.

— Vous arrive-t-il d'éprouver de la solitude, là-bas ?

Pendant un instant, j'en reste sans voix. Sa question m'inflige une coupure indolore, étonnamment nette. Même si « solitude » n'est pas forcément un terme que j'emploierais pour décrire ce que cela fait de vivre là-bas, au fond des bois, entendre M. Strane prononcer ce mot me porte à croire à présent que c'est sûrement vrai, que cela a probablement toujours été le cas, et soudain, me voilà gênée, j'imagine cette solitude placardée sur mon visage, assez manifeste pour qu'en un coup d'œil, un professeur sache que je suis quelqu'un de seul. Je parviens à dire « Parfois, je crois », mais M. Strane est déjà passé à un autre élève, demande à Greg Akers comment c'est d'avoir quitté Chicago pour les contreforts de l'ouest du Maine.

Une fois que nous nous sommes tous présentés, M. Strane nous annonce que son cours sera le plus difficile que nous suivrons cette année.

— La plupart de mes élèves me disent que je suis le plus sévère de leurs enseignants à Browick. Certains affirment que je suis plus sévère que leurs professeurs d'université.

Il tambourine des doigts sur la table et nous laisse nous imprégner de la gravité de cette information. Puis il se rend au tableau, attrape une craie et commence à écrire.

— Vous devriez déjà être en train de prendre des notes, dit-il par-dessus son épaule.

Nous nous ruons sur nos cahiers tandis qu'il se lance dans un cours sur Henry Wadsworth Longfellow et le poème « Le Chant d'Hiawatha », dont je n'ai jamais entendu parler, et je ne suis certainement pas la seule dans ce cas – pourtant, lorsqu'il nous demande si nous le connaissons, nous hochons tous la tête. Personne ne veut avoir l'air d'un abruti.

Tandis qu'il poursuit son cours, je jette des regards à la dérobée autour de moi. La salle a les mêmes composantes que toutes les autres dans le bâtiment des lettres – parquet, un mur de bibliothèques encastrées, tableau vert, longue table de séminaire –, mais sa classe semble habitée, confortable. Il y a un tapis élimé en son centre à force d'avoir été piétiné, un imposant bureau en chêne éclairé par une lampe verte de banquier, une cafetière et une tasse estampillée du sceau de Harvard posées sur un meuble de rangement. Une odeur d'herbe coupée et un bruit de moteur de voiture qui démarre s'immiscent par la fenêtre ouverte, et sur le tableau, M. Strane écrit un vers de Longfellow avec une telle intensité que la craie s'effrite entre ses doigts. À un moment, il s'arrête, se tourne vers nous et dit :

— Si vous ne deviez retenir qu'une chose de ce cours, c'est que le monde est fait d'histoires qui se croisent sans cesse, et que chacune de ces histoires est valable et vraie.

Je m'efforce de noter tout ce qu'il dit mot pour mot.

Il ne reste plus que cinq minutes, et son exposé s'arrête brusquement. Ses mains tombent le long de ses flancs, ses épaules s'affaissent. Délaissant le tableau, il s'assied sur la table de séminaire, se frotte le visage et pousse un soupir. Puis, d'une voix lasse, il déclare :

– Le premier jour est toujours tellement long.

Autour de la table, nous attendons sans trop savoir quoi faire, le stylo suspendu au-dessus de nos cahiers.

Il laisse retomber la main qui couvrait son visage.

— Je vais être honnête avec vous tous, dit-il. Je suis claqué, putain.

De l'autre côté de la table, Jenny laisse échapper un rire étonné. Il arrive que les profs plaisantent en classe, mais pas au point de dire « putain ». Jamais je n'aurais pensé qu'un prof puisse le faire.

— Ça vous embête que j'emploie ce genre de vocabulaire ? demande-t-il. J'imagine que j'aurais dû vous demander la permission avant.

Il joint les mains. Sa sincérité est sarcastique.

— Si mon recours à un langage truculent heurte réellement quelqu'un ici, que cette personne parle ou se taise à jamais.

Personne, évidemment, ne moufte.

***

Les premières semaines de l'année scolaire passent rapidement, un enchaînement de cours, de petits déjeuners à base de thé noir et de déjeuners à base de sandwichs au beurre de cacahuète, d'heures d'étude à la bibliothèque, de soirées devant les programmes de la Warner Bros dans la salle commune de Gould. Je suis collée parce que je sèche une réunion des pensionnaires de la résidence, mais je parviens à convaincre Mlle Thompson de me laisser promener son chien au lieu de rester assise avec elle dans le bureau pendant une heure – une perspective qui ne l'enchante pas plus que moi. La plupart des matins, je termine mes devoirs à la dernière minute avant d'aller en classe, parce que j'ai beau faire des efforts, je suis toujours dans l'urgence, je suis toujours à deux doigts de décrocher. Les professeurs soutiennent qu'il s'agit là d'un défaut que je devrais être en mesure de corriger ; ils pensent que je suis intelligente mais que je manque de concentration et de motivation, ce qui est une façon polie de dire que je suis paresseuse.

Quelques jours à peine après mon emménagement, ma chambre se transforme en une pagaille de vêtements, de feuilles volantes et de tasses de thé à moitié bues. Je perds l'agenda censé m'aider à rester organisée, mais c'était prévisible étant donné que je perds tout. Au moins une fois par semaine, quand j'ouvre ma porte, je retrouve mes clés suspendues à la poignée, posées là par la personne qui les a retrouvées dans la salle de bains, dans une classe ou au réfectoire. Je sème mes affaires – mes manuels scolaires se retrouvent coincés entre mon lit et le mur, mes devoirs écrabouillés au fond de mon sac. Les professeurs sont perpétuellement exaspérés par mes copies froissées, me rappellent sans cesse les points que va me coûter mon manque de soin.

— Il vous faut une méthode d'organisation ! s'écrie le prof d'histoire tandis que je feuillette frénétiquement mon manuel pour essayer de remettre la main sur les notes que j'ai prises la veille. Nous n'en sommes qu'à la deuxième semaine. Comment pouvez-vous déjà être perdue ?

Le fait que je retrouve mes notes n'infirme en rien sa critique : je manque de soin, ce qui est un signe de faiblesse, un grave défaut de caractère.

À Browick, une fois par mois, les élèves dînent avec le professeur qui les encadre, traditionnellement chez celui-ci, mais ma tutrice, Mme Antonova, ne nous invite jamais chez elle.

— J'ai besoin qu'il y ait des limites, dit-elle. Tous les professeurs ne partagent pas ce point de vue. Très bien. Ils ont des élèves partout dans leur vie. Très bien. Mais pas moi. Nous allons quelque part ensemble, nous mangeons, discutons un peu, et puis chacun rentre chez soi. Des limites.

Pour notre première réunion de l'année, elle nous invite au restaurant italien du centre-ville. Alors que je me concentre pour enrouler des linguine autour de ma fourchette, Mme Antonova me signale que mon manque d'organisation est, d'après les remarques de l'ensemble de mes professeurs, le sujet le plus urgent à traiter. J'essaie de ne pas prendre un ton trop désinvolte en disant que je vais y travailler. Elle fait un tour de table et expose à chacun de ses élèves les points à améliorer. Personne d'autre n'a de problème d'organisation, mais mon cas n'est pas le plus critique : Kyle Guinn n'a pas rendu des devoirs dans deux matières, ce qui constitue une grave infraction. Lorsque Mme Antonova lit son compte rendu, nous gardons tous les yeux rivés sur notre assiette de pâtes, soulagés de ne pas être autant dans le pétrin que lui. À la fin du dîner, une fois nos assiettes débarrassées, Mme Antonova fait circuler une boîte remplie de beignets maison fourrés à la cerise.

— Ce sont des *pampushky*, nous apprend-elle. C'est ukrainien, comme ma mère.

Alors que nous quittons le restaurant et nous dirigeons vers le campus en haut de la colline, Mme Antonova marche à mes côtés.

— J'ai oublié de vous en parler, Vanessa. Il faudrait que vous fassiez une activité extrascolaire cette année. Peut-être plus d'une. Vous devez penser à vos dossiers d'inscription à l'université. Pour l'instant, votre dossier n'est pas solide.

Elle me suggère alors quelques idées et je hoche la tête. Je sais qu'il faut que je m'implique davantage, et j'ai essayé – la semaine dernière, je suis allée à l'atelier de français, mais suis aussitôt repartie quand j'ai compris qu'il fallait porter un petit béret noir à chaque cours.

— Que pensez-vous de l'atelier d'écriture créative ? Cela vous conviendrait bien, avec votre poésie.

J'y ai pensé aussi. L'atelier d'écriture créative publie une gazette littéraire, et l'année dernière, je la lisais dans son intégralité, comparant mes poèmes à ceux qui y étaient publiés, et tentant de déterminer avec objectivité lesquels étaient les meilleurs.

— Oui, peut-être, je réponds.

Elle pose une main sur mon épaule.

— Réfléchissez-y. M. Strane est notre conseiller pédagogique cette année. Il connaît son sujet.

Elle regarde derrière elle, tape dans ses mains et crie quelque chose en russe à ceux qui sont à la traîne. Curieusement, cette langue parvient plus efficacement que l'anglais à nous mettre au pas.

L'atelier d'écriture créative compte un seul autre membre, Jesse Ly – un élève de première qui, à Browick, est ce qui se rapproche le plus d'un gothique, et qui, d'après la rumeur, serait gay. Quand j'entre dans la classe, il est assis à la table de séminaire devant une pile de documents, ses pieds chaussés de rangers posés sur une chaise et un stylo calé derrière l'oreille. Il me jette un regard mais ne dit rien. Je doute qu'il connaisse mon nom.

M. Strane, cependant, bondit de derrière son bureau et traverse la salle à grandes enjambées pour me rejoindre.

— C'est pour l'atelier ? demande-t-il.

J'ouvre la bouche, sans trop savoir quoi répondre. Si j'avais su qu'il n'y aurait qu'une autre personne, je ne serais certainement pas venue. J'ai envie de faire machine arrière sur-le-champ, mais M. Strane est ravi, il me serre la main en disant :

— Grâce à vous, nos adhésions vont augmenter de cent pour cent.

Du coup, j'ai l'impression de ne pas pouvoir changer d'avis.

Il me conduit jusqu'à la table, s'assied à côté de moi et explique que la pile de documents contient des propositions de textes pour la gazette littéraire.

— Ce sont exclusivement des textes écrits par des élèves. Efforcez-vous d'ignorer leurs noms. Lisez attentivement chaque proposition, de bout en bout, avant de prendre une décision.

Il me suggère d'écrire mes commentaires dans la marge, puis d'assigner à chaque projet soumis un chiffre de un à cinq, un étant un « non » catégorique, et cinq, un « oui » franc.

Sans lever les yeux, Jesse dit :

— J'ai utilisé des plus et des moins. C'est ce qu'on faisait l'année dernière.

Il esquisse un geste en direction des textes qu'il a déjà passés en revue. Dans le coin en haut à droite de chaque document, il y a un tout petit symbole moins ou plus. M. Strane hausse les sourcils, visiblement contrarié, mais Jesse ne le remarque pas. Il a les yeux rivés sur le poème qu'il est en train de lire.

— Je vous laisse choisir la méthode qui vous convient à tous les deux, dit M. Strane.

Il me sourit, m'adresse un clin d'œil. Lorsqu'il se lève, il me tapote l'épaule.

Alors que M. Strane est à l'autre bout de la classe, de nouveau installé derrière son bureau, je pioche un texte dans la pile, une nouvelle intitulée « Le Pire Jour de sa vie », écrite par Zoe Green. Zoe était en algèbre avec moi l'année dernière. Elle était assise derrière moi en cours et riait chaque fois que Seth McLeod m'appelait « Grande Rousse », comme si c'était le truc le plus drôle qu'elle ait jamais entendu. Je secoue la tête et essaie de me débarrasser de cet a priori négatif. Voilà pourquoi M. Strane a recommandé de ne pas regarder les noms.

Son texte raconte l'histoire d'une fille dans la salle d'attente d'un hôpital, dont la grand-mère meurt, et au bout d'un paragraphe, je m'ennuie déjà. Jesse, qui me surprend en train de feuilleter le document pour vérifier le nombre de pages, me dit tout bas :

— Tu n'es vraiment pas obligée de tout lire si c'est mauvais. L'année dernière, j'éditais la gazette littéraire quand Mme Bloom était la conseillère pédagogique, et elle s'en moquait.

Mes yeux se précipitent vers M. Strane qui est assis derrière son bureau, penché au-dessus de sa pile de documents à lui.

— Ça ira, je vais lire jusqu'à la fin, dis-je en haussant les épaules.

Jesse regarde la page que j'ai entre les mains en plissant les yeux.

— Zoe Green ? C'est pas la nana qui a pété un plomb pendant le tournoi d'éloquence l'année dernière ?

En effet – Zoe, à qui on avait assigné de défendre la peine de mort, avait fondu en larmes pendant le dernier round, quand son adversaire, Jackson Kelly, avait qualifié sa position de raciste et d'immorale, ce qui ne l'aurait pas autant ébranlée si Jackson n'avait pas été noir. Une fois Jackson déclaré vainqueur du tournoi, Zoe avait affirmé s'être sentie personnellement attaquée par sa réfutation, qui allait à l'encontre des règles du débat, alors finalement, ils avaient partagé la première place, ce qui était du grand n'importe quoi et tout le monde le savait.

Jesse se penche en avant, me prend des mains l'histoire de Zoe, inscrit un symbole moins dans le coin en haut à droite, et balance le texte dans la pile des « non ».

— *Voilà**, dit-il.

Le reste de l'heure, pendant que Jesse et moi lisons, M. Strane corrige des copies à son bureau à l'arrière de la classe, s'absentant de temps à autre pour faire des photocopies ou aller chercher de l'eau pour la cafetière. À un moment, il épluche une orange et son parfum emplit la pièce. À la fin de l'heure, quand je me lève pour partir, M. Strane me demande si je reviendrai la prochaine fois.

— Je n'en suis pas sûre. J'envisage encore d'autres pistes.

Il sourit et attend que Jesse ait quitté la salle avant de dire :

— J'imagine que cet atelier ne vous offre pas grand-chose en termes de vie sociale.

— Oh, ça ne me dérange pas. De toute façon, je ne suis pas quelqu'un de super sociable.

— Pourquoi donc ?

— Je n'en sais rien. C'est juste que je n'ai pas des tonnes d'amis.

Il hoche la tête d'un air songeur.

— Je vous comprends. Moi-même, j'aime être seul.

Mon premier réflexe est de lui dire que non, je n'aime pas du tout être seule, mais peut-être qu'il a raison. Peut-être que je suis solitaire par choix, que je préfère ma propre compagnie.

---

* Les mots en italiques suivis d'une astérisque sont en français dans le texte.

— Bon, avant, Jenny Murphy était ma meilleure amie. Elle suit votre cours de lettres.

Les mots sortent tout seuls, me prennent au dépourvu. Je n'ai jamais autant parlé à un professeur, surtout à un homme, mais sa façon de me regarder – son sourire doublé d'un regard plein de douceur, le menton posé sur sa main – me donne envie de m'exprimer, de me mettre en avant.

— Ah ! La petite reine du Nil, remarque-t-il.

Lorsqu'il voit que je fronce les sourcils d'un air perplexe, il m'explique que son carré court lui donne des airs de Cléopâtre. En entendant cela, je ressens une pointe de quelque chose dans mon estomac, comme de la jalousie mais en plus mauvais.

— Je ne trouve pas ses cheveux si beaux que ça.

M. Strane a un petit sourire en coin.

— Donc, vous étiez amies avant. Qu'est-ce qui a changé ?

— Elle a commencé à sortir avec Tom Hudson.

Il réfléchit quelques instants.

— Le garçon avec les rouflaquettes.

Je hoche la tête. Comment les professeurs nous identifient-ils et nous catégorisent-ils dans leur esprit ? Je me demande à quoi il m'associerait si quelqu'un mentionnait Vanessa Wye. La fille aux cheveux roux. Cette fille qui est toujours seule.

— Donc, vous avez souffert d'une trahison, dit-il en parlant de Jenny.

Je n'y avais jamais pensé en ces termes-là, et une chaleur envahit ma poitrine à cette idée. J'ai souffert. Ce n'est pas que je l'ai fait fuir avec mes sentiments trop intenses ou en m'attachant trop à elle. Non, j'ai été lésée.

Il se lève et se dirige vers le tableau, commence à effacer les notes prises en cours.

— Pourquoi avez-vous eu envie d'essayer cet atelier ? Pour combler un trou dans votre CV ?

Je hoche la tête. J'ai l'impression que je peux être honnête envers lui.

— Mme Antonova me l'a recommandé. Mais j'aime écrire.

— Qu'écrivez-vous ?

— Des poèmes, essentiellement. Ils ne sont pas bons ni rien.

M. Strane sourit par-dessus son épaule d'une façon qui, curieusement, est à la fois gentille et condescendante.

— J'aimerais lire vos travaux.

Mon cerveau relève sa façon de dire « vos travaux », comme si les choses que j'écris méritaient d'être prises au sérieux.

— D'accord. Si vous le voulez vraiment.

— Je le veux vraiment. Sinon, je ne vous le demanderais pas.

Mon visage s'empourpre. Ma pire habitude, d'après ma mère, est que je désamorce les compliments en me dépréciant. Je dois apprendre à accepter les éloges. C'est, dit-elle, une affaire de confiance en soi – ou de manque de confiance en soi.

M. Strane pose le tampon effaceur sur le support à craies et m'observe depuis l'autre bout de la pièce. Il enfonce ses mains dans ses poches, me toise de pied en cap.

— C'est une jolie robe. J'aime bien votre style.

Je marmonne un merci – la politesse est instillée si profondément en moi qu'elle est un réflexe –, et je baisse les yeux pour considérer ma robe. Elle est en jersey vert bouteille, vaguement évasée, mais surtout informe, et coupée au-dessus du genou. Elle n'est pas classe, je la porte uniquement parce que j'aime bien le contraste qu'elle offre avec mes cheveux. Cela me semble étrange qu'un homme entre deux âges remarque des vêtements de fille. Mon père sait à peine faire la différence entre une robe et une jupe.

M. Strane se tourne de nouveau vers le tableau et recommence à effacer même si c'est déjà propre. On croirait presque qu'il est gêné, et une part de moi veut le remercier encore, sincèrement, cette fois-ci. Je pourrais lui dire : *Merci beaucoup. Personne ne me l'avait jamais dit.* J'attends qu'il me regarde, mais il continue à passer le tampon effaceur de gauche à droite, créant des stries nébuleuses sur l'étendue verte.

Et puis, alors que je me rapproche de la porte, il lance :

— J'espère vous revoir jeudi.

— Oh, bien sûr. Je serai là.

Et donc j'y retourne jeudi, et le jeudi suivant, et celui d'après. Je deviens un membre officiel de l'atelier. Finir de sélectionner des textes pour la gazette littéraire nous prend plus de temps que prévu, essentiellement parce que j'ai vraiment beaucoup de mal à me décider – je reviens sur mes choix et je change mes votes à de multiples reprises. Contrairement à Jesse, dont le jugement rapide et impitoyable tranche en un coup de stylo sur la page. Quand je lui demande comment il fait pour décider aussi rapidement, il m'explique qu'on devrait se rendre compte dès la première ligne si un texte est bon ou pas. Un jeudi, M. Strane disparaît dans son bureau derrière la classe et en ressort avec une pile de vieux numéros de la gazette afin que nous puissions comprendre à quoi est censé ressembler le journal, même si Jesse était le rédacteur l'année dernière et que, par conséquent, il le sait déjà. En feuilletant un numéro, je vois le nom de Jesse dans la table des matières, sous la rubrique « Fiction ».

— Hé, t'es dedans !

— Pitié, ne le lis pas devant moi, grogne-t-il lorsqu'il comprend de quoi je parle.

— Pourquoi pas ?

Je parcours la première page en diagonale.

— Parce que je n'ai pas envie que tu le fasses.

Je glisse le numéro dans mon sac à dos, et j'oublie son existence jusqu'à ce que, après le dîner, alors que je me noie dans un devoir de géométrie incompréhensible, je cherche à tout prix une distraction. Je prends la gazette et je me plonge dans l'histoire de Jesse, que je lis deux fois. Elle est bien, vraiment bien, carrément meilleure que tout ce que j'ai pu écrire, que tous les textes qu'on nous a envoyés pour la gazette. Quand, lors de l'atelier suivant, j'essaie de le lui dire, Jesse me coupe :

— Écrire, ce n'est plus vraiment mon truc.

Une autre après-midi, M. Strane nous apprend à nous servir du nouveau logiciel de publication pour mettre en page notre édition. Jesse et moi sommes assis côte à côte devant l'ordinateur, tandis que M. Strane, debout derrière nous, nous observe et nous corrige. À un moment, je me trompe, et il prend le contrôle de la souris, sa main est si grande qu'elle recouvre complètement la mienne. À son contact, je ressens une chaleur dans tout le corps. Quand je commets une autre erreur, il recommence, en me serrant un peu la main cette fois-ci, comme pour me rassurer sur le fait que je vais finir par apprendre. Mais il ne fait pas la même chose avec Jesse, même pas lorsque celui-ci sélectionne la croix pour sortir du fichier sans avoir sauvegardé, et que M. Strane doit nous réexpliquer les étapes depuis le début.

La fin du mois de septembre arrive, et pendant une semaine, le temps est parfait, ensoleillé et frais. Chaque matin, les feuilles se font un peu plus éclatantes, transformant les montagnes ondoyantes autour de Norumbega en une explosion de couleurs. Le campus est à l'image de ce que montrait la brochure qui m'obsédait lorsque je remplissais mon dossier de candidature pour Browick – étudiants en pull, pelouses d'un vert étincelant, bâtiments au bardage blanc qui s'embrasent à l'heure dorée. Je devrais m'en réjouir, au lieu de quoi, ce temps me rend fébrile, me fait paniquer. Après les cours, je suis incapable de me poser quelque part, je vais de la bibliothèque à la pelouse de Gould à ma chambre avant de retourner à la bibliothèque. Chaque fois que j'arrive quelque part, je brûle d'aller ailleurs.

Une après-midi, je fais trois fois le tour du campus, frustrée par tous les lieux auxquels je m'essaie – la bibliothèque est trop sombre, ma chambre en bazar trop déprimante, tous les autres endroits sont remplis d'élèves qui étudient en groupe, ce qui souligne cruellement que je suis seule, encore et toujours –, jusqu'à ce que je me force à m'arrêter sur la pente herbeuse derrière le bâtiment des lettres. *Calme-toi, respire.*

Je m'appuie contre l'érable solitaire vers lequel mes yeux dérivent pendant le cours de lettres, et je touche mes joues chaudes avec le dos de mes mains.

*C'est bon,* me dis-je. *Travaille ici et calme-toi.*

Adossée à l'arbre, je fouille dans mon sac, je touche sans le prendre mon manuel de géométrie et je sors mon carnet à spirales, en me disant que je me sentirai mieux si je travaille d'abord sur un poème, mais lorsque je l'ouvre et que je tombe sur mon dernier en date, deux ou trois strophes au sujet d'une fille piégée sur une île qui implore des marins de la retrouver sur le rivage, je relis les vers, et je me rends compte qu'ils sont mauvais – maladroits, décousus et quasiment incohérents. Et moi qui pensais qu'ils étaient bons. Comment ai-je pu croire une chose pareille ? Ils sont manifestement mauvais. Tous mes poèmes le sont probablement. Je me recroqueville et j'enfonce mes poignets contre mes paupières jusqu'à ce que j'entende des pas approcher, des craquements de feuilles et des crépitements de brindilles. Je lève la tête. Une silhouette imposante me cache le soleil.

— Bonjour, dit la silhouette.

Avec mes doigts, je protège mes yeux de la lumière – M. Strane. Son expression change quand il remarque mon visage, mes yeux rouges.

— Vous êtes contrariée, constate-t-il.

Le regard levé vers lui, je hoche la tête. À quoi bon mentir.

— Vous préférez peut-être rester seule ?

J'hésite, avant de faire non de la tête.

Il s'assied par terre à côté de moi, laissant à peu près un mètre entre nous. Ses longues jambes sont étendues, j'aperçois la forme de ses genoux sous son pantalon. Il ne détache pas ses yeux de moi, me regarde essuyer mes larmes.

— Je ne voulais pas m'imposer. Je vous épiais depuis la fenêtre, là-bas, et je me suis dit que j'allais venir vous saluer.

Il pointe le doigt derrière nous, vers le bâtiment des lettres.

— Puis-je vous demander ce qui vous contrarie ?

J'inspire, j'essaie de trouver les mots, mais au bout de quelques instants, je secoue la tête.

— C'est trop vaste, je ne saurais pas l'expliquer.

Parce que ce n'est pas juste que mon poème est mauvais ni que je suis incapable de trouver un endroit où travailler sans m'épuiser. C'est un sentiment plus sombre, une peur que quelque chose en moi cloche, quelque chose que je ne serai jamais en mesure de réparer.

J'imagine que M. Strane va lâcher l'affaire. Au lieu de quoi, il attend, de la même façon qu'en classe il attendrait la réponse à une question difficile. *Bien sûr que cela semble trop vaste pour qu'on l'explique, Vanessa. C'est ce qu'on est censé éprouver face aux questions complexes.*

Je prends une bouffée d'air et je me lance :

— Cette période de l'année me rend dingue. Comme si je n'avais plus le temps, ou quelque chose dans le genre. Comme si je gâchais ma vie.

M. Strane cligne des paupières. Je vois bien qu'il ne s'attendait pas à entendre ça.

— Comme si vous gâchiez votre vie, répète-t-il.

— Je sais que c'est absurde.

— Non, pas du tout. C'est tout à fait sensé.

Il prend appui sur ses mains derrière lui, penche la tête.

— Vous savez, si vous aviez mon âge, je dirais qu'en vous écoutant, on a l'impression que vous commencez votre crise de la quarantaine.

Il sourit, et, sans le vouloir, mon visage l'imite. Il sourit, je souris.

— Il m'a semblé que vous étiez occupée à écrire. Étiez-vous en train de faire du bon travail ?

Je hausse les épaules. Je ne sais pas trop si j'ai envie de qualifier mes écrits de « bons ». Cela me paraît prétentieux, ce n'est pas à moi de le dire.

— Me montreriez-vous ce que vous avez écrit ?

— Jamais de la vie.

J'agrippe mon carnet, je le serre contre moi, et un éclair d'inquiétude traverse son regard, comme si mon mouvement brusque lui avait fait peur. Je me ressaisis.

— Ce n'est pas encore abouti, c'est tout.

— Nos écrits le sont-ils jamais vraiment un jour ?

On dirait une question piège. Je réfléchis un instant avant de répondre :

— Certains écrits peuvent l'être plus que d'autres.

Il sourit, ça lui plaît.

— Avez-vous quelque chose de plus abouti à me montrer ?

Mes mains se détendent et j'ouvre mon carnet à la première page. Il est rempli de poèmes pour la plupart inachevés, des vers raturés et réécrits. Je feuillette les pages les plus récentes et retrouve celui sur lequel je travaille depuis une quinzaine de jours. Il n'est pas abouti, mais n'est pas atroce. Je lui tends le carnet, en espérant qu'il ne remarquera pas les gribouillages dans la marge, la plante grimpante en fleurs qui court le long du dos.

Il tient le carnet avec précaution dans ses deux mains, et le simple fait de voir ça, mon carnet dans ses mains, provoque en moi une secousse. Personne n'a jamais touché mon carnet auparavant, encore moins lu le moindre des textes qu'il contient.

— Hum, dit-il une fois sa lecture terminée.

J'attends une réaction plus claire, j'attends qu'il me fasse savoir s'il trouve que c'est bien ou pas, mais il se contente de sortir :

— Je vais le relire.

Quand il lève enfin la tête pour me dire : « Vanessa, c'est ravissant », j'expire si fort que je ne peux m'empêcher de rire.

— Combien de temps avez-vous travaillé sur ce texte ?

Parce que je pense qu'il est plus impressionnant de passer pour un génie spontané, je hausse les épaules et je mens.

— Pas longtemps.

— Vous avez dit que vous écriviez souvent.

Il me rend le carnet.

— Tous les jours, généralement.

— Cela se voit. Vous êtes très douée. C'est le lecteur qui parle, pas le professeur.

Je suis tellement ravie que je ris de nouveau, et M. Strane décoche son sourire mi-tendre, mi-condescendant.

— Est-ce drôle ?

— Non, c'est la chose la plus gentille qu'on m'ait jamais dite au sujet de ce que j'écris.

— Vous plaisantez ? Ce n'est rien. Je pourrais dire des choses bien plus gentilles encore.

— C'est juste que je ne laisse jamais vraiment personne lire mes…

Je dis presque « mes trucs », mais à la place, je teste le mot qu'il a employé :

— … mes travaux.

Un silence s'installe entre nous. M. Strane reprend de nouveau appui sur ses mains et étudie la vue qui s'offre à nous : le centre-ville pittoresque, la rivière au loin, et les collines ondoyantes. Je baisse les yeux vers mon carnet, je fixe mon regard sur ses pages, mais je ne vois rien. J'ai trop conscience de son corps à côté du mien, de son torse et de son ventre avachis qui pèsent contre sa chemise, de ses longues jambes croisées au niveau des chevilles, du bas de son pantalon qui s'est retroussé d'un côté, révélant un centimètre de peau au-dessus de ses chaussures de randonnée. J'ai peur qu'il ne se lève et s'en aille, alors j'essaie de trouver quelque chose à dire pour le garder à mes côtés, mais avant que j'en aie l'occasion, il ramasse une feuille d'érable rouge par terre, la fait tourner sur sa tige, l'observe un instant et la met à hauteur de mon visage.

— Regardez-moi ça, dit-il. Elle est exactement de la même couleur que vos cheveux.

Je me fige, sens que ma bouche s'ouvre. M. Strane reste comme cela encore un moment. Les pointes de la feuille caressent mes cheveux. Et puis, secouant un peu la tête, il laisse retomber son bras, et la feuille se retrouve par terre. Il se lève – cachant de nouveau le soleil –, essuie ses mains sur ses cuisses, et regagne le bâtiment des lettres sans me dire au revoir.

Lorsqu'il disparaît, une fièvre s'empare de moi, un besoin de fuir. Je referme brusquement mon carnet, j'attrape mon sac à dos et je commence à marcher vers ma résidence avant de me raviser et de faire demi-tour pour ramasser par terre la feuille qu'il a tenue près de mes cheveux. Une fois qu'elle est en lieu sûr entre les pages de mon carnet, je traverse le campus comme si je volais, touchant à peine terre entre deux foulées. Ce n'est qu'une fois dans ma chambre que je me souviens qu'il a dit m'avoir vue depuis sa fenêtre, et je ferme les yeux en l'imaginant de retour dans sa classe, qui m'observe en train de chercher la feuille.

Le week-end suivant, je rentre à la maison pour l'anniversaire de mon père. Maman lui offre un chiot, un labrador jaune du refuge. Motif de l'abandon : « pigment trop pâle », est-il noté. Papa l'appelle Babe, comme le cochon du film, parce qu'elle ressemble à un porcelet avec son ventre rebondi et sa truffe rose. Notre dernier chien est mort l'été dernier, un chien de berger âgé de douze ans que mon père avait trouvé en ville en train de vagabonder. C'est donc la première fois que nous avons un chiot, et je tombe tellement amoureuse d'elle que je la porte tout le week-end comme un bébé, je caresse ses coussinets rose bonbon et je hume sa douce haleine.

La nuit venue, une fois mes parents couchés, je me tiens devant le miroir de ma chambre et j'étudie mon visage et mes cheveux pour essayer de me voir comme M. Strane me voit, une fille avec des cheveux rouge érable qui porte de belles robes et a du style, mais tout ce que je vois, c'est une gamine pâlichonne au visage constellé de taches de rousseur.

Quand maman me ramène à Browick, papa reste à la maison avec Babe, et dans l'espace confiné de la voiture, ma poitrine brûle de tout raconter. Mais qu'il y a-t-il à raconter ? Il a touché ma main une ou deux fois, a dit quelque chose à propos de mes cheveux ?

Tandis que nous traversons le pont qui mène à la ville, je demande avec le plus de désinvolture possible :

— Tu avais déjà remarqué que mes cheveux étaient de la couleur des feuilles d'érable ?

Maman, surprise, jette un regard dans ma direction.

— Eh bien, il existe plusieurs variétés d'érables, et tous prennent des teintes différentes en automne. Il y a l'érable à sucre, l'érable de Pennsylvanie, l'érable rouge. Et si tu es plus au nord, il y a l'érable à épis…

— Laisse tomber. Oublie.

— Depuis quand tu t'intéresses aux arbres ?

— Je parlais de mes cheveux, pas des arbres.

Elle me demande qui a comparé mes cheveux à des feuilles d'érable, mais pas d'un ton suspicieux. Elle parle d'une voix douce, comme si elle trouvait cela mignon.

— Personne.

— Quelqu'un a dû te le dire.

— Je ne peux pas l'avoir remarqué toute seule ?

Nous nous arrêtons au feu rouge. À la radio, une voix communique les dernières nouvelles.

— Si je te le dis, tu dois me promettre de ne pas en faire tout un plat.

— Évidemment.

Je la regarde un bon moment.

— Promets-le.

— OK. Je te le promets.

J'inspire.

— Un professeur me l'a dit. Que mes cheveux étaient de la couleur des feuilles d'érable rouge.

J'éprouve un vertige de soulagement en prononçant ces mots. Je laisse presque échapper un rire.

Maman plisse les yeux.

— Un professeur ?

— Maman, regarde la route.

— Un homme ?

— Qu'est-ce que ça change ?

— Un professeur ne devrait pas te dire une chose pareille. Qui était-ce ?

— Maman.

— Je veux savoir.

— Tu m'as promis de ne pas en faire tout un plat.

Elle serre les lèvres, comme pour se calmer.

— Je trouve juste que c'est bizarre de dire ce genre de chose à une fille de quinze ans.

Nous traversons la ville : des maisons victoriennes délabrées divisées en appartements, le centre désert, l'hôpital tentaculaire, la statue de Paul Bunyan qui sourit et qui, avec ses cheveux et sa barbe noirs, ressemble un peu à M. Strane.

— C'est un homme, dis-je. Tu trouves vraiment que c'est bizarre ?

— Oui, répond maman. Je trouve ça vraiment bizarre. Tu veux que j'en parle à quelqu'un ? Je peux y aller et faire un scandale.

Je l'imagine entrer dans le bâtiment administratif et demander à parler à la proviseure. Je secoue la tête. Non, je ne veux pas de ça.

— Il a juste dit ça comme ça. Ce n'était rien du tout.

Maman se détend un peu.

— C'était qui ? demande-t-elle de nouveau. Je ne ferai rien. Je veux juste savoir.

— Mon prof de sciences politiques.

Je sors ce mensonge sans hésitation.

— M. Sheldon.

— M. Sheldon !

Elle crache ce nom comme si c'était le plus ridicule qu'elle ait jamais entendu.

— Tu ne devrais pas traîner avec des professeurs, de toute façon. Essaie plutôt de te faire des amis.

Je regarde la route défiler. Nous pourrions prendre l'autoroute jusqu'à Browick, mais maman refuse. Elle dit que c'est une piste automobile remplie de gens énervés. Elle préfère emprunter une deux voies et mettre le double de temps.

— Je n'ai pas de problème, tu sais.

Le front plissé, elle jette un regard dans ma direction.

— Je préfère être seule. C'est normal. Tu ne devrais pas m'en faire baver à cause de ça.

— Je ne t'en fais pas baver.

Mais nous savons toutes les deux que ce n'est pas vrai.

Au bout d'un moment, elle ajoute :

— Je suis désolée. Je m'inquiète pour toi, c'est tout.

Pendant le reste du trajet, nous n'échangeons pratiquement pas un mot. Et tandis que je regarde par la vitre, je ne peux m'empêcher d'avoir l'impression d'avoir gagné.

Je suis assise dans un box de lecture à la bibliothèque, un devoir de géométrie étalé devant moi. J'essaie de me concentrer, mais mon cerveau me donne l'impression d'être une pierre qui fait des ricochets. Ou bien non – un caillou qui rebondit dans une boîte de conserve. Je sors mon carnet pour griffonner quelque chose et me changer les idées avec le poème de la fille de l'île sur lequel je travaille encore. Quand je lève le nez de mon carnet, une heure s'est écoulée, et mon devoir de géométrie est toujours au point mort.

Je me frotte le visage, je reprends mon crayon de papier et j'essaie de travailler, mais au bout de quelques minutes, je regarde par la fenêtre. C'est l'heure magique, la lumière embrase les arbres rougeoyants. Des garçons en maillot de foot avec leurs chaussures à crampons en bandoulière sur l'épaule rentrent de leur entraînement. Deux filles portent des étuis à violon comme des sacs à dos, et leurs queues-de-cheval identiques se balancent au rythme de leurs pas.

Et puis je vois Mlle Thompson et M. Strane marcher côte à côte en direction du bâtiment des lettres. Ils se déplacent lentement, prennent leur temps. M. Strane a les mains derrière le dos et Mlle Thompson sourit, se touche le visage. J'essaie de me souvenir si je les ai déjà vus ensemble, j'essaie de déterminer si Mlle Thompson est jolie. Elle a les yeux bleus et des cheveux noirs, une combinaison que ma mère qualifie toujours de remarquable, mais elle est grassouillette et son derrière ressort comme une étagère. C'est le genre de corps que j'ai peur de développer si je ne fais pas attention.

Je plisse les yeux pour voir plus de détails au loin. Ils sont proches mais ne se touchent pas. À un moment, Mlle Thompson bascule sa tête en arrière et se met à rire. M. Strane est-il drôle ? Il ne m'a jamais fait rire. J'appuie mon visage contre la vitre et j'essaie de les garder dans mon champ de vision, mais ils tournent et disparaissent derrière les feuilles orange d'un chêne.

Nous passons le PSAT[1] et je m'en sors bien, mais pas aussi bien que la plupart des autres élèves de seconde, qui commencent à recevoir des brochures d'universités de l'Ivy League dans leur boîte aux lettres. Je m'achète un autre agenda pour m'aider à m'organiser, ce que mes professeurs remarquent et relaient à Mme Antonova, qui m'offre une boîte de pralines pour saluer mes efforts.

En cours de lettres, nous lisons Walt Whitman, et M. Strane évoque l'idée que les gens contiennent des multitudes et des contradictions. Je commence à remarquer comment lui-même semble se contredire. Par exemple, il est allé à Harvard mais nous raconte qu'il a grandi dans la pauvreté, il parsème ses discours pleins d'éloquence d'obscénités, et combine blazers bien taillés et chemises repassées avec des chaussures de randonnée déglinguées. Son style d'enseignement est également pétri de contradictions. Participer en classe semble toujours risqué, parce que s'il aime ce que vous dites, il applaudira et ira direct au tableau pour élaborer autour du commentaire brillant que vous venez de faire, mais si cela lui déplaît, il ne vous laissera même pas terminer – il vous coupera avec un « Ok, ça suffit » bien cassant. J'ai peur de parler même si parfois, après qu'il a posé une question ouverte à la classe, il me regarde droit dans les yeux, moi, comme s'il voulait savoir spécifiquement ce que j'ai à dire.

En marge des notes que je prends en classe, je consigne les détails qu'il laisse échapper à son sujet : il a grandi à Butte, dans le Montana, qui se prononce « Bioute » ; avant d'aller à Harvard à dix-huit ans, il n'avait jamais vu l'océan ; il habite dans le centre-ville de Norumbega, en face de la bibliothèque municipale ; il n'aime pas les chiens, un chien l'a attaqué lorsqu'il était enfant. Un mardi après l'atelier d'écriture créative, une fois que Jesse est sorti de la classe et se trouve au milieu du couloir, M. Strane me dit qu'il a quelque

1. Preliminary Scholastic Aptitude Test : test d'anglais et de mathématiques que les lycéens américains peuvent choisir de passer et qui peut leur permettre, s'ils obtiennent de bons résultats, de décrocher une bourse universitaire.

chose pour moi. Il ouvre le tiroir du bas de son bureau et en sort un livre.

— C'est pour la classe ? je demande.

— Non, c'est pour vous.

Il fait le tour de son bureau et pose le livre dans mes mains. *Ariel*, de Sylvia Plath.

— Vous l'avez déjà lue ?

Je secoue la tête, retourne le volume. Il est usé, doté d'une reliure en toile bleue. Un bout de papier dépasse entre les pages – un marque-page de fortune.

— Elle est un peu excessive, mais les jeunes femmes l'adorent.

Je ne sais pas ce qu'il veut dire par « excessive », mais je n'ai pas envie de lui poser la question. Je feuillette le livre – éclairs de poèmes –, et je m'arrête à l'endroit où est inséré le marque-page. Le titre, « Dame Lazare », est écrit en capitales et en gras.

— Pourquoi le marque-page est-il ici ?

— Je vais vous montrer.

M. Strane vient à côté de moi, tourne la page. Le fait d'être si proche de lui me donne l'impression d'être avalée ; ma tête n'arrive pas à hauteur de ses épaules.

— Là, dit-il en pointant le doigt vers ce passage :

*De la cendre je surgis*
*Avec mes cheveux rouges*
*Et je dévore les hommes comme l'air*[1].

— Cela m'a fait penser à vous, dit-il.

Puis il passe sa main derrière moi et tire sur ma queue-de-cheval.

Je regarde fixement le livre comme si j'étudiais le poème, mais les strophes se brouillent, ne sont plus que des taches noires sur une page jaune. J'ignore comment je suis censée

1. Sylvia Plath, *Ariel*, traduit de l'anglais (États-Unis) par Valérie Rouzeau, Gallimard.

réagir. J'ai l'impression que je devrais rire. Je me demande s'il me drague, mais c'est impossible. La drague, c'est amusant normalement, et tout ceci est trop chargé pour l'être.

Tout bas, M. Strane me demande :

— Est-ce un problème, que cela m'ait fait penser à vous ?

J'humecte mes lèvres, je hausse les épaules.

— Non, bien sûr.

— Parce que je ne voudrais surtout pas dépasser les bornes.

*Dépasser les bornes.* Je ne sais pas trop ce qu'il veut dire par là non plus, mais sa façon de me regarder me dissuade de lui poser la moindre question. Soudain, il semble à la fois gêné et plein d'espoir – j'ai l'impression qu'il pourrait se mettre à pleurer si je lui répondais que c'est un problème.

Alors je souris, je secoue la tête.

— Ce n'est pas le cas.

Il expire.

— Bien.

Il s'éloigne de moi et regagne son bureau.

— Lisez-le et dites-moi ce que vous en pensez. Peut-être que cela vous inspirera un ou deux poèmes.

Je sors de la classe et je vais directement à Gould, où je me mets au lit et je lis *Ariel* dans son intégralité. Les poèmes me plaisent, mais ce qui m'intéresse avant tout, c'est de comprendre pourquoi ces textes lui ont fait penser à moi, et quand il a établi ce rapprochement – l'après-midi avec la feuille, peut-être ? Des cheveux rouge érable. Je me demande depuis combien de temps il a ce livre dans un tiroir de son bureau, s'il a attendu longtemps avant de se décider à me le donner. Peut-être a-t-il dû trouver le courage de le faire.

Je prends le bout de papier qu'il a utilisé pour marquer la page de « Dame Lazare », et j'écris dessus soigneusement en cursive « Je surgis avec mes cheveux rouges » avant de l'épingler sur le tableau en liège au-dessus de mon bureau. Les adultes sont les seuls à me complimenter sur mes cheveux, mais là, c'est plus qu'un compliment. Il pense à moi. Il pense tellement à moi que certaines choses lui font penser à moi. Ce n'est pas rien.

J'attends quelques jours avant de lui rendre *Ariel*. Je traîne un peu à la fin du cours en attendant que tout le monde soit parti, puis je fais glisser le livre sur son bureau.

— Alors ?

Il se penche en avant sur son coude, impatient d'entendre mon avis.

J'hésite, je fronce le nez.

— Elle est un peu égocentrique.

Ma remarque le fait rire – d'un vrai rire.

— C'est juste. Et j'apprécie votre honnêteté.

— Mais ça m'a plu. Surtout celui que vous aviez sélectionné.

— Je pensais bien qu'il vous plairait.

Il va jusqu'aux bibliothèques encastrées, passe en revue leurs rayonnages.

— Tenez.

Il me tend un autre livre – Emily Dickinson.

— Voyons voir ce que vous pensez de celui-ci.

Je n'attends pas avant de lui rendre le Dickinson. Le lendemain, après le cours, je laisse tomber le volume sur son bureau.

— Je ne suis pas fan, dis-je.

— Vous plaisantez.

— C'était assez barbant.

— Barbant !

Il pose sa paume sur sa poitrine.

— Vanessa, vous me brisez le cœur.

— Vous avez dit que vous appréciez mon honnêteté.

Je laisse échapper un rire.

— C'est le cas. Simplement, je l'apprécie davantage quand je suis d'accord avec elle.

M. Strane me prête ensuite un livre d'Edna St. Vincent Millay, laquelle, d'après lui, est tout sauf barbante.

— Et c'était une fille rousse du Maine, remarque-t-il. Tout comme vous.

Les livres qu'il me prête me suivent partout, et je les lis dès que j'en ai l'occasion – chaque fois que j'ai une minute à moi et à chaque repas. Je commence à me rendre compte que la question n'est pas de savoir si j'aime ces œuvres. En fait, en me les proposant, il m'offre différents prismes à travers lesquels je peux me voir. Les poèmes sont des indices qui m'aident à comprendre pourquoi il s'intéresse autant à moi, ce qu'il voit exactement en moi.

L'attention qu'il me porte me donne le courage de lui montrer certaines ébauches de mes poèmes quand il demande à lire d'autres de mes travaux. Il me les rend avec des critiques – pas uniquement des louanges, mais de vraies suggestions pour m'aider à améliorer mon écriture. Il entoure des termes dont je n'étais déjà pas sûre, et écrit : *Meilleur choix ?* Il barre carrément certains mots et commente : *Vous pouvez faire mieux.* En marge d'un poème que j'ai écrit au milieu de la nuit après m'être réveillée d'un rêve dont le décor était un mélange de sa salle de classe et de ma chambre chez mes parents, il note : *Vanessa, celui-ci m'effraie un peu.*

Je commence à passer mon heure de permanence pédagogique dans sa classe, à réviser sur la table de séminaire pendant que lui travaille à son bureau. Les fenêtres nous drapent tous les deux de lumière d'octobre. Parfois d'autres étudiants viennent lui demander de l'aide sur des devoirs, mais la plupart du temps, il n'y a que nous. Il me pose des questions sur moi, sur mon enfance au bord du lac, sur ce que je pense de Browick, sur ce que je voudrais faire plus tard. Il me dit que je peux viser les sommets, que je possède une forme rare d'intelligence, quelque chose qui ne se mesure pas en notes ni en résultats à des évaluations.

— Parfois, je m'inquiète pour les élèves comme vous. Ceux qui viennent de toutes petites villes dont les écoles sont en piteux état. Il est facile d'être dépassé et perdu dans un endroit comme celui-ci. Mais vous vous en sortez, n'est-ce pas ?

Je hoche la tête pour dire oui, tout en me demandant ce qu'il imagine lorsqu'il emploie les termes « piteux état ». Mon ancien collège n'était pas si pourri que ça.

— N'oubliez pas que vous êtes spéciale. Vous avez quelque chose dont ne peut que rêver cette légion d'élèves brillants.

Au moment où il dit « légion d'élèves brillants », il esquisse un geste en direction des sièges vides autour de moi, et je pense à Jenny – son obsession pour les notes, au fait qu'un jour, en entrant dans notre chambre, je l'avais retrouvée qui pleurnichait sur son lit. Ses bottes, qu'elle n'avait pas pris la peine d'enlever, avaient ramené du gros sel sur ses draps, et son devoir d'algèbre de la mi-trimestre gisait sur le sol, tout chiffonné. Elle avait obtenu un 16. *Jenny, ça reste un B,* lui avais-je dit. Mais cela ne l'avait pas consolée. Elle s'était roulée en boule tout près du mur et avait enfoui son visage dans ses mains pour pleurer.

Une autre après-midi, alors qu'il est occupé à taper à l'ordinateur une séquence de cours, M. Strane sort comme ça, de but en blanc :

— Je me demande ce qu'ils pensent du fait que vous passiez autant de temps avec moi.

J'ignore qui ce « ils » désigne – d'autres élèves, d'autres professeurs, ou peut-être tout le monde, peut-être qu'il réduit le monde entier à un autre collectif.

— Je ne m'inquiéterais pas pour ça, dis-je.

— Pourquoi donc ?

— Parce que personne ne remarque jamais rien de ce que je fais.

— Ce n'est pas vrai. Je vous remarque tout le temps.

Je lève les yeux de mon carnet. Il a arrêté de taper à l'ordinateur et, les doigts posés sur son clavier, il me regarde. Son visage est si doux que mon sang se fige.

Après cela, je l'imagine me regarder quand je prends mon petit déjeuner et que mes yeux sont encore tout bouffis, quand je marche dans le centre-ville, quand je suis seule dans ma chambre, que j'enlève l'élastique qui retient ma queue-de-cheval et que je me glisse dans mon lit avec le dernier livre qu'il a choisi pour moi. Dans mon esprit, il me regarde tourner les pages, subjugué par le moindre de mes gestes.

Le week-end portes ouvertes arrive, trois jours pendant lesquels Browick se présente sous son meilleur jour. Vendredi, il y a un cocktail réservé exclusivement aux parents, suivi d'un dîner au réfectoire de l'école où l'on sert des mets qui, autrement, ne sont jamais au menu : rôti de bœuf, pommes de terre ratte, tarte chaude aux myrtilles. Les réunions parents-professeurs ont lieu le samedi avant le déjeuner, les matchs à domicile dans l'après-midi, et les parents qui passent la nuit sur place vont en ville le dimanche matin, soit à l'église, soit au restaurant pour un brunch. L'année dernière, les miens sont venus pour tout, même pour le culte du dimanche, mais cette année, ma mère m'a dit : « Vanessa, si nous devons endurer encore une fois tout ce machin, ton père et moi allons perdre le goût de vivre. » Voilà pourquoi ils ne sont là que le samedi pour rencontrer mes professeurs. Pas de souci. Browick, c'est mon univers, pas le leur. Pour eux, plutôt voter pour les républicains que de mettre sur le pare-brise de leur voiture l'un de ces autocollants PARENT D'ÉLÈVE DE BROWICK.

Après avoir rencontré mes professeurs, ils passent dans ma chambre. Papa porte sa casquette des Red Sox et sa chemise à carreaux rouges et noirs, tandis que maman essaie de relever le niveau vestimentaire avec son twin-set. Pendant que mon père tourne en rond dans la pièce, inspectant ma bibliothèque, ma mère s'allonge dans le lit à côté de moi et tente de prendre ma main dans la sienne.

— Non ! dis-je en retirant brusquement ma main.

— Alors laisse-moi sentir ton cou, dit-elle. Ton odeur m'a manqué !

Je colle mon épaule contre mon oreille pour la repousser.

— C'est vraiment trop bizarre, maman. C'est pas normal.

L'année dernière, pendant les vacances d'hiver, elle m'a demandé si elle pouvait garder mon écharpe préférée et la mettre dans une boîte afin de pouvoir la sortir et la renifler quand je lui manquerais. C'est le genre de pensée que je dois chasser de mon esprit immédiatement, sinon j'éprouve une culpabilité qui m'étouffe.

Maman commence à décrire les entretiens avec les professeurs, et je ne m'intéresse qu'à une chose : ce que M. Strane a dit. Mais j'attends qu'elle passe en revue tous les professeurs de sa liste parce que je ne veux pas éveiller ses soupçons en manifestant trop d'intérêt.

Enfin, elle dit :

— Par contre, ton prof de lettres m'a tout l'air d'un homme intéressant.

— C'est le grand barbu ? demande mon père.

— Oui, celui qui a étudié à Harvard, répond-elle.

Elle prononce ce mot en étirant chaque syllabe. *Hah-vahd.* Je me demande comment le sujet est arrivé dans la conversation. M. Strane a-t-il glissé cette information dans la discussion, ou bien est-ce que mes parents ont remarqué le diplôme accroché au mur derrière son bureau ?

— Un homme très intéressant, répète maman.

— Comment ça ? Qu'est-ce qu'il a dit ?

— Il a dit que tu avais écrit une bonne dissertation la semaine dernière.

— C'est tout ?

— Il aurait dû nous en dire plus ?

Je mords l'intérieur de ma joue, mortifiée à l'idée qu'il ait parlé de moi comme si je n'étais qu'une élève parmi d'autres. *Elle a écrit une bonne dissertation la semaine dernière.* Je ne suis peut-être que cela à ses yeux.

— Tu sais qui ne m'a pas impressionnée du tout ? Ce prof de sciences politiques, là, M. Sheldon.

En me décochant un regard entendu, elle ajoute :

— Il m'a fait l'effet d'un vrai connard.

— Jan, allons, s'offusque papa.

Il déteste quand maman jure devant moi.

Je me lève et j'ouvre la porte de mon placard. Je farfouille dans mes vêtements afin de ne pas avoir à les regarder pendant qu'ils se demandent s'ils devraient rester pour le dîner au campus ou rentrer à la maison avant la nuit.

— Ça t'embête beaucoup si on ne reste pas dîner ? me demandent-ils.

Je regarde fixement mes vêtements sur la tringle, et je marmonne que ça m'est égal. Quand je leur sers mon habituel au revoir abrupt, j'essaie de rester calme en voyant les yeux de maman s'embuer de larmes.

Le vendredi avant la remise de notre gros devoir sur Walt Whitman, M. Strane fait un tour de table, et demande à chacun, au hasard, de partager les idées clés de sa dissertation. Nous avons droit à un retour immédiat sur notre travail : « bien mais à creuser », « on efface et on recommence ». Tout du long, nous sommes tous pétris d'angoisse. Tom Hudson se voit attribuer un « on efface et on recommence », et pendant un instant, on a l'impression qu'il va pleurer, alors que quand Jenny obtient un « bien mais à creuser », elle cligne vraiment des yeux pour chasser ses larmes, et une part de moi a envie de se précipiter de son côté de la table, de l'étreindre et de dire à M. Strane de lui foutre la paix. Quand vient le tour de ma dissertation, il déclare que c'est parfait.

Une fois tout le monde évalué, il reste encore quinze minutes de cours, alors M. Strane nous recommande de profiter de ce temps-là pour améliorer notre dissertation. Je reste assise sans trop savoir quoi faire étant donné qu'il a jugé mon travail parfait en l'état. Il m'appelle depuis son bureau. Il soulève le poème que je lui ai donné au début du cours et, d'un geste de la main, me demande de venir le voir.

— Échangeons à ce sujet, dit-il.

Je me lève. Ma chaise racle le sol juste au moment où Jenny laisse tomber son crayon de papier pour se débarrasser d'une crampe à la main. Pendant quelques instants, nos regards se croisent, et je sens ses yeux sur moi tandis que je me dirige vers le bureau de M. Strane.

Quand je m'assieds sur la chaise juste à côté de lui, je remarque qu'il n'y a aucune annotation en marge de mon poème.

— Rapprochez-vous un peu afin que nous puissions parler sans déranger les autres, dit-il.

Avant que j'aie le temps de bouger, ses doigts agrippent le dossier de ma chaise qu'il fait rouler vers lui. Moins de trente centimètres nous séparent.

Si certains se demandent ce que nous faisons, ils n'en laissent rien paraître. Autour de la table de séminaire, les élèves, concentrés, ont tous la tête baissée vers leur copie. On dirait qu'ils sont dans un monde, et M. Strane et moi, dans un autre. Avec sa paume, il lisse l'endroit où j'ai plié mon poème et se met à lire. Il est si proche de moi que je sens son odeur – café et poussière de craie –, et tandis qu'il lit, je regarde ses mains, ses ongles plats rongés, les poils noirs sur ses poignets. Je me demande pourquoi il a souhaité échanger avec moi sur ce texte alors qu'il ne l'a pas encore lu. Je me demande ce qu'il a pensé de mes parents, s'il les a trouvés ploucs – papa vêtu de sa chemise bûcheron, maman serrant son sac à main contre sa poitrine. *Oh, vous êtes allé à Harvard,* ont-ils dû dire avec un accent encore plus prononcé que d'ordinaire parce qu'ils étaient impressionnés.

Tout en pointant son stylo vers la page, M. Strane murmure :

— Nessa, je dois vous poser la question. Est-ce que dans ce passage, vous cherchiez à être sensuelle ?

Mes yeux s'arrêtent aussitôt sur les vers qu'il désigne :

*Le ventre violet & douce, elle se réveille,*
*Repousse les couvertures du bout de ses orteils au vernis écaillé,*
*Bâille la bouche grande ouverte pour qu'il puisse regarder en elle.*

En entendant sa question, je me détache de moi-même, comme si mon corps restait à côté de lui, mais que mon esprit battait en retraite et rejoignait la table de séminaire.

Jamais personne ne m'a qualifiée de sensuelle auparavant, et seuls mes parents m'appellent Nessa. Je me demande s'ils m'ont désignée par ce surnom pendant l'entretien. Peut-être que M. Strane l'a noté quelque part et l'a gardé dans un coin de sa tête pour lui.

Est-ce que je cherchais à être sensuelle ?

— Je ne sais pas.

Il s'éloigne un peu de moi, un mouvement infime que je perçois tout de même.

— Mon intention n'est pas de vous mettre mal à l'aise, dit-il.

Je me rends compte qu'il s'agit d'un test. Il veut voir comment je réagis en m'entendant qualifiée de sensuelle, et mon malaise est synonyme d'échec. Alors je secoue la tête.

— Je ne suis pas mal à l'aise.

Il poursuit sa lecture, écrit un point d'exclamation à côté d'un autre vers et murmure, plus pour lui-même que pour moi :

— Oh, c'est charmant, ça.

Quelque part dans le couloir, une porte claque. Autour de la table, Gregg Akers fait craquer ses articulations les unes après les autres, et Jenny passe sa gomme encore et encore sur les arguments de sa dissertation qu'elle n'arrive pas à corriger. Mon regard dérive vers les fenêtres et remarque quelque chose de rouge. Je plisse les yeux et je vois un ballon de baudruche dont la ficelle s'est prise dans une branche de l'érable. Il flotte au vent et cogne contre les feuilles et l'écorce. D'où peut bien venir ce ballon ? Je le regarde fixement pendant ce qui me semble un long moment, avec une telle concentration que je ne cligne même pas des yeux.

Et puis le genou de M. Strane touche ma cuisse nue, juste au-dessous de l'ourlet de ma robe. Alors que ses yeux sont toujours posés sur le poème et que la pointe de son stylo suit les vers, son genou se cale contre moi. Je me fige, je fais la morte. Autour de la table de séminaire, neuf têtes sont baissées, en pleine concentration. De l'autre côté de la vitre, un ballon rouge est mollement accroché à la branche d'un arbre.

Au début, je me dis qu'il ne s'en rend pas compte, qu'il prend ma jambe pour le bureau ou le côté de la chaise. J'attends qu'il comprenne, qu'il voie où s'est retrouvé son genou et qu'il murmure un « désolé » avant de le déplacer, mais son genou reste pressé contre moi. Quand j'essaie d'être polie et de m'éloigner un peu, il bouge avec moi.

— Je pense que nous sommes très semblables, Nessa, murmure-t-il. Je devine à votre façon d'écrire que vous êtes une romantique torturée, comme moi. Vous aimez les choses sombres.

Protégé des regards par son bureau, il baisse la main et me caresse le genou doucement, avec hésitation, comme on pourrait caresser un chien dont on n'est pas encore sûr qu'il ne va pas devenir méchant et mordre. Je ne le mords pas. Je ne bouge pas. Je ne respire même pas. D'une main, il continue à prendre des notes sur le poème pendant que, de l'autre, il me caresse le genou. Mon esprit se glisse hors de moi et frôle le plafond. Je peux ainsi me voir d'en haut : les épaules voûtées, le regard perdu au loin, les cheveux d'un roux éclatant.

Et puis le cours est terminé. M. Strane s'éloigne de moi, l'endroit sur mon genou que sa main a déserté est désormais froid, et la pièce n'est que mouvements, sons, fermetures Éclair que l'on remonte, manuels que l'on referme d'un coup, rires, mots, et personne ne sait ce qui s'est passé devant tout le monde.

— J'attends le prochain avec impatience, me dit M. Strane.

Il me tend le poème qu'il a annoté comme si tout était normal, comme si ce qu'il venait de faire ne s'était jamais produit.

Les neuf autres élèves rangent leurs affaires et sortent de la classe pour poursuivre leur vie, vont à des entraînements, à des répétitions et à des ateliers. Je quitte moi aussi la pièce, mais je ne suis pas l'une d'eux. Ils sont les mêmes, alors que moi, j'ai changé. Désormais, je suis déshumanisée. Sans attache. Tandis qu'ils traversent le campus, terrestres et ordinaires, je m'envole, laissant derrière moi une queue de comète rouge érable. Je ne suis plus moi-même ; je ne suis personne. Je suis un ballon de baudruche rouge prisonnier des branches d'un arbre. Je ne suis rien du tout.

# 2017

Je suis au travail, le regard perdu à l'autre bout du hall de l'hôtel, quand je reçois un SMS d'Ira. Mon corps se crispe à mesure que les notifications de messages s'accumulent sur l'écran de mon téléphone. Sur sa fiche contact, il y a toujours la mention « NE LE CONTACTE PAS », qui remonte à notre dernière rupture.

Comment ça va ?
Je pensais à toi.
Ça te tente, un verre ?

Je ne touche pas le téléphone. Je ne veux pas qu'il sache que j'ai lu ses textos. Mais alors que je recommande des restaurants et que je réserve des tables à des clients en leur disant à chacun que je suis ravie, absolument ravie de leur rendre service, un petit feu s'attise dans mon ventre. Trois mois se sont écoulés depuis qu'Ira a décrété qu'il fallait que nous mettions un terme à tout cela pour de bon, et cette fois-ci, je me suis bien tenue. Je ne suis pas passée devant son immeuble dans l'espoir de tomber sur lui dehors, il n'y a pas eu de coups de fil, pas de SMS – même pas avinés. À mon sens, ce message est ma récompense pour la maîtrise de soi dont j'ai su faire preuve.

Je laisse passer deux heures avant de répondre : Ça va. Un verre, ça pourrait être sympa. Il répond tout de suite : Tu bosses ? Je dîne avec des amis. Je peux te retrouver quand t'auras fini. Mes mains tremblent tandis que je lui envoie un emoji de pouce levé, comme si j'avais la flemme d'écrire « Bonne idée ».

Lorsque je sors de l'hôtel à onze heures et demie, il est dehors, appuyé au comptoir du voiturier. Les épaules voûtées, il regarde son téléphone. Immédiatement, je remarque ce qui a changé chez lui, ses cheveux plus courts, ses vêtements à la mode, son pantalon noir moulant et sa veste en jean trouée aux coudes. Il sursaute en me voyant, glisse son téléphone dans la poche arrière de son pantalon.

— Désolée d'avoir mis des plombes à sortir, dis-je. Grosse soirée.

Je reste plantée devant lui, tenant mon sac à deux mains, sans savoir comment le saluer, sans savoir ce qui est autorisé.

— T'inquiète. Je suis arrivé il y a quelques minutes seulement. Tu as l'air bien.

— J'ai l'air pareille.

— C'est que tu as toujours eu l'air bien.

Il tend un bras vers moi pour me proposer de me serrer contre lui, mais je secoue la tête. Il est trop gentil. S'il voulait que nous nous remettions ensemble, il serait sur la réserve et nerveux comme moi.

— Tu as l'air très…

Je cherche le mot juste.

— …branché.

C'est une pique, mais Ira se contente de rire et me remercie. Sa voix est sincère.

Nous allons dans un nouveau bar meublé de tables en bois à l'aspect vieilli et de chaises en métal, et dont la carte des bières est organisée sur cinq pages par type, puis par pays d'origine, et enfin par taux d'alcool. En entrant, je balaie la salle du regard, portant une attention toute particulière aux femmes ayant de longs cheveux blonds pour voir s'il ne s'agit pas de Taylor Birch, bien que je ne sois pas sûre que je la reconnaîtrais même si elle se matérialisait sous mon nez. Ces deux dernières semaines, je n'ai pas arrêté de croiser dans la rue des femmes dont j'étais convaincue que c'était elle, mais chaque fois, ce n'étaient que des inconnues au visage totalement différent du sien.

— Vanessa ?

Ira me touche l'épaule, et je sursaute comme si j'avais oublié sa présence.

— Ça va ?

Je hoche la tête et j'esquisse un mince sourire. Je prends une chaise vide.

Quand le serveur passe nous voir et commence à nous débiter des recommandations, je le coupe.

— Ça me dépasse. N'importe laquelle fera l'affaire.

C'était censé être une boutade, mais le ton est cassant. Le regard qu'Ira lance au serveur semble dire : « Veuillez l'excuser. »

— On aurait pu aller ailleurs, remarque-t-il.

— Ça me va très bien.

— J'ai l'impression que tu détestes cet endroit.

— Je déteste tous les endroits.

Le serveur nous apporte les bières – un machin foncé qui sent le vin dans un verre à pied pour Ira, et pour moi, une cannette de Miller Lite.

— Vous voulez un verre ou ça ira ? me demande le serveur.

— Oh, ça va aller.

Je souris en pointant du doigt la cannette. C'est mon maximum pour avoir l'air charmante. Le serveur se contente de tourner les talons et d'aller à la table voisine.

Ira me scrute longuement.

— Tu vas bien ? Dis-moi la vérité.

Je hausse les épaules, bois une gorgée.

— Ouais.

— J'ai vu le post Facebook.

Avec mon ongle, je donne des pichenettes à la capsule de ma cannette. *Clic-clic-clic.*

— Quel post Facebook ?

Il fronce les sourcils.

— Celui où il est question de Strane. Tu ne l'as vraiment pas vu ? La dernière fois que j'ai regardé, il avait été partagé genre deux mille fois.

— Ah oui. Ça.

En réalité, il y a eu près de trois mille partages, même si l'activité autour de cette publication commence à s'essouffler. J'avale une autre gorgée, feuillette la carte des bières.

Tout bas, Ira dit :

— Je me fais du souci pour toi.

— Tu ne devrais pas. Je vais bien.

— Tu lui as parlé depuis que c'est sorti ?

Je referme le menu d'un coup.

— Non.

Ira m'observe.

— Vraiment ?

— Vraiment.

Il me demande si je pense que Strane va être viré, et je hausse les épaules entre deux gorgées. Comment le saurais-je ? Il me demande si j'ai envisagé de contacter Taylor et je ne réponds pas. Je continue de donner des pichenettes à la capsule de ma cannette, et maintenant que celle-ci est à moitié vide, le *clic-clic-clic* s'est mué en *boing-boing-boing.*

— Je sais à quel point ce doit être difficile pour toi, dit-il. Mais cette histoire, c'est peut-être une opportunité, non ? De faire la paix avec tout ça et de passer à autre chose.

Je réfléchis à son idée tout en m'obligeant à respirer. « Faire la paix et passer à autre chose » – on dirait qu'il me parle de sauter d'une falaise, de mourir.

— On peut changer de sujet ?

— Bien sûr. Évidemment.

Il me pose des questions sur mon travail, me demande si je cherche toujours un autre boulot. Il me raconte qu'il s'est trouvé un nouvel appartement sur Munjoy Hill, et mon cœur tressaute l'espace d'un instant délirant au cours duquel je me dis qu'il va me proposer d'emménager avec lui. C'est un endroit super, explique-t-il, vraiment grand. Je patiente, m'attendant à ce qu'au moins il m'invite, mais il se contente de soulever son verre.

— Ça doit être cher si c'est sympa. Comment tu t'en sors ? je lui demande.

Ira serre les lèvres en avalant sa bière.

— J'ai eu du bol.

J'imagine que nous allons continuer à boire, c'est ce que nous faisons généralement – boire et boire jusqu'à ce que l'un de nous deux ait le courage de demander à l'autre « Tu me raccompagnes ? » –, mais avant que j'aie pu commander une deuxième bière, Ira tend sa carte de crédit au serveur, me signalant ainsi la fin de notre soirée. J'ai l'impression de me prendre une gifle.

Quand nous sortons du bar, dans le froid, il me demande si je vois toujours Ruby, et je suis soulagée de ne pas avoir à mentir, au moins sur cette question, pour pouvoir lui fournir la réponse qu'il souhaite entendre.

— En voilà, une bonne nouvelle. C'est réellement ce qu'il y a de mieux pour toi.

J'essaie de sourire, mais je n'aime pas son « ce qu'il y a de mieux pour toi ». Cela fait ressurgir trop de choses – Ira me disant que ma façon de présenter des sévices sous un jour romantique était troublante, presque autant que le fait de garder le contact avec l'homme qui me les avait infligés. Dès le début, Ira a estimé que j'avais besoin d'aide. Six mois après le début de notre relation, il m'a donné une liste de psychologues qu'il avait trouvés, m'a supplié d'essayer. Quand j'ai refusé, il m'a lancé que si je l'aimais, j'essaierais, et je lui ai rétorqué que s'il m'aimait, il laisserait tomber. Au bout d'un an, il a tenté de me présenter les choses sous forme d'ultimatum : soit j'entamais une thérapie, soit c'était fini entre nous. Je n'ai malgré tout pas cillé – c'est lui qui a flanché. Alors quand j'ai commencé à fréquenter Ruby, même si j'y allais uniquement à cause de mon père, Ira n'a pu s'empêcher d'agir triomphalement. *Peu importe ce qui te pousse à aller là-bas, Vanessa,* m'a-t-il sorti à l'époque.

— Alors, que pense Ruby de tout ça ? me demande-t-il.

— Comment ça ?

— La publication Facebook, ce qu'il a fait à cette fille...

— Ah. On ne parle pas vraiment de ces choses-là.

Mes yeux suivent le motif dessiné par les briques sur le trottoir à la lueur des réverbères, le brouillard qui remonte de l'eau.

Pendant plusieurs centaines de mètres, Ira reste muet. Quand nous arrivons à Congress Street, où je tourne à gauche et lui à droite, ma poitrine me fait mal tant j'ai envie de lui demander de venir chez moi – même si je ne suis pas du tout assez ivre, même si je me déteste déjà après une demi-heure passée avec lui. J'ai juste besoin qu'on me touche.

— Tu ne lui en as pas parlé.

— Si.

Il incline la tête, plisse les yeux.

— Vraiment ? Tu as raconté à ta psy que l'homme qui a abusé de toi quand tu étais gamine a été publiquement accusé de la même chose par quelqu'un d'autre, et ce n'est pas un sujet que vous abordez ensemble ? Arrête…

Je hausse les épaules.

— Ce n'est pas si important que ça à mes yeux.

— Ben voyons.

— Et il n'a pas abusé de moi.

Les narines d'Ira se gonflent et ses yeux se durcissent, sont traversés par un éclair familier de frustration. Il tourne les talons comme pour partir – mieux vaut s'éloigner que s'énerver contre moi –, mais se tourne de nouveau vers moi.

— Est-ce qu'au moins, elle sait qu'il existe ?

— Je ne vais pas chez un psy pour parler de ça, ok ? J'y vais à cause de mon père.

Il est minuit. Au loin, les cloches de la cathédrale sonnent, les feux de signalisation passent de rouge-jaune-vert à jaune clignotant, et Ira secoue la tête. Je le dégoûte. Je sais ce qu'il pense, ce que tout le monde penserait – que je suis une apologiste, que je suis complice –, mais je me défends tout autant que je défends Strane. Parce que même si parfois j'emploie le mot « sévices » pour décrire certaines choses qu'on m'a faites, dans la bouche de quelqu'un d'autre, ce terme prend une vilaine connotation et un caractère absolu. Il avale tout ce qui s'est passé. Il m'avale moi et toutes les fois où je l'ai voulu, où je l'ai supplié. Comme les lois qui réduisent à un viol toutes les relations sexuelles qu'il y a eues entre Strane et moi avant mes dix-huit ans – sommes-nous censés croire qu'un anniversaire est magique ? Il ne s'agit que d'un jalon arbitraire. Est-il vraiment aberrant de penser que certaines filles sont prêtes plus tôt ?

— Tu sais, ces dernières semaines, quand on parlait de tout ça aux infos, je n'ai eu que toi en tête. Je me fais du souci pour toi.

Des phares approchent, une lumière de plus en plus vive, qui nous balaie lorsque la voiture tourne à l'angle.

— Je croyais que tu serais dans tous tes états à cause de ce que cette fille a écrit, mais on dirait que ça ne te fait ni chaud ni froid.

— Pourquoi est-ce que je devrais me sentir concernée ?

— Parce qu'il t'a fait la même chose ! hurle-t-il.

Sa voix se répercute sur les immeubles. Il prend une inspiration et regarde fixement le sol, gêné d'avoir perdu son sang-froid. Personne ne l'a jamais autant énervé que moi. Il me le répétait tout le temps.

— Tu ne devrais pas te faire autant de souci pour moi, Ira.

Il laisse échapper un rire de dédain.

— Crois-moi, je le sais parfaitement.

— Je ne veux pas que tu m'aides pour cette histoire. Tu ne la comprends pas. Tu ne l'as jamais comprise.

Il renverse la tête en arrière.

— Eh bien, c'était ma dernière tentative. Je n'essaierai plus.

Alors qu'il commence à s'éloigner, je crie :

— Elle ment !

Il s'arrête, se retourne.

— Je parle de la fille qui a écrit ce post. C'est un tissu de mensonges.

J'attends, mais Ira ne parle pas, ne bouge pas. D'autres phares approchent et passent au-dessus de nos têtes.

— Tu me crois ? je lui demande.

Ira secoue la tête, sans énervement cependant. Il me plaint, ce qui est pire que de s'inquiéter pour moi, pire que tout.

— Qu'est-ce qu'il faudra pour que tu réagisses, Vanessa ? demande-t-il.

Il commence à remonter Congress Street en direction de la colline, puis lance par-dessus son épaule :

— À propos, le nouvel appartement ? Je peux me le payer parce que je sors avec quelqu'un. On a emménagé ensemble.

Tout en marchant à reculons, il observe mon expression, mais je ne révèle rien. Je déglutis, la gorge ardente, et je bats tellement vite des paupières que ma vision se brouille et qu'il n'est plus qu'une ombre, un brouillard.

Il est midi, et je dors encore quand j'entends la sonnerie spéciale que j'ai attribuée au numéro de Strane sur mon téléphone. Elle s'insère dans mon rêve, une mélodie de boîte à bijoux musicale qui me tire de mon sommeil tellement doucement que je rêve encore à moitié lorsque je décroche.

— Ils se réunissent aujourd'hui, dit-il. Ils vont décider de mon sort.

Je cligne des yeux pour me réveiller. Mon esprit groggy se débat pour comprendre qui est ce « Ils ».

— L'école ?

— Je sais ce qui se trame. J'ai enseigné là-bas pendant trente ans, et voilà qu'ils me balancent à la poubelle avec ces immondices. Je veux juste qu'ils en finissent.

— Eh bien, ce sont des monstres.

— Je n'irais pas aussi loin. Ils ont les mains liées. S'il y a un monstre ici, c'est l'histoire que l'autre, là, comment elle s'appelle, a inventée. Elle a réussi à m'accuser de quelque chose d'assez vague pour que ce soit terrifiant. On croirait un foutu film d'horreur.

— Je trouve plutôt que ça ressemble à du Kafka.

Je l'entends sourire.

— Tu as sans doute raison.

— Alors tu n'enseignes pas, aujourd'hui ?

— Non, ils m'ont interdit l'accès au campus jusqu'à nouvel ordre. J'ai l'impression d'être un criminel.

Il souffle longuement.

— Écoute, je suis à Portland. Je me demandais si je pouvais te voir.

— T'es ici ?

Je me précipite hors du lit et je traverse à la hâte le couloir jusqu'à la salle de bains. Mon estomac se noue lorsque je me vois dans le miroir et que j'aperçois autour de ma bouche et sous mes yeux les ridules qui ont semblé faire leur apparition le jour de mes trente ans.

— Tu habites toujours dans le même appartement ? demande-t-il.

— Non, j'ai déménagé. Il y a cinq ans.

Blanc.

— Tu peux m'indiquer où c'est ?

Je pense à la vaisselle dans l'évier de la cuisine, incrustée de nourriture, à la poubelle qui déborde, à la crasse installée depuis si longtemps. Je l'imagine entrer dans ma chambre et voir les tas de vêtements sales, les bouteilles vides alignées le long du matelas, mon bordel perpétuel.

*Il faut tourner la page*, dirait-il. *Vanessa, tu as trente-deux ans.*

— Et si on se retrouvait plutôt au café ?

Il est assis à une table dans un coin, à peine reconnaissable au début – un vieil homme corpulent qui a les mains autour d'une tasse de café –, mais quand je m'approche en coupant la queue devant le comptoir et en serpentant entre les chaises, il m'aperçoit et se lève. Et alors, nul doute, c'est lui : cette montagne de plus d'un mètre quatre-vingt-dix, solide, rassurante et si familière que mon corps prend le dessus, je jette mes bras autour de lui et j'agrippe des pans de son manteau en essayant de me rapprocher le plus possible. En m'enfonçant contre lui, je ressens la même chose qu'à quinze ans – cette odeur de café et de poussière de craie, le sommet de ma tête qui lui arrive à peine à l'épaule.

Quand il se détache de moi, il a les larmes aux yeux. Gêné, il cale ses lunettes sur son front et essuie ses joues.

— Je suis désolé. Je sais qu'un vieillard pleurnicheur, ce n'est vraiment pas ce dont tu as besoin. Te voir, ça me...

Il laisse sa phrase en suspens et observe mon visage.

— Ne t'inquiète pas, lui dis-je. Tu es très bien.

Mes yeux aussi sont embués de larmes.

Nous nous asseyons l'un en face de l'autre, comme si nous étions ordinaires, comme des connaissances qui reprennent le fil après une longue séparation. Il me semble terriblement plus âgé, tout gris, et je ne parle pas uniquement de ses cheveux, mais aussi de sa peau et de ses yeux. Sa barbe a disparu, c'est la première fois que je le vois sans, remplacée par des bajoues que je ne peux regarder sans en avoir des haut-le-cœur. Elles pendouillent telles des méduses, tirent tout son visage vers le bas. Ce changement est un choc. Cinq années se sont écoulées depuis que je l'ai vu pour la dernière fois, assez longtemps pour que la vieillesse puisse ravager un visage, mais je m'imagine que cette métamorphose s'est opérée depuis le post de Taylor, comme dans ces histoires où des gens sont tellement submergés par le chagrin qu'ils se réveillent un matin la tête blanche. Une pensée soudaine me glace le sang : cette histoire pourrait l'anéantir. Elle pourrait le tuer.

Je secoue la tête pour chasser cette pensée et dis, plus à moi-même qu'à lui :

— Peut-être que tout finira bien.

— Peut-être. Mais cela n'arrivera pas.

— Même s'ils te poussent vers la sortie, est-ce que cela serait si terrible que cela ? Ce serait comme prendre ta retraite. Tu pourrais vendre ta maison et quitter Norumbega. Tu as envisagé de retourner dans le Montana ?

— Je ne veux pas de ça. Ma vie est ici.

— Tu pourrais voyager. Prendre de vraies vacances.

— Des vacances, répète-t-il d'un ton dédaigneux. Arrête ! Quelle que soit l'issue de tout cela, mon nom est foutu, ma réputation, anéantie.

— Ça finira par retomber.

— Non.

Les éclairs sévères que lancent ses yeux suffisent à me convaincre d'arrêter de souligner que je sais de quoi je parle, que moi aussi, j'ai un jour été poussée à quitter l'école.

— Vanessa…

Il se penche au-dessus de la table.

— Tu m'as dit que la fille t'avait écrit il y a quelques semaines. Es-tu certaine de ne pas lui avoir répondu ?

Je le regarde longuement.

— Oui, j'en suis certaine.

— Et j'ignore si tu continues à voir ce psychiatre.

Il se mord la lèvre inférieure, ne pose pas la question qu'il souhaite poser.

Je m'apprête à le corriger – elle est psychothérapeute, pas psychiatre –, mais je sais que cela n'a pas d'importance. Que ce n'est pas la question.

— Elle n'est pas du tout au courant. Je ne lui parle pas de toi.

— D'accord. Bien. Et puis il y a aussi ton ancien blog. J'ai essayé de le retrouver…

— Il n'est plus en ligne. Je l'ai enlevé il y a des années. Pourquoi tu me cuisines comme ça ?

— Est-ce qu'à part cette fille, quelqu'un d'autre t'a contactée ?

— Qui ça ? L'école ?

— Je n'en sais rien. Je m'assure juste que…

— Tu penses qu'ils vont essayer de m'impliquer là-dedans ?

— Je n'en ai aucune idée. On ne me dit rien.

— Mais tu penses qu'ils…

— Vanessa.

Ma bouche se referme brusquement. Il laisse pendre sa tête, inspire puis reprend.

— J'ignore ce qu'ils vont faire. Je veux juste m'assurer qu'il n'y a pas d'autres départs de feu à éteindre. Et je veux être sûr que tu te sens…

Il cherche le mot juste.

— … stable.

— Stable, je répète tel un écho.

Il hoche la tête et, les yeux rivés sur moi, me pose la question qu'il n'ose formuler à voix haute – suis-je assez forte pour affronter ce qui pourrait venir ?

— Tu peux me faire confiance, lui dis-je.

Il sourit. La gratitude adoucit son visage. Je perçois un soulagement en lui, un relâchement dans ses épaules. Ses yeux se promènent dans le café.

— Alors, comment vas-tu ? Comment ta mère tient-elle le coup ?

Je hausse les épaules. Parler d'elle avec lui me fait toujours l'effet d'une trahison.

— Tu fréquentes toujours ce garçon ?

Il parle d'Ira. Je secoue la tête et, sans manifester de surprise, Strane hoche le menton, me tapote la main.

— Il n'était pas pour toi.

Nous restons assis en silence parmi le vacarme de vaisselle, le sifflement et le ronronnement de la machine à expresso, mon cœur qui tambourine. Pendant des années, j'ai imaginé cette scène : me retrouver de nouveau en face de lui, tout près. Mais maintenant que je suis là, je me sens en dehors de mon corps, comme si j'assistais aux choses depuis une table à l'autre bout du café. Cela ne me semble pas naturel que nous puissions nous parler comme des gens normaux, ou qu'il puisse supporter de me regarder sans tomber à genoux.

— Tu as faim ? demande-t-il. On pourrait manger un bout.

J'hésite, je regarde l'heure sur mon téléphone, et il remarque alors mon tailleur noir et le badge doré avec mon nom.

— Ah, la travailleuse, dit-il. Toujours dans cet hôtel, à ce que je vois.

— Je pourrais les appeler pour dire que je suis malade.

— Non, ne fais pas ça.

Il s'adosse à sa chaise. Son humeur s'est assombrie d'un coup. Je sais ce qui ne va pas : j'aurais dû accepter son offre sans hésiter, dire oui tout de suite. Mon hésitation a été une erreur, et avec lui, une erreur suffit à tout gâcher.

— Je peux essayer de terminer tôt. On pourrait sortir dîner.

Il agite la main.

— Ce n'est pas grave.

— Tu pourrais rester dormir.

À ces mots, il marque un temps d'arrêt. Ses yeux se promènent sur mon visage tandis qu'il réfléchit à cette idée. Je me demande s'il repense à moi quand j'avais quinze ans, ou s'il repense à notre dernière tentative il y a cinq ans, dans sa maison, dans son lit aux draps en flanelle. Nous avions essayé de recréer notre première fois, moi vêtue d'un pyjama léger, lumières tamisées. Cela n'avait pas fonctionné. Il n'arrêtait pas de débander – j'étais trop vieille. Après, j'avais pleuré dans la salle de bains, la main plaquée contre ma bouche tandis que le robinet coulait. Lorsque j'étais sortie, il était habillé et assis dans le salon. Nous n'en avons plus jamais parlé, et depuis, nous nous sommes contentés du téléphone.

— Non, dit-il doucement. Non, il faut que je rentre chez moi.

— Très bien.

Je recule ma chaise tellement fort qu'elle couine sur le sol, comme des ongles sur un tableau. Mes ongles sur son tableau.

Il me regarde glisser mes bras dans mon manteau et passer mon sac par-dessus mon épaule.

— Depuis combien de temps occupes-tu ce poste ?

Je hausse les épaules. Mon cerveau est bloqué sur un souvenir de ses doigts dans ma bouche, de la poussière de craie sur ma langue.

— Je ne sais pas, je réponds faiblement. Depuis un moment.

— Depuis trop longtemps, remarque-t-il. Tu devrais aimer ce que tu fais. C'est le minimum syndical.

— Ça va. C'est un boulot.

— Mais tu étais destinée à plus. Tu étais tellement intelligente. Tu étais brillante. Je pensais que tu publierais un roman à vingt ans, que tu conquerrais le monde. As-tu essayé d'écrire, dernièrement ?

Je secoue la tête.

— Bon sang, quel gâchis. Si seulement tu écrivais.

Je serre les lèvres.

— Je suis désolée de te décevoir.

— Allez, sois pas comme ça.

Il se lève, prend mon visage dans ses mains et se met à murmurer pour essayer de me calmer.

— Bientôt, je resterai avec toi. Je te le promets.

Bouche fermée, nous échangeons un baiser d'au revoir, et la barista derrière son comptoir continue à compter l'argent dans le pot à pourboires, le vieil homme près de la vitre continue ses mots croisés. Lui qui m'embrasse, avant, c'était une matière à rumeurs hautement inflammable qui se répandait comme une traînée de poudre. À présent, quand nous nous touchons, le monde ne s'en rend même pas compte. Je sais que cela devrait être synonyme de liberté, mais j'éprouve un sentiment de perte.

Après le travail, allongée sur mon lit, je relis sur mon téléphone le message que Taylor Birch m'a envoyé avant de publier les accusations contre Strane. Salut Vanessa, je ne sais pas trop si tu as déjà entendu parler de moi, mais toi et moi, on est dans cette position bizarre d'avoir une expérience commune, quelque chose qui, pour moi, a été traumatisant et qui, j'imagine, l'a été pour toi aussi. Je referme le message, et j'ouvre son profil, mais rien de neuf n'a été posté, alors je fais défiler du contenu ancien : des photos de ses vacances à San Francisco, où on la voit manger des burritos dans le quartier de Mission, un selfie avec le Golden Gate en arrière-plan, des photos d'elle dans son appartement, un canapé en velours raplapla, du parquet étincelant et de luxuriantes plantes vertes. Je remonte encore plus dans le temps, jusqu'aux photos où on la voit défiler coiffée de son bonnet en laine rose à la Marche des femmes, en train de manger un beignet gros comme sa tête, et poser avec des amis dans un bar du centre-ville sur un cliché qui porte la légende : LES ANCIENS DE BROWICK !

Je me rends ensuite sur mon profil, et j'essaie de me voir avec ses yeux à elle. Je sais qu'elle visite ma page : l'année dernière, elle a aimé l'une de mes photos, un double-clic accidentel qu'elle a immédiatement corrigé, mais qui m'a tout de même été notifié. J'ai fait une capture d'écran que j'ai envoyée à Strane, accompagnée du message : Visiblement elle a du mal à lâcher l'affaire, mais il ne m'a pas répondu, insensible aux nuances des réseaux sociaux, au sentiment de triomphe empreint de suffisance que l'on ressent quand un « lurker » se trahit. Ou peut-être n'a-t-il même pas compris le sens de mon message. J'oublie parfois son âge. Avant, je pensais que l'écart entre nous serait moins marqué quand je serais plus âgée, mais il est toujours aussi important.

Les heures passent pendant que je creuse de plus en plus profondément dans mon téléphone, me connectant à mes vieux comptes photos et voyageant dans le passé, de 2017 à 2010, à 2007, à 2002 – l'année où j'ai acheté un appareil photo numérique, l'année de mes dix-sept ans. Quand les images que je cherche apparaissent enfin à l'écran, j'en ai le souffle coupé : moi, cheveux tressés, vêtue d'une robe légère et de chaussettes qui remontent jusqu'aux genoux, debout devant une futaie de bouleaux. Sur l'un des clichés, je soulève le bas de ma robe, laissant apparaître mes cuisses pâles. Sur un autre, dos tourné à l'objectif, je regarde par-dessus mon épaule. Les photos sont de qualité médiocre, mais non dénuées de charme. Les bouleaux constituent un décor monochrome qui fait ressortir les nuances de rose et de bleu de ma robe, mes cheveux cuivrés.

J'ouvre les derniers SMS que j'ai adressés à Strane, copie-colle les photos dans un nouveau message. Pas sûre de t'avoir jamais montré celles-ci. Je crois que j'ai 17 ans sur ces photos.

Je sais qu'il doit être couché depuis des heures, mais j'appuie quand même sur « Envoyer », regarde le message être distribué. Je reste éveillée jusqu'à l'aube à faire défiler les photos de mon visage et de mon corps adolescents. De temps à autre, je regarde si le message pour Strane est passé du statut de « Distribué » à celui de « Lu ». Il n'est pas exclu qu'il se soit réveillé dans la nuit et que, dans un demi-sommeil, il ait consulté son téléphone et trouvé mon « moi » adolescent, un fantôme numérique. Ne l'oublie pas.

Parfois, j'ai l'impression que je ne fais que ça chaque fois que je vais vers lui – j'essaie de le hanter, de le ramener dans le passé, je lui demande de me raconter à nouveau ce qui est arrivé. De me le faire comprendre une bonne fois pour toutes. Parce que je suis toujours coincée là. Je ne peux pas passer à autre chose.

# 2000

Un vendredi par mois, il y a une soirée dans le réfectoire. Une fois qu'on a poussé les tables et tamisé les lumières, on pourrait être dans n'importe quel autre lycée. Un DJ anime la fête, et tout le monde s'agglutine au milieu de la salle pour danser, sauf les plus timides, qui restent en périphérie, en petits groupes divisés par sexe. Certains professeurs sont également présents. Ils nous chaperonnent. Ils déambulent parmi nous en gardant leurs distances, et s'observent davantage entre eux qu'ils ne nous observent.

C'est la soirée Halloween, alors les gens sont déguisés, et deux gigantesques seaux remplis de bonbons sont disposés à côté des doubles portes. La plupart ne se sont pas foulés pour les costumes : des garçons en jean et tee-shirt blanc disent être James Dean, des filles en minijupe plissée coiffées de couettes disent être Britney Spears. Mais certains se sont donné plus de mal et ont investi dans des accessoires achetés en ville. Une élève se balade dans le réfectoire déguisée en dragon avec des ailes hérissées de piquants et une traîne d'écailles bleu-vert, suivie de son petit ami, un chevalier en armure en carton qui empeste la peinture en spray. Un garçon en complet agite un faux cigare devant le visage d'une fille, et rit derrière son masque en caoutchouc à l'effigie de Bill Clinton. Et moi, dans ma robe et mes collants noirs, avec les moustaches que je me suis dessinées sous le nez et les oreilles en carton que j'ai improvisées en dix minutes, je suis un chat moyennement convaincant. Je suis venue uniquement dans le but de voir M. Strane. Il est l'un de nos chaperons.

Généralement, je ne vais jamais aux soirées. Elles ont tout pour me rebuter : la mauvaise musique, le DJ tout naze avec son bouc et ses cheveux courts aux pointes peroxydées, les ados qui font comme s'ils ne se rinçaient pas l'œil en regardant les couples danser collés-serrés. Je me force à endurer tout cela parce que cela fait une semaine. Une semaine entière que M. Strane m'a touchée, qu'il a posé sa main sur ma jambe et m'a dit deviner que nous étions semblables, deux êtres qui aiment les choses sombres. Et depuis ? Plus rien. Quand j'ai participé en classe, ses yeux se sont précipités sur la table comme s'il ne pouvait supporter de me regarder. Pendant l'atelier d'écriture, il a pris ses affaires et nous a laissés seuls, Jesse et moi. (« Réunion du département », a-t-il prétexté. Mais si c'était réellement le cas, pourquoi a-t-il eu besoin de son manteau et de tout le contenu de son attaché-case ?) Et plus tard, lorsque j'ai cherché à le voir pendant sa permanence pédagogique, sa porte était fermée, la classe plongée dans l'obscurité derrière le verre granité.

Donc, je suis impatiente, peut-être même désespérée. Je veux que quelque chose se produise, ce qui est plus probable lors d'un événement comme celui-ci, quand les limites sont provisoirement floues, et qu'élèves et profs se retrouvent soudain dans une pièce à la lumière tamisée. Je me moque bien de ce que pourrait être ce quelque chose – un nouveau contact physique, un compliment. Peu importe, du moment que cela me révèle ce qu'il veut, ce que c'est, si c'est bel et bien quelque chose.

Je grignote une mini-barre chocolatée en regardant les couples danser un slow. Ils tanguent sur la piste comme des bouteilles dans une mare. À un moment, Jenny traverse la salle à grandes enjambées. Elle porte une robe en satin qui ressemble vaguement à un kimono, et a planté des baguettes dans sa minuscule queue-de-cheval. Pendant une seconde, j'ai l'impression qu'elle se dirige droit vers moi et je me fige, la langue engluée de chocolat en train de fondre, mais Tom émerge alors derrière elle, vêtu d'un jean et d'un tee-shirt à l'effigie de Beck – il n'a même pas fait semblant de se déguiser.

Il pose une main sur l'épaule de Jenny, qui la hausse pour se débarrasser de lui. La musique est trop forte, je n'arrive pas à entendre ce qu'ils se disent, mais il est clair qu'ils se disputent, et pas qu'un peu. Le menton de Jenny tremble, elle ferme les yeux. Quand Tom pose ses doigts sur son bras, elle lui plante la main à plat sur la poitrine et le repousse avec une telle force qu'il bascule en arrière. C'est la première fois que je les vois se quereller.

Je suis tellement obnubilée par la scène que je manque de ne pas remarquer M. Strane qui sort en douce par la double porte. Je le laisse presque s'échapper.

Dehors, il fait nuit noire. Il n'y a pas de lune, et il gèle quasiment. Lorsque la porte se referme derrière moi, les sons en provenance du bal sont atténués au point de n'être plus que des chants lointains et une ligne de basse semblable à des battements cardiaques. Je regarde autour de moi. Mes bras se hérissent de chair de poule tandis que mes yeux le cherchent mais ne trouvent que les ombres des arbres, la pelouse déserte du campus. Je suis sur le point d'accepter ma défaite et de retourner à l'intérieur lorsqu'une silhouette sort de l'ombre d'un épicéa : M. Strane, vêtu d'une doudoune sans manches, d'une chemise bûcheron et d'un jean, et qui tient entre ses doigts une cigarette pas encore allumée.

Je ne bouge pas, car je ne sais pas trop quoi faire. Je sens bien qu'il est gêné d'être vu avec une cigarette, et mon esprit s'emballe – je l'imagine fumer en secret, comme mon père, le soir, sur les rives du lac ; j'imagine qu'il cherche à arrêter et considère son incapacité à le faire comme une faiblesse. Il en a honte.

*Mais même s'il a honte*, me dis-je, *il aurait pu rester caché. Il aurait pu me laisser partir.*

Il fait rouler sa cigarette entre son pouce et son index.

— Grillé, constate-t-il.

— J'ai cru que vous partiez. Je voulais vous dire au revoir.

Il sort un briquet de sa poche et le retourne dans sa paume plusieurs fois. Ses yeux restent posés sur moi. Avec une clarté soudaine, je me dis : *Il va se passer quelque chose.* Et avec cette certitude, mon cœur ralentit, mes épaules s'affaissent.

Il allume sa cigarette et me fait signe de le suivre sous l'épicéa où il se trouvait tout à l'heure. C'est un arbre immense, sans doute le plus grand du campus – ses branches les plus basses sont bien au-dessus de nos têtes. Au début, l'obscurité est telle que je ne vois que la cendre incandescente de la cigarette de M. Strane qui monte jusqu'à sa bouche. Mes yeux s'ajustent au noir, et il apparaît, tout comme les branches qui nous surplombent, le tapis d'aiguilles de pin orange passé sous nos pieds.

— Ne fumez pas, me conseille M. Strane. C'est une très mauvaise habitude.

Lorsqu'il exhale la fumée, l'odeur de cigarette emplit ma tête. Nous nous tenons à moins de deux mètres l'un de l'autre. Le sentiment de danger est tel qu'il est étrange de se dire qu'à de nombreuses reprises, nous avons été plus proches l'un de l'autre.

— Mais cela doit être agréable. Sinon, pourquoi le faire ? je demande.

Il rit et tire de nouveau sur sa cigarette.

— Vous avez sans doute raison.

Il m'examine attentivement et remarque pour la première fois mon déguisement.

— Eh bien, dites donc. Une petite chatte.

Je ris en l'entendant prononcer ce mot, même s'il ne l'emploie pas au sens sexuel. Mais lui ne rit pas. Il se contente de me regarder, cigarette fumante en main.

— Vous savez ce que j'aimerais faire, là, tout de suite ?

Ses mots affluent encore plus que d'habitude, et il vacille en pointant sa cigarette vers moi.

— J'aimerais vous trouver un grand lit, vous border et vous souhaiter bonne nuit avec un baiser.

Pendant une seconde, il y a un court-circuit dans tout mon cerveau, et je suis comme morte. Des instants de néant s'écoulent – un écran télévisé rempli de neige, un mur de son. Puis je reviens bruyamment à la vie en émettant un son discordant et étouffé – ni vraiment un rire ni vraiment un cri.

L'une des portes du réfectoire s'ouvre, laissant échapper de la musique en provenance de la soirée, par-dessus laquelle une voix de femme appelle : « Jake ? »

Fin de notre petite parenthèse. M. Strane se retourne et se précipite vers la voix, jetant au passage sa cigarette sans l'écraser. Je regarde la fumée s'élever du tapis d'aiguilles de pin tandis qu'il se dirige à grands pas vers les portes, en direction de Mlle Thompson.

— Je prenais juste un peu l'air, se justifie-t-il.

Ensemble, ils retournent à l'intérieur. Je suis cachée au pied de l'arbre, comme lui tout à l'heure lorsque je suis sortie. Elle ne m'a pas vue.

Les yeux rivés sur la cigarette fumante par terre, j'envisage de la ramasser et de la porter à mes lèvres, au lieu de quoi, je l'écrase avec mon talon. Je rejoins la soirée. Deanna Perkins et Lucy Simmers font tourner une gourde en commentant les déguisements de tout le monde. Strane n'est qu'à quelques mètres, à côté de Mlle Thompson, qu'il ne quitte pas des yeux. Jenny et Tom se tiennent tout proches l'un de l'autre en périphérie de la piste de danse, leur querelle réglée. Elle passe son bras autour de ses épaules, enfouit son visage dans son cou. Ce geste est si intime et adulte qu'instinctivement, je détourne la tête.

Le liquide dans la gourde qui circule entre Deanna et Lucy clapote. Alors qu'elle est en train d'avaler une goulée, Deanna remarque que je la regarde fixement.

— Quoi ?

— Laisse-moi en boire une gorgée.

Lucy tend la main pour récupérer la bouteille.

— Désolée, stock limité.

— Je vous balance si vous ne m'en filez pas un peu.

— Ta gueule.

Deanna agite la main.

— Laisse-la boire un coup.

Je ne m'attendais pas à ce que l'alcool me brûle autant la gorge, et je commence à tousser – un vrai cliché. Deanna et Lucy n'essaient même pas de masquer leurs rires. Je leur rends leur gourde en la leur balançant, et je quitte le réfectoire à pas lourds. Je souhaite que M. Strane le remarque, comprenne pourquoi je suis en colère et ce que je veux. J'attends dehors pour voir s'il me suit, mais il ne le fait pas – bien sûr que non.

De retour à Gould, tout est calme, désert. Chaque porte est fermée, tout le monde est encore à la soirée.

Je regarde fixement la porte de l'appartement de Mlle Thompson à l'autre bout du couloir. Si elle ne l'avait pas appelé, il se serait passé quelque chose. Il a dit qu'il avait envie de m'embrasser, peut-être l'aurait-il fait. Toujours vêtue de mon déguisement, je me dirige vers la porte de Mlle Thompson. M. Strane est probablement en train de la faire rire à l'instant même. À la fin de la soirée, ils iront probablement chez lui et coucheront ensemble. Peut-être même qu'il lui parlera de moi, lui racontera que je l'ai suivi dehors et qu'il m'a sorti ces choses-là juste pour être sympa avec moi. *Elle en pince pour toi,* dira Mlle Thompson, aguicheuse. Comme si tout cela était dans ma tête, une histoire sortie de nulle part.

Je m'empare du feutre rattaché à son ardoise blanche. Des notes de la semaine dernière y sont toujours inscrites : la date et l'heure de la réunion de notre résidence, une invitation pour une spaghetti party dans son appartement à laquelle nous sommes toutes conviées. D'un revers de la main, j'efface ces notes et j'écris **PUTE** en grosses lettres qui occupent tout le tableau.

La première neige tombe cette nuit-là après la soirée et recouvre le campus de dix bons gros centimètres. Samedi matin, Mlle Thompson nous convoque dans la salle commune et essaie de découvrir qui a écrit « pute » sur sa porte.

— Je ne suis pas en colère, nous assure-t-elle. Simplement troublée.

Mon cœur tambourine dans mes oreilles et, assise les mains serrées sur mes genoux, je prie pour ne pas rougir.

Au bout de quelques minutes de silence, elle lâche l'affaire.

— Passe pour cette fois, dit-elle. Mais que cela ne se reproduise pas. D'accord ?

Elle hoche la tête pour nous encourager à répondre « D'accord ». Alors que je m'apprête à remonter, je me retourne et je jette un coup d'œil par-dessus mon épaule. Debout au milieu de la pièce déserte, elle se frotte le visage à deux mains.

Dimanche après-midi, je m'approche de sa porte, et je laisse traîner mes yeux sur le tableau blanc. « Pute » est toujours vaguement visible. Je me sens coupable – pas assez pour admettre mon délit, mais assez pour vouloir faire un truc gentil. Quand Mlle Thompson ouvre sa porte, elle est en pantalon de jogging et porte un sweat à capuche de l'école. Ses cheveux sont ramenés en arrière et elle n'est pas maquillée, ce qui révèle des cicatrices d'acné sur ses joues. Je me demande si M. Strane l'a déjà vue comme cela.

— Oui ? me demande-t-elle.

— Je peux emmener Mya en balade ?

— Oh, oui, elle adorerait.

Elle tourne la tête pour appeler le chien, mais le husky, les oreilles en pointe et les yeux bleus dilatés, fonce déjà vers moi, propulsée par le son du mot « balade ».

Alors que je passe le harnais par-dessus la tête de Mya et que j'attache sa laisse, Mlle Thompson me rappelle que la nuit ne va pas tarder à tomber.

— On n'ira pas loin.

— Et ne la laissez pas courir.

— Je sais, je sais.

La dernière fois que j'ai emmené Mya en promenade, je l'ai lâchée pour qu'elle joue. Elle s'est ruée dans le jardin derrière le bâtiment des sciences humaines et s'est roulée dans de l'engrais.

Dans la nuit de samedi à dimanche, la température est montée de dix degrés, et la neige a déjà disparu. Le sol est spongieux et glissant. Nous empruntons le sentier qui serpente autour des terrains de sport, et je donne du mou à sa laisse pour que

Mya puisse flairer des choses et gambader, se précipitant d'un côté, puis de l'autre. J'adore Mya. C'est le plus beau chien que j'aie jamais vu. Sa fourrure est si épaisse que mes doigts disparaissent jusqu'à la deuxième phalange quand je lui gratte le dos. Mais je l'aime surtout parce qu'elle est difficile. Autoritaire. Lorsqu'elle ne veut pas faire quelque chose, elle réplique par un grognement ronchon. Mlle Thompson dit que je dois avoir un don avec les chiens parce que, grosso modo, je suis la seule personne que Mya apprécie. C'est pourtant facile de gagner l'affection d'un chien – bien plus facile que celle d'un humain. Pour qu'un chien vous aime, il vous suffit d'avoir des friandises dans la poche et de le gratter derrière les oreilles ou à la base de la queue. Quand un chien veut qu'on le laisse tranquille, il n'y va pas par quatre chemins : il vous le fait savoir.

À partir du terrain de foot, le sentier se divise en trois chemins plus étroits. L'un ramène au campus, l'autre va dans les bois et le troisième conduit au centre-ville. Même si j'ai promis à Mlle Thompson de ne pas m'éloigner, je choisis le troisième.

Les devantures des magasins sont décorées pour la fin de l'année avec du feuillage artificiel et des cornes d'abondance, et des illuminations de Noël ornent déjà la boulangerie. Entraînée par Mya qui tire sur sa laisse, je regarde mon reflet dans chaque vitrine, et j'aperçois furtivement mes cheveux qui se déploient autour de mon visage – peut-être bien que je suis belle, peut-être bien aussi que je suis laide. Quand nous arrivons devant la bibliothèque municipale, je m'arrête. Impatiente, Mya tourne la tête vers moi et braque le blanc de ses yeux bleus sur moi tandis que j'observe la maison sur le trottoir d'en face. Sa maison – c'est forcément celle-ci. Elle est plus petite que ce que j'imaginais, avec des bardeaux en cèdre grisés et une porte bleu foncé. Mya se faufile jusqu'à moi, cogne sa tête contre moi. *Viens, on s'en va.*

C'est évidemment pour cette raison que j'ai emprunté ce chemin, que j'ai voulu partir en balade, et que j'ai demandé à Mlle Thompson la permission de promener son chien. Je m'étais imaginée passant devant chez lui juste au moment où il serait dehors. Il m'aurait vue et m'aurait fait signe de venir le retrouver. Il aurait voulu savoir pourquoi je promenais le chien de Mlle Thompson. Nous aurions parlé un peu sur la bande de pelouse à l'avant de sa maison, puis il m'aurait invitée à entrer chez lui. Ensuite, le fantasme se tarit, parce que ce que nous faisons après dépend de ce qu'il veut, et j'ignore totalement de quoi il s'agit.

Mais il n'est pas dehors, et je n'ai pas l'impression qu'il soit à l'intérieur non plus. Les fenêtres sont plongées dans l'obscurité, il n'y a pas de voiture dans l'allée. Il est ailleurs, en train de vivre une vie dont, c'est rageant, je sais si peu de choses.

J'emmène Mya en haut des marches de la bibliothèque, où nous sommes à l'abri des regards, mais avons toujours vue sur la rue. Je reste là à lui donner des morceaux de lard que j'ai volés au bar à salade du réfectoire jusqu'à ce que le soleil s'embrase d'orange et commence à se coucher. Peut-être ne voudrait-il même pas que j'entre chez lui à cause de Mya. J'avais oublié : il a dit qu'il n'aimait pas les chiens. Mais il devra au moins faire semblant de bien aimer Mya s'il se passe quelque chose entre lui et Mlle Thompson. Sinon, comment pourrait-elle avoir la conscience tranquille ? Sortir avec quelqu'un qui déteste votre chien, quelle trahison.

Il fait presque nuit quand un break aux allures de boîte se gare dans l'allée. Le moteur s'arrête, la portière côté conducteur s'ouvre, et M. Strane émerge vêtu d'un jean et de la chemise bûcheron qu'il a portée à la soirée Halloween de vendredi. En retenant mon souffle, je l'observe qui transporte des sacs de courses de l'arrière de sa voiture à son perron. Une fois devant sa porte, il se débat avec ses clés, et Mya laisse échapper un gémissement indigné – elle réclame plus de friandises. Je lui en donne une poignée entière, qu'elle engloutit aussi vite qu'elle peut, sa langue lapant ma main tandis que je regarde les fenêtres du petit pavillon à un étage s'illuminer à mesure que M. Strane se déplace d'une pièce à l'autre.

Lundi, après le cours, je m'attarde en classe. Une fois tous les autres partis, je passe mon sac à dos sur l'une de mes épaules et lance de la voix la plus nonchalante possible :

— Vous habitez en face de la bibliothèque municipale, n'est-ce pas ?

Assis derrière son bureau, M. Strane lève vers moi des yeux étonnés.

— Comment le savez-vous ?

— Vous l'avez mentionné, un jour.

Il m'étudie, et plus il le fait, plus il m'est difficile de feindre la nonchalance. La bouche en cul-de-poule, je m'efforce de continuer à plisser le front.

— Je ne m'en souviens pas.

— Et pourtant, vous l'avez dit. Comment je le saurais, sinon ?

Ma voix semble sévère, en colère, et je vois bien qu'il est un peu pris au dépourvu. Cependant, il a surtout l'air amusé, comme s'il trouvait ma frustration adorable. J'ajoute :

— J'y suis peut-être allée. Vous savez, pour enquêter.

— Je vois.

— Vous êtes fâché ?

— Pas du tout. Je suis flatté.

— Je vous ai vu sortir des courses de votre voiture.

— Vraiment ? Quand ?

— Hier.

— Vous m'observiez.

Je hoche la tête.

— Vous auriez dû vous manifester et venir me saluer.

Je plisse les yeux. Je ne m'attendais pas à une telle réponse.

— Et si quelqu'un m'avait vue ?

Il sourit, penche la tête.

— En quoi serait-ce un problème que quelqu'un vous voie me saluer ?

Je serre la mâchoire et respire fort par le nez. Son ingénuité semble feinte, comme s'il jouait avec moi en faisant semblant de ne pas comprendre.

Sans cesser de sourire, il s'adosse à sa chaise, et cette posture – le fait qu'il s'adosse à sa chaise, qu'il croise les bras, qu'il me toise de pied en cap comme si j'étais amusante et que je n'étais qu'une chose que l'on regarde – provoque en moi la colère, une colère puissante qui monte si soudainement que je serre les poings afin de ne pas hurler, de ne pas me précipiter en avant, de ne pas attraper la tasse Harvard sur son bureau pour la lui balancer à la figure.

Je tourne les talons et, d'un pas lourd, je sors de la classe et traverse le couloir. Je suis furieuse pendant tout le trajet de retour jusqu'à Gould, mais une fois dans ma chambre, la colère disparaît au profit d'une douleur sourde, celle du désir de sens qui me tourmente depuis des semaines. Il a dit qu'il voulait m'embrasser. Il m'a *touchée*. Chacune de nos interactions est désormais teintée de quelque chose de potentiellement désastreux, et il n'est pas honnête de sa part de prétendre le contraire.

J'ai D + en géométrie ce trimestre. Tous les yeux se tournent vers moi quand Mme Antonova l'annonce lors de notre réunion mensuelle au restaurant italien. Au début, je ne me rends pas compte qu'elle s'adresse à moi. Mes pensées vagabondent tandis que je triture méthodiquement un bout de pain avant de rouler la mie entre mes doigts.

— Vanessa, dit-elle en toquant sur la table. D +.

Je lève la tête et remarque les yeux rivés sur moi, Mme Antonova qui tient une feuille de papier, ses propres commentaires sur mon travail.

— Eh bien j'imagine que je ne peux que progresser, je réponds.

Mme Antonova me regarde par-dessus la monture de ses lunettes.

— Vous pourriez avoir une note encore plus basse. Vous pourriez échouer.

— Je n'échouerai pas.

— Il vous faut un plan d'action. Un tuteur. Nous allons vous en trouver un.

Elle passe à un autre élève, et je baisse les yeux, lançant un regard noir au plateau de la table. J'ai l'estomac noué à l'idée d'avoir un tuteur, parce que les rendez-vous avec les tuteurs ont lieu pendant l'heure de permanence pédagogique, ce qui voudrait dire moins de temps avec M. Strane. Kyle Guinn m'adresse furtivement un sourire de sympathie après avoir entendu le même topo au sujet de sa note d'espagnol, et je m'enfonce tellement dans ma chaise que mon menton se retrouve pratiquement sur la table.

De retour au campus, il y a foule dans la salle commune de Gould. La télévision diffuse les résultats électoraux. Je me trouve une petite place sur l'un des canapés et regarde les États être répartis dans deux colonnes différentes à la fermeture des bureaux de vote. « Vermont pour Gore », annonce le présentateur du journal. « Kentucky pour Bush. » À un moment, Ralph Nader apparaît à l'écran, et Deanna et Lucy se mettent à applaudir, mais quand Bush le remplace, tout le monde le hue. La victoire semble être acquise pour Al Gore jusqu'à ce que, un peu avant dix heures, on apprenne que la Floride se retrouve de nouveau dans la catégorie des « Résultats trop serrés pour désigner un vainqueur ». Toute cette histoire commence à me gaver sérieusement. Je déclare forfait et je vais me coucher.

Au début, tout le monde plaisante en disant que cette élection n'en finira jamais, mais cela ne fait plus rire personne quand le recomptage des voix de la Floride bat son plein. M. Sheldon, qui passe habituellement la plupart de ses journées les pieds posés sur son bureau, s'anime brusquement, et dessine sur son tableau des réseaux qui se déploient et qui sont censés illustrer les multiples façons dont une démocratie peut échouer. Lors d'un cours, il nous parle des différents types de confettis susceptibles de rester attachés aux bulletins de vote – le confetti pendant, le gros confetti ou encore le confetti en gestation[1] –, et nous tâchons de ne pas rire en regardant en douce Chad Gagnon.

En cours de littérature américaine, nous lisons *Et au milieu coule une rivière*, et M. Strane partage avec nous des récits de sa propre enfance dans le Montana – ranchs, authentiques cow-boys, chiens dévorés par des grizzlys, montagnes si hautes

1. Le terme désignant ces « confettis » qui peuvent rester attachés aux cartes perforées tenant lieu de bulletin de vote dans certains États (comme la Floride en 2000) est *chad* (*Hanging chad, fat chad, pregnant chad*).

qu'elles cachent le soleil. J'essaie de l'imaginer enfant, mais je n'arrive même pas à me le représenter sans barbe. Après *Et au milieu coule une rivière*, nous nous lançons dans Robert Frost, et M. Strane nous récite de mémoire « La route que je n'ai pas prise ». Il nous explique que nous ne devrions pas nous sentir exaltés en lisant ce poème, que le message de Frost dans ce texte est généralement mal interprété. La finalité de ce poème n'était pas de louer l'anticonformisme, mais plutôt de mettre en scène avec ironie la futilité de nos choix. Il dit qu'en croyant que nos vies possèdent d'infinies possibilités, nous cherchons à fuir cette vérité horrifiante : vivre, ce n'est qu'avancer dans le temps tandis qu'une horloge interne compte à rebours jusqu'à un instant final et fatal.

— Nous naissons, nous vivons, nous mourons, et les choix que nous faisons entre-temps, toutes ces choses au sujet desquelles nous nous tourmentons jour après jour, rien de tout cela n'a d'importance à la fin.

Personne ne contredit son argumentation, même pas Hannah Levesque qui est super catholique et croit vraisemblablement que nos choix font en réalité toute la différence à la fin. Elle se contente de le regarder fixement, lèvres légèrement écartées, interloquée.

M. Strane nous distribue des photocopies d'un autre poème de Frost, « *Putting in the Seed*[1] ». Il nous demande de le lire dans notre tête, en silence, et, une fois que c'est fait, de le lire à nouveau.

— Mais la deuxième fois, en lisant, je veux que vous pensiez au sexe.

Il nous faut une seconde pour comprendre la portée de ses propos, pour que les fronts plissés laissent place à des joues roses, mais une fois que nous avons saisi, M. Strane observe notre gêne palpable avec un sourire.

Sauf que je ne suis pas gênée. Cette allusion au sexe me gifle en pleine figure et me donne chaud. Peut-être est-il question de moi ici. Peut-être est-ce sa dernière manœuvre en date.

1. « Planter la graine. »

— Êtes-vous en train de dire que ce poème parle de sexe ? demande Jenny.

— Je dis que ce poème mérite d'être lu attentivement et avec ouverture d'esprit, répond M. Strane. Et soyons honnêtes ici, je ne suis pas en train de vous demander de penser à quelque chose qui n'accapare pas déjà une part importante de votre esprit. Allez, au travail.

Il tape dans ses mains pour nous signifier que nous devrions nous y mettre.

Lors de la seconde lecture, en ayant en tête le sexe, je remarque en effet des détails qui m'avaient jusque-là échappé : les pétales blancs et doux, le haricot lisse et le pois fripé, l'image finale du corps arqué. Même l'expression « Planter la graine » est suggestive.

— Qu'en pensez-vous, à présent ?

M. Strane est debout, adossé au tableau, un pied croisé par-dessus l'autre. Nous ne disons rien, mais notre silence ne fait que lui donner raison, confirmer qu'en effet, le poème parle en fin de compte bien de sexe.

Il attend, et ses yeux se promènent dans la salle, semblent se poser sur chaque élève sauf moi. Tom inspire, s'apprête à prendre la parole, mais la cloche retentit, et M. Strane secoue la tête en nous regardant comme s'il était déçu.

— Vous êtes tous des puritains, déclare-t-il en agitant la main avec dédain.

— C'était quoi son délire ? demande Tom alors que nous sortons de la classe et nous engageons dans le couloir.

— Il est super misogyne. Ma sœur m'avait prévenue, répond Jenny avec une vive assurance qui me rend folle.

Un peu plus tard, Jesse ne vient pas à l'atelier d'écriture, et la salle de classe me paraît immense avec seulement M. Strane et moi. Je suis assise à la table de séminaire, lui derrière son bureau, et chacun regarde l'autre à un bout opposé d'un vaste continent.

— Vous n'avez pas grand-chose à faire aujourd'hui, dit-il. La gazette littéraire se présente bien. Nous pourrons commencer à l'éditer quand Jesse sera là.

— Dois-je m'en aller ?

— Pas si vous souhaitez rester.

Évidemment que j'ai envie de rester. Je prends mon carnet dans mon sac à dos et je l'ouvre à la page où se trouve l'ébauche de poème que j'ai commencé à écrire la veille.

— Qu'avez-vous pensé du cours d'aujourd'hui ?

Le soleil rasant transperce l'érable rouge désormais squelettique et pénètre dans la salle de classe. Derrière son bureau, M. Strane est une ombre.

Avant que j'aie pu répondre, il ajoute :

— Je vous pose cette question parce que j'ai vu votre visage. On aurait cru un petit faon apeuré. Je m'attendais à ce que les autres soient scandalisés, mais pas vous.

Alors comme ça, il me regardait. « Scandalisés. » Je repense à Jenny le traitant de misogyne, au fait que les propos qu'elle a tenus m'ont semblé terriblement étriqués et quelconques. Je ne suis pas comme ça. Je ne veux jamais le devenir.

— Je n'étais pas scandalisée. Le cours m'a plu.

Je mets mes doigts en visière au-dessus de mes yeux afin de pouvoir distinguer ses traits, son sourire mi-tendre, mi-condescendant. Je n'ai pas vu ce sourire depuis des semaines.

— Me voilà rassuré. Je commençais à me demander si je m'étais trompé à votre sujet.

En pensant que j'ai été à deux doigts de commettre un sérieux faux pas, j'en ai le souffle coupé. Une mauvaise réaction de ma part pourrait gâcher toute cette histoire.

Il se penche, ouvre le tiroir du bas de son bureau, et en sort un livre. Je dresse l'oreille tel un chien. Réflexe de Pavlov – on nous en a parlé en option psychologie au printemps dernier.

— C'est pour moi ?

Il fait une espèce de grimace, comme s'il n'en était pas sûr.

— Si je vous le prête, vous devez me promettre de ne révéler à personne que c'est moi qui vous l'ai passé.

Je tends le cou, j'essaie de lire le titre.

— C'est genre illégal ?

Il rit. Il rit vraiment, comme quand j'ai qualifié Sylvia Plath d'égocentrique.

— Vanessa, comment faites-vous pour avoir la réponse parfaite, même quand les sujets vous échappent ?

Je le fusille du regard. Je n'aime pas qu'il pense que certains sujets m'échappent.

— De quel livre s'agit-il ?

Il me l'apporte. La couverture est toujours cachée. Dès qu'il le pose, je l'attrape. Je retourne le livre de poche, vois une paire de jambes toutes frêles, des socquettes et des chaussures plates bicolores, une jupe plissée qui tombe sur deux genoux bosselés. En grandes lettres blanches sur les jambes : *Lolita*. J'ai déjà entendu ce terme quelque part – dans un article sur Fiona Apple, je crois, qui la décrivait comme « lolitesque », c'est-à-dire sexy et trop jeune. Je comprends maintenant pourquoi il a ri quand j'ai demandé si ce livre était illégal.

— Ce n'est pas de la poésie, explique-t-il, mais de la prose poétique. Vous apprécierez la langue, au moins.

Je sens qu'il me regarde tandis que je retourne le roman et parcours la description. À l'évidence, c'est encore un test.

— Ça semble intéressant.

Je mets le livre dans mon sac à dos et je retourne à mon carnet.

— Merci.

— Vous me direz ce que vous en pensez.

— Oui.

— Et si l'on vous surprend avec ce livre, ce n'est pas moi qui vous l'ai donné.

Je roule des yeux.

— Je sais garder un secret.

Ce qui n'est pas nécessairement vrai – avant lui, je n'avais jamais eu de vrai secret –, mais je sais ce qu'il a besoin d'entendre. Comme il l'a dit, j'ai toujours la réponse parfaite.

Vacances de Thanksgiving. Cinq jours à prendre des douches qui durent jusqu'à ce qu'il n'y ait plus d'eau chaude, à me scruter dans le miroir en pied à l'arrière de la porte de ma chambre, à m'épiler les sourcils jusqu'à ce que maman cache la pince, à essayer de faire en sorte que le chiot m'aime autant qu'il aime mon père. Je vais marcher tous les jours, vêtue d'une veste sans manches orange flamboyant pour grimper sur la falaise de granite qui surplombe le lac. Sa façade est criblée de cavités, des crevasses assez grandes pour que des faucons y nichent et que des animaux s'y réfugient.

À l'intérieur de la plus grande grotte se trouve un lit de camp de style militaire. Il y est depuis aussi loin que je me rappelle, abandonné par un varappeur il y a fort longtemps. Je contemple la structure métallique du lit et son matelas en toile pourri, et je repense au premier jour de classe, quand M. Strane a dit connaître ce lac, a raconté être déjà venu ici. Je l'imagine me trouver maintenant, toute seule au fond des bois. Il serait libre de me faire tout ce qu'il veut, sans risquer d'être attrapé.

Le soir, dans mon lit, je lis *Lolita* tout en mangeant distraitement un sachet de crackers, et je me sers d'un coussin pour cacher la couverture du livre au cas où mes parents ouvriraient la porte de ma chambre. Tandis que le vent ébranle la vitre de ma fenêtre, je tourne les pages et sens une lente brûlure en moi, des charbons ardents, des braises rouges et profondes. Ce n'est pas uniquement l'intrigue – l'histoire d'une fille d'apparence banale derrière laquelle se cache en réalité un démon, et de l'homme qui l'aime. C'est le fait qu'il m'ait donné ce livre-là. Il y a désormais tout un nouveau contexte à ce que nous faisons, un nouvel éclairage sur ce qu'il pourrait vouloir de moi. Quelle conclusion y a-t-il à en tirer, si ce n'est celle qui est évidente ? Il est Humbert, et je suis Dolores.

Pour Thanksgiving, nous nous rendons chez mes grands-parents à Millinocket. Leur maison n'a pas changé depuis 1975, avec sa moquette élimée et ses pendules soleil, son odeur de cigarette et de liqueur de café qui flotte dans l'air malgré la dinde en train de cuire au four. Mon grand-père m'offre un rouleau de bonbons Necco Wafers et un billet de cinq dollars ; ma grand-mère me demande si j'ai pris du poids. Nous mangeons des légumes et des petits pains ronds moelleux achetés au magasin, de la tarte au citron meringuée avec des pointes brûlées que mon père enlève quand personne ne le regarde.

Pendant le trajet retour, la voiture cahote sur des irrégularités de la chaussée provoquées par le gel et sur des nids de poule, tandis que de part et d'autre de la route se dresse un mur sans fin de bois obscurs. La radio passe des tubes des années 1970 et 1980, et pendant que maman dort, la tête contre la vitre, papa tambourine le volant en rythme sur « My Sharona ». « *Such a dirty mind/ I always get it up for the touch of the younger kind*[1]. » Ça me rend dingue, ces choses que je vois et que personne d'autre ne semble jamais remarquer.

Le premier soir en rentrant des vacances de Thanksgiving, je dîne tout au bout de la table, là où il n'y a personne. Lucy et Deanna ragotent à quelques sièges de moi sur une fille populaire, une terminale, qui était soi-disant défoncée à la soirée Halloween. Aubrey Dana demande quelle drogue elle avait prise.

Deanna hésite avant de répondre :

— Coke.

Aubrey secoue la tête.

— Y a pas de coke ici.

Deanna ne cherche pas à la contredire : Aubrey est originaire de New York, ce qui fait d'elle une autorité en la matière.

Il me faut une minute pour comprendre qu'elles parlent de cocaïne, pas de soda. D'ordinaire, ce genre de décalage me donne l'impression d'être une plouc. Mais aujourd'hui, je trouve surtout que leurs potins sont tristes. Qu'est-ce que ça peut faire que quelqu'un soit allé à une soirée défoncé ? Elles n'ont pas de sujets de discussion plus intéressants ? Les yeux baissés sur mon sandwich au beurre de cacahuète, je me détache, je me réfugie dans le dénouement de *Lolita* que je viens juste de relire, dans cette scène finale où Humbert est maculé de sang et abasourdi, et toujours amoureux de

1. « Quel esprit mal tourné/ Moi, ce qui me fait bander, c'est toucher les petites jeunes. »

Lo, même après tout le mal qu'elle lui a fait, et qu'il lui a fait. Ses sentiments pour elle sont infinis et incontrôlables. Comment pourrait-il en être autrement, alors que le monde entier le diabolise à cause de ce qu'il ressent ? S'il pouvait cesser d'aimer Lolita, il le ferait. Sa vie serait tellement plus simple s'il la laissait tranquille.

Tout en triturant la croûte de mon sandwich, j'essaie d'envisager les choses du point de vue de M. Strane. Il éprouve probablement de la peur – non, de la terreur. J'ai tellement été accaparée par ma frustration et mon impatience que je n'ai jamais réfléchi à toutes les implications pour lui, ni au fait qu'il avait déjà pris beaucoup de risques en me touchant la jambe, en disant qu'il voulait m'embrasser. Il ne savait pas à ce moment-là comment je réagirais. Et si j'avais été offensée, que je l'avais dénoncé ? Peut-être que depuis le début, c'est lui qui a été courageux, alors que de mon côté, j'ai été égoïste.

Car vraiment, qu'est-ce que je risque, moi ? Si je le drague et qu'il rejette mes avances, je ne souffrirai que d'une humiliation mineure. Pas de quoi en faire un plat. Pour moi, la vie continuera comme avant. Il serait injuste de ma part d'attendre de lui qu'il se montre plus vulnérable encore. La moindre des choses, ce serait de le retrouver au milieu du gué, de lui montrer ce que je veux, et de lui signifier que je suis prête à laisser le monde me diaboliser aussi.

De retour dans ma chambre, je m'allonge sur mon lit et je feuillette *Lolita* jusqu'à ce que je trouve la citation que je cherche à la page 17. Humbert décrivant les qualités de la nymphette cachée parmi les filles banales : « Aucune d'entre elles ne la reconnaît, et elle demeure elle-même inconsciente du fantastique pouvoir qu'elle détient[1]. »

Je détiens un pouvoir. Le pouvoir de faire que les choses se produisent. Un pouvoir sur lui. J'ai été bête de ne pas m'en apercevoir plus tôt.

1. Toutes les citations de *Lolita* de ce roman sont extraites de la nouvelle traduction révisée de Maurice Couturier publiée par Gallimard en 2001.

Avant le cours de littérature américaine, je fais une halte aux toilettes pour me regarder dans le miroir. Je suis maquillée. Ce matin, je me suis barbouillée avec tous les produits que j'avais, et je me suis fait une raie sur le côté plutôt qu'au milieu. Ce changement suffit à ce que le visage dans le miroir ne me paraisse pas familier – une fille dans un magazine ou dans un clip. Britney Spears qui tape du pied contre son bureau en attendant que la cloche retentisse. Plus je me regarde, plus mes traits se fracturent. Deux yeux verts à la dérive s'éloignent d'un nez constellé de taches de rousseur, deux lèvres d'un rose collant se séparent et nagent dans des directions différentes. Un battement de cils et tout se remet vite en place.

Je passe tellement de temps dans les toilettes que j'arrive en retard à ce cours pour la toute première fois. Tandis que je me rue dans la classe, je sens des yeux posés sur moi. Je pense que ce sont ceux de M. Strane, mais quand je regarde à travers mes cils chargés, je vois Jenny qui, le stylo figé au-dessus de ses notes, observe les changements chez moi, le maquillage et les cheveux.

Ce jour-là, nous lisons Edgar Allan Poe, ce qui est si parfaitement de circonstance que j'ai envie de poser ma tête contre la table et de rire.

— Il n'a pas épousé sa cousine ? demande Tom.

— D'un point de vue technique, si, répond M. Strane.

Hannah Levesque plisse le nez.

— Beurk.

M. Strane ne raconte rien de ce qui, j'en suis sûre, les dégoûterait encore plus, à savoir que Virginie Clemm n'était pas seulement la cousine de l'auteur – elle avait de surcroît treize ans. Il nous fait lire à chacun une strophe d'« Annabel Lee », et ma voix chevrote quand je lis le vers : « J'étais un enfant et elle était une enfant. » Ma tête est remplie d'images de *Lolita*, qui se mêlent au souvenir de M. Strane me murmurant *Vous et moi, nous sommes pareils,* tout en me caressant le genou.

Vers la fin du cours, il renverse la tête en arrière, ferme les yeux et récite de mémoire le poème « Seul », et sa voix grave, traînante, donne au vers « Je ne sais pas tirer mes passions à la fontaine commune[1] » des allures de chanson. En l'écoutant, j'ai envie de pleurer. Je le vois tellement clairement désormais, je comprends la solitude qu'il doit éprouver à vouloir une chose qu'il ne faut pas, à vouloir quelque chose qui est mal, tout en vivant dans un monde qui, s'il l'apprenait, ferait de lui le méchant de l'histoire.

À la fin du cours, une fois tout le monde parti, je lui demande si je peux fermer la porte, et je n'attends pas sa réponse pour le faire. J'ai le sentiment que c'est la chose la plus courageuse que j'aie jamais faite. Il est au tableau, tampon effaceur en main, les manches de sa chemise retroussées au-dessus de ses coudes. Il me toise de haut en bas.

— Vous me paraissez un peu différente aujourd'hui, remarque-t-il.

Je ne dis rien, me contente de tirer sur les manches de mon pull et de me mettre en appui sur les chevilles.

— J'ai l'impression que vous avez pris cinq ans pendant ces vacances, ajoute-t-il en posant le tampon effaceur et en s'essuyant les mains.

D'un geste, il me montre le papier que je tiens.

— C'est pour moi ?

Je hoche la tête.

— C'est un poème.

Quand je le lui donne, il le lit tout de suite, ne lève pas les yeux même pour aller s'asseoir à son bureau. Sans lui demander la permission, je le suis, et je prends place à côté de lui. J'ai terminé ce poème hier soir, mais je l'ai peaufiné au fil de la journée afin d'accentuer les échos à *Lolita*, de rendre mes vers plus suggestifs.

*Elle fait signe d'approcher aux navires sur la mer*
*Un à un, ils glissent sur le rivage de sable*
*Avec un bruit sourd qui résonne*
*À travers ses os vidés de leur moelle.*

1. Traduction de Charles Baudelaire.

*Elle frémit & tremble*
*Tandis que les marins la prennent,*
*Et pleure quand ensuite ils la soignent,*
*Qu'ils la nourrissent de bouchées de kelp salé,*
*En lui disant qu'ils sont désolés*
*Vraiment désolés de ce qu'ils ont fait.*

M. Strane pose le poème sur son bureau et s'adosse à son siège, presque comme s'il voulait se mettre à distance de mon texte.

— Vous ne leur donnez jamais de titre, observe-t-il d'une voix qui me semble lointaine. Vous devriez leur donner un titre.

Une minute s'écoule. Il reste immobile et muet, se contentant de garder les yeux rivés sur le poème.

Tandis que nous restons assis là sans rien dire, une horrible impression me frappe : il s'est lassé de moi, il veut que je le laisse tranquille. Je dois fermer les yeux tant j'ai honte – d'avoir écrit ce poème à la connotation si ouvertement sexuelle, d'avoir cru que je pouvais intriguer et enfiler un costume pour obtenir ce que je voulais, d'avoir surinterprété le fait qu'il me prête un livre et me dise quelques mots gentils. J'ai vu ce que j'avais envie de voir, je me suis convaincue que mes fantasmes étaient réels. En reniflant comme un petit enfant, je murmure que je suis désolée.

— Hé, dit-il avec une douceur soudaine. Hé, pourquoi êtes-vous désolée ?

— Parce que…

Je prends une bouffée d'air.

— … parce que je suis idiote.

— Pourquoi dire une chose pareille ?

Son bras entoure mes épaules, il m'attire vers lui.

— Vous êtes tout sauf ça.

Quand j'avais neuf ans, je suis tombée du dernier arbre que j'aie jamais tenté d'escalader de ma vie. Lui qui me tient contre lui me rappelle exactement ce que j'ai ressenti au moment de cette chute – la terre se rapprochant de moi et non l'inverse, l'impression, dans les instants après l'atterrissage, d'avoir été avalée par le sol. Lui et moi sommes tellement proches que si j'incline la tête de quelques degrés, ma joue se colle contre son épaule. J'inspire la laine de son pull, le parfum de café et de poussière de craie de sa peau, ma bouche à quelques centimètres à peine de son cou.

Nous restons ainsi – son bras qui m'étreint et ma tête posée sur son épaule – tandis que des rires nous parviennent du couloir et que les cloches de l'église sonnent la demi-heure. Mon genou appuie contre sa cuisse ; le dos de ma main frôle son pantalon. Mon souffle court dans son cou, lui supplie de faire quelque chose.

Vient alors un petit geste : son pouce caresse mon épaule. Je lève la tête vers lui de sorte que ma bouche touche presque son cou, et je l'entends déglutir une fois, deux fois. C'est sa façon de déglutir, comme s'il enfonçait quelque chose tout au fond de lui, qui me donne le courage de presser mes lèvres contre sa peau. Ce n'est qu'une ébauche de baiser, mais cela le fait frémir, et quand je le perçois, je sens comme une vague monter en moi.

Il m'embrasse sur le haut du crâne, son ébauche de baiser à lui, et je presse à nouveau ma bouche contre son cou. C'est un dialogue composé d'ébauches d'actions dans lesquelles ni lui ni moi ne nous engageons totalement. Nous avons encore la possibilité de nous dérober, de changer d'avis. Les ébauches de baisers peuvent être oubliées, contrairement aux vrais. Sa main serre mon épaule, de plus en plus, et quelque chose dans mon corps commence à grandir. Je m'efforce de ravaler cette chose, car je crains sinon de bondir, de prendre M. Strane à la gorge et de tout gâcher.

Puis, sans préambule, il me lâche. Il s'éloigne de moi et nous ne sommes plus du tout en contact physique. Derrière ses lunettes, il cligne des yeux comme pour s'habituer à une clarté nouvelle.

— Nous devrions parler de ça, dit-il.

— D'accord.

— C'est grave.

— Je sais.
— Nous enfreignons de nombreuses règles.
— Je *sais*.
Je suis agacée. Il pense que je ne m'en rends pas compte, que je n'ai pas déjà passé des heures à essayer de saisir la gravité de la situation.
Le visage empreint de perplexité et de dureté, il me toise.
— C'est incroyable, murmure-t-il tout bas.
La trotteuse de l'horloge de la classe défile. C'est toujours l'heure de permanence pédagogique. La porte est fermée, mais techniquement, quelqu'un pourrait entrer à n'importe quel moment.
— Bon, que voulez-vous faire ? demande-t-il.
C'est une question bien trop complexe. Ce que je veux dépend de ce qu'il veut lui.
— Je ne sais pas.
Il se tourne vers les fenêtres, croise les bras sur sa poitrine. *Je ne sais pas* n'est pas une bonne réponse. C'est ce que répondrait un enfant, pas quelqu'un de consentant en mesure de prendre ses propres décisions.
— J'aime être avec vous.
Il attend que j'en offre plus, et mes yeux font le tour de la classe tandis que je m'efforce de trouver les mots justes.
— J'aime aussi ce que nous faisons.
— Qu'entendez-vous par « ce que nous faisons » ?
Il veut que je le dise, mais je ne sais pas comment appeler ça. D'un geste, je désigne l'espace entre nos corps.
— Ça.
Avec un tout petit sourire, il dit :
— Moi aussi, ça me plaît. Et ça ?
Il se penche vers moi et touche mon genou du bout de ses doigts.
— Ça te plaît ?
Sans détacher ses yeux de mon visage, le bout de ses doigts remonte le long de ma cuisse jusqu'à effleurer l'entrejambe de mes collants. Par réflexe, mes jambes se resserrent, piégeant sa main.

— Je suis allé trop loin, admet-il.

Je secoue la tête, détends mes jambes.

— Ça va.

— Ça ne va pas.

Il retire sa main de sous ma jupe et se glisse comme du liquide hors de sa chaise, s'installe par terre. À genoux devant moi, il pose sa tête sur mes genoux et dit :

— Je vais te détruire.

C'est la chose la plus incroyable qui se soit passée jusqu'à présent – c'est encore plus irréel que lui me disant qu'il a envie de m'embrasser, ou que sa main qui caresse ma jambe. *Je vais te détruire.* Il profère ces mots avec un tourment évident, ce qui laisse deviner qu'il y a beaucoup réfléchi, que cela l'a tracassé. Il veut bien agir, ne veut pas me faire de mal, mais s'est résigné à l'idée que c'est vraisemblablement ce qui arrivera.

La main suspendue au-dessus de lui, j'observe ses traits : ses cheveux noirs grisonnants aux tempes, la texture lisse de sa barbe qui se termine en une ligne nette sous sa mâchoire. Il a une petite coupure sur le cou, légèrement enflammée, et je l'imagine ce matin dans sa salle de bains, rasoir en main, alors que moi, j'étais debout, pieds nus dans ma chambre, en train de me barbouiller le visage de maquillage.

— Je veux être une présence positive dans ta vie. Que, plus tard, tu repenses à moi avec tendresse, le drôle de vieux professeur éperdument amoureux de toi qui a gardé ses mains pour lui et qui, à la fin, s'est comporté bien sagement.

Alors que sa tête repose encore lourdement sur mes genoux, mes jambes se mettent à trembler, mes aisselles et l'arrière de mes genoux à transpirer. *Éperdument amoureux de toi.* Dès qu'il prononce ces mots, je deviens une personne dont quelqu'un d'autre est amoureux – quelqu'un d'autre qui n'est pas un bête garçon de mon âge, mais un homme qui a déjà vécu une vie entière, qui a fait et vu des tas de choses et pense malgré tout que je mérite son amour. Je sens qu'on me pousse de force par-dessus un seuil, que je suis éjectée de ma vie ordinaire et propulsée dans un monde où il est possible que des hommes adultes se sentent si éperdument amoureux de moi qu'ils tombent à mes pieds.

— Certains jours, je m'assieds sur ta chaise une fois que tu es partie. Je pose ma tête sur la table comme si j'essayais de t'aspirer avec mon souffle.

Il lève la tête de mes genoux, se frotte le visage et s'accroupit.

— Qu'est-ce qui ne tourne pas rond chez moi, putain ? Je ne dois pas te parler comme ça. Je vais te faire faire des cauchemars.

Il se hisse sur sa chaise, et je sais que je dois lui proposer quelque chose pour le convaincre que je n'ai pas peur. Je dois être à la hauteur de ce qu'il vient de révéler, lui montrer qu'il n'est pas seul.

— Je pense à toi tout le temps, dis-je.

Pendant un instant, son visage s'illumine. Mais il se reprend.

— Tu parles !

— Tout le temps. Je suis obsédée.

— Ça, j'ai du mal à le croire. Les belles filles ne tombent pas amoureuses de vieux messieurs lubriques.

— Tu n'es pas lubrique.

— Pas encore, répond-il. Mais encore un geste envers toi, et je le serai.

Il a besoin de plus, alors je lui offre plus. Je lui raconte que j'écris mes poèmes à la con dans le but qu'il les lise (« Ce ne sont pas des poèmes à la con, me reprend-il. Je t'en prie, ne les qualifie ainsi. »), que j'ai passé toutes les vacances de Thanksgiving à lire *Lolita* et que je me sens métamorphosée par cette lecture, que je me suis faite belle spécialement pour lui aujourd'hui, que j'ai fermé la porte de la classe parce que je voulais que nous soyons seuls.

— Et j'ai pensé qu'on pourrait…

Je ne termine pas ma phrase.

— Qu'on pourrait quoi ?

Je roule des yeux, je glousse.

— Tu sais.

— Non, je ne sais pas.

Je pivote un peu sur la chaise et je dis :

— Qu'on pourrait, je ne sais pas, moi… s'embrasser, ou quelque chose comme ça.

— Tu veux que je t'embrasse ?

Je hausse les épaules et je baisse la tête. Mes cheveux tombent sur mon visage. Ça me met trop mal à l'aise de le dire.

— C'est un oui ?

Derrière mes cheveux, j'émets un petit grognement.

— On t'a déjà embrassée ?

Il écarte le rideau de mèches pour pouvoir me voir, et je secoue la tête, trop nerveuse pour mentir.

Il se lève et verrouille la porte de la classe, éteint les lumières afin que personne ne puisse regarder par les fenêtres. Quand il prend mon visage dans ses mains, je ferme les yeux et je ne les ouvre plus. Ses lèvres sont sèches comme du linge raidi par le soleil. Sa barbe est plus douce que ce que je pensais, mais ses lunettes me font mal. Elles s'enfoncent dans mes joues.

Il y a un premier baiser lèvres closes, puis un autre. Il émet un « mmmmh » sans parole, puis vient un baiser à pleine bouche qui dure un moment. Je n'arrive pas à me concentrer sur ce qui se passe, mon esprit est tellement loin qu'il semble appartenir à quelqu'un d'autre. Pendant tout ce temps, je ne pense qu'à une chose : c'est vraiment très bizarre qu'il ait une langue.

Quand c'est fini, mes dents n'arrêtent pas de claquer. Je veux être intrépide, lancer une remarque enjôleuse et séductrice avec un petit sourire en coin, mais tout ce que je parviens à faire, c'est essuyer mon nez sur ma manche et murmurer :

— Je me sens toute bizarre.

Il dépose un baiser sur mon front, sur mes tempes, au coin de ma mâchoire.

— J'espère que c'est un bizarre positif.

Je sais que je devrais dire oui, le rassurer, ne lui donner aucune raison de douter du fait que je veux cela, mais je me contente de regarder à mi-distance jusqu'à ce qu'il se penche vers moi et m'embrasse à nouveau.

***

Je m'installe à ma place habituelle, les mains à plat sur le dessus de la table pour m'empêcher de toucher la peau à vif aux commissures de mes lèvres. D'autres élèves entrent au compte-gouttes, défont la fermeture Éclair de leur manteau et sortent leur exemplaire d'*Ethan Frome* de leur sac à dos. Ils ignorent ce qui s'est passé, ne doivent jamais l'apprendre, mais j'ai tout de même envie de le hurler sur les toits. Ou, à défaut de pouvoir le hurler sur les toits, je veux presser mes paumes contre la table et transpercer le bois jusqu'à ce que le plateau se casse en deux et que les esquilles écrivent le secret sur le sol.

De l'autre côté de la table, Tom, adossé à sa chaise, étire ses bras derrière sa tête. Sa chemise se soulève, révélant quelques centimètres de peau. La place de Jenny est vide. Avant l'arrivée de Tom, Hannah Levesque a évoqué leur rupture, un ragot qui m'aurait mise dans tous mes états il y a deux mois. Aujourd'hui, cette information glisse quasiment sur moi. Deux mois, j'ai l'impression que c'est toute une vie.

Pendant le cours, tandis que M. Strane nous parle d'*Ethan Frome*, je remarque le léger tremblement de ses mains, sa réticence à regarder dans ma direction – non, vraiment, le désigner par « monsieur » me paraît désormais ridicule. Pourtant, je ne m'imagine pas l'appeler par son prénom non plus. À un moment donné, il pose une main sur son front, et, chose que je n'ai jamais vue chez lui auparavant, perd le fil de sa pensée.

— Bien, marmonne-t-il. Où en étais-je ?

L'horloge au-dessus de la porte laisse passer deux, trois, quatre secondes. Hannah Levesque sort une platitude terrible au sujet du roman, et au lieu de la rembarrer, Strane dit : « Oui, tout à fait. » Il se tourne vers le tableau et écrit en grosses lettres : *À qui la faute ?* Un océan mugit alors dans mes oreilles.

Il évoque toute l'intrigue du roman alors qu'il ne nous a demandé de lire que les cinquante premières pages. Parle du charme de la jeune Mattie et du casse-tête moral dans lequel Ethan, qui est marié et plus âgé qu'elle, se retrouve. L'amour qu'il éprouve à son égard est-il vraiment répréhensible d'un point de vue éthique ? Ethan vit dans la désolation. Tout ce qu'il a, c'est Zeena, la malade, à l'étage.

— Les gens sont prêts à tout risquer pour avoir un minuscule morceau de quelque chose de beau, dit Strane avec une telle sincérité que des petits rires se propagent autour de la table de séminaire.

Je devrais y être habituée maintenant, mais ça me paraît toujours hallucinant : cette façon qu'il a de parler des livres et aussi de moi sans que les autres se doutent de quoi que ce soit. C'est comme lorsqu'il m'a touchée derrière son bureau pendant qu'ils étaient tous assis autour de la table de séminaire, à plancher sur leur dissertation. Des choses se passent juste sous leurs yeux. On dirait qu'ils sont trop quelconques pour le remarquer.

*À qui la faute ?* Il souligne la question et se tourne vers nous dans l'attente de réponses. Il est en difficulté. Je le vois bien maintenant. Ce n'est pas qu'il soit stressé en ma présence – il se demande s'il a fait quelque chose de mal. Si j'avais plus de cran, je lèverais la main et je dirais à propos d'Ethan Frome et de lui : *Il n'a rien fait de répréhensible.* Ou bien : *Mattie ne devrait-elle pas elle aussi porter en partie le chapeau ?* Mais je reste assise sans rien dire, petite souris silencieuse que je suis.

À la fin du cours, *À qui la faute ?* occupe toujours la largeur du tableau. Les autres élèves sortent à la queue leu leu, vont dans le couloir puis dans la cour, mais je prends mon temps. Je tire sur la fermeture Éclair de mon sac, je m'accroupis et fais mine de lacer mes chaussures à la vitesse du paresseux. Il ne me prête aucune attention tant que le couloir devant la classe n'est pas vide. Pas de témoins.

— Comment tu vas ?

Je lui offre un grand sourire, tire sur les bretelles de mon sac à dos.

— Je vais bien.

Je sais que je ne peux manifester aucun désarroi. Sinon, il risque de juger que je n'ai pas les épaules assez solides pour d'autres baisers.

— J'avais peur que tu te sentes bouleversée, dit-il.

— Ce n'est pas le cas.

— Ok.

Il souffle.

— J'ai l'impression que tu t'en sors mieux que moi.

Nous décidons que je reviendrai plus tard, après la permanence pédagogique, à l'heure où le bâtiment des lettres est tranquille. Alors que je suis quasiment sortie de la salle, il me lance :

— Tu es ravissante.

Je ne peux empêcher mon sourire d'envahir tout mon visage. Je suis ravissante, en effet – un pull vert foncé, mon pantalon en velours côtelé le plus flatteur, mes cheveux qui tombent en cascade sur mes épaules. C'était l'effet escompté.

Quand je reviens dans la salle de classe, le soleil s'est couché, et comme il n'y a pas de stores, nous éteignons les lumières, nous nous asseyons derrière son bureau et nous nous embrassons dans le noir.

Mlle Thompson organise une fête de Noël dans notre résidence, et pour le cadeau, je tire au sort le nom de Jenny. Cela devrait être douloureux, au lieu de quoi, je ne ressens qu'une vague contrariété. Je prends les dix dollars que je suis censée utiliser pour acheter un cadeau, je me rends au supermarché, lui achète cinq cents grammes de café moulu d'une marque standard et dépense le reste en snacks pour moi. Je n'emballe même pas le café : au moment de le lui remettre, je lui offre dans un sac de courses en plastique.

— C'est quoi ? demande-t-elle.

Ce sont les premiers mots qu'elle m'adresse depuis le dernier jour de l'année scolaire au printemps dernier, depuis son « À un de ces quatre » qu'elle m'a balancé par-dessus son épaule en quittant la chambre que nous partagions.

— C'est ton cadeau.

— Tu ne l'as pas emballé ?

Elle ouvre le sac du bout des doigts, comme si elle avait peur de ce qu'il pouvait contenir.

— C'est du café, dis-je. Parce que, ben, tu buvais toujours du café.

Les yeux rivés sur mon cadeau, elle cligne tellement des paupières que pendant un instant, je me dis avec horreur qu'elle est sur le point de pleurer.

— Tiens.

Elle me fourre une enveloppe entre les mains.

— Moi aussi, j'ai tiré ton nom au sort.

À l'intérieur de l'enveloppe se trouve une carte qui contient un bon-cadeau d'une valeur de vingt dollars à dépenser à la librairie du centre-ville. Je tiens le bon dans une main et la carte dans l'autre, mes yeux allant rapidement de l'un à l'autre. Sur la carte, je lis : *Joyeux Noël, Vanessa. Je sais que nous nous sommes perdues de vue, mais j'espère que nous pourrons faire en sorte de réparer notre amitié.*

— Pourquoi t'as fait ça ? On était censées ne dépenser que dix dollars.

Mlle Thompson passe voir chaque groupe de deux pour commenter les cadeaux. Lorsqu'elle arrive devant nous, elle voit les joues rouges de Jenny, le paquet de café bon marché sous vide qui est tombé par terre, et la culpabilité étalée sur mon visage.

— Hum, quel chouette cadeau ! s'exclame Mlle Thompson.

Son enthousiasme est tel que je crois qu'elle parle du bon d'achat, alors qu'elle désigne le café.

— Pour moi, on n'a jamais trop de caféine. Et vous, Vanessa ?

Je brandis le bon d'achat, et Mme Thompson esquisse un tout petit sourire.

— C'est chouette aussi.

— J'ai des devoirs à faire, déclare Jenny.

Elle ramasse le paquet de café à deux doigts, comme s'il s'agissait de quelque chose de dégoûtant qu'elle ne voulait pas toucher, et quitte la salle commune. Je veux ajouter quelque chose, lui crier que la seule raison pour laquelle elle s'intéresse à moi, c'est parce que Tom a rompu, et que c'est trop tard parce que je suis passée à autre chose. Désormais, je fais des choses que Jenny ne serait même pas en mesure d'imaginer.

Mlle Thompson se tourne vers moi.

— Je trouve que c'était un cadeau attentionné, Vanessa. Il n'y a pas que le montant dépensé qui compte.

À ce moment-là, je comprends pourquoi elle est sympa avec moi. Elle pense que je suis tellement pauvre que je n'ai pas les moyens d'acheter plus qu'un paquet de café à trois dollars. Son hypothèse est à la fois drôle et insultante, mais je ne la reprends pas.

— Mlle Thompson, que faites-vous à Noël ? lui demande Deanna.

— Je rentre un peu chez moi dans le New Jersey. Je vais peut-être partir quelques jours dans le Vermont avec des amis.

— Et votre petit ami ? demande Lucy.

— Je n'en ai pas vraiment.

Mlle Thompson s'éloigne pour aller voir les autres cadeaux, et je la regarde serrer ses mains derrière son dos en faisant semblant de ne pas entendre Deanna murmurer à Lucy :

— Je croyais qu'elle sortait avec M. Strane ?

Une après-midi, Strane m'explique que je dois mon prénom à Jonathan Swift, l'écrivain irlandais, lequel a un jour fréquenté une femme qui s'appelait Esther Vanhomrigh, surnommée Essa.

— Il a disloqué son nom, et en réassemblant les lettres éparses, a créé quelque chose de nouveau, m'apprend Strane. Van-essa est devenue Vanessa. Est devenue toi.

Je le garde pour moi, mais parfois, j'ai l'impression que c'est exactement ce qu'il me fait : me disloquer, me réassembler en une nouvelle personne.

Il raconte que la première Vanessa était amoureuse de Swift, et était de vingt-deux ans sa cadette. Il était son tuteur. Strane va récupérer dans l'une des bibliothèques derrière son bureau un exemplaire du poème de Swift intitulé « Cadenus et Vanessa ». Il est long – soixante pages entièrement consacrées à une jeune fille amoureuse de son professeur. Mon cœur galope tandis que je parcours le texte en diagonale, mais comme je sens les yeux de Strane sur moi, j'essaie de ne rien en laisser paraître.

— C'est plutôt marrant, dis-je d'un ton nonchalant au possible que j'accompagne d'un haussement d'épaules.

Strane fronce les sourcils :

— J'ai trouvé cela étrange, pas marrant.

Il repose le volume sur l'étagère et marmonne :

— Ça me tourmente. Ça me pousse à m'interroger sur le destin.

Je le regarde s'asseoir à son bureau et ouvrir le cahier dans lequel il consigne nos notes. La pointe de ses oreilles est rouge, comme s'il était mal à l'aise. Suis-je capable de le mettre mal à l'aise ? J'oublie parfois que lui aussi peut être vulnérable.

— Je vois ce que tu veux dire.

Il lève les yeux de son cahier. Ses lunettes renvoient des éclats de lumière.

— J'ai en quelque sorte le sentiment que toute cette histoire, c'est le destin.

— Toute cette histoire, répète-t-il. Tu veux parler de ce que nous faisons ensemble ?

Je hoche la tête.

— Un peu comme si, peut-être, j'étais née pour le faire.

Tandis que mes propos s'impriment en lui, ses lèvres se mettent à trembler. On dirait qu'il s'efforce de ne pas sourire.

— Va fermer la porte, dit-il. Éteins les lumières.

J'utilise le téléphone payant de la salle commune de Gould pour appeler la maison le dimanche avant les vacances de Noël, et maman m'annonce qu'elle devra venir me chercher mardi plutôt que mercredi, ce qui signifie un jour de plus de vacances, un jour de plus sans Strane. C'est déjà bien assez difficile comme ça de supporter un week-end sans lui, et je ne sais pas comment je vais faire pour survivre à trois semaines, alors quand ma mère me dit cela, j'ai l'impression que le sol s'ouvre sous mes pieds.

— Tu ne m'as même pas posé la question ! Tu ne peux pas décider comme ça de venir me récupérer une journée entière plus tôt sans me demander si ça me va.

Ma panique monte en puissance et je dois lutter contre les larmes.

— J'ai des responsabilités ! J'ai des choses à faire !

— Quelles choses ? Bon sang, pourquoi tu te mets dans tous tes états ? D'où est-ce que ça sort ?

Je presse mon front contre le mur, j'inspire, et je trouve une pirouette pour m'en sortir.

— Il y a une réunion à l'atelier d'écriture que je ne peux pas louper.

— Ah !

Maman souffle comme si elle s'attendait à quelque chose de plus grave.

— Eh bien, je ne serai pas là avant six heures. Cela devrait te laisser le temps d'assister à ta réunion.

Elle mord dans un aliment qui croustille entre ses dents. Je déteste la façon qu'elle a de manger tout en me parlant, ou de nettoyer, ou de discuter avec papa alors que je suis à l'autre bout du fil. Il lui arrive d'emmener le téléphone aux toilettes, et je ne m'en rends compte que quand j'entends la chasse d'eau en fond sonore.

— J'ignorais que cet atelier te tenait autant à cœur.

Je m'essuie le nez sur la manche sale de mon sweatshirt.

— Le sujet n'est pas que ça me tienne à cœur. Le sujet, c'est de prendre mes responsabilités au sérieux.

— Hum.

Elle mord de nouveau dans l'aliment, et le son se réverbère contre ses dents.

Le lundi, quand Strane et moi sommes assis dans la salle de classe plongée dans l'obscurité, je ne le laisse pas m'embrasser. Je me détourne et j'éloigne mes jambes de lui en me contorsionnant.

— Qu'est-ce qui ne va pas ? demande-t-il.

Je secoue la tête, je ne sais pas trop comment expliquer les choses. Il ne semble pas le moins du monde perturbé par les vacances qui se profilent. Il n'a même pas abordé le sujet.

— Ce n'est pas grave si tu ne veux pas que je te touche. Dis-moi juste d'arrêter.

Il se rapproche de moi, me dévisage, essaie de distinguer mon expression dans le noir. J'aperçois le vif éclat de ses yeux parce qu'il ne porte pas de lunettes – depuis que je lui ai dit qu'elles me faisaient mal au visage, il les enlève avant nos baisers.

— J'aimerais beaucoup, mais je n'arrive pas à lire dans tes pensées, déclare-t-il.

Le bout de ses doigts touche mes genoux et attendent de voir si je me dégage brusquement. Comme ce n'est pas le cas, ses mains remontent lentement le long de ma cuisse, jusqu'à mes hanches, ma taille, et les roulettes de la chaise couinent lorsqu'il me tire vers lui. Je soupire, m'appuie contre lui, son corps semblable à une montagne.

— C'est juste que nous n'allons pas pouvoir faire ça pendant tellement longtemps. Trois semaines entières, dis-je.

Je sens qu'il se détend.

— Est-ce pour cette raison que tu boudais ?

Je me mets à pleurer à cause de sa façon de rire, car elle me donne l'impression d'être ridicule, mais lui pense que je suis bouleversée à l'idée qu'il va me manquer.

— Je ne vais nulle part ! dit-il en déposant un baiser sur mon front.

Il me qualifie de « sensible ».

— Comme une...

Il marque un temps d'arrêt et rit doucement.

— J'étais sur le point de dire comme une petite fille. J'oublie parfois que c'est exactement ce que tu es.

J'enfonce encore plus mon visage contre lui et murmure que j'ai le sentiment d'être devenue incontrôlable. J'ai envie qu'il me dise qu'il ressent la même chose, mais il continue simplement à me caresser les cheveux. Peut-être n'a-t-il pas besoin de le formuler. Je revois sa tête sur mes genoux l'après-midi où nous nous sommes embrassés, sa façon de gémir *Je vais te détruire*. Bien sûr qu'il est incontrôlable – il faut être en roue libre pour faire ce que nous faisons.

Il se détache de moi, embrasse les coins de ma bouche.

— J'ai une idée, dit-il.

Dehors, le sol est recouvert de neige, et grâce à la réverbération, je distingue son sourire, les rides autour de ses yeux. De près, son visage est décousu, énorme. Sur l'arête de son nez, ses lunettes ont laissé une empreinte indélébile.

— Mais il faut que tu me promettes de n'accepter ce que je vais te proposer uniquement si tu le veux pleinement. D'accord ?

Je renifle, m'essuie les yeux.

— D'accord.

— Et si, après les vacances de Noël... disons le premier vendredi après la rentrée...

Il prend une inspiration.

— Et si tu venais chez moi ?

Je cligne des yeux de surprise. Je pensais bien que cela finirait par arriver, mais cela me semble tôt, quoique, peut-être pas. Nous nous embrassons depuis deux semaines.

Comme je ne dis rien, il poursuit :

— Je pense que ce serait chouette de passer du temps ensemble en dehors de la classe. Nous pourrions dîner ensemble, nous regarder avec la lumière allumée. Cela serait rigolo, non ?

Aussitôt, j'ai peur. Je le regrette, et tout en mordillant l'intérieur de mes joues, je m'efforce de rationaliser pour chasser ce sentiment. Je n'ai pas peur de lui, mais plutôt de son corps – sa taille, l'attente que je fasse des choses à ce corps. Tant que nous sommes dans la classe, nous ne pouvons que nous embrasser. Aller chez lui signifie que tout peut se passer. Que le plus évident se passera : le sexe.

— Comment je viendrai ? Et le couvre-feu ?

— Tu peux sortir en douce après. Je peux t'attendre sur le parking derrière et t'emmener. Et puis le matin, je te ramènerai assez tôt pour que personne ne se rende compte de rien.

Comme j'hésite encore, son corps se raidit. Sa chaise roule en arrière, loin de moi, et de l'air froid balaie mes jambes.

— Je ne vais pas te forcer si tu n'es pas prête.

— Je suis prête.

— On ne dirait pas.

— Si, je suis prête. Je viendrai.

— Mais est-ce ce que tu veux ?

— Ouais.

— Vraiment ?

— Oui !

Il me dévisage, la lueur dans ses yeux vacille. Je me mords encore plus la joue – peut-être que si je me fais suffisamment mal pour déclencher une nouvelle vague de larmes, il ne sera pas fâché contre moi.

— Écoute. Je n'ai aucune attente. Ça m'ira très bien de rester assis sur le canapé avec toi à regarder un film. Nous ne sommes même pas obligés de nous tenir la main si tu n'en as pas envie, d'accord ? Il est important que tu ne te sentes jamais forcée. Il n'y a que comme ça que je pourrai continuer à me regarder dans une glace.

— Je ne me sens pas forcée.

— Non ? Vraiment ?

Je secoue la tête.

— Bien. C'est bien.

Il attrape mes mains.

— C'est toi qui es aux commandes, ici, Vanessa. Tu décides de ce que nous faisons.

Je me demande s'il y croit réellement. C'est lui qui m'a touchée en premier, qui a dit qu'il avait envie de m'embrasser, qui m'a dit qu'il m'aimait. Il est à l'origine de chaque premier pas. Je ne me sens pas forcée, et je sais que j'ai le pouvoir de dire non, mais ce n'est pas pareil que d'être aux commandes. Mais peut-être a-t-il besoin de le croire ? Peut-être y a-t-il une liste entière de choses auxquelles il a besoin de croire.

Pour Noël, on m'offre : un billet de cinquante dollars, deux pulls – l'un torsadé bleu lavande, l'autre en mohair blanc –, un nouveau CD de Fiona Apple pour remplacer l'actuel qui est rayé, des bottes achetées au magasin d'usine L.L. Bean mais dont on ne s'aperçoit que les coutures sont foireuses qu'en regardant de près, une bouilloire électrique pour la résidence, une boîte de bonbons au sirop d'érable, des chaussettes et des sous-vêtements, une orange en chocolat.

À la maison avec mes parents, je m'efforce de ranger Strane dans un tiroir que je garde bien fermé. Je résiste à l'envie de traîner au lit pour rêvasser et écrire sur lui, et à la place, je m'adonne à des activités qui me donnent l'impression d'être la fille que j'étais auparavant – je lis près du poêle, je hache des figues et des noix avec maman sur la table de la cuisine, j'aide papa à transporter un sapin jusqu'à la maison avec Babe le chiot qui nous suit en sautillant comme un dauphin jaune en peluche tandis que nous marchons péniblement dans la neige. Presque tous les soirs, quand papa monte se coucher talonné de Babe, maman et moi restons sur le canapé à regarder la télé. Nous aimons les mêmes programmes : les drames en costume, *Ally McBeal, The Daily Show*. Jon Stewart nous fait rire, George W. Bush nous hérisse lorsqu'il apparaît à l'écran. Le recomptage est terminé depuis longtemps. Bush a été déclaré vainqueur.

— Je n'arrive toujours pas à croire qu'il a volé l'élection.

— Ils volent tous les élections, dit ma mère. C'est juste moins pire quand c'est un démocrate qui le fait.

Pendant que nous regardons la télévision en mangeant les biscuits au citron et au gingembre pas donnés qu'elle cache tout en haut du garde-manger, elle rapproche ses pieds de moi et essaie de les enfouir sous mon derrière, même si je déteste quand elle fait ça. Comme je bougonne, elle me dit d'arrêter d'être de mauvais poil.

— Un jour, tu as vécu dans mon ventre, tu sais.

Je lui parle du mot que Jenny m'a glissé avec le cadeau de Noël, dans lequel elle dit vouloir que nous réparions notre amitié, et maman, un petit sourire aux lèvres, me pointe du doigt.

— Je t'avais dit qu'elle tenterait. J'espère que tu ne vas pas tomber dans le panneau.

Ma mère s'endort, ses cheveux blond foncé tout emmêlés sur son visage, alors que débutent les programmes de téléachat. C'est l'heure à laquelle Strane revient au galop – quand à la maison, tout est calme, et que je suis la seule à être réveillée. Je regarde fixement l'écran avec des yeux vitreux, et je le sens à mes côtés, qui me tient dans ses bras, qui glisse sa main dans le bas de mon pyjama. À l'autre bout du canapé, ma mère émet un ronflement qui me tire brusquement de ma rêverie, et je me précipite à l'étage. Ma chambre est le seul endroit où je peux le laisser entrer en toute sécurité, où je peux fermer la porte, m'allonger dans mon lit et imaginer comment ce sera d'être chez lui, ce que l'on doit ressentir quand on fait l'amour. À quoi il ressemblera une fois qu'il aura ôté ses vêtements.

Je parcours mes vieux exemplaires de *Seventeen* pour essayer de trouver des articles qui parlent des premières fois, au cas où je pourrais faire certaines choses pour m'y préparer, mais tous tiennent les mêmes propos ineptes : « Le sexe, ce n'est pas anodin, ne cède pas à la pression, tu as tout le temps du monde ! » Alors je vais sur Internet et trouve sur un forum un fil intitulé « Conseils dépucelage », et la seule recommandation pour les filles est « Ne te contente pas de rester allongée sans rien faire ». Qu'est-ce que ça peut bien vouloir dire ? Qu'il faut se mettre au-dessus ? J'essaie de m'imaginer en train de le faire à Strane, mais ça me met trop mal à l'aise ; tout mon corps se hérisse à cette idée. Je referme le navigateur Internet en prenant préalablement le soin de vérifier trois fois l'historique de navigation pour m'assurer d'avoir tout effacé.

La veille de mon retour à Browick, pendant que mes parents regardent le journal télévisé de Tom Brokaw, je vais dans leur chambre en catimini, j'ouvre le tiroir du haut de la commode de ma mère, farfouille parmi ses soutiens-gorge et ses sous-vêtements jusqu'à ce que je trouve une nuisette noire en soie dont l'étiquette jaunie n'a pas été enlevée. Une fois dans ma chambre, je l'enfile sans rien en dessous. Elle est un peu longue et tombe sous mes genoux, mais elle est moulante, et mes formes sont visibles d'une façon qui me paraît adulte et sexy. Tout en me regardant dans le miroir, je rassemble mes cheveux au-dessus de ma tête et je les laisse tomber autour de mon visage. Je mords ma lèvre inférieure jusqu'à ce qu'elle soit enflée et rouge. L'une des bretelles tombe sur mon bras, et j'imagine Strane, avec son sourire mi-tendre, mi-condescendant, me la replacer sur l'épaule. Le matin, je fourre la chemise de nuit au fond de mon sac, et je ne peux m'empêcher de sourire pendant tout le trajet jusqu'à Browick, ravie qu'il soit si simple de s'en sortir en toute impunité, quel que soit le crime.

Sur le campus, les congères sont plus hautes, les décorations de Noël ont disparu, et la résidence universitaire empeste le vinaigre dont ils se servent pour nettoyer le parquet. Le lundi matin, tôt, je me rends dans le bâtiment des lettres en quête de Strane. Lorsqu'il me voit, son visage s'illumine, se fend d'un large sourire, une bouche avide. Il verrouille la porte de la classe, me presse contre le casier, et m'embrasse si fort qu'il me ronge presque, que nos dents se percutent. Sa cuisse écarte mes jambes et se frotte à moi – c'est agréable, mais cela arrive si vite que j'émets un cri de surprise qui, lorsqu'il l'entend, le pousse à arrêter et à reculer en titubant, à me demander s'il m'a fait mal.

— Je n'arrive pas à me contenir quand je suis avec toi. Je me comporte en vrai ado, dit-il.

Il me demande si ça tient toujours pour vendredi. Dit que ces dernières semaines il a pensé à moi en permanence, a été surpris que je lui aie manqué autant. En entendant cela, je plisse les yeux. Pourquoi, surpris ?

— Parce que nous ne nous connaissons pas si bien que cela, explique-t-il. Mais bon sang, je t'ai dans la peau.

Quand je lui demande ce qu'il a fait à Noël, il me répond :

— J'ai pensé à toi.

La semaine est une sorte de compte à rebours, comme des pas qui avancent lentement dans un long couloir. Quand vient le vendredi soir, cela me semble quasi irréel de mettre la nuisette noire dans mon sac à dos pendant que de l'autre côté du couloir, Mary Emmet, qui a laissé la porte de sa chambre grande ouverte, chante à tue-tête cette chanson sans fin du film *Rent,* et que Jenny se rend à la douche en peignoir. Étrange de penser que pour elles, ce n'est qu'un vendredi soir comme un autre, que leur vie ordinaire continue de manière aussi naturelle, parallèlement à la mienne.

À neuf heures trente, je vais voir Mlle Thompson, lui dis que je ne me sens pas bien et que je vais me coucher tôt, et puis j'attends qu'il n'y ait plus personne dans le couloir pour emprunter la cage d'escalier de derrière, celle dont l'alarme est cassée. Je traverse le campus à la hâte, et j'aperçois le break de Strane qui m'attend, phares éteints, dans le parking derrière le bâtiment des lettres. Quand j'ouvre brusquement la portière côté passager et me glisse à l'intérieur, il me tire vers lui, en riant d'une façon inédite à mes oreilles – surexcité, par bouffées, comme s'il ne pouvait croire que tout cela était réellement en train de se produire.

Sa maison est spartiate et plus propre que ne l'a jamais été celle de mes parents – l'évier de la cuisine est vide et étincelant, un torchon sèche sur le long bec du robinet. Il y a quelques jours, il m'a demandé ce que j'aimerais manger, m'a dit qu'il voulait me proposer mes plats préférés. Il me montre les trois bacs d'un demi-litre de glace d'une marque coûteuse rangés au congélateur, les six cannettes de Cherry Coke au frigo et les deux gros paquets de chips sur le plan de travail. Une bouteille de whisky s'y trouve également, à côté d'un verre contenant un glaçon pratiquement fondu.

Dans le salon, il n'y a pas de bric-à-brac sur la table basse, seulement une pile de dessous de verre et deux télécommandes. Ses bibliothèques sont bien rangées, aucun volume n'est négligemment jeté ni à l'envers. Pendant qu'il me fait visiter, je sirote un soda et j'essaie de paraître impressionnée mais pas trop, intéressée mais pas trop. Alors qu'en réalité, je tremble de partout.

Sa chambre est la dernière pièce qu'il me montre. Nous nous tenons dans l'embrasure de la porte. Des bulles résonnent dans ma cannette métallique, et ni lui ni moi ne sait vraiment quoi faire ensuite. Je dois être rentrée à Gould dans six heures, mais je ne suis là que depuis dix minutes. Son lit s'étend devant nous, bien fait avec son édredon kaki et ses oreillers dans des taies à motif écossais. Cela me semble trop tôt.

— Tu es fatiguée ?

Je secoue la tête.

— Pas vraiment.

— Alors tu ne devrais peut-être pas boire ça.

Il me prend le soda des mains.

— Toute cette caféine.

Je suggère de regarder la télévision, dans l'espoir de lui rappeler sa proposition de rester assis sur le canapé à regarder un film main dans la main.

— Si on fait ça, je vais m'endormir à coup sûr. Pourquoi ne pas tout simplement se préparer pour aller au lit ?

Il se tourne vers sa commode, ouvre le tiroir du haut, en sort quelque chose. C'est un pyjama : un short et un débardeur en coton blanc parsemé de fraises rouges. Il est plié bien comme il faut, les étiquettes sont toujours là. Il est neuf, il l'a acheté spécialement pour moi.

— Je me suis dit que tu oublierais peut-être de prendre des affaires pour dormir, dit-il en déposant le vêtement dans mes mains.

Je ne lui parle pas de la nuisette noire au fond de mon sac à dos.

Dans la salle de bains, j'essaie de faire le moins de bruit possible en me déshabillant et en détachant les étiquettes. Avant d'enfiler le pyjama, je regarde mon visage dans le miroir, jette un coup d'œil dans la douche où j'aperçois sa bouteille de shampoing et son savon, j'inspecte tout ce qui se trouve sur le plan de travail. Il a une brosse à dents et un rasoir électriques, un pèse-personne numérique sur lequel je monte, recroquevillant mes orteils quand les chiffres apparaissent : 65 kilos, deux de moins qu'à Noël.

Je tends le débardeur devant moi en me demandant ce qui l'a poussé à choisir ce pyjama en particulier. Sans doute parce que le motif lui a plu – il m'a déjà dit que mes cheveux et ma peau lui évoquaient des fraises à la crème. Je me le représente en train de parcourir un rayon de vêtements pour filles, ses grosses mains en train de toucher les différents pyjamas, et cette pensée m'emplit de tendresse, semblable à ce que j'ai ressenti il y a quelques années face à une photo de ce célèbre gorille berçant son chaton, face à la vulnérabilité d'un être si grand tenant quelque chose de si délicat, et s'efforçant de faire attention, d'être gentil.

J'ouvre la porte de la salle de bains et j'entre dans la chambre, un bras en travers de la poitrine comme pour me protéger. La lampe posée sur la table de chevet est allumée et émet une douce lumière chaude. Il est assis au bord du lit, les épaules voûtées, les mains jointes.

— Tout te va ?

Je frissonne et je hoche un peu la tête. De l'autre côté de la vitre, une voiture passe, le bruit se rapproche puis s'éloigne, suivi de silence.

— Je peux voir ? demande-t-il.

Et je me dirige vers lui, suis assez près pour qu'il enroule ses doigts autour de mon poignet et tire sur mon bras afin que je le baisse. Tandis que ses yeux se promènent sur moi, il soupire et dit « Oh, non », comme s'il était déjà désolé de ce que nous nous apprêtons à faire.

Il se lève, rabat l'édredon, et répète « Ok, ok, ok » à voix basse. Il me dit qu'il va rester habillé pour l'instant, ce qui, je le sais, est censé m'apaiser, peut-être aussi l'apaiser lui. Sur sa chemise, des auréoles foncées entourent ses aisselles, exactement comme lors de son allocution de rentrée.

Je me glisse dans le lit à côté de lui sous les couvertures, et nous restons allongés sur le dos, sans se toucher ni parler. Le plafond est recouvert de dalles dorées et couleur crème qui forment un motif tourbillonnant autour duquel mes yeux tournent encore et encore. Sous l'édredon en plumes, mes mains et mes pieds se réchauffent, mais le bout de mon nez reste froid.

— Ma chambre à la maison est toujours froide comme celle-ci, dis-je.

— C'est vrai ?

Il se tourne vers moi, reconnaissant que j'aie apporté une forme de normalité à la situation en parlant. Il me demande de décrire ma chambre, de lui dire à quoi elle ressemble, comment sont disposées les choses. Je dessine un plan dans le vide.

— Là, c'est la fenêtre en face du lac, et là, c'est celle en face de la montagne. Là, c'est mon placard, et là, mon lit.

Je lui décris mes posters, la couleur de mon couvre-lit. Je lui raconte qu'en été, je suis parfois réveillée en pleine nuit par les cris des plongeons huards, et qu'à cause de la mauvaise isolation de la maison, de la glace se forme sur les murs en hiver.

— J'espère qu'un jour, j'aurai l'occasion de voir ça de mes propres yeux, dit-il.

Je ris en l'imaginant dans ma chambre à coucher. Comme il semblerait grand, sa tête frôlerait le plafond !

— Ça m'étonnerait que ça arrive un jour.

— On ne sait jamais. Parfois, des occasions se présentent.

Il me parle de la chambre de son enfance dans le Montana. Il y faisait froid en hiver aussi, raconte-t-il. Il décrit Butte, l'ancienne cité minière champignon qui fut un jour l'un des endroits les plus riches au monde et qui n'est plus aujourd'hui qu'une cuvette marron en déclin entourée de montagnes. Il décrit les chevalements abandonnés qui se dressent entre les maisons, m'explique que le centre-ville a été bâti sur un flanc de colline, et qu'au sommet de cette colline se trouve une grosse fosse remplie d'eau acide, vestige de l'activité minière.

— Ça a l'air horrible, dis-je.

— Oui, admet-il, mais c'est le genre d'endroit qui est difficile à saisir tant qu'on ne l'a pas vu. Ce lieu dégage une beauté étrange.

— De la beauté dans un puits d'acide ?

Il sourit.

— Un jour, nous irons là-bas. Tu verras.

Sous l'édredon, il entrelace ses doigts dans les miens et continue à parler, évoque sa sœur cadette, ses parents. Il me raconte que son père était mineur dans une mine de cuivre, qu'il était un homme intimidant mais gentil, et que sa mère enseignait.

— Comment était-elle ?

— En colère. C'était une femme très en colère.

Je me mords la lèvre sans trop savoir quoi dire.

— Je ne comptais pas à ses yeux, ajoute-t-il, et je n'ai jamais compris pourquoi.

— Elle est encore en vie ?

— Ils sont morts tous les deux.

Je commence à dire que je suis désolée mais il m'interrompt, serre ma main.

— Ça va. C'est de l'histoire ancienne.

Nous restons allongés sans rien dire pendant un moment, nos mains jointes sous les couvertures. J'inspire et j'expire, je ferme les yeux pour essayer d'identifier l'odeur de sa chambre. C'est une odeur ténue, masculine, je décèle un léger parfum de savon et de déodorant sur les draps en flanelle, une odeur de cèdre en provenance du placard. C'est bizarre de se dire que c'est ici qu'il vit, comme une personne normale, qu'il dort, mange et accomplit toutes les corvées monotones du quotidien – laver la vaisselle, nettoyer la salle de bains, faire ses lessives. Est-ce qu'il fait lui-même ses lessives ? J'essaie de l'imaginer en train de transporter des vêtements du lave-linge au sèche-linge, mais l'image se dissout aussitôt qu'elle m'est apparue.

— Pourquoi tu ne t'es jamais marié ?

Il jette un regard dans ma direction et je sens sa main lâcher un peu la mienne pendant quelques instants, assez longtemps pour comprendre que ce n'était pas une question à poser.

— Le mariage, ce n'est pas pour tout le monde. Tu verras, plus tard.

— Non, je comprends. Moi non plus, je n'ai pas envie de me marier.

Je ne sais pas si c'est strictement vrai, mais j'essaie d'être gentille. À l'évidence, il s'inquiète pour moi et à cause de ce que nous faisons. Au moindre de mes mouvements, il sursaute comme si j'étais un animal qui a tendance à fuir ou à mordre.

Il sourit ; son corps se détend. J'ai dit ce qu'il fallait.

— Bien sûr que non. Tu te connais assez pour savoir ce pour quoi tu n'es pas faite.

J'ai envie de lui demander ce pour quoi je ne suis pas faite, mais je ne veux pas lui montrer qu'en réalité je ne me connais pas, et je ne veux pas insister maintenant qu'il me tient de nouveau la main et penche son visage vers moi comme pour m'embrasser. Il ne m'a pas embrassée depuis que je suis arrivée ici.

Il me demande à nouveau si je suis fatiguée et je secoue la tête.

— Quand tu seras fatiguée, dis-le moi. Je pourrai aller dans le salon.

Le salon ? Je fronce les sourcils en essayant de comprendre ce qu'il entend par là.

— Tu vas dormir sur le canapé ?

Il lâche ma main et commence à parler, s'arrête, commence de nouveau.

— J'ai honte de la façon dont je t'ai touchée la première fois, au tout début de l'année. Je n'aime pas agir comme ça.

— Mais ça m'a plu.

— Je sais, mais cela ne t'a pas perturbée ?

Il se tourne vers moi.

— Ça t'a forcément perturbée. Ton prof qui te touche, comme ça, sans crier gare. Ça ne m'a pas plu, d'agir sans en avoir d'abord bien discuté avec toi. Bien discuter d'absolument tout est la seule façon de racheter ce que nous faisons.

Il ne le formule pas, mais je sais ce qu'on exige de moi ici – que je lui dise ce que je ressens et ce que je veux. Que je sois courageuse. Je me tourne vers lui et j'enfonce mon visage dans son cou.

– Je n'ai pas envie que tu dormes sur le canapé.

Je sens qu'il sourit.

— D'accord. Y a-t-il autre chose dont tu aies envie ?

Je me blottis contre lui, glisse ma jambe par-dessus la sienne. Je suis incapable de le dire. Il me demande si j'ai envie d'être embrassée, et quand je hoche la tête contre son cou, il attrape mes cheveux dans son poing et fait basculer ma tête en arrière.

— Bon sang, regarde-toi, dit-il.

Je suis parfaite, dit-il, si parfaite que je ne peux être vraie. Il m'embrasse, et d'autres choses arrivent rapidement, des choses que nous n'avons pas faites avant – il repousse mon débardeur au-dessus de mes seins, me pince, me malaxe, glisse sa main sous le short de mon pyjama et la pose là, entre mes jambes. Il demande ma permission pour tout. « Je peux ? » avant de tirer le haut de mon pyjama par-dessus ma tête. « Ça va, ça ? » avant de repousser mon sous-vêtement et d'enfoncer un doigt en moi, si vite que pendant quelques instants je suis sonnée, et mon corps fait le mort. Au bout d'un moment, il se met à me demander la permission a posteriori, une fois la chose accomplie. « Je peux ? » demande-t-il pour savoir s'il peut baisser le bas de mon pyjama alors qu'il l'a déjà retiré. « Ça va, ça ? » demande-t-il pour savoir s'il peut s'agenouiller entre mes jambes alors qu'il y est déjà, laisse échapper un grognement et dit : « Je savais que tu serais rousse ici aussi. »

Je ne comprends ce qu'il fait qu'une fois qu'il est en train de le faire. Il m'embrasse en bas, me lèche. Je ne suis pas idiote, je sais que c'est une chose que font les gens, mais je ne pensais pas qu'il voudrait faire ça. Il passe ses bras sous mon corps pour me tirer plus vers lui, et j'enfonce mes talons dans le matelas, je tends la main et j'agrippe une poignée de ses cheveux si fort qu'il doit avoir mal, mais ses baisers, ses coups de langue et tout le reste – comment sait-il exactement ce qui me fait du bien ? Comment sait-il tout de moi ? –, rien de tout cela ne s'arrête. Je mords ma lèvre inférieure pour ne pas pousser un cri, et il semble aspirer bruyamment, comme s'il buvait le reste d'un soda à la paille, ce qui me mettrait mal à l'aise si ce n'était pas aussi agréable. Je pose mes bras sur mes yeux, et je tombe dans des tourbillons de couleurs, des vagues d'océan se dressent en montagnes, la sensation d'être si petite jusqu'à ce que je jouisse, plus que lorsque je me touche, tellement fort que je vois des étoiles.

— Ok, stop, dis-je. Stop, stop.

Il recule comme si je lui avais donné un coup de pied pour le repousser – il reste à genoux mais s'assied, toujours en tee-shirt et en jean, les cheveux ébouriffés et le visage luisant.

— Tu as joui ? demande-t-il. Vraiment ? Aussi vite ?

Je serre les jambes et je ferme les yeux très fort. Je suis incapable de parler, de penser. C'était rapide ? Combien de temps ça a pris, en fait ? Une minute, dix ou vingt, je n'en ai pas la moindre idée.

— Tu as joui, n'est-ce pas ? Tu sais à quel point c'est spécial ? À quel point c'est rare ?

J'ouvre les yeux et le regarde s'essuyer la bouche du dos de la main. Il s'arrête ensuite et porte ses doigts à son visage, hume et ferme les yeux.

Il me dit qu'il aimerait pouvoir me faire ça tous les soirs. En tirant l'édredon à lui, il s'allonge à côté de moi et ajoute :

— Tous les soirs avant que tu t'endormes.

Lui qui me tient tendrement dans ses bras, le menton posé au sommet de mon crâne, son grand corps enveloppé autour du mien, c'est presque aussi agréable que lui qui me lèche. Il a mon odeur.

— Nous n'irons pas plus loin que ça pour l'instant, dit-il.

Je me transforme en un liquide chaud en pensant que le sexe, ce sera simplement lui qui me fait ça.

Il tend une main au-dessus de moi et éteint la lampe de chevet, mais je n'arrive pas à m'endormir. Son bras devient lourd sur mes épaules tandis que je repense à la façon qu'il a eue de dire « Oh non » quand il m'a vue en pyjama, la façon qu'il a eue de passer ses bras autour de mes jambes pour me rapprocher de son visage quand il m'a léchée. La façon qu'il a eue, à un moment, de me tenir la main au milieu de tout ça.

J'ai envie qu'il recommence, mais je n'ose pas le réveiller pour le lui demander. Il recommencera peut-être le matin avant que je m'en aille. Nous pourrons peut-être le faire parfois dans sa classe après les cours, ou bien nous éloigner du campus et le faire dans sa voiture. Mon esprit ne se calme pas. Même quand je finis par m'endormir, mon cerveau continue à élaborer des plans.

À mon réveil quelques heures plus tard, dehors, il fait nuit. De la lumière en provenance du couloir filtre à travers la porte de la chambre, se répandant sur le sol. À côté de moi, Strane est réveillé, sa bouche chaude contre mon cou. Je me mets sur le dos et je souris, m'attendant à ce qu'il place son visage entre mes jambes, mais quand je me retourne, il est nu. Je vois de la peau pâle recouverte de poils bruns de son torse à ses jambes, et au centre, son pénis, énorme et dressé.

— Oh, dis-je. Ok ! Waouh. Ok.

Des petits mots stupides. Lorsqu'il prend mon poignet et guide mes mains jusqu'à son sexe, je les répète.

— Ah ! Ok.

Il referme mes doigts autour, et je sais que je suis censée faire ce mouvement de va-et-vient, là, et ma main se met immédiatement à pomper avec la même application qu'un robot, déconnectée de mon cerveau. C'est de la peau lâche qui glisse sur une colonne de muscle, mais rugueuse, hésitante. C'est comme un chien qui recrache des saloperies croupissant dans son estomac depuis des jours, ce haut-le-cœur violent, qui mobilise tout le corps.

— Plus doucement, bébé, dit-il. Un peu plus doucement.

Il me montre, et j'essaie de garder le rythme, même si je commence à avoir des crampes au bras. J'ai envie de lui dire que je suis fatiguée, de me tourner et de ne plus jamais regarder ce machin, mais ce serait égoïste. Il a dit qu'il n'avait jamais rien vu d'aussi beau que moi toute nue. Ce serait cruel de ma part de répondre à cela par le dégoût. Peu importe si ma peau se hérisse quand je le touche. Ce n'est pas grave. Ce n'est rien. *Il t'a fait ce truc, là, et maintenant, toi, tu lui fais ça. Tu peux bien supporter ça quelques minutes.*

Lorsqu'il éloigne ma main, j'ai peur qu'il me demande d'y aller avec ma bouche, et je ne veux pas le faire, je ne peux pas, sauf qu'à la place, il dit :

— Tu veux que je te baise ?

C'est une question, mais il ne me la pose pas vraiment.

Je n'arrive pas à savoir ce qui a changé en lui. À présent, je ne suis même plus certaine qu'il ait vraiment dit : *Nous n'irons pas plus loin que ça pour l'instant.* Ou peut-être que « pour l'instant » signifiait quelque chose de totalement différent de ce que je pensais. Est-ce que je veux qu'il me baise. Me baise. C'est tellement cru que je tourne mon visage dans l'oreiller. Même sa voix a changé, elle est lasse et rocailleuse. J'ouvre les yeux. Il est en train de se positionner entre mes jambes, le front plissé tant il est concentré.

J'essaie de gagner du temps, je lui dis que je n'ai pas envie de tomber enceinte.

— Cela n'arrivera pas, dit-il. C'est impossible.

J'éloigne mes hanches.

— Comment ça ?

— J'ai subi une opération, une vasectomie.

Il se sert de l'une de ses mains pour se tenir, et de l'autre, il me maintient en place.

— Tu ne vas pas tomber enceinte. Détends-toi.

Il essaie de me pénétrer. Son pouce s'enfonce fort dans mon bassin. Ça ne rentre pas.

— Faut te calmer, chérie. Inspire profondément.

Je commence à avoir les larmes aux yeux, mais il ne s'arrête pas, se contente de dire que je me débrouille à merveille tandis qu'il continue d'essayer de rentrer. Il me demande d'inspirer et d'expirer, et quand je souffle, il s'enfonce fort et pousse un peu plus à l'intérieur. Je me mets à pleurer, à vraiment pleurer – pourtant, il ne s'arrête pas.

— Tu te débrouilles très bien. Encore une grande inspiration, ok ? Ce n'est pas grave si ça fait mal. Cela ne sera pas toujours comme ça. Encore une dernière profonde inspiration, ok ? Voilà ! C'est bon. C'est tellement bon.

Après, il sort du lit, et j'aperçois furtivement un ventre et un derrière avant de fermer les yeux. Il enfile son slip, et l'élastique claque comme un fouet, comme quelque chose qui se fend en deux. Alors qu'il se rend à la salle de bains, il tousse haut et fort, et je l'entends cracher dans le lavabo. Sous les couvertures, je suis à vif, visqueuse, les cuisses gluantes. Mon esprit me fait l'effet d'un lac par une paisible journée : transparent et immobile. Je ne suis rien, personne, nulle part.

Quand il revient dans la chambre, il semble être de nouveau lui-même, vêtu d'un tee-shirt et d'un bas de jogging, ses lunettes sur le nez. Il se glisse dans le lit, enroule son corps autour du mien.

— On a fait l'amour, pas vrai ? murmure-t-il.

Je jauge la distance qui sépare la « baise » de tout à l'heure de ce « faire l'amour ».

Un peu plus tard, nous recommençons, et cette fois-ci, c'est plus lent, plus facile. Je ne jouis pas, mais au moins, là, je ne pleure pas. J'aime même le poids de son corps sur moi, si lourd que mon cœur en est ralenti. Il jouit avec un grognement, et un frisson parcourt tout son être, irradie depuis son centre. Quand je le sens trembler sur moi, mes muscles se contractent et le serrent encore plus à l'intérieur, et je comprends alors ce que les gens veulent sûrement dire quand ils parlent de deux être n'en formant plus qu'un.

Il s'excuse d'avoir fini si vite, d'avoir été maladroit. Il me dit qu'il n'a pas eu de relations intimes depuis longtemps. Je tourne et je retourne le mot « intime » dans ma bouche, et je pense à Mlle Thompson.

Après cette deuxième fois, je vais dans la salle de bains et je jette un coup d'œil à son armoire à pharmacie, chose qui ne m'aurait jamais traversé l'esprit si je n'avais pas vu des femmes le faire dans des films quand elles passent la nuit chez un homme qu'elles ne connaissent pas. Son armoire contient les habituels pansements et pommades, des médicaments pour la digestion vendus sans prescription, ainsi que deux flacons délivrés sur ordonnance. Les noms sur les étiquettes me sont familiers grâce aux publicités : Viagra et Wellbutrin.

Pendant le trajet de retour jusqu'au campus, alors qu'il fait noir et que les réverbères renvoient des éclairs jaunes, il me demande comment je me sens.

— J'espère que tu n'es pas trop bouleversée.

Je sais qu'il veut la vérité et que je devrais lui répondre que cela ne m'a pas plu d'être réveillée par lui qui a la trique et qui me pénètre presque. Que je n'étais pas prête au sexe de cette façon. Que j'ai eu l'impression qu'on me forçait. Mais je ne suis pas assez courageuse pour lui dire la moindre de ces choses – pas même que ça me rend malade quand je le revois qui guide ma main vers son pénis, et que je ne comprends pas qu'il n'ait pas arrêté quand j'ai commencé à pleurer. Que la phrase *Je veux rentrer à la maison* a tourné dans mon esprit pendant tout le temps de la première fois.

— Ça va, je réponds.

Il m'observe de près, comme pour s'assurer que je dis la vérité.

— C'est bien. C'est ce que nous voulons.

# 2017

SMS de maman : Salut. Écoute donc ça. En pleine nuit, impossible de fermer l'œil, j'entends quelque chose dehors, je descends, j'allume la lumière du porche et là y a un OURS qui fouille dans la poubelle !!! Me flanque une de ces frousses… Je hurle, me précipite là-haut et me planque sous les couvertures lol. J'ai mis l'émission de cuisine britannique pour me calmer. Doux Jésus. Pas grand-chose de neuf par ici. Cette femme, Marjorie, qui habite de l'autre côté du lac, a un cancer du poumon. Celle qui a des chèvres. Bref, elle n'en a plus pour longtemps. Très triste. Ma voiture a été rappelée à cause de ce problème de portière. Ça va prendre 8 à 12 semaines. M'ont filé une voiture de loc merdique. Pouah. On va d'horreur en horreur. Bon, je voulais juste prendre des nouvelles. Appelle ta maman un de ces 4.

Les yeux bouffis et toujours au lit à dix heures du matin, j'essaie de comprendre le sens de son message. J'ignore complètement qui est cette Marjorie, quel est le problème avec la portière de maman, ou de quelle émission culinaire britannique elle parle. Depuis la mort de papa, je tombe sur ce genre de message à mon réveil. Celui-ci, au moins, est ponctué normalement. D'autres textos sont un flot de pensées sans queue ni tête reliées par des ellipses, et je les trouve assez incohérents pour m'en inquiéter.

Je referme son SMS, j'ouvre Facebook et je vais sur le profil de Taylor pour voir s'il y a du nouveau. Je tape dans la barre de recherche des noms que j'ai écrits tant de fois qu'ils me sont suggérés dès la première lettre : Jesse Ly, Jenny Murphy. Jesse habite à Boston, bosse dans le marketing. Jenny est chirurgienne à Philadelphie. Sur ses photos, elle semble déjà avoir une quarantaine d'années. Ses yeux sont entourés de rides profondes et ses cheveux châtains sont parsemés de gris. Rien au sujet de Strane sur leurs profils, mais pourquoi serait-ce le cas ? Ce sont des adultes qui mènent une vraie vie épanouissante. Ils n'ont aucune raison de se souvenir de ce qui s'est produit à l'époque ni même de moi.

Je referme Facebook et je tape sur Google : « Henry Plough Atlantica College », et le premier résultat est un profil universitaire avec cette même photo prise il y a dix ans qui le montre dans son bureau – sur l'étagère derrière lui, on aperçoit les bières non décapsulées que lui et moi boirions plus tard. Il avait trente-quatre ans à l'époque, à peine deux ans de plus que moi aujourd'hui. Le deuxième résultat est un article du journal étudiant d'Atlantica, daté de mai 2015. « Le professeur de littérature Henry Plough reçoit un prix pour la qualité de son enseignement. » Ce prix est décerné tous les quatre ans à un lauréat choisi par le vote des étudiants. Emma Thibodeau, étudiante en troisième année de licence, explique que les élèves sont ravis du résultat : « Henry est un professeur incroyable, tellement inspirant, avec qui on peut pratiquement aborder tous les sujets. C'est tout simplement une personne incroyable. Ses cours ont changé ma vie. »

Je fais défiler l'article jusqu'en bas, où un curseur se met à clignoter dans une case vide réservée à du texte. « Vous souhaitez laisser un commentaire ? » Je commence à écrire : *Re : « une personne incroyable » : Croyez-moi, ce n'est pas le cas*, mais l'article date d'il y a deux ans, et de toute façon, Henry n'a rien fait de si grave que ça, alors à quoi bon ? Je balance le téléphone à l'autre bout du lit et je me rendors.

Strane appelle alors que je me rends au travail à pied, et que je suis défoncée à cause du bong que j'ai fumé en me préparant. Mon téléphone vibre dans ma main, l'écran affiche son nom, et je m'arrête en pleine rue comme une touriste, sans me soucier du flot de piétons. Je colle le téléphone contre mon oreille et quelqu'un me percute l'épaule, une fille en veste en jean – non, deux filles en vestes assorties, l'une brune, l'autre blonde. Elles marchent bras dessus, bras dessous, leur sac à dos rebondit sur leur coccyx. Sans doute des lycéennes sorties en catimini à l'heure du déjeuner pour traîner en ville. La brune, celle qui m'est rentrée dedans, me jette un regard mauvais par-dessus son épaule.

— Déso, crie-t-elle d'une voix indolente et hypocrite.

— Tu m'as entendu ? me demande Strane au téléphone. J'ai dit que j'avais été innocenté.

— Ça signifie que tu es tiré d'affaire ?

— Je reprends les cours demain.

Il rit, comme incrédule.

— J'étais convaincu d'être cuit.

Je reste plantée sur le trottoir, le regard toujours rivé sur les deux filles qui continuent à descendre Congress Street, sur leurs cheveux ondoyants. Lui de retour dans une classe, une fois de plus indemne. La déception s'insinue en moi comme si je voulais le voir tomber, et cette méchanceté me prend au dépourvu. Peut-être que je suis juste défoncée, et que mon esprit est précipité dans un puits sans fond de sentiments. Il faut que j'arrête la fumette avant le travail. Il faut que je grandisse, que je laisse tomber et que je passe à autre chose.

— Je pensais que cela te ferait plaisir, remarque Strane.

Les filles disparaissent dans une ruelle, et je laisse échapper un souffle que je retenais sans m'en rendre compte.

— Cela me fait plaisir. Évidemment. C'est génial.

Je me remets en route d'un pas chancelant.

— Tu dois être rassuré.

— C'est peu de le dire. J'en étais venu à accepter l'idée de passer le restant de mes jours en prison.

Je me retiens de rouler des yeux en entendant ses propos exagérés, comme s'il pouvait me voir. Croit-il réellement qu'il pourrait aller un jour en prison, lui, un homme blanc qui s'exprime bien, diplômé de Harvard ? Cette peur semble infondée et vaguement théâtrale, mais peut-être est-il cruel de ma part de critiquer. Il a été paniqué, en crise. Après tout ce qu'il a traversé, il a bien le droit à un peu de mélodrame. Je ne peux comprendre ce que cela fait d'avoir survécu à ce genre de désastre. Les risques ont toujours été plus grands pour lui. *Sois gentille pour une fois dans ta vie, Vanessa. Pourquoi faut-il toujours que tu sois aussi méchante, putain ?*

— On pourrait fêter cette nouvelle ? Je peux poser mon samedi. Il y a un nouveau restaurant scandinave dont tout le monde raffole.

Strane aspire une bouffée d'air.

— Je ne sais pas trop, dit-il.

J'ouvre la bouche pour proposer autre chose – un autre restaurant, un autre jour, de le retrouver en voiture à Norumbega plutôt qu'il vienne ici –, mais il ajoute :

— Là, tout de suite, je dois être prudent.

*Prudent.* Je plisse les yeux en entendant ce mot. J'essaie de comprendre ce qu'il est réellement en train de me dire.

— Tu n'auras pas d'ennuis parce qu'on te voit avec moi. J'ai trente-deux ans.

— Vanessa.

— Personne ne s'en souvient.

— Bien sûr que si.

L'impatience aiguise ses mots. Il ne devrait pas avoir à expliquer que même à trente-deux ans, je suis toujours illicite, dangereuse. Je suis la preuve vivante et incarnée du pire acte qu'il ait commis. Les gens se souviennent de moi. La raison pour laquelle il a frôlé la catastrophe, c'est parce que les gens se souviennent.

— Mieux vaudrait que nous gardions nos distances pendant un moment. Juste le temps que les choses se calment, dit-il.

Je me concentre sur ma respiration lorsque je traverse la rue pour rejoindre l'hôtel. J'adresse un salut de la main au voiturier qui se trouve à l'entrée du parking, aux femmes de chambre dans la ruelle qui tirent de longues bouffées de leur cigarette.

— Très bien, je réponds. Si c'est ce que tu veux.

Blanc.

— Ce n'est pas ce que je veux. C'est juste comme cela que ça doit se passer.

J'ouvre la porte qui donne sur le hall d'entrée, et mon visage est frappé par un effluve d'air lourdement chargé en agrumes et jasmin. Ils vont jusqu'à injecter ce parfum dans les conduits de ventilation. C'est censé stimuler et dynamiser les sens – voilà le genre de détail qui fait de cet établissement un hôtel de luxe.

— C'est ce qu'il y a de mieux. Pour nous deux, affirme-t-il.

— Je suis au boulot. Je dois y aller.

Je lui raccroche au nez sans un au revoir. Sur le coup, cela suffit à me donner l'impression d'avoir gagné, mais une fois installée à mon poste, la sensation que j'ai au creux de l'estomac s'enracine et s'épanouit en humiliation – je suis une fois de plus rejetée à la première occasion, balancée comme un déchet. Il m'a fait la même chose lorsque j'avais vingt-deux ans, lorsque j'en avais seize. Cette vérité est si flagrante et amère que même moi je ne parviens pas à l'édulcorer pour la rendre plus facile à avaler. Il voulait juste s'assurer que je me la bouclerais. Une fois de plus, il s'est servi de moi. *Combien de fois ? Qu'est-ce qu'il faudra pour que tu réagisses, Vanessa ?*

Assise derrière le comptoir, j'ouvre la page Facebook de Taylor. Tout en haut de son fil, un statut actualisé a été publié il y a moins d'une heure : L'école qui a un jour promis de m'éduquer et de me protéger a pris parti aujourd'hui pour un auteur de sévices. Je suis déçue mais pas surprise. Je fais apparaître le fil de commentaires. L'un d'eux, avec une vingtaine de « likes », vient en premier : Je suis vraiment navrée. Y a-t-il un recours, ou est-ce fini ? La réponse de Taylor me laisse la bouche sèche. Ce n'est en aucun cas fini, écrit-elle.

Pendant ma pause, je sors dans la ruelle derrière l'hôtel, et j'exhume du fond de mon sac un paquet de cigarettes tout froissé. Appuyée contre un escalier de secours, je fume en faisant défiler des choses sur mon téléphone jusqu'à ce que j'entende des bruits de pas qui traînent sur le trottoir, quelqu'un qui dit « Chut » et un rire étouffé. Quand je lève les yeux, j'aperçois les deux filles que j'ai croisées sur le chemin du travail. Elles se tiennent à l'autre bout de la ruelle. La blonde agrippe le bras de la brune.

— Va lui demander, dit la blonde. Allez.

La brune avance d'un pas vers moi, s'arrête, croise les bras.

— Hé ! crie-t-elle. Est-ce qu'on peut, hum...

Elle tourne la tête vers la blonde, qui, un poing contre sa bouche, sourit derrière le revers de sa veste en jean.

— Vous auriez une cigarette ? me demande la brune.

Lorsque j'en sors une pour chacune, les deux filles se précipitent vers moi.

— Elles sont un peu desséchées, je les préviens.

« Pas grave », répondent-elles. C'est parfait. La blonde fait glisser son sac à dos par-dessus son épaule, sort un briquet de la poche avant. Elles allument mutuellement leur cigarette, leurs joues se creusent tandis qu'elles inhalent. Elles sont assez près pour que je distingue les petits points d'eye-liner qu'elles ont tracés pour se dessiner des yeux de chat, les minuscules boutons à la lisière de leur cuir chevelu. Quand je me retrouve avec des filles de leur âge, l'âge magique que Strane m'a appris à mythifier, je sens que je me transforme en lui. Les questions s'accumulent dans ma bouche, des questions dont le but est de les retenir un peu plus. Je les ravale afin qu'elles ne puissent se déverser – comment vous vous appelez, quel âge vous avez, vous voulez une autre cigarette, de la bière, de l'herbe ? Je n'ai aucun mal à imaginer comment cela a dû être pour lui qui était assez désespéré pour donner à une fille tout ce qu'elle voulait afin de la garder près de lui.

Les filles me remercient par-dessus leur épaule tout en rebroussant chemin. Leur excitation un peu puérile de tout à l'heure a été remplacée par une forme de cool indolent grâce à la cigarette qu'elles tiennent entre leurs doigts. D'une démarche chaloupée, elles tournent à l'angle de la ruelle, m'adressent un dernier regard, et voilà qu'elles sont parties.

Je regarde fixement l'endroit où elles ont disparu. Le soleil couchant scintille sur de l'eau qui fuit d'une benne à ordure, sur le pare-brise d'une camionnette de livraison à l'arrêt. Je me demande ce qu'ont vu ces filles quand elles m'ont regardée, si elles ont senti une forme de parenté, si elles ont osé me demander une cigarette parce qu'elles ont deviné que, malgré mon âge, j'étais en fait l'une des leurs.

Tout en soufflant de la fumée, je sors mon téléphone, j'ouvre le profil de Taylor, mais je ne vois rien. Mon esprit est ailleurs, galope derrière les filles, veut savoir ce que Strane penserait d'elles avec les cigarettes qu'elles ont quémandées, leur attitude de dures à cuire. Il les trouverait probablement vulgaires, trop sûres d'elles-mêmes, risquées. *Tu es tellement docile*, disait-il tandis que je le laissais déplacer mon corps comme bon lui semblait. De sa bouche, il s'agissait d'un compliment – ma passivité était une chose précieuse et rare.

Que ferait-elle ? Cette question est en réalité un labyrinthe, dans lequel je peux me perdre en voyant n'importe quelle adolescente. Si son prof essayait de la toucher, réagirait-elle comme elle le devrait, en repoussant sa main et en prenant la fuite ? Ou bien laisserait-elle son corps se ramollir jusqu'à ce qu'il ait terminé ? J'essaie parfois d'imaginer une autre fille agir comme moi – sombrer dans ce plaisir, le désirer, bâtir sa vie autour de lui – mais je n'y arrive pas. Mon cerveau se retrouve dans une impasse, le labyrinthe est englouti par les ténèbres. Impensable. Ineffable.

*Je ne l'aurais jamais fait si tu n'étais pas aussi consentante*, disait-il. Des propos qui paraissent délirants. Quelle fille voudrait de ce qu'il m'a fait ? Pourtant, c'est la vérité, quoi qu'en pensent les gens. Poussée vers ça, vers lui, j'étais le genre de fille qui n'est pas censée exister : une fille qui se jette avec ardeur sur la route d'un pédophile.

Mais non, ce n'est pas le bon terme, cela ne l'a jamais été. C'est un faux-fuyant, un mensonge, de même qu'il est erroné de me qualifier de victime, uniquement de victime. Il n'a jamais été aussi simple que cela, et moi non plus.

Je n'emprunte pas le chemin le plus direct pour retourner dans le hall de l'hôtel. Je traverse le niveau inférieur du garage au sous-sol, je passe devant le vacarme des lave-linge et sèche-linge de dimension industrielle dans la blanchisserie. La gouvernante générale m'arrête dans la cage d'escalier, me demande si ça me dérange de ramener un jeu de serviettes de toilette supplémentaire à M. Goetz, l'homme d'affaires qui est là un lundi sur deux, en chambre 342.

— Tu es sûre que cela ne t'embête pas ? me demande-t-elle en me tendant les serviettes. C'est un vrai fumier avec les filles de mon équipe, mais toi, il t'aime bien.

Je frappe à la porte de la 342 et j'entends des pas, puis M. Goetz ouvre la porte – torse nu, il tient une serviette enroulée autour de sa taille, a les cheveux mouillés, des gouttelettes sur les épaules, une toison noire sur la poitrine qui descend jusqu'au milieu de son ventre.

Lorsqu'il me voit, son visage s'illumine.

— Vanessa ! Je ne m'attendais pas à ce que ce soit vous.

Il ouvre un peu plus la porte, m'invite à entrer d'un hochement de tête.

— Pouvez-vous déposer les serviettes sur le lit ?

M'attardant sur le seuil, je calcule la distance entre la porte et le lit, et la distance entre le lit et la crédence, où M. Goetz se sert de sa main libre pour ouvrir son portefeuille, tandis que son autre main tient toujours la serviette. Je ne veux pas que la porte se referme, je ne veux pas me retrouver seule avec lui. Je dois faire vite, me précipite vers le lit sur lequel je laisse tomber les serviettes. Je suis de nouveau devant la porte avant qu'elle n'ait pu se refermer.

— Attendez un instant.

M. Goetz me tend un billet de vingt dollars. Je commence à secouer la tête – c'est un trop gros pourboire pour un service aussi banal que déposer des serviettes propres, tellement gros que c'en est suspect, assez pour me donner envie de prendre mes jambes à mon cou. Il agite le billet devant moi comme on montrerait un morceau de nourriture à un animal errant aux aguets. Je reviens dans la chambre, prends l'argent, et à ce moment-là, il passe ses doigts sur les miens. M'adresse un clin d'œil.

— Merci, chérie.

Une fois de retour dans le hall, en sécurité derrière mon comptoir de concierge, je fourre les vingt dollars dans mon sac, me dis que je m'en servirai pour acheter un spray au poivre, un canif, quelque chose que je peux avoir sur moi, même si je ne m'en sers jamais. Juste pour savoir que c'est là.

Et puis mon téléphone vibre : nouvel e-mail.

À : vanessawye@gmail.com
De : jbailey@femzine.com
Objet : Article Browick

Bonjour Vanessa,

Je m'appelle Janine Bailey, je suis journaliste chez *Femzine,* et je travaille actuellement sur un article consacré aux allégations d'abus sexuel au sein de l'école Browick, à Norumbega, dans le Maine, où, d'après les informations dont je dispose, vous avez étudié entre 1999 et 2001.

J'ai interviewé une élève de Browick, Taylor Birch, qui prétend avoir été agressée sexuellement en 2006 par le professeur de lettres Jacob Strane. Au cours de cet entretien, vous avez été mentionnée comme faisant potentiellement partie des victimes. Par ailleurs, au cours de mes recherches, une source anonyme a évoqué un abus sexuel qui se serait produit à Browick, et qui vous concernerait vous et M. Strane.

Vanessa, j'adorerais échanger avec vous. J'ai l'intention d'écrire cet article avec toute la sensibilité nécessaire, et je souhaite donner la priorité aux récits des survivantes, tout en tenant Jacob Strane et Browick pour responsables. L'intérêt national actuel pour les affaires d'agression sexuelle nous offre, je pense, une réelle opportunité d'avoir un impact ici, surtout si j'ai la possibilité d'associer votre histoire à celle de Taylor. Vous auriez, bien entendu, le contrôle sur ce qui apparaîtrait dans l'article concernant votre expérience. Voyez là-dedans une occasion de raconter votre histoire selon vos propres termes.

Vous pouvez me contacter à cette adresse mail, ou au (385) 843-0999. Vous pouvez m'appeler ou m'envoyer un SMS quand vous voulez.

J'espère sincèrement avoir de vos nouvelles,
Janine

# 2001

L'hiver épuise tout le monde cette année. Le froid est acharné : la nuit, les températures descendent à près de – 7° C, et quand elles remontent au-dessus de zéro, il neige – pendant des jours et des jours. Après chaque épisode de giboulées, les congères poussent jusqu'à ce que le campus se transforme en un labyrinthe de murs sous un ciel gris pâle, et les vêtements encore neufs à Noël ne tardent pas à être tachés de sel et à boulocher, tandis que la réalité de quatre mois d'hiver supplémentaires s'installe. Les enseignants sont impatients, voire méchants, et leurs évaluations de notre travail si cinglantes que les réunions avec nos tuteurs se terminent souvent dans les larmes. Pendant le long week-end du Martin Luther King Jr Day[1], le concierge de Gould, las de nous, verrouille l'accès à la salle de bains quand un amas de cheveux bouche l'évacuation de la douchc pour la énième fois, et Mlle Thompson est obligée d'ouvrir la serrure avec un trombone. Les élèves aussi pètent un plomb. Un soir, au réfectoire, Lucy et Deanna se mettent à se hurler dessus à propos d'une paire de chaussures égarée, et la première attrape une poignée de cheveux de la seconde qu'elle refuse de lâcher.

Dans les résidences, les adultes référents sont toujours à l'affût de signes de dépression, parce qu'un élève de seconde s'est pendu dans sa chambre il y a quatre hivers de cela. Mlle Thompson organise de nombreuses activités à thème

1. Aux États-Unis, le troisième lundi de janvier est férié en hommage à la naissance de Martin Luther King Jr.

pour nous aider à tromper le cafard : soirées jeux, soirées activités créatives, ateliers de pâtisserie, projections de films – chacun de ces événements étant annoncé par un flyer de couleur vive glissé sous notre porte. Elle nous encourage à venir utiliser sa lampe de luminothérapie dans son appartement chaque fois que nous décelons en nous des symptômes de dépression saisonnière.

Et moi, pendant tout ce temps, je ne suis qu'à moitié là. Mon cerveau se scinde en deux : une partie vit dans l'instant présent, l'autre parmi toutes les choses qui me sont arrivées. Maintenant que Strane et moi couchons ensemble, je n'ai plus ma place aux mêmes endroits qu'auparavant. Tout ce que j'écris me semble creux ; je ne propose plus à Mlle Thompson de promener le chien. En classe, je me sens déconnectée, comme si j'observais à distance. En cours de littérature américaine, je regarde Jenny changer de place et s'installer à côté de Hannah Levesque, qui la contemple avec de grands yeux admiratifs. J'ai probablement arboré la même expression toute l'année dernière, et je sens une confusion en sourdine, comme si j'étais face à un film à l'intrigue déconcertante. Vraiment, tout me paraît simulation, irréel. Je suis obligée de faire semblant d'être la même que d'habitude, mais un canyon m'entoure désormais, me distingue des autres. Je ne sais pas si c'est le sexe qui a créé ce canyon ou s'il a toujours été là et que je le vois finalement grâce à Strane. Lui affirme que c'est la deuxième hypothèse. Il dit qu'il a perçu ma différence à l'instant où il a posé les yeux sur moi.

— Tu n'as pas toujours eu le sentiment d'être une étrangère, d'être marginale ? me demande-t-il. Je parie que depuis toujours, on dit de toi que tu es mûre pour ton âge, non ?

Je repense au CE2, à ce que j'avais ressenti lorsque j'avais ramené un bulletin sur lequel un enseignant avait gribouillé au bas de la page : *Vanessa est très en avance pour son âge, on dirait une fillette de huit ans qui va en avoir trente.* Je ne suis pas certaine d'avoir jamais été une enfant.

Vingt minutes avant le couvre-feu, quand j'entre dans la salle de bains commune de la résidence avec mon valet de douche et ma serviette, je tombe sur Jenny debout devant le lavabo, le visage barbouillé de savon. Comme nous habitons dans la même résidence, se croiser est inévitable, mais je fais de mon mieux pour réduire la fréquence de ces rencontres en empruntant l'escalier de service et en prenant mes douches tard le soir. Nous sommes obligées d'être ensemble en littérature américaine, mais pendant le cours, je suis tellement absorbée par Strane qu'il est simple pour moi de l'ignorer. Je ne remarque presque plus les autres élèves.

Du coup, la voir dans la salle de bains avec des claquettes aux pieds et vêtue du même peignoir miteux que l'année dernière me surprend tellement que j'ai le réflexe de battre en retraite dans le couloir. Elle m'arrête.

— T'enfuis pas, me dit-elle d'une voix léthargique, comme si elle s'ennuyait. Sauf si tu me détestes carrément ?

Ses doigts frottent ses joues, font pénétrer la lotion nettoyante. Son carré n'est plus si court, et ses cheveux sont désormais assez longs pour qu'elle les rassemble en un chignon négligé à la base de son maigre cou – elle se plaignait souvent qu'à cause de lui, sa tête ressemblait à une balle en équilibre sur une paille, à une fleur sur sa tige. Mêmes complexes pour ses doigts squelettiques, son mètre quatre-vingts. Elle pointait en permanence du doigt les traits que je lui enviais le plus. Est-ce que je l'envie encore ? Je remarque parfois que Strane la regarde en classe, que ses yeux remontent le long de sa colonne vertébrale jusqu'à ses cheveux d'un châtain éclatant. La petite Cléopâtre. Je lui répétais : « Ton cou est parfait, Jenny. Tu le sais bien. » Et bien sûr qu'elle le savait – forcément. Elle voulait juste me l'entendre dire.

— Je ne te déteste pas, je réponds.

— C'est ça ! lance-t-elle en me regardant dans le miroir d'un air dubitatif.

Serait-elle vexée si je lui disais que je ne ressens plus rien à son égard ? Que je ne me rappelle plus pourquoi perdre son amitié m'a donné le sentiment de perdre le monde, ou pourquoi cette amitié m'a un jour semblé si profonde, unique en son genre ? À présent, tout cela me paraît simplement ridicule, à l'image de toute phase que l'on a dépassée. Je me revois, anéantie, quand elle a commencé à sortir avec Tom et qu'il a commencé à se matérialiser partout, à être avec nous à tous les repas, à attendre à la sortie du cours d'algèbre afin de passer les deux minutes du trajet d'un bâtiment à l'autre à ses côtés. J'avais beau le nier, j'étais bien sûr jalouse, d'elle et de lui. Je voulais tout : un mec, une meilleure amie, quelqu'un qui m'aimerait assez pour que personne ne puisse jamais s'immiscer entre nous. C'était un manque palpitant et monstrueux, qui échappait à mon contrôle. Je savais qu'il était excessif d'éprouver un tel sentiment, et encore plus de l'exprimer… Pourtant, un samedi après-midi, je n'avais pas pu le retenir. Je m'étais mise à gueuler sur Jenny dans la boulangerie du centre-ville, à pleurer comme un bébé qui fait une colère. Elle m'avait promis que nous passerions la journée ensemble, juste toutes les deux, ce qui nous ramenait à l'époque pré-petit ami, mais au bout d'une heure, Tom était apparu, avait tiré une chaise jusqu'à notre table et avait enfoui son visage dans son cou. Cela avait été la goutte d'eau. J'avais vrillé.

Nous étions à la fin du mois d'avril, mais la colère montait en moi depuis des mois, ce qui explique l'absence de surprise de Jenny, sa réaction sur le coup, comme si elle s'était attendue à ce que la digue rompe. Dès que nous nous étions retrouvées de nouveau dans notre chambre, elle avait lâché : « Tom trouve que tu es trop attachée à moi. » Quand je lui avais demandé ce que cela signifiait exactement, « trop attachée », elle avait essayé de minimiser les choses. « Il a dit ça comme ça. » Je m'en foutais de ce que Tom racontait à mon propos. Ce n'était qu'un garçon pas très bavard, et le seul truc intéressant chez lui était ses tee-shirts à l'effigie de groupes. Mais cela m'avait tuée que Jenny estime que ces mots méritaient d'être répétés – « trop attachée ». L'implication existant derrière l'idée d'être « trop attachée » à une autre fille m'avait dressé les cheveux sur la tête. « Ce n'est pas vrai », avais-je répondu, et Jenny m'avait alors regardée avec le même air sceptique que celui qu'elle affiche en ce moment. *C'est ça, Vanessa. Si tu le dis.* Je n'avais pas cherché à discuter davantage ; je m'étais refermée sur moi-même, j'avais cessé de lui parler, et nous nous étions retrouvées dans une impasse silencieuse qui avait tenu jusqu'à présent. Tout au fond de moi, je savais qu'elle avait raison : en effet, je l'aimais trop, et je ne pouvais imaginer arrêter un jour. Pourtant, moins d'une année plus tard, voilà que je m'en moque.

Elle se penche par-dessus le lavabo, rince le savon, sèche son visage en le tamponnant et dit :

— Je peux te poser une question ? Parce que j'ai entendu quelque chose à ton sujet.

Arrachée à mes souvenirs, je cligne des yeux.

— Qu'est-ce que tu as entendu ?

— Je n'ai pas envie de le dire. C'est vraiment... Je sais que ça ne peut pas être vrai.

— Vas-y.

Elle serre les lèvres, en quête des mots justes. Et puis, tout bas, elle sort :

— Quelqu'un a raconté que tu couchais avec M. Strane.

Elle attend ma réaction, un démenti, mais je suis trop ailleurs pour parler. Je l'observe depuis le mauvais bout de la lorgnette – la serviette toujours pressée contre sa joue, son cou tout rouge. Finalement, je parviens à dire :

— Ce n'est pas vrai.

Jenny hoche la tête.

— Je m'en doutais.

Elle se tourne de nouveau vers le lavabo, pose sa serviette, prends sa brosse à dents, fait couler l'eau. Dans mes oreilles, le bruit du robinet s'amplifie au point de gronder comme un océan. La salle de bains semble devenir aqueuse, le mur carrelé ondulé.

Elle crache dans la cuvette, ferme le robinet et pose sur moi des yeux emplis d'attente.

— Pas vrai ?

Quand a-t-elle parlé ? En se brossant les dents ? Je secoue la tête, ma bouche s'ouvre. Jenny me scrute. Derrière ses yeux, quelque chose se déroule.

— C'est assez bizarre que tu restes toujours dans sa salle après le cours, remarque-t-elle.

Strane se met à apparaître partout, comme s'il essayait de garder un œil sur moi. Il se pointe au réfectoire et me regarde depuis la table des professeurs. Il est dans la bibliothèque pendant l'étude et parcourt le casier qui se trouve juste devant moi. Il passe devant la porte de la classe restée ouverte pendant mon cours de français et me jette systématiquement un regard à la dérobée. Je sais que je suis surveillée, mais c'est aussi un peu comme quand quelqu'un vous court après – à la fois flatteur et oppressant.

Un samedi soir, je suis au lit, les cheveux humides après ma douche, et mes devoirs sont ouverts devant moi. Le calme règne dans la résidence : il y a une rencontre d'athlétisme en salle, une autre de ski à Sugarloaf et un match de basket hors les murs. Alors que je m'endors, j'entends quelqu'un frapper, et je bondis hors de mon lit, renversant mes livres par terre au passage. J'ouvre la porte précipitamment en m'attendant plus ou moins à trouver Strane de l'autre côté, à ce qu'il m'attrape par la main et m'entraîne dans sa voiture, sa maison, son lit. Mais il n'y a que le couloir éclairé et ses portes closes. Personne d'un côté comme de l'autre.

Une autre après-midi, il me demande où j'étais à l'heure du déjeuner. Il est cinq heures, nous sommes dans le bureau derrière sa salle de classe, et le reste du bâtiment des lettres est désormais désert et plongé dans l'obscurité. Le bureau est à peine plus grand qu'un cagibi, avec juste de quoi faire tenir une table, une chaise et un canapé en tweed aux accoudoirs élimés. Avant, il était rempli de boîtes contenant de vieux manuels scolaires et des copies d'élèves partis depuis longtemps, mais il a nettoyé la pièce afin justement que nous puissions l'utiliser. C'est la planque parfaite : il y a deux portes verrouillées entre nous et le couloir.

Je pose mes pieds sur le canapé.

— Je suis retournée dans ma chambre. J'avais un devoir de bio.

— J'ai cru te voir sortir en catimini avec quelqu'un.

— Pas du tout.

Il s'installe à l'autre bout du canapé, tire mes jambes sur ses genoux et prend sur la table une copie dans la pile de celles qu'il lui reste à corriger. Nous restons assis en silence pendant un moment, lui occupé à ses copies pendant que moi, je relis mon devoir d'histoire, jusqu'à ce qu'il dise :

— Je veux juste m'assurer que les limites que toi et moi avons établies tiennent bon.

Je le dévisage sans trop savoir où il veut en venir.

— Je sais à quel point il pourrait être tentant de se confier à un ami.

— Je n'ai pas d'amis.

Il pose son stylo et sa copie sur la table et prend mes pieds dans ses mains. Au début, il les frotte, puis il passe ses doigts autour de mes chevilles.

— Je te fais confiance, vraiment. Mais comprends-tu bien à quel point il est important que nous gardions cela secret ?

— Sans blague…

— Il faut que tu prennes les choses au sérieux.

— Je prends les choses au sérieux.

J'essaie de dégager mes pieds. Il serre mes chevilles pour m'immobiliser.

— Je me demande si tu te rends vraiment compte des conséquences pour nous si on découvrait ce que nous faisons.

Je commence à parler. Il me coupe.

— Très certainement, oui, je serais viré. Mais toi aussi, tu devrais plier bagage. Browick ne voudrait plus de toi après un tel scandale.

Je lui jette un regard sceptique.

— Ils ne me vireraient pas. Ça ne serait pas de ma faute.

Et puis, pour éviter qu'il pense que je le crois nécessairement, j'ajoute :

— Enfin, d'un point de vue technique, parce que je suis mineure.

— Cela n'aurait pas d'importance, dit-il. Pas aux yeux des gens haut placés. Ils éradiquent absolument tous les fauteurs de trouble. C'est comme ça que ça marche, dans ce genre d'endroit.

Il continue, la tête penchée en arrière, s'adressant au plafond.

— Avec de la chance, cela ne sortirait pas de l'enceinte de l'école, mais si la police avait vent de tout ça, j'irais en prison quasiment à coup sûr. Et toi, tu finirais dans une famille d'accueil.

— Arrête ! dis-je avec dédain. Je n'irais pas dans une famille d'accueil !

— Détrompe-toi.

— Tu l'oublies peut-être, mais en fait, j'ai des parents.

— Oui, mais l'État n'aime pas les parents qui laissent leur enfant traîner avec un déviant. Parce que c'est l'étiquette qu'ils me colleraient : je serais soi-disant un délinquant sexuel. Après m'avoir arrêté, ils voudraient que tu deviennes une pupille de la nation. On t'enverrait dans un trou à rats – un foyer d'hébergement avec des gamins fraîchement sortis de prison pour mineurs qui te feraient Dieu sait quoi. Tu n'aurais plus la main sur ton avenir. Tu ne pourrais pas aller à la fac. Tu ne terminerais sans doute même pas le lycée. Tu ne me crois peut-être pas, Vanessa, mais ces systèmes peuvent être vraiment cruels. Si on leur en donne l'occasion, ils feront tout ce qui est en leur pouvoir pour nous gâcher la vie à tous les deux…

Quand il se met à disserter comme ça, mon cerveau ne suit pas. J'ai l'impression qu'il exagère, mais je suis tellement submergée que je ne sais plus en quoi je crois. Avec lui, même les choses les plus grotesques peuvent sembler plausibles.

— Compris. Je ne le raconterai jamais à personne tant que je vivrai. Plutôt mourir que parler, ok ? Plutôt mourir. On peut changer de sujet, maintenant ?

À ces mots, il s'arrête net, cligne des yeux comme s'il venait de se réveiller. Il tend les bras pour que je me blottisse contre lui et me berce.

— Je suis désolé, répète-t-il encore et encore, tant de fois que les mots perdent leur sens. Mon intention n'est pas de te faire peur. Il y a tant de choses en jeu.

— Je sais. Je ne suis pas bête.

— Je sais que tu n'es pas bête. Je le sais.

Notre classe de français part en week-end à Québec. Le départ est donné tôt le matin, et nous prenons place à bord d'un car aux sièges moelleux équipé de petits écrans. Je m'assieds à côté de la vitre dans la deuxième moitié du véhicule, je sors mon Discman de mon sac à dos, j'insère un CD dedans et j'essaie de faire comme si je m'en fichais d'être la seule à ne pas avoir de voisin.

Pendant les deux premières heures, je regarde les contreforts des montagnes et les champs qui défilent derrière la vitre. Lorsque nous arrivons à la frontière canadienne, le paysage ne change pas, mais les panneaux routiers sont en français. Mme Laurent bondit de son siège à l'avant du bus et demande à avoir notre attention. « *Regardez** *!* » Elle pointe du doigt chaque pancarte sur notre route et nous encourage à lire tout haut. « *Ouest**, *arrêt** »

Quelque part dans la cambrousse québécoise, nous nous arrêtons dans un Tim Hortons pour une pause pipi. Il y a un téléphone public devant le restaurant, et j'ai dans ma poche deux cartes téléphoniques prépayées que Strane m'a remises en me donnant pour instruction de l'appeler si je me sens seule. Le combiné en main, je commence à composer le numéro quand Jesse Ly sort du Tim Hortons vêtu d'un long manteau noir qui se déploie autour de lui telle une cape. Derrière lui, Mike et Joe Russo, un sourire au coin des lèvres, se donnent des petits coups de coude et se paient sa tête sans même prendre la peine de parler moins fort. « Tiens, voilà le Prince des Ténèbres, disent-ils. Il est prêt pour le massacre de Columbine. » Ils ne vont pas jusqu'à le traiter de « gay » parce que ce serait aller trop loin, mais j'ai l'impression qu'ils se moquent de cela en réalité, pas de son manteau. Bien que son visage – menton pointé en avant, mâchoire contractée – montre qu'il les entend,

Jesse est trop fier pour dire quoi que ce soit. Je laisse tomber le combiné et me précipite vers lui.

— Hé !

J'adresse un grand sourire à Jesse comme si nous étions bons copains. Derrière nous, les jumeaux Russo arrêtent de rire, ce qui n'est pas tant l'effet de ma présence à moi que de celle de Margo Atherton. Debout près du car, elle enlève son sweat et son tee-shirt, lequel, en se soulevant, révèle quinze centimètres de ventre. J'ai tout de même l'impression d'avoir fait ce qu'il fallait. Jesse ne dit rien quand nous montons dans le bus et regagnons notre place. Avant que le car démarre, cependant, il rassemble ses affaires et traverse le couloir jusqu'à moi.

— Je peux m'asseoir ici ? demande-t-il en pointant du doigt le siège vide.

J'enlève mon casque, je hoche la tête et je libère la place en récupérant mon sac à dos. Jesse s'installe en poussant un soupir, renverse la tête en arrière. Il reste assis dans cette position jusqu'à ce que le bus se mette en branle, sorte du parking et rejoigne la route.

— Ces mecs sont des tocards, dis-je.

Ses yeux s'ouvrent d'un coup et il inspire fort.

— Ils ne sont pas si terribles que ça, répond-il en ouvrant son roman et en se détournant un peu de moi.

— Mais ils se sont comportés en vrais connards avec toi.

Je sors cela comme s'il avait pu ne pas s'en rendre compte.

— Vraiment, ce n'est rien, insiste-t-il sans lever les yeux de son livre.

Il agrippe les pages. Ses ongles sont recouverts de vernis noir écaillé.

À Québec, Mme Laurent nous guide à travers les rues pavées, nous montre les monuments historiques : la cathédrale Notre-Dame du Québec, le château Frontenac. Jesse et moi faisons peu de cas l'un de l'autre alors que nous sommes tous les deux à la traîne, que nous regardons le numéro des mimes juchés sur leur gros piédestal de granite, que nous empruntons le funiculaire de la ville haute à la ville basse avant de repartir dans l'autre sens. Il achète des souvenirs kitsch : une aquarelle du château Frontenac que lui vend une vieille dame dans la rue ainsi qu'une cuillère dont le dos est orné d'une scène du Carnaval, qu'il m'offre. Nous rejoignons le groupe une heure plus tard et je m'attends à avoir des ennuis, mais personne n'a remarqué notre absence. Pendant le reste de l'après-midi, Jesse et moi nous éclipsons à nouveau, flânons dans les rues de la vieille ville sans trop parler, nous contentant de nous donner des petits coups de coude de temps à autre pour montrer à l'autre quelque chose de marrant ou d'étrange.

Le deuxième jour de notre séjour, j'essaie d'appeler Strane depuis une cabine, mais il ne répond pas, et je n'ose pas laisser de message. Jesse ne me demande pas qui j'essaie d'appeler, n'a pas à le faire.

— Il est sûrement sur le campus, dit-il. Il y a une table ronde aujourd'hui à la bibliothèque. Tous les profs de lettres sont obligés d'y aller.

Je le regarde fixement en rangeant ma carte téléphonique dans ma poche.

— Tu n'as pas à t'inquiéter. Je n'en parlerai à personne.

— Comment tu sais ?

Il me regarde, l'air de dire : *Sérieux ?*

— Vous êtes tout le temps ensemble. Ce qui se passe est assez évident. En plus, j'étais aux premières loges.

Je repense au laïus de Strane sur les familles d'accueil et les prisons. Je ne sais pas trop si ce que je viens de dire à Jesse a valeur d'aveu, mais au cas où, je sors :

— Ce n'est pas vrai.

Des mots tellement pathétiques que Jesse se contente de me jeter un autre regard désabusé.

Nous repartons le dimanche matin. Alors que nous roulons depuis une heure, Jesse soupire, pose son roman à l'envers sur ses genoux, me regarde et me fait signe de retirer mon casque.

— Tu sais que c'est une connerie, n'est-ce pas ? Du genre monumentale.

— De quoi tu parles ?

Il me regarde longuement.

— Toi et ton petit ami prof.

Je balaie du regard les sièges qui nous entourent, mais tout le monde semble occupé – en train de dormir, de lire, ou a un casque sur les oreilles.

Il poursuit :

— Cela ne me gêne pas d'un point de vue moral ou autre. Je dis juste qu'il va certainement détruire ta vie.

J'ignore ses mots au tranchant net et précis, et je réplique que je suis prête à prendre ce risque. Comment perçoit-il mes propos ? Les juge-t-il délirants, courageux, les deux ? Jesse secoue la tête.

— Quoi ? je demande

— T'es idiote. C'est tout.

— Ok, merci.

— Ce n'est pas une insulte. Moi aussi, je suis idiot, à ma manière.

La façon qu'a Jesse de me traiter d'idiote me rappelle quand Strane m'a qualifiée de « romantique torturée » – tous deux semblent souligner ma tendance à prendre les mauvaises décisions. L'autre jour, Strane a dit de moi que j'étais « dépressive ». J'ai cherché le sens de ce mot : personne ayant une tendance à la mélancolie.

Une vilaine tempête de neige frappe Norumbega, et à notre réveil, le campus scintille sous un centimètre de givre. Alourdies, les branches des arbres forment une voûte au-dessus du sol, et la couche de neige est si épaisse que nous pouvons marcher dessus sans que nos bottes la transpercent. Samedi après-midi, sur le canapé dans son bureau, nous couchons pour la première fois ensemble à la lumière du jour. Ensuite, j'évite de regarder son corps nu en observant des moutons de poussière tourbillonner dans le faible soleil hivernal, qui se teinte de vert en filtrant à travers la fenêtre en verre dépoli. Il suit les cartes routières dessinées par les veines bleues sur ma peau, dit qu'il a très faim de moi, qu'il me mangerait s'il le pouvait. Je lui offre mon bras sans un mot. *Vas-y.* Il se contente de mordre dedans sans serrer les dents, mais je le laisserais probablement me déchiqueter. Je le laisserais me faire n'importe quoi.

Février arrive, et je me débrouille à la fois mieux et moins bien pour cacher les choses. J'arrête de parler de Strane lors de mes coups de fil du dimanche soir à la maison, mais je n'arrive pas à quitter sa salle de classe. Désormais, je fais partie des meubles dans cette pièce. Même quand d'autres élèves viennent lui demander de l'aide pour un devoir pendant l'heure de permanence pédagogique, je reste arrimée à la table de séminaire, faisant semblant d'être absorbée par mon travail alors qu'en réalité, j'écoute ce qui se dit avec une telle intensité que mes oreilles brûlent.

Une après-midi, alors que nous sommes seuls, il sort un appareil Polaroid de son attaché-case et me demande s'il peut me photographier à la table de séminaire.

— Je veux me souvenir de toi assise à cette table.

Je me mets immédiatement à rire nerveusement. Je touche mon visage et me tripote les cheveux. Je déteste être prise en photo.

— Tu peux dire non, ajoute-t-il.

Mais je vois le désir dans ses yeux, à quel point cela doit être important pour lui. En refusant, je lui briserais le cœur. Alors je le laisse prendre quelques photos de moi à la table de séminaire et assise derrière son bureau, une autre sur le canapé, les pieds repliés et mon cahier ouvert sur mes genoux. Il est tellement reconnaissant, sourit de toutes ses dents en regardant les clichés se développer. Il dit qu'il les chérira pour toujours.

Une autre après-midi, il m'apporte un nouveau livre pour que je le lise – *Feu pâle,* de Vladimir Nabokov. Je commence à le feuilleter dès qu'il me le donne, mais cela ne ressemble pas à un roman. Sur les pages, il y a un long poème, une série de notes de bas de page.

— C'est un ouvrage difficile, explique Strane. Moins accessible que *Lolita.* C'est le genre de roman qui exige du lecteur de lâcher prise. Il faut en faire l'expérience plutôt que d'essayer de le comprendre. Le postmodernisme…

En lisant la déception sur mon visage, il laisse sa phrase en suspens. Je voulais un autre *Lolita.*

— Je vais te montrer quelque chose.

Il me prend le livre des mains, le feuillette jusqu'à une page et pointe une strophe du doigt.

— Regarde, on dirait que ce passage fait référence à toi.

*Viens que je t'adore ; viens que je te caresse,*
*Ma sombre Vanesse aux zébrures carminées, mon*
*Papillon admirable et béni ! Explique-moi comment*
*Dans les ombres crépusculaires de Lilac Lane*
*Tu as pu laisser ce balourd, cet hystérique John Shade*
*Humidifier ton visage, ton oreille, ton épaule ?*[1]

J'en ai le soufflé coupé. Mon visage s'échauffe.

— Troublant, n'est-ce pas ?

Il sourit en regardant la page.

— Ma sombre Vanessa, adorée et caressée.

Ses mains descendent doucement le long de mes cheveux, il enroule une mèche autour de son doigt. Les zébrures carminées, les cheveux rouge érable. Je repense au jour où il m'a montré le poème de Jonathan Swift, quand j'ai dit que j'avais l'impression que toute cette histoire, c'était le destin. À l'époque, je n'étais pas vraiment sincère. J'ai sorti cela uniquement pour lui montrer à quel point j'étais heureuse et consentante. Mais, cette fois-ci, en voyant mon nom sur la page, j'ai une sensation de chute libre, de perte de contrôle. Peut-être que tout ceci était réellement prédéterminé. Peut-être que j'ai été faite pour ça.

Nous sommes toujours blottis au-dessus du livre, la main de Strane posée sur mon dos, quand le vieux M. Noyes, qui se dégarnit, entre dans la pièce. Manifestement pris en flagrant délit, nous filons comme des flèches dans des directions opposées, moi vers la table de séminaire, Strane derrière son bureau. Mais M. Noyes ne semble pas perturbé.

1. Vladimir Nabokov, *Feu pâle,* traduit de l'anglais par Raymond Girard, Gallimard.

— Je vois que vous avez une protégée, dit-il en riant, comme s'il n'y avait rien de grave là-dedans.

J'en viens à me demander s'il faut vraiment craindre à ce point d'être pris. Ce ne serait peut-être pas la fin du monde si l'école le découvrait. Ils pourraient taper sur les doigts de Strane, lui demander de s'abstenir jusqu'à la fin de ma terminale et mes dix-huit ans.

Quand M. Noyes s'en va, je demande à Strane :

— Est-ce que d'autres élèves et d'autres profs ont déjà fait ça ?

— De quoi parles-tu ?

— De ça.

Il lève les yeux de son bureau.

— On sait que c'est déjà arrivé.

Il reprend sa lecture tandis qu'une autre question me brûle les lèvres. Avant de l'exprimer, je regarde mes mains. J'imagine la réponse écrite en gros sur son visage, et je ne veux pas la voir. Je ne veux pas réellement savoir.

— Et toi ? T'as déjà fait ça avec une autre élève ?

— Qu'en penses-tu ? demande-t-il.

Je lève la tête, prise au dépourvu. Je ne sais pas ce que je pense. Je sais ce que je veux croire, ce que je dois croire, mais j'ignore totalement comment ces choses s'alignent avec ce qui a pu se passer toutes ces années avant moi. Il enseigne depuis presque aussi longtemps que je suis vivante.

Alors que je cherche mes mots, Strane m'observe, une ébauche de sourire sur le visage.

— La réponse est non, finit-il par dire. Même si j'ai eu des moments de désir, le jeu n'a jamais semblé en valoir la chandelle. Pas avant que tu entres dans ma vie.

J'essaie de cacher à quel point cela me rend heureuse en roulant des yeux, mais ses mots ouvrent une brèche dans ma poitrine et me laissent démunie. Rien ne l'empêche de plonger sa main à l'intérieur et de prendre tout ce qu'il veut. Je suis spéciale. Je suis spéciale. Je suis spéciale.

Je suis en train de lire *Feu pâle* lorsque Mlle Thompson frappe à ma porte pour vérifier que je respecte bien le couvre-feu. Elle passe une tête dans la chambre. Elle est démaquillée, ses cheveux sont retenus par un chouchou. Elle me voit et coche mon nom dans sa liste.

— Bonsoir, Vanessa.

Elle entre.

— N'oubliez pas de signer le registre avant de partir vendredi, d'accord ? Vous aviez oublié avant les vacances de Noël.

Elle avance d'un pas, et je corne la page que je suis en train de lire, referme le roman. J'ai la tête qui tourne un peu car j'ai trouvé d'autres choses sur moi dans le texte : la ville où habite le personnage principal s'appelle New Wye.

— Ça va, les devoirs ? demande-t-elle.

Je n'ai jamais posé de question à Strane au sujet de Mlle Thompson. Depuis la soirée d'Halloween, je ne les ai pas vus ensemble, et je me souviens qu'après notre première fois, il m'a confié ne pas avoir eu de « relations intimes » depuis longtemps. S'ils n'ont jamais couché ensemble, alors ils étaient simplement amis, et je n'ai pas à être jalouse. Je sais tout cela. Pourtant, quand je suis près d'elle, une méchanceté s'empare de moi, un besoin de lui laisser entrevoir ce que j'ai fait, de quoi je suis capable.

Je pose *Feu pâle* de manière à ce que la couverture soit visible.

— Ce ne sont pas des devoirs. Ou peut-être que si. C'est pour M. Strane.

Elle m'adresse un sourire tellement bienveillant que c'en est agaçant.

— Vous avez M. Strane en lettres ?

— Ouais.

Je la regarde à travers mes cils.

— Il ne vous a jamais parlé de moi ?

Les rides sur son front se creusent. C'est l'affaire d'une seconde. Si je n'étais pas complètement aux aguets, je ne l'aurais même pas remarqué.

— Non, pas vraiment.

— C'est surprenant, dis-je. Lui et moi sommes très proches.

Je regarde le soupçon s'épanouir sur son visage, le sentiment que quelque chose cloche.

Le lendemain après-midi, je m'assieds derrière le bureau de Strane pendant qu'il se trouve à une réunion de professeurs, – je n'oserais jamais le faire sinon.

La porte est fermée, aucun témoin ne peut me voir feuilleter ses piles de devoirs non corrigés et plans de cours, ni ouvrir le tiroir long et fin qui contient des trucs bizarres : un sachet ouvert de bonbons boules de gomme, une médaille de saint Christophe sur une chaîne cassée, un flacon de médicaments contre la diarrhée que je pousse dans le fond avec dégoût.

Généralement, son ordinateur n'offre rien d'intéressant. Il y a uniquement un dossier avec des documents relatifs aux cours, et sa messagerie mail du lycée qu'il n'utilise que rarement. Mais quand j'interromps l'économiseur d'écran, une alerte surgit sur la barre des tâches : (1) Nouveau Message de melissa.thompson@browick.edu. Je clique dessus pour l'ouvrir. L'e-mail répond à un premier message. La chaîne en compte trois.

À : jacob.strane@browick.edu
De : melissa.thompson@browick.edu
Objet : Inquiétude à propos d'une élève

Salut Jake… J'aimerais t'en parler en personne mais je me suis dit que j'allais t'envoyer un e-mail… peut-être que c'est bien de poser tout ça par écrit de toute façon. J'ai eu un échange bizarre avec Vanessa Wye aujourd'hui, dans lequel il a été question de toi. Elle étudiait pour ton cours et a laissé entendre que toi et elle, vous étiez « proches ». C'est sa façon de le dire… J'ai perçu une forme de rancœur dans son ton… voire de la possessivité ? On dirait vraiment qu'elle s'est éprise de toi… il faut l'avoir en tête. Je sais que tu as dit qu'elle traînait dans ta classe. Sois juste prudent :) Melissa

À : melissa.thompson@browick.edu
De : jacob.strane@browick.edu
Objet : re : Inquiétude à propos d'une élève

Melissa,
Merci pour l'info. J'y serai attentif.
JS

À : jacob.strane@browick.edu
De : melissa.thompson@browick.edu
Objet : re : re : Inquiétude à propos d'une élève

Pas de souci… j'espère ne pas dépasser les limites… c'est juste un ressenti. Et si je ne te revois pas, passe de bonnes vacances :) Melissa

Je referme la conversation, et je marque le dernier en date de Mlle Thompson comme « Non-lu ». Je ris tout haut de la réponse de Strane, si sèche, ainsi que de la nervosité de Mlle Thompson, avec ses petits smileys, ses points de suspension qui lient ses phrases incomplètes. Je ne peux m'empêcher de penser qu'elle n'est peut-être pas quelqu'un d'intelligent, en tout cas pas d'aussi intelligent que moi. Je n'ai jamais pensé cela d'un enseignant auparavant.

Lorsqu'il rentre de sa réunion, Strane est de mauvaise humeur. Il laisse tomber son grand bloc-notes jaune sur son bureau et émet un son entre le soupir et le grognement.

— Cet endroit part à vau-l'eau, grommelle-t-il.

Il regarde l'ordinateur en plissant les yeux et me demande :

— Tu as touché à ça ?

Je secoue la tête.

— Hum.

Il attrape la souris, clique.

— Faudrait peut-être que je mette un mot de passe à ce truc.

À la fin de l'heure pédagogique, alors qu'il range ses affaires dans son attaché-case, je lance d'un ton si terriblement blasé qu'on ne dirait pas que c'est moi qui parle :

— Tu sais que Mlle Thompson est l'adulte référent dans ma résidence, n'est-ce pas ?

J'enfile mon manteau afin de ne pas avoir à le regarder pendant qu'il réfléchit à sa réponse.

— Je le sais, en effet.

Je remonte ma fermeture Éclair jusqu'à ma gorge.

— Donc, vous êtes amis, tous les deux ?

— Bien sûr, répond-il.

— Parce que je me rappelle vous avoir vus à la soirée de Halloween.

Je jette un coup d'œil dans sa direction. Il essuie ses lunettes sur sa cravate, les remet.

— Donc tu es allée sur ma messagerie.

Comme je ne réponds pas, il croise les bras et m'adresse l'un de ces regards de prof. *Arrête de m'enfumer.*

— Vous avez été plus que des amis ?

— Vanessa.

— Je pose juste une question.

— C'est vrai, mais c'est une question lourde de sous-entendus.

Je fais coulisser ma fermeture Éclair de haut en bas plusieurs fois.

— Quoi qu'il en soit, je m'en moque. J'aimerais juste le savoir.

— Et pourquoi ça ?

— Parce que. Et si jamais elle sent qu'il y a quelque chose entre nous ? Elle pourrait être jalouse et...

— Et quoi ?

— Je ne sais pas. Se venger ?

— C'est absurde.

— Elle a écrit ces messages.

Strane s'adosse à sa chaise.

— Je pense que la meilleure solution à ce problème, c'est que tu ne lises pas mes e-mails.

Je roule des yeux. Il est fuyant, ce qui signifie que la vérité n'est pas celle que j'ai envie d'entendre et que, sans doute, lui et Mlle Thompson ont été plus que des amis. Ils ont probablement couché ensemble.

Je passe mon sac à dos par-dessus l'une de mes épaules.

— Tu sais, je l'ai vue sans maquillage. Elle n'est pas si jolie que ça. Et puis elle est plutôt grosse.

— Allons, me dit-il sur le ton de la réprimande. Ce n'est pas gentil.

Je lui lance un regard noir. Bien sûr que ce n'est pas gentil, c'est le but !

— J'y vais. On se voit dans une semaine, j'imagine.

Avant que j'ouvre la porte, il dit :

— Tu ne devrais pas être jalouse.

— Je ne suis pas jalouse.

— Si !

— Non.

Il se lève, contourne son bureau et traverse la classe pour me rejoindre. Il tend le bras par-dessus mon épaule et éteint les lumières. Il prend mon visage entre ses mains, dépose un baiser sur mon front.

— D'accord, dit-il doucement. D'accord, tu n'es pas jalouse.

Je le laisse m'attirer vers lui, ma joue posée au milieu de sa poitrine. Son cœur résonne dans mon oreille.

— Je ne suis pas jaloux du badinage qu'il y a pu avoir avant moi, déclare-t-il.

*Badinage.* J'articule le mot silencieusement. Je me demande si cela signifie ce que j'espère – à savoir que même s'il a fait des choses avec Mlle Thompson, c'est terminé, et que de toute façon, cela n'a jamais été sérieux, contrairement à ce qu'il fait avec moi.

— Ce que j'ai fait avant toi est fait, je n'y peux rien. Et c'est pareil pour toi.

En ce qui me concerne, il n'y a rien eu avant lui, rien du tout, mais je sais que ce n'est pas le sujet. Non, il a besoin de quelque chose qui vient de moi. Pas vraiment de mon pardon, plutôt d'une forme d'absolution, ou peut-être d'apathie. Il a besoin que je me moque de ce qu'il a fait auparavant.

— D'accord, dis-je. Je ne serai plus jalouse.

Cela me semble généreux, comme si je consentais à un sacrifice pour lui. Jamais je ne me suis sentie aussi adulte.

L'été dernier, au summum de ma bouderie, maman avait essayé de me faire la leçon sur les garçons. Elle ne comprenait pas ce qui s'était vraiment passé avec Jenny. Elle pensait que toute cette histoire tournait autour de Tom, que je l'aimais bien, qu'il avait préféré Jenny à moi, ou un autre cliché dans le genre. Il faut du temps pour qu'un garçon voie un peu plus loin que le bout de son nez, avait dit maman avant de se lancer dans une allégorie où il était question de pommes qui tombent des arbres et de garçons qui ramassent les plus accessibles mais finissent par comprendre que les meilleurs fruits exigent un peu plus d'effort. Je n'avais pas du tout aimé.

— Donc t'es en train de dire que les filles sont des fruits qui n'existent que pour être consommés par les garçons ? Je trouve ça sexiste.

— Non, ce n'est absolument pas ce que je dis.

— Grosso modo, tu me traites de pomme pourrie.

— Non ! Ce sont les autres, les pommes pourries.

— Pourquoi les filles devraient-elles être des pommes pourries ? Pourquoi devrions-nous être des pommes, d'ailleurs ?

Maman avait pris une grande inspiration, avait pressé sa paume contre son front.

— Bon sang, tu es difficile. Je dis juste qu'il faut plus de temps aux garçons pour mûrir. Je ne veux pas que tu te sentes frustrée.

Elle cherchait à me rassurer, mais sa logique était facile à suivre : les garçons ne s'étaient jamais intéressés à moi, donc, je n'avais jamais été belle, et si je n'étais pas belle, j'allais devoir patienter longtemps avant qu'on me remarque, parce que les garçons devaient mûrir pour s'intéresser à autre chose qu'au physique. Entre-temps, visiblement, je n'avais d'autre choix que d'attendre. Comme les filles assises dans les gradins pendant les matchs de basket qui regardent les garçons sur le terrain, ou les filles assises sur le canapé qui regardent les garçons jouer à des jeux vidéo. Une attente infinie.

Je trouve ça drôle que maman se soit à ce point trompée sur ce sujet. Parce qu'il existe une autre possibilité pour celles qui en ont le courage : court-circuiter les garçons, passer directement aux hommes. Des hommes qui ne vous feront jamais attendre, des hommes qui sont affamés et sont reconnaissants qu'on leur accorde des bribes d'attention, des hommes qui tombent tellement amoureux de vous qu'ils se jettent à vos pieds.

Pendant les vacances de février, de retour chez moi, je vais au supermarché avec maman et je tente une expérience : je fixe du regard tous les hommes célibataires que je croise, même ceux qui sont laids, surtout eux d'ailleurs. Aucune fille n'a dû les regarder comme ça depuis un bail. J'ai pitié d'eux – ils doivent être tellement désespérés, seuls et tristes. Lorsqu'ils remarquent que je les regarde, ils sont manifestement troublés, leurs sourcils se froncent tandis qu'ils cherchent à me décrypter. Seuls quelques-uns reconnaissent ce que je suis, et une dureté s'empare de leur visage quand ils me rendent mon regard.

Strane dit qu'il ne peut supporter une semaine sans nouvelles de moi. Alors un soir, au milieu des vacances, une fois mes parents couchés, je remonte le téléphone sans fil dans ma chambre, je cale des coussins en bas de ma porte pour bloquer le son. La boule au ventre, je compose le numéro. Quand il décroche avec un « Allô » ensommeillé, je n'embraie pas, soudain mortifiée en l'imaginant se retourner dans son lit pour répondre au téléphone comme une personne âgée qui se couche avant dix heures.

— Allô ? s'impatiente-t-il en haussant la voix. Allô ?

Je me radoucis.

— C'est moi.

Il soupire et dit mon nom. Les « s » sifflent entre ses dents. Je lui manque. Il veut que je lui raconte comment se passent mes vacances, veut tout savoir. Je m'efforce de lui décrire au mieux mes journées – les promenades avec Babe, les sauts en ville pour faire des courses, les séances de patinage tandis que le soleil de l'après-midi commence à se coucher sur le lac gelé – tout en évitant de parler de mes parents, donnant l'impression que je fais tout seule.

— Que fais-tu en ce moment ?

— Je suis dans ma chambre.

J'attends qu'il me pose une autre question, mais il reste muet. Je me demande s'il s'est rendormi.

— Et toi, tu fais quoi ?

— Je pense.

— À quoi ?

— À toi. À la fois où tu étais ici, dans ce lit. Tu te rappelles comment c'était ?

Je réponds oui, même si je sais que ce que j'ai ressenti n'a probablement rien à voir avec ce que lui a ressenti. Si je ferme les yeux, je sens les draps en flanelle, le poids de la couette en plumes. Sa main autour de mon poignet, guidant celui-ci.

— Qu'est-ce que tu portes ?

Mes yeux se précipitent vers la porte et je retiens mon souffle, guettant le moindre son en provenance de la chambre de mes parents.

— Un pyjama.

— Comme celui que je t'ai acheté ?

Je dis non, je ris en imaginant porter ce genre de pyjama devant mes parents.

— Décris-le moi.

Je baisse les yeux et je regarde le motif avec des têtes de chien, des bouches d'incendie et des os.

— Il est naze, je réponds. Il ne te plairait pas.

— Enlève-le.

— Il fait trop froid.

J'essaie de parler d'un ton léger, empreint d'une naïveté feinte, mais je sais ce qu'il veut que je fasse.

— Enlève-le.

Il attend. Je ne bouge pas. Quand il me demande si je l'ai retiré, je mens – je réponds que oui.

Et puis ça continue comme ça : il me donne des instructions, que je ne suis pas tout en lui faisant croire le contraire. Je reste indifférente, un peu contrariée, jusqu'à ce qu'il commence à dire :

— Tu es un bébé, une petite fille.

À ce moment-là, quelque chose change en moi. Je ne me touche pas, mais je ferme les yeux et, le ventre chamboulé, je pense à ce qu'il est en train de faire alors qu'il pense à moi.

— Tu me rendrais un service ? demande-t-il. Je veux que tu dises quelque chose. Juste quelques mots. Tu veux bien ? Tu dirais quelques mots pour moi ?

J'ouvre les yeux.

— Ok.

— Ok ? Ok. Ok.

Le son est un peu étouffé, comme s'il déplaçait le combiné d'une oreille à l'autre.

— Je veux que tu dises : « Je t'aime, mon petit papa. »

Pendant une seconde, je ris. C'est tellement ridicule. *Mon petit papa*. Je n'appelle même pas mon propre père comme ça, je ne me rappelle pas l'avoir jamais appelé comme ça, mais, tandis que je ris, mon esprit s'envole loin de moi, et je ne trouve plus ça drôle. Je ne trouve plus ça quoi que ce soit. Je suis vide, plus là.

— Allez, m'encourage-t-il. Je t'aime, mon petit papa.

Les yeux rivés sur le sol de la chambre, je reste muette.

— Juste une fois.

Sa voix est exténuée et dure.

Je sens mes lèvres bouger et mon esprit se remplit de friture, d'un bruit blanc tellement assourdissant que j'entends à peine les sons produits par ma bouche ou ceux qui émanent de Strane – sa respiration lourde et ses gémissements. Il me demande de les répéter, et une fois de plus, ma bouche forme les mots, mais ce n'est que mon corps, pas mon cerveau.

Je suis loin. Je suis en suspension, en roue libre, comme le jour où il m'a touchée pour la première fois, quand j'ai filé à travers le campus telle une comète avec une queue rouge érable. À présent, je sors de la maison en volant, dans la nuit, à travers les pins, au-dessus du lac gelé où, sous la glace, l'eau bouge et geint. Il me demande de dire encore une fois les mots.

Je me vois avec des cache-oreilles et des patins blancs, glissant sur la surface, suivie par une ombre sous les trente centimètres de glace – Strane, qui nage en rasant le fond trouble, ses cris assourdis semblables à des gémissements.

Sa respiration laborieuse s'arrête, et me revoilà dans la chambre. Il a terminé. C'est fini. J'essaie d'imaginer comment ça se passe quand il fait ça, s'il jouit dans sa main, dans une serviette ou directement dans les draps. Je me dis que c'est vraiment dégueu pour les hommes, qui sont trahis par de la saleté à la fin. La pensée *T'es carrément dégueulasse* déferle sur moi.

Strane se racle la gorge.

— Bien, je vais te laisser, dit-il.

Après avoir raccroché, je balance le téléphone qui s'ouvre. Les piles roulent sur le sol. Je reste longtemps allongée dans mon lit, éveillée mais immobile, les yeux rivés sur les ombres bleues, l'esprit rempli de néant, vitreux et suffisamment calme pour qu'on puisse patiner dessus.

Ce n'est que lorsque nous roulons en direction de Browick que maman me dit qu'elle m'a entendu parler au téléphone. Ma main s'agrippe à la poignée de la portière, comme si j'allais l'ouvrir et me précipiter dans le fossé.

— J'ai eu l'impression que tu parlais à un garçon. C'était le cas ?

Je regarde droit devant moi. C'est essentiellement Strane qui a parlé, mais elle a pu décrocher et écouter notre conversation. Mes parents n'ont pas de téléphone dans leur chambre, et je me servais du seul appareil sans fil. Peut-être ne l'ai-je pas entendue descendre ?

— Ce n'est pas un problème, ajoute-t-elle. Et ce n'est pas un problème que tu aies un petit ami. Tu n'as pas à en faire un secret.

— Qu'est-ce que tu as entendu ?

— Rien, vraiment.

Je l'étudie du coin de l'œil. Je ne sais pas si elle dit la vérité. Pourquoi pense-t-elle que je parlais à un garçon si elle n'a rien entendu ? Mon esprit va à cent à l'heure, essaie de suivre. Elle a dû entendre quelque chose, mais pas suffisamment pour soupçonner quoi que ce soit de bizarre. Si elle avait entendu la voix grave de Strane, qui est clairement celle d'un homme adulte, elle aurait immédiatement pété un plomb, déboulé dans ma chambre et m'aurait arraché le téléphone des mains. Elle n'aurait pas attendu d'être seule avec moi dans la voiture pour aborder le sujet avec autant de tact.

J'expire lentement et je relâche un peu la poignée de la portière.

— N'en parle pas à papa.

— Bien sûr que non, répond-elle d'une voix enjouée.

Elle semble satisfaite, contente que je me sois confiée à elle et que j'aie partagé mon secret – ou peut-être est-elle soulagée à l'idée que j'aie un copain, que je sois sociable, que je me fonde dans le moule.

— Mais parle-moi de lui.

Elle me demande son nom, et pendant une seconde, j'ai un blanc : je ne l'appelle jamais par son prénom. Je pourrais utiliser un faux nom, et je devrais peut-être le faire, mais la tentation de le dire à voix haute est trop forte :

— Jacob.

— Oh, j'aime bien. Il est beau ?

Je hausse les épaules. Je ne sais pas trop quoi répondre.

— Ce n'est rien, dit-elle. Le physique ne fait pas tout. Tout ce qui m'importe, c'est qu'il soit gentil avec toi.

— Il est gentil avec moi.

— Très bien. C'est tout ce qui compte à mes yeux.

Je m'enfonce contre l'appuie-tête, je ferme les paupières. C'est comme si on me grattait alors que ça me démange. Quel soulagement de l'entendre dire que la gentillesse de Strane est ce qui compte le plus, plus que le physique – et si sa gentillesse envers moi est plus importante que le physique, alors elle est plus importante que la différence d'âge ou que le fait qu'il soit mon prof.

Maman commence à me poser plus de questions – en quelle classe il est, d'où il vient, quels cours nous avons en commun –, et j'ai un pincement au cœur. Je secoue la tête.

— Je ne veux plus parler de ça, dis-je sèchement.

Nous roulons en silence pendant un peu plus d'un kilomètre.

— Vous couchez ensemble ? finit-elle par me demander.

— Maman !

— Si c'est le cas, tu dois commencer à prendre la pilule. Je vais prendre rendez-vous pour toi.

Elle se tait, puis dit doucement, plus à elle-même qu'à moi :

— Non, tu n'as que quinze ans. C'est trop jeune.

Elle regarde dans ma direction en plissant le front.

— Il y a une supervision, là-bas. Ce n'est pas la foire d'empoigne.

Je reste assise sans bouger, sans cligner des yeux, sans trop savoir si elle veut que je la rassure. Oui, il y a une supervision. Les enseignants nous surveillent de près. C'est soudain écœurant, cette discussion, cette duperie, traiter tout cela comme un jeu.

*Suis-je un monstre ? Certainement. Sinon, je ne pourrais pas mentir de la sorte.*

— Est-ce que je dois prendre rendez-vous pour toi ? me demande-t-elle.

Je repense à Strane qui appuie sur ma hanche, qui m'empêche de bouger, son opération, sa vasectomie. Je secoue la tête et maman laisse échapper un soupir de soulagement.

— Je veux juste que tu sois heureuse. Heureuse et entourée de gens qui sont gentils avec toi.

— C'est le cas.

Tandis que les bois défilent derrière la vitre, je me risque à ajouter :

— Il dit que je suis parfaite.

Maman serre les lèvres, se retient de sourire plus.

— Le premier amour est si spécial. Tu ne l'oublieras jamais.

Strane est de mauvaise humeur le jour de la rentrée. Il me regarde à peine en cours et m'ignore quand je lève la main. Nous lisons *L'Adieu aux armes*, et lorsque Hannah Levesque qualifie le roman d'ennuyeux, Strane réplique que Hemingway la trouverait probablement ennuyeuse elle aussi. Il menace Tom Hudson de sanction pour violation du code vestimentaire parce que la fermeture Éclair de son sweatshirt est ouverte et révèle un tee-shirt des Foo Fighters. À la fin du cours, j'essaie de décoller avec tout le monde car, pour une fois, je n'ai aucune envie de m'attarder. Avant que j'aie pu atteindre la porte, cependant, Strane m'appelle par mon prénom. Je m'arrête et les autres élèves me dépassent comme le courant d'une rivière, Tom avec sa mâchoire crispée par la colère, Hannah avec son air blessé, Jenny en me dévisageant comme si elle voulait me dire quelque chose et que les mots s'empilaient derrière ses lèvres.

Une fois la classe vide, Strane referme la porte, éteint les lumières et me guide dans son bureau où le radiateur est branché au maximum, la fenêtre en verre dépoli embuée. Il s'assied sur la table au lieu de s'asseoir à côté de moi sur la causeuse, ce qui me paraît délibéré, comme s'il m'adressait un message. Il branche la bouilloire électrique sans rien dire le temps que l'eau boue et qu'il se prépare une tasse de thé. Il ne m'en propose pas une. Lorsqu'il parle enfin, sa voix est sèche, professionnelle. La tasse de thé fumante en main, il dit :

— Je sais que tu es contrariée par ce que je t'ai demandé de faire pendant notre conversation téléphonique.

Sauf que j'avais pratiquement oublié ce coup de fil et ce qu'il m'avait demandé de dire. Même lorsque j'essaie de me rappeler maintenant, cela ne me revient pas vraiment. Mon cerveau se détourne de ce souvenir, rebuté par une force échappant à mon contrôle.

— Je ne suis pas contrariée.

— Si, clairement.

Je fronce les sourcils. Où est le piège ? C'est lui qui est contrarié, pas moi.

— On n'est pas obligés d'en discuter.

— Si, il le faut.

C'est surtout lui qui parle, qui dit que les vacances lui ont laissé le temps de réfléchir au fait que je suis toujours un mystère pour lui à bien des égards. Qu'il ne me connaît pas vraiment. Il a commencé à se demander s'il n'avait pas projeté des choses sur moi, s'il s'était convaincu qu'il y a une connexion entre nous alors qu'il ne voit que son propre reflet.

— J'ai même commencé à me demander si tu aimais faire l'amour ou si c'était juste un rôle que tu jouais pour moi.

— Ça me plaît bien.

Il soupire.

— Je veux te croire. Vraiment, je le veux.

Il continue, arpentant son bureau exigu.

— Ce que je ressens pour toi est tellement puissant. Parfois, j'ai peur de tomber raide mort à cause de mes sentiments. Ils sont plus forts que tout ce que j'ai pu ressentir pour une femme. On n'est même pas dans le même univers de sentiments.

Il s'arrête, me regarde.

— Tu as peur quand tu entends un homme comme moi parler de toi de cette façon ?

*Un homme comme moi.* Je secoue la tête.

— Quand je te dis ça, comment te sens-tu ?

Je lève les yeux vers le plafond. J'essaie de trouver le mot juste.

— Puissante ?

Ensuite, il se détend un peu, rasséréné par l'idée qu'il me donne l'impression d'être puissante. Il dit que quinze ans, c'est bizarre, un vrai paradoxe. Qu'au milieu de l'adolescence, on est plus courageux que jamais à cause de la façon qu'a le cerveau de fonctionner à cet âge – un mélange de malléabilité et d'arrogance.

— En ce moment, à quinze ans, tu te sens probablement plus âgée que quand tu auras dix-huit ou vingt ans.

Il rit et s'accroupit devant moi, me serre les mains.

— Bon sang, je t'imagine à vingt ans.

Il place une mèche de mes cheveux derrière mon oreille.

— Tu ressentais ça ? je lui demande. Quand tu avais…

Je termine pas ma phrase. *Quand tu avais mon âge.* Parce que c'est trop le genre de chose qu'un gamin pourrait sortir. Mais il comprend tout de même ma question.

— Non, mais les garçons sont différents. Adolescents, ils sont inconséquents. Ils ne deviennent de vraies personnes qu'une fois adultes. Les filles deviennent réelles si tôt. À quatorze, quinze, seize ans. C'est à ce moment-là que vos esprits se connectent. C'est magnifique d'assister à un tel spectacle.

Quatorze, quinze, seize ans... Il est comme Humbert Humbert, qui attribue un sens mythique à certains âges.

— Tu ne voulais pas plutôt dire de neuf à quatorze ans ?

Je lui pose cette question pour le taquiner, je me dis qu'il comprendra la référence, mais il me regarde comme si je venais de l'accuser d'une chose atroce.

— Neuf ans ?

Il rejette sa tête en arrière.

— Jamais. Bon sang, neuf ans !

— C'est une blague. Tu sais, comme dans *Lolita*. L'âge que sont censées avoir les nymphettes ?

— C'est ce que tu penses que je suis ? Un pédophile ?

Comme je ne réponds pas, il se lève, se remet à marcher.

— Tu prends trop ce livre au pied de la lettre. Je ne suis pas ce personnage. Nous ne sommes pas cela.

Mes joues brûlent sous le feu de sa critique. Sa remarque me semble injuste. C'est lui qui m'a donné ce roman. À quoi s'attendait-il donc ?

— Je ne suis pas attiré par les enfants, poursuit-il. Enfin, regarde-toi, regarde ton corps. Tu n'as rien d'une enfant.

Je plisse les yeux.

— Qu'est-ce que ça veut dire ?

Il s'arrête, momentanément arraché à sa colère, et je sens le pouvoir revenir légèrement vers moi.

— Eh bien, ton physique, dit-il. Tu es...

— Je suis quoi ?

Depuis le canapé, je le regarde se débattre avec les mots.

— Je veux juste dire que tu es bien développée. Plus comme une femme.

— Donc je suis grosse.

— Non. Bon sang, non. Ce n'est pas ce que je suis en train de dire. Bien sûr que non. Regarde-moi. Moi, je suis gros.

Il se donne un coup sur le ventre pour que je rie, et une part de moi en a envie parce que je sais que ce n'est pas ce qu'il voulait dire. Mais c'est bon de le voir culpabiliser. Il s'assied à côté de moi, prend mon visage dans ses mains.

— Tu es parfaite. Tu es parfaite, tu es parfaite, tu es parfaite.

Nous ne parlons pas pendant un moment. Lui m'observe pendant que je fusille le plafond des yeux, car je ne veux pas perdre le dessus si vite. Je jette un œil dans sa direction et vois des perles de sueur couler le long de ses joues. Je transpire aussi – aux aisselles, sous mes seins.

Il me regarde droit dans les yeux.

— Ce que je t'ai demandé de dire au téléphone ? C'était un fantasme. Je ne ferais pas vraiment une chose pareille. Je ne serais pas ce genre de personne.

Sans un mot, je tourne de nouveau mon regard vers le plafond.

— Tu me crois ? demande-t-il.

— Je ne sais pas. J'imagine que oui.

Il tend les bras vers moi, m'attire sur ses genoux, passe ses bras autour de moi et tient mon visage contre sa poitrine. Parfois, il est plus simple de parler comme cela, sans nous regarder.

— Je sais que je suis un peu sombre, dit-il. Je n'y peux rien. J'ai toujours été comme ça. C'est une existence solitaire, mais je m'étais réconcilié avec cette solitude jusqu'à ce que tu entres dans ma vie.

Il tire sur mes cheveux. *Tu.*

— Quand tu as commencé à me remettre ces poèmes et à me courir après, au début j'ai pensé, d'accord, cette fille en pince pour moi. Ce n'est rien. Je vais la laisser flirter et traîner un peu dans la classe, ça n'ira pas plus loin que ça. Mais en passant du temps avec toi, j'ai commencé à penser, mon Dieu, cette fille est comme moi. Elle n'est pas comme les autres, elle est attirée par la noirceur. Pas vrai ? N'est-ce pas ? Ce n'est pas le cas ?

Il attend ma réponse, attend que je dise oui, je suis ainsi, mais je ne me suis jamais considérée comme l'une des choses qu'il décrit, et son souvenir de moi qui lui cours après ne me semble pas exact non plus. Il m'a donné des livres avant même que je lui confie des poèmes. C'est lui qui m'a dit avoir envie de me donner un baiser avant que j'aille me coucher, que mes cheveux étaient de la couleur des feuilles d'érable rouge. Tout cela est arrivé avant même que je me rende compte de ce qui se passait vraiment. Et puis je repense au fait qu'il a dit avec insistance que c'était moi qui étais aux commandes, et qu'il se fichait du badinage inexistant qu'il y avait eu avant lui. Il a besoin de croire en certaines choses afin de pouvoir vivre en paix avec lui-même, et il serait cruel de ma part de les qualifier de mensonges.

— Pense à ta réaction quand je t'ai touchée pour la première fois. N'importe quelle autre fille de ta classe aurait été horrifiée, mais pas toi.

Il saisit une poignée de mes cheveux et tire ma tête en arrière pour pouvoir voir mon visage. Son geste n'est pas brutal, mais pas doux non plus.

— Quand nous sommes ensemble, dit-il, j'ai l'impression que la noirceur en moi remonte à la surface et frôle la noirceur en toi.

Sa voix tremble d'émotion, et ses yeux sont gros et vitreux, emplis d'amour. Il étudie mon visage, et je sais ce qu'il cherche : la reconnaissance, la compréhension, que je le rassure sur le fait qu'il n'est pas seul.

Je repense à son genou contre moi à l'abri de son bureau, à sa main qui caresse ma jambe. Je m'en moquais qu'il ne m'ait pas demandé si cela me dérangeait, qu'il soit mon prof, qu'il y ait neuf autres personnes dans la pièce. Dès que c'est arrivé, je voulais que cela recommence. Une fille normale n'aurait pas réagi de la sorte. Il y a quelque chose de sombre en moi, quelque chose qui a toujours été là.

Quand je lui dis que oui, je ressens la même chose – la noirceur en lui, la noirceur en moi –, il n'est que gratitude et adoration, sa main tire plus fort sur mes cheveux. Derrière ses lunettes, ses yeux se dilatent de désir. Il veut, veut, veut. C'est tout. Parfois, quand il est sur moi, qu'il ferme fort les paupières et ne remarque même pas si je suis excitée, triste ou ennuyée, j'ai l'impression qu'il veut uniquement laisser une part de lui à l'intérieur de moi, revendiquer son droit. Pas me féconder ou autre – il cherche quelque chose de plus permanent. Il veut être sûr qu'il sera toujours là, quoi qu'il arrive. Il veut laisser ses empreintes partout sur moi, sur chacun de mes muscles et de mes os.

À ce moment-là, les jambes en appui contre l'accoudoir du canapé, il s'enfonce en moi et gémit dans mes oreilles. Il est étrange de savoir que chaque fois que je repenserai à moi à quinze ans, c'est cette image qui me viendra à l'esprit.

# 2017

Une *Oktoberfest* est organisée à l'hôtel. La cour est remplie de fûts de bière, de chopes en plastique et de couples entre deux âges qui se gavent de *bratwurst*. Pendant ce temps-là, assise à mon comptoir de concierge, je dépiaute un bretzel mou avec mes doigts. Les clients sont trop soûls pour avoir besoin de moi.

La plupart des employés sont ivres, eux aussi. Lorsque je suis arrivée, le responsable de salle tenait à peine debout. En ce moment, il est dans le bureau derrière l'accueil en train d'avaler du café noir pour dessoûler avant le coup de feu du dîner. Les voituriers, tout ramollis par l'alcool, garent des véhicules alors que leur vision vacille, et même la fille du propriétaire, qui n'a que dix-sept ans, sirote en douce dans un grand verre derrière le comptoir d'accueil. J'ai deux cocktails Sazerac dans le sang, de quoi planer gentiment.

Installée derrière l'ordinateur, je clique distraitement en suivant la boucle infinie e-mail-Twitter-Facebook-e-mail-Twitter-Facebook. La journaliste m'a encore écrit – Bonjour Vanessa, je souhaitais vous contacter de nouveau afin de réitérer ma profonde motivation à porter à la connaissance de tous votre vérité. Une relance polie mais insistante sous-tend ses mots tandis qu'elle essaie d'en appeler au désir de châtiment qu'elle pense être le mien.

Du coin de l'œil, je vois un client ivre tituber dans le hall. Je fais mine d'être complètement absorbée par l'écran d'ordinateur, je rentre les épaules et je prends un air renfrogné, car je sais qu'il sera moins susceptible de m'importuner si j'ai des allures de vieille sorcière. Je l'entends dire : « Salut, chérie », et mon estomac se noue, mais ses yeux sont posés sur la jeune Inez à l'accueil. Porter à la connaissance de tous votre vérité. Ma vérité. Comme si j'avais la moindre idée de ce qu'est cette vérité.

Derrière le comptoir, Inez essaie de planquer son verre, mais l'homme le voit.

— Qu'est-ce que tu caches ?

Il regarde par-dessus le comptoir.

— Tu bois au travail. Vilaine fille.

Je n'ai pas l'impression que ma main déplace le curseur de la souris sur l'écran. Quelqu'un d'autre le guide jusqu'au coin en haut à droite, clique sur « Transférer ».

Inez laisse échapper un rire aigu et forcé. L'homme voit cela comme un encouragement. Il pose ses deux coudes sur le comptoir et se rapproche. Il plisse les yeux pour lire son badge :

— Inez. C'est un joli prénom.

— Euh, merci.

— Quel âge as-tu ?

— Vingt et un.

L'homme secoue la tête, agite le doigt.

— Pas moyen que tu aies vingt et un ans, dit-il. J'ai l'impression que le simple fait de te regarder pourrait me valoir une arrestation.

Mes doigts se déplacent d'une touche à l'autre du clavier, écrivent jacob.strane@browick.edu dans le champ réservé au destinataire, pendant que je regarde l'homme ivre dire à Inez à quel point elle est jolie, à quel point il regrette de ne pas avoir trente ans de moins. Elle balaie le hall du regard pour trouver de l'aide, un mince sourire vissé au visage. Ses yeux s'attardent un instant sur moi tandis que je prends la souris, déplace le curseur sur « Envoyer » et clique.

L'e-mail transmis décolle, la confirmation de Message envoyé apparaît en haut du navigateur, et puis… rien ne se passe. Je ne sais pas ce que j'attends – qu'on actionne une alarme, un crescendo de sirènes –, mais le hall reste inchangé. L'homme ivre a toujours son regard lubrique, Inez me dévisage toujours pour que je lui vienne en aide tandis que je lui rends son regard en pensant : *Que veux-tu de moi ? Tu as vraiment besoin que je vienne à ton secours ? Ce n'est rien. Tu es en sécurité. Il est de l'autre côté du comptoir et il ne va pas t'attraper. Si tu as si peur que ça, va dans le bureau derrière ou dis-lui franchement de partir. Tu devrais savoir comment gérer la situation.*

Derrière moi, un ascenseur s'ouvre et un agent d'entretien en émerge en poussant un chariot sur lequel sont empilées des caisses de vin pour l'événement qui se tient dans la cour. Inez saute sur cette occasion pour quitter le comptoir à la hâte.

— Tu as besoin d'aide, Abdel ? demande-t-elle.

L'agent d'entretien secoue la tête, mais elle pose sa main d'un côté du chariot malgré tout. Le client ivre la regarde disparaître dans le couloir, les bras ballants le long de son torse. Une fois qu'elle est partie, il jette un œil par-dessus son épaule, me remarque pour la première fois.

— Qu'est-ce que tu regardes ? me demande-t-il avant de retourner d'un pas lourd dans la cour.

Je souffle avant de tourner de nouveau la tête vers mon écran d'ordinateur. Je suis en train de reprendre depuis le début ma boucle e-mail-Twitter-Facebook quand mon téléphone vibre. Un appel de Strane. Je regarde mon portable tressauter sur le comptoir jusqu'à ce que la messagerie s'enclenche. Il tente une deuxième fois, puis une autre dans la foulée. À chaque appel en absence, je sens quelque chose en moi monter en puissance – une sorte d'autosatisfaction, un sentiment de triomphe. Après tout, peut-être que cette journaliste ne se fourvoie pas. Peut-être que la vengeance est tapie quelque part en moi.

Après le travail, je vais dans un bar. Toujours vêtue de mon tailleur, je sirote un whisky à l'eau juchée sur un tabouret, et je fais défiler mes contacts en dégainant des textos pour voir qui serait disposé à venir me retrouver à onze heures et quart un lundi soir. Ira m'ignore, tout comme le type que j'ai ramené à la maison il y a quelques semaines, qui s'est carapaté à la première occasion après que je suis devenue muette et inerte sous lui – mon corps recroquevillé sur lui-même, le visage enfoui dans mes mains. Un seul mord à l'hameçon : un divorcé de cinquante et un ans avec qui j'ai couché il y a quelques mois. Je n'ai pas aimé sa façon de traiter notre différence d'âge comme si on était dans un film porno, en se désignant comme petit papa et en me demandant si je voulais une fessée. Je lui ai suggéré de se détendre et de se comporter normalement, mais il n'a pas voulu entendre, et s'est contenté de me bâillonner avec sa main en disant : *Tu veux ça, tu le veux, tu sais que tu le veux.*

Moi : Je bois seule.
Lui : Les jeunes filles ne devraient jamais boire seules.
Moi : Ah ?
Lui : Hum. Tu devrais m'écouter. Je sais ce qui est mieux pour toi.

Entre deux textos, je reçois un nouveau coup de fil de Strane. Le septième depuis que je lui ai transmis l'e-mail de la journaliste. J'appuie sur « Refuser » et j'envoie au divorcé un SMS avec l'adresse. Quinze minutes plus tard, lui et moi partageons une cigarette dans la ruelle derrière le bar. Je lui demande comment il va, il me demande si j'ai été vilaine.

Je l'examine en tirant sur ma cigarette. J'essaie de jauger s'il dit cela sérieusement, s'il s'attend à ce que je lui réponde.

— Parce que t'as l'air d'avoir été vilaine.

Je ne dis rien et je baisse les yeux vers mon téléphone. J'ai un texto de Strane : Je ne sais pas quel message tu essaies de me faire passer en me transmettant cet e-mail. Alors que je suis en train de lire ce SMS, un autre apparaît : Je n'ai pas la patience pour quelque jeu que ce soit en ce moment, Vanessa. Aie la courtoisie de te comporter en adulte. Le divorcé se déplace vers moi, me plaque contre le mur en briques du bar. Caché par les bennes à ordures, il presse son corps contre le mien, essaie d'enfoncer sa main sous la ceinture de mon pantalon. Au début, je ris et j'essaie de me dégager en me contorsionnant. Comme il continue, je le tape avec les paumes de mes mains. Il recule, mais se dresse toujours au-dessus de moi, le souffle court. Ses épaules se soulèvent. Je donne une chiquenaude à ma cigarette. De la cendre tombe sur ses chaussures.

— Détends-toi. Du calme, ok ? lui dis-je.

Mon téléphone se met à sonner, et parce que le divorcé est là, ou parce que je sais que j'ai fait paniquer Strane, ce qui était exactement l'effet escompté, ou que je suis soûle et donc stupide, je balaie l'écran du doigt et je décroche.

— Qu'est-ce que tu veux ?

— Qu'est-ce que toi, tu veux ? réplique Strane. Tu veux vraiment la jouer comme ça ?

Je laisse tomber ma cigarette et je l'écrase même si elle n'est qu'à moitié fumée, puis je fouille immédiatement mon sac pour en prendre une autre, chassant le divorcé d'un geste de la main quand il me propose un briquet.

— Très bien, dit le divorcé. Je te fous la paix. J'ai compris.

Au téléphone, Strane demande :

— C'est qui ? Il y a quelqu'un avec toi ?

— Ce n'est rien. Ce n'est personne.

Le divorcé laisse échapper un petit rire plein de dédain, tourne les talons en direction du bar, puis regarde par-dessus son épaule comme si j'allais le retenir.

— Pourquoi m'as-tu transmis cet e-mail ? demande Strane. Qu'as-tu l'intention de faire ?

— Je n'ai pas la moindre intention. Je voulais juste que tu le voies.

Les deux hommes se taisent – Strane au bout du fil, et le divorcé, devant la porte qu'il tient en attendant que je lui demande de rester. Il est habillé comme la dernière fois : jean noir, tee-shirt noir, veste en cuir noir, rangers noires – l'uniforme des voyous vieillissants avec qui, visiblement, je finis toujours par me retrouver ces derniers temps, des types qui prétendent être excités par la force, mais qui ne peuvent se taper que des femmes-enfants.

— Je comprends que cela puisse être tentant de prendre part à l'hystérie ambiante, dit Strane en choisissant avec soin chacun de ses mots. Et je sais que tu n'aurais aucun mal à décrire ce qui s'est passé entre nous comme étant… inadapté ou violent, ou en employant un autre qualificatif de ton choix. Je ne doute pas que tu pourrais me transformer en tout ce que tu veux…

Il ne termine pas sa phrase, inspire.

— Mais mon Dieu, Vanessa, souhaites-tu vraiment que cela te suive pour le restant de tes jours ? Parce que si tu fais ça, si tu vas voir la police, cette histoire te collera à la peau…

— Écoute, je ne vais rien faire, dis-je. Je ne vais pas lui répondre, je ne vais pas raconter. Ok ? Je voulais juste que tu voies ce qui se passe, tu sais, de mon côté. Il faut que tu comprennes qu'il n'y a pas que toi dans cette histoire.

À travers le téléphone, je sens la marée se retirer vers lui, un afflux soudain de sentiments. Il laisse échapper un rire amer.

— C'est ça l'enjeu, ici ? Tu as besoin d'attention et de sympathie ? Là, maintenant, au beau milieu de ce merdier, c'est le moment que tu choisis pour jouer les outragées ?

Je commence à lui présenter des excuses, mais il me coupe.

— Tu compares ce que je dois affronter aux quelques e-mails que tu reçois ? me demande-t-il en hurlant presque. Ça va pas la tête, putain ?

Il me rappelle que dans cette situation, c'est moi qui ai le beau rôle. Je ne me rends donc pas compte du pouvoir que j'ai ? Si notre histoire devenait publique, personne ne me reprocherait quoi que ce soit, pas la moindre chose, bon sang ! C'est lui qui aurait tout sur le dos.

— Je dois porter seul le poids de cette histoire. Et tout ce que je te demande, c'est de ne pas aggraver la situation.

Je finis par pleurer, le front appuyé contre le mur en briques de la ruelle. *Je suis désolée. Je ne sais pas ce qui ne tourne pas rond chez moi. Je suis désolée, tu as raison, tu as raison.* Il pleure, lui aussi. Dit qu'il a peur, que tout commence à paraître menaçant. Il enseigne de nouveau, mais la moitié de ses élèves ont choisi un autre cours à la place du sien. Il n'est plus le tuteur de qui que ce soit, cette fonction lui a été enlevée. Personne ne le regarde dans les yeux. Ils attendent une raison de se débarrasser de lui.

— J'ai besoin que tu sois de mon côté, Vanessa. J'ai besoin de toi.

Je retourne à l'intérieur, je m'installe au bar, où je reste assise, tête ballante, jusqu'à ce que le divorcé me touche l'épaule. Je le ramène chez moi, le laisse voir mon bordel, le laisse faire tout ce qu'il veut, je m'en fous. Le matin, il fume mon herbe pendant que je fais semblant de dormir. Même quand il s'en va, je n'ouvre pas les yeux, je ne bouge pas. Je traîne au lit jusqu'à ce qu'il ne reste que dix minutes avant le début de ma journée de boulot.

Je ne vois pas l'article avant d'arriver au travail, avant d'être assise derrière mon comptoir. Il est publié en une du journal de Portland : « Un professeur qui enseignait depuis des années dans un pensionnat est renvoyé suite à de nouvelles allégations d'abus sexuel. » Cinq filles l'accusent désormais, est-il écrit. Taylor Birch, plus quatre autres : deux qui étaient encore en terminale il y a peu, et deux élèves actuelles, toutes mineures au moment des faits.

Pendant les heures qui suivent, mon corps continue de travailler. Je fais appel à ma mémoire procédurale pour contacter des restaurants, confirmer des réservations auprès de clients, noter des itinéraires, souhaiter à tout le monde une excellente soirée. De l'autre côté du hall, des voituriers poussent des chariots à bagages sur lesquels s'empilent des montagnes de sacs, et au comptoir d'accueil, Inez répond au téléphone de sa voix aiguë et douce. « L'hôtel du Vieux-Port vous remercie de votre appel ! » Nichée dans un coin du hall, je suis raide et mon esprit est vide, mes yeux sont perdus à mi-distance. Le propriétaire de l'hôtel passe et souligne mon air professionnel. Il aime ma posture, aime que derrière mes yeux, il n'y ait rien d'autre qu'un apaisement vide.

L'article dit que Strane a amadoué les filles avant d'abuser d'elles. *Amadoué*. Je répète ce mot, encore et encore, j'essaie de comprendre ce qu'il signifie, mais tout ce qui me vient à l'esprit, c'est ce sentiment délicieux et chaud que je ressentais lorsqu'il caressait mes cheveux.

# 2001

— Vanessa, vous devez exposer plus clairement les étapes de votre raisonnement, dit Mme Antonova en lissant les plis de mon devoir de géométrie pendant la séance de soutien de cette semaine. Sinon, comment pourrais-je comprendre la façon dont vous arrivez à votre conclusion ?

Je marmonne quelque chose du genre en quoi est-ce important du moment que les réponses sont bonnes, et Mme Antonova me regarde longuement par-dessus ses lunettes. Je devrais savoir pourquoi c'est important. Elle me l'a expliqué à de nombreuses reprises.

— Comment vous sentez-vous par rapport au contrôle de vendredi prochain ?

— Pareil que pour tous les autres contrôles.

— Vanessa ! Qu'est-ce donc que ce comportement ? Cela ne vous ressemble pas. Redressez-vous, montrez vous respectueuse !

Elle avance le bras et donne des petits coups de crayon sur mon manuel que je n'ai pas encore ouvert. Je soupire et je me redresse, j'ouvre le livre.

— Faut-il que nous révisions le théorème de Pythagore ? demande-t-elle.

— Si vous pensez que j'en ai besoin.

Elle ôte ses lunettes et les place dans ses cheveux qui ressemblent à du sucre filé.

— Le but de ces séances n'est pas que je vous dise quoi faire. Nous couvrons vos besoins, ok ? Mais j'ai besoin que vous me retrouviez…

Elle agite la main, cherche l'expression.

— ... à mi-chemin.

À la fin de la séance, je m'empresse de récupérer mes affaires, car je veux traverser le campus jusqu'au bâtiment des lettres pour voir Strane avant sa réunion. Mais Mme Antonova m'arrête.

— Vanessa, dit-elle. J'ai une question.

Je me mords l'intérieur de la joue tandis qu'elle prend son manuel, son classeur et son fourre-tout.

— Comment ça se passe dans les autres matières ?

Elle récupère son pashmina sur le dos de sa chaise, l'enroule autour de ses épaules, passe ses doigts dans les franges. On dirait qu'elle fait exprès d'aller doucement.

— Bien.

— Et en lettres ? me demande-t-elle en me tenant la porte.

Je serre un peu plus mon manuel.

— Ça va.

Tandis que nous longeons le couloir, j'essaie de faire comme si je n'avais pas remarqué qu'elle m'observe.

— Je vous pose cette question car j'ai cru comprendre que vous passiez beaucoup de temps dans la classe de M. Strane. C'est vrai ?

Je déglutis avec difficulté, compte chacun de mes pas.

— Je crois.

— Vous étiez à l'atelier d'écriture créative, mais il n'a lieu qu'en automne, hein ? Et les lettres sont votre point fort, donc vous n'y allez pas parce que vous avez besoin de soutien scolaire.

Je hausse les épaules, pour paraître nonchalante.

— Nous sommes amis.

Mme Antonova m'étudie, de profondes rides se forment entre ses sourcils tracés au crayon.

— Amis, répète-t-elle. C'est ce qu'il vous dit ? Que vous et lui, vous êtes amis ?

Nous tournons, les doubles portes sont désormais en vue.

— Je suis désolée, Mme Antonova. J'ai beaucoup de devoirs, dis-je en traversant le couloir à la hâte, en ouvrant l'une des doubles portes et en dévalant les marches.

Je la remercie de son aide par-dessus mon épaule.

Je ne parle pas à Strane des questions de Mme Antonova, de peur qu'il dise que nous devons nous montrer plus prudents, et il est déjà prévu que je vienne chez lui à l'occasion de la journée portes ouvertes – un samedi au cours duquel des quatrièmes aux yeux ébahis déambulent en troupeaux sur le campus accompagnés de leurs parents. D'après Strane, c'est une nuit qui se prête bien aux activités clandestines, car les événements spéciaux génèrent inévitablement de la confusion, et les choses peuvent alors passer plus facilement entre les mailles du filet.

À dix heures, je suis le même rituel que la dernière fois : je me manifeste auprès de Mlle Thompson pour le couvre-feu, et j'emprunte en catimini l'escalier de derrière dont l'alarme est cassée. Tandis que je traverse le campus en courant, j'entends du bruit en provenance du réfectoire – des camions de livraison, des claquements métalliques, des voix d'hommes dans le noir. Comme la dernière fois, le break de Strane est garé, phares éteints, dans le parking des professeurs près du bâtiment des lettres. Il me semble vulnérable à m'attendre dans sa voiture, prisonnier d'une petite boîte. Quand je tape à la vitre, il sursaute et pose une main sur sa poitrine, et pendant un instant, je reste plantée là, à le regarder à travers la vitre en pensant : *Il pourrait faire une crise cardiaque. Il pourrait mourir.*

Chez lui, je m'assieds sur le plan de travail de la cuisine, et je donne des coups de talon dans les pieds de la chaise tandis qu'il prépare des œufs brouillés avec des tartines. Je suis quasiment sûre qu'il ne sait rien cuisiner d'autre que les œufs.

— Tu penses que quelqu'un soupçonne qu'il y a quelque chose entre nous ? je lui demande.

Il m'adresse un regard surpris.

— Pourquoi cette question ?

Je hausse les épaules.

— J'en sais rien.

Le grille-pain sonne, les tartines sautent. Les tranches sont trop brunes, pratiquement brûlées, mais je ne dis rien. Il dépose les œufs sur les toasts à l'aide d'une cuillère et dispose l'assiette devant moi.

— Non, je ne pense pas que quelqu'un ait des soupçons.

Il prend une bière dans le frigo et boit en me regardant manger.

— Tu veux que les gens aient des soupçons ?

Je prends une grosse bouchée pour gagner du temps. Parfois, ses questions sont normales, et parfois, ce sont des tests. Celle-ci ressemble à un test. Tout en avalant, je dis :

— Je veux qu'ils sachent que pour toi, je suis spéciale.

Il sourit, approche une main de mon assiette, prend de l'œuf avec ses doigts et l'enfourne dans sa bouche.

— Crois-moi, dit-il. Ils le savent, c'est sûr.

Il me fait une surprise en me proposant un film – *Lolita*, la vieille version de Kubrick. J'ai l'impression que c'est sa façon de s'excuser de m'avoir reproché de trop prendre le roman au pied de la lettre. Pendant le film, il m'autorise à boire une bière, et ensuite, nous nous couchons. Je porte à nouveau le pyjama avec les fraises, et je me sens tellement légère que lorsqu'il me demande de me mettre à quatre pattes pour qu'il puisse me prendre par derrière, je ne manifeste aucune gêne, je le fais, c'est tout. Quand c'est terminé, il va dans le salon et revient avec son appareil Polaroid.

— Ne te rhabille pas tout de suite.

Je tiens mes bras contre ma poitrine et secoue la tête, les yeux écarquillés.

Tout en souriant avec douceur, il me rassure : seuls ses yeux verront ces clichés.

— Je veux me souvenir de cet instant, dit-il. Me rappeler à quoi tu ressembles en ce moment-même.

Il prend la photo. Je m'enroule ensuite dans la couverture, et Strane étale les Polaroid sur le matelas. Ensemble, nous les observons pendant que les photos se développent. Le lit et mon corps émergent de l'obscurité.

— Bon sang, regarde-toi ! s'exclame Strane, dont les yeux vont d'une image à l'autre.

Il est fasciné, subjugué.

J'examine attentivement les photos, et j'essaie de voir ce qu'il voit, mais j'ai l'air trop bizarre dessus – horriblement pâle avec en arrière-plan le lit défait, mes yeux dans le vague, les cheveux emmêlés post-sexe. Quand il me demande ce que j'en pense, je réponds :

— Elles me rappellent ce clip de Fiona Apple.

Il ne quitte pas les Polaroid des yeux.

— Fiona qui ?

— Apple ? Ma chanteuse préférée ? Tu te souviens, je te l'ai fait écouter une fois.

Et puis, il y a une semaine ou deux, j'ai écrit les paroles de l'une de ses chansons sur une feuille de cahier que j'ai pliée avant de la laisser sur son bureau en sortant de classe. Nous venions juste de nous disputer au sujet de mon inscription à la fac – j'ai dit que je ne voulais pas y aller, lui a dit qu'il ne fallait pas que je me laisse détourner du droit chemin, par rien ni personne, y compris par lui, ce qui m'a fait pleurer, et alors il m'a reproché d'essayer de le manipuler avec mes larmes. J'ai pensé que les paroles l'aideraient peut-être à comprendre ce que je ressentais, mais il ne m'en a jamais parlé. Je me demande même s'il les a lues.

— Oui, oui.

Il rassemble toutes les photos.

— Mieux vaut les mettre à l'abri dans une cachette secrète.

Il sort de la chambre, descend et soudain, je suis tellement contrariée que je ressens une brûlure dans ma poitrine, sur mon visage, dans mes membres. Je tire la couverture par-dessus ma tête, j'inspire l'air chaud et je me souviens lui avoir dit quelque chose au sujet de Britney Spears il y a quelques semaines. Il ne savait pas du tout qui c'était.

— Est-ce une espèce d'artiste pop ? Je n'avais pas compris que tu avais ce genre de penchants musicaux.

Il m'a donné l'impression d'être stupide alors que c'est lui qui ne connaissait même pas Britney Spears.

Pendant les vacances d'avril, je fête mes seize ans. Babe va chez le vétérinaire pour être stérilisée, et rentre à la maison shootée et le ventre rasé et recousu. Je montre à mes parents la liste d'universités que Strane a choisies pour moi, et nous allons en voiture dans le sud du Maine pour en visiter quelques-unes. Pendant que nous déambulons sur les campus, mon père observe, abasourdi, les bâtiments, tandis que ma mère lit les informations qu'elle a trouvées sur Internet : 40 % des étudiants de Bowdoin partent étudier à l'étranger ; un étudiant sur quatre poursuit jusqu'au troisième cycle.

— C'est quoi le prix, ici ? demande mon père. Tu as imprimé ces chiffres ?

Au milieu de la semaine, Strane vient me rendre visite pendant que mes parents sont au travail. Il gare son break dans une voie pour bateaux envahie par la végétation et traverse à pied les bois jusqu'à chez nous. Depuis le salon, je jette un œil à la cuisine par la porte, m'attendant à le voir apparaître à la fenêtre, et quand il surgit, je laisse échapper un cri comme si j'avais peur, mais ce n'est pas réellement le cas – comment pourrais-je avoir peur ? Avec sa veste kaki et ses verres solaires clipsés sur ses lunettes de vue, on dirait le père de quelqu'un, un blaireau entre deux âges, banal au possible.

Lorsqu'il met ses mains en visière sur ses yeux pour regarder à travers la vitre, j'attrape Babe par le collier et j'ouvre la porte. Une fois Strane à l'intérieur, Babe s'échappe. La langue rose pendante au coin de la gueule, elle lui saute dessus et il grimace. Je conseille à Strane de lui dire non pour qu'elle s'arrête, au lieu de quoi, il la pousse trop fort et elle tombe sur le dos. Les blancs de ses yeux brillent quand, boudeuse, elle s'éloigne de lui pour rejoindre sa niche. Pendant un instant, je le déteste.

Il fait le tour de la maison, les mains derrière le dos comme s'il craignait de toucher quoi que ce soit, et soudain, je vois tout de son point de vue : notre maison, qui n'est pas aussi propre que la sienne, la couche de poils de chien sur la moquette, le vieux canapé et ses coussins qui s'affaissent. En visitant le rez-de-chaussée, il s'arrête devant les petites maisons en bois posées en équilibre sur le rebord des fenêtres. Maman les collectionne ; je lui en offre une tous les ans à Noël. Strane les regarde fixement et j'imagine ce qu'il se dit – qu'il est idiot de collectionner des objets aussi laids. Je repense aux bibelots dans les casiers de sa bibliothèque, chacun en provenance d'un pays étranger, doté d'une histoire, et je repense à son commentaire sur mes parents après leur entretien. *Des gens honnêtes, des gens bien.* Je me souviens de ce qu'il avait dit un jour à propos d'une autre élève boursière, une terminale de son cours de lettres renforcées qui avait été acceptée à Wellesley, où elle n'irait pas parce que c'était trop cher. Il était vraiment désolé pour elle, mais qu'y pouvait-on ? La pauvre fille ne vient de nulle part, avait-il remarqué.

— C'est chiant ici, dis-je en attrapant sa main. Viens, on monte.

Il se penche pour passer la porte de ma chambre. Il est tellement grand qu'il domine toute la pièce. Sa tête frôle le plafond mansardé. Ses yeux observent les murs recouverts de posters, le lit défait.

— Oh, souffle-t-il. Voilà une chose tellement précieuse.

À cause de Browick, ma chambre est restée figée dans le temps et représente plus la personne que j'étais à treize ans que celle que je suis aujourd'hui. J'ai peur qu'elle ressemble trop à une chambre de petite fille, mais cela ne semble pas déranger Strane. Il étudie ma bibliothèque remplie de romans jeunesse que j'ai dépassés depuis longtemps, la commode recouverte de flacons de vernis à ongles desséché, de peluches Beanie Baby poussiéreuses. En soulevant le couvercle de ma boîte à bijoux, il fait un grand sourire quand la ballerine surgit et se met à tournoyer. Il ouvre un sac à cordon coulissant et déverse dans sa paume mes petites poupées mangeuses de soucis confectionnées en papier kraft et en ficelle. Il traite tout avec une immense délicatesse.

Avant que nous couchions ensemble, il me demande de faire semblant de dormir afin qu'il puisse se glisser dans le lit et me toucher, et veut que je fasse comme si cela me réveillait. Quand il me pénètre, il plaque sa main contre ma bouche et dit « On ne doit pas faire de bruit », comme s'il y avait quelqu'un d'autre dans la maison. Pendant qu'il me pilonne, si frénétiquement et rapidement que j'ai l'impression que mon cerveau brinquebale dans mon crâne, mes bras et mes jambes se ramollissent et mon esprit s'échappe de mon corps, se retire au rez-de-chaussée, où Babe gémit dans sa niche en se demandant encore ce qu'elle a fait de mal. Quand il a fini, Strane prend un autre Polaroid de moi après m'avoir demandé de poser, en disposant mes cheveux sur mes seins et en ouvrant le store afin que mon corps soit drapé de lumière.

Un peu plus tard, nous prenons son break et partons en promenade sur les routes qui serpentent à travers bois à l'est. Sa vitre est baissée ; il laisse son bras pendre à l'extérieur. Il fait chaud pour un mois d'avril, plus de vingt degrés. Les arbres bourgeonnent et les herbes ont commencé à pousser le long de la route.

— Je viendrai te rendre visite en été comme ça, dit-il. Je passerai te chercher et nous irons nous balader en voiture.

— Comme Lolita et Humbert, je remarque sans réfléchir, avant de grimacer en attendant qu'il manifeste son agacement face à cette comparaison.

Mais il se contente de sourire.

— C'est sans doute juste.

Il me regarde, fait remonter sa main le long de ma cuisse.

— Cette idée te plaît, pas vrai ? Peut-être qu'un jour, au lieu de te ramener à la maison, je continuerai tout bonnement à rouler. Je te ravirai.

Plus nous nous approchons de la côte, plus les routes sont fréquentées. Strane ne semble pas inquiet, cependant, alors je ne m'en fais pas non plus. Nous sommes des hors-la-loi en cavale, un couple de criminels éhontés qui se rendent en voiture jusqu'à la pointe la plus à l'est de l'État, dans un village de pêcheurs où personne ne cille quand nous nous arrêtons pour boire un soda au marché et que nous nous promenons sur la jetée en nous donnant discrètement la main.

— Seize ans ! s'émerveille-t-il. Tu es pratiquement une femme maintenant.

Nous mettons le retardateur sur le Polaroid et le posons en équilibre sur le capot de la voiture. La photo est un peu surexposée – Strane avec son bras autour de moi, l'océan en toile de fond. C'est la seule photo qui existe de nous deux. J'ai envie de demander si je peux la garder, mais je devine qu'il dira non, alors quand il s'arrête pour prendre de l'essence, je la sors de la boîte à gants et la glisse dans mon sac à main. Je lui laisse celle de moi sur mon lit. De toute façon, c'est la seule qui compte à ses yeux.

Sur le chemin du retour, il dit qu'il a envie de m'embrasser un peu plus longtemps, alors il quitte la route et emprunte un sentier forestier. Le break cahote sur les graviers, de la boue éclabousse le pare-brise. Nous roulons pendant plusieurs kilomètres à travers des bois denses jusqu'à ce que les arbres se fassent plus rares et finissent par disparaître, révélant une lande à myrtilles vallonnée, un tapis de verdure ponctué de rochers blancs. Il se gare, coupe le moteur et détache sa ceinture de sécurité, tend le bras pour défaire la mienne.

— Viens là.

Quand j'enjambe la console centrale pour enfourcher Strane, mon dos appuie contre le volant et actionne le klaxon, ce qui provoque l'envol d'une nuée de corbeaux à l'autre bout de la lande. Il prend mon derrière entre ses mains, le bas de ma jupe est remonté autour de ma taille. Un bourdonnement traverse l'atmosphère. De l'autre côté de la vitre, je vois un rucher grouillant d'abeilles à quelques centaines de mètres de nous. Nous sommes à des kilomètres de tout et de quiconque, libres de faire ce que nous voulons. Notre isolement est tout autant synonyme de sécurité que de danger. Pour moi, ces deux éléments sont devenus indissociables.

Il écarte mon sous-vêtement. Deux doigts en moi. Je suis encore collante de tout à l'heure dans ma chambre, l'intérieur de mes cuisses commence à être irrité. Mon front est appuyé au creux de son cou, mon souffle est chaud contre sa clavicule tandis qu'il essaie de me faire jouir. Il dit qu'il le sent quand je jouis. Certaines femmes mentent à ce propos, m'explique-t-il, mais ce que fait mon corps ne peut être simulé. Il dit que ça monte vite chez moi. Que cette rapidité l'épate. Elle lui donne envie de me faire jouir encore et encore, pour voir combien de fois à la suite je peux y arriver. Mais cela ne me plaît pas. Cela me donne l'impression que le sexe est une sorte de jeu auquel il est le seul à avoir le droit de jouer.

Dès que cela arrive, je lui demande d'arrêter. Je n'ai à le demander qu'une seule fois, et il enlève ses mains comme si j'étais incandescente. Je me détache de lui, j'enjambe la console pour rejoindre le siège passager. Mes jambes sont poisseuses et ma poitrine se soulève. Il porte à son visage la main qui m'a touchée et hume mon odeur. Je me demande combien de fois il m'a fait jouir. Félicitations, ai-je envie de dire, tu as réussi une fois de plus. Je renverse la tête en arrière et je regarde l'essaim d'abeilles, la cime des conifères lointains qui oscillent.

— Je ne sais pas comment je ferai quand je serai séparée de toi cet été.

J'ignore si je suis sincère. Pendant les vacances, j'étais bien sans lui. C'est lui qui dit qu'il ne peut pas passer une semaine sans me parler ou me voir. Je ne laisse échapper ce genre de propos qu'après le sexe, quand je n'ai rien dans les tripes et que je suis vulnérable. Mais Strane prend ça au sérieux. Il est sensible à tous les signes prouvant que je suis trop attachée et qu'il m'affecte d'une manière susceptible d'avoir des conséquences à long terme.

— Tu me verras beaucoup. Tu en auras marre de moi dès juillet.

Quand nous sommes de nouveau sur la route, il répète cette phrase :

— Tu en auras marre de moi.

Et ajoute :

— C'est toi qui me briseras le cœur, tu sais. Tu me tiens dans tes petites mains.

Briser son cœur ? J'essaie d'imaginer que je possède ce pouvoir, que son cœur est entre mes mains, à ma merci, mais même quand je l'imagine qui palpite et pompe entre mes doigts, c'est toujours lui qui commande, qui me mène par le bout du nez, qui me tire d'un côté puis de l'autre, alors que moi je m'accroche, incapable de lâcher prise.

— Tu vas peut-être me briser, dis-je.

— Impossible.

— Pourquoi, impossible ?

— Parce que ces histoires ne se terminent pas comme ça, répond-il.

— Pourquoi est-ce que cela doit se terminer ?

Ses yeux se détachent de la route pour me regarder avant de revenir à leur point de départ. Il fronce les sourcils d'un air inquiet.

— Vanessa, quand nous nous dirons au revoir, cela ne sera pas douloureux pour toi. Tu seras prête à être débarrassée de moi. Le reste de ta vie sera devant toi. Pour toi, il sera excitant de passer à autre chose.

Je ne dis rien et je regarde à travers le pare-brise. Je sais que si j'essaie de parler ou de bouger, je vais me mettre à pleurer.

— Tant de choses t'attendent, je le vois. Tu vas accomplir des choses incroyables. Tu vas écrire des livres, parcourir le monde.

Il n'arrête pas de dérouler des prophéties, dit qu'à vingt ans, j'aurai déjà eu une dizaine d'amants. Qu'à vingt-cinq ans, je n'aurai pas d'enfants et j'aurai encore des allures de gamine, mais qu'à trente ans, je serai une femme, j'aurai perdu mes joues de bébé et j'aurai de petites rides autour des yeux. Et, ajoute-t-il, je serai mariée.

— Je ne me marierai jamais. Comme toi. Tu te souviens ?

— Tu ne veux pas vraiment ça.

— Si.

— Non, réplique-t-il catégoriquement, sa voix de professeur prenant le dessus. Je ne suis pas du tout un modèle à suivre.

— Je ne veux plus qu'on en parle.

— Ne te mets pas dans tous tes états.

— Je ne suis pas dans tous mes états.

— Si. Regarde. Tu pleures.

Je rentre les épaules pour esquiver son contact, et j'appuie mon front contre la vitre.

— C'est dans l'ordre des choses, voilà tout, dit-il. Nous n'irons pas toujours aussi bien ensemble qu'aujourd'hui.

— Arrête de parler, s'il te plaît.

Un kilomètre et demi défile, les poids lourds vrombissent, avec en contrebas la lente courbe d'un esker et le lac marécageux, et au loin, une masse marron noir qui pourrait être un élan, ou rien.

— Vanessa, quand tu te retourneras sur ton passé, tu te souviendras de moi comme d'une personne qui t'a aimée, juste une parmi tant d'autres. Je peux te garantir que ta vie ira bien au-delà de moi.

J'exhale un souffle tremblant. Peut-être qu'il a raison. Peut-être y a-t-il quelque chose de rassurant dans ses propos, une chance de s'en tirer indemne, sans entraves. Est-il réellement impossible d'imaginer que j'émergerai de tout cela avec de l'expérience et de la sagesse – une fille qui a une histoire à raconter ? Un jour, quand les gens me demanderont : « Qui a été ton premier amant ? », la vérité me distinguera. Pas un garçon ordinaire. Non, un homme plus âgé : mon professeur. Il m'a aimée si désespérément que j'ai dû le laisser derrière moi. C'était tragique, mais je n'avais pas le choix. Ainsi va le monde.

Strane tend le bras vers moi, ses doigts trouvent mon genou. Il détache ses yeux de la route pour regarder mon visage. Il veut s'assurer que j'aime ce qu'il est en train de faire. Est-ce que c'est bon ? Est-ce que ça me rend heureuse ? Mes paupières papillonnent quand ses mains remontent le long de ma cuisse. Il vit pour me faire plaisir. Même si nous finirons par nous séparer, à cet instant précis, il me vénère – sa sombre Vanessa. Cela devrait me suffire. J'ai de la chance d'avoir ça, d'être aimée à ce point.

***

Après les vacances d'avril, les choses se gâtent. Avec la chaleur, les cours ont lieu dehors, et il y a des excursions à Mount Blue. Les jonquilles sont en fleur et la Norumbega est haute, inonde les rues du centre-ville. L'atelier d'écriture créative reprend au moment où les exemplaires imprimés du nouveau numéro de la gazette littéraire nous parviennent, et alors que Jesse et moi les sortons des cartons en nous demandant où les poser, Strane me demande de venir dans son bureau et m'embrasse fort, sa langue remplit ma bouche entière. C'est imprudent, au point que c'en est déroutant : Jesse est juste là, la porte du bureau n'est même pas entièrement fermée. Quand je retourne dans la classe, les lèvres irritées et les joues rouges, Jesse fait semblant de ne rien remarquer. Mais la fois suivante, il n'est pas là.

— Où est Jesse ? je demande.

— Il a laissé tomber, m'apprend Strane.

Il sourit, semble content.

En cours de lettres, nous comparons des tableaux célèbres aux livres que nous avons lus cette année. *Le Déjeuner des canotiers* de Renoir est *Gatsby le Magnifique* – tout le monde est alangui et ivre. Le *Guernica* de Picasso est *L'Adieu aux armes* – les horreurs incohérentes de la guerre. Quand Strane nous montre *Le Monde de Christina* d'Andrew Wyeth, toute la classe s'accorde sur le fait que la toile, avec sa solitude désolée, la maison qui se dresse sur la colline, évoque vraiment *Ethan Frome*. Après le cours, je dis à Strane que je vois *Lolita* dans le Wyeth, et j'essaie de lui expliquer pourquoi – parce que la femme aux chevilles décharnées semble tellement abattue, parce que la distance infranchissable entre elle et la maison me rappelle la description de Lo à la fin du livre, pâle, enceinte et vouée à mourir. Strane secoue la tête et répète pour la énième fois que j'accorde trop d'importance à ce roman.

— Nous allons devoir te trouver un nouveau roman préféré.

Il nous emmène en sortie dans la ville où Andrew Wyeth a vécu. Nous longeons la côte en direction du sud à bord d'un van si grand que, une fois assise sur le siège passager à côté de lui, je ne remarque presque plus les autres. C'est excitant de quitter le campus avec lui, même avec derrière nous tous les élèves, captifs sans le savoir. Et si lui et moi, nous décidions de saisir cette opportunité pour nous enfuir ensemble ? Nous pourrions les abandonner sur une aire de bord de route – Jenny, le visage fouetté par ses cheveux, nous regarderait nous éloigner d'eux.

Mais cette sortie n'arrive pas au bon moment. Nous ne sommes pas d'accord sur le fait que je passe une autre nuit chez lui avant les grandes vacances. Il préférerait attendre, ne pas tenter le diable, pense que je le verrai bien assez pendant l'été, mais quand je lui demande des dates précises, il me sort qu'il faut que j'arrête de construire mon monde autour de lui. Du coup, pendant le trajet, je ne lui adresse pas la parole, et je fais des choses qui, je le sais, vont l'agacer – je tripote la radio, je pose mes pieds sur le tableau de bord. Il essaie de m'ignorer, mais je remarque sa mâchoire serrée, sa façon de serrer fort le volant. Il dit qu'il est impossible de me raisonner quand je suis comme ça, quand je me comporte comme une enfant.

Une fois dans la ville de Cushing, nous visitons la maison Olson, la ferme au sommet de la colline du *Monde de Christina*. Les pièces regorgent de meubles poussiéreux et démodés, ainsi que de tableaux de Wyeth dans des cadres. Mais ce ne sont pas les originaux, nous explique le guide. Ce sont des reproductions. Ils ne peuvent accrocher les vraies toiles parce que l'air salé est trop corrosif et les esquinterait.

Il fait doux, dix-huit degrés, et il y a assez de soleil pour déjeuner dehors. Strane étale une couverture au pied de la colline, d'où l'on voit la ferme se dresser. C'est la même perspective que dans *Le Monde de Christina*. Après le repas, nous faisons une séance d'écriture libre tandis qu'il nous tourne autour, les mains serrées derrière le dos. Je ne suis pas prête à lâcher ma colère et je refuse de prendre part à l'exercice. Je laisse mon cahier et mon stylo par terre et, allongée sur le dos, je contemple le ciel.

— Vanessa. Asseyez-vous et mettez-vous au travail.

C'est ce qu'il dirait à n'importe quel élève qui déconne, mais avec moi, il y a une faiblesse dans sa voix, une note implorante que les autres perçoivent sûrement. *Vanessa, s'il te plaît, ne me fais pas ça.* Je ne bouge pas.

Quand tous les autres montent dans le van pour rentrer à Browick, il m'attrape par le bras et m'entraîne à l'arrière du véhicule.

— Faut que t'arrêtes ton cirque.

— Lâche-moi, dis-je en essayant de me dégager, mais il me serre trop fort.

— Ce n'est pas en agissant comme ça que tu obtiendras ce que tu veux.

Il me secoue tellement fort par le bras qu'il me renverse presque.

Je lève les yeux vers les vitres à l'arrière du van. Je me sens scindée en deux : une part de moi est dehors avec lui, l'autre à l'intérieur avec tout le monde, en train de boucler ma ceinture de sécurité et de ranger mon sac sous le siège. Si l'un d'entre eux regardait par la vitre arrière, il verrait ses doigts s'enfoncer dans la peau délicate de mon bras, et cela suffirait à éveiller des soupçons – cela suffirait amplement. Une pensée me gifle, me pique la peau : peut-être veut-il que quelqu'un voie. Je commence à comprendre que plus vous vous en tirez à bon compte, plus vous devenez imprudent, presque au point de donner l'impression de vouloir qu'on vous attrape.

Ce soir-là, Jenny frappe à ma porte et me demande si elle peut me parler. Depuis mon lit, je la regarde entrer et refermer la porte derrière elle. Elle observe le bazar dans ma chambre, les vêtements jetés par terre, le bureau jonché de feuilles volantes et de tasses de thé à moitié bues qui se couvrent de moisissure.

— Oui, je suis toujours aussi bordélique.

Elle secoue la tête.

— Je n'ai pas dit ça.

— Tu l'as pensé.

— Non.

Elle tire la chaise de mon bureau, mais dessus, il y a un tas de linge propre qui date d'une semaine et que je n'ai pas rangé. Je lui dis de pousser les vêtements, et elle fait basculer la chaise, déversant les habits par terre.

— Ce dont je veux te parler est sérieux. Mais je ne veux pas que tu te mettes en colère contre moi.

— Pourquoi je me mettrais en colère contre toi ?

— Tu es toujours en colère contre moi, et je ne comprends vraiment pas ce que j'ai fait pour le mériter.

Elle baisse les yeux vers ses mains et ajoute :

— Avant, on était amies.

Je lève la tête vers elle, m'apprêtant à protester, mais elle inspire et dit :

— J'ai vu M. Strane te toucher pendant la sortie aujourd'hui.

Au début, je ne comprends pas de quoi elle parle. *J'ai vu M. Strane te toucher.* Sa phrase a des échos trop sexuels. Strane ne m'a pas touchée pendant la sortie, nous nous sommes fait la tête tout du long. Et puis je me souviens qu'il a attrapé mon bras derrière le van.

— Oh, dis-je. Ce n'était pas…

Elle observe mon visage.

— Ce n'était rien.

— Pourquoi il a fait ça ? demande-t-elle.

Je secoue la tête.

— Je ne me rappelle pas.

— Il l'avait déjà fait ?

Je ne sais pas quoi répondre, car je ne sais pas quelle question elle me pose exactement. Est-ce que cela signifie qu'elle croit désormais la rumeur selon laquelle Strane et moi avons une liaison ? À son expression, on a l'impression qu'elle se trouve face à un cas désespéré. Elle faisait la même tête lorsqu'elle percevait que j'ignorais une chose qu'elle connaissait sur la musique, le cinéma ou les grands rouages du monde.

— J'ai senti quelque chose, dit-elle.

— Tu as senti quoi ?

— Tu n'as pas à être mal à l'aise. Ce n'est pas de ta faute.

— Qu'est-ce qui n'est pas de ma faute ?

— Je sais qu'il abuse de toi.

Ma tête bascule en arrière.

— Il abuse de moi ?

— Vanessa...

— Qui t'a raconté ça ?

— Personne. Enfin, j'ai entendu la rumeur selon laquelle tu aurais couché avec lui pour avoir un A à une dissert, mais je n'y ai pas cru. Je n'y croyais déjà pas avant de t'en parler. Tu n'es pas comme ça... Tu ne ferais pas un truc pareil. Et puis j'ai vu ce qu'il t'a fait aujourd'hui, comment il t'a attrapée, et j'ai compris ce qui se passait vraiment.

Pendant tout le temps où elle parle, je secoue la tête.

— Tu te trompes.

— Vanessa, écoute-moi. Il est horrible. Ma sœur me racontait déjà que c'était un sale type, qu'il harcelait les filles quand elles mettaient des jupes, ce genre de trucs, mais je ne me doutais pas du tout que c'était à ce point.

Elle se penche en avant. Son regard est dur.

— On peut le faire virer. Mon père est au conseil d'administration cette année. Si je lui raconte ça, Strane dégage.

Je cligne des yeux tant les mots me choquent – *virer, sale type, harcelait les filles.* Comme c'est atroce de l'entendre l'appeler Strane.

— Pourquoi je voudrais le faire virer ?

— Pourquoi tu ne le voudrais pas ?

Jenny semble réellement perplexe. Au bout d'un moment, son visage se radoucit. Elle retrousse les lèvres et hausse les sourcils.

— Je sais que tu as sûrement peur. Mais il ne faut pas. Il ne pourra plus te faire de mal.

Elle me regarde, le visage dégoulinant de pitié, et je me demande comment j'ai pu un jour éprouver autant de choses à son égard, comment j'ai pu désirer me rapprocher encore plus d'elle alors que je dormais déjà à ses côtés dans la même chambre exiguë, nos corps à un mètre l'un de l'autre. Je repense à son peignoir bleu marine accroché derrière la porte, aux petites boîtes de raisins secs emballées avec de la cellophane sur l'étagère au-dessus de son bureau, à la crème au parfum de lilas qu'elle appliquait sur ses jambes la nuit, à son tee-shirt mouillé par endroits parce qu'elle venait de se laver les cheveux. Parfois, elle se gavait de pizza au micro-ondes, et la honte émanait d'elle pendant qu'elle s'empiffrait. J'avais tout remarqué la concernant, le moindre de ses gestes, mais pourquoi ? Qu'est-ce que je lui trouvais ? Elle me paraît tellement ordinaire à présent, et son esprit me semble trop étriqué pour comprendre quoi que ce soit à Strane et à moi.

— Pourquoi tu te soucies autant de ça ? je lui demande. Ça ne te regarde pas.

— Bien sûr que si. Il ne devrait pas être ici. Il ne devrait pas avoir le droit de nous approcher. C'est un prédateur.

Je ris tout haut en entendant le mot « prédateur ».

— Arrête tes conneries.

— Écoute, cette école est importante à mes yeux, ok ? Ne te moque pas de moi parce que je voudrais que ce soit le meilleur endroit possible.

— Donc tu es en train de dire que je me fous de Browick ?

Elle hésite.

— Non, mais... enfin... ce n'est pas vraiment pareil pour toi. Personne de ta famille n'a étudié ici, tu vois ? Toi, tu viens ici, tu vas au bout de ta terminale, et c'est fini. Tu n'y penses plus jamais. Tu ne contribues jamais.

— Je ne contribue jamais ? Genre en donnant de l'argent ?

— Non, s'empresse-t-elle de répondre. Ce n'est pas ce que j'ai dit.

Je secoue la tête.

— Tu es tellement snob.

Elle tente de faire machine arrière, sauf que je remets déjà mon casque. Il n'est relié à rien – le cordon pendouille du lit –, mais elle arrête de parler. Je la regarde se lever pour partir, ramasser le linge, le remettre sur la chaise. C'est un acte de gentillesse, il n'empêche que sur le coup, cela me fait enrager, cela me pousse à enlever subitement mon casque et à demander :

— Alors, comment ça va, avec Hannah ?

Elle s'arrête.

— Qu'est-ce que tu veux dire ?

— Toutes les deux, vous êtes meilleures cops, maintenant ?

Jenny cligne des yeux.

— T'es pas obligée d'être méchante.

— C'est toi qui as toujours été méchante avec elle. Tu te foutais de sa gueule ouvertement.

— Eh bien j'avais tort, réplique-t-elle sèchement. Hanna est super. Toi, par contre, t'as grave besoin d'aide.

Alors qu'elle s'apprête à ouvrir la porte, j'ajoute :

— Il n'y a rien entre lui et moi. Tout ce qu'on raconte, ce sont des rumeurs débiles.

— Je ne te parle pas de ce qu'on raconte. Je l'ai vu te toucher.

— Tu n'as rien vu.

Elle me regarde en plissant les yeux, pose sa main sur la poignée de porte.

— Si, répond-elle. J'ai vu quelque chose.

Strane me demande de lui répéter mot pour mot les propos de Jenny, et quand j'arrive au moment où elle le traite de sale type, ses yeux sortent de leurs orbites comme s'il n'arrivait pas à croire que quelqu'un le qualifie de la sorte. « Quelle petite pute prétentieuse », crache-t-il à son sujet, et pendant un instant, mon corps se glace. Je ne l'ai jamais entendu employer ce terme auparavant.

— Ça va aller, m'assure-t-il. Du moment que nous nions tous les deux tout, cela se passera très bien. Il faut des preuves pour qu'une rumeur soit prise au sérieux.

Je tente de lui faire remarquer que ce n'est pas réellement une rumeur, puisque Jenny l'a vu attraper mon bras. Strane se contente d'émettre un rire de dédain.

— Cela ne prouve rien.

Le lendemain, en cours de lettres, il nous pose une question sur *La Ménagerie de verre* et interroge Jenny alors que celle-ci ne lève même pas la main. Troublée, elle baisse les yeux vers son livre. Elle n'était pas attentive, n'a sans doute même pas entendu la question. Elle bégaie des « euh », mais au lieu de passer à quelqu'un d'autre, Strane s'assied sur sa chaise et croise les mains comme s'il était prêt à patienter toute la journée.

Tom commence à parler et Strane lève une main.

— J'aimerais entendre la réponse de Jenny.

Nous attendons encore dix secondes insoutenables. Finalement, d'une petite voix, Jenny dit : « Je ne sais pas », et Strane hausse les sourcils et hoche la tête. Genre : *C'est bien ce que je pensais.*

À la fin du cours, je regarde Jenny partir avec Hannah. Elles murmurent toutes les deux. Hannah tourne la tête vers moi et me jette un regard noir. Je m'approche de Strane alors qu'il est en train d'effacer le tableau.

— Tu n'aurais pas dû lui faire ça.

— Je pensais que ça te plairait.

— En lui foutant la honte, tu ne feras qu'empirer la situation.

Il cligne des yeux en me regardant, encaisse la critique.

— Eh bien, ça fait treize ans que j'enseigne à des gamins comme elle. Je sais comment les gérer.

Il laisse tomber la craie sur le rail et s'essuie les mains.

— Et je préférerais vraiment que tu ne critiques pas mes méthodes d'enseignement.

Je lui présente des excuses, mais elles ne sont pas sincères et il le sait. Quand je lui dis que je dois partir, que j'ai des devoirs à faire, il n'essaie pas de me retenir.

Une fois dans ma chambre, je m'allonge sur le ventre et je respire dans mon oreiller pour me calmer et ne pas le détester. Parce que sur le coup, c'est ce que je ressens – j'ai l'impression de le détester. Vraiment, je hais quand il s'énerve contre moi, parce qu'alors, je ressens des choses que je ne devrais probablement pas avoir en moi, de la honte et de la peur, et une voix qui m'exhorte à courir.

Tout s'effondre en une semaine. Cela commence mercredi, quand je suis en cours de français et que Strane ouvre la porte de la classe et demande à Mme Laurent s'il peut me voir quelques instants.

— Prends ton sac à dos, me murmure-t-il.

Tandis que nous traversons le campus en direction de l'immeuble administratif, il m'explique ce qui se passe, même si c'est déjà évident. Jenny n'est pas venue en cours de lettres ces deux derniers jours et je l'ai vue sur le campus, alors je sais qu'elle n'est pas malade. La veille, pendant le dîner, je l'ai observée avec Hannah. Toutes deux étaient tête baissée. Quand elles ont levé le menton pour respirer, elles se sont tournées vers moi.

Strane m'explique que le père de Jenny a envoyé une lettre à l'école, mais qu'il ne s'agit que de « on-dit », qu'il n'y a pas de preuve. Cela n'aboutira à rien. Il suffit que nous fassions exactement comme convenu : nier en bloc. Ils ne peuvent pas nous atteindre si nous nions tous les deux. Un océan mugit dans mes oreilles. Plus il parle, plus il me semble éloigné de moi.

— J'ai déjà dit à Mme Giles que rien de tout cela n'était vrai, mais il est plus important que toi tu réfutes les choses.

Il observe mon visage pendant que nous marchons.

— En seras-tu capable ?

Je hoche la tête. Il ne nous reste que cinquante pas avant d'arriver à la porte d'entrée du bâtiment, peut-être moins.

— Tu es très calme, constate Strane.

Il me dévisage, cherche une fêlure – c'est le même regard que dans sa voiture, quand nous avons couché ensemble pour la première fois. En ouvrant la porte, il dit :

— On va s'en sortir.

Mme Giles veut nous croire plutôt que le contenu de la lettre – ce sont littéralement les propos qu'elle tient derrière son immense bureau tandis que Strane et moi nous asseyons dans les chaises en bois, comme deux gamins dans le pétrin.

— Sincèrement, j'ai du mal à imaginer comment cela pourrait être vrai, remarque-t-elle en prenant une feuille de papier – sans doute la lettre.

Ses yeux parcourent les lignes.

— « Liaison à caractère sexuel en cours ». Comment une telle chose pourrait-elle se produire sans que personne ne s'en rende compte ?

Je ne comprends pas ce qu'elle veut dire. Clairement, des gens s'en sont rendu compte. C'est la raison pour laquelle le père de Jenny a écrit cette lettre – des gens s'en sont rendu compte.

À côté de moi, Strane dit :

— C'est vraiment absurde.

Mme Giles explique qu'elle a une théorie sur cette affaire. Il arrive sporadiquement qu'une telle rumeur se manifeste. Élèves, parents et enseignants en ont vent et la prennent immédiatement comme étant la vérité, aussi invraisemblable soit-elle.

— Tout le monde aime le scandale, observe-t-elle.

À ce moment-là, Mme Giles et Strane échangent un sourire entendu.

La rumeur germe souvent à partir de la jalousie ou d'une mauvaise interprétation d'un favoritisme innocent, poursuit-elle. Au cours d'une carrière, les professeurs ont beaucoup, beaucoup d'élèves, dont la plupart sont, disons-le, insignifiants. Les élèves peuvent être des individus brillants et accomplis, mais cela ne signifie pas nécessairement qu'un professeur aura un lien spécial avec eux. De temps à autre, cependant, un professeur tombe sur un élève dont il ou elle se sent particulièrement proche.

— Les professeurs sont des êtres humains, après tout, exactement comme vous, ajoute Mme Giles. Dites-moi, vous n'aimez pas tous vos enseignants de manière égale, n'est-ce pas, Vanessa ?

Je secoue la tête.

— Bien sûr que non. Vous en préférez certains. Il en va de même pour les professeurs vis-à-vis de leurs élèves. À leurs yeux, certains élèves sont spéciaux, c'est tout.

Mme Giles s'adosse à son fauteuil, croise les mains sur sa poitrine.

— Je soupçonne Jenny Murphy d'avoir éprouvé de la jalousie à l'égard du traitement spécial que vous avez reçu de M. Strane.

— Vanessa m'a fait part d'une information importante, intervient Strane. Elle et Jenny ont partagé la même chambre l'année dernière, et elles ne s'entendaient pas.

Il me regarde.

— N'est-ce pas ?

Je hoche lentement la tête.

Mme Giles lève les mains en l'air.

— Eh bien, voilà ! Affaire classée.

Elle me tend un bout de papier – la lettre du père de Jenny.

— Bon, veuillez lire ce document et signer ce papier.

Elle me donne une autre feuille sur laquelle il n'y a qu'une seule ligne de texte : « Les parties ci-dessous nient l'existence d'une quelconque vérité dans le contenu de la lettre écrite par Patrick Murphy le 2 mai 2001. » En dessous se trouvent deux espaces dédiés à nos signatures, la mienne et celle de Strane. Mes yeux parcourent la lettre sans parvenir vraiment à se concentrer sur les mots. Je signe le document avant de le remettre à Strane, qui fait de même. Affaire classée.

Mme Giles sourit.

— Cela devrait suffire. Mieux vaut résoudre ces choses-là le plus vite possible.

Tremblante de soulagement, prise d'un haut-le-cœur, je me lève et je me dirige vers la porte. Mme Giles m'arrête avant que j'aie pu sortir.

— Vanessa, je vais devoir appeler vos parents pour les tenir informés. Alors veillez à leur téléphoner ce soir, ok ?

Je sens de la bile me monter à la bouche. Je n'y avais pas pensé. Bien sûr qu'elle doit les appeler. Je me demande si elle va téléphoner à la maison, laisser un message sur le répondeur, ou si elle va les contacter au travail – papa à l'hôpital, maman à la compagnie d'assurance.

En quittant la pièce, j'entends Mme Giles dire à Strane :

— Si j'ai besoin de toi pour autre chose, je te le ferai savoir, mais cela devrait régler le problème.

Quand j'appelle la maison ce soir-là, j'offre un flot d'explications et de platitudes : *Tout va bien, il ne se passe rien, toute cette histoire est ridicule, une rumeur stupide, bien sûr que c'est faux.* Mes parents sont sur deux appareils différents, parlent en même temps.

— Déjà, il faut que tu arrêtes de traîner avec ces profs, me conseille maman.

Ces profs ? Il y en a eu plus d'un ? Et puis je me souviens du mensonge que j'ai raconté à Thanksgiving – que c'était mon prof de sciences politiques qui avait dit que mes cheveux étaient de la couleur des feuilles d'érable.

— Tu veux que je vienne te chercher ? me demande mon père.

— Je veux savoir exactement ce qui se passe, ajoute maman.

— Non. Je vais bien. Et il ne se passe rien. Tout va bien.

— Tu nous en parlerais si quelqu'un te faisait du mal ? demande maman.

Tous deux attendent ma confirmation.

— Bien sûr. Mais ce n'est pas ça qui est arrivé. Il n'est rien arrivé. Comment cela serait possible ? Vous savez à quel point c'est surveillé, ici. C'est un mensonge inventé par Jenny Murphy. Tu te souviens de Jenny, comme elle a été mauvaise envers moi ?

— Mais pourquoi inventerait-elle un truc pareil ? Pourquoi impliquerait-elle son père ? demande ma mère.

— Je n'aime pas ça du tout, dit papa.

— Elle déteste aussi M. Strane. Elle veut se venger de lui. Elle fait partie de ces gens qui pensent que tous ceux qui ne lui lèchent pas les bottes méritent qu'on leur gâche la vie.

— Je n'aime pas ça, Vanessa, répète papa.

— Tout va bien. Tu sais que je vous le dirais s'il y avait le moindre problème.

Lui et moi nous taisons, attendons que maman s'exprime.

— C'est presque la fin de l'année, dit-elle. J'imagine que cela ne rime à rien de te retirer de cette école. Mais Vanessa, garde tes distances avec ce prof, d'accord ? S'il essaie de te parler, va voir la proviseur.

— C'est mon prof. Il faut qu'il puisse me parler.

— Tu m'as comprise. Tu vas en cours et tu sors dès que c'est fini.

— Ce n'est même pas lui, le problème.

— Vanessa, aboie mon père. Écoute ta mère.

— Je veux que tu nous téléphones tous les soirs, dit maman. À six heures trente, je m'attends à ce que le téléphone sonne. Compris ?

À l'autre bout de la pièce commune, la télé diffuse MTV sans le son, Carson Daily avec sa coupe à la brosse et son vernis à ongles noir.

— À vos ordres, chef, je marmonne.

Elle déteste quand je l'appelle comme ça.

Strane pense qu'il faut lever le pied pendant un temps, faire attention à ce que les gens vont percevoir. Pas de fin d'après-midi dans son bureau, de longues heures passées seuls.

— Même ça, c'est risqué, dit-il.

J'ai sauté le repas pour passer mon heure de pause dans sa classe alors que la porte est grande ouverte.

Nous devons être prudents, au moins pour le moment, même si ça le tue de garder ses distances avec moi.

Cependant, il est convaincu que cela ne tardera pas à se dissiper. Il n'arrête pas d'employer cette expression « se dissiper », comme s'il s'agissait d'une intempérie. L'été arrivera et, avec lui, il y aura des promenades en voiture vitres baissées, l'air salé de la mer. Il me demande de lui faire confiance, que d'ici l'automne prochain, tout cela sera oublié. Je ne sais pas si je le crois. Deux jours s'écoulent et les choses semblent aller, mais dès que je suis dans le champ de vision de Jenny, elle me lance un regard chargé de rancœur pure. Strane pense qu'elle a lâché l'affaire parce qu'elle a demandé à ne plus suivre son cours, mais je vois bien qu'elle est encore furieuse.

Le tableau d'affichage dresse la liste des choix universitaires pour l'année prochaine de tous les terminales. Je vais dîner, et alors que je fais la queue pour un sandwich, je remarque que Jenny et Hannah sillonnent méthodiquement le réfectoire.

Jenny est munie d'un stylo et d'un cahier. Elles s'approchent de chaque table, Hannah s'adresse aux gens assis, attend une réponse, puis Jenny note quelque chose dans son calepin. Je remarque aussi tous les yeux qui se posent sur moi avant de se détourner afin que je ne les surprenne pas en train de me regarder.

Je sors de la file, et tandis que je traverse le réfectoire, j'entends Hannah demander :

— Avez-vous eu vent d'une rumeur selon laquelle Vanessa Wye et M. Strane auraient une liaison ?

C'est une table de terminales. Brandon McLean, dont j'ai vu le nom à côté de l'université de Dartmouth sur le tableau d'affichage, demande :

— C'est qui, Vanessa Wye ?

La fille qui est assise à côté de lui – Alexis Cartwright, Williams College –, me montre du doigt :

— C'est pas elle ?

Toute la table se retourne. Jenny et Hannah aussi. J'aperçois le cahier de Jenny, une liste de noms, qu'elle s'empresse de cacher contre sa poitrine.

Vingt-six. C'est le nombre de noms sur la liste de Jenny. Je suis assise en face de Mme Giles. Cette fois-ci, nous ne sommes que toutes les deux dans le bureau, sans secrétaire ni Strane. Elle me tend une photocopie de cette liste, et je lis les noms, essentiellement des secondes, des camarades de classe, des filles de mon étage. Personne à qui j'aie jamais parlé de Strane. Et puis je vois le dernier nom sur la page : Jesse Ly.

— Si vous souhaitez me faire part de quelque chose, dit Mme Giles, c'est le moment.

J'ignore ce qu'elle attend de moi, si elle croit encore que la rumeur n'est pas vraie, ou bien si elle a changé d'avis en découvrant la liste, et qui est désormais en colère à cause de mon mensonge. Quelque chose la met en colère.

Je lève les yeux de la liste.

— Je ne sais pas trop ce que vous voulez que je dise.

— J'aimerais que vous soyez honnête avec moi.

Je reste muette, refusant de faire un pas dans une direction ou dans une autre.

— Si je vous dis que j'ai discuté avec un élève de cette liste qui affirme que vous lui avez raconté de façon explicite avoir une relation amoureuse avec M. Strane ?

Il me faut un moment pour comprendre qu'elle n'emploie pas le mot « explicite » au sens de « sexuellement explicite », mais pour dire que j'en ai parlé directement à cette personne. Une fois de plus, je me tais. J'ignore si tout cela est vrai. C'est le genre de bluff auquel ont recours les flics à la télé quand ils essaient d'arracher une confession à quelqu'un. Le mieux qu'on puisse faire est de garder le silence, d'attendre son avocat – bien que j'ignore qui serait l'avocat dans mon cas. Strane ? Mes parents ?

Mme Giles prend une profonde inspiration, pose ses doigts sur ses tempes. Elle n'a pas envie de gérer ça. Moi non plus. Nous devrions simplement laisser tomber – voilà ce que j'ai envie de lui dire. Laissons tomber cette histoire. Mais je sais que ce n'est pas possible, pas avec Jenny comme fer de lance. Et aussi à cause du statut de son père. Soudain, la structure de Browick me saute aux yeux : un système de pouvoir et de valeur dans lequel, c'est flagrant, certaines personnes comptent plus que d'autres – chose que j'ai toujours perçue mais que je n'ai jamais été capable de comprendre aussi clairement.

— Nous devons aller au fond des choses, dit-elle.

— C'est déjà le cas. Rien de tout cela n'est vrai. Il est là, le fond des choses.

— Donc si je fais venir cet élève ici, est-ce que votre histoire changera ?

Je cligne des yeux en me rendant compte qu'elle essaie de voir si c'est moi qui bluffe et pas elle.

— Ce n'est pas vrai, je répète.

— Très bien.

Elle se lève, sort du bureau, laisse la porte ouverte.

La secrétaire passe une tête à l'intérieur, me voit et sourit.

— Courage, me lance-t-elle.

J'ai une boule dans la gorge en entendant cette minuscule bribe de gentillesse. Je me demande si elle me croit, ce qu'elle a pensé lors du dernier entretien avec Mme Giles et Strane, pendant qu'elle notait tous nos propos sur son bloc-notes jaune.

Quelques minutes s'écoulent et Mme Giles revient dans le bureau avec Jesse Ly dans son sillage. Il s'installe sur la chaise à côté de moi, sans me regarder. Son visage est rouge, tout comme son cou, ses oreilles. Sa poitrine se soulève chaque fois qu'il respire.

— Jesse, commence Mme Giles. Je vais te poser la même question que celle à laquelle tu as répondu auparavant. Vanessa t'a-t-elle dit qu'elle et M. Strane avaient une liaison ?

Jesse secoue la tête.

— Non. Non, elle n'a jamais dit ça.

Sa voix est aiguë, désespérée, le genre de voix qu'on a quand on cherche tellement à ne pas dire la vérité qu'on se fout que tout le monde voie qu'on ment.

Mme Giles pose de nouveau ses doigts sur ses tempes.

— Ce n'est pas ce que vous m'avez confié il y a cinq minutes.

Jesse n'arrête pas de secouer la tête. Non, non, non. Il est désemparé, au point qu'un sentiment de pitié m'envahit. Je m'imagine tendre le bras et poser ma main sur la sienne en le rassurant : *Ce n'est rien, tu peux dire la vérité.* Mais je me contente de rester assise et d'observer les choses en me demandant si, en fin de compte, c'est moi qui suis responsable de ce moment de souffrance manifeste qu'il traverse, si cela compte que je sois celle qui a le plus à perdre dans cette histoire.

— Tu lui as dit quoi ? je lui demande calmement.

Les yeux de Jesse se précipitent sur moi. Tout en continuant à secouer la tête, il répond :

— Je ne savais pas que cela allait se passer. Elle m'a juste demandé…

— Jesse, intervient Mme Giles. Vanessa vous a-t-elle jamais confié avoir une relation amoureuse avec M. Strane ?

Ses yeux vont d'elle à moi. Quand ils s'enfoncent dans le sol, je sais ce qui va suivre. Je ferme les paupières et il répond oui.

Si j'étais plus faible, ce serait fini. J'ai été piégée, mise face à mes propres incohérences. À la façon qu'à Mme Giles de me faire plier du regard, il est évident qu'elle estime que c'est terminé, que je vais craquer. Mais il existe encore une façon de sortir de ce tunnel. Je vois le petit éclat de lumière. Il suffit juste que je continue à creuser.

— J'ai menti. Ce n'étaient que des mensonges. Ce que j'ai confié à Jesse au sujet de Strane… de M. Strane, rien de tout cela n'était vrai.

— Vous avez menti, répète Mme Giles. Et pourquoi donc ?

Je la regarde droit dans les yeux en lui expliquant mes raisons : parce que je m'ennuyais et que j'étais seule, parce que j'en pince pour mon prof, parce que j'ai une imagination débordante. Plus je parle, plus je prends de l'assurance. Je m'accuse, j'absous Strane. L'excuse est excellente, elle explique tout ce que j'ai dit à Jesse, ainsi que les rumeurs que les vingt-cinq autres noms de la liste ont entendues. Cela aurait dû être mon discours depuis le début.

— Je sais que c'est mal de mentir, dis-je en regardant Jesse puis Mme Giles. Et je m'en excuse. Mais c'est la vérité. Il n'y a rien de plus.

J'éprouve un plaisir étourdissant, comme si je remplissais mes poumons d'air frais après avoir soulevé les couvertures qui étaient sur mon visage. Je suis intelligente et je suis forte – plus que quiconque ne le comprend.

Je saute le repas et vais directement dans la classe de Strane, frappe à la porte. Il ne répond pas alors que je vois que les lumières sont allumées à travers la vitre texturée. Je me dis qu'il a juste peur de ce que les gens vont percevoir, mais plus tard, en cours de lettres, M. Noyes remplace Strane, et dès que j'entre dans la salle, il m'apprend que je dois me rendre dans le bâtiment administratif.

— Que se passe-t-il ? je demande.

Il lève une main.

— Je ne suis que le messager, répond-il, mais il est clair à sa façon circonspecte de me regarder qu'il ne veut pas avoir affaire à moi, qu'il sait quelque chose.

Je traverse le campus sans trop savoir si je dois presser le pas ou traîner les pieds, et une fois dans les escaliers menant au bâtiment administratif, alors que je lève la tête vers les colonnes et les sceaux de Browick sur la double porte, la camionnette de papa passe par l'entrée principale du campus. Je lève la main pour protéger mes yeux de la lumière, et je vois qu'ils sont là tous les deux – papa au volant et maman, côté passager, la main plaquée sur la bouche. Ils se garent dans le parking, sortent du véhicule. Je dévale les marches et je crie :

— Qu'est-ce que vous fabriquez ici ?

En entendant ma voix, la tête de maman se tourne d'un coup et elle pointe son doigt vers le sol, geste dont elle se sert habituellement pour appeler Babe quand celle-ci a fait une bêtise. *Au pied.* Comme le chien, je m'arrête à quatre mètres d'elle et refuse d'approcher davantage.

— Qu'est-ce que vous fabriquez ici ?

— Bon sang, Vanessa, à ton avis ? réplique-t-elle sèchement.

— Mme Giles vous a téléphoné ? Vous n'avez aucune raison d'être ici.

Papa porte ses vêtements de travail – un pantalon gris, une chemise à fines rayures bleues avec son nom, PHIL, brodé sur la poche. Même dans ces circonstances, il me fait honte. Il n'aurait pas pu se changer ?

Il claque la porte de la camionnette et marche jusqu'à moi.

— Ça va ?

— Je vais bien. Tout va bien.

Il attrape ma main.

— Raconte-moi ce qui s'est passé.

— Il ne s'est rien passé.

Il me regarde droit dans les yeux, implorant, mais je ne révèle rien. Ma lèvre inférieure ne tremble même pas.

— Phil, dit maman. Allons-y.

Je les suis dans le bâtiment, en haut des escaliers, jusqu'à la petite pièce à l'extérieur du bureau de Mme Giles où se trouve la secrétaire qui m'est désormais familière. Je la regarde, en quête d'un autre sourire, mais elle m'ignore lorsqu'elle nous fait signe d'entrer. Strane est dans le bureau en compagnie de Mme Giles. Les mains dans les poches, les épaules en arrière, il se tient à côté de sa table. J'ai tellement envie de me blottir contre lui que j'en ai mal à la poitrine. Si je pouvais, je m'appuierais tout contre lui et laisserais son corps me consumer entièrement.

Mme Giles tend la main pour serrer celle de mes parents. Strane tend lui aussi sa main, que papa serre, alors que maman s'assied, l'ignore comme s'il n'était même pas là.

— Je pense qu'il serait préférable que Vanessa ne soit pas présente, déclare Mme Giles.

Elle regarde Strane, qui lui adresse un rapide hochement de tête.

— Vous pouvez retourner dans la salle d'attente.

Elle m'indique la porte, mais je regarde Strane, je remarque que ses cheveux ont l'air mouillés comme s'il avait pris une douche. Il porte sa veste en tweed et une cravate. *Il va leur dire*, je pense. *Il va se rendre.*

— Ne le fais pas, dis-je d'une voix à peine audible.

— Vanessa, intervient maman. Sors.

Le rendez-vous dure une demi-heure. Je le sais car la secrétaire allume la radio, sans doute pour que je n'entende pas l'échange dans le bureau. « Deux heures et demie ! C'est l'heure de la pause-café, lance le DJ. Une demi-heure de hits non-stop. » Tandis que la secrétaire fredonne en chœur, je pense au fait que je me souviendrai toujours de ces chansons parce qu'elles étaient celles qui passaient quand Strane a avoué et s'est sacrifié pour moi.

Une fois l'entretien terminé, ils sortent tous en même temps. Mme Giles et mes parents s'arrêtent dans la salle d'attente. Strane continue son chemin. Il s'en va sans m'adresser un regard. Je vois les narines écartées de ma mère et ses pupilles dilatées, la bouche de papa qui forme un trait droit, arborant la même expression que quand il a dû m'annoncer que notre vieux chien était mort dans la nuit.

— Viens, dit-il en me prenant la main.

Nous nous asseyons sur un banc dehors. Pendant que papa se charge de parler, maman garde les yeux rivés sur le sol, croise les bras avec raideur. Ce qu'il dit est tellement éloigné de ce à quoi je m'attendais qu'il me faut un moment pour me remettre en selle et écouter vraiment. Il ne dit pas : *Nous savons tout, ce n'est pas de ta faute.* Il dit qu'il existe un code éthique à Browick auquel les élèves doivent se soumettre, et que je l'ai violé en mentant au sujet d'un professeur et en portant atteinte à sa réputation.

— Ils prennent ce genre de chose très au sérieux, ici, explique papa.

— Alors ce n'est pas…

Mes yeux passent d'un visage à l'autre.

— Il n'a pas…

— Il n'a pas quoi ?

Maman lève la tête d'un coup. Je déglutis péniblement, je secoue la tête.

— Rien.

L'explication se poursuit. Mon année scolaire va se terminer de façon prématurée. De toute façon, il ne reste plus que quelques semaines. Mes parents passeront la nuit à l'hôtel en ville, et demain matin, je devrais, pour reprendre les termes que papa emploie, « réparer mes torts ». Mme Giles veut que je dise à tous les gens qui se trouvent sur la liste de Jenny Murphy que la rumeur sur moi et M. Strane est un mensonge, et que c'est moi qui en suis à l'origine.

— Genre, leur dire individuellement ?

Papa secoue la tête.

— Je crois qu'ils vont réunir tout le monde pour que tu puisses le faire en une fois.

— Tu n'es pas obligée, intervient maman. On peut récupérer tes affaires dans ta chambre et partir ce soir.

— Si Mme Giles veut que je le fasse, je dois le faire. C'est la proviseur.

Maman a la bouche en cul-de-poule, comme si elle voulait ajouter quelque chose.

— Je reviens l'année prochaine, n'est-ce pas ?

— Chaque chose en son temps, répond papa.

Ils m'emmènent dîner dans cette pizzeria du centre-ville. À nous trois, on ne termine même pas une pizza. Nous picorons nos parts, et maman se sert de plusieurs serviettes en papier pour éponger la graisse. Ni l'un ni l'autre ne me regarde.

Ils me proposent de me ramener sur le campus, mais je ne veux pas, je préfère marcher. Regardez comme la nuit est douce, dis-je, il fait encore chaud à la nuit tombée.

— Un peu de calme avant de remonter là-haut, ça ne me fera pas de mal.

Je m'attends à ce qu'ils refusent, mais manifestement trop abasourdis pour discuter, ils me laissent partir. Ils me serrent dans leurs bras pour me souhaiter bonne nuit devant le restaurant. Papa me murmure à l'oreille : « Je t'aime, Nessa. » Ils prennent à gauche en direction de l'hôtel, et moi à droite en direction du campus, de la bibliothèque et de la maison de Strane.

— Je sais que c'est idiot, dis-je quand il ouvre la porte, mais il fallait que je te voie.

Son regard me traverse, se pose sur la rue, le trottoir.

— Vanessa, tu ne devrais pas être ici.

— Laisse-moi entrer. Cinq minutes.

— Tu dois partir.

Je suis tellement énervée que je crie. Je le pousse avec mes deux mains, en utilisant tout mon poids, ce qui ne le fait pas bouger mais le secoue assez pour qu'il referme la porte derrière lui et m'entraîne le long de la maison afin que nous ne soyons pas visibles depuis la rue. Dès que nous sommes à l'écart, je l'entoure de mes bras et je le serre de toutes mes forces.

— Ils m'obligent à partir demain.

Il recule d'un pas, déroule mes bras et ne dit rien. J'attends que son visage manifeste quelque chose – de la colère, de la panique, le regret d'avoir laissé la situation en arriver là –, mais il est complètement vide. Il enfonce ses mains dans ses poches et regarde par-dessus mon épaule, en direction de la maison. J'ai l'impression d'avoir devant moi un inconnu.

— Ils veulent que je parle devant un tas de gens. Je suis censée leur dire que j'ai menti.

— Je sais.

Le front très plissé, il refuse toujours de me regarder.

— Bon, je ne sais pas si j'en suis capable.

Quand il m'entend prononcer ces mots, il pose immédiatement les yeux sur moi. Cette minuscule victoire me pousse à aller plus loin.

— Je devrais peut-être leur dire la vérité.

Il se racle la gorge mais ne bronche pas.

— Si j'ai bien compris, tu as été à deux doigts de le faire. Tu as parlé de moi à ta mère, tu lui as raconté que j'étais ton petit ami.

Au début, je ne vois pas à quoi il fait allusion, et puis : le trajet en voiture après les vacances de février, après qu'elle m'avait entendue au téléphone au milieu de la nuit. *Comment s'appelle-t-il ?* m'avait-elle demandé tandis que les champs recouverts de neige et les arbres décharnés défilaient à vive allure de l'autre côté des vitres. Je lui avais répondu en lui servant la vérité – Jacob. Mais ce n'était qu'un mot, un prénom commun, pas une confession. Elle n'avait pas glané la vérité de cet unique mot. Elle n'aurait pas pu. Si cela avait été le cas, elle n'aurait pas laissé Strane sortir du bureau de Mme Giles ni accepté l'idée que je présente des excuses à une pièce remplie de gens.

— Si tu as décidé que tu voulais me détruire, je ne peux pas t'arrêter, dit Strane. Mais j'espère que tu comprends ce qui se passera si tu agis de la sorte.

J'essaie de répondre que je ne le pensais pas vraiment, que bien entendu, je ne vais le raconter à personne, mais sa voix noie la mienne.

— Ton nom et ta photo seront dans le journal, poursuit-il. On parlera de toi aux infos.

Il parle doucement, prudemment, comme pour s'assurer que je comprends.

— Cela te suivra à jamais. Tu seras marquée à vie.

J'ai envie de rétorquer *Trop tard*. Que tous les jours, je me balade en ayant le sentiment d'être à tout jamais marquée par lui, mais peut-être est-ce injuste. N'a-t-il pas tout essayé pour me sauver ? En me faisant promettre d'étudier à la fac, en affirmant avec force que ma vie finirait par aller bien au-delà de lui. Il veut plus pour moi, un avenir ouvert plutôt qu'une route étroite, mais cela ne peut se produire que s'il demeure un secret. Une fois la vérité mise au jour, il en viendra à définir toute ma vie ; plus rien d'autre me concernant n'aura d'importance. Je vois un simili souvenir, une chose qui semble sortie d'un rêve : une fille hybride, en partie moi et en partie Mlle Thompson – ou peut-être que je me rappelle une vidéo aux infos sur Monica Lewinsky ? – une jeune femme aux joues maculées de larmes, qui tente de garder la tête haute au milieu d'une tempête de questions humiliantes sur ce qui s'est passé : *Racontez-nous exactement ce qu'il vous a fait.* Il est simple d'imaginer comment mon existence pourrait se transformer en un long parcours semé de ruines lequel, pris à rebours, mènerait à ma décision de tout raconter.

— Je préférerais mettre fin à mes jours tout de suite plutôt que d'avoir à vivre ça, déclare Strane.

Il baisse les yeux vers moi. Ses mains sont toujours dans les poches de son pantalon. Même en regardant le désastre en face, il reste désinvolte.

— Mais tu es peut-être plus forte que moi.

À ces mots, je me mets à pleurer, à pleurer vraiment, comme je ne l'ai jamais fait devant lui auparavant – des sanglots hoquetants, affreux, laids, avec de la morve qui dégouline de mon nez. Cela me tombe dessus si vite que j'en suis presque terrassée. Je m'appuie contre la façade de la maison et, les mains posées sur mes cuisses, j'essaie de respirer. Les sanglots ne s'arrêtent pas. J'enroule mes bras autour de ma taille, je m'accroupis par terre et je frappe ma tête contre les bardeaux en cèdre, comme si j'essayais de frapper mes sanglots pour les chasser hors de moi. Strane s'agenouille à côté de moi, met ses mains derrière ma tête, entre moi et la maison, jusqu'à ce que j'arrête de lutter contre lui et que j'ouvre les yeux.

— Voilà, dit-il.

Il inspire, expire, et ma poitrine se soulève et s'abaisse en même temps que la sienne. Ses mains tiennent toujours ma tête, et son visage est assez proche pour que je l'embrasse. Les larmes sèchent sur ma peau, contractent mes joues, et son pouce caresse le petit espace sensible derrière mon oreille. Il m'est reconnaissant de ce que j'ai fait jusqu'à présent. C'est très courageux de ma part d'endosser la responsabilité dans cette histoire et de m'offrir ainsi aux loups, dit-il. C'est une preuve d'amour. Je l'aime probablement plus que quiconque l'a jamais aimé auparavant.

— Je ne parlerai pas. Je ne veux pas. Je ne le ferai jamais.

— Je sais, dit-il. Je sais que tu ne le feras pas.

Nous réfléchissons ensemble aux propos que je tiendrai lors de la réunion de demain – je me rendrai responsable des rumeurs, je présenterai mes excuses pour le mensonge et dirai clairement qu'il n'a rien fait de mal. Il est injuste, ajoute-t-il, que je sois forcée d'agir ainsi, mais laver son nom de tout soupçon est la seule façon de sauver notre peau. Il dépose un baiser sur mon front, au coin de mes yeux, comme quand nous nous sommes embrassés pour la première fois, blottis derrière son bureau.

Avant de partir, je tourne la tête et je le vois debout sur la pelouse obscure, sa silhouette illuminée par la lumière en provenance des fenêtres du salon. La gratitude émane de lui et m'envahit, m'inonde d'amour. C'est ça, être altruiste, être bon, me dis-je. Comment ai-je jamais pu croire que j'étais impuissante alors que j'ai à moi seule le pouvoir de le sauver ?

Le lendemain matin, les vingt-six personnes sur la liste de Jenny se réunissent dans la classe de M. Sheldon. Il n'y a pas assez de places assises pour tout le monde, alors certains élèves s'appuient contre le mur du fond. Je suis incapable de dire qui est là, je ne vois que des visages qui flottent et se balancent, un océan de bouées. Mme Giles me demande de rester debout à ses côtés devant la classe tandis que je lis la déclaration que Strane et moi avons imaginée la veille au soir.

— Toutes les rumeurs déplacées que vous êtes susceptibles d'avoir entendues au sujet de M. Strane et moi sont fausses. J'ai fait circuler des mensonges à son sujet, ce qu'il ne méritait pas. Je suis désolée d'avoir menti.

Les visages me regardent, pas convaincus.

— Est-ce que vous avez des questions à poser à Vanessa ? demande Mme Giles.

Une main se lève soudain. Deanna Perkins.

— Je ne comprends pas pourquoi tu mentirais à ce sujet. Ça n'a pas de sens.

— Euh.

Je me tourne vers Mme Giles, qui se contente de me rendre mon regard. Tous les yeux sont rivés sur moi.

— Ce n'est pas vraiment une question.

Deanna roule des yeux.

— La question, c'est pourquoi ?

— Aucune idée.

Quelqu'un me demande pourquoi je suis tout le temps dans la salle de classe de Strane. Je réponds : « Je n'y suis jamais », un mensonge si manifeste que deux ou trois élèves se mettent à rire. Quelqu'un d'autre demande si j'ai un souci, « genre, mental », et je réponds : « Je ne sais pas, sûrement. » Tandis que l'interrogatoire se poursuit, je comprends l'évidence : je ne peux pas revenir, pas après ça.

— Ok, intervient Mme Giles. Ça suffit.

On remet à chacun une feuille de papier avec trois questions. Un : de qui tenez-vous cette rumeur ? Deux : quand l'avez-vous entendue ? Trois : en avez-vous parlé à vos parents ? Quand je m'en vais, toutes les têtes sont baissées, occupées à répondre au sondage, sauf celle de Jenny. Elle est assise, les bras croisés, et contemple son bureau.

Je rentre à Gould, où mes parents remballent mes affaires. Le lit est nu, le placard vide. Maman balance à l'aveugle des trucs dans un sac-poubelle – des déchets, du papier, tout ce qui jonche le sol.

— Comment ça s'est passé ? demande papa.

— Ça quoi ?

— La... tu sais...

Il laisse sa phrase en suspens, car il ne sait pas trop comment qualifier la chose.

— La réunion.

Je ne réponds pas. Je ne sais pas comment ça s'est passé, je ne suis même pas vraiment capable d'élaborer ce qui s'est vraiment passé.

— T'es en train de balancer des affaires importantes, dis-je en regardant maman.

— Ce sont des détritus, répond-elle.

— Non, y a des trucs de l'école là-dedans, des trucs dont j'ai besoin.

Elle recule et me laisse fouiller dans le sac-poubelle. Je trouve une dissertation avec des commentaires de Strane, un devoir qu'il nous a donné sur Emily Dickinson. Je colle les feuilles contre ma poitrine car je ne veux pas que mes parents voient ce que je suis en train de sauver.

Papa ferme ma grosse valise remplie de vêtements.

— Je vais commencer à descendre des choses, dit-il en sortant dans le couloir.

Je me tourne vers maman.

— On s'en va maintenant ?

— Allez, répond-elle. Aide-moi à nettoyer ça.

Elle ouvre le tiroir du bas de mon bureau et laisse échapper un cri de surprise. Il est rempli de déchets : des bouts de papier froissé, des emballages alimentaires, des kleenex usagés, une peau de banane noircie. J'ai tout fourré là-dedans dans un accès de panique il y a quelques semaines avant l'inspection des chambres, et j'ai oublié de nettoyer après.

— Oh, la vache, Vanessa !

— Si c'est pour me gueuler dessus, laisse-moi le faire !

Je lui arrache le sac des mains.

— Pourquoi ne jettes-tu pas simplement les choses à la poubelle ? M'enfin, Vanessa, ce sont des déchets... Des détritus. Quel genre de personne entasse des détritus dans un tiroir ?

Je me concentre sur ma respiration tandis que je vide le contenu du tiroir dans le sac-poubelle.

— Ce n'est pas hygiénique et ce n'est pas normal. Tu m'effraies, parfois, tu sais ? Ces choses que tu fais, Vanessa... c'est incompréhensible.

— Voilà.

Je replace le tiroir dans le bureau.

— C'est propre.

— On devrait désinfecter.

— Maman, c'est bon.

Elle inspecte la pièce du regard. C'est toujours le bazar, mais difficile de différencier mon bazar à moi de celui occasionné par le déménagement.

— Si on s'en va maintenant, je dois aller quelque part pour faire quelque chose.

— Où as-tu besoin d'aller ?

— Dix minutes.

Elle secoue la tête.

— Tu ne vas nulle part. Tu restes ici pour nous aider à nettoyer cette chambre.

— Je dois dire au revoir à des gens.

— À qui dois-tu dire au revoir, Vanessa ? Ce n'est pas comme si tu avais des amis, bon sang !

Elle regarde mes yeux brûler à cause des larmes, mais ne semble pas désolée. On dirait qu'elle attend. Les gens m'ont tous regardée comme ça cette semaine – comme s'ils attendaient que je me brise. Maman retourne à mon bazar. Elle ouvre brusquement le tiroir de la commode haute dont elle extrait des poignées de vêtements. Quelque chose tombe par terre, glisse sur le sol entre nous : le Polaroid de Strane et de moi sur la jetée du village. L'espace d'un instant, elle et moi le contemplons par terre, aussi abasourdie l'une que l'autre.

— Qu'est-ce que...

Elle s'accroupit pour le ramasser.

— ... c'est que ce truc ?

Je fonds sur la photo, l'attrape et la colle contre ma poitrine, cachant ainsi l'image.

— Ce n'est rien.

— Vanessa, donne-moi ça.

Elle tend la main comme s'il y avait une chance que je cède aussi facilement, comme si j'étais une enfant. Je répète que ce n'est rien. Ce n'est rien, ok ? Encore et encore, ma voix de plus en plus aiguë à cause de la panique, jusqu'à ce qu'elle culmine en un cri si puissant que maman s'éloigne de moi. La note aiguë semble demeurer, résonne à travers la pièce à moitié vidée.

— C'était lui, dit-elle. Toi et lui.

Les yeux rivés sur le sol, secouée par le cri, je murmure :

— Non.

— Vanessa, je l'ai vu.

Mes doigts se replient autour du Polaroid. J'imagine Strane dans la pièce, je le vois la calmer. *Ce n'est rien,* dirait-il, d'une voix semblable à un baume apaisant. *Vous n'avez pas vu ce que vous pensez avoir vu.* Il pourrait la convaincre de tout, comme avec moi. Il l'installerait sur la chaise du bureau et lui préparerait une tasse de thé. Il glisserait la photo dans sa poche, en un mouvement si subtil et rapide qu'elle ne le remarquerait même pas.

— Pourquoi tu le protèges ? demande maman.

Elle respire fort, ses yeux sont inquisiteurs. Ce n'est pas une question de colère – elle ne comprend vraiment pas. Elle est déroutée par moi, par toute cette histoire.

— Il t'a fait du mal.

Je secoue la tête ; je lui dis la vérité.

— Non.

Papa revient à ce moment-là, le visage en nage. Il soulève un sac en toile rempli de livres qu'il passe par-dessus son épaule, et, alors qu'il cherche autre chose à porter, il remarque que maman et moi sommes en pleine confrontation, voit ma main qui tient toujours le Polaroid contre ma poitrine. Il demande à maman :

— Tout va bien, ici ?

S'ensuit une plage de silence absolu. À l'exception de nous, la résidence est déserte en ce milieu de matinée. Maman autorise ses yeux à se détacher de moi.

— Tout va bien, répond-elle.

Nous finissons de récupérer mes affaires. Il faut quatre trajets pour tout descendre. L'espace d'un instant, avant de monter dans le camion, mes pieds brûlent de courir – à travers le campus, au pied de la colline, jusqu'à la maison de Strane. Je m'imagine entrer chez lui par effraction, grimper sur son lit, me cacher sous les couvertures. Nous aurions pu nous enfuir. C'est ce que je lui ai dit la nuit dernière avant de quitter sa maison. « On monte dans ta voiture tout de suite et on se tire. » Mais il a répondu que non, cela ne marcherait pas. « La seule façon de s'en sortir, c'est d'affronter les conséquences et de nous efforcer au mieux d'y survivre. »

Alors que papa hisse le sac-poubelle sur le plateau du pick-up, maman pose une main sur mon épaule.

— On peut encore leur dire. Là, tout de suite, on peut entrer...

Papa ouvre la portière, se hisse derrière le volant.

— Prêtes ?

Je donne un coup d'épaule pour me dégager de l'emprise de ma mère qui me regarde monter dans la cabine.

Pendant tout le trajet jusqu'à la maison, je reste allongée sur la banquette arrière du pick-up. Je regarde les arbres, le dessous argenté des feuilles, les lignes électriques et les pancartes qui indiquent l'autoroute. Sur le plateau à l'arrière, la bâche qui recouvre mes affaires claque au vent. Mes parents regardent droit devant eux, leur colère et leur chagrin palpables au point que je les goûte presque. J'ouvre la bouche pour les laisser entrer et les avaler en entier, et tout au fond de mon ventre, ils se transforment en culpabilité.

# 2017

Maman me téléphone alors que je rentre à pied de l'épicerie. Mon sac est lourd à cause des pots de glace et des bouteilles de vin.

— Tu veux venir à la maison pour Thanksgiving ? me demande-t-elle d'un ton exaspéré, comme si elle m'avait déjà posé la question plusieurs fois alors que nous n'avons pas du tout abordé la question.

— Je partais du principe que tu aurais envie que je vienne, dis-je.

— C'est toi qui vois.

— Tu n'as pas envie que je vienne ?

— Si, j'ai envie.

— Alors quoi ?

Long silence.

— Je n'ai pas envie de cuisiner, avoue-t-elle.

— Tu n'es pas obligée.

— Si je ne le fais pas, ça me paraîtra bizarre.

— Maman, tu n'es pas obligée de cuisiner.

Je replace le sac de courses sur mon épaule en espérant que maman n'entendra pas le tintement des bouteilles.

— Tu sais ce qu'on devrait faire ? Acheter ce poulet frit surgelé vendu dans une boîte bleue. Et c'est tout. Tu te souviens, on en mangeait tous les vendredis soirs ?

Elle rit.

— Je n'en ai pas mangé depuis des années.

Je descends Congress Street, je passe devant le dépôt d'autobus. La statue de Longfellow regarde chaque passant de toute sa hauteur. J'entends les infos derrière maman : la voix d'un commentateur, puis celle de Trump.

Maman rouspète et le fond sonore disparaît.

— Je le mets en sourdine chaque fois qu'il s'exprime.

— Je ne comprends pas comment tu fais pour regarder ça toute la journée.

— Je sais, je sais.

J'aperçois mon immeuble. Je suis sur le point d'abréger notre conversation quand maman lance :

— Bon, j'ai vu ton ancienne école aux infos l'autre jour.

Je continue de marcher, mais j'arrête de réfléchir, j'arrête de regarder. Je dépasse mon immeuble, je traverse la rue et je poursuis mon chemin. Je retiens mon souffle en attendant de voir si elle poussera le commentaire plus loin. Elle a juste dit « ton ancienne école », pas « cet homme ».

— Enfin, conclut-elle en soupirant. Cet endroit, ça a toujours été l'horreur.

En conséquence de l'article sur les autres filles, Browick suspend Strane sans lui verser de salaire et ouvre une nouvelle enquête. Cette fois-ci, la police du Maine est aussi sur le coup. Je pense en tout cas que ces choses sont vraies. Ce sont des bribes que j'ai glanées en lisant les posts Facebook de Taylor et les commentaires sur l'article – les informations d'apparence légitime s'y mêlent aux rumeurs, coups de gueule et lamentations. Certains hurlent : C'EST SIMPLE, IL SUFFIT DE CASTRER TOUS CES PÉDOPHILES. D'autres, moins virulents, accordent à Strane le bénéfice du doute : Ne devrions-nous pas tous être innocents jusqu'à preuve du contraire, laissons la justice suivre son cours, on ne peut pas toujours suivre ces accusations, surtout quand elles émanent d'adolescentes à l'imagination fertile, et qui, d'un point de vue émotionnel, ne sont pas fiables. C'est étourdissant et sans fin, et je ne sais pas vraiment ce qui se passe parce que Strane ne m'en a pas parlé. Mon téléphone reste muet pendant des jours.

Je dois faire appel à toute la maîtrise dont je dispose pour ne pas le contacter. Je lui envoie des textos, les efface, les réécris.

Je rédige des brouillons d'e-mails, je cherche son numéro et pose mon doigt sur mon téléphone pour l'appeler, mais je m'interdis de passer à l'acte. Malgré les années d'ajournement, les années où je l'ai laissé me faire la leçon sur ce qui est vrai, sur ce qui est de l'hystérie puritaine et sur ce qui est un mensonge éhonté, la réalité ne m'échappe pas totalement. Je n'ai pas été leurrée au point de manquer totalement de bon sens. Je sais que je devrais éprouver de la colère. Et bien que cette émotion se trouve de l'autre côté du canyon, vraiment hors de ma portée, je m'efforce de faire comme si je la ressentais. Je m'assieds et je me tais, je laisse mon silence parler tout en regardant Taylor partager l'article encore et encore, avec en guise de légende des émojis de poings levés et des mots aux allures de clous sur un cercueil : Vous pouvez vous cacher autant que vous voulez, la vérité vous trouvera toujours.

Lorsqu'il finit par me contacter, il m'appelle de très bonne heure. Le téléphone sonne sous mon oreiller, propageant des vibrations sur le matelas qui résonnent dans mon rêve comme le ronronnement d'un moteur sur le lac, le bourdonnement irrégulier que j'entendais en sourdine lorsque je nageais sous la surface et qu'un hors-bord passait. Lorsque je décroche, je suis toujours dans mon rêve, j'ai le goût de l'eau du lac sur la langue, je regarde les rayons du soleil transpercer les ténèbres jusqu'aux feuilles en putréfaction et aux branches tombées dans le fond, toute cette boue sans fin.

Au téléphone, Strane laisse échapper un souffle tremblant, le genre qui vient quand on a pleuré.

— C'est fini, dit-il. Mais sache que je t'ai aimée. Même si j'ai été un monstre, je t'ai vraiment aimée.

Il est dehors. J'entends le vent, un mur de son qui brouille ses mots.

Je m'assieds et je regarde par la fenêtre. Le soleil ne s'est pas encore levé, le ciel noir tire sur le violet.

— J'attendais que tu m'appelles.

— Je sais.

— Pourquoi tu ne me l'as pas dit ? Je l'ai lu dans le journal. Tu aurais pu m'en parler.

— Je ne savais pas que ça allait arriver. Je l'ignorais complètement.

— Qui sont ces filles ?

— Je n'en sais rien. Des filles, c'est tout. Personne. Vanessa, j'ignore de quoi il s'agit. J'ignore même ce que je suis censé avoir fait.

— Elles racontent que tu les as agressées sexuellement.

Il est calme, certainement déconcerté d'entendre ces mots sortir de ma bouche. J'ai été douce avec lui pendant si longtemps.

— Dis-moi que ce n'est pas vrai. Jure-le-moi.

J'écoute le bruit blanc du vent.

— Tu estimes que cela pourrait être vrai.

Ce n'est pas une question mais une prise de conscience, comme s'il avait reculé d'un pas et pouvait désormais voir le doute s'immiscer aux confins de ma loyauté.

— Qu'est-ce que tu leur as fait ?

— Qu'est-ce que tu imagines ? De quoi me crois-tu capable ?

— Tu as fait quelque chose. Pourquoi raconteraient-elles cela sinon ?

— C'est une épidémie. Ça n'a pas de logique.

— Mais ce ne sont que des adolescentes.

Ma voix se brise, un sanglot sort, étranglé, et j'ai l'impression d'observer quelqu'un d'autre qui pleure, une femme qui jouerait mon rôle. Je me souviens de la remarque de Bridget, ma cothurne à la fac, quand je lui ai parlé de Strane pour la première fois : *Ta vie, on dirait un film.* Elle ne comprenait pas à quel point il était horrible de regarder votre corps jouer dans quelque chose que votre esprit ne cautionnait pas. C'était censé être un compliment. N'est-ce pas ce que veulent toutes les adolescentes ? Elles qui s'ennuient sans cesse et crèvent d'envie d'avoir un public.

Strane me conseille de ne pas essayer de trouver un sens à tout ça, que cela va me rendre folle.

— C'est quoi, tout ça ? Qu'est-ce que c'est ? je demande.

J'ai besoin d'un décor dans lequel me glisser, d'une description de l'endroit où ils étaient dans la classe, derrière son bureau ou à la table de séminaire, de savoir comment était la lumière, quelle main il a utilisée, mais je pleure trop et il me demande de l'écouter, m'implore d'arrêter de pleurer et de l'écouter.

— Ce n'était pas la même chose avec elles, tu comprends ? Ce n'était pas comme avec toi. Je t'aimais, Vanessa. Je t'aimais.

Quand il raccroche, je sais ce qui va suivre. Je me souviens de la menace que j'avais formulée à Ira lorsque, exaspéré par mon inertie, il avait dit qu'il allait signaler Strane à la police. « Ira, si tu fais ça, avais-je répliqué d'une voix ferme et froide, si tu racontes la moindre chose le concernant à qui que ce soit, tu ne me verras plus jamais. Je disparaîtrai. »

Les yeux rivés sur le téléphone, je me dis que mon envie de prévenir les secours est irrationnelle, injustifiée, mais vraiment, j'ai très peur. Comment expliquer la situation – qui je suis, qui il est – sans trahir toute l'histoire ? Je me dis que cela n'aiderait pas, que je ne sais même pas où il se trouve – dehors, dans un endroit où il y a du vent. Je manque d'éléments. Et puis je remarque un texto de lui, qu'il m'a envoyé juste avant son coup de fil. Tu peux faire ce que tu veux, a-t-il écrit. Si tu as envie de raconter, tu devrais le faire.

Je tape une réponse, mes doigts volent sur l'écran : Je n'ai pas envie de raconter. Je ne le ferai jamais. Je regarde le message être distribué, puis ne pas être lu.

Je me rendors, tout d'abord par intermittence, puis profondément, comme si j'étais morte, et je ne me réveille pas avant onze heures et quart, quand ils ont déjà dragué la rivière pour retrouver son corps. À cinq heures de l'après-midi, le journal de Portland publie un article.

**Le corps d'un professeur enseignant à Browick depuis longtemps repêché dans la rivière Norumbega**

*Norumbega – Jacob Strane, 59 ans, originaire de Norumbega, qui enseignait depuis des années à l'école Browick, est décédé samedi matin de bonne heure.*

*Le bureau du shérif du comté de Norumbega rapporte que le corps de Strane a été retrouvé en milieu de matinée dans la rivière Norumbega, non loin du pont de Narrows.*

*« L'homme a sauté du pont. Nous avons repêché son corps ce matin, a déclaré le bureau du shérif. Nous avons reçu un appel à 6 h 05 nous signalant que quelqu'un avait peut-être l'intention de se jeter du haut du pont, puis la personne au téléphone a vu l'homme sauter. La piste criminelle semble exclue. »*

*Strane était né à Butte, dans le Montana, et avait enseigné les lettres au pensionnat de Norumbega pendant trente ans. C'était une personnalité de la ville. Jeudi dernier, nous rapportions dans ce journal qu'il faisait l'objet d'une enquête après que cinq élèves de Browick avaient rapporté des allégations d'abus sexuels à son encontre. Les faits supposés couvrent une période allant de 2006 à 2016.*

*Le bureau du shérif a ajouté que même s'il avait été indiqué que la mort de Strane était un suicide, une enquête était en cours.*

L'article inclut un portrait de lui pris lors d'une séance photo officielle à l'école. Strane est assis devant un fond bleu, porte une cravate dont je me souviens, dont je me rappelle même la texture – bleu marine et ornée de petits diamants brodés. Il a l'air si vieux, avec ses cheveux clairsemés et gris, son visage rasé de près au teint cireux, son cou pendant et ses yeux tombants. Il semble petit. Pas comme un garçon, mais comme un vieillard, fragile et usé. Il ne regarde pas l'objectif, mais un point sur la gauche. La bouche légèrement ouverte, il affiche une expression perplexe. Il semble confus, comme s'il ne comprenait pas totalement ce qui s'est passé ni ce qu'il a fait.

Le jour suivant, une boîte me parvient par la poste. Le cachet est daté de la veille de son suicide. À l'intérieur, je trouve des Polaroid, des lettres, des cartes et des photocopies de dissertations que j'ai écrites pour son cours, le tout disposé sur un lit de coton jauni – le pyjama orné de fraises qu'il m'a acheté la première fois que nous avons couché ensemble. Il n'y a pas de mot, mais je n'ai pas besoin d'explication. Ce sont toutes les preuves, toutes celles qui lui restaient.

L'histoire fait le tour du Maine. Les infos sur les chaînes locales diffusent des images furtives du campus de Browick, des élèves qui marchent sur des sentiers à l'ombre des pins, des résidences bardées de bois blanc, du bâtiment administratif avec ses colonnades. Il y a un plan plus long sur le bâtiment des lettres. Et puis cette même photo de Strane avec, en dessous, son nom mal orthographié : JACOB STRAIN.

Le temps disparaît au rythme des commentaires, des posts Facebook, des fils Twitter que je fais défiler, de l'alerte Google sur mon téléphone qui me signale toutes les deux minutes que son nom est mentionné quelque part sur le Net. Sur mon ordinateur, quinze fenêtres sont ouvertes en même temps, je saute de l'une à l'autre, et une fois que j'ai pris connaissance de tous les commentaires, je regarde le reportage aux infos. La première fois que je l'ai visionné, j'ai dû me précipiter dans la salle de bains pour vomir, mais je me suis forcée à le regarder jusqu'au bout tant de fois maintenant que j'y deviens insensible. Aucune réaction lorsque la photo de Strane apparaît à l'écran. Quand le présentateur du journal dit « des allégations émises par cinq élèves différentes », je ne bronche même pas.

Au bout d'à peu près vingt-quatre heures, l'histoire se déplace vers le sud. Des journaux de New York et de Boston s'en emparent, et des analyses sur le sujet se mettent à voir le jour. Afin de contrer la tendance actuelle aux allégations, les auteurs donnent à leurs articles des titres comme : « Le règlement de comptes va-t-il trop loin ? », « Quand les allégations se font mortelles » ou « Les dangers des accusations sans procès en bonne et due forme : il est temps d'en parler ». Ces textes évoquent à la fois Strane et Taylor, et le portrait qu'ils dressent de cette dernière la font apparaître comme l'archétype de l'accusatrice trop zélée, comme une guerrière de la justice sociale qui, en bonne « *millenial* », n'a jamais réfléchi aux conséquences de ses actions. Certains défendent Taylor sur les réseaux sociaux, mais les voix les plus audibles la diabolisent. On la qualifie d'égoïste, de cruelle, d'assassin, parce que la mort de Strane est de son fait – elle l'a poussé au suicide. L'animateur d'un podcast dédié aux droits des hommes consacre tout un épisode à cette histoire, qualifie Strane de victime de la tyrannie du féminisme. Ses auditeurs traquent Taylor. Ils trouvent son numéro de téléphone, son adresse personnelle et professionnelle. Taylor poste sur Facebook des captures d'écran des e-mails et des textos que lui ont adressés des hommes anonymes qui menacent de la violer, de la tuer, de découper son corps en morceaux. Et puis, quelques heures plus tard, elle se volatilise. Son profil est verrouillé, tout le contenu public disparaît. Et cela en un clin d'œil.

Pendant ce temps-là, je me fais porter pâle au travail. Mes journées sont absorbées par mon ordinateur portable ouvert, et ma table de chevet est jonchée d'emballages alimentaires et de bouteilles vides. Je bois, je fume et j'étudie les photos que Strane a prises de moi, sur lesquelles j'apparais comme une adolescente au visage de bébé, aux jambes et aux bras fins. Sur ces clichés, j'ai l'air incroyablement jeune. L'un d'eux me montre seins nus et souriante, les bras tendus vers l'appareil photo. Il y en a un où, avachie sur le siège passager de son break, je lance un regard noir à l'objectif. Sur un autre, je suis allongée à plat ventre sur son lit, le drap remonté jusqu'à la taille. Je me rappelle avoir inspecté cette dernière photo quand il l'a prise. Je trouvais étrange qu'il la juge sexy, mais j'essayais moi aussi de la voir ainsi. Je m'étais dit que c'était comme une image sortie d'un clip.

Je prends mon ordinateur portable et je cherche « Fiona Apple Criminal » sur Google. Je clique sur la vidéo, et Fiona adolescente apparaît, renfrognée et agile. Dans sa chanson, elle raconte avoir été une vilaine fille, et je repense au divorcé me demandant dans la ruelle derrière le bar : « T'as été une vilaine fille ? T'as l'air d'avoir été vilaine. » Je me rappelle Strane déplorant que j'avais fait de lui un criminel. Je voyais tant de pouvoir là-dedans. J'aurais pu l'envoyer en prison, et dans mes moments de folie, je l'ai imaginé derrière les barreaux

– Strane dans une petite cellule solitaire, sans autre occupation que penser à moi.

La vidéo se termine et je rassemble les Polaroid, les balance dans la boîte. Cette putain de boîte. Les filles normales ont des boîtes à chaussures remplies de lettres d'amour et de petits bouquets séchés ; moi, j'ai une pile de photos à caractère pédopornographique. Si j'étais intelligente, je brûlerais tout, surtout ces photos, parce que je sais ce qu'en penserait une personne normale : elle les verrait comme des pièces confisquées à un réseau de trafic sexuel, comme les preuves d'un crime manifeste. Mais j'en serais incapable. Ce serait comme me brûler moi-même.

Je me demande si on peut m'arrêter pour détention de photos de moi-même. Je me demande si je suis en train de me transformer en prédateur, si la façon que j'ai de m'animer en présence d'adolescentes révèle quelque chose de ma personne. Je pense au fait que les gens coupables de maltraitances ont systématiquement été eux-mêmes victimes de maltraitances quand ils étaient enfants. Il paraît que c'est un cycle auquel on peut échapper si on est déterminé à faire tout un travail sur soi. Mais je suis trop paresseuse pour sortir les poubelles, pour nettoyer. Non, rien de tout cela ne s'applique à moi. Je n'ai pas été victime de sévices, pas de cette façon.

Arrête de réfléchir. Autorise-toi à faire le deuil. Mais comment puis-je faire le deuil alors qu'il n'y a pas eu de nécrologie, rien à propos de l'enterrement, seulement ces articles écrits par des inconnus ? J'ignore qui organiserait un enterrement, peut-être sa sœur qui vit dans l'Idaho ? Mais même s'il y avait un enterrement, qui irait ? Moi, je ne pourrais pas. Les gens me verraient, et alors ils sauraient. *Racontez-nous ce qui s'est passé,* demanderaient-ils. *Racontez-nous ce qu'il vous a fait.*

Mon cerveau se met à tressauter, et ma chambre semble soudain éclairée par une lumière stroboscopique, alors je prends un anxiolytique, je fume un bong et je m'allonge. Je laisse toujours au comprimé le temps d'agir avant de décider d'en reprendre un. Je n'exagère jamais. Je suis prudente, ce qui me permet de savoir que mon problème est léger – enfin, si tant est que j'aie un problème, car peut-être n'est-ce pas le cas.

Tout va bien. L'alcool, l'herbe, l'anxiolytique, même Strane – tout va très bien. Ce n'est rien. C'est normal. Toutes les femmes intéressantes ont eu des amants plus âgés qu'elles dans leur jeunesse. C'est un rite de passage. À l'entrée, vous êtes une fille, et à la sortie, vous n'êtes pas tout à fait une femme, mais vous vous en rapprochez. Vous êtes une fille plus consciente d'elle-même et de son pouvoir. La conscience de soi est une bonne chose. Elle mène à la confiance en soi, permet de connaître sa place dans le monde. Grâce à lui, je me suis vue d'une façon que je n'aurais jamais vue avec un garçon de mon âge. Personne ne pourra me convaincre qu'il aurait été préférable pour moi d'être comme les autres filles de l'école, à tailler des pipes et à faire des branlettes – tous ces efforts sans fin pour qu'on finisse par me traiter de pute et me jeter. Au moins, Strane m'aimait. Au moins, j'ai su ce que l'on ressent quand on est vénéré. Il est tombé à mes pieds avant même de m'avoir embrassée.

Un autre cycle – boire, fumer, avaler. Je veux être assez déprimée pour me glisser sous la surface et nager sans avoir besoin d'air. Il est la seule personne à avoir jamais compris ce désir. Pas celui de mourir, mais celui d'être déjà morte. Je me rappelle avoir essayé de l'expliquer à Ira. Un aperçu a suffi à l'inquiéter, et l'inquiétude ne mène jamais à rien de bon. L'inquiétude pousse les gens à se mêler de ce qui ne les regarde pas. Chaque fois que j'ai entendu les mots « Vanessa, je me fais du souci pour toi », ma vie a été pulvérisée.

Whisky, herbe, mais plus d'anxiolytiques. Je connais mes limites. En dépit de tout, j'ai la tête sur les épaules. Je suis capable de veiller sur moi-même. Regardez-moi – ça va. Je vais bien.

Je prends mon ordinateur, je remets la vidéo. Des adolescentes se tortillent en sous-vêtements tandis que des hommes sans visage guident leurs têtes et leurs mains vers le bas. Fiona Apple a été violée à l'âge de douze ans. Je me souviens qu'elle le racontait dans des interviews que j'ai lues quand j'avais moi-même douze ans. Elle en parlait si ouvertement, le mot « viol » sortait de sa bouche comme s'il s'agissait d'un terme comme les autres. C'est arrivé devant son appartement ; pendant tout le temps où l'homme faisait ce qu'il faisait, elle a entendu son chien aboyer à travers la porte. Je me rappelle avoir pleuré en découvrant ce détail, avoir serré notre vieux chien de berger en déversant mes larmes dans sa fourrure. Je n'avais aucune raison d'avoir peur du viol à l'époque – j'étais une gamine chanceuse, préservée, protégée par l'amour –, mais cette histoire m'a profondément ébranlée. Bizarrement, j'ai senti ce qui m'attendait, même à l'époque. Mais bon, quelle fille ne connaît pas ça ? Elle plane au-dessus de vous, cette menace de violence. On vous enfonce ce danger dans la tête jusqu'à ce qu'il commence à vous paraître inévitable. En grandissant, vous vous demandez quand cela finira par arriver.

Je cherche sur Google « Interviews de Fiona Apple », et je lis jusqu'à ce que ma vision se brouille. Une phrase dans un article de *SPIN* publié en 1997 qui parle de ce clip m'arrache quelque chose à mi-chemin entre le rire et le sanglot : « Lorsqu'on regarde cette vidéo, on se sent aussi sinistre que Humbert Humbert. » Si je tire assez fort sur l'un de ces fils, *Lolita* apparaîtra. Un peu plus loin dans l'entretien, Fiona pose au journaliste une série de questions en lien avec son violeur, sur son viol : « Quelle force faut-il pour faire mal à une petite fille ? Quelle force faut-il pour qu'une petite fille se remette d'une chose pareille ? À votre avis, qui des deux est le plus fort ? » La question reste en suspens, les réponses sont évidentes – c'est elle qui est forte. Je suis forte, moi aussi, plus forte qu'on ne me l'a jamais concédé.

Non pas que j'aie été violée. Pas « violée, violée ». Strane m'a fait mal, parfois, mais jamais de cette façon. Même si, j'en suis sûre, je pourrais affirmer qu'il m'a violée, et on me croirait. Je pourrais participer à ce mouvement de femmes qui, les unes après les autres, affichent sur les murs chaque mauvaise chose qui leur est jamais arrivée. Sauf que je ne mentirai pas pour entrer dans le moule. Je ne vais pas me qualifier de victime. Les femmes comme Taylor trouvent du réconfort dans cette étiquette, et tant mieux pour elles, mais je suis celle qu'il a appelée quand il était au bord du gouffre. Il l'a dit lui-même – avec moi, c'était différent. Il m'aimait, il m'aimait.

Quand j'entre dans le cabinet de Ruby, il lui suffit de poser le regard sur moi pour constater :

— Vous, ça ne va pas.

J'essaie de lever les yeux pour croiser les siens, mais je ne parviens qu'au pashmina orange autour de ses épaules.

— Que s'est-il passé ?

J'humecte mes lèvres.

— Je suis en deuil. J'ai perdu quelqu'un d'important.

Elle pose une main sur sa poitrine.

— Pas votre mère.

— Non. Quelqu'un d'autre.

Elle attend que j'explique les choses. Son front est de plus en plus plissé au fil des minutes qui s'écoulent. Je suis d'ordinaire si directe – j'entre dans son cabinet avec tout un tas de sujets préparés que je veux aborder. Elle n'a jamais eu à m'arracher quoi que ce soit.

Je prends une inspiration.

— Si je vous parle de quelque chose d'illégal, êtes-vous obligée de le rapporter à la police ?

Elle répond lentement. Je l'ai prise au dépourvu.

— Cela dépend. Si vous me racontez que vous avez tué quelqu'un, je serai obligée de le faire.

— Je n'ai tué personne.

— Je m'en doutais.

Elle attend que je développe, et soudain, ma réserve me paraît ridicule.

— Le chagrin que je vis est en lien avec des sévices, dis-je. Ou avec des choses que d'autres considèrent comme tels. Je ne pense pas qu'il s'agissait de sévices. Je veux juste m'assurer que vous n'en parlerez pas à quelqu'un si je ne le veux pas.

— Est-il question ici de sévices que vous avez subis ?

Je hoche la tête, les yeux posés sur la fenêtre derrière son épaule.

— Je ne peux partager aucune information que vous me confiez sans votre permission explicite, dit-elle.

— Et si cela s'est produit quand j'étais mineure ?

Ses yeux papillonnent, quelques battements de cils rapides.

— Peu importe. Vous êtes aujourd'hui adulte.

Je sors mon téléphone de mon sac et je le lui tends. L'article sur le suicide de Strane est déjà chargé. Le visage de Ruby s'assombrit à mesure qu'elle fait défiler le texte.

— Il y a un lien avec vous ?

— C'était le prof, celui qui...

Je balbutie, je veux expliquer, mais les mots ne sont pas là. Ils n'existent pas.

— J'ai parlé de lui une fois, je ne sais pas si vous vous en souvenez.

C'était il y a plusieurs mois, alors que toutes les deux, nous apprenions à nous connaître. À l'époque, à la fin des séances, elle me posait des questions anodines, comparables à un décrassage après un exercice intensif – où avais-je grandi, que faisais-je quand je voulais m'amuser –, des trucs normaux barbants. Une fois, elle m'avait questionnée sur l'écriture, sur le fait que j'avais étudié le sujet à la fac. Elle avait voulu savoir à quel âge cela m'avait pris. Elle m'avait demandé :

— Avez-vous été encouragée par un professeur en particulier ?

Sa question était anodine, mais mon visage s'était décomposé. Pas à cause des larmes, mais de l'euphorie. J'en avais eu le souffle coupé, et je m'étais mise à glousser comme une adolescente. Je m'étais cachée derrière mes mains, et j'avais regardé à travers mes doigts tandis que Ruby m'observait, stupéfaite.

— Il y a eu un professeur qui m'a beaucoup encouragée, mais c'était compliqué, avais-je finalement réussi à dire.

Et une fois ces mots énoncés, une gravité avait pesé lourdement dans le cabinet. Comme si Strane s'était révélé par le truchement de mon corps.

— Il y a donc une histoire derrière tout ça, avait remarqué Ruby.

Tout en continuant à me tortiller, j'avais hoché la tête.

Et puis, tout doucement, elle m'avait demandé :

— Êtes-vous tombée amoureuse de lui ?

Je ne me souviens plus de ma réponse. D'une manière ou d'une autre, j'avais dû répondre oui, et puis nous étions passées à autre chose, à un autre sujet, mais cette question m'avait sonnée. Elle me sonne encore. Elle impliquait que j'avais été actrice dans cette histoire – suis-je tombée amoureuse de lui ? Il me semble que personne parmi les gens à qui je me suis confiée à ce propos ne m'a jamais posé cette question. On m'a demandé si j'avais couché avec lui, comment les choses avaient commencé, ou comment elles s'étaient terminées, jamais si je l'aimais. Après cette séance, nous n'en avons plus jamais parlé.

En face de moi, Ruby en reste bouche bée :

— C'était lui ?

— Je suis désolée. Je sais que je vous balance un gros morceau.

— Ne vous excusez pas.

Elle lit encore un peu, puis pose le téléphone à l'envers sur la petite table entre nous et me regarde dans les yeux. Me demande par où je veux commencer.

Elle écoute patiemment les mots sortir de moi au compte-gouttes. Je m'efforce de lui faire un résumé – comment notre histoire a commencé, comment elle a continué. Je ne parle pas de sentiments, de l'impact que les choses ont eu sur moi, mais les faits suffisent à l'horrifier. Bien que j'ignore si je serais capable d'identifier ce qu'elle exprime comme étant de l'horreur si je ne la décodais pas aussi facilement. Elle parvient à contenir ce qu'elle éprouve dans ses yeux.

À la fin de l'heure, elle me dit que je suis courageuse – de me confier, de lui accorder ma confiance.

— Je suis honorée que vous ayez choisi de partager cela avec moi.

En quittant son cabinet, je me demande quand j'ai pris cette décision, si à mon arrivée, j'étais déterminée à lui raconter, si je contrôlais vraiment les choses.

Sur le chemin du retour, je suis propulsée par l'ivresse de la confession, par la légèreté soudaine qui vient une fois que l'on s'est libéré d'un poids. J'évite un groupe de touristes. L'un d'eux confie à un autre : « Je n'ai jamais vu autant de mégots de cigarettes. J'avais cru comprendre que cet endroit était beau. » Je repense au fait que pendant toute la séance, Ruby m'a traitée comme un animal nerveux prêt à prendre la fuite. Son tact m'évoque l'approche lente de Strane. Il était si prudent, inclinant d'abord son genou contre ma cuisse – un mouvement tellement infime que ç'aurait pu être un accident –, puis sa main sur mon genou, un tapotement, un geste amical anodin. *Tap-tap-tap.* J'ai déjà vu des professeurs serrer des élèves dans leurs bras, pas de quoi en faire un plat. L'accélération n'est venue qu'après, une fois qu'il a su que cela ne me posait pas de problème – et n'est-ce pas cela, le consentement ? Qu'on vous demande toujours ce que vous voulez ? Est-ce que je voulais l'embrasser ? Est-ce que je voulais qu'il me touche ? Est-ce que je voulais qu'il me baise ? Être lentement guidée dans le feu – pourquoi est-ce que tout le monde a si peur d'admettre à quel point cela peut être bon ? Se laisser amadouée, c'est être aimée et traitée comme une chose précieuse et délicate.

Une fois dans mon appartement qui sent le renfermé, ma frénésie se calme avant de retomber complètement lorsque je vois le désordre banal de mon lit défait et des plans de travail de la cuisine jonchés d'emballages, le calendrier sur mon frigo que Ruby m'a demandé de faire il y a des mois, chaque jour occupé par une tâche tellement basique que c'en est gênant – laver le linge, sortir la poubelle, faire les courses, payer le loyer. Des choses qui, sûrement, viennent naturellement à l'esprit de la plupart des gens. Si ces corvées n'étaient pas écrites noir sur blanc, je me baladerais dans des vêtements sales et me nourrirais de chips achetées à l'épicerie du coin.

La ligne de Polaroid est étalée dans mon salon, le pyjama à fraises est étendu sur le radiateur. Je me demande quel degré de folie j'ai atteint, et jusqu'où je serais capable d'aller. Suis-je très loin de devenir le genre de femme qui barricade ses fenêtres pour vivre sans qu'on la dérange dans la crasse de son passé ? J'ai confié à Ruby que j'avais déjà imaginé cela auparavant – sa mort, les circonstances possibles de celle-ci, ce que j'éprouverais. Il avait vingt-sept ans de plus que moi, j'étais donc préparée à ce que cela se produise. Mais je me le représentais ratatiné et impuissant, levant les yeux vers moi depuis son lit de mort. Il me laisserait quelque chose de réel : sa maison, sa voiture ou simplement de l'argent. Comme Humbert à la toute fin, qui donne à Lo cette enveloppe remplie d'argent, une rétribution tangible pour tout ce qu'il lui avait fait endurer.

À un moment pendant la séance, Ruby a observé que j'avais accumulé tant de choses en moi que je donnais l'impression d'être sur le point d'exploser. Elle a remarqué que mon esprit *brûlait* de vouloir parler.

— Nous allons devoir nous montrer prudents et ne pas trop en faire trop tôt, a-t-elle dit.

Mais debout dans mon salon, j'imagine comment ce serait, d'être imprudente. En pensant à ce qui se passerait si je répandais une traînée d'essence sur les preuves, de trente-deux jusqu'à quinze ans, j'en ai le souffle coupé. Les dégâts que je provoquerais si je faisais tomber une allumette et que je laissais tout cela brûler.

# 2001

C'est le début du mois de juin, et le premier jour ensoleillé après deux semaines de pluie. Les mouches noires sont parties, mais les moustiques sont là en nombre, et volent en essaim autour de nous tandis que nous tirons la plateforme flottante dans le jardin jusqu'au lac. Tous deux munis d'une pagaie, papa et moi nous installons de part et d'autre de la plateforme, que nous guidons au-delà des rochers, en eau profonde, où mon père la met à l'ancre, enlève la bouée. Nous restons assis un moment sur la plateforme. Papa a un pied dans l'eau, et moi, les genoux repliés contre ma poitrine tel un bouclier sur mon vieux maillot de bain distendu. Son élastique a pourri, et ses bretelles trop lâches sont nouées afin de ne pas tomber le long de mes bras. Sur la berge, Babe, dont la laisse est attachée au tronc d'un pin, marche et halète. Ni papa ni moi n'a envie de rentrer à la maison à la nage. Il n'y a pas eu assez de journées chaudes : l'eau est encore froide.

Le soleil déverse ses rayons jusqu'au fond de l'eau, et je vois les rondins de bois immergés, vestiges centenaires datant de l'époque où le lac et les bois alentour étaient la propriété d'une scierie. À proximité du rivage, les perches-soleil à points oranges protègent leurs nids abritant leurs œufs, de parfaits cercles de sable qu'elles déblaient laborieusement à l'aide de leur nageoire caudale. Des libellules foncent au-dessus de l'eau, leurs longs corps fusionnés, en quête d'un endroit sûr où s'accoupler. Deux d'entre elles – corps bleu électrique, ailes transparentes – atterrissent sur mon avant-bras.

— On dirait que tu vas mieux, observe mon père.

C'est comme ça que nous parlons de Strane désormais, de Browick, de tout ce qui s'est passé – par références évasives. Nous n'en parlons jamais de façon plus explicite. Papa garde les yeux posés sur Babe qui se trouve sur la rive, ne me regarde pas pour avoir ma réponse. J'ai remarqué qu'il faisait souvent cela désormais, il évite de me regarder, et je sais que c'est à cause de ce qui s'est produit, mais je me dis que c'est parce que j'ai vécu loin, en pensionnat, pendant deux ans, parce que je suis plus âgée, parce que quel père voudrait regarder sa fille adolescente dans un maillot de bain tout distendu ?

Je ne réponds pas, me contente de contempler les libellules. Je me sens mieux, ou en tout cas mieux qu'il y a un mois, quand j'ai quitté Browick, mais l'admettre me donne trop l'impression de passer à autre chose.

— Autant en finir une bonne fois pour toutes, dit mon père.

Il se lève et plonge dans l'eau. Quand sa tête remonte à la surface, il laisse échapper un cri.

— Nom d'un chien, c'est froid.

Il regarde dans ma direction.

— Tu viens ?

— Dans quelques minutes.

— Comme tu veux.

Je le regarde avancer vers le rivage, où Babe l'attend, prête à lécher les gouttes sur ses tibias. Je ferme les yeux et j'entends l'eau laper les côtés de la plateforme, les *di-di-di* de la mésange, la grive des bois et la tourterelle triste. Quand j'étais plus jeune, mes parents disaient que je ressemblais à une tourterelle triste, toujours à bouder, à être super morose.

Quand je plonge, le froid est tel que pendant une fraction de seconde, je suis incapable de nager, de bouger, mon corps fonce vers le fond noir-vert, mais ensuite la douce remontée vers la surface, mon visage tourné vers le haut, vers le soleil.

En traversant le jardin jusqu'à la maison, mon estomac se noue lorsque je vois la voiture de maman dans l'allée. Elle est rentrée du travail, elle a ramené une pizza.

— Prends une assiette, dit papa.

Il plie sa tranche en deux, en prend une grosse bouchée.

Maman pose son sac sur le plan de travail, ôte ses chaussures et me remarque dans mon maillot de bain avec mes cheveux mouillés.

— Bon sang, Vanessa, va chercher une serviette ! Tu mets de l'eau partout sur le sol !

Je l'ignore et j'inspecte la pizza, les gouttes visqueuses de saucisse et de fromage. Même si j'ai faim au point d'en avoir les mains qui tremblent, je fais la moue.

— Beurk. Non, mais regardez-moi cette graisse ! Dégoûtant.

— Très bien, dit ma mère. N'en mange pas.

Pressentant une dispute, papa sort de la cuisine, se rend dans le salon et s'échappe dans la télé.

— Je suis censée manger quoi, à la place ? Il n'y a rien de comestible dans cette maison.

Maman pose deux doigts sur son front.

— Vanessa, par pitié. Je ne suis pas d'humeur.

J'ouvre la porte d'un placard, en sors une boîte de conserve.

— Du haché de bœuf qui, dis-je en vérifiant la date, est périmé depuis deux ans. Waouh. Miam.

Maman prend la boîte de conserve, la balance dans la poubelle. Elle tourne les talons, va dans la salle de bains et claque la porte.

Plus tard, alors que je suis au lit avec mon cahier et que j'écris les scènes qui ne cessent de se rejouer dans ma tête – Strane qui me touche pour la première fois derrière son bureau, les nuits que j'ai passées dans sa maison, les après-midi dans son bureau –, maman monte avec deux parts de pizza. Elle pose l'assiette sur ma table de nuit, s'assied au bord du lit.

— On pourrait descendre sur la côte ce week-end, propose-t-elle.

— Pour faire quoi ? grommellé-je.

Je ne lève pas les yeux de mon cahier, mais je sens qu'elle est blessée. Elle essaie de me ramener à l'époque où j'étais gamine, quand elle et moi n'avions jamais besoin de faire quoi que ce soit en particulier, quand il nous suffisait de monter dans la voiture et de rouler, heureuses d'être ensemble.

Elle pose les yeux sur les pages de mon cahier, penche la tête pour voir ce que j'écris. *Salle de classe, bureau* et *Strane* se répètent encore et encore.

Je retourne le cahier.

— Tu permets ?

— Vanessa, soupire-t-elle.

Nous nous défions du regard. Ses yeux se promènent sur mon visage, cherchent des changements en moi, peut-être le signe de quelque chose de familier. Elle sait. Je ne peux penser à rien d'autre tandis qu'elle me regarde – elle *sait*. Au début, je craignais qu'elle ne contacte Browick ou la police, ou qu'en tout cas elle n'en parle à papa. Pendant des semaines, chaque fois que le téléphone sonnait, mon corps se préparait aux conséquences inévitables. Mais cela ne s'est jamais produit. Elle garde mon secret.

— S'il ne s'est rien passé, tu dois trouver un moyen de lâcher l'affaire.

Elle tapote sur ma main quand elle se lève, ignore mon brusque mouvement de recul. Elle laisse la porte de ma chambre à moitié ouverte, et je sors du lit pour la claquer.

Lâcher l'affaire. Au début, quand j'ai compris qu'elle n'en parlerait à personne, j'étais soulagée. Mais à présent, ce n'est plus que de la déception. Parce le marché semble être : *si tu veux que je garde ce secret, alors nous devons faire comme si cela ne s'était jamais produit* –, et j'en suis incapable. Je me souviendrai de tout du mieux que je peux. Je vivrai dans ces souvenirs jusqu'à ce que je puisse le revoir.

L'été s'éternise. La nuit, allongée dans mon lit, j'écoute les cris des plongeons huards. La journée, pendant que mes parents sont au travail, je ramasse le long du sentier en terre des framboises sauvages dont je me sers pour fourrer des crêpes que je nappe d'épaisses couches de sirop d'érable et que je mange jusqu'à écœurement. Dans le jardin, à plat ventre dans la mauvaise herbe, j'écoute Babe courir à grandes enjambées dans l'eau pour trouver du poisson. Les gouttelettes d'eau sur mon dos quand elle se secoue pour se sécher, sa truffe qui donne des petits coups dans mon cou comme pour me demander si ça va.

Je choisis de penser à tout cela comme étant une accalmie dans mon histoire, une période de bannissement qui met ma loyauté à rude épreuve mais qui finira par me rendre plus forte. J'ai accepté l'idée de ne pas pouvoir contacter Strane, en tout cas pas tout de suite. Même si mes parents ne vérifiaient pas l'identité des gens qui téléphonent ni les factures, j'imagine que les lignes sont sur écoute, que les e-mails surveillés. Un coup de fil de moi pourrait lui valoir d'être viré. Les flics pourraient se présenter à sa porte. C'est bizarre de m'envisager comme quelqu'un de dangereux, mais regardez ce qui s'est déjà passé – j'ai à peine ouvert la bouche et je nous ai conduits à deux doigts d'un désastre.

Tout ce que je peux faire, c'est endurer. Pagayer jusqu'au milieu du lac à bord du canoë puis le laisser dériver jusqu'à la rive, lire *Lolita* pour la énième fois et scruter les annotations effacées de Strane. Regarder fixement la page 140, le passage où Humbert et Lo sont dans la voiture le lendemain matin qui suit leur première relation sexuelle, à l'endroit où une ligne est soulignée dans ce qui semble être de l'encre plus fraîche : « C'était un sentiment très particulier : une gêne hideuse, oppressante, comme si j'étais attablé avec le petit fantôme de quelqu'un que je venais de tuer. » Je repense à Strane qui me ramène en voiture jusqu'au campus après la première nuit chez lui, à sa façon attentive de m'étudier lorsqu'il m'a demandé si j'allais bien. Je griffonne dans mon cahier. *« Mineure » signifie avoir le pouvoir de transformer un homme en criminel par un simple contact.*

Je redoute le mois d'août car une fois la date d'emménagement à Browick passée, je ne pourrai plus faire comme s'il y avait une chance pour que cela se résolve, comme s'il était possible qu'à mon réveil le matin du jour J, je trouve le pick-up chargé et mes parents qui s'exclament « Surprise ! Tout est rentré dans l'ordre. Bien sûr que tu y retournes ! » Le matin du jour de l'emménagement, à mon réveil, la maison est déserte, mes parents sont tous les deux au travail. Un mot sur le plan de travail de la cuisine me dit de passer l'aspirateur, de faire la vaisselle, de brosser Babe, d'arroser les plants de tomates et de courgettes. Toujours vêtue de mon short et de mon tee-shirt de nuit, j'enfile des baskets et je file dans les bois. Je me précipite en haut de la falaise, et m'égratigne les tibias contre les buissons. Lorsque je suis parvenue au sommet, à bout de souffle, je regarde par-delà le lac, la montagne, ce long dos de baleine qui se dresse modestement hors de terre. Les bois infinis qui ne sont interrompus que par une volute de route sur laquelle glissent de gros semi-remorques semblables à des jouets sur un circuit. Je m'imagine entrer dans la chambre déserte de la résidence, le soleil qui drape un matelas nu, les initiales de quelqu'un d'autre gravées sur le rebord de la fenêtre. J'imagine une nouvelle classe s'installer autour de la table de séminaire et Strane qui regarde les élèves en pensant à moi.

Mon nouveau lycée est un long bâtiment de plain-pied qu'on a construit à la va-vite dans les années 1960 pour accueillir tous les baby-boomers, et qui n'a pas été rénové depuis. Il partage son parking avec un centre commercial accueillant un supermarché discount, un Lavomatic, un centre de télémarketing où les gens vendent des cartes de crédit et un *diner* où les clients ont encore le droit de fumer.

C'est l'exact opposé de Browick. Salles tapissées de moquette, réunions d'avant-match, élèves en jean et tee-shirt, cours professionnels, plateaux de cantine garnis de nuggets au poulet et de grosses tranches de pizza, classes tellement surchargées qu'il est impossible de caser un bureau de plus. Pendant le trajet en voiture ce matin-là, maman dit que c'est bien que je débute à la rentrée d'une nouvelle année scolaire, que je me fondrais tout de suite dans la masse, mais tandis que j'arpente les couloirs, il est clair qu'on m'a repérée. Des élèves que je reconnais du collège détournent les yeux, tandis que d'autres me dévisagent ouvertement. En cours de français avancé niveau 4, munie de mon manuel rempli de leçons que j'ai déjà apprises, je surprends deux garçons dans la rangée d'à côté murmurer quelque chose à propos d'une nouvelle élève dont ils ont entendu parler, une seconde, un transfert, une salope qui s'est tapé un prof.

Au début, je me contente de regarder mon manuel en clignant des yeux. *Tapé ?*

Et puis la rage m'envahit. Parce que ces garçons ignorent complètement que la fille dont ils parlent est assise à côté d'eux, parce que seules deux possibilités s'offrent à moi, et qu'aucune n'est juste : rester assise sans rien dire ou faire une scène et me griller. Peut-être que les garçons pensent que je suis une terminale comme eux, mais, plus probablement, le fait que je puisse être la fille en question ne leur traverse même pas l'esprit. De l'extérieur, je dois sembler banale, sans maquillage, vêtue d'un pantalon en velours de taille 40. *Toi ?* s'étonneraient-ils, incapables d'établir un rapprochement entre moi et la salope qu'ils ont imaginée.

Le quatrième jour, deux filles marchent à côté de moi sur le chemin de la cantine. Je connais l'une d'elles du collège. Jade Reynolds. Elle a décoloré ses cheveux châtains qui sont désormais orange cuivré et ne porte plus les jeans pattes d'eph' ni les colliers avec pendentifs haltères d'avant, mais elle a toujours du khôl autour des yeux. L'autre fille, Charley, je l'ai vue en cours de chimie. Elle est grande, sent la cigarette, a les cheveux tellement décolorés qu'ils sont presque blancs. À cause de son nez crochu, on a l'impression qu'elle louche un peu, comme un chat siamois.

Jade me sourit pendant que nous marchons – un sourire dont le but n'est pas tant d'être sympa avec moi que de me regarder droit dans les yeux.

— Salut, Vanessa, dit-elle d'un ton enjoué, en étirant les mots. Tu veux manger avec nous ?

Mes épaules se voûtent par réflexe. Je secoue la tête, sentant un piège.

— Ça ira.

Jade baisse rapidement la tête.

— T'es sûre ?

Elle continue à sourire de ce sourire étrange et inquisiteur.

— Allez, insiste Charley d'une voix rauque. Personne n'aime bouffer tout seul.

Au réfectoire, les filles se rendent directement à une table dans le coin. À peine ai-je eu le temps de m'asseoir que Jade, qui écarquille ses yeux noisette, se penche vers moi.

— Bon, pourquoi t'as été transférée ici ?

— Ça ne me plaisait pas. Le pensionnat, c'était trop cher.

Jade et Charley échangent un regard.

— On a entendu dire que t'avais couché avec un prof, lance Jade.

D'une certaine façon, c'est un soulagement d'entendre la question m'être directement adressée – un soulagement aussi d'imaginer l'histoire serpenter à travers l'État, refusant qu'on l'oublie. Mes parents font comme si cela n'était jamais arrivé, mais c'est arrivé, vraiment.

— Il était sexy ? demande Charley. Je pourrais me taper un prof sexy.

Elle me regarde avec curiosité tandis que je peine à répondre. Comme pour les garçons en cours de français, je sais que ce qu'elles imaginent est complètement à côté de la plaque – un jeune prof séduisant, tout droit sorti d'un film. Je me demande ce qu'elles penseraient de moi en voyant Strane avec son bide et ses lunettes à monture métallique.

— Alors c'est vrai ? demande Jade, un soupçon d'incrédulité dans la voix.

Elle n'est pas convaincue. Je hausse les épaules – pas vraiment une affirmation, mais pas un démenti non plus –, et Charley hoche la tête comme si elle comprenait.

Les filles se partagent un paquet de biscuits au beurre de cacahuète que Jade a sorti de son sac. Elles scindent le gâteau en deux et raclent le beurre de cacahuète avec leurs dents. Elles suivent des yeux le prof qui surveille la cantine. Quand celui-ci se baisse pour parler à une table qui se trouve à l'autre bout de la pièce, Jade et Charley se lèvent d'un bond.

— Viens, dit Charley. Prends ton sac à dos.

Elles se précipitent hors de la cafétéria et s'engouffrent dans le couloir, tournent à l'angle et s'engagent dans une aile plus petite du bâtiment avant d'emprunter une porte qui s'ouvre sur une passerelle reliée à une salle de classe provisoire. Elles se faufilent sous la rampe de la passerelle et sautent dans l'herbe en contrebas.

Comme j'hésite, Charley tend le bras vers moi et me donne un grand coup dans la cheville.

— Saute avant que quelqu'un te voie !

Nous traversons la pelouse en courant jusqu'au parking et au centre commercial, où des gens poussent des chariots grouillant de sacs en provenance du supermarché. Un homme appuyé contre un taxi vide nous regarde tout en tirant sur sa cigarette.

Charley m'attrape par la manche et me guide jusqu'au supermarché. Je me laisse entraîner, les suis dans les allées du magasin. Les employés nous dévisagent. Il est évident que nous venons du lycée, nos sacs à dos nous trahissent direct. Charley et Jade errent dans plusieurs rayons avant de se diriger vers le maquillage.

— J'aime bien celui-ci, dit Jade en inspectant le dessous d'un rouge à lèvres.

Elle le tend à Charley, qui le retourne et lit le nom de la couleur : « Vin avec tout. »

Jade me donne le rouge à lèvres.

— Il est sympa, dis-je, en le lui rendant.

— Non. Mets-le dans ta poche.

Ma main se referme autour du rouge à lèvres. Je comprends ce qui se passe. En un mouvement fluide, Charley fourre trois flacons de vernis à ongles dans son sac à dos. Jade glisse deux rouges à lèvres et un eye-liner dans sa poche.

— Ça suffit pour aujourd'hui, décrète Charley.

Je les suis dans le magasin, vers la sortie. Au moment où nous coupons par une caisse où il n'y a personne, je balance le rouge à lèvres parmi les barres chocolatées.

Dans un univers parallèle, je suis toujours à Browick. J'ai une nouvelle chambre simple à Gould, plus grande cette fois, avec plus de lumière naturelle. À la place de la chimie, de l'histoire américaine et de l'algèbre, je prends des cours d'astronomie stellaire, de sociologie du rock'n'roll et d'art des maths. J'ai un atelier de lecture encadrée avec Strane, et nous nous retrouvons les après-midi, dans son bureau, pour parler des livres qu'il me demande de lire. Les pensées circulent directement de lui à moi, nos cerveaux et nos corps sont connectés.

Je fouille dans le placard de ma chambre et retrouve les brochures sur papier glacé que j'avais ramenées à la maison quand j'étais une élève de quatrième qui voyait des galaxies dans son avenir. Je découpe les pages et je les colle sur la couverture de mon journal – des tables du réfectoire avec des nappes pour accueillir les parents lors du week-end portes ouvertes, des élèves penchés au-dessus de livres dans la bibliothèque, le campus automnal inondé de lumière dorée et de feuilles embrasées, rouge érable. Un catalogue L.L. Bean arrive dans notre boîte aux lettres, et je le découpe aussi. Les hommes sont tous des doublures de Strane, avec leurs blazers en tweed, leurs chemises bûcheron et leurs chaussures de randonnée, des tasses de café noir fumant à la main. Il me manque tellement, cela m'épuise. Je me traîne de cours en cours, je divise la journée en unités que je parviens à gérer. Si ce n'est en heures, alors en minutes. Quand je pense à tous les jours que j'ai devant moi, je finis par être obsédée par des choses qui, je le sais, ne devraient pas m'obséder. Par exemple : peut-être qu'être mort n'est pas la pire chose qui soit. Peut-être que ce ne serait pas si terrible.

La troisième semaine, les Twin Towers s'effondrent, et toute la journée au lycée, nous regardons les informations. Des drapeaux américains miniatures font leur apparition sur les voitures, sur les vestes des gens, à côté de la caisse dans des supérettes. À la cantine, la télé diffuse Fox News, et tous les soirs, mes parents regardent CNN pendant des heures, les mêmes images de tourbillons de fumée qui sortent des tours, George W. Bush avec un mégaphone sur le site de Ground Zero, des commentateurs qui spéculent sur l'origine des courriers contenant de l'anthrax. Ma nouvelle prof de lettres accroche une illustration d'un aigle américain qui pleure à l'avant de son bureau, et dans un coin du tableau blanc, elle écrit : N'OUBLIONS JAMAIS. Et pourtant, je n'arrive à penser qu'à Strane – ma perte à moi. Dans mon carnet, j'écris : *Mon pays a été attaqué, c'est une journée tragique.* Je le referme. Puis je l'ouvre de nouveau et j'ajoute : *Et pourtant, je ne pense qu'à moi. Je suis égoïste et mauvaise.* J'espère que ces mots me feront éprouver de la honte. Ils ne font rien.

À l'heure du déjeuner, Charley, Jade et moi fumons des cigarettes derrière le centre commercial, cachées par deux bennes à ordures dans lesquelles se dressent des montagnes de cartons. Jade veut que Charley sèche le cours de chimie pour aller quelque part – le centre commercial, peut-être ? Je ne sais pas. Je n'écoute pas vraiment. La véritable raison pour laquelle Jade veut que Charley sèche est qu'elle est jalouse, elle déteste que nous ayons un cours en commun auquel elle n'assiste pas. Cinquante minutes entières auxquelles elle n'a pas accès.

— Je ne peux pas sécher, dit Charley en donnant une chiquenaude à sa cigarette.

Sur son majeur, elle a un tout petit cœur tatoué – réalisé au fil et à l'aiguille, nous a-t-elle raconté. C'est le petit ami de sa mère qui l'a fait.

— On a une interro aujourd'hui, pas vrai Vanessa ?

J'agite la tête, la hochant et la secouant en même temps. J'en sais rien.

Jade jette un regard noir aux quais de chargement du supermarché, aux semi-remorques qui y sont adossés et livrent de la nourriture.

— Pigé, marmonne-t-elle.

— Oh putain, détends-toi, réplique Charley en riant. On ira après les cours. La vache, t'es carrément sur les nerfs.

Jade, narines écartées, souffle un nuage de fumée.

En cours de chimie, Charley me murmure qu'elle a grave envie de coucher avec Will Coviello, a tellement envie de lui qu'elle serait prête à le sucer alors qu'elle ne suce jamais. Je l'entends à peine parce que je suis complètement accaparée par le rabat intérieur de mon cahier, où j'ai noté l'emploi du temps de Strane que je connais par cœur. En ce moment, il fait cours à des secondes, et à ma place, à la table de séminaire, quelqu'un d'autre est assis.

— C'est triste, non ? demande Charley. Tu me trouves pathétique ?

Je ne lève pas les yeux de mon cahier.

— Je pense que tu devrais faire ce que tu veux avec qui tu veux.

Je consulte l'emploi du temps de Strane pour voir ce qui l'occupe au créneau suivant – une heure de libre. Je l'imagine dans le bureau, étendu sur le canapé en tweed, une pile de copies à corriger sur les genoux, laissant ses pensées vagabonder jusqu'à moi.

— Tu vois, c'est pour ça que je t'aime bien, dit Charley. T'es tellement cool. On devrait traîner ensemble. Genre, pour de vrai. En dehors de l'école.

Je lève les yeux de mon cahier.

— Vendredi, tu peux ? On pourrait aller au bowling.

— Je n'aime pas trop le bowling.

Elle roule des yeux.

— On n'y va pas vraiment pour jouer.

Je lui demande ce qu'elles font là-bas dans ce cas, mais Charley se contente de sourire, baisse la tête vers la valve de gaz, avance la bouche en cul-de-poule et fait mine de l'allumer. J'attrape sa main et elle se met à rire, d'un rire rauque et sonore.

Vendredi soir, Charley fait tout le trajet en voiture jusqu'à la maison pour passer me prendre, entre et se présente à mes parents. Ses cheveux sont attachés en une queue-de-cheval soignée, et elle a mis une bague qui cache son tatouage.

Elle explique à ma mère qu'elle a son permis de conduire depuis un an, un mensonge qu'elle sort avec tellement d'aplomb que même moi, je marche. Je vois mes parents échanger des regards, maman se tord les mains, mais je sais qu'ils ne veulent pas m'empêcher de sortir. Au moins, je me fais des amis, je commence à trouver ma place.

Une fois que Charley et moi marchons dans l'allée et qu'ils ne peuvent plus nous entendre, elle lance :

— Putain, t'habites vraiment dans le trou du cul du monde.

— Je sais, je déteste.

— À ta place, je détesterais aussi. Tu sais, l'année dernière, je suis sortie avec un mec qui habitait par ici.

Son nom ne me dit rien.

— Il était un peu plus vieux.

Les pneus crissent quand Charley sort de l'allée, et j'imagine maman en train de faire la grimace en entendant ça.

— Ouais, désolée. Problème de silencieux.

Elle conduit avec une main seulement sur le volant, l'autre tient une cigarette. Sa vitre est entrouverte afin que la fumée puisse s'échapper. Elle porte des gants dont elle a coupé les doigts, son manteau est recouvert de poils de chat. Elle me pose des questions sur moi, sur ce que je pense de plusieurs personnes du bahut, de mon départ de Browick. Elle me dit que l'idée du pensionnat l'obsède.

— C'était fou ? me demande-t-elle. Sûrement. Rempli de gosses de riches, pas vrai ?

— Tout le monde n'était pas riche.

— Y avait de la drogue partout ?

— Non. Ce n'était pas comme ça. C'était…

Je revois le campus et les bâtiments au bardage blanc, les chênes en automne, les congères plus hautes que nos têtes, les profs en jean et chemise bûcheron – Strane, drapé d'ombre, qui m'observe depuis son bureau. Je secoue la tête.

— C'est difficile à décrire.

Charley sort le bout de sa cigarette par la fenêtre.

— Eh bien, t'as de la chance. Même si tu n'y es restée que deux ans. Maman ne pourrait jamais me le payer.

— J'avais une bourse, je m'empresse de préciser.

— Ouais, mais même comme ça, ma mère ne m'autoriserait jamais à y aller. Elle m'aime trop. Je veux dire, laisser ton gamin partir en troisième ? À quatorze ans ? C'est de la folie.

Elle tire sur sa cigarette, souffle, et ajoute :

— Pardon, je suis sûre que ta mère t'aime. C'est juste différent, sûrement, avec la mienne. On est proches. On n'est que toutes les deux.

Je lui fais signe que ce n'est rien, que ça va, mais ses mots me piquent au vif. Peut-être qu'ils me blessent parce qu'ils sont vrais. Peut-être que je n'ai pas été assez aimée. Peut-être que ce manque d'amour a modelé la solitude qu'il a perçue en moi.

— Will est censé être là ce soir, m'apprend-elle.

Le changement de sujet est si soudain que je commence à demander « Will qui ? » avant de me rappeler ce qu'elle a raconté en cours de chimie. *Will Coviello est tellement sexy que je pourrais le sucer. Je t'assure, je le ferai.* Je connais Will Coviello depuis la maternelle. Il a un an de plus que nous, il est en terminale, habite dans une grande maison avec un court de tennis à l'avant. Au collège, les filles le surnommaient Prince Williams.

Quand nous arrivons au bowling, Jade est déjà là et porte un caraco satiné sans soutien-gorge. La salle est mal éclairée. Des élèves du lycée sont assis à de longues tables en retrait des pistes. Je reconnais la plupart des visages, mais je serais incapable de retrouver leurs noms. Il y a un bar accolé au bowling, avec une porte ouverte entre les deux qui laisse passer la musique du jukebox et l'odeur de bière.

Charley s'installe à côté de Jade.

— T'as vu Will ?

Quand Jade hoche la tête et pointe le doigt vers les portes. Charley décolle si vite qu'elle renverse presque une chaise au passage.

Une fois Charley partie, Jade ne m'adresse pas la parole. Elle regarde volontairement par-dessus mes épaules, refuse de poser les yeux sur moi. Son eye-liner trace des points nets sur ses paupières. C'est la première fois qu'elle est maquillée comme ça.

Des hommes venus du bar entrent dans le bowling avec des boissons. Leurs yeux parcourent l'espace mal éclairé. Un type en veste camouflage aperçoit notre table et fait signe à son ami. Celui-ci secoue la tête et lève les mains, l'air de dire : *Hors de question d'être mêlé à ce genre de truc !*

Je regarde l'homme en veste se diriger vers nous. Je remarque sa façon de se concentrer sur Jade et son top de chaudasse. Il tire une chaise à côté d'elle, pose sa boisson sur la table.

— J'espère que ça ne te dérange pas si je m'assieds ici, dit-il.

Il étire ses syllabes. Iiii-ciii.

— C'est tellement blindé, j'ai pas trouvé d'autre endroit où me poser.

Il plaisante : il y a des tas d'autres sièges. Jade est censée rire, mais elle ne daigne même pas lui accorder un regard. Elle est assise le dos droit et les bras croisés sur sa poitrine. D'une voix minuscule, elle répond :

— Pas de problème.

Malgré ses doigts crasseux, le type n'est pas moche. Voilà à quoi ressembleront les gars du lycée plus tard – gros accent du Maine et pick-up.

— Quel âge t'as ? je lui demande.

Ma question sort un peu plus vigoureusement que prévu et me donne un ton accusateur, mais il ne semble pas découragé. Il se tourne vers moi, détournant immédiatement son attention de Jade.

— Je crois bien que je devrais te demander la même chose, réplique-t-il.

— J'ai demandé en premier.

Il a un petit sourire narquois.

— Je vais te le dire, mais tu vas devoir bosser. J'ai fini le lycée en 1983.

Je réfléchis un instant. Strane a terminé le lycée en 1976.

— T'as trente-six ans.

L'homme hausse les sourcils, sirote sa boisson.

— Ça te dégoûte ?

— Pourquoi je devrais être dégoûtée ?

— Parce que trente-six ans, c'est vieux.

Il rit.

— T'as quel âge ?

— À ton avis ?

Il me toise.

— Dix-huit.

— Seize.

Il rit encore, secoue la tête.

— Putain.

— C'est grave ?

C'est une question idiote, et je le sais. Bien sûr que c'est grave. Tellement grave que c'est écrit en gros sur son visage. Je jette un regard en direction de Jade, qui me dévisage comme si elle me voyait pour la première fois, comme si elle ne me connaissait pas.

Une terminale à l'autre bout de la table se penche vers nous.

— Hé, je peux en boire un peu ? demande-t-elle.

L'homme grimace légèrement, une façon infime de reconnaître qu'il sait que c'est mal, mais fait glisser son verre à l'autre bout de la table. La fille boit une gorgée, puis laisse échapper un gloussement aigu, comme si elle était déjà soûle.

— Ok, ok.

Le type récupère son verre.

— J'ai pas envie qu'on me foute dehors.

— Tu t'appelles comment ? je demande.

— Craig.

Il incline son verre vers moi.

— Tu veux goûter ?

— C'est quoi ?

— Whisky-coca.

Je prends le verre.

— J'adore le whisky.

— Et tu t'appelles comment, fille de seize ans qui adore le whisky ?

Je fais un mouvement de tête vers l'arrière pour chasser une mèche de cheveux.

— Vanessa.

Je le dis en soupirant, comme si je crevais d'ennui, comme si un feu ne brûlait pas en moi. Je me demande si cela compte comme une infidélité, si Strane serait très fâché s'il entrait dans la salle et assistait à la scène.

Charley revient, le visage rouge, les cheveux en bataille. Elle boit une grande gorgée dans la cannette de soda de Jade.

— Qu'est-ce qui s'est passé ? demande celle-ci.

Charley agite la main : elle n'a pas envie d'en parler.

— On se casse. Je veux rentrer chez moi et pioncer.

Elle me regarde.

— Merde, faut que je te ramène chez toi, se souvient-elle soudain.

Craig nous observe attentivement.

— Besoin qu'on te dépose quelque part ? me demande-t-il.

Je recule, j'ai des fourmis dans les bras et les jambes.

— T'es qui ? demande Charley.

— Je m'appelle Craig.

Il tend la main pour qu'elle la serre. Charley se contente de soutenir son regard.

— C'est ça.

Elle me regarde.

— Tu ne pars pas avec lui. Je te ramène chez toi.

J'adresse un sourire penaud à Craig en m'efforçant de ne pas sembler rassurée.

— Elle te dicte toujours ce que tu dois faire ? demande-t-il.

Je secoue la tête et il se penche vers moi.

— Et si j'avais envie de te parler, un jour ? Comment je ferais ?

Il veut un numéro de téléphone, mais je sais que mes parents préviendraient certainement la police en entendant sa voix.

— T'as une messagerie instantanée ?

— Genre AOL ? Ouais.

Charley me regarde repêcher un stylo au fond de mon sac et écrire mon pseudo sur la paume de sa main.

— T'aimes vraiment les vieux, me dit-elle quand nous sortons. Désolée de t'avoir cassé ton coup. Je ne pensais pas que tu voulais vraiment le laisser te raccompagner chez toi.

— Je ne voulais pas. J'aime juste qu'on me remarque. Ce type est un loser, ça se voit.

Charley rit, ouvre sa portière et monte dans sa voiture. Puis elle se penche et déverrouille la portière côté passager.

— Tu sais, t'es étonnamment barge.

Pendant le trajet jusqu'à chez moi, Charley passe en boucle la même chanson de Missy Elliott. La lumière du tableau de bord colore son visage de bleu tandis qu'elle rappe : « *Ain't no shame, ladies, do your thing/ Just make sure you're ahead of the game.* »

Dès lundi, tout le monde sait que Charley a taillé une pipe à Will. Mais celui-ci ne lui adresse pas la parole, et Jade a entendu de la bouche de Ben Sargent que Will l'avait traitée de cas soc'.

— Les mecs, c'est de la merde, déplore Charley pendant que nous fumons des cigarettes derrière le supermarché, à l'abri entre les bennes.

Jade hoche la tête pour marquer son assentiment, et je l'imite, mais uniquement pour la forme. Je me suis couchée tard samedi et dimanche parce que j'ai tchatté avec Craig, et ma tête résonne encore de tous les compliments qu'il m'a faits. Je suis tellement jolie, si séduisante, incroyablement sexy. Depuis notre rencontre vendredi soir, il pense à moi sans arrêt. Il serait prêt à tout pour me revoir.

Quand Charley dit que les hommes, c'est de la merde, en réalité, elle veut parler des garçons. Elle essuie ses larmes avant qu'elles aient le temps de couler, et je sais qu'elle est furieuse et que cela doit être carrément douloureux, mais une part de moi ne peut s'empêcher de penser : elle s'attendait à quoi ?

Craig n'est pas du tout comme Strane. C'est un vétéran, il a participé à l'opération *Tempête du désert*, et maintenant, il travaille sur des chantiers. Il ne lit pas, n'a pas étudié à la fac, n'a rien à dire quand j'essaie d'aborder les sujets qui m'intéressent. Le pire chez lui, c'est son amour pour les armes – pas juste les fusils de chasse, mais les armes de poing. Quand je lui confie que je trouve les armes stupides, il écrit : CE N'EST PAS CE QUE TU PENSERAS QUAND QUELQU'UN ENTRERA PAR EFFRACTION DANS TA CHAMBRE EN PLEINE NUIT. LÀ, TU TROUVERAS ÇA PLUTÔT MALIN D'AVOIR UNE ARME.

QUI VA ENTRER DANS MA CHAMBRE ? je réplique. TOI ? PEUT-ÊTRE.

Avec Craig, nous nous contentons de tchatter, et du coup ça passe, même quand il est flippant. Je ne l'ai pas revu depuis l'autre nuit au bowling, et je ne suis pas pressée que ça arrive, mais il dit qu'il veut me voir. Il n'arrête pas de répéter qu'il veut m'emmener quelque part.

On irait où ? je demande, comme si j'étais stupide.

Chaque fois que la conversation prend une direction qui me déplaît, je joue les idiotes, et comme je joue souvent les idiotes, il pense que je le suis vraiment.

Comment ça, où ? écrit Craig. Au cinéma, dîner. t'es jamais sortie avec un mec avant ?

Ok, mais j'ai seize ans.

On pourrait t'en donner dix-huit.

Il ne comprend pas comment cela fonctionne, ne capte pas que je ne veux pas avoir l'air d'avoir dix-huit ans, et que ça ne m'intéresse pas du tout d'aller au cinéma comme s'il était un garçon de mon âge.

Le temps se rafraîchit et tourne au gris pur. Les feuilles changent et tombent, les bois, peuplés d'arbres décharnés, se font clairsemés. J'apprends des choses sur moi-même : que si je me limite à cinq heures de sommeil, je suis trop fatiguée pour me soucier de ce qui se passe autour de moi ; si j'attends jusqu'à l'heure du dîner pour manger, les douleurs liées à la faim noient tous les autres sentiments. Noël arrive et repart aussitôt, encore une nouvelle année qui commence ; les infos à la télé crient toujours des choses sur l'anthrax et la guerre. Au lycée, les rumeurs à mon sujet sont retombées depuis longtemps. Mes parents arrêtent de mettre le téléphone sans fil sous clé dans leur chambre tous les soirs.

Je continue à tchatter avec Craig, mais ses compliments s'éventent, et le sentiment que j'ai eu quand je l'ai rencontré pour la première fois s'assèche. Désormais, quand nous discutons en ligne, je ne pense qu'à ce que Strane penserait de lui, et à ce que Strane penserait de moi qui passe mon temps à lui parler.

Craig207 : JE PEUX T'AVOUER UN TRUC ? J'AI COUCHÉ AVEC UNE NANA SAMEDI.

Sombre_vanessa : POURQUOI TU ME RACONTES ÇA ?

Craig207 : PARCE QU'IL FAUT QUE TU SACHES QUE J'AI PENSÉ À TOI TOUT DU LONG.

Sombre_vanessa : HUM.

Craig207 : J'AI FAIT COMME SI C'ÉTAIT TOI.

Craig207 : DIS DONC TOUJOURS PAS DE NOUVELLES DE CE PROF ?

Sombre_vanessa : CE SERAIT DANGEREUX DE SE PARLER.

Craig207 : TU ME PARLES. EN QUOI C'EST DIFFÉRENT ?

Sombre_vanessa : TOI ET MOI ON N'A RIEN FAIT. ON PARLE JUSTE.

Craig207 : TU SAIS QUE JE VEUX FAIRE PLUS QUE PARLER.

Craig207 : C'EST VRAIMENT LE SEUL TYPE AVEC QUI T'ES SORTI ?

Craig207 : HÉ-HO ? T'ES LÀ ?

Craig207 : ÉCOUTE, J'AI ÉTÉ TRÈS PATIENT, MAIS JE COMMENCE À EN AVOIR MARRE. J'EN AI MA CLAQUE DE PARLER, ENCORE ET TOUJOURS.

Craig207 : QUAND EST-CE QUE JE PEUX TE VOIR ?

Sombre_vanessa : EUH JE SAIS PAS. PEUT-ÊTRE LA SEMAINE PROCHAINE ?

Craig207 : T'AS DIT QUE LA SEMAINE PROCHAINE, C'ÉTAIENT LES VACANCES DE FÉVRIER.

Sombre_vanessa : AH OUAIS. CHÉ PAS. C'EST COMPLIQUÉ.

Craig207 : ÇA N'A PAS À ÊTRE COMPLIQUÉ. ON PEUT FAIRE EN SORTE QUE CE SOIT DEMAIN.

Craig207 : JE BOSSE À MÊME PAS UN KILOMÈTRE DU LYCÉE. JE VIENDRAI TE CHERCHER.

Sombre_vanessa : ÇA MARCHERAIT PAS.

Craig207 : ÇA MARCHERAIT. JE VAIS TE LE PROUVER.

Sombre_vanessa : COMMENT ÇA ?

Craig207 : TU VERRAS.

Sombre_vanessa : QU'EST-CE QUE T'ES EN TRAIN DE DIRE ???

CRAIG207 : TU SORS VERS DEUX HEURES, C'EST ÇA ? C'EST GÉNÉRALEMENT À CETTE HEURE-LÀ QUE JE VOIS TOUS LES CARS ALIGNÉS DEVANT.

Sombre_vanessa : QU'EST-CE QUE TU VAS FAIRE ? TE POINTER OU QUOI ?

Craig207 : TU VERRAS COMME C'EST FACILE.

Sombre_vanessa : NE FAIS PAS ÇA STP.

Craig207 : T'AIMES PAS L'IDÉE QUE LE MEC QUE T'ALLUMES DEPUIS UN MOMENT PASSE UN PEU À L'ACTION ?

Sombre_vanessa : SÉRIEUSEMENT.

Craig207 : À PLUS.

Je bloque son pseudo, efface tous nos tchats et nos e-mails, et fais croire que je suis malade le lendemain, bien contente, au moins, de ne jamais lui avoir donné mon adresse exacte – il ne risque pas de venir à la maison. Quand je retourne en cours, pendant le trajet entre les portes de l'école et le car, je tiens la clé de chez moi de façon à ce qu'elle ressorte entre mes doigts. Je l'imagine m'attraper par derrière, m'obliger à monter dans son camion, et ensuite, qui sait. Il me violerait et me tuerait, sans doute. Transporterait mon cadavre au cinéma afin que nous puissions enfin l'avoir, ce rencard dont il n'a pas arrêté de parler. Au bout d'une semaine, puisque rien ne se passe, j'arrête de tenir ma clé comme une arme, et je débloque son pseudo pour voir s'il me contacte. Il ne le fait pas. Il a disparu. Je me dis que je suis rassurée.

Début mars, mon exemplaire de *Lolita* disparaît de ma table de chevet. Je mets ma chambre sens dessus dessous pour le retrouver, l'idée de l'avoir perdu me rend presque folle de panique. Ce n'était pas juste mon exemplaire. C'était celui de Strane – ses annotations dans les marges, des traces de lui sur les pages.

Je ne crois pas vraiment que mes parents l'aient pris, mais je ne vois pas comment il a pu disparaître. Au rez-de-chaussée, maman est assise toute seule à la table de la salle à manger. Celle-ci est jonchée de factures, et une calculatrice avec un rouleau de papier est posée dessus. Papa est parti acheter en ville des réserves de sucre en vue des week-ends prochains, au cours desquels nous allons faire bouillir de la sève d'érable sur le poêle à bois, ce qui emplira la maison d'une vapeur sucrée.

— T'es venue dans ma chambre ? je demande.

Maman lève les yeux de sa calculatrice. Son visage est serein.

— Un truc a disparu. Tu l'as pris ?

— Qu'est-ce qui a disparu ?

Je respire un coup.

— Un livre.

Elle cligne des paupières, baisse les yeux vers ses factures.

— Quel livre ?

Je serre les mâchoires. Mon estomac se noue. J'ai l'impression qu'elle veut voir si je vais le dire.

— Peu importe. Il était à moi. Tu n'as pas le droit de le prendre.

— Eh bien, je ne sais pas de quoi tu parles. Je n'ai rien pris dans ta chambre.

Le cœur battant, je la regarde déplacer les papiers. Elle note une liste de chiffres puis les tape sur la calculatrice. Une somme apparaît, et maman soupire.

— Tu crois me protéger, mais c'est trop tard, dis-je.

Elle lève la tête, l'œil acéré – une faille dans son expression détendue.

— Peut-être qu'une part de tout ça est de ta faute. Tu y as déjà pensé ?

— Je ne vais pas m'embarquer là-dedans avec toi maintenant, répond-elle.

— La plupart des mères ne laissent pas leurs enfants quitter la maison à quatorze ans. Tu en es consciente, n'est-ce pas ?

— Tu n'as pas quitté la maison, rétorque-t-elle sèchement. Tu étais à l'école.

— Eh bien, tous mes amis trouvent bizarre que tu m'aies laissée partir en pension. La plupart des mères aiment trop leurs enfants pour les envoyer loin. Mais pas toi, j'imagine.

Elle me regarde fixement, son visage devient livide avant de rougir complètement. Rouge cuisant, narines écartées – c'est peut-être la première fois que je la vois dans une colère pareille. Pendant un instant, je l'imagine sauter de la table et plonger sur moi, passer ses mains autour de mon cou.

— Tu nous as suppliés de te laisser aller là-bas, dit-elle d'une voix tremblante à cause de l'énergie qu'elle déploie pour rester calme.

— Je n'ai pas supplié.

— Bon sang, tu nous as fait un exposé !

Je secoue la tête.

— Tu exagères.

Je dis cela en sachant que ce n'est pas le cas. J'ai bel et bien fait un exposé, je les ai bel et bien suppliés.

— Ça ne se fait pas. On ne change pas les faits pour qu'ils cadrent avec l'histoire que l'on veut raconter.

— Qu'est-ce que ça signifie ?

Elle prend une profonde inspiration comme pour parler. Et puis elle souffle, laisse tomber. Elle se lève, se rend dans la cuisine – afin de me fuir, je le sais, mais je la suis tout de même. À quelques pas derrière elle, je lui demande de nouveau :

— Qu'est-ce que ça signifie ? Maman, qu'est-ce que c'est censé vouloir dire ?

Pour étouffer mes propos, elle ouvre le robinet au maximum et fait résonner la vaisselle dans l'évier, mais je ne m'arrête pas. La question ne cesse de sortir de moi, telle une réprimande qui échappe à mon contrôle, qui s'échappe de moi.

L'assiette qu'elle tient glisse de ses mains, ou peut-être est-ce un geste volontaire. Quoi qu'il en soit, elle se brise – il y a des éclats de vaisselle dans l'évier. Je me tais, mes mains fourmillent comme si c'était moi qui avais fracassé cette assiette.

— Tu m'as menti, Vanessa.

Sa main, rouge à cause de l'eau gluante de savon, referme le robinet avant de former un poing. Elle s'en sert pour marteler sa poitrine, et l'eau dépose des taches sombres sur sa chemise.

— Tu m'as raconté que tu avais un petit ami. Tu m'as menti et tu m'as laissée croire…

Elle ne termine pas sa phrase et recouvre ses yeux avec sa main mouillée, comme si ce souvenir lui était insupportable. Le trajet de retour jusqu'à Browick, elle qui dit *Tout ce qui m'importe, c'est qu'il soit gentil avec toi.* Qui me demande si nous couchons ensemble, s'il faut que je prenne la pilule. *Le premier amour est tellement spécial. Tu ne l'oublieras jamais.*

— Tu m'as menti, répète-t-elle.

Elle attend, espérant des excuses. Je laisse les mots suspendus dans l'air qui nous sépare. Je me sens vidée et mise à nu, mais je ne regrette rien, absolument rien.

Elle a raison : j'ai menti. Je l'ai laissée croire ce qu'elle avait envie de croire sans éprouver le moindre remords. Je n'avais même pas l'impression de mentir, plutôt de modeler la vérité afin qu'elle s'accorde avec ce que ma mère souhaitait entendre, un acte de contorsion que j'ai appris de Strane – et j'étais douée pour ça, capable de manipuler la vérité si secrètement que ma mère ne s'était absolument rendu compte de rien. Peut-être aurais-je dû m'en vouloir par la suite, mais je me rappelle n'avoir ressenti que de la fierté de m'en tirer à si bon compte, de savoir comment la protéger, le protéger, me protéger – nous trois d'un coup.

— Jamais je ne t'en aurais crue capable, dit-elle.

Je hausse les épaules.

— Peut-être que tu ne me connais pas vraiment, je rétorque d'une voix rauque.

Elle cligne des yeux, enregistrant à la fois ce que j'ai dit et ce que je n'ai pas dit.

— Tu as peut-être raison. Peut-être que je ne te connais pas.

Elle s'essuie les mains et laisse l'évier rempli de vaisselle sale, l'assiette cassée. Avant de quitter la cuisine, elle s'arrête sur le seuil.

— Tu sais, parfois, j'ai honte que tu sois mon enfant.

Je reste un moment debout au milieu de la pièce, mes oreilles suivent la plainte des escaliers que ma mère est en train de gravir, la porte de la chambre de mes parents qui s'ouvre et se referme, ses pas directement au-dessus de moi, le grincement du cadre de lit quand elle s'allonge. Les murs et les sols sont tellement fins dans cette maison, qui est tellement mal construite qu'on peut tout entendre à condition de tendre suffisamment l'oreille. La menace d'être mis au jour est constante.

Je plonge la main dans l'évier et attrape à l'aveugle des morceaux de l'assiette cassée, sans peur de me couper. Je laisse les fragments alignés sur le plan de travail, dégoulinants d'eau et de mousse. Plus tard, tandis que je suis allongée dans mon lit et que j'évalue encore mes blessures – est-ce que ce qu'elle m'a dit était si terrible que ça ? Je n'en méritais pas tant, me semble-t-il – elle balance les bouts d'assiette dans la poubelle, et j'entends le fracas de la céramique jusque dans ma chambre au grenier. Le jour suivant, *Lolita* est de nouveau dans ma bibliothèque.

La mère de Charley trouve un travail dans le New Hampshire, et elles déménagent pour la troisième fois en quatre ans. Pour son dernier jour de classe, elle cache des bières dans son sac à dos, et nous buvons derrière le supermarché, nos rots se répercutent sur les bennes à ordures. Après les cours, Charley me dépose en voiture à la maison. Encore éméchée, elle grille tous les feux quand nous quittons la ville. La tête appuyée contre la vitre, je ris en pensant : *Ce ne serait pas si mal de mourir comme ça.*

— Je suis deg que tu partes, lui dis-je alors qu'elle prend la direction du lac. Sans toi, je n'aurai plus d'amis.

— Il y a Jade, remarque-t-elle les yeux rivés sur la route sombre afin d'éviter les nids-de-poule.

— Beurk, non merci. Elle est naze.

Mon franc-parler me surprend. Je n'ai jamais parlé de Jade en mal devant Charley auparavant, mais qu'est-ce que cela change, à présent ?

Charley a un petit sourire en coin.

— Ouais, c'est vrai, parfois. Et elle te déteste plus ou moins.

Elle arrête la voiture tout en haut de l'allée.

— Je serais bien rentrée, mais je ne veux pas que tes parents sentent que je pue la bière. Même si toi aussi, tu dois empester l'alcool.

— Attends.

Je fouille dans mon sac à dos pour retrouver le dentifrice que j'ai toujours sur moi depuis que je me suis mise à fumer. J'en aspire une petite noisette, je m'en badigeonne bruyamment les dents.

— Regardez-moi ça ! s'exclame Charley.

Elle se met à rire.

— T'es étonnamment barge *et* géniale.

Je la serre un bon moment dans mes bras et, dans mon ivresse, j'ai envie de l'embrasser, mais je maîtrise ce désir, je me force à sortir de la voiture. Avant de refermer la portière, je me baisse et je dis :

— Hé, merci de ne pas m'avoir laissée repartir avec ce type au bowling.

Elle plisse le front en essayant de se souvenir. Elle hausse les sourcils.

— Ah, oui ! Pas de souci. Il allait clairement t'assassiner.

Tandis qu'elle fait marche arrière dans l'allée pour partir, elle baisse la vitre et crie :

— Donne des nouvelles !

Je hoche la tête et je lui réponds en criant :

— Je le ferai !

Mais ce sont des paroles creuses, car je n'ai ni son adresse ni son numéro de téléphone. Même plus tard, avec Facebook et Twitter, je ne la retrouverai plus jamais.

Pendant un moment, Jade et moi essayons de passer du temps ensemble. Nous nous traînons jusqu'au supermarché à l'heure du déjeuner, essayons de nous convaincre mutuellement de voler et pétons un plomb quand l'autre refuse. Un matin, alors que je suis à la cantine avant la première heure de cours et que je galère à terminer un devoir d'algèbre, Jade se dirige vers moi d'un pas lourd.

— Donc j'ai vu ce type, là, Craig, au bowling samedi.

Je lève les yeux. Elle sourit tellement qu'elle a du mal à fermer les lèvres. On dirait qu'elle va gerber partout.

— Il m'a demandé de te dire que t'étais une salope.

Les yeux écarquillés, elle guette ma réaction. Je sens mon visage brûler, et je m'imagine lui balancer mon bouquin d'algèbre à la figure, la renverser, tirer sur ses cheveux cuivrés décolorés.

Mais je me contente de rouler des yeux en marmonnant un truc comme quoi ce type est un pédophile adepte des armes à feu, avant de retourner à mon devoir d'algèbre. Après ça, Jade se met à traîner avec un groupe d'élèves populaires, des gens qui étaient ses amis au collège. Elle teint ses cheveux en marron et rejoint l'équipe de tennis. Quand nous nous croisons dans le couloir, elle regarde droit devant elle.

Au lieu de m'embêter à trouver un nouvel endroit où m'asseoir à la cantine, je passe l'heure du déjeuner dans le *diner* du centre commercial. Tous les jours, je commande du café et une tarte tout en lisant ou en finissant mes devoirs, et j'imagine que j'ai l'air mystérieuse et adulte, assise toute seule dans un box du restaurant. Parfois, je sens que des hommes me regardent depuis leur tabouret au comptoir, et parfois je croise leur regard, mais cela ne va jamais plus loin.

À la maison, au fond des bois, au milieu de nulle part, Internet est ma seule porte de sortie. En ligne, je fais constamment des recherches, je tape sur Google différentes combinaisons associant le nom de Strane et Browick, entre guillemets ou non, mais je ne trouve que son profil universitaire, et le fait qu'il a été bénévole dans un programme d'alphabétisation en 1995. Et puis, à la mi-mars, un nouveau résultat apparaît : il a remporté un prix d'enseignement national, a assisté à une cérémonie à New York. Il y a une photo de lui sur scène qui accepte une plaque, un grand sourire sur le visage, ses dents blanches étincelant à travers sa barbe noire. Je ne reconnais pas ses chaussures, et ses cheveux sont plus courts que jamais. Un sentiment de gêne m'envahit quand je me rends compte qu'il ne pensait certainement pas à moi du tout à cet instant-là. Pas un instant ne passe sans que je pense à lui.

La nuit, je veille jusque tard en parlant à des inconnus sur Instant Messenger. Je recherche les mêmes mots clés – *Lolita, Nabokov, professeur* – et j'envoie des messages à tous les hommes qui apparaissent dans les résultats. S'ils commencent à me sortir des choses flippantes comme Craig, je me déconnecte. Ce n'est pas ce que je recherche. J'aime simplement qu'ils m'écoutent sans broncher raconter par le menu ce qui s'est passé avec Strane. Tu es une fille vraiment spéciale, écrivent-ils, pour être capable d'apprécier l'amour d'un homme comme ça. Quand ces types réclament une photo de moi, je leur envoie un cliché de Kirsten Dunst dans *The Virgin Suicides*, et aucun ne me critique, ce qui me pousse à me demander s'ils sont stupides ou si, tout bonnement, cela ne les dérange pas que je sois une menteuse. S'ils m'envoient leur photo, je leur dis qu'ils sont beaux et ils me croient tous, même ceux qui sont franchement laids. Je sauvegarde les clichés qu'ils me transmettent dans un dossier intitulé DEVOIR DE MATHS afin que mes parents ne fouinent pas dedans. Parfois, je me déplace avec ma souris de portrait en portrait, de triste visage banal en triste visage banal, et je me dis que si Strane m'avait envoyé sa photo avant que je le connaisse vraiment, il aurait eu sa place ici sans aucun problème.

Après la saison boueuse vient la saison des mouches noires. La glace sur le lac fond doucement, devenant d'abord grise, puis bleue, avant de se dissoudre dans l'eau froide. La neige fond dans le jardin, mais au fond des bois, des congères sont toujours nichées contre des rochers, des tas de neige croustillante parsemés d'aiguilles de pin et de cônes d'épicéa. En avril, une semaine avant mon dix-septième anniversaire, maman me demande si je veux organiser une fête.

— Et inviter qui ? je rétorque.

— Tes amis.

— Lesquels ?

— Tu as des amis.

— Ravie de l'apprendre.

— Mais si, tu en as, insiste-t-elle.

Je suis presque désolée pour elle lorsque je me représente ce qu'elle imagine de ma vie au lycée – des visages souriants dans les couloirs, le midi, une table avec des gentilles filles qui ont de bonnes notes, alors qu'en réalité je marche les yeux rivés au sol et je bois du café noir dans un *diner* fréquenté par des retraités.

Finalement, nous fêtons mon anniversaire au restaurant Olive Garden, où nous mangeons une brique de lasagne suivie d'une brique de tiramisu transpercée par une bougie. Mon cadeau, un cours de conduite sur huit semaines, montre que Browick est de plus en plus loin derrière nous.

— Et peut-être qu'une fois que tu auras obtenu ton permis, on te trouvera une voiture, déclare papa.

Les sourcils de maman se dressent comme des flèches.

— Un jour, précise-t-il.

Je les remercie et j'essaie de ne pas trop leur montrer à quel point je suis excitée en pensant à tous les endroits où une voiture peut m'amener.

Cet été-là, papa m'aide à trouver un boulot d'archiviste à l'hôpital de la ville – huit dollars de l'heure, trois jours par semaine. Je suis assignée aux archives d'urologie, une longue pièce aveugle avec des étagères du sol au plafond remplies de dossiers médicaux expédiés ici de tout l'État. Chaque matin quand j'arrive, une pile de dossiers à classer m'attend, ainsi qu'une liste de patients dont il faut que j'aille extraire le dossier, soit en vue d'un rendez-vous à venir, soit parce qu'ils sont morts depuis tellement longtemps que leur archive peut désormais être détruite.

L'hôpital souffre d'un manque d'effectifs, alors des jours entiers passent sans que le responsable vienne contrôler mon travail. Même si je ne suis pas censée le faire, je passe une bonne partie de mon temps à lire les dossiers médicaux. Il y en a tant – même en restant toute ma vie ici, je ne pourrai pas tous les parcourir. Tomber sur un cas intéressant est un jeu de devinettes – je passe mes doigts sur les autocollants qui suivent un code couleur, je sors un dossier au hasard en espérant y trouver une bonne histoire. Vraiment, impossible de savoir ceux qui s'avéreront intéressants. Les gros dossiers peuvent se lire comme des romans, avec des années de symptômes, d'opérations et de complications notées sur du papier carbone bleu à l'encre qui s'efface. Parfois les plus fins sont les plus bouleversants, une tragédie compactée en quelques rendez-vous et en un cachet rouge sur la couverture : DÉCÉDÉ.

Presque tous les patients en urologie sont des hommes, pour la plupart entre deux âges ou de vieux messieurs. Ce sont des hommes qui urinent du sang ou n'urinent plus du tout, des hommes qui ont des calculs et des tumeurs. Leurs dossiers contiennent des radios granuleuses de reins ou de vessies illuminés d'encre, des dessins de pénis et de testicules annotés de l'écriture illisible du médecin. Dans l'un des dossiers, je tombe sur une photo de trois calculs dans une paume gantée qui ressemblent à trois grains de sable acérés. La transcription rapporte la question du médecin : *Depuis combien de temps y a-t-il du sang dans vos urines ?* Réponse du patient : *Six jours.*

Le midi, je m'assieds à la cafétéria armée d'un livre afin d'avoir une excuse pour ne pas m'attabler avec papa. Il est préférable de se laisser de l'air, car d'une certaine façon, à l'hôpital, il est quelqu'un d'autre. Son accent se fait plus prononcé, et je l'entends rire à des blagues lourdes qui le choqueraient en présence de maman. Et puis il a une tonne d'amis. Le visage des gens s'illumine quand ils le voient. J'ignorais complètement qu'il était populaire à ce point.

Le premier jour, quand il m'a fait faire le tour des services pour me présenter à absolument tout le monde, je lui ai demandé :

— Comment tout le monde te connaît ?

Il s'est contenté de rire et de me répondre :

— Ça aide, d'avoir ton nom sur ta chemise.

Il a alors pointé son doigt vers le PHIL brodé sur la poche de poitrine. Mais il n'y a pas que ça. Même les médecins sourient lorsqu'ils voient papa arriver, et ils ne sourient jamais. De plus, certaines personnes connaissaient déjà des choses à mon propos – mon âge, le fait que j'aime écrire. Ils pensent toujours que je vais à Browick. Pas étonnant. J'imagine qu'il l'a raconté à tout le monde quand j'ai été acceptée là-bas, mais qu'il ne l'a pas crié sur les toits quand j'ai été exclue.

Papa et moi n'avons vraiment pas grand-chose à nous dire, ce qui n'est pas grave. Dans le pick-up, il met la radio trop fort pour que nous puissions parler, et une fois à la maison, il s'installe sur son fauteuil et allume la télé. Les après-midi, il aime regarder des programmes de son enfance, comme les séries *The Andy Griffith Show* et *Bonanza*, pendant que je fais de longues promenades avec Babe autour du lac et sur la falaise, jusqu'à la grotte, où le lit de camp abandonné est toujours en train de pourrir. J'essaie de ne pas rentrer à la maison avant le retour de maman. Non pas que je trouve plus simple d'être en sa compagnie, mais quand ils sont ensemble, ils m'oublient, et je peux me faufiler dans ma chambre à l'étage et fermer la porte.

Papa me dit que je devrais commencer à économiser pour mes manuels universitaires. Au lieu de quoi je crame mes deux premières paies pour m'acheter un appareil photo numérique et, les jours où je ne travaille pas, je réalise des autoportraits de moi dans les bois, en robe à fleurs et chaussettes qui montent jusqu'au genou. Sur les photos, les fougères me caressent les cuisses, et le soleil filtre à travers mes cheveux, ce qui me donne des allures de nymphe sylvestre, de Perséphone vagabondant dans son champ en attendant l'arrivée de Hadès. Je rédige un brouillon d'e-mail pour Strane avec une douzaine de JPEG en pièce jointe, puis je laisse planer le curseur de la souris au-dessus d'« Envoyer », mais quand j'imagine les dégâts que ce message pourrait occasionner pour lui, je ne peux me résoudre à passer à l'acte.

Au milieu de l'été, il apparaît sous la forme d'un dossier en attente de classement, parmi un ensemble d'archives venues de l'ouest du Maine. STRANE, JACOB. NÉ LE 10 NOVEMBRE 1957. À l'intérieur se trouve un compte rendu de la vasectomie qu'il a subie en 1991, des notes prises lors de son premier rendez-vous rédigées de la main d'un médecin : *33 ans, célibataire mais insiste sur le fait qu'il ne souhaite pas avoir d'enfants.* Il y a des notes relatives à l'opération en elle-même, au rendez-vous postopératoire : *On a recommandé au patient d'appliquer de la glace sur son scrotum une fois par jour et de porter un suspensoir testiculaire pendant deux semaines.* En lisant « suspensoir testiculaire », je referme d'un coup le dossier, mortifiée par cette expression même si je ne sais pas exactement ce qu'elle signifie.

J'ouvre de nouveau le dossier, le relis en entier – son état civil, ses données, 1 m 95, 140 kilos. Sa signature à trois endroits différents. Je sépare deux pages collées par une tache d'encre datant de la décennie précédente, et j'imagine le stylo fuyant sur ses mains. Je revois ses doigts, ses callosités et ses ongles plats et rongés. Je les revois tels qu'ils étaient sur ma cuisse, la première fois qu'il m'a touchée.

L'histoire de son dossier n'a rien de marquant, mais est tout de même surréaliste – lui avec une poche de glace sur ses parties intimes. J'essaie de visualiser son rétablissement – il s'est fait opérer en juillet, alors la glace a dû fondre, et il a dû y avoir des taches d'eau sur son short, un verre maculé de gouttelettes d'une boisson fraîche à côté de lui, un tube orange d'antidouleurs cliquetant lorsqu'il le tapait contre sa paume pour en extraire des comprimés. Quel âge avais-je à l'époque ? Je compte dans ma tête : six ans, le CP, à peine une personne, et encore neuf ans avant que je couche avec lui, que je me tortille sous ses caresses tandis qu'il me disait de ne pas paniquer, que je ne pouvais pas tomber enceinte car il avait subi une vasectomie.

J'ai envie de subtiliser le dossier, mais lorsqu'ils m'ont embauchée, j'ai dû signer des pages d'accord de confidentialité, des déclarations en gras sur les conséquences légales d'un partage de dossier médical. Je me contente de rendre quotidiennement visite au dossier, de le sortir de son emplacement sur l'étagère du bas et de transcrire son contenu dans mon journal intime, en soulignant la phrase « *célibataire mais insiste sur le fait que ne souhaite pas avoir d'enfants* ». Cela me rappelle le seul passage de *Lolita* que je déteste vraiment, le passage dans lequel Humbert imagine d'abord avoir des filles avec Lo, puis faire de petites-filles avec ces filles. Cela me rappelle aussi la chose que j'avais presque oubliée – lui me demandant de l'appeler mon petit papa au téléphone pendant qu'il se branlait à l'autre bout du fil.

Mais ces pensées sont comme des cailloux lissés par l'eau que je ramasse et que j'étudie froidement avant de les laisser retomber dans le lac. Dans le calme de l'hôpital, le ventilateur oscillant agite mes cheveux tandis que cette pensée retombe au fond de mon cerveau et disparaît sous la boue. Je referme le dossier, je prends un autre tas, je le classe.

# 2017

L'un des réceptionnistes s'est fait porter pâle, laissant Inez sur le carreau un samedi soir où l'hôtel affiche complet, alors je délaisse mon comptoir de concierge pour lui prêter main-forte. Quand on m'a embauchée il y a huit ans, c'était pour travailler à la réception, et je n'ai pas oublié les bases. Inez doit m'initier au système informatique qui a été mis à jour. Sa voix monte dans les aigus comme pour poser une question quand elle m'explique la marche à suivre pour prendre une réservation, enregistrer un client. Je ne saurais dire si je la rends nerveuse ou si elle est simplement contrariée. Si je fais preuve d'autocritique après avoir merdé sur quelque chose, elle souffle un enchaînement de « Tu te débrouilles bien, tu te débrouilles bien, tu te débrouilles bien ».

Les heures filent en dépit du brouillard dans mon cerveau, ou peut-être à cause de lui. Le barman m'apporte un Dark and Stormy, et Inez me répond par un grand sourire quand je lui en propose une gorgée. Toutes deux accroupies derrière le comptoir, nous nous passons le cocktail. J'ai oublié comment c'était de travailler aux côtés de quelqu'un, la camaraderie qui naît quand on est face aux clients : la cliente habituée qui soutient qu'on ne lui a pas attribué la même chambre que d'habitude, même quand nous la laissons venir de notre côté du comptoir afin qu'elle puisse voir sur son historique de réservation que cela a toujours été la chambre 237, le couple qui ne tient pas compte de notre avertissement quand nous lui disons que la chambre meilleur marché qui se trouve face à la rue sera bruyante et qui, une heure plus tard, vient se plaindre du boucan auprès de nous. Inez gère bien les clients mécontents. Elle cligne des paupières, pose sa main sur son cœur et dit : « Je suis vraiment désolée. Vraiment, vraiment désolée. » Elle en fait tellement des caisses que les clients sont pris au dépourvu. La plupart du temps, ils finissent par lui assurer que ce n'est pas grave, que ce n'est rien, et quand ils s'en vont, Inez marmonne tout bas un chapelet d'obscénités.

— Je pensais que tu n'étais que la fille du patron. Mais en fait, t'es douée pour ça.

Elle me regarde en plissant les yeux. Elle se demande si elle doit se sentir insultée.

— Tu te débrouilles mieux que moi. Je n'arrive pas à feindre la sympathie.

Son visage fond en un sourire – ma flatterie l'a conquise.

— Quand les gens sont fâchés, ils cherchent la bagarre, m'explique-t-elle. Si tu joues la carte de la soumission, ils te lâchent.

— Ouais, j'ai la même stratégie avec les hommes.

Je guette sa réaction, si elle va sourire en coin pour acquiescer, mais elle se contente de froncer les sourcils d'un air vaguement perplexe.

Je la regarde pianoter sur son ordinateur, le visage illuminé par l'écran. Elle a dix-sept ans mais paraît bien plus âgée, avec son maquillage à l'aérographe et ses cheveux lissés au fer qui se terminent en une ligne nette. Avec son rang de perles et le chemisier en soie sous son tailleur, elle a de l'allure et maîtrise déjà bien mieux que moi l'art d'être une femme.

— Tu es très lucide, dis-je. Tu me parais mûre pour ton âge.

Toujours un peu sur ses gardes, elle m'adresse un regard en coin.

— Euh, merci.

Elle se tourne de nouveau vers son ordinateur, voûte les épaules pour que je ne puisse pas voir l'écran.

À neuf heures trente, quand le coup de feu se calme, un homme s'approche du comptoir – la quarantaine, beau, petit. Sa réservation est pour une nuit, une suite avec jacuzzi face à la cour arborée. Il a demandé une ambiance spéciale pour son arrivée : lumières tamisées, bain moussant, pétales de rose sur le lit, champagne dans un seau à glace.

Tout en l'enregistrant, je lui dis que tout est prêt et l'attend dans sa chambre.

— Si cette ambiance tamisée est toujours d'actualité, j'ajoute en regardant autour de nous dans le hall.

Il semble être seul.

L'homme adresse un sourire à Inez. Bien que ce soit moi qui m'occupe de lui, il n'a pas arrêté de lui sourire depuis qu'il s'est présenté à la réception.

— C'est parfait, dit-il.

Il glisse la clé magnétique dans sa poche, se dirige vers les ascenseurs. Inez se tourne pour classer sa fiche, et j'observe l'homme s'arrêter au milieu du hall et tendre sa main. Une femme se lève de l'un des fauteuils bergère à oreilles. Elle jette un coup d'œil en direction de la réception par-dessus son épaule. Nos regards se croisent, et je vois que ce n'est pas du tout une femme. C'est une adolescente en Converse et sweat ample dont les manches recouvrent ses poignets. Pendant qu'ils attendent l'ascenseur, l'homme blottit son visage dans son cou et la fille hoquette de rire.

— T'as vu ça ? je demande à Inez une fois qu'ils sont dans l'ascenseur. La fille avec lui. Je lui donne quatorze ans.

Elle secoue la tête.

— Je n'ai pas vu.

Elle consulte sa liste d'arrivées. Entièrement surlignée de vert. Tous les clients sont dans leur chambre, nous pouvons nous détendre.

— Je vais manger, dit-elle.

Je pense à la chambre qui a été préparée, aux pétales de rose sur le lit, aux bulles du bain moussant, au gloussement facile de la fille en train d'ôter son sweat ample. Alors qu'Inez se dirige vers la cuisine, j'imagine me créer une clé et monter dans la chambre, y faire irruption, enfoncer mes ongles dans l'homme pour l'arracher à la fille. Mais à quoi cela servirait-il, hormis à provoquer un scandale qui aboutirait à mon licenciement ? Elle m'a semblé consentante, heureuse. Ce n'est pas comme s'il la traînait de force là-haut. Debout derrière le comptoir, j'avale le reste de mon cocktail, et je regarde Inez revenir avec une assiette de pâtes. Elle enfourne des bouchées en marchant, éclaboussant son chemisier blanc de sauce rouge.

Pendant qu'elle mange dans le bureau derrière la réception, un homme se présente en disant avoir réservé une chambre. Je cherche dans le système tandis que, bras croisés, il se dresse au-dessus de moi. Ses sourcils broussailleux et son nez bulbeux occupent presque tout son visage. Il soupire pour bien s'assurer que j'ai conscience de son agacement, de mon incompétence. *Est-ce que vous vous rendez compte qu'il y a une fille prise au piège là-haut, et que personne n'y peut rien ?* je pense.

— Il n'y a aucune réservation à votre nom. Êtes-vous certain que c'est le bon hôtel ?

— Évidemment que j'en suis certain.

Il sort de sa poche un bout de papier plié.

— Là, vous voyez ?

Je l'examine et je vois qu'il a une confirmation pour un hôtel à Portland, dans l'Oregon. Lorsque je mets en avant son erreur, en m'excusant comme si c'était en quelque sorte de ma faute, l'homme regarde le papier, bouche bée, puis me regarde, moi, puis sa femme assise de l'autre côté du hall entourée de leurs sacs.

— On est venus de Floride en avion, bredouille-t-il. Qu'est-ce qu'on va faire ?

Tous les hôtels de la ville sont complets ce soir, mais je parviens à leur trouver une chambre dans un hôtel à proximité de l'aéroport. L'homme, trop abasourdi pour me remercier, guide sa femme à travers le hall, retourne voir le voiturier qui leur ramène leur véhicule de location. Lorsqu'ils s'éloignent, je laisse mon corps s'affaisser contre le comptoir. Ma tête tombe dans mes mains. Respirer profondément.

Quand le téléphone sonne, je décroche sans ouvrir les yeux, je récite le message d'accueil de l'hôtel.

— Bonsoir, dit une voix de femme hésitante. Je cherche Vanessa Wye.

J'ouvre les yeux et je regarde de l'autre côté du hall silencieux. Inez sort du bureau de derrière et se dirige vers les toilettes réservées au personnel en m'adressant un geste – *une seconde*.

— Allô ?

La voix attend.

— C'est Vanessa ?

Je tends la main vers le clavier téléphonique, vers le bouton rouge pour mettre fin à l'appel.

— Ne raccrochez pas, demande la voix. Je suis Janine Bailey, de *Femzine*. Je vous ai envoyé quelques e-mails dans l'espoir d'entrer en contact avec vous. Je me suis dit que j'allais essayer une dernière fois à votre travail.

Je garde le doigt contre le bouton « Raccrocher » mais je n'appuie pas.

— Vous avez déjà essayé de m'appeler. Vous m'avez laissé un message.

Ma voix se brise.

— En effet. Je vous ai laissé un message, confirme-t-elle.

— Et voilà que vous me rappelez. Cette fois-ci au travail.

— Je sais. J'ai bien conscience d'insister, mais laissez-moi vous poser une question. Avez-vous suivi cette histoire de près ?

Je ne réponds pas, car je ne comprends pas trop le sens de sa question.

— Taylor Birch – vous connaissez Taylor, n'est-ce pas ? Elle a vraiment vécu un enfer ces dernières semaines. Vous avez eu vent des mauvais traitements qu'elle a subis ? Les militants des droits des hommes, les trolls sur Twitter. Elle a reçu des menaces de mort…

— Ouais. J'ai vu un truc à ce sujet.

J'entends un clic, puis sa voix se fait plus forte, plus proche, comme si je n'étais plus sur haut-parleur.

— Je vais être franche avec vous, Vanessa. Je connais votre parcours. Et si je ne peux vous obliger à vous manifester publiquement, je veux m'assurer que vous comprenez à quel point votre histoire pourrait aider Taylor. Vous avez là une véritable occasion d'aider tout le mouvement.

— Comment ça, vous connaissez mon parcours ?

Sa voix saute d'une demi-octave lorsqu'elle répond :

— Eh bien, Taylor m'a raconté ce qu'elle savait... Des rumeurs, des détails que Jacob Strane a partagés au fil des années.

Ma tête a un mouvement vers l'arrière. *Des années ?*

— Et... bon.

Janine laisse échapper un rire.

— Taylor m'a aussi envoyé un lien vers un blog. Le vôtre, m'a-t-elle expliqué. Je l'ai parcouru. En fait, je n'ai pas pu m'arrêter de le lire. Captivant. Vous êtes un formidable écrivain.

Abasourdie, j'entre l'ancienne URL dans mon navigateur. Après tout ce qui s'était passé à l'époque de la fac, j'avais mis mon blog en privé. Il était impossible d'y accéder sans mot de passe. Voilà qu'il se charge avec tous les articles visibles – par défaut, il est revenu à son statut public. Je ne me souviens pas quand j'ai vérifié qu'il était bien verrouillé pour la dernière fois. Peut-être est-il public depuis des années. En faisant défiler la page, je vois des « S. », le nom de code transparent que j'utilise pour Strane, éparpillés dans les blocs de texte.

— Il n'aurait pas dû être accessible, dis-je.

J'ouvre la page utilisateur en essayant de me souvenir de mon mot de passe qui remonte à dix ans.

— Je ne sais pas ce qui s'est passé.

— J'aimerais le mentionner dans mon article.

— Non. J'ai le droit de refuser, n'est-ce pas ?

— Je préférerais avoir votre autorisation, répond-elle. Mais le blog était public.

— Eh bien, de toute façon, je vais l'effacer.

— Et libre à vous de le faire, mais j'ai des captures d'écran.

Je regarde fixement l'écran d'ordinateur. Pour récupérer mon mot de passe, on m'invite à consulter ma vieille adresse mail Atlantica à laquelle je n'ai plus accès depuis des lustres.

— Qu'êtes-vous en train de me dire ?

— Je préférerais avoir votre permission, répète-t-elle, mais je suis dans l'obligation d'écrire le meilleur article possible. Nous pouvons travailler main dans la main, d'accord ? Dites-moi ce qui ne vous met pas mal à l'aise, et nous commencerons par là. Seriez-vous d'accord pour procéder de la sorte, Vanessa ?

Les mots s'accumulent dans ma bouche – *arrêtez de m'appeler, arrêtez de m'envoyer des e-mails, arrêtez de répéter mon nom comme si vous me connaissiez* –, mais je ne peux pas me montrer cinglante, pas maintenant qu'elle a vu mon blog et ses publications qui racontent notre histoire avec mes propres mots.

— Peut-être. Je ne sais pas. J'ai besoin de réfléchir.

Janine laisse échapper un souffle contre mon oreille.

— Vanessa, j'espère vraiment que vous accepterez. Nous nous devons les unes aux autres de faire tout ce qui est en notre pouvoir. Nous sommes toutes sur le même bateau.

Je jette un regard noir de l'autre côté du hall et je m'oblige à accepter.

— Évidemment, absolument, vous avez tout à fait raison.

— Croyez-moi, je sais à quel point tout ceci est difficile.

Janine se met à parler plus bas.

— Moi aussi, je suis une survivante.

Ce mot, avec son empathie écœurante. Ce mot condescendant, réducteur qui m'horripile totalement, quel que soit le contexte – il va trop loin. Mes lèvres se retroussent sur mes dents et je crache :

— Vous ne savez rien de moi.

Et je raccroche, je traverse le hall comme une flèche en direction des toilettes du personnel, et je vomis dans un WC, passant mes bras autour de la cuvette jusqu'à ce que la vague de nausée passe, que mon estomac se vide et que j'expulse de la bile.

Alors que, assise par terre, j'essaie encore de reprendre mon souffle tout en vérifiant que je n'ai pas de vomi sur mon blazer, la porte des toilettes s'ouvre et j'entends mon nom. Inez.

— Vanessa ? Ça va ?

J'essuie ma bouche avec le dos de ma main.

— Ouais, ça va. Juste l'estomac retourné.

La porte se referme, puis s'ouvre de nouveau.

— Tu en es sûre ?

— Je vais bien.

— Parce que je pourrais te couvrir si…

— Tu peux me laisser de l'espace, bordel ?

J'appuie ma joue contre la paroi métallique du box alors que ses pas s'éloignent rapidement, retournent à la réception où, pendant le reste de son service, ses yeux vitreux menacent de pleurer.

Il y a quelques années de cela, j'ai vu le visage de Taylor me scruter depuis un lampadaire alors que j'attendais de pouvoir traverser Congress Street. C'était un flyer qui faisait de la pub pour une lecture de poésie dans un bar. Je savais qu'elle écrivait des poèmes et en avait publié certains. Je lisais tout ce sur quoi je pouvais mettre la main – je commandais des exemplaires des revues, consultais systématiquement son site web qu'elle mettait rarement à jour. Je guettais des traces de Strane dans ce qu'elle écrivait, mais dans ces poèmes, je ne trouvais que des images paisibles de papillons lune dans la lumière incandescente, une méditation en six strophes sur son utérus. Voilà une chose que je n'ai jamais comprise : si ce qu'il lui a fait est vraiment si grave, comment a-t-elle pu vivre en écrivant sur tout sauf sur Strane ?

Je n'ai jamais rien compris à son sujet, même en m'en donnant vraiment la peine. Il y a quelques années de cela, j'ai découvert où elle travaillait, le quartier où elle habitait. Grâce à la vue depuis la fenêtre de sa cuisine qu'elle avait postée sur Instagram, j'ai identifié son immeuble. Je ne l'ai jamais espionnée, pas exactement – la fois où je me suis le plus approchée d'elle, je suis passée devant son bureau, je me suis postée devant le bâtiment à l'heure du déjeuner et j'ai guetté chaque tête blonde qui entrait et sortait de l'immeuble. Mais y avait-il des moments où je ne la guettais pas ? Où je ne passais pas en revue les visages dans les restaurants et les cafés, les supermarchés et les épiceries ? Je l'imaginais parfois derrière moi lorsque j'arpentais la ville. L'idée qu'elle me regardait faisait vibrer mon corps. C'était la même sensation que lorsque j'imaginais les yeux de Strane posés sur moi.

Quand je suis allée à sa lecture, je me suis installée au fond du bar mal éclairé, mes cheveux roux relevés et cachés sous un bonnet. Je ne suis restée que le temps de la voir rejoindre le micro et commencer à parler. Son grand et beau sourire et ses mains agitées qui gesticulaient. Elle allait bien – voilà ce que je me suis dit en rentrant chez moi, les joues en feu à cause de quelque chose entre la jalousie et le soulagement. Elle semblait ordinaire, heureuse, intacte. Ce soir-là, j'ai fouillé dans de vieilles pochettes, j'ai retrouvé des dissertations de la fac annotées, des poèmes du lycée. Un devoir sur le rôle du viol dans *Titus Andronicus* avec, à la fin, le commentaire de Henry Plough : *Vanessa, votre écriture est stupéfiante.* Je me rappelle avoir considéré ma note avec dédain, car je savais qu'il ne fallait pas du tout la prendre au sérieux, qu'il ne s'agissait que d'une expression de flagornerie supplémentaire venant d'un prof qui voulait m'embobiner pour m'attirer à lui. Mais peut-être était-il sincère. Et peut-être que Strane – avec tous ses compliments, sa manière de répéter avec insistance que ma façon de voir le monde était extraordinaire – était sincère, lui aussi. En dépit de tous ses défauts, c'était un bon professeur, formé à remarquer le potentiel.

Je cherche le nom de Strane sur Twitter et trouve principalement celui de Taylor, un cocktail de plaidoyers féministes et d'attaques sexistes. L'un des tweets montre une photo d'elle à quatorze ans, vêtue de sa tenue de hockey sur gazon, maigre et souriant à travers un appareil dentaire. Le texte hurle : VOILÀ À QUOI RESSEMBLAIT TAYLOR BIRCH QUAND JACOB STRANE L'A AGRESSÉE SEXUELLEMENT. J'essaie d'imaginer la même phrase associée aux Polaroid que Strane a pris de moi à quinze ans, mes yeux aux paupières lourdes et mes lèvres gonflées, ou aux photos que j'ai prises de moi à dix-sept ans, debout devant des bouleaux, en train de soulever ma jupe les yeux rivés sur l'objectif, ressemblant à Lolita et sachant exactement ce que je voulais, ce que j'étais. Je me demande à quel point on sera prêt à accorder le statut de victime à une fille comme moi.

# 2002

La terminale commence, et dès la première semaine, je me présente dans le bureau de la conseillère d'orientation avec mes formulaires de candidature à la fac remplis et une ébauche de dissertation d'admission sur laquelle j'ai travaillé tout l'été. J'ai gardé la liste des universités que Strane avait écrite pour moi, mais la conseillère me recommande de l'élargir. Il me faut un filet de sécurité, dit-elle. Pourquoi ne pas jeter un œil ensemble à certaines universités d'État ?

Le *diner* du centre commercial a fermé pendant l'été, alors je déjeune à la cantine, à côté de Wendy et Maria, des filles qui sont avec moi en cours de lettres. Maria est une étudiante venue du Chili pour un échange et est accueillie par la famille de Wendy. Voilà exactement le genre de filles avec qui mes parents veulent que je sois amie – studieuses, adorables, pas de petit ami. Au déjeuner, tout en mangeant du yaourt écrémé avec des rondelles de pomme et deux cuillerées à soupe modérées de beurre de cacahuète, nous nous interrogeons à l'aide de fiches, comparons nos devoirs et sommes obnubilées par nos dossiers de candidature à la fac. Wendy espère être admise à l'université du Vermont, et Maria souhaite rester aux États-Unis pour étudier. Son rêve est n'importe où à Boston.

La vie continue, encore et encore. Je décroche mon permis, mais pas la voiture. Babe rentre d'une balade le museau recouvert de piquants de porc-épic, et maman et moi devons la tenir pendant que papa les lui enlève un à un à l'aide d'une pince à long bec. Papa est élu représentant syndical à l'hôpital. Maman obtient un A en cours d'histoire à la fac du coin. Sur les arbres, les feuilles changent de couleur. J'obtiens de bons résultats au SAT[1] et termine une autre ébauche de dissertation d'admission à l'université. En lettres, nous avons un cours sur Robert Frost, mais le prof ne parle pas de sexe. Maria et Wendy partagent un bagel au déjeuner, le dépiautant avec leurs doigts. Un garçon dans le même cours de physique que moi m'invite au bal et j'accepte par curiosité, mais son haleine a des relents d'oignon, et l'imaginer en train de me toucher me donne envie de mourir. Dans l'auditorium plongé dans l'obscurité, quand le garçon se penche vers moi pour m'embrasser pendant un slow, je bafouille que j'ai un petit ami.

— Depuis quand ? demande-t-il, les sourcils au garde-à-vous.

*Depuis toujours,* me dis-je. *Tu ne sais rien de moi.*

— Il est plus âgé. Tu ne le connais pas. Désolée, j'aurais dû t'en parler avant.

Le garçon ne m'adresse plus la parole jusqu'à la fin du bal, et quand la soirée s'achève, il dit qu'il ne peut pas me déposer chez moi en voiture, que j'habite trop loin et qu'il est trop fatigué. Je dois appeler papa pour qu'il vienne me chercher, et sur le chemin du retour, il me demande ce qui est allé de travers, comment ça s'est passé, est-ce que le garçon a tenté quelque chose, m'a fait du mal ? Je réponds : « Il ne s'est rien passé. Ce n'était rien », tout en espérant qu'il ne se rende pas compte que nos mots sont très familiers – ses questions et mon déni.

Après une série de minces enveloppes adressées par des universités – listes d'attente sans grande conviction et francs rejets –, je reçois en mars une grosse enveloppe en provenance d'Atlantica College, que la conseillère d'orientation m'a convaincue d'ajouter. Je l'ouvre en déchirant le rabat sous le regard de mes parents dont les sourires sont empreints de

1. Scholastic Assessment Test : test que passent généralement les élèves de terminale lorsqu'ils préparent leurs dossiers pour intégrer des universités, et qui permet à ces dernières d'évaluer le niveau global d'un candidat.

fierté. *Félicitations, nous avons le plaisir,* et une avalanche de brochures et de formulaires me demandant si je souhaite habiter sur le campus, si j'ai une préférence pour la résidence universitaire, et si j'ai un régime alimentaire particulier. Je trouve aussi à l'intérieur une invitation à une journée organisée spécialement pour les étudiants qui ont été admis, et un mot écrit à la main par ma future tutrice, une professeur de poésie qui a publié une demi-douzaine de recueils. *Vos poèmes sont extraordinaires,* écrit-elle. *Je suis vraiment impatiente de travailler avec vous.* Mes mains tremblent tandis que je feuillette l'ensemble des documents. Même si, techniquement parlant, Atlantica est une école d'État et n'est pas un établissement prestigieux, être acceptée me rappelle tellement ce que j'ai ressenti pour Browick que je fais un bond dans le passé.

Ce soir-là, une fois que mes parents sont partis se coucher, je prends le téléphone sans fil et je sors dans le jardin enneigé. La lune illumine le lac gelé.

Je ne suis pas surprise que Strane ne réponde pas. Quand le répondeur s'enclenche, j'ai envie de raccrocher et de tenter de nouveau ma chance. Peut-être que si j'appelle encore et encore, il finira par décrocher par pure exaspération. Même s'il me crie de lui foutre la paix, au moins, j'entendrai sa voix. Je l'imagine regarder qui l'appelle, le WYE, PHIL & JAN qui apparaît. Il n'a aucun moyen de savoir que ce ne sont pas mes parents qui téléphonent pour lui annoncer qu'ils savent tout et vont lui faire payer, l'envoyer en prison. J'espère qu'il est terrifié, même si ce n'est que pendant un court instant. Je l'aime, mais quand je pense à cette photo de lui qui reçoit ce prix à New York, l'Association de pensionnats de Nouvelle-Angleterre qui distingue Jacob Strane en lui attribuant le titre de professeur de l'année, j'ai envie de lui faire du mal.

Sa voix enregistrée parle – « Vous êtes bien sur la messagerie de Jacob Strane… » –, et je le vois, debout dans son salon : pieds nus, en tee-shirt, son ventre débordant par-dessus son caleçon, ses yeux rivés sur le répondeur. Le bip transperce mes oreilles, et je regarde à l'autre bout du lac la longue montagne violette qui se détache du ciel noir bleuté.

— C'est moi, dis-je. Je sais que tu ne peux pas me parler, mais je voulais t'annoncer que j'avais été acceptée à Atlantica College. À partir du 21 août, je serai là-bas. Et j'aurai dix-huit ans, du coup…

Je marque un temps d'arrêt, et j'entends le bruit de la bobine du répondeur. Je l'imagine passer comme preuve dans un tribunal, Strane assis derrière une table à côté d'un avocat, la tête pendante de honte.

— J'espère que tu m'attends, dis-je. Parce que moi, je t'attends.

Le temps se réchauffe et tout paraît plus simple avec la lettre d'admission à Atlantica en poche. Cela adoucit l'amertume de l'exil, c'est une lumière au bout de ce tunnel de merde. Malgré les mises en garde des professeurs qui nous apprennent que les admissions à l'université peuvent hypothétiquement être révoquées, mes notes dégringolent, je décroche des B et des C d'effort minimum. Une ou deux fois par semaine, je sèche les cours l'après-midi pour me promener dans les bois entre le lycée et l'autoroute. La boue s'infiltre dans mes tennis pendant que je regarde les voitures à travers les arbres dénudés en fumant des cigarettes qu'un garçon de mon cours de maths achète pour moi moyennant finances. Une après-midi, je vois un cerf foncer sur la route. Les unes après les autres, cinq voitures se carambolent. Cela se produit en l'espace de quelques secondes seulement.

Avril, deux jours avant mon anniversaire, une alerte apparaît quand je vais consulter mes e-mails : jenny9876 vous a envoyé une demande de tchat – acceptez-vous ? Je clique sur « Oui » si fort que la souris m'échappe.

jenny9876 : Salut Vanessa. C'est Jenny.
jenny9876 : Salut ?
jenny9876 : S'il te plaît, réponds si t'es là.

Je regarde les messages apparaître, la ligne de texte en bas de la fenêtre de tchat dit jenny9876 écrit… jenny9876 écrit. Et puis ça s'arrête. J'essaie de l'imaginer – la courbe de son cou, ses cheveux châtains brillants. Les vacances d'avril ont commencé à Browick. Elle doit être chez elle, à Boston. Mes doigts planent au-dessus du clavier, mais je ne veux pas me mettre à taper avant d'être prête, je ne veux pas la laisser me voir commencer, m'arrêter puis recommencer, car cela trahirait que je rame.

sombre_vanessa : Quoi
jenny9876 : Salut !
jenny9876 : Je suis tellement contente que tu sois là.
jenny9876 : Comment tu vas ?
sombre_vanessa : Pourquoi tu m'envoies des messages ?

Elle dit qu'elle sait que je dois la détester à cause de ce qui s'est passé à Browick. Que cela fait longtemps et que, peut-être, je m'en moque à présent, mais elle se sent toujours coupable. À l'approche de la fin du lycée, elle pense beaucoup à moi. Le fait que je ne sois plus là alors que lui, si – l'injustice d'une telle situation.

jenny9876 : Je veux que tu saches que quand je suis allée voir Mme Giles, je ne savais pas ce qui allait arriver.

jenny9876 : Ça te semblera peut-être naïf, mais je pensais vraiment qu'il allait se faire virer.

jenny9876 : Je n'ai agi que parce que je m'inquiétais terriblement pour toi.

Elle me dit qu'elle est désolée, mais tout ce qui m'intéresse, moi, c'est Strane. Tandis qu'elle me présente ses excuses, j'essaie d'écrire des questions, sans plus me soucier qu'elle voie mes faux départs, mes difficultés à trouver mes mots. Elle se met à évoquer la fac – elle va étudier à Brown, elle a entendu de bonnes choses à propos d'Atlantica –, mais je ne veux pas parler de l'université. Je veux lui demander comment sont les cheveux de Strane, s'ils sont trop longs et hirsutes, s'il est mal fagoté – les seuls marqueurs de sa santé mentale qui me viennent à l'esprit, parce que je ne peux pas m'attendre à ce qu'elle me révèle ce que je veux vraiment savoir : Est-il déprimé ? Est-ce que je lui manque ? Je finis par lui demander simplement : Est-ce que tu le vois beaucoup ? et la haine qu'elle éprouve à son égard se déploie, palpable à travers l'écran.

jenny9876 : Ouais, je le vois. Je m'en passerais bien. Je ne peux pas le sentir. Il erre sur le campus tel un homme brisé mais n'a aucune raison d'agir comme ça. C'est toi qui as souffert.

sombre_vanessa : comment ça ? genre il a l'air triste ?

jenny9876 : Malheureux. Ce qui est vraiment ridicule quand on pense à la façon qu'il a eue de te sacrifier pour sauver sa peau.

sombre_vanessa : comment ça ?

*jenny9876 écrit... jenny9876...*

jenny9876 : Tu n'es peut-être pas au courant.

sombre_vanessa : au courant de quoi ?

jenny9876 : Que c'est lui qui t'a fait virer. Il a mis la pression à Mme Giles pour qu'elle te renvoie.

jenny9876 : Je ne devrais sûrement pas t'en parler.

jenny9876 : Je ne suis même pas sensée le savoir.

sombre_vanessa : ???

*jenny9876 écrit... jenny9876...*

jenny9876 : Ok donc l'année dernière, moi et d'autres on a lancé un nouveau club qui s'appelle « Les élèves pour la justice sociale », et l'un des gros sujets sur lesquels nous souhaitions travailler, c'était sur la mise en place à Browick d'une véritable politique en matière de harcèlement sexuel parce qu'il n'y en avait pas du tout (ce qui est irresponsable et techniquement illégal). Et donc, l'hiver dernier, j'ai rencontré Mme Giles pour en discuter, parce que l'administration refusait de nous aider, et lors de notre entretien, j'ai utilisé ton cas comme exemple de situation que nous ne voulions plus voir se reproduire.

jenny9876 : Parce que même s'il y a eu cette réunion au cours de laquelle tu as dû porter le chapeau pour tout, tout le monde sait ce qui s'est vraiment passé. Nous savons qu'il t'a persécutée.

jenny9876 : Bref, quand j'ai rencontré Mme Giles, elle a dit que j'avais tout faux, que tu n'avais pas été maltraitée et que l'école n'avait rien fait de mal. Elle m'a montré deux notes écrites par Strane à ton sujet, et dans celles-ci, il affirmait plus ou moins que tu avais tout inventé.

jenny9876 : Et c'est rageant parce que je sais que ce n'est pas vrai. Je ne sais pas ce qui s'est passé exactement entre vous, mais je l'ai vu t'empoigner.

sombre_vanessa : des notes ?

jenny9876 : Ouais. Deux. Dans l'une, il racontait comment tu avais détruit sa réputation, écrivait que Browick n'était pas un endroit pour les menteurs. Je me souviens qu'il te qualifiait de « fille intelligente mais souffrant de problèmes affectifs ». Il affirmait que tu avais enfreint le code d'éthique de l'école et qu'il fallait t'exclure pour cette raison.

jenny9876 : L'autre note datait d'avant. Peut-être de janvier 2001 ? Il expliquait que tu avais un faible pour lui et que tu traînais dans sa classe. Il racontait qu'il voulait qu'il y ait une trace écrite au cas où ton comportement déraillerait. Cela ressemblait à un truc qu'il aurait rédigé pour couvrir ses arrières si on le choppait.

Après ça, mon cerveau se propulse dans les airs, dans les bois, j'ai besoin de distance pour comprendre. Janvier 2001. Quand lui et moi roulions jusqu'à chez lui sous les lumières jaunes intermittentes des lampadaires, quand il m'offrait le pyjama à fraises – au même moment, il racontait des bobards à l'école à mon sujet. J'étais en délire, je n'étais pas encore capable de saisir ce qui se passait, alors que lui élaborait des stratégies et avait dix coups d'avance. À la fin, quand tout s'est effondré et qu'il m'a persuadée de me présenter devant cette pièce remplie de gens et de m'auto-qualifier de menteuse, qu'a-t-il dit ? « Vanessa, ils ont décidé qu'il fallait que tu partes et rien ne les fera changer d'avis. C'est fini. » J'ai pensé que ce « ils », c'était Mme Giles, l'administration, l'institution de Browick. J'ai pensé que c'était lui et moi contre eux.

Avant de se déconnecter, Jenny me demande ce qui s'est vraiment passé. Les mains tremblantes, je commence à écrire il s'est servi de moi et ensuite il m'a jetée, puis je me ravise et j'efface cette réponse, le spectre d'un licenciement, de la police et de Strane que l'on jette en prison encore trop effrayant.

sombre_vanessa : il ne s'est rien passé.

Le lendemain de mon anniversaire, je raconte à mes parents que je dois me rendre à la bibliothèque municipale pour un projet scolaire imaginaire. C'est la première fois que je demande à conduire la voiture toute seule. Ils sont dans le jardin, en train de préparer le sol avant de planter des annuelles, leurs bras souillés de terre jusqu'au coude. Maman hésite, mais papa agite la main. *Vas-y.*

— Il faut que tu sortes toute seule parfois, remarque-t-il.

Alors que je suis à mi-chemin, les clés en main, maman m'appelle. Mon cœur s'arrête, j'espère à moitié qu'elle va m'en empêcher.

— Tu pourrais en profiter pour prendre du lait ? me demande-t-elle.

Alors que je roule, la logique que je me suis construite pendant mon exil ploie sous ce nouveau poids et menace de s'effondrer. Je ne sais pas trop ce qui, à part le désespoir, m'a poussée à croire qu'il voulait entrer en contact avec moi et attendait que j'aie dix-huit ans. Il ne m'a fait aucune promesse explicite, même pas au cours de notre dernière conversation. Il m'a assuré que tout irait bien, et j'ai interprété ce « bien » d'une certaine façon, mais qui sait ce qu'il signifiait pour lui. « Bien » sous-entendait peut-être simplement sain et sauf, sans licenciement, sans emprisonnement. Mes mains deviennent poisseuses sur le volant. Il est tellement simple de se laisser convaincre de bâtir un récit sur du vent, sur du néant.

Une fois en ville, j'emprunte une petite route qui va vers l'ouest, en direction de Norumbega. J'essaie de retrouver dans mes souvenirs quelque chose de réel. Les fois où j'ai dit à mes camarades de lycée que j'avais un petit ami secret plus âgé que moi – mon corps se hérisse quand j'y pense. Je savais que ce n'était pas entièrement vrai, mais cela me semblait l'être suffisamment pour justifier que je mente à ce sujet. Il m'attendait, même si l'étiquette de « petit ami » n'était pas forcément la bonne. Et pendant tout ce temps-là, on me rejetait, on ne voulait pas de moi. Peut-être est-il passé à tout autre chose, peut-être est-il amoureux et couche-t-il avec quelqu'un d'autre – femme ou élève.

Mon cerveau court-circuite à cette idée – un éclair de lumière vive, de la douleur. La voiture fait un écart sur l'accotement, puis revient sur la route.

Norumbega n'a pas changé : la rivière bordée d'arbres, la librairie, le magasin baba cool, la pizzeria, la boulangerie, le campus étincelant de Browick qui surplombe le centre-ville. Je me gare dans son allée, derrière son break. Le même que celui que nous avons pris pour aller du campus à chez lui, puis dans les bois plus à l'est, sa main entre mes jambes. Il s'est écoulé tant d'années, pourtant, j'ai l'impression d'être il y a deux ans. Je porte les mêmes vêtements, je n'ai pas changé, ou peut-être que j'ai vieilli mais que je ne m'en aperçois pas. Est-il possible qu'il ne me reconnaisse pas ? Je me souviens du soupçon de déception sur son visage quand j'ai fêté mes seize ans. *Pratiquement une femme maintenant.* Peut-être me suis-je endurcie et ai-je mûri. Je sens que je suis dure, en tout cas plus qu'avant. Mais pourquoi ? Je n'ai pas vraiment vécu d'épreuves. J'ai assisté à un carambolage à travers les arbres, j'ai parlé à des hommes sur Internet, ai failli être kidnappée par un pauvre type qui collectionne les armes, ai mangé toute seule des tas de tartes dans un *diner*. Peut-être que, mises bout à bout, ces choses forment une sorte de sagesse.

Je me demande si je tomberais dans le panneau s'il était mon professeur aujourd'hui.

À la manière d'un flic, au lieu de frapper, je tambourine sur sa porte d'entrée parce que je veux lui faire peur, et je m'attends à moitié à ce qu'il ne réponde pas, à ce qu'il reste immobile au milieu de son salon et retienne son souffle jusqu'à ce que je lâche l'affaire et que je m'en aille. Il est possible qu'il ne veuille plus jamais me voir. Peut-être était-ce son but quand il m'a fait virer – m'expulser de sa vie, et par la même occasion, se débarrasser de toutes les répercussions susceptibles de le détruire que j'incarne.

Mais non – il ouvre tout de suite la porte, comme s'il m'attendait de l'autre côté. Il l'ouvre brusquement, en grand, se révèle, l'air à la fois plus vieux et plus jeune, sa barbe plus grise, ses cheveux plus longs. Ses bras sont bronzés. Il porte un tee-shirt et un short, des chaussures bateau sans chaussettes, ses jambes pâles sont recouvertes de poils noirs.

— Mon Dieu ! Regarde-toi !

La main posée sur mon dos, il me fait entrer. L'odeur de sa maison – je ne me rendais pas compte qu'elle me manquait –, emplit ma tête, et je lève les mains pour la repousser. Il me demande si je veux boire quelque chose, me montre le salon et m'invite à m'asseoir. Il ouvre le frigo et en sort deux bouteilles de bière. Il est à peine midi passé.

— Joyeux anniversaire, dit-il en me tendant une bouteille.

Je ne la prends pas.

— Je sais ce que tu as fait.

J'essaie de me cramponner à ma colère, mais mes mots, en sortant, ressemblent à un couinement. Je suis une souris déjà au bord des larmes. Il pose sa main sur mon visage pour m'apaiser. J'ai un brusque mouvement de recul. Je repense à la phrase de *Lolita,* quand Humbert retrouve Lo après toutes ces années : « Ne me touche pas, sinon je vais mourir. »

— Tu les as convaincus de me renvoyer, dis-je.

Je m'attends à ce que son visage pâlisse et se décompose, l'expression de quelqu'un qu'on démasque, mais il bronche à peine. Il se contente de battre un peu des paupières, comme s'il essayait de trouver par où aborder ma colère. Il trouve un angle d'approche, sourit.

— Tu es fâchée.

— Je suis furax.

— Ok.

— C'est toi qui m'a fait virer. Tu m'as balancée.

— Je ne t'ai pas balancée, dit-il avec douceur.

— Mais tu m'as fait virer.

— On l'a fait ensemble.

Il sourit, le front plissé, comme s'il était troublé, comme si je racontais n'importe quoi.

— Tu ne t'en souviens pas ?

Il essaie de me rafraîchir la mémoire : je lui avais dit que je m'occuperais de tout, il revoit parfaitement mon air déterminé d'alors. J'étais résolue à porter le chapeau.

— Même si je l'avais voulu, je n'aurais pas pu t'arrêter.

— Je ne me rappelle pas avoir dit cela.

— Eh bien, il n'empêche que tu l'as fait. Je m'en souviens parfaitement.

Il boit une gorgée de bière, essuie sa main sur son poignet et ajoute :

— Tu as été très courageuse.

J'essaie de me rappeler notre ultime conversation avant mon départ – dans son jardin, la nuit qui tombait autour de nous. Moi, en panique totale, le suppliant de me dire que tout irait bien, que je n'avais pas tout gâché. Il semblait horrifié par moi. C'est ce dont je me souviens le plus au sujet de cette conversation : son air de dégoût en me regardant m'effondrer, prise de hoquets et la morve au nez. Je ne me rappelle pas avoir dit que j'allais m'occuper de tout. Je me souviens juste qu'il m'avait assuré que tout irait bien.

— Je ne savais pas que j'allais être renvoyée. Tu ne m'as jamais expliqué que c'était ce qui arriverait.

Il hausse les épaules. *Désolé, tant pis.*

— Même si cela n'a pas été formulé clairement, il devait être évident que c'était la seule façon pour nous d'échapper à l'enfer absolu qui nous menaçait.

— Tu veux dire que c'était la seule façon pour toi d'échapper à la prison.

— Eh bien oui, concède-t-il. Cela faisait partie intégrante de mon raisonnement. Bien entendu.

— Mais, et moi ?

— Quoi, toi ? Regarde-toi. Ça ne va pas ? Tu as l'air de très bien te porter. Tu es belle.

Mon corps réagit même si je ne le veux pas. Une bouffée d'oxygène si vive que l'air siffle entre mes dents.

— Écoute. Je comprends que tu sois en colère, que tu te sentes blessée. Mais j'ai agi du mieux que j'ai pu. J'étais terrifié, tu sais. Alors c'est l'instinct qui a parlé. Je voulais me protéger, bien sûr, mais dans mon esprit, tu étais au premier plan également. Te retrouver à distance de Browick t'a épargné une enquête qui aurait pu te détruire. Ton nom aurait été dans les journaux, une mauvaise réputation sur laquelle tu n'aurais eu aucun contrôle t'aurait collé à la peau. Tu n'aurais pas voulu une chose pareille. Tu n'y aurais pas survécu.

Ses yeux se promènent sur moi.

— Pendant tout ce temps-là, je pensais que tu avais compris pourquoi j'ai agi de la sorte. Je croyais même que tu m'avais pardonné. Je prenais certainement mes désirs pour des réalités. Il est possible que j'aie projeté sur toi davantage de sagesse que tu n'en as. Ça m'arrivait, parfois.

Quelque chose de froid dégouline le long de ma colonne vertébrale – la gêne, la honte. Je suis peut-être idiote, simplette.

— Tiens.

Il dépose une bouteille de bière dans ma main. Je lui dis d'un ton hébété que je suis trop jeune pour boire. Il sourit.

— Oui, bien sûr.

Nous nous installons dans le salon, chacun à un bout du canapé. De petites choses ont changé – la pile de prospectus est passée du plan de travail de la cuisine à la table basse, de nouvelles chaussures de randonnée ont été ôtées près de la porte. Autrement, tout est pareil – les meubles, les gravures sur les murs, la position des livres sur les étagères, l'odeur de tout. Je ne peux échapper à son odeur.

— Alors comme ça, tu vas bientôt entrer à Atlantica. Ce sera une bonne fac pour toi.

— Que veux-tu dire par là ? Que je suis trop bête pour une bonne université ?

— Vanessa.

— Je n'ai réussi à intégrer aucune de celles que tu as choisies pour moi. Tout le monde ne peut pas aller à Harvard.

Il me regarde boire une longue lampée de bière. Le pétillement aérien familier parcourt ma gorge. Je n'ai pas bu d'alcool depuis que Charley a déménagé.

— Et que fais-tu de toi cet été ?

— Je bosse.

— Où ?

Je hausse les épaules. L'hôpital connaît des coupes budgétaires alors je n'y retourne pas.

— Mon père a un ami qui dit que je peux travailler dans son entrepôt de pièces détachées automobiles.

Il essaie de cacher sa surprise, mais je vois que ses sourcils tressautent.

— Un travail honnête. Rien de mal à cela.

Je prends une autre longue gorgée.

— Tu es bien silencieuse, remarque-t-il.

— Je ne sais pas quoi dire.

— Tu peux tout dire.

Je secoue la tête.

— J'ai l'impression de ne plus te connaître.

— Tu me connaîtras toujours. Je n'ai pas changé. Je suis trop vieux pour changer.

— Moi, j'ai changé.

— J'en suis sûr.

— Je ne suis plus aussi naïve que quand tu m'as connue.

Il incline la tête.

— Je ne me souviens pas de toi comme étant naïve.

Je bois une nouvelle gorgée, un tiers de la bouteille s'est envolé en deux fois. Lui termine sa bière et va en chercher une autre au frigo. Il en prend une pour moi aussi.

— Tu comptes me faire la tête combien de temps ?

— Tu penses que je ne devrais pas te faire la tête ?

— Je veux que tu m'expliques pourquoi tu ressens cela.

— Parce que j'ai perdu des choses qui étaient importantes pour moi. Alors que toi, tu n'as rien perdu.

— Ce n'est pas vrai. Aux yeux de beaucoup de gens, j'ai perdu ma réputation.

Je laisse échapper un rire de dédain.

— Mon pauvre. Moi j'ai perdu ma réputation, et des tonnes d'autres trucs.

— Comme quoi ?

Je cale la bière entre mes jambes et je me mets à compter sur mes doigts.

— J'ai perdu Browick, la confiance de mes parents. Dès que je suis arrivée dans mon nouveau lycée, des rumeurs circulaient à mon sujet. Je n'ai jamais pu être normale. Cela m'a traumatisée.

Il fait une grimace quand il entend « traumatisée ».

— À t'entendre, on croirait que tu vois un psychiatre.

— J'essaie juste de te faire comprendre ce que j'ai traversé.

— Ok.

— Parce que ce n'est pas juste.

— Qu'est-ce qui n'est pas juste ?

— Que j'aie enduré tout ça alors que toi, non.

— Je t'accorde qu'il n'est pas juste que tu aies souffert, mais le fait que je souffre moi aussi n'aurait pas rendu la chose plus juste. Cela n'aurait qu'abouti à davantage de souffrance.

— Et la justice dans tout ça ?

— La justice, répète-t-il d'un ton méprisant, son expression soudain empreinte de dureté. Tu as l'intention de me traîner en justice ? Pour cela, chérie, il faut que tu croies que je t'ai fait beaucoup de mal. Le crois-tu ?

Je garde les yeux rivés sur la bouteille de bière pas encore décapsulée qui suinte sur la table basse.

— Parce que si c'est ce que tu crois, poursuit-il, dis-le moi maintenant et je me rendrai. Si tu penses que je devrais aller en prison, perdre toutes mes libertés et être stigmatisé comme un monstre pour le restant de mes jours uniquement parce que j'ai eu la malchance de tomber amoureux d'une adolescente, alors, je t'en prie, fais-le moi savoir tout de suite.

Ce n'est pas ce que je crois. Ce n'est pas ce que j'entends par « justice ». Je veux juste savoir qu'il a été malheureux, un homme brisé comme l'a décrit Jenny. Parce que là, devant moi, il n'a pas l'air brisé. Il paraît heureux, avec son prix récompensant ses qualités de professeur qui trône sur la bibliothèque.

— Si tu penses que tout cela n'a pas été douloureux pour moi, tu te trompes, lance-t-il.

On dirait qu'il lit dans mes pensées. C'est peut-être le cas. Cela l'a peut-être toujours été.

— Ça a été atroce.

— Je ne te crois pas.

Il se penche vers moi, me touche le genou.

— Je vais te montrer quelque chose.

Il se lève, se rend à l'étage. Le plafond craque tandis qu'il longe le couloir qui mène à sa chambre. Il revient avec deux enveloppes, l'une contient une lettre à mon attention, datée de juillet 2001. Les premières lignes me retournent l'estomac : *Vanessa, je me demande si tu te souviens de moi, en novembre dernier, qui me lamentais dans ton doux et chaud giron : « Vais-je te détruire ? » La question que je te pose maintenant est la suivante : t'ai-je détruite ? Te sens-tu détruite ? Je ne peux te faire parvenir ce mot sans m'exposer au danger, mais la culpabilité pourrait me donner envie de courir ce risque. J'ai besoin de savoir que tu vas bien.* Dans l'autre enveloppe se trouve une carte d'anniversaire. À l'intérieur, il a signé : *Avec amour, JS.*

— J'allais trouver le courage de t'envoyer la carte cette semaine. Mon plan était d'aller en voiture jusqu'à Augusta et de la poster de là-bas afin que tes parents ne voient pas le cachet de Norumbega.

Je jette les deux enveloppes sur la table basse comme si je n'étais pas impressionnée, je me force à rouler des yeux. Cela ne suffit pas. J'ai besoin de plus de preuves de cette souffrance atroce dont il me parle – il m'en faut des pages entières.

Il s'assied à côté de moi sur le canapé et me dit :

— Nessa, réfléchis. En partant, tu as pu échapper à tout ça. Pendant ce temps-là, j'ai dû passer mes journées dans un endroit qui me faisait penser à toi. Chaque jour, j'ai dû donner des cours dans la classe où nous nous sommes rencontrés, regarder d'autres élèves s'asseoir à ta place. Je ne me sers même plus de mon bureau.

— Ah non ?

Il secoue la tête.

— C'est devenu un vrai dépotoir. C'est comme ça depuis que tu es partie.

Je ne peux ignorer ce détail. Ce bureau qui ne sert pas m'apparaît comme un témoignage du pouvoir exercé par mon fantôme. Chaque jour, je l'ai hanté. Et il a raison de dire que j'ai pu échapper à son souvenir : les couloirs et salles de classe du lycée public n'offrent absolument aucun rappel de lui, ce que j'avais jusqu'à présent considéré avec un chagrin infini. Mais peut-être qu'avoir été parachutée dans un univers qui ne m'était pas familier m'a simplifié la tâche. Peut-être y a-t-il eu des bénéfices dans ce que j'ai vécu en comparaison de ce qu'il a enduré.

Je bois la deuxième bière. Lorsqu'il en pose une troisième sur la table basse, je proteste, arguant que je dois rentrer chez moi en voiture, mais j'en prends tout de même une longue gorgée. J'ai dépassé mon seuil de tolérance à l'alcool. Après seulement deux bières, mon visage est rouge, mes yeux lents. Plus je bois, plus je dérive loin de la colère avec laquelle je suis arrivée. Ma rage reste sur le rivage alors que je suis entraînée vers les eaux profondes, que je flotte sur le dos tandis que de petites vagues me lapent les oreilles.

Il me demande ce que j'ai fait ces deux dernières années, et, à ma grande horreur, je m'entends lui parler de Craig, des hommes avec qui j'ai discuté sur Internet, du garçon qui m'a emmenée au bal.

— Ils m'ont tous écœurée, dis-je.

Il sourit largement. Il n'y a aucune trace de jalousie dans sa réaction, il semble satisfait que j'aie essayé et échoué.

— Et toi ? je bredouille en parlant trop fort.

Il ne me répond pas. Il botte en touche, un grand sourire aux lèvres.

— Tu sais bien ce que j'ai fait. La même chose que d'habitude, ici même.

— Mais je te demande avec qui tu l'as fait.

Je descends une lampée, fais claquer mes lèvres contre la bouteille.

— Mlle Thompson enseigne toujours ici ?

Il me jette son regard mi-tendre, mi-condescendant. Je suis mignonne. Mon besoin de réponses est adorable.

— J'aime ta robe. Je crois que je la reconnais.

— Je l'ai mise pour toi.

Je me déteste de sortir un truc pareil. Je ne suis pas obligée d'être sincère, et pourtant, impossible de m'arrêter. Je lui raconte que j'ai parlé à Jenny, qu'elle me l'a décrit comme un homme brisé.

— C'est elle qui m'a appris que tu m'avais fait virer. Elle était au courant de tout. Elle a lu la lettre que tu as écrite à Mme Giles dans laquelle tu évoques mes « problèmes affectifs ».

Je forme des guillemets avec mes doigts.

Il me dévisage.

— Elle a lu quoi ?

Je souris, je ne peux pas m'en empêcher. Enfin, quelque chose l'énerve.

— Comment a-t-elle eu accès à ce document ?

Je ris en entendant sa façon de dire « document ».

— Mme Giles le lui a montré.

— C'est révoltant. Totalement inacceptable.

— Eh bien moi, je trouve ça bien. Parce que maintenant, je sais à quel point tu étais fourbe.

Il m'étudie, tâchant de jauger ce que je sais, si je suis vraiment sérieuse.

— Tu as écrit que je souffrais de problèmes affectifs dans cette lettre. Pas vrai ? Comme si j'étais folle. Une petite fille stupide. Je comprends pourquoi tu as fait ça. Il s'agissait d'une façon simple de te protéger, n'est-ce pas ? Les adolescentes sont folles. C'est bien connu.

— Je crois que tu as assez bu.

J'essuie ma bouche avec le dos de ma main.

— Tu sais ce que je sais d'autre ?

Une fois de plus, il se contente de me dévisager. Je décèle de l'impatience dans sa mâchoire serrée. Si je pousse beaucoup plus loin, il pourrait me couper la parole, m'arracher la bouteille des mains et me flanquer à la porte.

— Je suis au courant pour l'autre lettre. Celle que tu as écrite quand tout a commencé. Comme quoi j'en pinçais sérieusement pour toi, et tu voulais laisser une trace écrite au cas où je ferais quelque chose de déplacé et que ça dérapait. Tu m'avais à peine baisée que, déjà, tu pensais à assurer tes arrières.

Peut-être que son visage est devenu livide, sauf que mes yeux ne suivent pas, n'arrivent pas à faire la mise au point.

— Mais j'imagine que ça aussi, je le comprends. Pour toi, j'étais jetable…

— Ce n'est pas vrai.

— … comme des déchets.

— Non.

J'attends qu'il ajoute quelque chose, mais il n'a pas mieux à m'offrir. *Non.* Je me lève et je fais une dizaine de pas vers la porte avant qu'il m'arrête.

— Laisse-moi partir.

C'est du bluff, clairement. Je n'ai même pas remis mes chaussures.

— Bébé, tu es soûle.

— Et alors ?

— Il faut que tu t'allonges.

Il me conduit à l'étage, le long du couloir, dans la chambre – mêmes édredon kaki et draps au motif écossais.

— Tu ne devrais pas utiliser des draps en flanelle en été.

Je me laisse tomber sur le dos, une fois de plus, je flotte sur le lac, le lit oscille au gré des vagues.

— Ne me touche pas, j'aboie quand il tente de passer la bretelle de ma robe par-dessus mon épaule. Ne me touche pas, sinon je vais mourir.

Je me retourne sur le côté, loin de lui, face au mur, et je l'entends qui se tient au-dessus de moi. Des minutes infinies de ses soupirs, de « merde » marmonnés dans sa barbe. Et puis le parquet grince. Il retourne dans le salon.

*Non,* me dis-je. *Reviens.*

J'ai envie qu'il continue à regarder, qu'il reste vigilant à mes côtés. J'envisage de me lever et de feindre de m'évanouir, de laisser mon corps s'effondrer par terre, j'imagine qu'il se précipiterait vers moi, me ramasserait, me frictionnerait la joue pour me ramener à la vie. Ou bien je pourrais me forcer à pleurer. Je sais que s'il m'entend sangloter, il accourra, tout tendre, même si cette tendresse se durcira inévitablement, une érection s'enfonçant dans ma cuisse. Je veux les instants d'avant le sexe. Je veux qu'il prenne soin de moi. Mais mon envie de dormir est trop forte, mes membres sont trop lourds pour autre chose que le sommeil.

Je me réveille au moment où il se couche. Mes yeux s'ouvrent net et je vois que le motif de lumière et d'ombres s'est déplacé sur le mur. Quand je bouge, il s'arrête, mais quand mes yeux se referment, et que je suis de nouveau immobile, il s'installe sur le matelas. Je reste allongée là, les yeux fermés, entendant et sentant tout, sa respiration, son corps.

Lorsque je me réveille la fois suivante, je suis sur le dos, ma robe repliée autour de ma taille, je n'ai plus de culotte. Il est agenouillé par terre, la tête entre mes jambes, son visage enfoui en moi. Ses bras sont enroulés autour de mes cuisses afin que je ne puisse pas me dégager. Il lève les yeux et plonge son regard dans le mien. Ma tête retombe et il continue.

Je vois mon corps d'au-dessus, petit comme une fourmi, membres pâles flottant sur le lac, l'eau recouvre désormais mes oreilles. Elle me lape les joues, gagne pratiquement ma bouche, je me noie presque. Au-dessous de moi, il y a des monstres, des sangsues et des anguilles, des poissons dentus, des tortues aux mâchoires assez puissantes pour briser une cheville. Il continue. Il veut que je jouisse, même si cela implique de me décaper. Une parade d'images se met à défiler dans ma tête, une bande projetée sur mes paupières : des boules de pâte à pain en train de gonfler sur le plan de travail chaud d'une cuisine, un tapis roulant qui déplace des courses pendant que ma mère, chéquier en main, regarde, des racines qui s'étendent dans la terre en accéléré. Mes parents qui nettoient leurs bras recouverts de terre, qui regardent l'horloge sans qu'aucun, cependant, ne demande tout haut « Où est Vanessa ? », parce que reconnaître que je suis partie depuis trop longtemps introduirait la toute première petite piqûre de peur.

Quand Strane monte sur le lit et me pénètre, une main guidant son pénis, la bande s'interrompt d'un coup. Mes yeux s'ouvrent soudain.

— Non.

Il se fige.

— Tu veux que j'arrête ?

Ma tête roule contre l'oreiller. Il attend un peu plus longtemps puis, doucement, commence son va-et-vient.

Les vagues m'entraînent encore un peu plus loin du rivage. Le rythme qu'il garde m'aide à reprendre le film, son va-et-vient régulier. A-t-il toujours été aussi lourd et lent ? Des perles de sueur glissent de ses épaules à mes joues. Je ne me souviens pas que c'était comme ça.

Je ferme les yeux et vois de nouveau des miches de pain qui gonflent, des courses qui avancent à l'infini, une succession perpétuelle de sucre, de boîtes de céréales, de fleurs de brocoli, de briques de lait qui disparaissent à l'horizon. *Tu pourrais en profiter pour prendre du lait ?* Maman était contente de me demander pour la première fois de faire une course. Peut-être que cela l'a aidée à me laisser emprunter la voiture. Tout ira bien, je rentrerai à la maison saine et sauve. Bien obligé : je ramenais du lait.

Strane gémit. Il était en équilibre sur ses mains, et maintenant, il se laisse tomber sur moi. Ses bras se faufilent sous mes épaules, son souffle dans mon oreille.

— Je veux que tu jouisses, dit-il entre deux respirations.

*Je veux que tu arrêtes*, me dis-je. Mais je ne le formule pas à voix haute, j'en suis incapable. Je ne peux pas parler, je ne vois rien. Même si je m'oblige à ouvrir les yeux, ils n'arrivent pas à faire la mise au point. J'ai la tête dans du coton, la bouche pleine de gravier. Je suis assoiffée, je suis nauséeuse, je ne suis rien. Il continue, plus vite désormais, ce qui signifie qu'il y est presque, plus qu'une minute environ. Une pensée me traverse l'esprit – est-ce un viol ? Est-il en train de me violer ?

Quand il jouit, il répète mon nom encore et encore. Il se retire, se met sur le dos. Chaque parcelle de son corps est recouverte de sueur, même ses avant-bras, ses pieds.

— Incroyable. Je ne m'attendais pas à ce que ma journée se termine comme ça.

Je me penche et je vomis par terre, l'éclaboussure de gerbe gifle le parquet. Un mélange de bière et de bile – j'ai été trop angoissée pour manger quoi que ce soit aujourd'hui.

Strane s'appuie sur son coude et regarde le vomi.

— Bon sang, Vanessa.

— Je suis désolée.

— Enfin, ce n'est pas grave. Ce n'est rien.

Il se hisse hors du lit, enfile son pantalon et contourne le vomi. Il va dans la salle de bains, revient avec un spray désinfectant et une serpillière, se met à quatre pattes et nettoie le sol. Je garde les yeux fermés parmi l'odeur d'ammoniac et de pin, l'estomac encore retourné, le lit qui ondule sous moi.

Lorsqu'il remonte sur le matelas, il se colle à moi même si j'ai gerbé et que ses mains sentent le ménage.

— Ça va aller. Tu es soûle, c'est tout. Reste ici et dors, ça passera.

Sa bouche et ses mains me tâtent, jaugeant ce qui a changé. Il me pince le ventre à l'endroit où il s'est un peu ramolli, et mon cerveau rapporte un souvenir fracturé, peut-être seulement un rêve – dans le bureau derrière sa classe, moi nue sur la causeuse, lui tout habillé, inspectant mon corps avec l'intérêt impartial d'un scientifique, appuyant sur mon ventre, suivant mes veines de ses doigts. Cela me faisait mal à l'époque et ça me fait mal maintenant, ses membres lourds et ses mains en papier de verre, un genou qui me force à écarter les jambes. Comment peut-il être de nouveau prêt ? Le tube de Viagra dans l'armoire de la salle de bains, une croûte de vomi enserrant une mèche de mes cheveux. Lui sur moi, son corps si imposant qu'il pourrait m'étouffer s'il n'y prenait garde. Mais il y prend garde, et il est bon, et il m'aime, et je veux cela. Quand il me pénètre, j'éprouve encore un tiraillement, qui ne me quittera sans doute jamais, mais je veux cela. Il le faut.

Je ne rentre pas à la maison avant minuit moins le quart. J'entre dans la cuisine et maman m'attend. Elle me prend les clés des mains.

— Plus jamais, dit-elle.

Je reste plantée là, les bras pendant mollement le long de mes hanches, les cheveux en bataille et les yeux cerclés de rouge.

— Tu ne vas pas me demander où j'étais ?

Elle me regarde, regarde en moi. Elle voit tout.

— Si je te le demandais, me dirais-tu la vérité ?

Comme tout le monde, je pleure à la remise des diplômes, mais ce sont des larmes de soulagement d'avoir survécu à ce que je considère encore comme ma pénitence. L'événement se tient dans le gymnase, et les lumières fluorescentes nous donnent l'air d'avoir la jaunisse. Le proviseur n'autorise personne à applaudir pendant que nous traversons la scène – la cérémonie durerait trop longtemps, et il serait injuste que certains élèves reçoivent une ovation et d'autres, non. La remise des diplômes a lieu le même samedi après-midi à Browick, et pendant la mienne, j'imagine la leur : des chaises disposées sur la pelouse devant le réfectoire, le proviseur et le doyen debout dans le bosquet de pins blancs, les cloches d'une église tintant au loin. Je traverse la scène silencieuse pour recevoir mon diplôme et je ferme les yeux, j'imagine le soleil sur mon visage, j'imagine que je porte l'épaisse toge blanche de Browick avec l'écharpe rouge. Le proviseur me serre mollement la main, me sert le même « Bien joué » qu'aux autres. Toute l'opération me paraît dénuée de sens, mais en quoi est-ce grave ? Je ne suis pas vraiment ici dans ce gymnase étouffant avec pour fond sonore le couinement des chaises pliantes, les raclements de gorge et le bruissement des programmes qui éventent des visages perlés de sueur. Je marche sur le tapis d'aiguilles de pin orange mort, acceptant les accolades de l'équipe enseignante de Browick, même celle de Mme Giles. Dans mon fantasme, elle ne m'a jamais renvoyée. Elle n'a aucune raison de penser du mal de moi. Strane me tend mon diplôme, debout devant l'arbre où, il y a deux ans et demi, il a dit vouloir me mettre au lit et me faire un baiser pour me souhaiter bonne nuit. Ses doigts touchent les miens au moment où il me passe le diplôme, ce qui est imperceptible aux yeux des autres, mais le frisson que cela produit en moi me propulse dans les airs, dans ce sentiment de rien-nulle-part-personne que j'avais quand je quittais sa classe, incandescente de secrets.

Dans le gymnase, j'agrippe mon diplôme en regagnant ma chaise. Bruit de chaussures qui raclent le sol. Le proviseur fusille du regard le seul parent qui ose applaudir.

Après la cérémonie, tout le monde se déverse dans le parking et prend des photos, positionnant l'appareil de manière à ce que le centre commercial ne soit pas visible en arrière-plan. Papa me dit de sourire, mais je ne peux forcer mon visage à écouter.

— Allez, fais au moins semblant d'être heureuse.

J'écarte les lèvres et montre mes dents. Je finis par ressembler à un animal sur le point de mordre.

Pendant tout l'été, je travaille dans l'entrepôt de pièces détachées automobiles, remplissant des bons de commande pour des starters et des amortisseurs pendant que la radio braille des standards du rock par-dessus le bruit blanc émis par les convoyeurs à bande. Deux fois par semaine après ma journée de boulot, Strane m'attend sur le parking. J'essaie d'enlever la crasse sous mes ongles avant de monter dans son break. Il aime mes chaussures à coque, les muscles de mes bras. D'après lui, un été de travail manuel est une bonne chose pour moi, je n'en apprécierai que mieux l'université.

Ponctuellement, la colère s'empare de moi, mais je me répète que ce qui est fait est fait – Browick, le rôle qu'il a joué dans mon départ, tout cela dans le passé. Je m'efforce au maximum de ne pas éprouver de ressentiment lorsque je pense qu'il avait dit vouloir m'aider à préparer mes dossiers de candidature pour des stages d'été à Boston, ou lorsque je vois sa toge de Harvard suspendue à la porte de son placard. Il l'avait sortie pour la remise de diplôme à Browick. Atlantica est un choix respectable, m'assure-t-il, je n'ai pas à en avoir honte.

Un vendredi après-midi dans l'entrepôt, je m'attaque à une palette de pièces de châssis au son de Jackson Browne. L'homme qui prépare les commandes dans la section voisine chante à tue-tête un bout de chanson tandis que « The Load-Out » cède la place à « Stay ». Le cutter dérape quand je déchire l'emballage en plastique pour l'ouvrir, et me laisse une entaille de quinze centimètres sur l'avant-bras, qui, avant l'afflux de sang, n'est qu'une parcelle de peau délicatement sectionnée, un coup d'œil indolore à travers les rideaux. L'homme de la section voisine regarde dans ma direction, me voit la main resserrée autour de ma blessure, avec du sang qui passe à travers mes doigts et qui dégouline sur le sol en béton.

— Merde !

Il se précipite vers moi en se débattant avec la fermeture Éclair de son sweatshirt. Il noue le vêtement autour de mon bras.

— Je me suis coupée.

— Sans blague ?

Face à ma prostration, l'homme secoue la tête, resserre le vêtement autour de ma coupure. Ses articulations sont noires de poussière d'entrepôt.

— Tu comptais rester plantée là combien de temps avant de dire quelque chose ?

Les jours où Strane vient me chercher au travail, nous roulons comme des adolescents sans but, et quand il me raccompagne à la maison, il me dépose en haut de la route de terre. Ma mère me demande où j'étais, et je réponds : « Avec Maria et Wendy. » Les filles avec qui je déjeunais, et à qui je n'ai pas adressé la parole depuis la remise des diplômes.

— Je ne pensais pas que vous étiez proches à ce point, dit maman.

Elle pourrait creuser plus, demander pourquoi elles ne viennent jamais à la maison lorsqu'elles me déposent, pourquoi elle ne les a jamais rencontrées. J'ai dix-huit ans et je déménage à Atlantica à la fin du mois d'août, ce que je soulignerai si elle ose m'interroger. Mais cela ne se produit jamais. Elle se contente de répondre « D'accord » et de passer à autre chose. Cette liberté encourage ma dérive, j'ignore ce qu'elle sait, ce qu'elle soupçonne. « Je n'ai pas envie de ressortir ces vieux dossiers », dit-elle quand sa sœur lui téléphone pour discuter de quelque chose qui s'est passé quand elles étaient enfants. Un mur se dresse autour d'elle ; j'en construis un autour de moi.

Strane me demande si je suis toujours fâchée. Nous sommes dans son lit, et sous nos corps en nage, les draps en flanelle sont humides. Je regarde la fenêtre ouverte, j'écoute le bruit des voitures et des piétons, le calme parfait dans sa maison. J'en ai assez qu'il me pose cette question, de son besoin insatiable d'être rassuré. *Non, je ne suis pas fâchée. Oui, je te pardonne. Oui, je veux ça. Non, je ne pense pas que tu sois un monstre.*

— Est-ce que je serais là si je ne voulais pas de ça ? je demande, comme si la réponse était évidente.

J'ignore ce qui est suspendu au-dessus de nos têtes, ma colère, mon humiliation et ma douleur. À mes yeux, ce sont elles, les vrais monstres, toutes ces choses ineffables.

# 2017

Lors de ma séance avec Ruby, avant même de m'asseoir, je lui demande si elle a été contactée par quelqu'un qui cherchait des informations sur moi. J'ai téléphoné à Ira hier soir pour lui poser la même question. Derrière, j'entendais sa copine siffler : « C'est elle ? Pourquoi elle t'appelle ? Raccroche, Ira ! »

— Qui chercherait des informations à votre sujet ? demande Ruby.

— Une journaliste, peut-être.

Perplexe, elle me regarde sortir mon téléphone et ouvrir ma boîte mail.

— Ce n'est pas de la paranoïa, ok ? C'est réellement en train de m'arriver. Regardez.

Ruby prend le téléphone et commence à lire.

— Je ne comprends pas…

Je lui arrache des mains.

— Ça n'a peut-être l'air de rien, mais il n'y a pas que les e-mails, d'accord ? Elle m'appelle, me harcèle.

— Vanessa, respirez.

— Vous ne me croyez pas ?

— Je vous crois. Mais il va falloir ralentir et me raconter ce qui se passe.

Je m'assieds, presse la paume de mes mains contre mes yeux et m'efforce d'expliquer au mieux les e-mails et les coups de fil, le blog exhumé que j'ai enfin réussi à supprimer, le fait que la journaliste en a gardé des captures d'écran. Mon cerveau est nerveux, n'arrive pas à rester concentré même le temps d'une phrase. Ruby saisit tout de même l'idée générale, et son visage s'épanouit de sympathie.

— C'est tellement intrusif, remarque-t-elle. Je doute que ce soit une démarche éthique de la part d'un journaliste.

Elle me suggère d'écrire à la hiérarchie de Janine, voire d'aller la signaler au commissariat, mais à la simple mention de la police, j'agrippe les accoudoirs de mon fauteuil et je hurle :

— Non !

Pendant un instant, Ruby semble véritablement effrayée.

— Je suis désolée. Je panique. Je ne suis pas moi-même.

— Ce n'est rien, dit-elle. C'est une réaction compréhensible. L'une de vos pires peurs devient réalité.

— Je l'ai vue, vous savez. Devant l'hôtel.

— La journaliste ?

— Non, l'autre. Taylor, celle qui a accusé Strane. Elle me harcèle, elle aussi. Je devrais aller à son travail, on verra si ça lui plaît.

Je lui décris ce que j'ai vu hier soir au crépuscule, la femme sur le trottoir d'en face, sa façon d'observer l'hôtel, de poser ses yeux pile sur la fenêtre du hall par laquelle je regardais, de me scruter moi tandis que ses cheveux blonds fouettaient son visage. Tandis que je parle, Ruby m'observe avec une expression peinée, comme si elle voulait me croire mais n'y parvenait pas.

— Je ne sais pas. J'ai peut-être imaginé les choses. Ça m'arrive, parfois.

— Vous imaginez des choses ?

Je hausse les épaules.

— C'est comme si mon cerveau surimposait sur des inconnus des visages que j'ai envie de voir.

Elle me dit que cela semble difficile, et je hausse de nouveau les épaules. Elle me demande à quelle fréquence se produit ce phénomène, et je réponds que cela dépend. Des mois peuvent s'écouler sans que cela arrive, et puis certains mois, c'est tous les jours. Pareil pour les cauchemars – ils viennent par vagues, charriés par quelque chose qu'il n'est pas toujours évident de prévoir. Je sais me tenir à l'écart des livres et des films qui se passent dans des pensionnats, mais je peux être prise en traître par quelque chose d'anodin au possible comme une référence aux érables ou la sensation de la flanelle sur ma peau.

— À m'entendre, on pourrait croire que je suis folle.

— Pas folle, réplique Ruby. Traumatisée.

Je repense aux autres choses que je pourrais lui confier, le fait de boire et de fumer pour réussir à survivre à ma journée, les nuits où mon appartement est comme un labyrinthe dans lequel il est si difficile de naviguer que je finis par dormir sur le sol de la salle de bains. Je sais que si je le voulais, mes comportements les plus honteux pourraient aisément contribuer à un diagnostic. J'ai perdu des nuits entières à lire des articles sur le stress post-traumatique, cochant dans ma tête chaque symptôme, mais il est étrangement décevant de penser que tout en moi peut être résumé aussi facilement. Et qu'est-ce qui vient, après – un traitement, des médicaments, le dépassement de cette expérience ? Pour certains, cela peut apparaître comme une fin heureuse, mais pour moi, il n'y a que le bord de ce canyon, que l'eau agitée en contrebas.

— Vous pensez que je devrais autoriser une journaliste à écrire à mon sujet ?

— Ce choix vous appartient à vous seule.

— Clairement. Et j'ai déjà pris ma décision. Il est hors de question que j'accepte. Je veux juste savoir si d'après vous, je devrais.

— Je pense que cela occasionnerait chez vous un stress sévère. Je craindrais que les symptômes que vous avez décrits ne s'intensifient au point de vous rendre la vie quotidienne très difficile.

— Mais je vous parle d'un point de vue moral. N'est-ce pas censé justifier tout le stress ? C'est ce que les gens n'arrêtent pas de répéter, qu'il faut parler, peu importe le prix.

— Non, répond-elle avec fermeté. C'est faux. Il est dangereux d'exercer une telle pression sur quelqu'un en proie à un traumatisme.

— Alors pourquoi continue-t-on de le répéter ? Car cette journaliste n'est pas la seule. Ce sont toutes les femmes qui témoignent. Mais si quelqu'un ne veut pas révéler au monde entier tous les malheurs qu'elle a subis, alors qu'est-elle ? Faible ? Égoïste ?

Je lève une main en l'air, je l'agite.

— C'est du grand n'importe quoi. Je déteste cette merde.

— Vous êtes en colère, constate Ruby. Je ne crois pas vous avoir vue vraiment en colère jusqu'à présent.

Je cligne des yeux, respire par le nez. Je dis que je me sens un peu sur la défensive, et elle me demande de préciser.

— J'ai le sentiment d'être acculée dans un coin. Comme si tout à coup, ne pas vouloir m'exposer signifiait que je donne mon aval aux violeurs. Et je ne devrais même pas avoir voix au chapitre. Je n'ai pas été agressée, pas comme d'autres femmes prétendent l'avoir été.

— Vous comprenez que quelqu'un ayant vécu une relation similaire à la vôtre puisse la considérer comme de la maltraitance ?

— Bien sûr. Je n'ai pas subi un lavage de cerveau. Je connais les raisons pour lesquelles les adolescentes ne sont pas censées être avec des hommes d'âge mûr.

— Et quelles sont-elles ? demande-t-elle.

Je roule des yeux avant de dresser la liste.

— Le déséquilibre des pouvoirs, le cerveau des ados n'est pas complètement développé, etc. Toutes ces conneries.

— Pourquoi ces raisons ne s'appliquaient-elles pas à vous ?

J'adresse à Ruby un regard oblique, pour lui signifier que je vois où elle veut en venir.

— Écoutez, c'est la vérité, ok ? Strane était bon envers moi. Il faisait attention à moi, était gentil et bon. Mais visiblement, tous les hommes ne sont pas comme ça. Certains sont des prédateurs, surtout avec les filles. Et quand j'étais jeune, être avec lui était tout de même très dur, malgré sa bonté.

— Pourquoi était-ce dur ?

— Parce que le monde entier était contre nous ! Nous devions mentir et nous cacher, et il y avait des choses contre lesquelles il ne pouvait pas me protéger.

— Par exemple ?

— Par exemple quand j'ai été renvoyée.

À ces mots, Ruby plisse les yeux, le front.

— Renvoyée d'où ?

J'avais oublié que je ne lui en avais pas parlé. Je sais que le mot « renvoyée » est rude et donne une impression qui n'est pas la bonne. Il donne l'impression que je n'avais aucun pouvoir sur la situation, comme si j'avais été prise en flagrant délit de quelque chose de mal et qu'on m'avait demandé de faire mes valises. Mais j'ai eu le choix. J'ai choisi de mentir.

Alors j'explique à Ruby que c'était compliqué, que « renvoyée » n'est peut-être pas le bon terme. Je lui raconte l'histoire : les rumeurs et les entretiens, la liste de Jenny, la dernière matinée dans la classe bondée, et moi debout au tableau. Je n'ai jamais raconté les choses avec une telle précision, j'ignore si j'y ai même déjà pensé en ces termes – de façon chronologique, un événement en entraînant un autre. Généralement, tout est fracturé, les souvenirs tels des éclats de verre.

Ruby m'interrompt parfois. « Ils ont fait quoi ? », demande-t-elle. « Ils ont *quoi ?* » Elle est effarée par des choses auxquelles je n'avais jamais prêté attention jusqu'à présent, par exemple le fait que ce soit Strane qui soit venu me chercher en classe pour le premier entretien avec Mme Giles. Par le fait que personne n'ait rapporté l'incident à qui de droit.

— Aux services de protection de l'enfance, vous voulez dire ? Voyons, ce n'était pas ce genre de situation !

— Chaque fois qu'un enseignant soupçonne qu'un enfant a été victime de maltraitance, il a l'obligation de le rapporter.

— J'ai travaillé pour les services de protection de l'enfance quand je me suis installée pour la première fois à Portland, dis-je, et les gamins qui se retrouvaient dans ce système avaient bel et bien subi des maltraitances. Des choses atroces. Ce qui m'est arrivé est sans commune mesure avec cela.

Je m'adosse à mon fauteuil, je croise les bras.

— Voilà pourquoi je déteste en parler. Je finis toujours par donner l'impression que c'est bien pire que ce qui s'est passé en réalité.

Ruby m'étudie, le font creusé de profonds sillons.

— Vous connaissant, Vanessa, je pense que vous avez plus tendance à minimiser les choses qu'à les exagérer.

Elle se met à parler d'un ton autoritaire que je ne lui connais pas, me réprimande presque. Elle dit que ce que Browick m'a forcée à faire est dégradant. Quelles que soient les expériences que j'aie traversées par ailleurs, avoir reçu l'ordre de s'humilier devant ses semblables suffit à déclencher un stress post-traumatique.

— C'est terrible quand une tierce personne vous contraint à l'impuissance, poursuit-elle. Mais être humilié devant une foule… Je ne veux pas dire que c'est pire, mais c'est différent. C'est gravement déshumanisant, surtout pour un enfant.

Lorsque je commence à corriger son emploi du mot « enfant », elle précise :

— Pour un individu dont le cerveau n'était pas complètement développé.

Et puis elle pose ses yeux sur les miens, attend de voir si je vais remettre en question mes propres termes. Comme je ne le fais pas, elle me demande si Strane est resté à Browick après tout cela, s'il a su ce qui s'était passé au cours de cette réunion.

— Il était au courant. Il m'a aidée à préparer ce que j'allais dire. C'était la seule manière de réparer sa réputation.

— Savait-il que vous alliez être renvoyée ?

Je hausse les épaules car je n'ai pas envie de mentir, mais je suis incapable de répondre oui, il le savait, il voulait que cela se produise.

— Précédemment, vous avez décrit cela comme une chose contre laquelle il n'avait pas le pouvoir de vous protéger, mais à vous entendre, on pourrait penser qu'il en a été l'instigateur.

Pendant un instant, j'en ai le souffle coupé, mais je me ressaisis rapidement, haussant les épaules comme si ce n'était rien.

— La situation était compliquée. Il a fait de son mieux.

— S'est-il senti coupable ?

— De provoquer mon renvoi ?

— Oui, et aussi de vous pousser à mentir, à porter le chapeau.

— Je crois qu'il a trouvé cela regrettable, mais qu'il fallait le faire. Quelle était l'alternative ? Qu'il aille en prison ?

— Oui, répond-elle avec fermeté, cela aurait été une alternative, et elle aurait été juste car ce qu'il vous a fait est un crime.

— S'il était allé en prison, ni lui ni moi n'y aurait survécu.

Ruby me regarde, et je remarque un changement de vitesse derrière ses yeux, comme si elle prenait une note mentale. C'est plus discret que gribouiller sur un bloc-notes comme on voit les psys le faire à la télé, mais tout de même décelable. Elle m'observe de tellement près, inclut tout ce que je dis et fais dans un contexte plus large, ce qui bien sûr me rappelle Strane – comment ne pas établir de rapprochement ? Sa façon de plonger les yeux en moi pendant le cours, de calculer en permanence. Ruby m'a confié un jour que j'étais sa patiente préférée parce qu'il y avait toujours une couche supplémentaire à enlever, autre chose à exhumer, et cette remarque m'a fait autant plaisir que d'entendre *Vous êtes ma meilleure élève.* Que Strane qui me dit que je suis précieuse et rare, Henry Plough qui me dit que je suis une énigme, impossible à comprendre.

Vient ensuite la question qu'elle veut, je pense, me poser depuis le début.

— Croyez-vous les filles qui l'ont accusé ?

Je n'hésite pas à répondre non. Je jette un coup d'œil rapide dans sa direction, la surprends qui cligne des yeux de surprise.

— Vous pensez qu'elles mentent, dit-elle.

— Pas exactement. Je pense qu'elles se sont laissé emporter.

— Laissé emporter comment ?

— Par l'hystérie actuelle. Les accusations constantes. C'est genre un mouvement, n'est-ce pas ? Les gens le désignent ainsi. Et quand vous voyez un mouvement porté par un tel élan, il est naturel de vouloir vous joindre à lui, mais pour être acceptée, il faut que quelque chose d'horrible vous soit arrivé. L'exagération est inévitable. Et puis tout cela est tellement vague. Ces termes sont faciles à manipuler. Une agression sexuelle, ça peut tout vouloir dire. Peut-être qu'il lui a simplement caressé la jambe ou autre.

— Mais s'il était innocent, comment expliquez-vous qu'il ait mis fin à ses jours ?

— Il a toujours dit qu'il préférait mourir que vivre en étant taxé de pédophilie. Quand ces accusations sont sorties, il savait que tout le monde partirait du principe qu'il était coupable.

— Êtes-vous en colère contre lui ?

— De s'être suicidé ? Non, je comprends pourquoi il l'a fait, et j'ai ma part de responsabilité là-dedans.

Elle commence à dire non, que ce n'est pas vrai, mais je l'arrête.

— Je sais, je sais, ce n'est pas de ma faute, j'ai compris. Mais à l'origine, c'est à cause de moi qu'il y a eu toutes ces rumeurs à son sujet. S'il n'avait pas déjà la réputation d'être un professeur qui couche avec ses élèves, je doute que Taylor l'aurait accusé de quoi que ce soit, et si elle ne s'était pas manifestée, les autres filles ne l'auraient pas fait non plus. Une fois qu'un professeur est accusé d'une chose pareille, tout ce qu'il dit ou fait est vu à travers un filtre, au point où même un comportement anodin est interprété comme étant malveillant.

Je continue, encore et encore, je répète les arguments de Strane comme un perroquet, la part de lui qui subsiste en moi s'est soudain élevée et est pleinement vivante.

— Réfléchissez un instant. Si un homme normal caresse le genou d'une fille, ce n'est rien. Mais si un homme qui est accusé d'être pédophile le fait ? Les gens réagiront de façon disproportionnée. Donc, non, je ne suis pas en colère contre lui. Je suis en colère contre elles. Je suis en colère contre le monde qui a fait de lui un monstre, alors que son seul tort a été d'avoir la malchance de tomber amoureux de moi.

Ruby croise les bras et regarde ses genoux, comme si elle essayait de se calmer.

— Je sais l'impression que donnent mes propos. Je suis certaine que vous pensez que je suis affreuse.

— Je ne pense pas que vous êtes affreuse, dit-elle doucement, les yeux toujours rivés sur ses genoux.

— Alors que pensez-vous ?

Elle prend une profonde inspiration et croise mon regard.

— Honnêtement, Vanessa, ce que j'entends, c'est que c'était un homme très faible, et que même quand vous étiez enfant, vous saviez que vous étiez plus forte que lui. Vous saviez qu'il n'était pas capable de supporter d'être exposé, et c'est la raison pour laquelle vous avez porté le chapeau. Vous essayez encore de le protéger.

Je mords l'intérieur de mes joues parce que je ne laisserai pas mon corps faire ce qu'il souhaite vraiment – se contorsionner vers l'intérieur, se resserrer si fort sur lui-même que mes os finiraient par craquer.

— Je n'ai plus envie de parler de lui.

— D'accord.

— Je suis toujours en deuil, vous savez. En plus de tout le reste, je pleure sa perte.

— Cela doit être dur.

— Oui. Atroce.

Je déglutis pour faire descendre la boule qui m'enserre la gorge.

— Je l'ai laissé mourir. Il faut que vous le sachiez, si jamais vous commencez à avoir de la peine pour moi. Il m'a appelée juste avant de passer à l'acte, et moi, je savais ce qu'il allait faire, et je ne l'en ai pas empêché.

— Ce n'était pas de votre faute.

— Ouais, vous n'arrêtez pas de le répéter. Rien ne semble jamais être de ma faute.

Ruby ne dit rien, se contentant de me regarder fixement avec la même expression affligée. Je sais ce qu'elle pense, que je suis pathétique, que je suis déterminée à créer ma propre perte.

— Je l'ai torturé. Je ne pense pas que vous vous rendez compte à quel point j'ai contribué à tout. Sa vie entière est devenue un enfer à cause de moi.

— C'était un homme adulte et vous aviez quinze ans. Qu'avez-vous bien pu faire pour le torturer ?

Pendant un instant, j'en reste sans voix, incapable de trouver une autre réponse que *Je suis entrée dans sa classe. J'ai existé. Je suis née.*

Je renverse la tête en arrière et je dis :

— Il était tellement amoureux de moi qu'il s'asseyait à ma place après mon départ. Il posait sa tête sur la table pour essayer de m'aspirer avec son souffle.

C'est un détail que j'ai déjà ressorti auparavant, toujours comme preuve de son amour incontrôlable pour moi, mais en l'énonçant maintenant, je l'entends avec ses oreilles à elle, avec celles de n'importe qui – illusions et folie.

— Vanessa, dit-elle doucement, vous n'avez pas demandé une chose pareille. Vous essayiez juste d'aller à l'école.

Je regarde par la fenêtre au-dessus de ses épaules, le port, la nuée de mouettes, l'eau et le ciel gris ardoise, mais je ne vois que moi, seize ans à peine et des larmes aux yeux, debout devant une pièce remplie de gens, me qualifiant moi-même de menteuse, de mauvaise fille qui mérite un châtiment. La voix lointaine de Ruby me demande où je suis partie, mais elle sait que c'est la vérité qui est venue me hanter, son étendue immense, son dépouillement. La vérité n'offre nul endroit où se cacher.

# 2006

C'est le début du mois de septembre, la quatrième année d'université est sur le point de commencer, et je nettoie mon appartement. Les fenêtres sont grandes ouvertes, et les sons typiques de la transition saisonnière me parviennent des rues du centre-ville en dessous – le mégaphone du tramway touristique se mêlant à la plainte des freins d'une camionnette de déménagement, la dernière vague de touristes venus profiter des ultimes moments de chaleur et des chambres d'hôtel moins chères. Le cœur de la ville s'est déplacé vers le campus, et jusqu'en mai, Atlantica appartiendra à l'université. Bridget, ma colocataire, devrait arriver de Rhode Island demain, et les cours commenceront le jour suivant. Je suis restée ici pendant tout l'été : j'ai travaillé comme femme de chambre dans des hôtels pour gagner ma vie, je me suis défoncée et j'ai gâché mon temps en ligne la nuit – sauf quand Strane est venu me rendre visite, ce qui n'est pas beaucoup arrivé. Il met cela sur le compte du trajet trop long, mais en réalité, il déteste l'appartement miteux. La première fois qu'il est entré ici, il a regardé autour de lui et dit : « Vanessa, c'est le genre d'endroit où les gens vont pour se suicider. » Il a quarante-huit ans et moi vingt et un, et les choses n'ont dans l'ensemble pas changé en six ans. Les grandes menaces ont disparu – personne ne va finir en prison ni perdre son travail –, mais je continue à mentir à mes parents à son propos. Bridget est la seule amie à être au courant de son existence. Quand nous sommes ensemble, c'est soit chez lui soit dans mon appartement, stores baissés. Parfois, il m'emmène à l'extérieur, en public, mais seulement dans des endroits où il sait que les chances qu'on nous reconnaisse sont minces – le secret, jadis une nécessité, semble désormais être le produit de la honte.

Je suis dans la salle de bains en train de récurer les parois de la douche, chose que je ne fais que lorsqu'il vient, quand mon téléphone tremblote. Appel entrant : JACOB STRANE.

J'appuie sur « répondre », les doigts tout racornis à cause du produit d'entretien.

— Salut, t'es…

— Je ne vais pas pouvoir venir ce soir, dit-il. Il se passe trop de choses ici.

Je vais dans le salon tandis qu'il évoque sa nomination, une nouvelle fois, à la chaire du département, ses responsabilités croissantes.

— C'est le bordel dans le département. On a un professeur en congé maternité, et la personne qu'ils ont embauchée pour la remplacer est absolument incompétente. En plus de tout ça, ils sont en train de mettre en place un nouveau programme d'aide psychologique dans l'école, et ils ont engagé une fille à peine plus âgée que toi pour nous apprendre à gérer les sentiments de nos étudiants. C'est insultant. Je fais ça depuis deux décennies.

Je commence à arpenter le salon, en suivant le mouvement du ventilateur oscillant. Pour tout mobilier, nous avons un fauteuil Papasan rafistolé avec du scotch, une table basse fabriquée avec des caisses à lait, et le vieux meuble télé de mes parents. Nous aurons bientôt un canapé gratuit : Bridget connaît quelqu'un qui se débarrasse du sien.

— Mais c'était notre dernière chance d'être ensemble !

— Tu as omis de me dire que tu partais en voyage prolongé ?

— Ma coloc revient demain.

— Ha !

Il fait claquer sa langue.

— Eh bien, tu as une chambre. La porte se ferme.

Je laisse échapper un infime soupir.

— Je t'en prie, ne boude pas.

— Je ne boude pas.

Et pourtant si, je boude. Mes bras et mes jambes sont lourds, ma lèvre inférieure ressort. J'ai passé toute la matinée à sortir les bouteilles vides et les tasses de café de ma chambre, à laver la vaisselle, à enlever les cheveux dans la baignoire. Et puis j'ai envie d'être avec lui. Voilà ce qui explique vraiment ma déception. Cela fait deux semaines.

Je marmonne dans le téléphone :

— Je suis en manque d'affection.

C'est ma façon la plus explicite de décrire ce que je ressens, qui n'est pas de l'excitation, parce que ce n'est pas réellement le sexe qui me manque. C'est le fait qu'il me regarde, qu'il m'adore, qu'il me dise ce que je suis et me donne ce dont j'ai besoin pour supporter ma corvée quotidienne : faire semblant d'être comme tout le monde.

Je l'entends sourire – le souffle rapide, un léger bruit venu du fond de sa gorge. *Je suis en manque d'affection.* Ça lui plaît.

— Je viendrai bientôt, dit-il.

Bridget arrive le lendemain après-midi et pose ses sacs par terre au milieu du salon. Les yeux brillants, elle me demande :

— Il est là ?

Elle a hâte de rencontrer Strane. Je ne suis pas sûre qu'elle soit convaincue de son existence. Je lui ai raconté une vague version de l'histoire au printemps dernier, alors que nous étions au bar après la signature de notre bail. Elle étudie les lettres, comme moi, et nous avions eu des cours en commun pendant trois ans, mais n'étions pas des amies proches. Nous avons décidé d'habiter ensemble pour des raisons pratiques. Elle avait trouvé un deux pièces, et moi j'avais besoin d'un logement. Et pourtant, il a suffi d'une soirée au bar pour que je mentionne avoir étudié à Browick pendant « environ une année » – généralement, c'est le récit se rapprochant le plus de la réalité que je suis capable de donner –, et que je finisse par lui livrer une histoire décousue de tout ce bordel cinq verres après. Je lui ai raconté que Strane m'avait remarquée et était tombé amoureux de moi, que j'avais été renvoyée parce que je ne voulais pas le trahir, mais que nous nous étions remis ensemble parce que nous ne pouvions nous passer l'un de l'autre en dépit de notre différence d'âge, en dépit de tout. Bridget était le meilleur public qui soit, écarquillant les yeux lors des moments de l'intrigue les plus intenses, hochant la tête avec emphase lors des passages difficiles, et ne manifestant aucun signe de jugement tout du long. Depuis, elle n'avait jamais été la première à mentionner Strane, avait systématiquement attendu que je parle de lui en premier. Même là, lorsqu'elle me demande « Il est là ? », elle le fait parce que je lui ai envoyé un texto hier avec une mise en garde contrite : J'espère que tu ne seras pas trop inquiète de croiser un homme entre deux âges chez nous à ton arrivée demain. C'était la première fois que j'essayais de blaguer à son sujet, et j'ai trouvé cela agréable, étonnamment agréable.

*Il est là ?* Je secoue la tête sans donner d'explication, et Bridget ne pose pas de question.

Nous ramenons le reste de ses affaires, des sacs-poubelle noirs remplis de vêtements, d'oreillers et de draps, une poubelle pleine de chaussures, une mijoteuse débordant de DVD. Nous allons chercher le canapé et le portons sur plusieurs centaines de mètres. Des voitures nous klaxonnent. À mi-chemin, nous faisons une pause. Nous laissons retomber le canapé sur le trottoir, nous étalons dessus et étendons nos jambes en protégeant nos yeux du soleil. Après l'avoir hissé jusqu'à notre appartement, nous le poussons contre un mur du salon et passons le reste de l'après-midi à boire du vin liquoreux en regardant *The Hills*. Nous buvons directement au goulot, chacune sa bouteille, essuyons nos lèvres avec le dos de nos mains, et chantons en chœur la musique du générique, épisode après épisode.

Quand le ciel s'assombrit et qu'il n'y a plus de vin, nous allons au magasin qui vend de l'alcool au coin de la rue afin d'avoir de quoi boire le temps de nous préparer pour aller au bar. Rilo Kiley braille depuis la chambre de Bridget à l'autre bout de l'appartement pendant que je me lisse les cheveux et que je me passe de l'eye-liner. À un moment, Bridget apparaît dans l'embrasure de ma porte munie d'une paire de ciseaux.

— Je vais te faire une frange.

Je m'assieds sur le rebord de la baignoire tandis qu'elle taille mes cheveux avec ses ciseaux tachés de peinture, en prenant modèle sur une photo de Jenny Lewis qui s'affiche sur son ordinateur.

— Parfait, dit-elle en se mettant sur le côté pour que je puisse me voir dans le miroir.

Je ressemble à une petite fille, deux grands yeux qui regardent sous une frange floue.

— Tu es splendide, déclare Bridget.

Je me tourne d'un côté puis de l'autre pour me voir en me demandant ce qu'en pensera Strane.

Au bar, juchée sur un tabouret, je siffle des pintes tandis que Bridget est accaparée par des types qui la prennent dans leurs bras afin d'avoir une excuse pour poser leurs mains sur elle. Elle est belle : des pommettes hautes et de longs cheveux couleur miel, des dents du bonheur sur lesquelles j'ai vu des hommes loucher. Pour ma part, je suis jolie mais pas belle, intelligente mais pas cool. Je suis acerbe, crue, trop intense. Quand le copain de Bridget m'a rencontrée, il a dit que ma simple présence lui faisait l'effet d'un coup de pied dans les burnes.

L'université d'Atlantica, c'est le brouillard matinal et l'air chargé de sel, les phoques qui chauffent leur corps moucheté sur le rivage en granite rose, des manoirs de pêcheurs de cétacés convertis en salles de cours, un squelette de baleine à bosse suspendu dans la cafétéria. La mascotte de la fac est un crabe fer à cheval, et le ridicule de la chose ne nous échappe pas. La librairie est remplie de sweatshirts sur le dos desquels on peut lire : « T'as du bol. » Il n'y a aucune équipe sportive, les étudiants appellent la présidente par son prénom, les profs portent des sandales Teva et des tee-shirts, et viennent en cours avec leur chien. J'adore cette fac, je n'ai pas envie d'obtenir mon diplôme, pas envie de partir.

D'après Strane, il faut que je contextualise ma réticence à grandir, tous les gens de mon âge ont une tendance à l'auto-victimisation. « Et il est particulièrement difficile pour les jeunes femmes de résister à cette mentalité, dit-il. Le monde a tout intérêt à ce que vous restiez impuissantes. » Il dit que dans notre culture, nous traitons le statut de victime comme un prolongement de l'enfance. Donc quand une femme choisit le statut de victime, elle est en conséquence libérée de toute responsabilité personnelle, ce qui pousse les autres à prendre soin d'elle, et c'est pour cette raison qu'une fois qu'une femme a choisi d'être victime, elle continuera à le choisir encore et encore.

Je me sens encore différente des autres, sombre et profondément mauvaise, comme à mes quinze ans, mais j'ai essayé d'en comprendre un peu mieux les raisons. Le trope de la différence d'âge n'a plus aucun secret pour moi, et je consomme des livres, des films et tout ce qui met en scène une histoire d'amour entre un adulte et une mineure. Je me cherche tout le temps dans ces œuvres, mais ne trouve jamais rien de vraiment juste. Les filles dans ces histoires sont toujours des victimes, et moi je n'en suis pas une – et cela n'a rien à voir avec ce que Strane m'a fait ou pas quand j'étais plus jeune. Je ne suis pas une victime parce que je n'ai jamais voulu en être une, et si je ne veux pas en être une, alors je n'en suis pas une. Voilà comment ça marche. La différence entre le viol et le sexe est un état d'esprit. *On ne peut pas violer une personne consentante, n'est-ce pas ?* C'est ce que m'a sorti ma coloc en première année de fac quand j'ai essayé de la dissuader de rentrer à la maison alors qu'elle était ivre avec un type rencontré à une soirée. On ne peut pas violer une personne consentante. La blague est terrible, certes, mais la phrase est sensée.

Et même si Strane m'a fait du mal, toutes les filles ont de vieilles blessures. Au début, à Atlantica, je logeais dans une foyer pour étudiantes qui ressemblait à Browick en plus sombre ; on pouvait s'y procurer aisément de l'alcool et de l'herbe, et la surveillance était quasi nulle. Les couloirs étaient un enchaînement de portes ouvertes, et les filles erraient de chambre en chambre jusque tard dans la nuit, confessant leurs secrets, mettant leur cœur à nu. Des filles rencontrées quelques heures auparavant à peine pleuraient à côté de moi dans le lit, me parlaient de leur mère distante et de leur méchant père, de leur petit ami qui les avait trompées, du monde qui était un endroit affreux. Aucune n'avait eu de liaison avec un homme plus âgé, et cela ne les empêchait pas d'être malgré tout perturbées. Si je n'avais jamais rencontré Strane, je n'aurais sans doute pas été très différente. Un garçon se serait servi de moi, m'aurait prise pour acquise, aurait déchiqueté mon cœur. Au moins, l'histoire que Strane m'a donnée est plus intéressante à raconter que la leur.

Parfois, il est plus simple de penser à tout cela en ces termes – comme une histoire. L'automne dernier, j'ai assisté à un atelier d'écriture fictionnelle, et tout au long du semestre, j'ai rendu des textes qui parlaient de Strane. Pendant que mes écrits étaient critiqués par la classe, je notais toutes les remarques des gens, tous leurs commentaires, même ceux qui étaient stupides, même ceux qui étaient méchants. Si quelqu'un disait : « Bon, c'est clairement une salope. Qui couche avec un prof ? Qui fait un truc pareil ? », j'écrivais ces questions dans mon carnet avant d'ajouter mes propres interrogations : *Pourquoi ai-je fait ça ? Parce que je suis une salope ?*)

Quand je quittais le cours, j'avais l'impression d'avoir été rouée de coups et d'être recouverte de bleus, mais cela me paraissait être une pénitence, une humiliation méritée. Il y a peut-être un rapprochement à établir entre le fait de rester assise sans rien dire pendant ces ateliers brutaux et le fait de se tenir debout dans cette salle de classe à Browick pendant qu'on me balançait des questions, mais j'essaie de ne pas m'attarder sur ce genre de pensées. J'avance, tête baissée.

Le professeur chargé du cours sur les chefs-d'œuvre de la littérature est nouveau. Henry Plough. J'ai remarqué la plaque avec son nom sur le bureau voisin de celui de ma tutrice l'autre jour et vu à travers la porte entrouverte une pièce meublée d'une table et de deux chaises. Lors du premier TD, je m'assieds tout au bout de la table. J'ai la gueule de bois, suis peut-être encore soûle, et ma peau et mes cheveux empestent la bière.

Tandis que je regarde les autres étudiants entrer au compte-gouttes, chaque visage familier, mon cerveau semble se convulser – un éclair de lumière et un mur de son, un mal de crâne instantané si fort que je presse mes doigts contre mes yeux. Quand je les ouvre à nouveau, Jenny Murphy est là – Jenny mon ancienne coloc, mon éphémère meilleure amie, celle qui a gâché ma vie. Elle est installée à la table de séminaire, le menton posé sur son poing, ses cheveux châtains coupés au carré et la longue ligne de son cou inchangés. A-t-elle été transférée ici ? Mon corps tremble tandis que j'attends qu'elle me remarque. C'est marrant que ni elle ni moi n'ait vieilli. Moi non plus, je n'ai pas l'air d'avoir plus de quinze ans, j'ai le même visage constellé de taches de rousseur et les mêmes cheveux roux.

Je suis toujours obnubilée par elle quand Henry Plough entre dans la classe muni d'un manuel, un sac en cuir sur l'épaule. Je détache péniblement mon regard de Jenny et je l'observe, ce nouveau professeur. À première vue, c'est Strane, avec sa barbe et ses lunettes, sa démarche lourde et ses larges épaules. Puis les différences se révèlent : il n'est pas imposant mais de taille moyenne, ses cheveux et sa barbe sont blonds plutôt que bruns, ses yeux marron plutôt que gris, et ses lunettes cerclées d'écaille plutôt que de métal. Il est plus mince, plus petit et il est jeune – c'est ce que je remarque en dernier. Pas de cheveux gris, sous sa barbe, sa peau est lisse, il doit avoir dans les trente-cinq ans. C'est Strane à l'état de chrysalide, encore doux.

Henry Plough laisse tomber son manuel sur la table de séminaire, et le gros bruit sourd ainsi produit nous fait tous grimacer.

— Désolé, ce n'était pas intentionnel.

Il reprend son exemplaire, le tient quelques instants entre ses mains sans trop savoir quoi faire, puis le repose doucement sur la table.

— Je crois qu'il est temps de commencer maintenant que mon entrée en scène maladroite est derrière nous, déclare-t-il.

Dès le début, son attitude, affable et pleine d'autodérision, n'est pas la bonne du tout – rien en lui ne rappelle la terreur suscitée par Strane le premier jour, lorsqu'il avait noirci le tableau de notes à propos d'un poème qu'aucun de nous n'avait osé admettre ne pas avoir lu. Et pourtant, tandis que Henry Plough fait l'appel, que ses yeux se déplacent de part et d'autre de la table de séminaire pour nous graver dans son esprit, me revoilà dans la classe de Strane, dont le regard, je le sens, me boit. Une brise filtre par la fenêtre ouverte, et l'air salé a l'odeur de poussière brûlée du radiateur de son bureau. Le cri d'une mouette devient le tintement des cloches de l'église de Norumbega marquant la demi-heure.

À l'autre bout de la table, Jenny se tourne enfin dans ma direction. Nos regards se croisent, et je vois que ce n'est pas du tout elle, juste une fille au visage rond et aux cheveux châtains avec qui j'ai déjà été en cours.

Henry Plough finit l'appel. Comme toujours, je suis la dernière.

— Vanessa Wye ?

Quel ton implorant en ce premier jour d'un nouveau semestre. Vanessa, pourquoi[1] ?

Je lève deux doigts, trop secouée pour lever le bras. À l'autre bout de la table, la fille que j'ai prise pour Jenny ôte le capuchon de son stylo, et l'orage en moi bat en retraite, se retranchant derrière des poubelles et des filaments de varech pourri. Je ressens une peur familière : peut-être que je suis folle, narcissique, délirante. Une personne si prisonnière de son propre cerveau qu'elle transforme des passants qui n'ont rien demandé en fantômes.

Henry Plough étudie mon visage comme pour le mémoriser. Dans son cahier de notes, il inscrit quelque chose à côté de mon nom.

1. Phonétiquement, le nom « Wye » se prononce exactement comme le mot « Why », qui signifie « pourquoi ».

Je reste avachie sur mon siège jusqu'à la fin du cours, n'osant le regarder qu'en lui jetant de brefs coups d'œil. Mon esprit ne cesse de dériver de l'autre côté de la fenêtre. J'ignore s'il cherche à s'évader ou à avoir une meilleure vue d'ensemble. Après le TD, je rentre chez moi à pied toute seule, en suivant un sentier qui longe la côte. J'ai des frisottis dans les cheveux à cause de la brume venue de la mer. Il fait nuit noire et j'ai mes écouteurs sur les oreilles. Ma musique est tellement à fond que si quelqu'un essaie de m'attraper par derrière, je n'ai aucune chance. Un comportement vraiment idiot. Jamais je ne l'avouerais, mais l'idée du souffle d'un monstre sur ma nuque m'excite. Cela me propulse en avant, j'incarne l'expression : « Elle l'a bien cherché. »

Strane vient me rendre visite ce vendredi soir. Je l'attends devant mon immeuble, assise sur le perron du petit resto à bagels qui remplit notre appartement du parfum de la levure et du café chaque matin. La soirée est chaude : les filles se rendent dans les bars en robe d'été, un garçon qui est en cours de poésie avec moi passe sur son longskate, une bière à la main. Quand le break de Strane fait son apparition, il prend une ruelle au lieu de se garer dans la rue où il serait plus visible. Strane est encore parano même s'il n'y a aucun ancien élève de Browick à Atlantica.

Au bout d'une minute, il émerge de la ruelle noire et sourit à la lueur d'un lampadaire, tend les bras vers moi.

— Viens là !

Il porte un jean délavé et des tennis blanches. Des vêtements de daron. Quand des semaines s'écoulent entre deux visites, je suis prise de court et j'enfouis mon visage contre son torse afin de ne pas avoir à regarder son nez rougeaud et sa barbe grisonnante, sa bedaine qui pendouille sur sa taille.

Il ouvre la marche dans les escaliers plongés dans l'obscurité jusqu'à mon appartement, comme si c'était chez lui et non chez moi.

— Tu as un canapé désormais, remarque-t-il quand nous entrons. Y a du progrès.

Il se tourne vers moi avec un sourire suffisant, mais son visage se radoucit quand il me voit. Dehors dans la rue, dans le noir, il ne pouvait pas remarquer comme je suis jolie dans ma robe d'été, avec ma nouvelle frange, mes yeux de chat tracés à l'eye-liner, et mes lèvres mordues de rose.

— Eh bien dis donc ! On dirait une Française de 1965.

Son assentiment suffit à ce que mon corps cède, et à ce que ses vêtements laids le deviennent un peu moins – ou qu'en tout cas, cela n'ait plus d'importance. Il sera toujours vieux. Obligé. C'est la seule façon pour moi de rester jeune et de suinter la beauté.

Avant d'ouvrir la porte de ma chambre, je le mets en garde :

— Je n'ai pas eu l'occasion de nettoyer, alors sois indulgent.

J'allume les lumières et il sonde le bazar : les piles de vêtements, les tasses de café et les bouteilles de vin vides par terre à côté de mon lit, une palette d'ombre à paupières fêlée écrasée dans le tapis.

— Je ne comprendrai jamais comment tu peux vivre là-dedans, observe-t-il.

— Ça me plaît, je réponds en me servant de mes deux mains pour dégager mon lit des vêtements qui le recouvrent.

Ce n'est pas réellement vrai, mais je n'ai pas envie d'entendre sa leçon sur les environnements désordonnés qui sont le reflet d'esprits qui le sont tout autant.

Nous nous allongeons, lui sur le dos et moi sur le côté, entre lui et le mur. Il me pose des questions sur mes cours, et je passe en revue la liste, hésitant quand vient le tour de celui de Henry Plough.

— Et puis il y a ce TD sur les chefs-d'œuvre de la littérature.

— Qui l'enseigne ?

— Henry Plough. Il est nouveau.

— Où a-t-il obtenu son doctorat ?

— Aucune idée. Ce n'est pas comme s'ils l'indiquaient sur le programme des cours.

Strane fronce les sourcils d'un air vaguement désapprobateur.

— Tu as réfléchi à tes plans ?

Les plans. Le troisième cycle universitaire. Mes parents veulent que je m'installe plus au sud. Portland, Boston ou plus loin. « Il n'y a rien pour toi dans le Nord, plaisante mon père, hormis des maisons de retraite et des centres de désintoxication, car tous les gens au nord d'Augusta sont soit vieux soit drogués. » Strane veut que je parte aussi, dit que je devrais élargir mes horizons et découvrir le monde, mais ensuite, il ajoute quelque chose comme : « Je ne sais pas ce que je ferais sans toi. Je céderais sûrement à mes instincts les plus vils. »

J'agite la tête de façon évasive.

— Euh, un peu. Hé, ça te dirait de fumer ?

Je rampe par-dessus lui, j'attrape la boîte à bijoux où je stocke mon herbe. Il me regarde charger la pipe d'un air désapprobateur, mais prend une grande taffe quand je lui tends le bong.

— Je ne pensais pas qu'avoir une petite amie de vingt et un ans ferait de moi un quadragènaire toxico, dit-il d'une voix rendue fluette par la fumée qu'il recrache. Mais j'imagine que j'aurais dû le voir venir.

J'inhale tellement fort que ma gorge me brûle. Je déteste la façon que j'ai de m'emballer quand il dit de moi que je suis sa petite amie.

Nous fumons le bong et buvons une bouteille de vin quasi pleine qui était restée par terre à côté du lit. J'allume ma petite télévision, et pendant cinq minutes très pénibles nous regardons une émission de téléréalité dans laquelle des hommes sont arrêtés après avoir essayé de rencontrer des adolescentes croisées dans des *chat rooms,* et qui étaient en fait des flics. À la place, je mets un DVD. Je n'ai que des films qui sont dans le même thème – les deux versions de *Lolita, La Petite, American Beauty, Lost in Translation* –, mais au moins, ils se concentrent sur la beauté de ces relations, en font des histoires d'amour.

Quand Strane m'enlève ma robe et me fait rouler sur le dos, je suis tellement défoncée que je me sens floue, comme des volutes de fumée, mais quand il commence à me lécher, la concentration revient brutalement. Je referme mes jambes.

— Je ne veux pas de ça.

— Allons, Nessa.

Il pose son visage contre mes cuisses resserrées, lève les yeux vers moi.

— Laisse-moi faire.

Je me mets à regarder le plafond et secoue la tête. Je ne l'ai pas laissé me lécher depuis au moins un an, peut-être plus. Cela ne me tuerait pas ni rien, mais cela serait admettre une sorte de défaite.

— Tu rejettes le plaisir.

Je tends chaque muscle de mon corps. Aussi légère qu'une plume, aussi raide qu'une planche.

— Est-ce que tu te punis ?

Mes pensées dégringolent dans un trou de ver, contours flous et courbes douces. Je vois l'océan la nuit, des vagues qui touchent le rivage de granite. Strane est là, debout sur une dalle de granite rose, ses mains en coupe autour de sa bouche. *Laisse-moi faire. Laisse-moi te donner du plaisir.* Il n'arrête pas de crier, mais je suis hors de portée. Je suis un phoque moucheté qui nage au-delà des brisants, un oiseau de mer d'une telle envergure que je peux voler pendant des kilomètres. Je suis la lune nouvelle, cachée et à l'abri de lui, de tout le monde.

— Tu es têtue, dit-il en se déplaçant sur moi et en écartant mes jambes avec son genou. Si bêtement têtue.

Il essaie de me pénétrer, et puis est obligé de se caresser ; il n'arrête pas de débander. Je pourrais aider, mais je suis toujours légère comme une plume, raide comme une planche. En plus, ce n'est pas mon problème. Si un type de quarante-huit ans n'arrive pas à bander devant une fille de vingt et un ans, qu'est-ce qui pourra bien l'exciter ? Une gamine de quinze ans, peut-être. Parfois, dans sa maison de Norumbega, nous faisons comme si c'était à nouveau la première fois. *Faut te calmer, chérie. Je ne peux pas entrer si tu ne te détends pas. Inspire profondément.*

Il commence son va-et-vient, et je ferme les yeux pour regarder les images familières tourner en boucle : des miches de pain qui gonflent, des courses qui se baladent sur un tapis roulant, des racines blanches qui s'étendent dans la terre molle en accéléré. Plus la bande passe, plus ça me révulse. Ma poitrine commence à se soulever. Même les yeux ouverts, je ne vois que les images. Je sais qu'il est sur moi, qu'il me baise, mais je ne le vois pas. Cela arrive tout le temps. La dernière fois que j'ai essayé de lui expliquer ce que je ressentais, il m'a dit que cela ressemblait à de l'aveuglement hystérique. *Détends-toi. Faut te calmer, chérie.*

Je m'attrape la gorge. J'ai besoin qu'il m'étrangle : c'est la seule chose qui me ramènera ici.

— Fais-le fort. Brutalement, je lui demande.

Il ne m'obéit que si je l'implore – un flot de « pitié » haletants jusqu'à ce qu'il cède, qu'il serre sans conviction ma gorge. Cela suffit à ce que l'appartement réapparaisse, son visage au-dessus de moi, la sueur qui glisse le long de ses joues.

— Je n'aime pas faire cela, Vanessa, dit-il.

Je me redresse, je sors du lit et je récupère ma robe par terre. J'ai besoin d'uriner et je n'aime pas me balader nue devant lui, sans compter que je ne sais pas quand Bridget rentrera.

— Il y a quelque chose de très troublant là-dedans, ajoute-t-il.

— Précise ce « là-dedans » ? je lui demande en passant la robe par-dessus ma tête.

— Cette violence que tu souhaites que je t'inflige. C'est...

Il fait une grimace.

— C'est affreusement sombre, même pour moi.

Avant que nous nous endormions, tandis que les lumières sont éteintes et que, sur l'écran, *La Petite* passe sans le son, Bridget rentre du bar. Nous l'écoutons marcher dans le salon, puis se rendre d'un pas légèrement titubant dans la salle de bains. L'eau coule à bloc, ce qui ne suffit pas à masquer le bruit de ses vomissements.

— Tu crois qu'on devrait l'aider ? murmure Strane.

— Elle va bien.

Quoique, s'il n'était pas là, j'irais voir comment elle va. Je ne sais pas si c'est parce que je ne veux pas qu'il soit près d'elle ou l'inverse.

Au bout d'un moment, Bridget va dans la cuisine. La porte d'un placard s'ouvre, et on entend un plissement de plastique tandis que sa main farfouille dans un paquet de céréales. C'est le genre de soirée, où, généralement, elle et moi campons sur le canapé et regardons les émissions de téléachat diffusées tard la nuit jusqu'à ce que nous finissions par nous endormir.

Sous les couvertures, la main de Strane se déplace sur ma cuisse.

— Elle sait que je suis là ? chuchote-t-il.

La main entre mes jambes, il me caresse tandis que Bridget se déplace dans l'appartement.

Le matin, quand je me réveille, je suis seule dans le lit. Je le crois parti jusqu'à ce que j'entende ses pas dans le salon, et la porte de la salle de bains s'ouvrir. Et puis la voix de Bridget, aiguë à cause de la surprise.

— Oh, désolée !

Et Strane, qui s'empresse de répondre :

— Non, non ce n'est rien. Je sortais.

Je les écoute se présenter. Strane se désigne sous le nom de « Jacob », comme s'il était normal, comme si tout là-dedans l'était. Pendant ce temps-là, moi, je suis pétrifiée dans mon lit, soudain terrifiée telle une fille dans un film d'horreur qui voit des griffes sortir de sous la porte du placard. À son retour dans la chambre, je fais semblant de dormir. Même lorsqu'il touche mes épaules et dit mon nom, je n'ouvre pas les yeux.

— Je sais que tu es réveillée. J'ai rencontré ta colocataire. Elle m'a l'air d'une fille sympa. J'aime bien ses dents du bonheur.

J'enfonce encore plus mon visage dans la couette.

— Je m'en vais. J'ai le droit à un baiser d'au revoir ?

Je sors le bras de sous les couvertures et lève la main pour qu'il la tope – il ne le fait pas. J'écoute ses pas lourds dans l'appartement, et quand je l'entends saluer Bridget, j'enfouis mon visage dans mes mains.

J'ouvre les yeux et elle est debout sur le seuil, bras croisés.

— Ça pue le sexe, ici, remarque-t-elle.

Je m'assieds dans le lit, tirant les couvertures vers moi.

— Je sais, il est dégoûtant.

— Il n'est pas dégoûtant.

— Il est vieux, il est tellement vieux.

Elle rit, secoue sa chevelure.

— Vraiment, il n'est pas si terrible que ça.

Je m'habille et nous allons manger un bagel au bacon et aux œufs accompagné de café noir en bas de chez nous. Assise à une table près de la fenêtre, je regarde un couple promener un énorme chien à poils frisés, dont la langue rose pendouille de sa gueule haletante.

— Donc tu es avec lui depuis tes quinze ans ? demande Bridget.

J'aspire le café à travers mes dents, me brûle la langue. Cela ne lui ressemble pas d'être indiscrète. Nous nous laissons de la distance, que nous désignons pour rigoler comme étant la « zone de non-jugement », un espace dans lequel je la regarde coucher avec des types malgré son fiancé à Rhode Island, pendant que moi je fais les choses que je fais avec Strane.

— Avec des pauses, je réponds.

— Ta première fois, c'était avec lui ?

Je hoche la tête, les yeux posés sur la vitre, toujours sur le couple et leur chien au pelage frisé.

— Le premier et le seul.

Ses yeux sortent de leurs orbites quand elle entend ma remarque.

— Attends, sérieux ? Personne d'autre ?

Je hausse les épaules et j'aspire plus de café, me brûlant la gorge. Il y a une satisfaction à voir ma vie tordre de surprise et de stupeur le visage de quelqu'un d'autre, mais une seconde de trop, et la stupeur se transforme en une expression ahurie.

— Je n'arrive pas à imaginer comment ça a dû être.

J'essaie de cacher les larmes dans mes yeux. Je ne devrais pas être affectée. Ce n'est rien. Elle est simplement curieuse. C'est ça, les amis. On parle de mecs, de ses folles années adolescentes.

— Tu avais peur ?

Tout en picorant mon bagel, je secoue la tête. Pourquoi aurais-je eu peur ? Il était si attentionné envers moi. Je repense au lycée public, à Charley et Will Coviello, qui l'a traitée de cas soc' et ne lui a plus jamais adressé la parole une fois qu'il a eu sa pipe. Le sourire suffisant sur son visage quand il est revenu dans le bowling, tellement satisfait d'avoir obtenu ce qu'il voulait. Être soumise à ce genre d'humiliation aurait été effrayant. Pas Strane, qui tombait à genoux devant moi, qui me disait que j'étais l'amour de sa vie.

Je pose les yeux sur Bridget, la fais plier du regard.

— Il m'adorait. J'avais de la chance.

L'automne arrive soudainement. Les hôtels ferment et les gens venus travailler avec un visa rentrent chez eux. Les arbres changent la deuxième semaine de septembre, des amas de feuilles jaunes qui se détachent sur fond de ciel chargé. Les matinées sont froides, humides de brouillard, et lorsque je me réveille, des draps moites sont enroulés autour de mes chevilles.

À la fin du mois de septembre, pendant le moment de calme avant le début du cours de Henry Plough, une fille avec qui j'ai assisté à des ateliers d'écriture s'assied à la table et pose une pile de livres. Elle porte des bottes de cow-boy et une jupe courte, et envoie ses écrits à des revues littéraires, et ma tutrice me l'a un jour décrite comme « destinée à la préstigieuse école d'écriture créative de l'Iowa ». Au sommet de la pile de livres se trouve *Feu pâle* de Vladimir Nabokov. Je me fige en voyant le roman. *Viens que je t'adore ; viens que je te caresse, Ma sombre Vanessa.*

Henry pointe l'ouvrage du doigt.

— Excellent choix, dit-il. C'est l'un de mes livres préférés.

La fille sourit. Ses joues rosissent instantanément à cause de l'attention qu'il lui accorde.

— C'est pour le cours de littérature du XX^e^ siècle. J'écris une dissertation sur ce livre, ce qui est…

Elle écarquille les yeux.

— … intimidant.

Le garçon à côté d'elle demande de quoi ça parle, et je l'écoute, palpitante et chaude, bafouiller en essayant d'expliquer. Henry commence à intervenir, mais je le coupe en couvrant sa voix de la mienne.

— Il n'y a pas vraiment d'intrigue. Ou, du moins, ce n'est pas comme cela que le livre est censé être lu. Le roman est un poème, une série de notes de bas de page, lesquelles racontent leur propre histoire, mais le personnage qui écrit ces notes n'est pas fiable, et par conséquent, l'ensemble ne l'est pas non plus. C'est un roman qui résiste au sens et exige du lecteur qu'il lâche prise…

Je laisse ma phrase en suspens, car je ressens la bouffée d'angoisse qui vient toujours quand je m'exprime de la sorte – comme si Strane s'exprimait à travers moi. Dans sa bouche, ce genre de topo semble brillant, mais moi, ça me donne juste l'air d'une garce, hautaine et dure.

— Bon, bref, conclut la fille, ce n'est pas mon livre préféré de Nabokov. J'ai lu *La Véritable Vie de Sebastian Knight*, et j'ai préféré, de loin.

Tout bas, je corrige :

— *La Vraie Vie.*

Elle se détourne de moi en roulant des yeux, mais devant la table de séminaire, pendant que le reste de la classe entre et prend place, Henry me regarde, l'air songeur, avec un petit sourire.

Quand je rentre à la maison après la fac, je me prépare à dîner et je lis *Titus Andronicus* pour dans une semaine, quand débutera le cours sur Shakespeare. La pièce, brutale et sanglante, regorge de mains tranchées et de têtes que l'on cuisine en tourte. Lavinia, la fille du général, est victime d'un viol collectif avant d'être mutilée. Les hommes qui la violent lui coupent la langue afin qu'elle ne puisse parler, et lui coupent les mains afin qu'elle ne puisse écrire. Malgré tout, elle veut si désespérément raconter qu'elle apprend à tenir un bâton dans sa bouche, et écrit le nom de ses tortionnaires dans la terre.

Lorsque j'en arrive à cette partie de la pièce, j'arrête de lire, je prends le vieil exemplaire de *Lolita* de Strane dans ma bibliothèque, et trouve le passage que je recherche à la page 165 : Lo se moque d'un éditorial dans un journal qui recommande aux enfants à qui un inconnu offrirait des bonbons de refuser et d'écrire le numéro de leur plaque minéralogique sur le bord de la route. Je note : *Lavinia ?* dans la marge et je corne la page. J'essaie de reprendre *Titus Andronicus*, mais mon cerveau est incapable de se concentrer.

J'ouvre mon ordinateur portable et me rends sur le blog que j'ai créé il y a trois ans. Techniquement, il est accessible au public, mais anonyme – j'utilise des pseudonymes et je tape mon nom dans Google toutes les trois ou quatre semaines pour m'assurer qu'il n'apparaît pas dans les résultats. Continuer à tenir ce blog, c'est comme marcher seule la nuit avec mes écouteurs sur les oreilles, comme aller au bar dans l'unique intention de me soûler au point de ne plus y voir clair, autant de comportements que, dans mon souvenir, le manuel du module « Psychologie 101 » qualifiait de « conduites à risque ».

28 septembre 2006,

Il a parlé de Nabokov aujourd'hui, alors je pense que je devrais documenter cette chose naissante.

Je ne sais pas comment la désigner. Vraiment, ce « la » n'est rien, un récit né de mon esprit dépravé – mais comment ne pas me ruer sur cette histoire familière quand les personnages, le décor et tant de détails sont les mêmes ? (Dans la classe, les yeux du professeur dérivent vers l'extrémité de la table de séminaire, vers la fille rousse dont la voix tremble chaque fois qu'on lui demande de lire un texte.)

C'est ridicule. *Je* suis ridicule, à projeter tout ceci sur un homme dont je ne sais rien, hormis ce à quoi il ressemble debout devant un tableau, et les données les plus banales que n'importe qui pourrait grappiller à l'aide d'une recherche Google. J'ai l'impression de l'avoir arraché à la classe, comme si je reproduisais ce que S. a fait avec moi. Mais le professeur n'est-il pas censé être S. dans ce scénario ?

J'ai commencé à m'habiller comme à mes quinze ans les jours où je sais que je vais le voir – robes de baby doll avec des Converse, cheveux nattés –, comme si en me voyant essayer d'incarner le mieux possible une nymphette, il était susceptible de comprendre ce que je suis et ce dont je suis capable, en d'autres termes… je suis probablement légitimement vraiment FOLLE.

« L'un de mes livres préférés », a-t-il dit aujourd'hui au sujet de *Feu pâle* (Pas de *Lolita* – vous imaginez s'il avait dit cela à propos de *Lolita* ?) Rien d'exceptionnel. Un commentaire innocent. Tous les profs de lettres aiment ce roman. Mais j'entends ce prof-là le dire, celui que j'ai décidé de considérer comme spécial, et soudain, cela devient révélateur.

J'entends *Feu pâle* et je suis incapable de penser à autre chose qu'à S. qui me donne son exemplaire personnel, qui me dit de me rendre à la page 37. Ce que j'ai ressenti en trouvant mon propre nom sur la page : *Ma sombre Vanessa.*

Et comme cela, tout simplement, mon esprit établit une nouvelle connexion entre les personnages. Parfois, je le vis comme une malédiction, le sens que je suis capable d'attribuer à toute chose.

Il y a trois bars à Atlantica : l'un d'eux est fréquenté par les étudiants, propose des bières de microbrasseries à la pression et a un sol propre ; il y a une taverne avec des tables de billard et des bocaux remplis d'œufs au vinaigre ; et une cabane à huîtres perchée au bord d'une jetée, où des pêcheurs ivres se bagarrent et sortent les couteaux. Bridget et moi ne fréquentons que le bar étudiant, mais elle a entendu dire que le samedi soir, on dansait à la taverne.

— On ne connaîtra personne là-bas, dit-elle. On sera libres.

Elle a raison : nous sommes les seules étudiantes d'Atlantica du rade, et avons certainement dix ans de moins que tout le monde, quoique l'éclairage soit tellement tamisé que c'est difficile à dire. Nous descendons des shots de tequila glacée et allons sur la piste de danse avec des bouteilles de bière, que nous sifflons en tournoyant sur Kanye, Beyoncé, Shakira. Nous avons tellement le tournis que nous nous agrippons l'une à l'autre, nos cheveux rouges et miel tombent sur notre visage et dans nos boissons. Un homme nous demande si nous faisons tout ensemble, et c'est tellement l'éclate que sa remarque nous passe au-dessus de la tête. Nous nous contentons de rire : « Peut-être ! » Quand le DJ met de la techno, nous quittons la piste de danse pour reprendre notre souffle. Nous nous faufilons jusqu'au bar, où d'autres shots apparaissent devant nous, payés par un homme qui porte une casquette des Red Sox et une veste militaire.

— J'aime comment vous bougez, toutes les deux.

Pendant une seconde terrifiante, c'est Craig, le pauvre type du bowling au lycée. Mais je cligne des yeux et vois que c'est un inconnu au visage grêlé et à l'haleine fétide. Il rôde autour de nous jusqu'à ce que nous retournions danser uniquement dans le but de lui échapper. Vers la fin de la soirée, alors que Bridget est aux toilettes et que je suis appuyée contre le bar, tellement chargée en tequila que ma vision se brouille, l'homme refait son apparition. Je ne le vois pas mais je le sens – bière, cigarette et autre chose, une pourriture qui me frappe au visage lorsqu'il fait glisser une main sur mon cul.

— Ta copine, c'est la plus mignonne, mais on a l'impression qu'avec toi on va plus se marrer.

J'attends une seconde, deux, trois, enserrée dans le même sentiment stupide que quand j'avais dix ans et que je me suis coincé les doigts dans la portière de la voiture de ma mère, et qu'au lieu de crier de douleur, je suis restée plantée là en pensant : *Je me demande combien de temps je peux supporter ça ?* Et puis je tape sa main pour qu'il la retire, et lui dis d'aller se faire foutre. Il me traite de salope. Bridget revient des toilettes, sort ses clés et agite devant lui sa petite bombe lacrymo. Il la traite de salope cinglée. Pendant tout le trajet à pied jusqu'à chez nous, nous sommes toutes les deux mortes de trouille. Nous nous donnons la main et regardons par-dessus nos épaules.

Une fois à l'appartement, Bridget s'endort sur le canapé, le bras autour d'une assiette creuse à moitié entamée de macaronis au fromage. Je m'enferme dans la salle de bains et je téléphone à Strane. Je tombe sur sa messagerie, alors je le rappelle encore et encore jusqu'à ce qu'il réponde, la voix ensommeillée.

— Je sais qu'il est tard.

— Tu es soûle ?

— Précise le mot « soûle ».

Il soupire.

— Tu es soûle.

— Quelqu'un m'a touchée.

— Quoi ?

— Un homme. Au bar. Il m'a mis une main au cul.

Silence à l'autre bout du fil, comme s'il attendait que j'en vienne aux faits.

— Il ne m'a pas demandé la permission. Il l'a fait, c'est tout.

— Tu n'as pas à me confesser quoi que ce soit. Tu es jeune. Tu es en droit de t'amuser.

Il me demande si je me protège, me demande de l'appeler le lendemain matin, veille sur moi comme un parent, en sait plus sur moi que mes vrais parents, à qui je ne parle que de généralités pendant nos vingt minutes d'échange téléphonique du dimanche soir.

Sur le carrelage, une serviette sous ma tête, je marmonne :

— Je suis désolée d'être une telle épave.

— Ce n'est rien.

Mais je veux qu'il me dise que je ne suis pas du tout une épave. Je suis belle, précieuse et rare.

— Eh bien, c'est de ta faute, tu sais.

Blanc.

— Ok.

— Tout ce qui ne tourne pas rond chez moi, c'est à cause de toi.

— Ne commence pas.

— C'est toi qui a créé ce bordel.

— Va te coucher, bébé.

— Je me trompe ? Dis-moi que je me trompe.

Je lève les yeux vers une tache d'eau qui s'étend sur tout le plafond.

Il finit par répondre :

— Je sais que c'est ce que tu crois.

Pendant la discussion en classe sur *La Tempête*, Henry nous demande de nous mettre par deux. En quelques secondes, tout le monde sait avec qui aller grâce à des gestes et des regards imperceptibles. Ils rapprochent leurs chaises en les traînant sur le sol tandis que je me lève et que je regarde autour de moi pour essayer de trouver quelqu'un qui n'aurait pas de binôme non plus. Alors que mes yeux balaient la pièce, je surprends Henry en train de m'observer, le visage empli de tendresse.

— Par ici, Vanessa.

Amy Doucette agite la main. Quand je m'assieds, elle se penche vers moi et murmure :

— Je ne l'ai pas lu. Et toi ?

Je hausse les épaules en hochant la tête et je mens :

— Je l'ai parcouru.

En réalité, je l'ai lu deux fois et j'ai téléphoné à Strane pour en parler. Il m'a dit que si je souhaitais impressionner le professeur, il fallait soit que je qualifie la pièce de postcoloniale, soit que je lance en plaisantant que c'est Francis Bacon qui l'a écrite. Quand je lui ai demandé qui était Francis Bacon, il a refusé de me répondre.

— Je ne vais pas faire tout le boulot à ta place. Cherche.

Maintenant, tandis que je décris l'intrigue à Amy, je vois du coin de l'œil Henry qui se déplace d'un binôme à l'autre. Lorsqu'il est près de nous, ma voix monte, soudain artificiellement aiguë et enjouée.

— Mais le sujet de la pièce importe peu en fait, car ce n'est pas Shakespeare qui l'a écrite, mais Francis Bacon !

Henry laisse échapper un rire – un vrai rire, venu du ventre, sonore.

À la fin du cours, il m'arrête alors que je m'apprête à passer la porte et me rend ma dissertation sur Lavinia dans *Titus Andronicus*. Je me suis concentrée sur sa langue et ses mains coupées, sur le silence ainsi induit, sur l'échec du langage face au viol.

— Excellent boulot. Et j'ai aimé votre blague. En classe, pas dans votre dissertation.

Il rougit et poursuit.

— Je n'ai décelé aucune blague dans votre copie, mais je suis peut-être passé à côté.

— Non, il n'y avait pas de blague.

— Bien, conclut-il, désormais rouge jusqu'au cou.

Je suis tellement nerveuse en sa présence que mon corps n'aspire qu'à une chose : filer. Je fourre ma dissertation dans la poche de ma veste et passe mon sac à dos par-dessus une épaule, mais il m'arrête et me demande :

— Vous êtes en quatrième année, n'est-ce pas ? Est-ce que vous postulez en troisième cycle ?

Cette question me surprend tellement que j'en ris.

— Je ne sais pas. Ce n'est pas prévu.

— Vous devriez y réfléchir. À en juger par cette seule dissertation, dit-il en faisant un geste en direction de la copie que j'ai enfoncée dans ma poche, vous seriez une candidate sérieuse.

Je relis la dissertation en rentrant à pied chez moi, scrutant d'abord les commentaires de Henry dans la marge, puis mes phrases qu'il a commentées. J'essaie de trouver ce soi-disant potentiel. J'ai écrit cette dissertation à la hâte – il y a trois coquilles dans le premier paragraphe, la conclusion est faible. Strane m'aurait mis un B.

La première semaine de novembre, Strane réserve une table dans un restaurant chic sur la côte, plus au sud, ainsi qu'une chambre d'hôtel. Il me demande de me mettre sur mon 31, alors je choisis une robe en soie noire avec de fines bretelles, la seule belle tenue que j'aie. Le restaurant est un étoilé Michelin, m'explique Strane, et je fais semblant de savoir ce que cela signifie. C'est une grange rénovée avec des murs en bois patiné et des poutres apparentes, des nappes blanches et des fauteuils club en cuir marron. La carte ne propose que des plats du style noix de Saint-Jacques et flan d'asperges, filet mignon en croûte de foie-gras. Aucun prix n'est indiqué.

— C'est quoi ces trucs ?

J'essaie de jouer les enfants gâtés, mais Strane interprète ma remarque comme un manque d'assurance.

Quand le serveur arrive, Strane commande pour nous deux – râble de lapin enveloppé de prosciutto, saumon et sa sauce à la grenade, panna cotta au champagne en dessert. Tout est présenté dans de gigantesques assiettes blanches garnies au centre d'une petite construction parfaite, difficilement identifiable comme de la nourriture.

— Comment trouves-tu ton plat ?

— Bon, je crois.

— Tu crois ?

Le regard qu'il m'adresse semble me reprocher d'être ingrate – et je le suis –, mais je suis incapable de jouer la fille de la cambrousse aux yeux de biche, impressionnée par cet aperçu des hautes sphères. Il m'a emmenée dans un restaurant de ce genre à Portland pour mon anniversaire. Je m'étais alors comportée bien gentiment, gémissant à chaque bouchée et murmurant *Je me sens tellement sophistiquée* par-dessus la table. Cette fois-ci, je tapote dans la panna cotta en frémissant dans ma robe d'été, mes bras nus hérissés de chair de poule. Il nous ressert du vin.

— As-tu réfléchi plus avant à ce que tu ferais une fois ton diplôme en poche ?

— C'est horrible, comme question.

— Cette question n'est horrible que si tu n'as pas de projet.

J'enlève la cuillère que j'avais entre les lèvres.

— J'ai besoin de plus de temps pour réfléchir.

— Tu as eu sept mois pour y réfléchir, réplique-t-il.

— Non, je veux dire une année de plus. Je devrais peut-être foirer exprès tous mes modules pour gagner du temps.

Il m'adresse le même genre de regard que tout à l'heure.

— Je me demandais, dis-je doucement en touillant ma panna cotta que je transforme en bouillie, si je ne trouve pas quoi faire, est-ce que je pourrais habiter avec toi ? C'est juste un plan B.

— Non.

— Tu ne réfléchis même pas à ma demande.

— Je n'ai pas besoin d'y réfléchir. C'est une idée absurde.

Je m'adosse à mon siège en croisant les bras.

Il se penche vers moi, baisse la tête et, tout bas, me dit :

— Tu ne peux pas emménager chez moi.

— Je n'ai pas parlé d'emménager.

— Que penseraient tes parents ?

Je hausse les épaules.

— Ils ne seraient pas obligés de le savoir.

— Ils ne seraient pas obligés de le savoir, répète-t-il en secouant la tête. Eh bien, les gens de Norumbega s'en rendraient certainement compte. Et que penseraient-ils en te voyant habiter avec moi ? J'essaie encore de me sortir de ce qui s'est passé à l'époque, de ne pas être de nouveau aspiré là-dedans.

— Ok. C'est bon.

— Ça va aller. Tu n'as pas besoin de moi.

— C'est bon. Oublie.

L'impatience frémit sous ses mots. Il est contrarié que je lui aie demandé une chose pareille, que je la veuille, même, et je suis contrariée, moi aussi – de lui être toujours aussi dévouée, d'être toujours une gamine. Je n'ai pas du tout réalisé la prophétie qu'il a déroulée pour moi il y a des années – une dizaine d'amants à vingt ans, une vie dans laquelle il n'était qu'un homme parmi tant d'autres. À vingt et un ans, il n'y a toujours que lui.

Quand l'addition arrive, je la prends en premier, juste pour voir le montant : 317 dollars. L'idée de dépenser une telle somme en un repas me donne la nausée, mais je fais glisser la note de l'autre côté de la table en m'abstenant de tout commentaire.

Après le dîner, nous allons dans un bar à cocktails à l'angle de la rue où se trouve l'hôtel. Les vitres de l'établissement sont teintées, les portes sont lourdes, et à l'intérieur, l'éclairage est tamisé. Nous nous installons à une petite table à l'écart, dans un coin, et le serveur examine ma pièce d'identité pendant tellement longtemps que ça agace Strane, qui dit :

— Bon, je crois que ça suffit.

À côté de nous, deux couples d'une cinquantaine d'années parlent de voyages à l'étranger, de Scandinavie, des pays baltes, de Saint-Pétersbourg. L'un des hommes n'arrête pas de dire à l'autre : « Il faut que tu y ailles. Rien à voir avec ici. Ici, c'est un trou paumé. Il faut que tu ailles là-bas. » Je ne sais pas trop de quel trou paumé il parle – le Maine, l'Amérique ou peut-être simplement ce bar à cocktails.

Strane et moi sommes assis tout près l'un de l'autre. Nos genoux se touchent. Pendant que nous écoutons la conversation des deux couples, il glisse sa main le long de ma cuisse.

— Ton cocktail te plaît ?

Il nous a commandé un Sazerac à tous les deux. Je trouve que ça a juste un goût de whisky.

Ses mains s'enfoncent plus loin entre mes jambes, son pouce caresse ma culotte au niveau de mon entrejambe. Il a une érection ; je le vois à sa façon de bouger ses hanches et de se racler la gorge. Je sais aussi que ça lui plaît de me toucher à côté d'hommes de son âge et de leurs vieilles épouses.

Je bois un autre Sazerac, puis un autre, et encore un autre. Les mains de Strane ne quittent pas mes jambes.

— Tu as la chair de poule partout, murmure-t-il. Quel genre de fille ne porte pas de bas en novembre ?

J'ai envie de le reprendre : *Tu veux dire des collants – plus personne ne dit « bas », on n'est pas dans les années 1950.* Mais avant que j'aie pu le faire, il répond à sa propre question.

— Une vilaine fille, voilà qui fait ça.

Dans le hall de l'hôtel, je reste en retrait tandis qu'il se présente à la réception pour demander notre chambre. J'inspecte le comptoir vide du concierge, je fais tomber par accident une pile de brochures par terre. Dans l'ascenseur qui monte à la chambre, Strane me sort :

— Je crois que l'homme à la réception m'a adressé un clin d'œil.

Il m'embrasse quand la sonnette annonce que nous sommes arrivés à notre étage, comme s'il voulait que quelqu'un nous surprenne, mais les portes de l'ascenseur s'ouvrent sur un couloir vide.

— Je vais vomir.

Je m'agrippe à une poignée, sur laquelle j'appuie de toutes mes forces.

— Vite, ouvre.

— Ce n'est pas notre chambre. Pourquoi as-tu autant bu ?

Il me guide dans le couloir jusqu'à notre chambre, où je me précipite dans la salle de bains, m'effondrant par terre et passant mes bras autour de la cuvette. Strane me regarde depuis le seuil.

— Un dîner à cent cinquante dollars à la poubelle, remarque-t-il.

Je suis trop soûle pour coucher avec lui, mais il tente malgré tout. Ma tête brinquebale sur l'oreiller tandis qu'il écarte mes jambes. La dernière chose dont je me souvienne, c'est de lui avoir demandé de ne pas me lécher. Il a dû m'écouter : quand je me réveille, je porte toujours ma culotte.

Le matin, pendant le trajet en voiture vers Atlantica, Bruce Springsteen passe à la radio. « Red Headed Woman ». Strane me regarde à la dérobée. Il sourit d'un air entendu à cause des paroles, et essaie de me faire sourire aussi.

*Well, listen up, stud*
*Your life's been wasted*
*Till you've got down on your knees and tasted*
*A red headed woman*[1]

Je me penche en avant et j'éteins.

— C'est répugnant.

Au bout de quelques kilomètres, il brise le silence.

— J'ai oublié de te dire, cette nouvelle thérapeute à Browick, elle est mariée à un prof de ta fac.

J'ai trop la gueule de bois pour m'y intéresser.

— Palpitant, je marmonne, la joue collée contre la vitre fraîche, tandis que la côte défile à toute allure.

1. Hé, écoute bien, l'étalon/ T'as raté ta vie/ Tant que tu t'es pas mis à genoux pour goûter/ À une femme rousse.

***

Le bureau de Henry est au troisième étage du plus grand bâtiment du campus, tout en béton, brutaliste, la verrue d'Atlantica. La plupart des départements y sont hébergés ; le troisième étage est dédié aux professeurs de lettres. Des portes ouvertes donnent sur des bureaux, des fauteuils et des rayonnages de bibliothèques surchargées. Ces bureaux me rappellent celui de Strane – le canapé rêche et la vitre en verre dépoli. Chaque fois que je traverse ce couloir, le temps me paraît plat, comme s'il s'était replié sur lui-même encore et encore, un bout de papier transformé en grue.

La porte de Henry est entrebâillée, et je vois à travers les quelques centimètres d'ouverture qu'il est assis derrière sa table et regarde quelque chose sur son ordinateur portable. Lorsque je toque doucement à l'encadrement de la porte, il sursaute et appuie sur la barre espace de son clavier pour mettre la vidéo en pause.

— Vanessa, dit-il en ouvrant la porte.

Le timbre de sa voix laisse entendre qu'il est content de me voir moi et pas quelqu'un d'autre. Son bureau est tout aussi dépouillé que lorsque je l'avais aperçu avant le début du semestre. Pas de tapis par terre, des murs nus, mais le bazar commence à émerger. Des feuilles volantes jonchent la table, des livres sont posés n'importe comment sur les étagères, et un sac à dos noir recouvert de poussière est pendu au caisson de rangement par une bretelle.

— Je vous dérange ? Je peux revenir à un autre moment.

— Non, non, j'essaie juste de me mettre au travail.

Nous jetons tous les deux un regard en direction de la vidéo en pause sur son ordinateur portable, qui montre un type avec une guitare figé au beau milieu d'un accord.

— J'ai bien dit « j'essaie », ajoute-t-il en m'indiquant l'autre chaise.

Avant de m'asseoir, j'évalue la distance entre la chaise et son bureau – proche, mais pas assez pour qu'il puisse tendre le bras et me toucher soudainement.

— J'ai une idée pour ma dissertation, dis-je, mais cela impliquerait d'introduire un texte que nous n'avons pas lu en cours.

— Qu'avez-vous en tête ?

— Euh, Nabokov ? Les irruptions de Shakespeare dans *Lolita* ?

Pendant ma première année, lors d'un cours sur le narrateur non fiable, j'ai qualifié *Lolita* d'histoire d'amour, et la professeur, après m'avoir coupé la parole, m'a dit : « Désigner ce roman comme étant une histoire d'amour dénote une lecture déraisonnablement fautive de votre part. » Elle n'a même pas voulu me laisser terminer mon propos. Depuis lors, je n'ai plus jamais abordé le sujet en classe.

Mais Henry se contente de croiser les bras et de s'adosser à son fauteuil. Il me demande quels liens j'établis entre *Lolita* et les pièces que nous avons lues, alors je lui explique les parallèles que j'ai trouvés : Lavinia dans *Titus* qui gratte la terre pour y inscrire le nom de ses violeurs, Lo, l'orpheline violée, que l'idée de faire la même chose si des inconnus lui offrent des bonbons amuse ; le Falstaff de *Henry IV* qui détourne Hal de sa famille comme un pédophile le ferait avec un enfant indocile ; le symbolisme virginal du mouchoir brodé de fraises dans *Othello,* et le pyjama orné de fraises que Humbert offre à Lo.

Sur ce dernier point, Henry fronce les sourcils.

— Je ne me souviens pas de ce détail au sujet du pyjama.

Je marque un temps d'arrêt, je feuillette le roman dans ma tête en essayant de me souvenir de la scène exacte – est-ce avant la mort de la mère de Lo ou dans le premier hôtel où Lo et Humbert séjournent ensemble, au tout début de leur premier *road trip* ? Et puis mon corps sursaute. Je me souviens de Strane qui sort le pyjama du tiroir d'une commode, la sensation du tissu entre mes doigts, la séance d'essayage dans la salle de bains, les lumières crues et le carrelage froid au sol. Comme une scène dans un film que j'aurais vu des années auparavant et que j'observerais de loin, avec une distance de sécurité.

Je cligne des paupières. Depuis son fauteuil, Henry m'observe avec des yeux empreints de douceur, les lèvres entrouvertes.

— Ça va ? demande-t-il.

— Peut-être que ce souvenir est erroné.

Il me dit que ce n'est pas grave et que l'ensemble lui semble formidable, excellent, de très loin le meilleur sujet de dissertation qu'on lui ait présenté jusqu'à présent – et presque tout le monde lui a soumis quelque chose.

— Vous savez, ma phrase préférée dans *Lolita* est celle sur les pissenlits.

Je réfléchis un instant, j'essaie de la retrouver… pissenlits, pissenlits. Je visualise la phrase sur la page, vers le début du roman, quand ils sont à Ramsdale et que la mère de Lo est encore en vie. « Le soleil de la plupart des pissenlits s'était mué en lune. »

— En lune, dis-je.

Henry hoche la tête.

— Le soleil s'était mué en lune.

Pendant une seconde, c'est comme si nos cerveaux étaient connectés, comme si un fil serpentait hors du mien et se plantait dans le sien, et que nous voyions tous les deux la même image, semée et épanouie dans nos têtes. Il paraît étrange que sa phrase préférée de tout ce roman sordide soit quelque chose d'aussi chaste. Pas l'une des descriptions du petit corps souple de Lolita ni l'une des tentatives de Humbert pour se justifier, mais une image étonnamment charmante décrivant des mauvaises herbes dans un jardin à l'avant d'une maison.

Henry secoue la tête et le fil qui nous relie se rompt – le moment est passé.

— Bon, bref, c'est une bonne phrase, conclut-il.

17 novembre 2006

Je viens juste de passer une demi-heure à parler de *Lolita* avec le Professeur. Il a évoqué sa phrase préférée (« Le soleil de la plupart des pissenlits s'était mué en lune. ») À un moment, il a dit le mot

« nymphette », et en l'entendant, j'ai eu envie lui ouvrir le corps et de le manger.

Il a remarqué quelque chose d'étrange me concernant – ma connaissance profonde de ce roman. Quand j'ai fait référence à un petit détail – Humbert qui éprouve de l'attirance pour sa première femme en voyant son pied dans un escarpin de velours noir –, le Professeur m'a demandé : « Lisez-vous ce roman pour un autre cours ou bien… ? » En d'autres termes : comment connaissais-je si bien ce livre ? Je lui ai répondu qu'il était à moi. Qu'il m'appartenait.

J'ai dit : « Vous connaissez cette façon qu'a parfois un livre de vous appartenir ? » Et il a hoché la tête, comme s'il comprenait parfaitement.

Je suis certaine que ses intentions sont pures, qu'il pense que je suis une fille intelligente et perspicace, mais alors il y a ce genre de moments : avant que je sorte de son bureau, il m'a regardé enfiler mon manteau. Je ne trouvais pas ma manche, et j'ai un peu perdu l'équilibre en essayant de la retrouver à tâtons. Il a alors esquissé un petit mouvement, comme s'il était sur le point de m'aider, mais s'est arrêté, s'est contrôlé. Ses yeux, cependant, étaient doux, si doux. S. est la seule autre personne à m'avoir regardée de la sorte.

Suis-je avide ou délirante ? Une autre liaison avec un prof, au secours ! La foudre ne frappe jamais deux fois au même endroit, etc. Mais si cela se produisait bel et bien, considérerait-on les choses de la même façon ? Les faits de base sont bien plus convenables : vingt et un ans au lieu de quinze, trente-quatre au lieu de quarante-deux. Deux adultes consentants. Scandale ou relation, qui peut le dire ?

Manifestement, j'anticipe trop, mais je sais aussi ce que je suis, ce que je pourrais devenir.

Lors de mon stage dans une maison d'édition de poésie, nous nous préparons à la venue d'un célèbre poète de passage en ville pour la publication de son livre. Jim, l'autre stagiaire, et moi avons passé deux semaines à concevoir du matériel promotionnel que nous avons soumis à notre chef et au directeur adjoint des presses, avant de le retravailler encore et encore. Quand on me demande si je veux aller à Portland en voiture pour récupérer le poète à l'aéroport, je saute sur l'occasion. Je réfléchis à ma tenue, dresse une liste de sujets de conversation pour l'heure de trajet jusqu'au campus. J'imprime même mes meilleurs poèmes au cas où le scénario idyllique se réaliserait et qu'il s'intéressait à moi, bien que cela me semble relever d'une prétention gênante.

La veille de l'arrivée du poète, Eileen, la directrice des presses, me trouve dans la cuisine où je suis en train de remplir d'eau la bouilloire électrique.

— Hé, Vanessa, dit-elle en étirant tellement ses voyelles que j'ai l'impression qu'elle cherche à me consoler d'une tragédie.

Je ne pensais même pas qu'elle se souvenait de mon prénom. Elle ne m'a pas adressé la parole depuis notre entretien au printemps dernier.

— Donc Robert sera ici demain, et je sais que tu as dit que tu irais le chercher à l'aéroport, mais Robert peut être un peu, tu sais…

Elle pose sur moi des yeux emplis d'attente. Comme je me contente de la regarder, elle poursuit en murmurant :

— Il peut être assez cavalier. Tu sais… tactile.

La bouilloire électrique toujours en main, je cligne des yeux de surprise.

— Ah, ok.

— Il y a eu un incident lors du dernier événement que nous avons organisé pour lui, même si le mot « incident » est trop fort. Ce n'était rien, vraiment. Mais il vaudrait mieux que tu gardes tes distances. Par mesure de précaution. Tu comprends où je veux en venir ?

Le visage brûlant, je hoche tellement la tête que l'eau tangue dans la bouilloire. Eileen aussi rougit. Elle semble mortifiée par cette confidence.

— Alors je ne devrais pas aller le chercher à l'aéroport ? je demande en pensant qu'elle répondra mais non, ne sois pas bête, bien sûr que si, mais à la place, Eileen grimace comme si elle ne voulait pas dire « C'est ça », mais était quand même obligée de le faire.

— Cela me paraît préférable. Je pensais demander à James s'il accepterait d'y aller.

Je demande presque : *James ?*, mais je me rends compte qu'elle veut parler de Jim.

— Je te remercie de te montrer si compréhensive, Vanessa. J'apprécie énormément, vraiment.

Pendant le restant de l'après-midi, je passe en revue des textes qu'on nous a envoyés, que je lis sans rien en retenir, le cœur battant et en claquant des dents. La façon qu'a eue Eileen de dire « Il vaudrait mieux que tu gardes tes distances » me hérisse la peau. Je ne peux m'empêcher d'entendre la phrase en boucle. Sa façon de prononcer « tu » comme si j'étais un boulet.

Tout au long du semestre, je laisse mes réserves d'herbe s'épuiser, j'arrête de boire comme un trou. Cela se produit par accident – je me rends compte que j'ai été sobre pendant une semaine et demie sans même m'en donner la peine. Je fais la vaisselle, nettoie la salle de bains. Je lance même des lessives régulièrement, n'attendant pas d'en arriver au point où je dois utiliser des culottes de bikini comme sous-vêtements.

Je vois tout le temps Henry Plough sur le campus. Trois fois par semaine, nous nous apercevons à la maison des étudiants. Quand, dans le cadre de mon petit boulot à la bibliothèque, je remets des livres en rayon, il surgit au détour d'une allée et entre presque en collision avec mon chariot. Il est devant moi dans la queue du café en bas de chez moi, trois personnes entre nous, et le savoir si près de l'endroit où je dors me rend nerveuse. Parfois, quand nous nous croisons, je lui saute dessus, je lui pose des questions stupides au sujet du TD, dont je connais déjà les réponses. Un jour, alors que je marche à côté de lui, je lui donne un petit coup de poing amical dans le bras, et, surpris, il me sourit. Quand j'ai l'impression de m'être montrée trop désespérée, il m'arrive de l'ignorer, je fais comme si je ne le connaissais pas. S'il dit bonjour, je plisse les yeux.

Sa dissertation est ma dernière, je la termine le vendredi après-midi de la semaine des examens de fin d'année. Tandis que le papier est encore tout chaud sorti de l'imprimante, je traverse le campus à la hâte, passe les parkings vides et les bâtiments sombres pour arriver à temps dans son bureau. À l'intérieur, le couloir du département de lettres est un enchaînement de portes closes – dont celle de Henry, mais je sais qu'il est là. J'ai vérifié avant d'entrer, et j'ai vu sa fenêtre éclairée.

Au lieu de frapper, je glisse ma dissertation sous la porte dans l'espoir qu'il la voie, remarque mon nom sur la première page et se précipite pour m'accueillir. Je retiens mon souffle, la poignée tourne, puis la porte s'ouvre.

— Vanessa.

Il dit mon nom en prenant son ton impressionné. Il ramasse ma dissertation par terre et me demande :

— Comment ça s'est passé ? J'étais impatient de la lire.

Je hausse les épaules.

— À votre place, je n'aurais pas de trop grandes attentes.

Il feuillette les premières pages.

— Bien sûr que j'ai de grandes attentes. Tout ce que vous me remettez est exceptionnel.

Je m'attarde sur le pas de la porte sans trop savoir quoi faire. Maintenant que ma dissertation est terminée et que le semestre est fini, je n'ai plus aucune excuse pour lui parler. Il est tourné vers moi, légèrement penché en avant, le langage corporel de quelqu'un qui veut que vous restiez. J'ai besoin de l'entendre me le dire. Nous nous regardons dans les yeux.

— Je vous en prie, asseyez-vous.

C'est une invitation, mais c'est tout de même à moi de décider.

Je choisis de m'asseoir, de rester, et pendant un instant nous ne parlons pas, jusqu'à ce que je sourie et que je fasse un geste – généreusement, me semble-t-il – en direction des étagères au-dessus de son bureau, qui sont désormais surchargées.

— Quel bazar dans votre bureau.

Il se détend.

— C'est le bazar.

— Je ne devrais pas vous critiquer. Moi aussi, je suis bordélique.

Son regard se promène sur la pile d'enveloppes kraft qui menace de déborder, sur l'imprimante pas installée au bord de son bureau et son fatras de câbles.

— J'aime me dire que je préfère que les choses soient en désordre, mais sans doute est-ce de l'aveuglement.

Je mords ma lèvre inférieure en me rappelant toutes les fois où j'ai dit la même chose à Strane. Mes yeux vont d'un coin à l'autre du bureau, s'arrêtent sur le rayonnage le plus haut de sa bibliothèque où j'aperçois deux bières parmi les livres.

— Vous recelez de l'alcool.

Il regarde l'endroit que je montre du doigt.

— Si j'essaie de le receler, je m'y prends comme un manche.

Il se lève, tourne les bouteilles pour que je puisse voir leur étiquette : BIÈRE BRUNE SHAKESPEARE.

— Ah, dis-je. De la bière d'intello.

Il sourit.

— Pour ma défense, on me les a offertes.

— Pour quelle occasion les gardez-vous ?

— Je ne suis pas certain de les garder pour une occasion particulière.

Ce qui va sortir de ma bouche est évident. Il semble retenir son souffle en attendant que je prononce le mot suivant :

— Maintenant ?

Je le propose tellement sur le ton de la plaisanterie qu'il pourrait sans difficulté répondre : *Vanessa, je ne pense pas que ce soit une bonne idée.* Peut-être que si c'était un autre étudiant qui le lui suggérait, il n'aurait aucun mal à refuser. Mais il ne fait même pas semblant de délibérer. Il se contente de lever les mains en l'air, comme si je venais de lui tordre le bras et qu'il ne pouvait plus lutter.

— Pourquoi pas ?

Ensuite, je sors mon trousseau parce que j'ai un décapsuleur sur mon porte-clés, et voilà que nous trinquons. Le gaz de la bière chaude me monte directement au nez. En le regardant boire, j'ai l'impression d'être derrière un rideau et de l'observer. Je le vois à un bar, à la maison, assis sur le canapé, au lit. Je me demande s'il corrige des copies tard dans la nuit, s'il garde la mienne en bas de la pile, se la réservant volontairement pour la toute fin.

Non – il n'est pas comme ça. Il est bon, un vrai petit garçon, m'adressant furtivement un sourire penaud avant de boire. C'est moi qui ai des arrière-pensées. C'est moi, la corruptrice, qui l'entraîne dans un piège. Je lui dis presque de réfléchir un peu, d'arrêter de se montrer aussi confiant. *Henry, tu ne dois pas boire des bières dans ton bureau avec une étudiante. Tu comprends à quel point c'est stupide, comme cela pourrait t'attirer facilement des ennuis ?*

Il me demande si je suis son TD sur le roman gothique au semestre prochain, et je lui réponds que je n'en suis pas sûre, que pour l'instant, je ne me suis inscrite à aucun cours.

— Il va falloir vous y mettre. Bientôt, il sera trop tard.

— Je m'y prends toujours au dernier moment. Je suis une merde.

Je lève le coude et je bois une longue gorgée de bière. *Une merde.* J'aime ce que je ressens en me décrivant de la sorte à Henry, qui a passé tant de temps à chanter les louanges de mon cerveau.

— Désolée pour ma grossièreté.

— Ce n'est rien, dit-il.

J'observe un léger changement dans son expression, une ombre d'inquiétude.

Il me pose des questions sur mes autres cours, sur mes projets. Ai-je réfléchi à un troisième cycle ? Il est trop tard pour postuler à l'automne, mais je peux prendre de l'avance sur les candidatures pour l'année prochaine.

— Je ne sais pas. Mes parents n'ont même pas étudié à la fac.

J'ignore quel est le rapport avec le sujet, mais Henry hoche la tête comme s'il comprenait.

— Les miens non plus, remarque-t-il.

Si je décide de postuler, m'explique-t-il, il m'aidera à naviguer dans les démarches, et mon cerveau tique sur le verbe qu'il choisit – naviguer. Je visualise une carte étalée sur son bureau, nos têtes collées l'une contre l'autre. *Nous trouverons une solution, Vanessa. Vous et moi.*

— Je me souviens que quand j'ai commencé à envisager de postuler, j'ai trouvé cela très intimidant. Cela me donnait l'impression d'embarquer en territoire complètement inconnu. Vous savez, avant de venir ici, j'ai enseigné pendant un an dans un lycée privé, et c'était étrange, de faire cours à ces gamins. Parfois, j'avais l'impression qu'ils pensaient que tout leur était dû depuis leur naissance.

— J'ai fréquenté une école comme ça. En tout cas, pendant deux ans.

Il me demande le nom de l'établissement, et quand je lui réponds Browick, il semble ébranlé. Il pose sa bouteille de bière sur la table, serre les mains.

— Browick ? À Norumbega ?

— Vous en avez entendu parler ?

Il hoche la tête.

— Drôle de coïncidence. Je, euh…

J'attends. De la bière stagne dans ma bouche, car pendant un instant ma gorge est trop serrée pour que je puisse avaler.

— Je connais quelqu'un qui travaille là-bas.

La nausée remonte dans ma gorge, et mes mains tremblent tellement que je renverse ma bouteille en essayant de la poser par terre. Elle est presque vide, mais il y en a un peu sur le tapis.

— Oh, mince, je suis désolée.

Lorsque je cherche à redresser la bouteille, elle bascule de nouveau. Je décide de laisser tomber et de la balancer à la poubelle.

— Hé, ce n'est rien.

— Elle s'est renversée.

— Ce n'est rien.

Il rit comme si mon comportement était ridicule, mais quand je dégage mes cheveux de mon visage, il voit que je pleure et que ce ne sont pas des pleurs normaux. Il n'y a que des larmes qui apparaissent sur mes joues. Je ne suis même pas certaine qu'elles viennent de mes yeux quand je pleure de cette façon. J'ai plutôt l'impression qu'on me tord telle une éponge.

— Je me sens tellement gênée, dis-je en m'essuyant le nez du dos de la main. Je suis idiote.

— Non.

Il secoue la tête, déconcerté.

— Ne dites pas une chose pareille. Vous êtes très bien.

— Que fait votre ami ? C'est un prof ?

— Non. Elle…

— Elle ? C'est une femme ?

Il hoche la tête, l'air tellement inquiet que j'imagine que quoi que je confesse, il l'entendrait. Je sens sa gentillesse avant même d'avoir prononcé un seul mot.

— Vous connaissez d'autres gens dans cette école ?

— Personne. Vanessa, qu'est-ce qui ne va pas ?

— J'ai été violée par un professeur là-bas. J'avais quinze ans.

Je suis choquée que ce mensonge sorte aussi facilement, bien que je ne sache pas si je mens ou si je ne dis pas simplement la vérité.

— Il travaille toujours là-bas, j'ajoute. C'est pour cela que quand vous avez dit connaître quelqu'un à Browick, j'ai juste… j'ai paniqué.

Henry pose sa main sur son visage, sur sa bouche. Il lève de nouveau sa bière, la repose.

— Je suis sidéré, finit-il par dire.

J'ouvre la bouche pour clarifier les choses, pour expliquer que j'exagère, que je ne devrais pas utiliser ce mot, mais il parle en premier.

— J'ai une sœur. Il lui est arrivé quelque chose de similaire.

Il me regarde de ses grands yeux pleins de chagrin, chacun de ses gestes est une version plus douce de ceux de Strane. Il est facile de l'imaginer tomber à genoux, baisser sa tête et la poser sur mes cuisses non pas pour déplorer qu'il me détruira inéluctablement, mais pour déplorer qu'un autre homme l'ait déjà fait.

— Je suis navré, Vanessa. Même si je sais que ne change rien pour vous. Je suis absolument navré.

Pendant quelques instants, nous ne disons rien. Il est penché en avant comme s'il voulait me réconforter – sa gentillesse telle l'eau d'un bain lapant mes épaules, laiteuse et chaude. Je n'en mérite pas tant.

Les yeux rivés sur le sol, je dis :

— Je vous en prie, n'en parlez pas à votre amie.

Henry secoue la tête.

— Bien sûr que non.

Le lendemain de Noël, je me rends chez Strane en voiture, m'égosillant sur des chansons de Fiona Apple que j'ai mises à fond. Je me ratatine dans mon siège en traversant les rues du centre-ville de Norumbega, gare ma voiture sur le parking de la bibliothèque en face de chez lui, et cours jusqu'à sa porte. J'ai relevé ma capuche pour dissimuler mes cheveux identifiables – des mesures de précaution dictées par Strane auxquelles je me plie depuis si longtemps que je n'y réfléchis même plus.

Une fois à l'intérieur, j'ai la bougeotte, j'évite ses mains et je ne le regarde pas dans les yeux. Je suis inquiète qu'il ait eu vent de ce que j'ai confié à Henry. Il est possible que Henry l'ait raconté à son amie, et que l'amie l'ait raconté à quelqu'un d'autre à Browick – il suffirait de peu de chose pour que ce bruit arrive jusqu'à Strane. Il y a une autre chose que je sais être impossible, mais à laquelle je crois malgré tout à moitié : qu'il est au courant de tout ce que je dis et fais, qu'il a le pouvoir de voir dans mon esprit.

Lorsqu'il me fait la surprise d'un cadeau emballé, je ne le prends pas tout de suite, de peur que ce ne soit un piège, qu'en ouvrant la boîte je trouve un mot qui dise : *Je sais ce que tu as fait.* Il ne m'a jamais offert de cadeau de Noël auparavant.

— Vas-y !

Il rit et pousse le cadeau contre ma joue pour m'encourager.

Je regarde la boîte, de la taille d'un vêtement. Elle est emballée dans du papier doré et ceinte d'un ruban rouge – l'œuvre d'un vendeur dans un magasin.

— Mais je n'ai rien pour toi.

— Je ne m'attends pas à ce que tu m'offres quelque chose.

Je déballe le cadeau. À l'intérieur de la boîte se trouve un gros tricot bleu foncé, dont le col est orné d'un motif Fair Isle.

— Waouh.

Je le soulève.

— J'adore.

— Tu sembles surprise.

Je passe le pull par-dessus ma tête.

— Je ne m'étais pas rendu compte que tu étais attentif à ce que je porte.

C'est idiot de dire ça. Bien sûr qu'il y prête attention. Il sait tout de moi, tout ce que j'ai été et que je serai.

Il nous prépare des pâtes à la sauce tomate – pas d'œufs accompagnés de tartines pour une fois –, pose nos assiettes sur le bar et agence les couverts en argent et les serviettes pliées comme s'il s'agissait d'un rendez-vous galant. Il me demande quels seront mes modules au prochain semestre, se gardant de proférer ses critiques habituelles sur les descriptions des cours et les listes de lecture. Quand je lui parle de mes examens de fin d'année et de la dissertation que j'ai écrite pour le TD de Henry, il me coupe.

— C'est lui, le professeur. Spécialisé en litté britannique, originaire du Texas ? C'est lui. Sa femme est la nouvelle thérapeute qu'ils ont embauchée pour les étudiants.

Je me mords la langue, fort.

— Femme ?

— Penelope. Elle vient de terminer un troisième cycle et a un LCS, ce diplôme de travailleur social, là.

Ma respiration s'arrête, bloquée entre inspiration et expiration.

Strane tape sa fourchette contre le rebord de mon assiette.

— Ça va ?

Je hoche la tête en m'obligeant à déglutir. *Je connais quelqu'un qui travaille là-bas.* Quelqu'un. Voilà ce qu'il a dit. Ou bien est-ce que mon souvenir est erroné ? Mais pourquoi mentirait-il ? Peut-être était-il tellement navré pour moi qu'il ne voulait même pas introduire dans la pièce l'idée d'une autre femme ? Mais il a évoqué sa sœur – et en plus, le mensonge est intervenu avant même que j'aie dit quoi que ce soit sur le fait d'avoir été violée. Alors pourquoi mentirait-il ?

Je lui demande comment elle est, la question la plus banale qui me passe par la tête, parce que je n'ose pas poser celles pour lesquelles je veux vraiment des réponses – à quoi ressemble-t-elle, est-elle intelligente, quel genre de vêtements porte-t-elle, parle-t-elle de lui ? –, mais j'ai beau me retenir, Strane sait. Il le voit en moi, remarque mes oreilles tendues et mes poils dressés.

— Vanessa, garde tes distances avec lui.

Je tords mon visage, feins l'indignation.

— De quoi tu parles ?

— Sois une gentille fille. Tu sais de quoi tu es capable.

Après le repas, une fois les assiettes dans l'évier, il m'arrête alors que je me dirige vers les escaliers pour monter dans sa chambre.

— Il faut que je te parle de quelque chose. Viens là.

Tandis qu'il me conduit dans le salon, je m'attends de nouveau à ce qu'elle arrive, la confrontation au sujet de ce que j'ai raconté. C'est pour cette raison que Strane a mentionné Henry – il y va doucement, m'attire vers le sujet. Mais lorsqu'il m'installe sur le canapé, il me met en garde : ce qu'il s'apprête à me dire n'est pas si terrible qu'il n'y paraît. Il s'agit d'un malentendu, d'une situation malheureuse.

Ce dont il parle est en tel décalage avec ce à quoi je m'attends que je le coupe.

— Attends, alors cela n'a rien à voir avec quelque chose que j'ai fait ?

— Non, Vanessa, répond-il. Tout ne tourne pas autour de toi.

Il soupire, passe sa main dans ses cheveux.

— Je suis désolé. Je suis nerveux, mais je ne sais pas pourquoi. Si quelqu'un doit bien se montrer compréhensif, c'est toi.

Il m'explique qu'il y a eu un incident à Browick. Cela s'est passé en octobre dernier, dans sa classe pendant l'heure de permanence pédagogique. Il était en rendez-vous avec une élève qui avait des questions sur une dissertation. Elle avait toujours des questions sur tout, cette fille. Au début, il pensait qu'elle était simplement anxieuse – le genre d'élève inquiète pour ses notes –, mais quand elle a commencé à traîner plus dans sa classe, il s'est rendu compte qu'elle en pinçait pour lui. Pour être honnête, cela lui a fait penser à moi – son attitude frivole, son adoration spontanée.

Cette après-midi d'octobre, ils étaient assis à la table de séminaire, côte à côte, pendant qu'il passait en revue son brouillon de dissertation. Elle était troublée, tremblant presque d'angoisse – à cause de la note, parce qu'ils étaient si proches –, et à un moment pendant leur échange, il a posé sa main sur son genou et l'a tapoté. Le geste se voulait rassurant. Il essayait d'être gentil. Mais la fille a interprété ce contact comme quelque chose de laid. Elle a commencé à raconter à ses amis qu'il lui avait fait des avances et qu'il voulait coucher avec elle, qu'il la harcelait sexuellement.

Je lève une main pour le couper.

— De quelle main t'es-tu servi ?

Il cligne des yeux de surprise.

— Quand tu l'as touchée. Quelle main ?

— En quoi est-ce important ?

— Montre-moi. Je veux voir exactement ce que tu as fait.

Là, sur le canapé, je l'oblige à me montrer. Je m'éloigne de lui, laissant entre nous une distance de sécurité, je resserre mes genoux et je m'assieds bien droit – la pose nerveuse dont mon corps se souvient du temps où j'étais assise à côté de lui au tout début. Je regarde sa main descendre, me tapoter le genou. La sensation m'est assez familière pour que j'en ai un haut-le-cœur.

— Ce n'était rien, m'assure-t-il.

Je repousse sa main.

— Ce n'est pas rien. C'est comme ça que ça a commencé avec moi, toi qui touche mon genou.

— Ce n'est pas vrai.

— Si, c'est vrai.

— Non. Toi et moi, ça a commencé bien avant que je pose une main sur toi.

Il l'affirme avec tant de force que je devine qu'il se l'est répété plusieurs fois. Mais si cela n'a pas commencé quand il m'a touchée pour la première fois, quand est-ce que cela a commencé ? Quand il m'a dit, alors qu'il était ivre au bal d'Halloween, qu'il voulait me border et me souhaiter bonne nuit avec un baiser, ou quand j'ai commencé à inventer des raisons pour lui parler après le cours afin de pouvoir le voir en tête-à-tête et sentir ses yeux sur moi ? Quand il a écrit sur mon ébauche de poème : *Vanessa, celui-ci m'effraie un peu*, ou le jour de la rentrée, quand je l'ai regardé faire son discours, le visage maculé de sueur ? Peut-être est-il impossible de savoir quand cela a commencé. Peut-être que l'univers nous a rapprochés de force, nous rendant tous les deux impuissants, irréprochables.

— Ce n'est même pas comparable. Cette élève n'est rien pour moi, le soi-disant contact physique n'était rien. Cela a duré quelques secondes à peine. Ce qui est certain, c'est que je ne mérite pas que ma vie soit détruite à cause de ça.

— Pourquoi est-ce que ça détruirait ta vie ?

Il soupire, se rassoit sur le canapé.

— L'administration a eu vent de l'incident. Ils disent qu'ils doivent mener l'enquête. À cause d'une petite tape sur le genou ! C'est de l'hystérie puritaine. On a l'impression d'être à Salem.

J'essaie de le faire plier du regard, de l'obliger à vaciller, mais il a l'air innocent. Les rides de son front sont plissées par l'inquiétude, ses yeux sont énormes derrière ses lunettes. Il n'empêche, j'ai envie d'être en colère. Il prétend que ce geste ne voulait rien dire, mais je sais que ce genre de geste peut au contraire être très lourd de sens.

— Pourquoi tu me racontes ça, d'abord ? je lui demande. Tu veux que je te dise que ce n'est rien ? Que je te pardonne ? Parce que je ne te pardonne pas.

— Non. Je ne te demande pas de me pardonner. Il n'y a rien à pardonner. Je partage cela avec toi parce que je veux que tu comprennes que je vis toujours avec les conséquences de mon amour pour toi.

Pendant un quart de seconde, je commence à rouler des yeux. Je m'arrête, mais il le voit quand même.

— Moque-toi de moi autant que tu veux, mais avant toi, personne n'aurait tiré de telles conclusions hâtives. Jamais ils n'auraient cru cette fille plutôt que moi. Ce sont mes collègues, des gens avec qui je travaille depuis vingt ans. Ce vécu-là ne veut plus rien dire maintenant que mon nom a été traîné dans la boue. Tout le monde imagine les pires choses me concernant. Il y a des yeux rivés sur moi en permanence, la suspicion est constante. Et tout un tollé à cause de ça ! Mon Dieu, tapoter amicalement un genou est un geste que je fais sans réfléchir. Maintenant, c'est une preuve de ma dépravation.

*Combien de filles exactement as-tu touchées ?* La question me brûle la langue, mais je ne la formule pas. Je l'avale, me brûlant la gorge au passage, un nouveau charbon ardent dans mon estomac.

— T'aimer m'a valu l'étiquette de déviant. Rien d'autre me concernant n'a désormais d'importance. Une unique transgression me définira pour le restant de mes jours.

Nous restons assis en silence, les sons de sa maison amplifiés – le ronronnement du frigo, le sifflement de la vapeur dans les radiateurs.

Je lui dis que je suis désolée. Je n'ai pas envie de le faire, mais je m'en sens obligée, comme s'il avait tellement besoin de l'entendre qu'il m'arrachait les mots de la bouche comme on arrache des dents. *Je suis désolée que tu ne puisses jamais sortir de l'ombre longue que je projette. Je suis désolée que ce que nous avons fait ensemble soit si horrible, il n'y a pas de retour en arrière possible.*

Il me pardonne, me dit que ça va, puis tend le bras et tapote mon genou jusqu'à ce qu'il se rende compte de ce qu'il fait, s'arrête et replie sa main en poing.

Quand nous allons nous coucher dans ses draps en flanelle, nous gardons nos vêtements, et je repense à la fille qu'il a touchée, sans visage ni corps, spectre d'une accusation et signe avant-coureur de l'évidence : que je vieillis, et que chaque jour qui passe fait venir au monde des filles plus jeunes que moi, qui finiront peut-être dans sa classe. Je les imagine jusqu'à épuisement, leurs cheveux brillants et leurs bras duveteux, mais dès que mon esprit se tempère, je me souviens de ce qu'il a dit à propos de Henry, de sa femme. Une autre aile du labyrinthe dans laquelle me perdre – je me rappelle ce que j'ai raconté à Henry, le mot commençant par « v » que j'ai employé... Il a dû rentrer chez lui ce soir-là et tout balancer à sa femme. Il m'a promis de ne pas raconter, mais cette promesse n'était qu'une extension de son mensonge. Bien sûr, qu'il le raconterait à sa femme. Forcément – et à qui allait-elle devoir en parler ? En tant que thérapeute, était-elle dans l'obligation de le rapporter ? Ma bouche s'assèche quand je pense à quel point tout pourrait se retourner contre moi. Je ne peux me sortir de tout ça. J'ai été stupide de penser que je pouvais dire quelque chose, n'importe quoi, sans que cela finisse par arriver aux oreilles de Strane.

Vers minuit, nous entendons des sirènes. Tout d'abord, de loin, puis de plus en plus près, jusqu'à ce que le son semble provenir de l'avant de la maison. Pendant un instant, je suis certaine qu'ils viennent nous chercher, que la police est sur le point d'entrer en défonçant la porte. Strane sort du lit et plonge son regard dans la nuit à travers la fenêtre.

— Je ne vois rien.

Il attrape un pull et sort de la chambre, descend les escaliers et va jusqu'à la porte d'entrée. Quand il l'ouvre, de la fumée s'engouffre en même temps que l'air glacé, une odeur si forte qu'elle gagne l'étage, emplit la maison.

Il m'appelle.

— Il y a un incendie plus loin dans la rue. Un gros.

Au bout de quelques minutes, il revient vêtu de sa parka et chaussé de bottes.

— Viens, allons voir ça de plus près.

Nous revêtons tant de couches pour nous rendre anonymes que seuls nos yeux dépassent au-dessus de nos écharpes. Tandis que nous marchons sur le trottoir enneigé, lui et moi pourrions être n'importe qui, nous pourrions être ordinaires. Nous suivons les sirènes et la fumée, et ne trouvons l'incendie qu'en tournant à un coin de rue. Là, nous voyons les quatre étages du temple maçonnique à la fois en flammes et recouverts de givre. Six camions de pompiers sont garés dans le périmètre de l'immeuble, toutes les lances sont à fond, mais la nuit est trop froide. L'eau, chacune de ses gouttes, gèle dès qu'elle atteint la façade en pierre calcaire du bâtiment, tandis qu'à l'intérieur, les flammes font rage. Plus les pompiers tentent d'arroser l'édifice, plus la coque de glace s'épaissit.

Pendant que nous regardons, Strane prend ma main gantée d'une moufle, et la serre dans la sienne. Les pompiers finissent par laisser tomber et, comme nous, reculent pour regarder le temple brûler – une foule modeste se forme, une camionnette de presse arrive. Strane et moi restons longtemps sur place, main dans la main, clignant tous les deux des yeux pour ravaler des larmes qui forment des cristaux sur nos cils.

Plus tard, dans son lit, le corps et l'esprit épuisés, je demande :

— Y a-t-il des choses que tu ne m'as pas dites au sujet de cette fille ?

Comme il ne me répond pas, je lui demande de but en blanc :

— Tu l'as baisée ?

Enfin, Vanessa !

— Ce n'est pas grave si tu l'as fait. Je te pardonnerai. Je dois juste savoir.

Il se tourne vers moi, tient mon visage entre ses deux mains.

— Je l'ai touchée, c'est tout ce que j'ai fait.

Je ferme les yeux tandis qu'il caresse mes cheveux et la qualifie avec des termes terribles : menteuse, petite salope, fille souffrant de problèmes affectifs. Je me demande comment il me qualifierait s'il savait tous les noms que je lui ai donnés dans ma tête au fil des années, s'il découvrait ce que j'ai raconté à Henry. Mais je ne dis rien. Mon silence est tellement fiable. Il n'a aucune raison de ne pas avoir confiance en moi.

À trois heures du matin, je me réveille et je m'extrais discrètement de sous son bras lourd, je sors de la chambre en avançant à pas feutrés sur le parquet froid, et je descends dans la cuisine où son ordinateur portable est posé sur le plan de travail. Je l'ouvre, et son navigateur charge sa messagerie de Browick. Des newsletters hebdomadaires, des comptes rendus de réunions pédagogiques – je fais défiler les messages jusqu'à ce que je voie en objet « Rapport de harcèlement d'une étudiante ». J'entends quelque chose, et je me fige, une main au-dessus du pavé tactile, l'autre posée de sorte à pouvoir refermer l'ordinateur portable. Lorsque le silence s'installe de nouveau, j'ouvre l'e-mail et parcours le texte. Il est adressé par le conseil d'administration et rédigé dans une langue tellement formelle qu'elle en est presque impénétrable, mais de toute façon, je n'ai pas envie de connaître les détails. Je cherche juste un nom. Je fais défiler le texte vers le haut et vers le bas, mes yeux se promènent de part et d'autre de la page jusqu'à ce que je trouve à la deuxième ligne : Taylor Birch, l'étudiante à l'origine des accusations. Je referme le message et remonte en catimini me coucher, sous son bras.

# 2017

Taylor travaille à quelques centaines de mètres de l'hôtel, dans un immeuble récent tout en verre et en acier qui détone parmi la pierre calcaire et la brique. Je connais le nom de l'entreprise, Creative Coop, décrite comme un environnement professionnel créatif, mais je ne comprends absolument pas ce qu'on y fait. L'intérieur est baigné de lumière naturelle et meublé de canapés en cuir, de belles tables où des gens sont assis avec leur ordinateur portable. Tout le monde est souriant et jeune, ou bien cool d'une façon qui prend les atours de la jeunesse – coupes de cheveu à la mode, lunettes excentriques ou vêtements « normcore ». Je reste debout cramponnée à mon sac à main jusqu'à ce qu'une fille avec des lunettes rondes à monture métallique me demande :

— Vous cherchez quelqu'un ?

Je jette des coups d'œil furtifs autour de moi. La salle est trop grande, trop bondée. Je m'entends prononcer son nom.

— Taylor ? Voyons voir…

La fille se retourne et balaie l'espace du regard.

— La voilà.

Je regarde l'endroit qu'elle pointe du doigt : penchée au-dessus d'un ordinateur portable, épaules minces et cheveux clairs. La fille la hèle, « Taylor ! », et celle-ci lève la tête. Le choc sur son visage me pousse à reculer vers la porte.

— Je suis désolée, dis-je. Je me suis trompée.

J'ai déjà parcouru deux cents mètres dans la rue quand je l'entends crier mon nom. Taylor est debout au milieu du trottoir, sa tresse blond clair descend sur son épaule. Elle est sortie sans son manteau, et porte un col roulé dont les manches sont si longues qu'elles recouvrent entièrement ses poignets. Tandis que nous nous étudions, elle lève le bras. Le bout de ses doigts émerge de son pull et attrapent l'extrémité de sa natte. Soudain, je la vois comme il l'a peut-être vue : quatorze ans, manquant d'assurance et triturant les pointes de ses cheveux alors qu'il la contemple derrière son bureau.

— Je n'arrive pas à croire que c'est vraiment toi, dit-elle.

J'avais préparé des phrases toutes faites, incisives. Je voulais trancher dans le vif, mais il y a trop d'adrénaline en moi. Ma voix tremble et monte dans les aigus quand je lui dis de me laisser tranquille.

— Toi et cette journaliste. Elle n'arrête pas de m'appeler.

— D'accord, répond Taylor. Elle n'aurait pas dû.

— Je n'ai rien à lui dire.

— Je suis désolée. Vraiment. Je lui ai demandé de ne pas se montrer insistante.

— Je ne veux pas figurer dans cet article, ok ? Dis-lui. Et dis-lui de ne pas écrire au sujet du blog. Je ne veux pas du tout être mêlée à cette histoire.

Taylor m'observe, le visage auréolé de mèches rebelles.

— Je veux juste qu'on me laisse tranquille.

Je mets toute ma force dans ces mots, mais ils émergent comme une supplique. Ce n'est pas du tout l'effet escompté, on dirait une enfant.

Je tourne les talons pour partir. Elle crie à nouveau mon nom.

— Est-ce qu'on peut juste se parler ?

Nous allons dans un café, celui où Strane et moi nous sommes retrouvés il y a trois semaines. Dans la file, je l'observe de près : les fins anneaux en argent qu'elle porte aux doigts, une bavure de mascara sous son œil gauche. L'odeur du bois de santal colle à ses vêtements. Elle paie mon café, et ses mains tremblent quand elle sort sa carte de crédit.

— Tu n'es pas obligée.

— Si, répond-elle.

La barista enclenche la machine à expresso, un boucan de moulin à grains et de vapeur, et une minute plus tard, nos boissons arrivent côte à côte, avec des tulipes identiques dessinées dans la mousse. Nous nous installons près de la vitre, protégées par des tables vides autour de nous.

— Donc tu travailles dans cet hôtel. Ça doit être marrant.

Je laisse échapper un rire méprisant, et le visage de Taylor rougit instantanément.

— Désolée. Ma remarque était idiote.

Elle me confie être nerveuse, se qualifie de maladroite. Ses mains tremblent encore, ses yeux regardent tout sauf moi. Je dois me contenir pour ne pas tendre le bras vers elle et lui assurer que ce n'est rien.

— Et toi ? je demande. C'est quoi comme genre de boîte ?

Un sourire se dessine furtivement sur ses lèvres. Cette question simple la soulage.

— Ce n'est pas une entreprise. C'est un espace de travail coopératif pour les artistes.

Je hoche la tête comme si je comprenais.

— Je n'avais pas compris que tu étais artiste.

— Bon, je ne suis pas plasticienne. Je suis poète.

Elle soulève sa tasse et boit une gorgée, laissant une trace rose pâle sur le rebord.

— Être poète, c'est ce que tu fais ? je lui demande. Genre, pour gagner de l'argent ?

Taylor porte sa main à sa bouche comme si elle s'était brûlé la langue.

— Oh non. Il n'y a pas d'argent là-dedans. J'ai des activités parallèles. Des projets d'écriture freelance, du design web, du consulting. Plein de choses.

Elle pose son café et serre les mains.

— Bon, je me lance… Quand est-ce que ça s'est terminé, entre toi et lui ?

Sa question me prend au dépourvu. Elle est si incisive, et pourtant si banale.

— Je ne sais pas. Difficile de dire quand exactement.

Ses épaules semblent s'affaisser de déception.

— Eh bien, il a mis fin à notre relation en janvier 2007, m'explique-t-elle, quand la rumeur a vraiment commencé à circuler dans l'école. Je me suis toujours demandé s'il avait tout arrêté avec toi au même moment aussi.

J'essaie de garder un sourire patient sur mon visage en repensant à cette année. Janvier ? Je me rappelle sa confession, le bâtiment en flammes recouvert de glace.

— Je n'ai clairement pas autant souffert que toi, poursuit Taylor. Il ne m'a pas fait renvoyer ni rien. Mais quand même, il a demandé qu'on me transfère dans un autre cours, s'est mis à m'ignorer. Je me suis sentie abandonnée. C'était affreux. Tellement, tellement traumatisant.

Je hoche la tête en l'écoutant, sans trop savoir quoi penser d'elle, de ce qu'elle dit ou de sa volonté à le dire. Je lui demande :

— Alors tu n'as plus du tout été en contact avec lui ces dix dernières années ?

Je connais déjà la réponse – bien sûr que non –, mais après avoir tordu son visage en s'écriant « Bon sang, non ! », elle me demande :

— Et toi ?

Et c'est ce que je veux, l'occasion de dire que si, de me différencier, de tracer une ligne et de montrer clairement que nous ne sommes pas pareilles du tout.

— Nous sommes restés en contact jusqu'à la toute fin. Il m'a téléphoné juste avant de sauter. Je suis quasiment sûre d'être la dernière personne à qui il a parlé.

Elle se penche en avant. La table grince.

— Qu'est-ce qu'il a dit ?

— Qu'il savait qu'il avait été un monstre, mais qu'il m'aimait.

J'attends de lire sur son visage qu'elle comprend – qu'elle s'est trompée à son sujet, à mon sujet, et sur ce qu'il lui a fait, quelle qu'en soit la nature –, mais elle se contente de rire par le nez.

— Ouais, c'est bien son genre.

Elle avale son café, levant le coude comme si elle descendait un shot. Elle s'essuie les lèvres, remarque mon expression.

— Je suis désolée, dit-elle. Je ne veux pas me moquer. Simplement, c'est tellement typique de lui, tu vois ? Cette façon qu'il avait de se blâmer pour que t'aies pitié de lui.

Ma tête bascule en arrière comme si le poids de mon cerveau avait soudain changé. C'est vrai qu'il faisait ça. Tout le temps. Je ne pense pas l'avoir jamais résumé aussi parfaitement.

— Je peux te poser une autre question ? demande Taylor.

Je l'entends à peine. Mon cerveau est occupé à rétablir l'équilibre qu'elle a perturbé. Ce qu'elle a dit doit être une supposition, elle a dû extrapoler à partir d'un moment où il est sorti de son rôle de professeur et s'est révélé. Ce n'est pas très profond, comme description. S'autoflageller dans l'espoir de susciter la sympathie – qui ne le fait pas de temps à autre ?

— Que savais-tu de moi à l'époque ? me demande-t-elle.

Toujours très loin, je réponds :

— Rien.

— Rien ?

Je cligne des yeux et je la vois plus nettement, son visage si distinct que j'en ai mal aux yeux.

— Je savais que tu existais, mais lui prétendait que tu n'étais…

Je manque de répéter le mot « rien ».

— … qu'une rumeur.

Elle hoche la tête.

— C'est comme ça aussi qu'il te qualifiait au début.

Elle rentre le menton et prend une voix grave pour imiter Strane :

— Une rumeur qui me suit comme un nuage noir.

C'est hallucinant comme elle l'imite bien, son phrasé exact et cette métaphore qu'il utilisait, je m'en souviens, pour me décrire – des mots qui faisaient toujours apparaître dans mon esprit une image de lui inlassablement poursuivi par la menace de la pluie.

— Alors tu étais au courant de mon existence ?

— Bien sûr, dit-elle. Tout le monde était au courant. Tu étais pratiquement une légende urbaine, la fille avec qui il avait eu une liaison, et qui avait disparu une fois le pot aux roses révélé. Mais l'histoire était tellement vague. Personne ne connaissait la vérité. Alors au début, je l'ai cru quand il a raconté que ce n'était pas vrai. J'ai honte de le reconnaître aujourd'hui, car bien sûr que c'était vrai. Bien sûr qu'il l'avait déjà fait. Mais j'étais…

Elle hausse les épaules.

— J'étais si jeune.

Elle poursuit, explique qu'il a fini par lui raconter la vérité à mon sujet, mais seulement après l'avoir « complètement amadouée ». Il me désignait comme étant son secret le plus intime, disait qu'il m'aimait mais que je n'avais plus besoin de lui, nous n'allions plus aussi bien ensemble que quand j'avais l'âge de Taylor.

— Il semblait avoir sincèrement le cœur brisé. C'est vraiment tordu, mais il m'a fait lire *Lolita* au tout début. Tu l'as lu, n'est-ce pas ? Sa façon de parler de toi me rappelait la première fille dont Humbert Humbert tombe amoureux, celle qui meurt et qui soi-disant le transforme en pédophile. À l'époque, je trouvais qu'un homme blessé comme ça, c'était romantique. Quand j'y repense, c'était juste complètement détraqué.

J'essaie de prendre ma tasse, mais je tremble tellement qu'elle retombe à grand fracas et se renverse sur mes mains. Taylor se lève d'un bond, prend des serviettes en papier, et se met à essuyer la table sans cesser de parler. Elle m'explique comment elle a fini par se douter que Strane me voyait encore – elle a surveillé son téléphone, et en voyant tous les appels et les SMS, elle a deviné la vérité.

— J'étais jalouse quand je savais qu'il allait te voir.

Elle se dresse au-dessus de moi, et passe une serviette tout humide sur la table. Le bout de sa natte effleure mon bras.

— T'as couché avec lui ? je lui demande.

Elle baisse les yeux vers moi sans ciller.

— Je veux dire, il a couché avec toi ? T'y a obligée ? Ou…

Je secoue la tête.

— Je ne sais pas comment je suis censée désigner ça.

Elle balance les serviettes à la poubelle et se rassied.

— Non, me répond-elle. Il ne l'a pas fait.

— Et les autres filles ?

Elle secoue la tête pour dire non.

J'expire à grand bruit, rassurée.

— Alors, qu'est-ce qu'il t'a fait exactement ?

— Il a abusé de moi.

— Mais...

Je regarde autour de moi, comme si les gens attablés étaient susceptibles de m'aider.

— Qu'est-ce que ça signifie ? Est-ce qu'il t'a embrassée ou...

— Je ne veux pas m'attarder sur les détails. Cela n'aide pas.

— Cela n'aide pas ?

— La cause.

— Quelle cause ?

Elle penche la tête et plisse les yeux, me regardant de la même façon que Strane quand je pédalais dans la semoule. Pendant un instant, je pense qu'elle l'imite une fois de plus.

— La cause consistant à le tenir pour responsable.

— Mais il est mort. Qu'est-ce que tu veux lui faire, traîner son corps dans les rues ?

Elle écarquille les yeux.

— Je suis désolée. Ce n'est pas ce que je voulais dire.

Elle ferme les yeux et inspire, retient son souffle puis relâche.

— Ce n'est rien. Il est difficile d'en discuter. Toutes les deux, nous faisons de notre mieux.

Elle commence à parler de l'article, explique qu'il a pour but de mettre au jour les différentes façons qu'a eues le système de nous laisser tomber.

— Ils étaient tous au courant. Et ils n'ont rien fait pour l'arrêter.

J'imagine qu'elle sous-entend Browick, l'administration, mais je ne pose pas de question. Elle parle tellement vite, j'ai du mal à suivre. Un autre but de cet article, poursuit-elle, est de pouvoir se rapprocher d'autres survivantes.

— Tu veux dire en général ?

— Non, des survivantes qui lui ont échappé à lui.

— Il y en a d'autres ?

— Forcément. Il a enseigné pendant trente ans quand même.

Elle passe ses mains autour de sa tasse vide, retrousse les lèvres.

— Bon, je sais que tu ne veux pas figurer dans cet article.

J'ouvre la bouche, mais elle continue.

— Tu peux rester complètement anonyme. Personne ne saura que c'est toi. J'avoue, c'est flippant, mais pense aux effets positifs. Vanessa, ce que tu as enduré...

Elle baisse le menton, me regarde droit dans les yeux.

— C'est le genre d'histoire qui a le pouvoir de changer la façon de penser des gens.

Je secoue la tête.

— Je ne peux pas.

— Je sais que c'est flippant. Au début, cette idée me terrifiait.

— Non, ce n'est pas ça.

Elle attend que j'en dise plus. Ses yeux papillonnent.

— Je ne considère pas avoir été victime d'abus sexuel. Certainement pas de la même façon que vous toutes.

Ses sourcils clairs se dressent de surprise.

— Tu ne penses pas avoir été victime d'abus sexuel ?

Soudain, l'air semble avoir été aspiré de la salle, les sons sont comme amplifiés et les couleurs, voilées.

— Je ne me vois pas comme une victime. Je savais dans quoi je m'engageais. Je le voulais.

— Tu avais quinze ans.

— Même à quinze ans.

Je continue à me justifier, les mots se déversent de ma bouche, cette même vieille rengaine. Lui et moi étions deux êtres sombres qui désiraient les mêmes choses ; notre relation était terrible mais jamais abusive. Plus l'expression de Taylor se fait alarmée, plus je campe sur mes positions. Quand je dis que ce que nous partagions avait l'étoffe des grandes histoires d'amour, elle pose une main sur sa bouche comme si elle allait vomir.

— Et pour être parfaitement honnête, je trouve que ce que vous faites, toi et cette journaliste, c'est carrément dégueulasse.

Son visage se plisse d'incrédulité.

— T'es sérieuse ?

— Cela me semble malhonnête. Certaines choses que tu dis à son propos ne s'alignent pas avec ce que je connais de la vérité.

— Tu penses que je mens ?

— Je pense que le portrait que tu brosses de lui est pire que la réalité.

— Comment peux-tu sortir une chose pareille alors que tu sais ce qu'il m'a fait ?

— Sauf que j'ignore ce qu'il t'a fait. Tu refuses de me le dire.

Ses paupières se referment en frémissant. Elle pose ses paumes sur la table comme pour se calmer. Lentement, elle dit :

— Tu sais qu'il était pédophile.

— Non, il n'était pas pédophile.

— Tu avais quinze ans. Moi quatorze.

— Ce n'est pas de la pédophilie.

Elle me regarde, impatiente de connaître la suite de mon raisonnement. Je m'éclaircis la voix et j'ajoute avec prudence :

— « Éphébophile » serait un terme plus approprié.

Et avec ça, le fil nous reliant se distend. Elle lève les mains, l'air de dire : *Terminé.* Elle m'explique qu'elle doit retourner au travail, évite de me regarder en récupérant sa tasse de café vide et son téléphone.

Je la suis à l'extérieur et trébuche légèrement sur le pas de la porte. J'éprouve un besoin soudain de tendre le bras, d'attraper sa natte et de ne pas la lâcher. Dehors, le trottoir est désert à l'exception d'un homme qui a les mains dans les poches de son manteau et qui, les yeux rivés au sol, siffle une seule note constante en marchant vers nous. Taylor l'observe et semble tellement furieuse que je me demande si elle ne va pas lui demander sèchement de se la boucler, mais quand il nous dépasse, elle fait volte-face et pointe son doigt vers moi.

— Je pensais à toi tout le temps à l'époque où il abusait de moi. Je pensais que tu étais la seule personne en mesure de comprendre ce que je traversais. Je pensais…

Elle prend une inspiration, laisse retomber son bras.

— Peu importe ce que je pensais. Visiblement, je me trompais.

Elle se remet à marcher, s'arrête et ajoute :

— J'ai reçu des menaces de mort quand j'ai commencé à parler. Tu le savais ? Des gens ont diffusé mon adresse sur Internet et ont dit qu'ils allaient me violer et m'assassiner.

— Oui, je le sais.

— C'est égoïste de nous regarder toutes ne pas être crues, et de ne rien faire pour nous aider. Si tu avais parlé, personne n'aurait pu t'ignorer. Ils auraient été obligés de te croire, et ensuite, ils nous auraient crues nous aussi.

— Mais je ne comprends pas ce que cela t'apporterait. Il est mort. Il ne va pas s'excuser. Il n'admettra jamais avoir mal agi.

— Il n'est pas question de lui, ici. Si tu témoignais, Browick devrait admettre que cela est arrivé. Ils seraient tenus pour responsables. Cela pourrait changer la façon dont cette école est dirigée.

Elle me regarde avec des yeux emplis d'attente. Je hausse les épaules, et elle lâche un soupir frustré.

— Je te plains, dit-elle.

Au moment où elle commence à s'éloigner, je tends le bras. Mes doigts effleurent son dos.

— Raconte-moi ce qu'il t'a fait. Ne dis pas qu'il a abusé de toi. Raconte-moi ce qui s'est passé.

Elle se retourne, l'œil hagard.

— Il t'a embrassée ? Il t'a emmenée dans son bureau ?

— Bureau ? répète-t-elle, et je ferme les yeux, soulagée de sa confusion. Pourquoi est-ce si important pour toi ?

J'ouvre la bouche, le mot *parce que* prêt à sortir – *parce que – parce que je ne sais pas ce qui t'est arrivé, mais ça ne peut pas être si grave que ça, parce qu'il est absurde que tu réclames autant alors que je suis celle qui a le plus subi ses actions. C'est moi qui suis marquée à vie.*

— Il m'a pelotée, ok ? Dans la classe, derrière son bureau.

J'expire et je deviens toute molle, tanguant sur mes pieds. Comme Strane sous l'épicéa au bal de Halloween. *Vous savez ce que j'aimerais vous faire ?* À ce moment-là, il n'avait fait que me toucher – me peloter derrière son bureau.

— Mais il y a eu violation à d'autres égards. Abuser de quelqu'un, ce n'est pas obligatoirement physique.

— Et les autres filles ?

— Il les a pelotées aussi.

— C'est tout ?

— Oui, j'imagine que c'est tout, répond-elle avec dédain.

Donc, il les a touchées. C'est ce qu'il m'avait toujours confessé, à commencer par cette nuit-là, dans sa maison, quand il avait tenu mon visage entre ses mains et dit : *Je l'ai touchée, c'est tout.* À l'époque, cela m'avait rassurée. J'attends à présent que le soulagement vienne, mais il n'y a rien, pas même l'indignation ou le choc. Parce qu'en entendant Taylor le dire, rien n'a changé. Je le savais déjà.

— J'ai conscience que cela a été différent avec toi, poursuit-elle. Mais cela a commencé de la même manière, n'est-ce pas ? Il t'a appelé à son bureau. Tu l'écris dans ton blog. Je me souviens quand j'ai découvert tes textes pour la première fois. Les lire, c'était comme me lire moi.

— Tu suivais mon blog à l'époque ?

Elle hoche la tête.

— Je l'ai trouvé dans les signets sur son ordinateur. Il m'arrivait de te laisser des commentaires anonymes. J'avais trop peur d'utiliser mon nom.

Je lui dis que je n'étais absolument pas au courant – des commentaires, qu'elle lisait mon blog.

— Eh bien, que savais-tu ? Tu n'étais vraiment pas au courant à mon sujet ?

Elle m'a déjà posé la question et j'y ai déjà répondu, mais maintenant, elle a un autre sens. Elle me demande si je savais ce qu'il lui avait fait.

Je dis la vérité.

— J'étais au courant. J'étais au courant pour toi.

Il m'avait raconté, mais avait soutenu qu'elle n'était rien, et je n'avais pas discuté. Je lui avais pardonné, et je lui avais offert le pardon pour un acte bien pire encore, un acte qu'il n'avait même pas commis. Qu'était une main sur une jambe comparée à ce qu'il m'avait fait ? Ce n'était rien à mes yeux, et même maintenant, alors que Taylor se tient devant moi, j'ai du mal à comprendre quel dégât cela a pu causer. *Était-ce si grave que cela, ce qu'il t'a fait ? Est-ce que cela justifiait tout ce foin ?*

— Tu peux trouver que c'est minime, dit-elle. Mais cela a suffi à me dévaster.

Elle me laisse plantée au milieu du trottoir. Sa natte rebondit sur son dos tandis qu'elle s'éloigne à grandes enjambées. Je rentre chez moi en passant par la place. On est en train d'accrocher des guirlandes sur le sapin de Noël géant, des lycéens traînent pendant leur pause déjeuner – des garçons avec leur capuche relevée, et un groupe de filles en veste en jean et baskets éraflées. Leur vernis à ongles élimé, leur queue-de-cheval, leur rire et… – je ferme si fort les yeux que je vois des étincelles et des étoiles. Il est toujours en moi, il essaie de faire en sorte que je continue à les voir avec ses yeux à lui, comme une série de filles anonymes assises à la table de séminaire. Il a besoin que je me souvienne qu'elles n'étaient rien. Il les différenciait à peine les unes des autres. Elles n'ont jamais compté pour lui. Elles n'étaient rien comparées à moi.

*Je t'aimais,* dit-il. *Ma sombre Vanessa.*

Dans le cabinet de Ruby, je demande :

— Vous me trouvez égoïste ?

Il est tard, ce n'est ni notre jour ni notre horaire habituel. Je lui ai envoyé un SMS : C'est une urgence. Elle m'avait toujours dit que je pouvais le faire, mais je n'avais jamais imaginé en avoir besoin un jour.

– Il existe, je pense, des manières d'avancer qui n'exigent pas de vous que vous vous mettiez à nu, dit Ruby. De meilleures manières.

Depuis son fauteuil, elle m'observe et attend, sa patience infinie. De l'autre côté de la fenêtre, le ciel offre toute une palette de bleus, d'azur à cobalt à bleu nuit. Je bascule ma tête en arrière afin de dégager mes cheveux de mon visage, et je dis au plafond :

— Vous n'avez pas répondu à ma question.

— Non, je ne vous trouve pas égoïste.

Je redresse la tête.

— Vous devriez. Je sais depuis le début ce qu'il a fait à cette fille. Il y a onze ans, il m'a avoué l'avoir touchée. Il n'a pas menti. Il ne me l'a pas caché. Je m'en moquais, c'est tout.

Son expression reste inchangée. Seuls ses cils qui papillonnent révèlent que je l'ai touchée.

— J'étais au courant pour les autres filles également. Je savais qu'il les touchait. Pendant des années, il me téléphonait tard le soir et nous… nous parlions des choses que nous faisions quand j'étais plus jeune. Des trucs sexuels. Mais il évoquait les autres filles aussi, celles qui suivaient ses cours. Il racontait qu'il les appelait à son bureau. Il me confiait ce qu'il leur faisait faire. Et je m'en moquais.

Le visage de Ruby demeure impassible.

— J'aurais pu l'obliger à arrêter. Je savais qu'il était incapable de se contrôler. Si je l'avais laissé tranquille, il aurait probablement été en mesure de s'arrêter. Je l'ai forcé à le revivre alors qu'il ne le voulait pas.

— Ce qu'il vous a fait à vous ou ce qu'il a fait à d'autres n'était pas de votre faute.

— Mais je savais qu'il était faible. Vous vous souvenez ? Vous l'avez dit vous-même. Et vous avez raison, je le savais bel et bien. Il m'a confié ne pas pouvoir m'approcher parce que je faisais ressortir la noirceur en lui, mais je ne lui fichais pas la paix.

— Vanessa, écoutez-vous.

— J'aurais pu l'arrêter.

— Ok, dit-elle, même si vous aviez pu l'arrêter, cela n'était pas de votre responsabilité, et cela n'aurait rien changé pour vous. Parce que l'arrêter n'aurait rien changé au fait qu'on a abusé de vous.

— On n'a pas abusé de moi.

— Vanessa…

— Non, écoutez-moi. Ne faites pas comme si je ne savais pas de quoi je parle. Il ne m'a jamais forcée, ok ? Il s'assurait que je disais bien oui à tout, surtout quand j'étais plus jeune. Il faisait attention. Il était bon. Il m'aimait.

Je le répète encore et encore, un refrain qui se vide de son sens si rapidement. *Il m'aimait, il m'aimait.*

Je tiens ma tête entre mes mains, et Ruby me dit de respirer. J'entends la voix de Strane et non la sienne. Il me demande de prendre de profondes inspirations pour qu'il puisse me pénétrer davantage. *C'est bon,* disait-il. *C'est tellement bon.*

— Je suis tellement fatiguée de tout ça, putain, je murmure.

Accroupie devant moi, Ruby a les mains posées sur mes épaules. C'est la toute première fois qu'elle me touche.

— De quoi êtes-vous fatiguée ?

— De l'entendre, de le voir, qu'il soit dans tout ce que je fais.

Nous restons muettes. Ma respiration se calme, et Ruby se lève, ses mains se détachent de moi.

Doucement, elle me dit :

— Si vous repensez au premier incident…

— Non, je ne peux pas.

J'appuie violemment ma tête contre le dossier de mon fauteuil, je m'enfonce dans le rembourrage.

— Je ne peux pas retourner là-bas.

— Vous n'avez pas à y retourner. Vous pouvez rester dans la pièce. Pensez juste à un moment, le premier entre vous deux qui puisse être considéré comme intime. Quand vous regardez ce premier souvenir, qui était l'instigateur, vous ou lui ?

Elle attend, mais je ne peux le dire. *Lui.* Il m'a appelée à son bureau et m'a touchée pendant que le reste de la classe était occupé à ses devoirs. J'étais assise à côté de lui, j'ai regardé par la fenêtre et je l'ai laissé faire ce qu'il voulait. Et je ne l'ai pas compris, je ne l'ai pas demandé.

Je souffle, je laisse pendre ma tête.

— Je ne peux pas.

— Ce n'est rien. Prenez votre temps.

— Je sens juste…

J'enfonce mes paumes dans mes cuisses.

— Je ne peux pas perdre ce à quoi je me suis accrochée pendant si longtemps. Vous voyez ?

Mon visage se déforme à cause de l'effort que je dois fournir pour sortir ces phrases.

— J'ai juste vraiment besoin que ce soit une histoire d'amour. Vous comprenez ? J'ai vraiment, vraiment besoin que ce soit cela.

— Je sais.

— Parce que si ce n'est pas une histoire d'amour, qu'est-ce que c'est ?

Je regarde ses yeux impassibles, son visage qui exprime une totale empathie.

— C'est ma vie, dis-je. Cela a été toute ma vie.

Elle m'observe attentivement pendant que je dis que je suis triste, tellement triste, des mots petits, simples, les seuls qui aient un sens alors que j'agrippe ma poitrine comme une enfant pour montrer où j'ai mal.

# 2007

Au début du semestre de printemps, je me remets à boire. Les bouteilles s'amoncellent sur ma table de chevet. Je ne suis pas en cours, mais au lit avec mon ordinateur portable, dont le ventilateur ronronne et l'écran diffuse sa lumière jusque tard dans la nuit. Je regarde des photos de Britney Spears en plein craquage, qui se rase le crâne, attaque des paparazzis avec un parapluie et des yeux d'animal en cage. Les blogs de potins postent les mêmes photos encore et encore, avec des titres comme « L'ex-princesse de la pop ado touche le fond ! ». S'ensuivent des pages de commentaires jubilants : Quel naufrage ! C'est tellement triste qu'ils finissent tous comme ça… Je parie qu'à la fin du mois, elle sera morte.

La nuit, mon téléphone reste posé sur le rebord de la fenêtre à côté de mon lit, et le matin, mon premier réflexe est de vérifier combien de fois Strane a téléphoné. Quand je suis au bar avec Bridget et que je sens mon téléphone vibrer, je le sors de mon sac et je le brandis afin qu'elle puisse voir son nom s'afficher.

— Je m'en veux, dis-je. Mais je ne peux pas lui parler, c'est tout.

Je lui ai parlé de l'enquête, que j'ai qualifiée de « chasse aux sorcières », comme Strane, j'ai clairement exprimé qu'il n'avait rien fait de mal, mais je suis tout de même toujours en colère. N'ai-je pas le droit d'être furax ?

— Bien sûr que si, répond Bridget.

Je me mets à consulter le profil Facebook de Taylor Birch tous les jours, cliquant sur ses photos publiques, à la fois dégoûtée et ravie de constater qu'elle semble très ordinaire avec son appareil dentaire et ses cheveux blond clair filasses. Un seul cliché me donne à réfléchir : celui où elle sourit en tenue de hockey sur gazon – une jupe plissée qui s'arrête à la moitié de ses cuisses bronzées, et BROWICK écrit en lettres bordeaux sur sa poitrine plate. Et puis je me souviens de Strane décrivant mon corps de jeune fille de quinze ans. Il l'avait qualifié de bien formé, plus femme qu'autre chose. Je repense à Mlle Thompson, à son corps de femme. Je ne devrais pas être aussi désireuse de faire de lui un monstre.

Je n'ai pas besoin de ce module pour valider mon année, mais je choisis tout de même le séminaire de Henry sur le gothique. En cours, quand nous analysons des textes, il se tourne vers moi lorsque les autres étudiants pataugent. Un silence s'abat sur la salle, ses yeux parcourent l'assemblée et atterrissent invariablement sur moi. « Vanessa ? commence-t-il pour m'inciter à parler. Des idées ? » Il pense que j'aurai toujours quelque chose à dire sur les histoires mettant en scène des femmes obsessionnelles et des hommes monstrueux.

Après chaque cours, il y a un prétexte pour que je le suive dans son bureau – un livre qu'il souhaite me prêter, il a suggéré mon nom pour un prix de lettres, veut me parler d'un poste d'assistant disponible l'année prochaine qui pourrait m'occuper pendant que je potasse sur mes dossiers de candidature en troisième cycle –, mais quand nous sommes seuls, cela vire à la discussion, aux rires. Les rires ! Je ris avec lui plus que jamais avec Strane, que je continue à ignorer, et dont les coups de fil me parviennent maintenant chaque soir, des messages vocaux me demandant pitié, pitié de l'appeler, mais je n'ai pas envie d'entendre qu'il ne tient qu'à un fil. Ce que je veux, c'est Henry, être assise dans son bureau et pointer le doigt vers une carte postale collée au mur – la seule chose qu'il ait accrochée –, et lui demander de me raconter l'histoire qui se cache derrière cette image, qu'il m'explique qu'elle vient d'Allemagne, qu'il est allé là-bas pour un colloque et a perdu sa valise, ce qui l'a obligé à traîner en jogging pendant tout son séjour. Je veux l'entendre me qualifier de drôle, charmante, brillante, la meilleure élève qu'il ait jamais eue ; qu'il me décrive ce qu'il voit dans mon avenir. « Quand vous serez en troisième cycle, vous serez l'une de ces chargées de TD super cool, du genre à faire ses permanences pédagogiques au café. » Ce n'est pas grand-chose, mais cela suffit à m'apporter une bouffée d'oxygène. Je m'imagine bien avec ma propre classe, disant à mes étudiants quoi lire et quoi écrire. Peut-être que depuis le début, c'est ce que je recherche – peut-être que je ne désirais pas ces hommes, mais que je désirais être eux.

Dans mon blog, je consigne tout ce qu'il me dit, chaque regard, chaque sourire. Obsédée par la question du sens, je tiens le compte de toutes ces choses, comme si cela pouvait m'apporter une réponse. Nous déjeunons ensemble au bureau des étudiants, il répond à mes e-mails à une heure du matin, répliquant à mes blagues par d'autres blagues, et signant « Henry » alors que pour la classe, c'est « H. Plough ». Sur mon blog, j'écris encore et encore : Cela ne signifie peut-être rien mais cela signifie forcément quelque chose –, jusqu'à ce que ces mots remplissent l'écran. Il me raconte avoir mémorisé le « Jabberwocky » pour le plaisir à l'âge de dix ans, et je l'imagine enfant, ce qui n'a jamais été le cas avec Strane. Mais il est enfantin, et peut-être même carrément un petit garçon – souriant de toutes ses dents quand je le taquine, s'empourprant. Il inclut des références à des épisodes des Simpson dans ses e-mails, mentionne une chanson qui était populaire quand il était en troisième cycle. « Vous ne connaissez pas Belle and Sebastian ? », s'étonne-t-il. Il me grave un CD, et quand je passe les paroles au peigne fin pour trouver des indices, la version de moi qui vit dans son esprit se révèle.

Mais il ne me touche pas. Il n'y a rien qui ressemble à un contact physique, pas même une poignée de main. Nous nous contentons de nous regarder, encore et encore – dans son bureau, en cours. Dès que j'ouvre la bouche pour intervenir en classe, son visage s'adoucit, et il encense tous mes propos au point que les autres étudiants échangent des regards agacés, qui semblent dire : *Et voilà, elle recommence.* Tout cela me semble familier, une trajectoire dont je me souviens si bien que je dois serrer les poings pour m'empêcher de m'en prendre à lui quand nous sommes seuls. Je me dis que tout est dans ma tête, que c'est ainsi que les enseignants normaux traitent leurs meilleurs éléments – un brin d'attention spéciale, pas de quoi en faire un plat. Je suis juste dépravée, mon esprit est tellement déformé par Strane que j'interprète comme une marque d'intérêt sexuel ce qui n'est qu'un innocent favoritisme. Mais tout de même – me graver un CD ? M'appeler dans son bureau chaque jour ? Cela ne me paraît pas normal, pas dans mon corps, et mon corps sait, même quand mon esprit est troublé. Parfois, j'ai l'impression qu'il attend que je fasse un pas vers lui, mais je n'ai pas le même courage qu'à quinze ans. J'ai peur d'être rejetée, et, de plus, il ne me donne pas assez – il ne me caresse pas le genou, ne tient pas de feuille d'érable près de mes cheveux. Mon comportement le plus osé : ne pas mettre de soutien-gorge un jour sous un caraco en soie, mais ensuite, je suis dégoûtée quand ses yeux me scotchent – alors qu'est-ce que je veux ? Je ne sais pas, je ne sais pas.

Tard le soir, quand je suis trop soûle pour me retenir, j'ouvre mon ordinateur, j'entre l'adresse du site de Browick dans mon navigateur et je vais sur la page des profils de l'équipe. Penelope Martinez a obtenu sa licence de l'université du Texas en 2004, et a donc vingt-quatre ans. C'est l'âge qu'avait Mlle Thompson quand elle et Strane ont fait des trucs ensemble. Pourquoi personne n'a trouvé à l'époque que c'était mal, une fille de vingt-quatre ans avec un homme de quarante-deux ? Je dis une « fille » parce qu'elle était plus fille que femme à ce moment-là, avec ses chouchous et ses sweats à capuche. Penelope ressemble à une fille, elle aussi – cheveux noirs brillants, petit nez et épaules menues. Elle a le teint frais et juvénile, le genre de Strane. J'imagine celui-ci qui marche à côté d'elle sur le campus, les mains serrées derrière le dos, la faisant sourire. Je me demande quelle serait sa réaction s'il essayait de la toucher. Comment elle a réagi la première fois que Henry l'a touchée. Je ne sais pas quand ils se sont mis ensemble, mais dans tous les cas, il avait dix ans de plus qu'elle, grandes paluches maladroites et souffle chaud à travers sa barbe.

Une après-midi, Henry et moi parlons dans son bureau quand son téléphone sonne. Dès qu'il décroche, je sais que c'est elle. Il se détourne de moi, répond laconiquement à ses questions, avec dans la voix quelque chose qui me donne l'impression d'être de trop, mais lorsque je me lève pour partir, il lève une main et articule silencieusement *Attendez*.

— Je dois y aller, dit-il, exaspéré, dans le téléphone. Je suis avec une étudiante.

Il raccroche sans un au revoir, ce qui me fait l'effet d'un triomphe.

Il n'a jamais avoué qu'elle était sa femme et non une « connaissance ». Il ne parle jamais d'elle – pourquoi le ferait-il ? Pourquoi ne le ferait-il pas ? Il n'y a pas la moindre preuve d'elle, pas d'alliance, pas de photo dans son bureau. Peut-être est-elle méchante avec lui, peut-être est-elle rasoir, peut-être est-il malheureux. Peut-être que depuis qu'il m'a rencontrée, il se dit parfois : *J'aurais dû attendre*. Je m'oblige à penser à elle, car d'un point de vue moral, je m'en sens obligée, mais elle n'est qu'une vague silhouette à la périphérie des choses. Penelope. Je me demande si Henry l'appelle comme ça ou s'il lui donne un petit nom. Je cherche à nouveau son profil sur le site de Browick, je l'imagine parler avec Strane au moment exact où je parle avec Henry. Strane, qui n'arrête pas de me téléphoner, qui dit avoir besoin de moi, que ce silence radio est cruel et injustifié. Peut-être que je le néglige tellement qu'il est seul au point de devoir flirter avec la jolie jeune thérapeute. Je parie qu'elle est abordable, bien plus que je ne l'ai jamais été. Je l'imagine assister à ses diatribes avec un sourire patient et inébranlable. L'écoute parfaite. Il adorerait. Mon cerveau ne cesse de revenir sur une idée qui, je l'oublie, n'existe que dans ma tête : Strane qui fait rire Penelope pendant que je fais rire Henry ; Henry, chez lui, dans son salon, qui m'écrit un e-mail tard dans la nuit pendant que, dans la chambre, Penelope écrit à Strane.

Pourtant, tout me ramène à cette dure réalité : Henry sait certainement que je le laisserais me toucher mais ne tente jamais. J'ai conscience qu'il s'agit là du détail le plus significatif. Il nie tout le reste.

13 février 2007

Voilà six semaines que j'ai parlé à S., quand il m'a dit que les gens voulaient sa peau et que l'une de ses ennemies allait peut-être essayer de me contacter. J'ai juré de rester loyale, et je le serai toujours (quelle est l'alternative ? M'en prendre à lui ? Impensable). Mais depuis cette nuit chez lui, je ne peux plus l'encaisser. Ma boîte vocale croule sous ses messages. Il veut m'emmener dîner, veut savoir comment je vais, veut me voir, me veut. J'écoute quelques secondes de chaque message avant de balancer mon téléphone à l'autre bout de la pièce. C'est la première fois que j'ai vraiment l'impression qu'il me court après. Ce n'est pas une coïncidence si cela se produit après qu'il m'a confessé un mauvais comportement.

Je n'arrive pas à écrire noir sur blanc ce qu'il a fait, bien que rester évasive donne l'impression que ses actes ont été abominables. Ce n'est pas comme s'il avait tué quelqu'un. Il n'a d'ailleurs fait de mal à personne, même si « faire mal » est une notion subjective. Quand on pense à toute la souffrance que nous infligeons sans réfléchir. Lorsqu'on a un moustique sur le bras, on n'hésite pas un instant à l'écraser.

Après le cours, Henry a une question à me poser.

— Je pensais vous envoyer un e-mail, mais j'ai trouvé qu'il valait mieux que je vous en parle en personne.

Une fois que nous sommes arrivés dans son bureau, il ferme la porte. Je le regarde se frotter le visage, prendre une profonde inspiration.

— Je suis assez mal à l'aise, dit-il.

— Dois-je m'inquiéter ?

— Non, s'empresse-t-il de répondre. Ou alors, je ne sais pas. J'ai eu vent d'une rumeur concernant votre ancien lycée, au sujet d'un professeur de lettres qui a eu un comportement déplacé avec une élève. Je tiens cette histoire de quelqu'un, je ne connais pas les faits à proprement parler, mais j'ai pensé… Bon. Je ne sais pas quoi penser.

Je déglutis péniblement.

— C'est la personne que vous connaissez qui vous en a parlé ? La personne qui travaille là-bas ?

— C'est elle. Oui.

Je patiente pendant un long blanc, lui laissant largement le temps de me livrer la vérité.

— Je crois que je me sens un peu responsable, vu les informations dont je dispose.

— Mais cela ne vous regarde pas le moins du monde.

Il me considère d'un air surpris et j'ajoute :

— Je dis cela de façon positive. Ne vous faites pas de souci. Ce n'est pas votre problème.

J'essaie de sourire comme si ma gorge contractée ne formait pas un poing me coupant le souffle. J'imagine Taylor Birch qui pleure sur un canapé, qui se confesse à Penelope, la sympathique thérapeute – *M. Strane m'a touchée, pourquoi il a fait ça, pourquoi il ne recommencerait pas* –, mais mon cerveau va trop loin, atterrit dans le bureau de Strane. Radiateur qui siffle, verre dépoli.

— Écoutez. C'est un pensionnat. Ce genre de rumeurs est monnaie courante. Si votre amie ne travaille pas là-bas depuis longtemps, elle ne sait peut-être pas ce qu'elle doit prendre au sérieux et ce qu'elle doit ignorer. Elle apprendra.

— Ce que j'ai entendu m'a paru assez grave.

— Mais vous avez dit que c'était une information de seconde main. Moi, je sais ce qui s'est réellement produit, ok ? Il me l'a raconté. Il m'a dit qu'il lui avait touché la jambe et puis c'est tout.

— Oh, s'exclame-t-il, étonné. Je ne pensais pas... Je, euh... je n'avais pas saisi que... vous êtes toujours en contact avec lui ?

Quand je comprends mon erreur, j'en ai la bouche sèche. Une bonne victime ne parlerait pas à son violeur. Le fait que Strane et moi soyons toujours en contact remet en question tout ce que j'ai laissé croire à Henry.

— C'est compliqué, dis-je.

— Certainement. Bien sûr.

— Parce que ce qu'il m'a fait, ce n'était pas un viol, viol.

— Vous n'avez pas à m'expliquer.

Nous restons muets, moi les yeux rivés au sol, lui qui me regarde.

— Vraiment, vous n'avez aucune raison de vous inquiéter. Ce qui est arrivé à cette fille est sans commune mesure avec ce qui m'est arrivé.

Il me répond d'accord, qu'il me croit, et nous n'en parlons plus.

La première semaine de mars, une enveloppe kraft qui m'est adressée dans l'écriture monolithique de Strane m'arrive par la poste. À l'intérieur, je trouve une lettre de trois pages et une liasse de documents agrafés : la photocopie de la déclaration que lui et moi avons signée le jour où notre relation a été mise au jour, datée du 3 mai 2001 ; des notes prises à la main pendant l'entretien entre lui, Mme Giles et mes parents ; un poème parlant d'une sirène et d'une île où vivent des marins naufragés que je me rappelle vaguement avoir écrit ; une photocopie du formulaire de désistement avec ma signature en bas de page ; une lettre sur moi, Strane et notre liaison supposée, adressée à Mme Giles, rédigée dans une écriture que je ne reconnais pas avant de voir le nom en bas. Patrick Murphy, le père de Jenny – la lettre qui a donné le coup d'envoi à toute cette affaire.

Je pose tous ces documents sur mon lit, un papier après l'autre. Dans le courrier qu'il m'adresse, Strane écrit :

Vanessa,

Ça ne va pas très fort, ici. Je ne sais pas trop comment interpréter ton silence, si tu essaies de communiquer quelque chose en ne communiquant pas, si tu es en colère, si tu souhaites me punir. Tu devrais savoir que je me punis déjà bien assez comme cela.

Le tapage autour de cette histoire de harcèlement est en cours. J'ai bon espoir que cela sera bientôt résolu, mais il est possible que la situation empire avant de se calmer. Il n'est pas exclu que quelqu'un te contacte dans le but de se servir de toi contre moi. J'espère pouvoir encore compter sur toi.

Je suis peut-être idiot de coucher ces choses sur papier. Le pouvoir que tu as sur ma vie est immense. Je me demande ce que cela fait de vivre une journée à toi, de prétendre être une étudiante banale tout en sachant que tu peux détruire un homme avec un seul coup de fil bien placé. Mais j'ai tout de même confiance en toi. Sinon, je ne t'enverrais pas une lettre m'incriminant.

Regarde les documents que je t'ai joints, la catastrophe d'il y a six ans. Tu t'es montrée si courageuse à l'époque, plus guerrière que fille. Tu étais ma Jeanne d'Arc, refusant de céder même quand les flammes te léchaient les pieds. Ce courage existe-t-il encore en toi ? Regarde ces papiers, preuve de l'amour immense que tu me portais. Te reconnais-tu ?

Je transcris la lettre et la poste sur mon blog sans contexte ni autre explication que, en bas de ma publication, en capitales : IMAGINEZ-VOUS CE QUE L'ON RESSENT QUAND ON REÇOIT UN TRUC PAREIL DANS SA BOÎTE AUX LETTRES ? Une question qui n'est posée à personne en particulier, qui est posée à tout le monde. Je ne reçois que rarement des réponses à mes articles, je n'ai pas de lecteurs réguliers, mais le lendemain matin, je trouve un commentaire anonyme, laissé à 2 h 21 : Éliminez-le de votre vie, Vanessa. Vous ne méritez pas ça.

J'efface la publication, mais d'autres commentaires apparaissent, toujours au milieu de la nuit, et m'attendent à mon réveil. Une critique détaillée d'une ébauche de poème que j'ai mis en ligne ; un Sublime laissé en réaction à une série de selfies. Je réponds : Qui êtes-vous ? mais ne reçois jamais de réponse. Après quoi, les commentaires cessent.

Depuis le seuil de ma chambre, Bridget me demande :

— Tu viens ?

C'est le début du « Spring Fling », une semaine au cours de laquelle on boit la journée, et où l'on sèche les cours. Il y a une fête cette après-midi sur la jetée.

Je lève les yeux de mon ordinateur.

— Hé, vise-moi ça.

Je tourne l'écran vers elle pour lui montrer la dernière photo en date de Taylor : un selfie en gros plan, où on la voit faire une moue triste, les yeux cerclés de crayon noir. Comme Bridget ne réagit pas, je dis :

— C'est la fille qui l'accuse.

— Et c'est quoi le problème ?

— C'est tellement ridicule.

Je ris.

— La tronche qu'elle fait ! J'ai envie lui dire de sourire en commentaire.

Bridget me regarde longuement, lèvres retroussées.

— Vanessa, c'est une gamine.

Je reprends l'ordinateur portable, je sens mes joues brûler en refermant la page.

— Tu ne devrais pas consulter son profil aussi souvent. Ça va juste te contrarier.

Je rabats mon écran d'un coup.

— Et se moquer d'elle, ça me semble assez méchant.

— Ouais, compris. Merci pour ta contribution.

Elle me regarde sortir du lit et marcher dans ma chambre d'un pas lourd, fouiller dans une pile de vêtements par terre.

— Alors, tu viens ? me demande-t-elle.

Il ne fait que 19 °C, mais pour un mois d'avril dans le Maine, c'est quasiment l'été. Sur la jetée, il y a des caisses de bière PBR, des hot-dogs cuisent sur des petits grils en aluminium. Des filles prennent le soleil en haut de bikini, et trois types en short de surf escaladent des rochers en granite rose pour entrer jusqu'aux genoux dans l'eau glacée. Bridget trouve un plateau de jello shots, et nous en descendons trois chacune, que nous aspirons entre nos dents. Quelqu'un m'interroge sur mes projets de troisième cycle, et j'adore avoir une réponse à donner :

— Je vais être l'assistante de Henry Plough pendant que je préparerai mes dossiers de troisième cycle.

Lorsqu'elle entend le nom de Henry, une fille se retourne, touche mon épaule – Amy Doucette, qui suit le TD sur les chefs-d'œuvre.

— Tu parles de Henry Plough ? demande-t-elle.

Elle est bourrée, ses yeux n'arrêtent pas de glisser dans tous les sens.

— La vache, il est tellement sexy ! Je ne parle pas de son physique, évidemment, mais de son intellect. J'ai envie de lui ouvrir le crâne et d'arracher une grosse bouchée de son cerveau. Tu comprends ?

Elle rit et me claque le bras.

— Vanessa me comprend.

— C'est quoi, le sous-entendu ? je demande, mais elle ne me regarde plus, son attention détournée par une énorme pastèque que des gens sont en train d'ouvrir exactement de la même manière que ce qu'elle a décrit pour le crâne de Henry.

— On l'a arrosée de deux bouteilles de vodka, explique quelqu'un.

Personne n'a de couteau ni d'assiette, alors les gens se contentent d'en détacher des morceaux avec les doigts, et du jus alcoolisé parsème la jetée.

Je siffle une cannette de bière chaude en regardant les vagues à travers les interstices du ponton. Bridget me rejoint, un hot-dog dans chaque main, m'en offre un. Quand je secoue la tête et que je dis que je m'en vais, ses épaules s'affaissent.

— Pourquoi tu ne peux pas t'amuser une fois dans ta vie ? demande-t-elle, mais voit à mon expression que je suis blessée, comprend qu'elle est allée trop loin.

Au moment où je m'en vais, je l'entends crier :

— Je rigolais ! Vanessa, fais pas la gueule.

Je commence par prendre le chemin de la maison, mais l'idée de passer encore une après-midi d'ivresse au lit me pousse à prendre subitement la direction du bâtiment de Henry, car je sais qu'il est sur le campus le lundi à cette heure-ci. J'ai mémorisé tout son emploi du temps : quand il est sur le campus, quand il donne des cours, et quand il est dans son bureau, et est fort probablement seul.

La porte est entrouverte, le bureau, vide. Sur la table, il y a une pile de copies, et son ordinateur portable est ouvert. J'imagine me laisser tomber sur son fauteuil et ouvrir les tiroirs de son bureau pour passer en revue tout ce qui se trouve à l'intérieur.

Il me trouve debout devant son bureau.

— Vanessa.

Je me retourne. Ses bras ploient sous les cahiers à spirales – les journaux étudiants de son cours de dissertation, ce qu'il déteste le plus noter. Je sais tant de choses à son propos. Ce n'est pas normal d'en savoir autant.

Tandis qu'il pose les journaux sur son bureau, je m'affale dans la chaise, me tient la tête entre les mains.

— Il vous est arrivé quelque chose ?

— Non, je suis juste soûle.

Je renverse la tête en arrière et vois le sourire sur son visage.

— Vous vous soûlez et votre instinct vous dicte de venir ici ? Me voilà flatté.

Je pousse un grognement, appuie mes paumes contre mes yeux.

— Vous ne devriez pas être gentil avec moi. Mon comportement est déplacé.

Une expression vexée traverse son visage. Ce n'était pas ce qu'il fallait dire. Je sais mieux que quiconque que trop attirer l'attention sur ce que nous faisons peut tout gâcher.

J'enfonce la main dans ma poche et sors mon téléphone que je lui tends tout en faisant défiler les appels en absence.

— Vous voyez ça ? Il m'a appelé toutes ces fois. Il ne me lâche pas. Je deviens folle.

Je n'explique pas qui est ce « il » car ce n'est pas nécessaire. Strane est certainement au premier plan de l'esprit de Henry chaque fois qu'il me regarde. Je me demande s'ils se sont rencontrés. Je les ai imaginés se serrer la main, les traces de moi subsistant sur le corps de Strane transmises à Henry – ce qui se rapproche le plus d'un contact entre nous deux.

Henry regarde attentivement mon téléphone.

— Il vous harcèle. Pouvez-vous bloquer son numéro ?

Je secoue la tête, bien que je n'en aie aucune idée. Je pourrais sans doute, mais je veux que les appels continuent à me parvenir. Ils sont le souffle sur ma nuque. Je sais aussi que la sympathie qu'éprouve Henry à mon égard dépend du fait que j'agisse bien et souhaite les bonnes choses, de ce que je prenne toutes les mesures nécessaires pour me protéger.

— Et ça, niveau harcèlement, vous en pensez quoi ? Il y a quelques semaines, il m'a envoyé des documents de l'époque où j'ai été renvoyée de Browick…

— Quoi ?

Henry me regarde, bouche bée.

— Je n'avais pas compris que vous aviez été renvoyée.

Est-ce un autre mensonge ? Techniquement, j'ai renoncé à suivre une scolarité à Browick – il y avait même une photocopie de mon formulaire de désistement dans l'enveloppe que Strane m'a envoyée –, mais cela me paraît plus juste de dire que j'ai été renvoyée, parce que ce n'était pas mon choix, même si c'était de ma faute.

Je m'écoute raconter mon histoire, expliquer que j'ai porté le chapeau parce que je ne voulais pas que Strane aille en prison, qu'il y a eu des entretiens et que je me suis retrouvée devant une salle remplie de gens, que je me suis qualifiée de menteuse, que j'ai répondu à des questions comme s'il s'agissait d'une conférence de presse. Henry m'écoute, bouche bée. La sympathie émane de lui, et plus il semble affecté, plus j'ai envie de parler. Je sens un élan grandir en moi, une droiture croissante, un sentiment d'avoir vécu quelque chose d'horrible, un désastre si extrême qu'il a scindé ma vie en deux. Et à présent, dans l'après-coup de cette expérience à laquelle j'ai survécu, vient le désir de raconter. Ne devrais-je pas pouvoir raconter cette histoire si je le souhaite ? Même si je manipule la vérité et que j'occulte certains détails, est-ce que je ne mérite pas de voir la preuve du mal que Strane m'a fait sur le visage sympathique de quelqu'un ?

— Pourquoi un tel geste ? Se passe-t-il quelque chose en ce moment qui le pousse à vous envoyer cela ?

— Je l'ignore à cause de ce qui se passe.

— La plainte à son encontre ?

Je hoche la tête.

— Il a peur que je le dénonce.

— Envisagez-vous de le faire ?

Je ne réponds pas, ce qui revient au même que de répondre non. Je fais tourner mon téléphone dans mes mains et je dis :

— Vous devez me trouver atroce.

— Non.

— C'est juste vraiment compliqué.

— Vous n'avez pas à expliquer.

— Je ne veux pas que vous pensiez que je suis égoïste.

— Je ne le pense pas. À mes yeux, vous êtes forte, ok ? Vous êtes incroyablement, incroyablement forte.

Il traite Strane d'individu délirant, dit qu'il essaie de me contrôler, de me donner l'impression que j'ai de nouveau quinze ans, affirme que ce qu'il m'a fait et continue de me faire est inacceptable. Lorsque Henry tient de tels propos, je vois un ciel d'un blanc austère et une étendue infinie de terre brûlée, une silhouette à peine visible derrière un mur de fumée, Strane qui suit le trajet de veines bleues sur une peau pâle, des nuages de poussière qui tourbillonnent dans le faible soleil hivernal.

— Jamais je ne le dénoncerai, aussi mauvais soit-il.

Les traits de Henry se radoucissent – et deviennent tristes, tellement tristes. Je sens en cet instant que si j'allais vers lui, il me laisserait faire tout ce que je veux. Il ne dirait pas non. Il est suffisamment proche pour que je le touche, son genou pointé vers moi, qui attend. J'imagine ses bras s'ouvrir, m'attirer contre lui. Ma bouche à quelques centimètres de son cou, son corps tremblant tandis que mes lèvres se colleraient contre lui. Il me laisserait faire. Il me laisserait tout faire.

Je ne bouge pas ; il soupire.

— Vanessa, je m'inquiète pour vous.

Le vendredi avant les vacances de printemps, Bridget rentre à la maison avec un chaton enveloppé dans une serviette. Ecaille de tortue, les yeux verts, le ventre infesté de puces et une queue tordue.

— Je l'ai trouvé dans la ruelle, à côté du vide-ordures du resto à bagels, m'explique-t-elle.

Je mets mes doigts sous la truffe du chaton pour qu'il sente mon odeur, le laisse me mordre le pouce.

— Il sent le poisson.

— Il avait le museau dans un bac de saumon fumé.

Nous lavons le chaton, l'appelons Minou. Alors que le soleil se couche, nous allons en voiture au Walmart de Ellsworth pour acheter une litière et de la nourriture pour chat. Nous avons mis le chaton dans un sac en toile que Bridget porte sur son épaule parce que nous n'osons pas laisser Minou tout seul. Sur le chemin du retour, tandis que Minou miaule sur mes genoux, mon téléphone se met à sonner encore et encore – Strane.

Bridget rit quand j'appuie sur « Ignorer » pour la quatrième fois consécutive.

— Tu es tellement méchante. J'ai presque pitié de lui.

Le téléphone vibre pour indiquer que j'ai un nouveau message vocal, et elle feint d'être choquée en poussant un cri de surprise. Nous sommes si euphoriques à cause du chaton que tout passe – nous pourrions nous balancer des vannes sur n'importe quel sujet, ça nous ferait juste rigoler.

— Tu ne vas même pas écouter ? me demande-t-elle. C'est peut-être une urgence.

— Je peux t'assurer que non.

— Tu n'en sais rien ! Tu devrais écouter.

Pour prouver ce que je dis, je mets son message en haut-parleur, m'attendant à ce que, la voix nouée, il m'implore de le rappeler, contrarié de ne pas avoir de nouvelles de moi – ai-je reçu le paquet qu'il m'a envoyé ? Au lieu de quoi, c'est un mur de sons confus, le vent et un bruit de friture se superposent à sa voix en colère : « Vanessa, je suis en route pour ton appartement. Réponds à ton putain de téléphone. » Suivi d'un clic, fin du message.

— Cela m'a tout l'air d'une urgence, remarque prudemment Bridget.

Je compose son numéro, et il décroche avant la fin de la première sonnerie.

— Tu es chez toi ? J'arrive dans une demi-heure.

— Oui. Ou plutôt, non, je ne suis pas chez moi là, tout de suite. On a trouvé un chaton. On a dû acheter une litière.

— Quoi ?

Je secoue la tête.

— Rien. Oublie. Pourquoi tu viens ici ?

Il aboie un rire.

— Je pense que tu sais pourquoi.

Bridget n'arrête pas de regarder dans ma direction, ses yeux oscillant de moi à la route. Elle est illuminée par le tableau de bord, et je vois sa bouche : *Tout va bien ?*

— Je ne sais pas pourquoi. J'ignore totalement ce qui se passe. Mais tu ne peux pas décider de venir comme ça…

— Il t'a déjà raconté ce qui est arrivé ?

Mes yeux plongent dans le pare-brise, dans le tunnel que les phares creusent sur la route sombre. Je sens une piqûre sur ma nuque en entendant comment Strane crache ce « Il ».

— Qui ?

Strane rit encore. Je le vois, le regard dur, la mâchoire serrée, une colère amère que je ne l'ai vu adresser qu'à de tierces personnes. L'idée que cette colère puisse se tourner contre moi me fait l'effet d'une terre meuble qui cède sous mes pas.

— Ne joue pas les idiotes. Je serai là dans dix minutes.

J'essaie de souligner qu'il vient de dire qu'il était à trente minutes de chez moi, mais il a déjà raccroché, et « Appel terminé » apparaît sur l'écran.

— Ça va ? me demande Bridget.

— Il vient chez nous.

— Pourquoi ?

— Je ne sais pas.

— Il s'est passé quelque chose ?

— Je ne sais pas, Bridget, je réponds sèchement. Je suis sûre que tu as pu suivre toute la conversation. Ce n'est pas comme s'il m'avait donné des tonnes de détails.

Nous roulons en silence, notre camaraderie décontractée a déserté subitement la voiture. Sur mes genoux, Minou miaule, des petits bruits tristes susceptibles de ne faire enrager qu'un monstre –, mais ce doit être ce que je suis, car je n'ai qu'une envie : coller ma main sur le petit museau du chaton et lui hurler dessus, hurler sur Bridget, hurler sur tout le monde de se la boucler une seconde afin que je puisse réfléchir.

Bridget propose de s'absenter cette nuit afin que Strane et moi ayons l'appartement pour nous. En fait, il est clair qu'elle veut juste me fuir moi et mon mec chelou, et le nuage noir qui est au-dessus de moi en permanence. Je l'ai entendue dire à un type qu'elle avait ramené à la maison il y a deux semaines : *Oh, Vanessa, elle est toujours en crise, c'est le genre de fille qui attire les histoires.*

Après son départ, je reste assise sur le canapé avec Minou sur les genoux, mon ordinateur portable ouvert sur la table basse. Toutes les deux minutes, je me penche pour rafraîchir ma messagerie, comme si un e-mail pouvait apparaître et tout expliquer. Quand j'entends la porte de l'immeuble s'ouvrir et de lourds pas remonter les escaliers, je vire Minou et je saisis mon téléphone. Il martèle sur la porte d'entrée, le chaton disparaît derrière le canapé, et mon pouce caresse le clavier, l'idée d'appeler les secours est autant un fantasme que celle d'un e-mail de Henry arrivant dans ma boîte. Téléphoner ne résoudrait rien. Demander de l'aide impliquerait de répondre aux questions de l'opérateur auxquelles je ne peux répondre. *Qui est cet homme qui tambourine à votre porte ? Comment le connaissez-vous ? Quelle est la relation exacte que vous entretenez avec lui ? Il me faut toute l'histoire, m'dame.* Mes choix : patauger dans sept années de ce marécage et me mettre à la merci d'une tierce personne sceptique qui ne me croira peut-être même pas, ou ouvrir la porte en espérant que ce ne soit pas si terrible que ça.

Quand je lui ouvre, il est essoufflé et se plie en deux à peine le seuil franchi, les mains posées sur ses cuisses, chacune de ses inspirations sifflantes. J'avance d'un pas vers lui. J'ai peur qu'il s'effondre. Il lève une main.

— Ne t'approche pas de moi.

Il se redresse, balance son manteau sur le fauteuil Papasan, regarde autour de lui et voit les serviettes sales qui jonchent la salle de bains, l'assiette creuse incrustée de macaronis au fromage sur la table basse. Il se rend dans la cuisine, ouvre des placards.

— Tu n'as pas de verres propres ? Pas un seul ?

Je lui indique la pile de gobelets en plastique sur le plan de travail. Il me décoche un regard assassin – *fille paresseuse et gaspilleuse* –, et en remplit un avec de l'eau du robinet. Je le regarde boire en comptant les secondes jusqu'à ce que sa colère se ravive, mais une fois qu'il a terminé son verre, il se contente de s'appuyer contre le plan de travail, abattu.

— Tu ne sais vraiment pas pourquoi je suis ici ?

Je secoue la tête tandis que ses yeux plongent en moi. Je ne l'ai pas vu depuis Noël, quand il m'a parlé de Taylor Birch. Ces derniers mois, un changement s'est opéré en lui, son visage n'est plus le même. Je cherche et je finis par trouver : ses lunettes. Leur monture – elle est quasiment invisible désormais. J'ai un pincement au cœur en pensant qu'il a modifié une part si intégrante de lui sans m'en parler.

— Je reviens juste d'un événement organisé avec les professeurs de Browick. Ou une levée de fonds. Bon sang, j'ai oublié ce que c'était. Je ne devais même pas y aller. Tu sais à quel point je déteste ces trucs, mais j'ai pensé que je ne survivrais pas à une nuit de plus enfermé à la maison.

Il soupire, se frotte les yeux.

— J'en ai ma claque qu'on me traite comme un pestiféré.

— Que s'est-il passé ?

Il laisse tomber sa main.

— J'étais assis avec des collègues, parmi lesquels se trouvait Penelope.

Il guette une réaction sur mon visage, remarque ma respiration saccadée.

— Tu vois, tu sais ce que je m'apprête à dire. Ne joue pas les idiotes avec moi. Ne...

Il frappe le plan de travail de ses deux paumes et fait brusquement un pas vers moi, les mains tendues comme s'il allait me saisir par les épaules, et puis il s'arrête net, serre les poings.

Les rideaux sont grands ouverts, le besoin de nous protéger si ancré en moi que je n'ai que ça en tête : en levant les yeux, tous les gens qui passent dans la rue peuvent voir distinctement dans l'appartement. Alors que j'esquisse un mouvement pour fermer les rideaux, il attrape mon bras.

— Tu as raconté à son mari. Ton professeur. Tu lui as raconté que je t'avais violée.

Au moment où il me lâche, il me pousse. Pas fort, cependant assez pour que je bascule en arrière contre la poubelle qui normalement se trouve sous l'évier mais qui trône au milieu de la cuisine depuis des lustres. Je tombe, et la hotte au-dessus de la cuisinière cliquète comme les jours de vent. Strane ne bouge pas tandis que je m'empresse de me relever. Il me demande s'il m'a fait mal.

Je secoue la tête.

— Ça va, dis-je, alors que mon coccyx est endolori.

Je regarde de nouveau vers la fenêtre, vers le public captif que j'imagine dehors dans le noir.

— Pourquoi t'a-t-elle parlé de moi ? La femme, je veux dire. Penelope.

— Elle n'a rien dit à ton sujet. C'était son mari. Son mari qui m'a fusillé du regard pendant une heure et demie avant de me suivre aux toilettes…

Quelque chose bascule en moi, un crash soudain.

— Henry était là ? Tu l'as rencontré ?

Strane marque un temps d'arrêt, pris au dépourvu par ma façon de prononcer le nom d'un autre homme, ma façon de l'exhaler tel un soupir après le sexe. Pendant un instant, son visage flanche.

— Il a dit quoi ?

Lorsqu'il entend ces mots, son visage se durcit de nouveau – front plissé et éclairs dans les yeux.

— Non, répond-il catégoriquement. C'est moi qui pose les questions ici. À toi de me dire pourquoi tu as fait ça. Pourquoi tu t'es sentie obligée de raconter à un type dont la femme travaille avec moi que je t'avais violée.

Lorsqu'il prononce « violée », sa voix s'étrangle. Le terme est tellement répugnant qu'il s'en étouffe presque.

— Dis-moi pourquoi tu as fait ça.

— J'essayais d'expliquer ce qui s'est passé quand j'ai quitté Browick. J'en sais rien… C'est sorti.

— Pourquoi aurais-tu eu besoin de lui expliquer ?

— Il m'a raconté qu'il avait enseigné dans un lycée privé, j'ai dit que j'avais fréquenté un établissement de ce genre, il m'a confié qu'une connaissance à lui bossait à Browick. C'est venu naturellement, ok ? Je n'ai pas cherché à tout prix à lui dire.

— Donc, quelqu'un mentionne Browick, et toi, tu te mets tout de suite à parler de viol à tort et à travers ? Bon sang, Vanessa, qu'est-ce qui ne tourne pas rond chez toi ?

Je me recroqueville tandis qu'il continue. Je ne comprends donc pas ce que ce genre d'accusation pourrait lui valoir ? C'est de la diffamation, un crime au sens propre du terme, qui suffirait à faire tomber n'importe quel homme, encore plus un homme dont le sort ne tient plus qu'à un fil. Si les mauvaises personnes avaient vent de cela, c'en serait fini de lui, on le jetterait en prison pour le restant de ses jours.

— Et tu le sais. C'est ce que je n'arrive pas à saisir. Tu sais ce qu'une accusation pourrait me faire, et pourtant…

Il lève les mains en l'air.

— Cela m'échappe… La fourberie qu'exige un tel acte, la cruauté…

Je veux me défendre, sauf que j'ignore si ce qu'il dit est faux. Même si au départ, les mots sont sortis par accident, je ne suis jamais revenue sur eux. J'ai alimenté le mensonge, j'ai montré à Henry les dizaines de messages en absence, je l'ai laissé qualifier Strane de « délirant » et employer l'adjectif « inadmissible », tout ça parce que je voulais être blessée et délicate, être une fille digne de tendresse. Mais je repense aussi à ces notes que Strane a écrites pour couvrir ses arrières. À l'époque, je ne me doutais de rien, je m'efforçais de suivre son exemple, et lui m'a dépeinte sans aucun scrupule comme une fille perturbée éprise de lui, tout en sachant ce que cela me vaudrait. Si je suis fourbe et cruelle, lui l'est également.

— Pourquoi as-tu attendu des mois avant de me dire ce qui s'était passé avec cette fille ?

— Non, répond Strane. N'essaie pas de retourner les choses contre moi.

— Mais c'est ça le sujet pourtant, non ? Tu es furieux parce que tu as déjà des ennuis pour avoir peloté une autre fille...

— Peloté ? Bon sang, Vanessa, ce mot !

— C'est le terme approprié quand on touche un enfant.

Il prend le gobelet en plastique, ouvre le robinet.

— Ça ne sert à rien de te parler quand tu es dans cet état et que tu as décidé de me dépeindre comme le méchant.

— Désolée, c'est un peu difficile de faire autrement.

Il boit, s'essuie la bouche avec le dos de sa main.

— Tu as raison. Il n'est pas difficile de faire de moi un homme mauvais. Rien de plus simple au monde. Mais c'est autant de ta faute que de la mienne. À moins que tu ne te sois réellement persuadée que je t'ai violée.

Il balance le verre à moitié plein dans l'évier, prend appui sur le plan de travail.

— Violée alors qu'elle se tord de plaisir pendant l'orgasme. À d'autres, putain !

Je serre les poings, enfonce mes ongles dans mes paumes et ordonne à mon cerveau de rester dans la pièce, dans mon corps.

— Pourquoi ne voulais-tu pas avoir d'enfants ?

Il se retourne.

— Quoi ?

— Tu as subi une vasectomie à trente ans. C'est très jeune.

Il cligne des yeux, essaie de se rappeler s'il m'a révélé l'âge qu'il avait au moment de l'opération, de comprendre comment je peux le savoir s'il ne m'a jamais divulgué cette information.

— J'ai vu ton dossier médical. Quand j'ai bossé dans cet hôpital, au lycée, je l'ai trouvé dans les archives.

Il commence à avancer vers moi.

— D'après le médecin, tu étais catégorique : tu ne voulais pas d'enfants.

Il se rapproche de moi, m'obligeant à reculer dans ma chambre.

— Pourquoi me poses-tu cette question ? Qu'essaies-tu de me dire ?

Dans ma chambre, mes mollets heurtent le bord de mon lit. Je ne veux pas le dire. Je ne sais pas comment. Ce n'est pas une seule question, plutôt un nuage de choses ineffables : je ne comprends pas pourquoi il a touché une autre fille de la même façon qu'il m'a touchée moi s'il ne l'a pas désirée de la même façon que moi. Pourquoi ses mains tremblaient-elles quand il m'a offert le pyjama à fraises, pourquoi j'ai eu le sentiment qu'en me le donnant, il révélait quelque chose qu'il avait passé toute sa vie à essayer de cacher. Quand il m'a demandé de l'appeler « mon petit papa » au téléphone, cela m'a paru être l'un de ses tests. J'ai accepté parce que je ne voulais pas échouer, je ne voulais pas faire preuve d'étroitesse d'esprit ni sembler scandalisée, et ensuite, il avait raccroché dès qu'il avait pu, comme s'il en avait trop révélé de lui. Ce soir-là, j'avais senti la honte palpiter hors de son corps. Cette honte s'était élevée à travers le téléphone, était parvenue directement jusqu'à moi.

— Ne me transforme pas en monstre juste parce que tu te cherches une issue. Tu sais que ce n'est pas ce que je suis.

— J'ignore ce que je sais.

Il me rappelle mes actes. Il n'est pas honnête de ma part de me considérer comme totalement innocente dans cette histoire. C'est moi qui suis revenue, qui me suis présentée devant sa porte après deux années de séparation. J'aurais pu l'oublier, j'aurais pu passer à autre chose.

— Pourquoi être revenue si je t'ai fait du mal ?

— J'avais un sentiment d'inachevé. Je me sentais encore attachée à toi.

— Mais je ne t'ai pas encouragée, même pas quand tu appelais. Tu t'en souviens ? Ta petite voix qui sortait du répondeur. Je restais planté devant sans m'autoriser à faire quoi que ce soit.

Il se met alors à pleurer, comme par hasard. Ses yeux injectés de sang se remplissent de larmes.

— N'ai-je pas été prévenant ? Ne me suis-je pas toujours assuré que tu allais bien ?

— Oui, tu étais prévenant.

— Je me suis posé beaucoup de questions. Tu n'imagines même pas à quel point. Mais tu étais si sûre de toi. Tu savais ce que tu voulais. Tu te rappelles ? Tu m'as demandé de t'embrasser. J'ai essayé de m'assurer que tu le voulais vraiment. Ça t'agaçait, mais je m'en assurais tout de même.

Des larmes coulent sur ses joues, disparaissent dans sa barbe, et j'essaie de me calmer tandis que je me laisse attendrir par ses pleurs.

— Tu as dit oui, poursuit-il.

Je hoche la tête.

— Je sais que j'ai dit oui.

— Alors pourquoi t'ai-je violée ? Explique-moi quand j'ai commis un tel acte ? Parce que j'ai été…

Il inspire une bouffée d'air tremblante, se frotte les yeux avec le bas de ses paumes.

— J'essaie mais je ne comprends pas…

Il me suit dans le lit, cache son visage contre moi, exhale des souffles humides et épuisés contre ma poitrine jusqu'à ce que ce sentiment se dissipe et qu'autre chose prenne le dessus, que sa bouche se déplace jusqu'à mon cou, que ses mains relèvent le bas de ma robe. Je le laisse faire ce qu'il veut – m'enlever tout, m'étendre sur le lit –, alors même que j'ai mal partout où il me touche. Il écarte mes jambes, enfouit son visage en moi, et j'ai des larmes aux yeux, sur mes joues. Dans deux jours, c'est mon anniversaire. Sept années de ma vie définies par ça. Quand je me retournerai sur mon passé, je ne verrai rien d'autre.

J'entends alors la porte de l'immeuble s'ouvrir, et les pas de deux personnes différentes gravir lourdement les marches. Le rire de Bridget s'élève dans la cage d'escalier, quelqu'un trébuche.

— Ça va ? demande un garçon au moment où la porte de l'appartement s'ouvre. Je dois te porter ?

— Je suis grave bourrée, dit Bridget.

Son rire emplit le salon.

— Bourrée, bourrée, bourrée !

J'entends le bruit métallique de clés qui tombent par terre, le garçon qui la suit dans sa chambre, une porte qui claque. J'essaie de m'accrocher au son de son rire, mais elle met sa musique si fort que même si je hurlais, ils ne m'entendraient pas.

Pendant que Strane s'affaire sur moi, une part de moi quitte la chambre et va dans la cuisine, où le gobelet qu'il a bu est renversé dans l'évier. Le robinet goutte, le frigo bourdonne. Le chaton, qui était dans le salon, entre à pas feutrés. Il a envie qu'on le prenne dans les bras. Debout devant la fenêtre, la part de moi qui s'est détachée prend le chaton dans ses bras, regarde la rue tranquille en contrebas. Un orage a commencé, une lueur orange de lampadaire illumine les rideaux de pluie, et la part de moi qui s'est détachée regarde l'averse en fredonnant tout bas pour ne pas entendre les sons en provenance de la chambre. De temps à autre, elle bloque sa respiration et écoute pour voir si cela continue. Quand elle perçoit le grincement métallique du cadre de son lit, le claquement de deux peaux entre elles, elle serre davantage le chaton contre elle, concentre de nouveau son attention sur la pluie.

Le matin, Strane descend au resto à bagels pour chercher des cafés. Assise dans le lit, je tiens mon gobelet fumant, le regard perdu dans le vague tandis qu'il me raconte en détail tout ce qui s'est passé lors de la soirée à Browick – les parents, les anciens élèves, l'équipe enseignante en train de boire du vin et de manger des hors-d'œuvre dans l'auditorium. Il a remarqué que Henry le fusillait du regard, mais n'en a fait que peu de cas jusqu'à ce qu'il aille pisser et le trouve en train de l'attendre à la sortie des toilettes, comme un mec ivre dans un bar qui cherche la bagarre.

— Il a dit que nous avions une élève en commun. Et puis il a dit ton nom. Il a dit qu'il savait que je te harcelais et m'a plaqué contre le mur. Il a dit qu'il savait ce que je t'avais fait. M'a traité de violeur.

Après avoir prononcé ce mot, il serre les lèvres, inspire profondément.

Je porte le café à mes lèvres et essaie d'imaginer Henry si incontrôlable.

— Tu devrais vraiment rétablir la vérité auprès de lui.

— Je le ferai.

— Parce que s'il en parlait à sa femme...

— J'ai compris. Je vais lui dire la vérité.

Il hoche la tête, boit une gorgée de son café.

— Il faut aussi que je te dise... Je suis au courant pour le blog que tu tiens.

Je cligne des paupières, sans comprendre d'abord. Il m'explique qu'il l'a vu sur mon ordinateur. Je regarde dans ma chambre et ne le vois nulle part. Il est toujours sur la table basse. S'est-il levé dans la nuit ? Non, répond-il. Ça remonte à il y a deux ans. Il est au courant depuis longtemps.

— Je sais que tu as toujours été attirée par la confession. Et cela semblait être un exutoire inoffensif pour ce penchant. J'allais le consulter de temps à autre, juste pour m'assurer que tu ne mentionnais pas mon nom, mais sincèrement, j'avais oublié son existence jusqu'à il y a peu. J'aurais dû te dire de l'enlever quand cette affaire ridicule de harcèlement a commencé en décembre.

Je secoue la tête.

— Je n'arrive pas à croire que tu étais au courant et que tu ne m'en as jamais parlé.

Il interprète mon incrédulité comme étant des excuses.

— Ce n'est rien. Je ne suis pas fâché.

Mais il veut que je m'en débarrasse.

— Il me semble que c'est une demande raisonnable.

Une fois les cafés terminés, je le suis dans le salon. J'ai la sensation de ne pas être dans mon corps, de ne pas être dans ma tête. La porte de Bridget est toujours fermée ; il est encore si tôt qu'elle ne se lèvera pas avant des heures. Strane pointe le doigt vers le chaton pelotonné sur le canapé.

— Il sort d'où, ce machin ?

— De la benne à ordures de la ruelle.

— Ah !

Il remonte la fermeture Éclair de son manteau, enfonce ses mains dans ses poches.

— Tu sais, honnêtement, je pense que tu as, sans le vouloir, touché un point sensible chez ce professeur. J'imagine qu'à un certain niveau, sa réaction concerne son propre couple. Y a des questions non résolues derrière tout ça.

— Comment ça ?

— Penelope était son étudiante. À la fac, pas au lycée, mais tout de même. Elle est à peine plus âgée que toi, et il a quoi… bientôt quarante ? Je crois qu'elle a dit qu'ils s'étaient mis en couple lorsqu'elle avait dix-neuf ans. S'il m'avait cherché plus de noises, j'aurais souligné son hypocrisie. Je lui aurais certainement rabattu le caquet.

Peut-être que s'il ne m'avait pas avoué être au courant pour le blog depuis des années, ou si je ne me sentais pas aussi écœurée et endolorie de la nuit d'hier, entendre cela m'aurait choquée. Mais je suis tellement épuisée que je m'appuie contre le mur et je me mets à rire. Je ris tellement fort que j'ai du mal à respirer. Bien sûr qu'elle était son élève. Évidemment.

Strane m'observe en plissant les sourcils.

— C'est drôle ?

Je secoue la tête. À travers mon rire, je dis :

— Non, ce n'est pas drôle du tout.

Je le suis dans les escaliers, jusqu'à la porte du bâtiment, et avant qu'il sorte, je lui demande s'il est encore fâché contre moi – de l'avoir traité de violeur, d'avoir raconté des conneries. Je m'attends à un léger claquement de langue, à un baiser sur le front. *Mais non je ne t'en veux plus.* À la place, il réfléchit un instant avant de dire :

— Plus triste que fâché.

— Pourquoi, triste ?

— Eh bien, répond-il. Parce que tu as changé.

Je pose une main contre la porte.

— Je n'ai pas changé.

— Si. Tu n'as plus besoin de moi.

— Ce n'est pas vrai.

— Vanessa.

Il prend mon visage dans ses mains.

— Nous devons mettre un terme à cela. Au moins pour un temps, d'accord ? Ce n'est bon pour aucun de nous deux.

Je suis tellement abasourdie que je reste plantée là, je le laisse tenir mon visage.

— Il faut que tu te crées une vie, dit-il. Une vie qui ne soit pas à ce point concentrée sur moi.

— Tu as dit que tu n'étais pas fâché.

— Je ne suis pas fâché. Regarde-moi. Je ne le suis pas.

C'est vrai – il n'a pas l'air du tout en colère, ses yeux sont calmes derrière ses lunettes à monture invisible.

Pendant deux semaines, je reste dans mon appartement, et je campe devant la télé avec Minou blotti contre moi. Je regarde tous les épisodes du coffret DVD de la série *Twin Peaks*, avant de reprendre depuis le début et de revoir certains épisodes. Parfois, Bridget suit avec moi, mais quand je commence à repasser des scènes de violence et de cris, celles où le personnage de l'homme bon est envahi par un esprit sadique qui le conduit à violer et à tuer des adolescentes, elle va dans sa chambre et ferme sa porte.

Au cours de ces semaines, aux informations, une fille de quatorze ans prénommée Katrina disparaît dans l'Oregon. Jolie, blanche et photogénique, elle est partout, et les gros titres se fondent à la série télévisée. « Qui a enlevé Katrina ? » « Qui a tué Laura Palmer ? » La dernière fois qu'on les a vues, les deux filles prenaient leurs jambes à leur cou et disparaissaient dans un bosquet de sapins. Le coupable tout désigné dans le cas de la disparition de Katrina est son père avec qui elle n'était plus en contact, qui a des antécédents de maladie mentale, et dont on est sans nouvelles depuis des semaines. Alors que les journalistes diffusent une dizaine de photos de Katrina, une seule de son père circule, un cliché de lui hirsute pris à l'occasion d'un passage au poste pour conduite en état d'ivresse. On finit par les retrouver tous les deux en Caroline du Nord, dans une cabane où ils vivent sans électricité ni eau courante. Lors de son arrestation, le père aurait dit : « Je suis tellement soulagé que tout ça soit terminé. » Plus tard, d'autres détails émergent : Katrina est devenue très fluette pendant cette cavale, elle a dû se résoudre à manger des fleurs sauvages pour survivre. Toute seule dans le salon que la télé illumine de bleu, je marmonne des choses trop affreuses pour parvenir aux oreilles de quiconque, comme quoi je parie qu'une part d'elle a adoré et ne voulait pas du tout qu'on la retrouve.

Bridget s'aventure hors de sa chambre et me retrouve défoncée sur le canapé, en train de tousser comme une dératée. Elle nourrit le chat, ramasse mes bouteilles vides, pose la facture d'électricité sur la table basse avec la moitié du montant demandé et une enveloppe timbrée avec l'adresse. Elle sait qu'il s'est passé quelque chose de grave le soir où Strane est venu, mais me laisse de l'espace afin que je puisse gérer les choses toute seule. Elle ne me demande rien, ne veut pas savoir.

À : vanessa.wye@atlantica.edu
De : henry.plough@atlantica.edu
Objet : Absence cours

Tout va bien, Vanessa ? Vous nous avez manqué en cours aujourd'hui. Henry.

À : vanessa.wye@atlantica.edu
De : henry.plough@atlantica.edu
Objet : Inquiet

Je commence à m'inquiéter ici. Que se passe-t-il ? Vous pouvez me téléphoner, si c'est plus simple que d'écrire. Ou bien nous pouvons nous retrouver en dehors du campus. Je me fais du souci pour vous. Henry.

À : vanessa.wye@atlantica.edu
De : henry.plough@atlantica.edu
Objet : Très inquiet

Vanessa, encore une absence et je devrais vous donner la note minimale ou ne pas valider l'ensemble du module. Cela ne me dérange absolument pas de ne pas valider l'ensemble du module, et nous trouverons comment vous pourrez rattraper le travail, mais pour cela, vous devez venir remplir un formulaire. C'est possible demain ? Je ne suis pas fâché, juste très inquiet. Tenez-moi au courant, s'il vous plaît. Henry.

Lorsque j'apparais sur le seuil de son bureau, Henry me sourit.

— Vous voilà enfin ! Je me suis fait tant de souci pour vous ! Que vous est-il arrivé ?

Je m'appuie contre le cadre de la porte et soutiens son regard. Je m'attendais à ce qu'il m'adresse une vague d'excuses en me voyant. Qu'il n'ait pas déjà établi de lien m'échappe complètement. La soirée à Browick s'est tenue il y a trois semaines, il n'a pas pu déjà oublier.

Je brandis un formulaire de désistement à un cours.

— Pourriez-vous signer ce document ?

Il renverse la tête en arrière, surpris.

— Nous devrions certainement en parler d'abord.

— Vous dites que je ne validerai pas votre matière.

— Vous ne venez plus en cours. J'ai bien dû trouver un moyen d'attirer votre attention !

— Alors vous m'avez manipulée ? Génial. C'est vraiment formidable.

— Allons, Vanessa.

Il rit comme si mon comportement était ridicule.

— Que se passe-t-il ?

— Pourquoi avoir fait ça ?

— De quoi parlez-vous ?

Il s'agite d'avant en arrière sur sa chaise de bureau, me regarde en faisant délibérément semblant de ne pas comprendre. On dirait un gamin surpris en train de mentir.

— Vous l'avez attaqué.

Il cesse de se balancer.

— Vous l'avez attendu à la sortie des toilettes et l'avez attrapé…

En entendant cela, il se lève d'un bond et tire si fort sur la porte qu'elle se referme en claquant. Il tend les mains comme pour essayer de me calmer.

— Écoutez, dit-il. Je suis désolé. Clairement, je n'aurais pas dû agir de la sorte. Aucune excuse ne le justifie. Mais je ne l'ai pas attaqué.

— Il m'a raconté que vous l'aviez plaqué contre un mur.

— Comment aurais-je pu y arriver ? Ce type est énorme.

— Il a dit…

— Vanessa, je l'ai à peine touché.

À ces mots, une boule se forme dans ma gorge. *Je l'ai à peine touché. Je l'ai touchée, c'est tout.* Ces deux propositions soulignent la même chose : je dramatise la situation pour faire passer ces hommes pour des affreux.

Je demande à Henry :

— Pourquoi ne pas m'avoir parlé de votre femme ? Vous deviez savoir que je finirais par comprendre que c'était elle qui travaillait là-bas.

Il cligne des yeux, désarçonné par ce basculement.

— Je suis quelqu'un de pudique. Je n'aime pas divulguer ma vie personnelle à mes étudiants.

Mais ce n'est pas vrai. Je connais beaucoup de choses personnelles à son sujet, des détails qu'il a lui-même offerts – l'endroit où il a grandi, le fait que ses parents ne se sont jamais mariés, que sa sœur a été victime de quelqu'un de plus âgé, comme Strane avec moi. Je connais ses groupes préférés de l'époque où il était au lycée, et ses groupes actuels préférés, sais qu'il a été en surmenage à la fac et a séché en un semestre l'équivalent de douze UV. Je sais combien de temps il met pour venir en voiture de chez à lui au campus, et que quand il note des copies, il met la mienne de côté, la réservant pour le moment où son esprit épuisé aura besoin d'une pause. Il n'y a que sur sa femme que je ne sais rien.

— Épouser l'une de vos étudiantes, c'est bien tordu.

Il laisse tomber sa tête, respire. Il se doutait que cela arriverait.

— Les circonstances étaient tout autres.

— Vous étiez son prof.

— Son professeur d'université.

— Grosse différence.

— C'est différent, dit-il. Vous le savez.

J'ai envie de lui rétorquer la même chose qu'à Strane : que j'ignore ce que je sais. Il y a quelques mois, j'ai écrit qu'avec Henry, les choses étaient très différentes, que cette fois-ci, on ne profiterait pas de moi. À présent, cette différence est trop subtile pour que je puisse mettre le doigt dessus. J'ai besoin que quelqu'un me montre la ligne qui est censée séparer trente-sept années de treize ans de plus, un prof de lycée d'un prof d'université, ce qui est un crime de ce qui est acceptable d'un point de vue social. Ou peut-être suis-je censée avoir couvert cette différence entre-temps. Des années après mon dix-huitième anniversaire, tous les coups sont permis avec moi désormais, je suis une adulte consentante.

— Je devrais faire un signalement sur vous à cause de votre comportement avec lui, dis-je. L'université devrait savoir quel genre de personnes travaille ici.

Ma remarque touche un point sensible. Le visage tout rouge, il hurle pratiquement :

— Faire un signalement sur moi ?

Et pendant un instant, je vois la colère qu'il a dû déchaîner sur Strane. Mais ensuite, conscient des voix qui passent devant la porte du bureau fermée, il se met à murmurer :

— Vanessa, vous étiez au courant de ce que cet homme avait fait à cette autre fille, et vous m'avez donné l'impression d'être un idiot quand je vous en ai parlé. Ensuite, vous êtes venue ici en me disant qu'il vous harcelait, qu'il vous faisait du mal. À quoi vous attendiez-vous ?

— Il n'a rien fait à cette fille. Il a touché son genou, pas de quoi chier une pendule.

Les yeux de Henry parcourent mon visage, et sa colère se dissipe. Doucement, comme s'il parlait à un enfant, il me dit que ce n'est pas ce qu'il a entendu, que Strane a fait bien plus que lui toucher le genou. Il ne développe pas davantage, et je ne lui pose pas de question. À quoi bon ? Il est impossible d'aborder le sujet sans passer pour une folle – un coup, vous qualifiez ça de viol, et cinq minutes plus tard, vous clarifiez les choses en sortant, *Bon, ce n'était pas un viol, viol,* comme si cela ne rendait pas la situation encore plus confuse.

— Je m'en vais, dis-je, et Henry tend le bras vers moi mais s'arrête net avant de me toucher.

Il est soudain nerveux – a peur, peut-être, que je le balance. Ai-je réellement envie qu'il signe ce papier comme quoi j'abandonne son cours ? Je devrais simplement venir en classe. Il ne reste plus que quelques semaines. Les absences, on les oublie.

— Tout ce que je veux, c'est que vous vous sentiez bien.

Mais je ne vais pas bien. Pendant des jours après cet échange, j'erre, complètement abasourdie, incapable de me débarrasser d'un sentiment de violation. Au cours d'un entretien avec ma tutrice, celle-ci me demande comment ça va, et s'attend à une réponse évasive, comme d'habitude. À la place, je lui livre ma version de ce qui s'est passé. J'essaie de rester vague car je ne veux pas impliquer Strane, si bien que mon récit paraît décousu et incohérent, donne l'impression que je suis folle.

— Nous parlons de Henry, là ? me demande-t-elle, sa voix à peine plus haute qu'un murmure car les murs de son bureau sont fins. Henry Plough ?

Alors qu'il n'est même pas là depuis un an, il a déjà la réputation d'être un homme intègre.

Serrant les mains, ma tutrice se débat avec les mots.

— Vanessa, au fil des années, j'ai cru comprendre d'après vos écrits que quelque chose vous était arrivé au lycée. Pensez-vous que cela puisse être ce qui vous contrarie réellement ici ?

Elle attend, ses sourcils montent et descendent comme pour m'encourager à valider son propos. Voilà, me dis-je, le prix que l'on paie lorsque l'on raconte les faits, même sous couvert de fiction – une fois les choses révélées, les gens ne retiennent que cela de vous. Cela vous définit, que vous le vouliez ou non.

Ma tutrice sourit, tend la main et tapote mon genou :

— Accrochez-vous.

En sortant de son bureau, je demande :

— Vous saviez qu'il avait épousé l'une de ses étudiantes ?

Au début, je pense avoir largué une bombe. Et puis elle hoche la tête. Oui, elle sait. Elle lève la main, un geste d'impuissance.

— Cela arrive, parfois, observe-t-elle.

Je dis à Henry que je lui pardonne même s'il ne me présente jamais d'excuses en bonne et due forme. Pendant le reste du semestre, il veut que tout redevienne comme avant. Il essaie de s'appuyer sur moi en cours comme au début, mais je n'ai rien à dire, et dans son bureau, je gesticule et je suis fuyante lorsqu'il tente plusieurs stratégies pour me ramener vers lui. Il me dit que je suis la meilleure élève qu'il ait jamais eue (*Meilleure que votre femme ?* je m'interroge), qu'il a fait cela à Strane uniquement parce qu'il tient beaucoup à moi. Il me montre la lettre de recommandation qu'il a déjà rédigée pour mes dossiers de troisième cycle, deux pages et demie en interligne simple qui expliquent à quel point je suis spéciale. Et puis, lors de ma dernière semaine de cours, il me demande de venir dans son bureau. Une fois que nous sommes tous les deux à l'intérieur, il ferme la porte et confie devoir m'avouer quelque chose : avant, il lisait mon blog. Il l'a lu pendant des mois avant que je le ferme.

— Je me suis inquiété quand il a disparu tout à coup et que vous avez arrêté de venir en cours. Je ne savais pas quoi penser. J'imagine que je ne le sais toujours pas.

Je lui demande comment il est tombé dessus. Il ne s'en souvient pas. Peut-être a-t-il cherché mon adresse mail ou des mots clés, il ne se rappelle plus. Je l'imagine penché au-dessus de son ordinateur portable chez lui tard le soir, sa femme endormie dans la pièce d'à côté tandis qu'il entre mon nom dans la barre de recherche et creuse jusqu'à ce qu'il me trouve.

C'est le genre de choses qui m'a fait fantasmer toute l'année, la confirmation que j'avais envahi sa vie. Maintenant que je vois que c'est vrai, j'en ai l'estomac retourné. J'ai la nausée.

Il m'explique qu'il le lisait pour savoir comment j'allais. Il s'inquiétait pour moi.

— Et parce que vous sembliez avoir formé un attachement très fort, je voulais garder un œil là-dessus aussi.

— Un attachement à quoi ?

Henry hausse un sourcil, l'air de dire : Vous savez de quoi je parle. Comme je me contente de le regarder, il précise :

— Un attachement à moi.

Je ne réponds pas, alors il se met sur la défensive.

— Ai-je eu tort de le penser ? Vous y êtes allée tellement fort. Cela m'a dépassé.

Je le regarde, bouche bée, d'abord perplexe – ne m'avait-il pas remarquée tout autant que je l'avais remarqué ? –, mais rapidement, la gêne prend le dessus car c'est probablement ce qui s'est passé. Ce n'est pas la première fois.

— Alors c'est comme cela que vous gérez vos étudiantes quand vous pensez qu'elles ont un faible pour vous ? Vous les traquez sur Internet ?

— Je ne vous ai pas traquée. Le blog était public.

— À votre avis, j'allais faire quoi ? Me ruer ici et vous obliger à coucher avec moi ?

— Je ne savais vraiment pas. Après que vous m'avez parlé de vous et de ce professeur, j'ai commencé à m'interroger sur vos intentions.

— Vous n'avez pas à l'appeler « ce professeur ». Vous connaissez son nom.

Henry serre les lèvres, fait pivoter sa chaise vers la fenêtre. Il reste tellement longtemps dans cette position à regarder la cour en contrebas que je pense qu'il a fini, mais quand je me dirige vers la porte, il lance :

— Je n'ai pas dit ces choses pour vous mettre dans l'embarras.

Je m'arrête, la main sur la poignée de la porte.

— J'ai pensé que vous en parler créerait peut-être une ouverture qui nous permettrait d'être sincères l'un envers l'autre. Parce que je crois qu'il y a des choses dont vous avez envie de me parler.

Il se tourne vers moi.

— Et sachez que j'entendrais tout ce que vous auriez envie de dire.

Je secoue la tête.

— Je ne comprends pas ce que vous sous-entendez.

— À en juger par ce que j'ai lu, je pense que vous aurez peut-être envie de me confier quelque chose.

Je repense aux publications que j'ai écrites à son sujet, les descriptions de mon désir pour lui, si fort que mon corps avait mal, les commentaires qui apparaissaient parfois au milieu de la nuit – de lui ? Je déglutis péniblement, mes jambes tremblent, mes mains. Même mon cerveau.

— Si vous l'avez déjà lu, pourquoi avoir besoin que je le formule ?

Il ne répond pas, mais je comprends pourquoi. Parce qu'il a besoin de savoir que je suis consentante. Comme Strane insistant pour que j'exprime ce que je veux afin de déplacer le fardeau de la culpabilité. *Bien discuter d'absolument tout est la seule façon pour moi de pouvoir continuer à me regarder dans une glace. Je ne l'aurais jamais fait si tu n'étais pas aussi consentante.*

— Vous êtes une énigme. Impossible à déchiffrer, remarque Henry.

Une fois de plus, j'ai le sentiment que je pourrais le toucher et qu'il me laisserait faire. Si je posais mes mains sur lui, il se précipiterait en avant comme si on venait d'ouvrir la cage qui le retenait prisonnier. *Enfin*, dirait-il. *Vanessa, je le désire depuis notre première rencontre.* Je me projette l'année prochaine, je serai son assistante, nous deux enfermés dans son bureau, l'inévitable liaison qui s'éternise. Je n'ai toujours pas couché avec quelqu'un d'autre que Strane, mais j'imagine sans peine comment serait Henry. Son corps lourd, son souffle saccadé, sa mâchoire pendante.

Et puis le brouillard se dissipe, ma vision se dégage, et il est répugnant, assis là à essayer de m'arracher une confession.

*T'as une femme, mec,* ai-je envie de lui balancer. *C'est quoi, ton problème ?*

Je lui apprends que, finalement, je ne serai pas à Atlantica l'année prochaine.

— Vous devriez confier ce poste d'assistante à quelqu'un d'autre.

Tout en clignant les yeux de surprise, il demande :

— Et le troisième cycle ? Vous allez tout de même postuler ?

Je me projette, et je visualise aussi les choses – une autre salle de classe, un autre homme présidant à la table de séminaire, qui lit mon nom dans une liste d'appel, me boit du regard. Cette pensée m'épuise tant qu'une seule chose me traverse l'esprit : *Plutôt mourir que revivre ça une nouvelle fois.*

Le lendemain de la remise des diplômes, Henry m'invite à déjeuner pour me dire au revoir, m'offre un roman des sœurs Brontë, un clin d'œil à une blague entre nous, qu'il signe de son initiale, H. Après mon départ d'Atlantica, son nom apparaît dans ma boîte mail tous les six mois environ. Chaque fois, mon cœur fait une embardée. Nous finissons par nous ajouter comme amis sur Facebook, et j'ai un aperçu de la vie que j'ai passé tant de temps à imaginer : des photos de Penelope et de leur fille, des cheveux grisonnants de Henry et de son visage qui vieillit. À chaque année qui passe, il ressemble un peu plus à Strane. Et de mon côté, le temps me rend cynique, méfiante. Je me détache de ce fantasme, je me dis que quand nous nous sommes rencontrés, Henry s'ennuyait et sa jeunesse lui échappait ; j'étais jeune et je l'adorais. Un homme plus âgé qui se sert d'une fille pour se sentir mieux dans sa peau – l'histoire peut aisément devenir un cliché si vous la considérez sans le doux filtre de l'amour.

Une année, il m'écrit le jour de mon anniversaire, un e-mail envoyé à deux heures du matin. Je me souviens de vous comme l'une de mes meilleures étudiantes, écrit-il, et ce sera toujours le cas. Je commence à répondre, Henry, qu'est-ce que ça peut bien vouloir dire ? Mais je m'arrête, efface son message et configure un filtre afin que les prochains aillent directement dans la corbeille.

*L'une de mes meilleures étudiantes.* Quel étrange compliment venant d'un homme qui a un jour fait de l'une de ses élèves son épouse.

Après ses études à Atlantica, Bridget retourne s'installer à Rhode Island et prend le chat avec elle. Je postule à tous les jobs de secrétaire/réceptionniste/assistantes de Portland, et seuls les bureaux de l'État du Maine me rappellent. Pour travailler comme documentaliste dans les services de protection à l'enfance, dix dollars de l'heure, mais en fait plutôt neuf une fois la taxe syndicale prélevée. Au cours de l'entretien, une femme me demande comment je pense gérer le fait de lire des descriptions de cas de maltraitance absolument tous les jours.

— Ça ira, dis-je. Je n'en ai jamais subi.

Je me trouve un studio dans la péninsule. Depuis mon lit, j'aperçois les pétroliers et les navires de croisière qui traversent la baie. Le travail est abrutissant, et je ne peux me permettre qu'un seul repas dans la journée si je veux pouvoir payer mon loyer, mais je me dis que ce n'est que pour un an, peut-être deux, le temps de me ressaisir.

Au travail, je trie des dossiers, un casque sur les oreilles, et j'ai l'impression d'être de nouveau aux archives de l'hôpital, les mêmes caissons métalliques et les autocollants qui suivent un code couleur, mes cheveux décoiffés par l'air conditionné. Ces chemises, cependant, contiennent des histoires d'épouvante pires que le cancer, voire pires que la mort. Des descriptions d'enfants dormant dans des lits incrustés de merde, de nourrissons recouverts de lésions après avoir été baignés dans de la javel. J'essaie de ne pas m'attarder sur les dossiers : personne ne me dit spécifiquement de ne pas regarder, mais me gaver de détails me semble une intrusion que je n'ai jamais ressentie en lisant des documents sur des hommes et leur bite molle. Certains dossiers contiennent de multiples chemises en papier kraft remplies de papiers à n'en plus finir – audiences au tribunal, comptes rendus rédigés par des assistants sociaux, des preuves de maltraitance couchées sur papier.

Je tombe sur le cas d'une fille dont le dossier comprend dix chemises prêtes à exploser, retenues par des élastiques en caoutchouc. Des feuilles en papier cartonné violet et les pages d'un livre de coloriage dépassent de l'un des classeurs, des trucs de gamin. L'un des dessins semble représenter une famille tracée de la main d'un enfant ; une autre feuille cartonnée s'apparente à une description de ce que la fille veut dans une famille. *Recherche : une mère et un père, un chien et un petit frère.* En bas de la page, en lettres géantes : PAS DE GENS HYPOCRITES SVP.

Une lettre manuscrite sur une simple feuille blanche est pliée derrière tout ça ; l'écriture est petite, féminine, adulte. Je ne peux m'empêcher de lire. C'est la mère de la fille qui s'exprime, trois feuilles recto-verso d'excuses. Des noms d'hommes sont listés – la femme détaille qui est encore dans sa vie et qui ne l'est plus –, et vu ma façon de consulter le dossier devant le casier, en soulevant les feuilles tout en espérant que personne ne me surprendra en train de regarder de si près, je ne vois que la moitié des pages.

*Si j'avais su qu'on abusait de toi,* écrit la mère, *surtout sexuellement, je n'aurais jamais...* Le reste de la phrase est dissimulé. Sur la dernière page de la lettre, la mère signe : *Avec des océans d'amour, Maman.* Sous « océans d'amour », un dessin représente le visage d'une petite fille qui pleure, ses larmes forment un plan d'eau, une flèche, *océan*.

Strane ne me rend visite à Portland qu'une seule fois. Il vient parce qu'il a un séminaire, et je suis trop stressée pour lui demander s'il a l'intention de passer la nuit chez moi. Lorsqu'il arrive, je lui fais visiter mon minuscule appartement, crevant d'envie qu'il souligne la propreté des lieux – la vaisselle est lavée et rangée, l'aspirateur, passé. Il qualifie le studio de douillet, dit aimer la baignoire à pattes de lion. Dans le séjour/chambre à coucher, je fais un commentaire stupide et à peine voilé au sujet du lit. « Il n'a pas l'air tentant ? » Je n'ai pas eu de relations sexuelles depuis au moins un an, j'ai besoin qu'on me touche, qu'on me regarde. Sous ma robe, je suis nue, douce et lisse, pas de collants. Un signe censé attirer son attention. J'ai passé des jours entiers à imaginer le son qui s'échapperait de sa gorge lorsqu'il se rendrait compte que je ne porte pas de sous-vêtements.

Il me dit qu'il ne faut pas traîner. Il a réservé une table dans un restaurant de fruits de mer du Vieux Port, où il commande pour nous une marmite du pêcheur, une queue de homard sur lit de linguine et une bouteille de vin blanc. C'est mon plus gros repas depuis la dernière fois où je suis allée rendre visite à mes parents. Tandis que j'enfourne des aliments, Strane m'observe, le front plissé.

— Alors, ce travail ?

— Merdique. Mais c'est provisoire.

— Quel est ton plan à long terme ?

Ma mâchoire se grippe.

— Troisième cycle, je réponds avec impatience. Je te l'ai dit.

— Tu as soumis tes dossiers pour l'automne ? Les lettres d'acceptation ne devraient pas tarder à partir.

Je secoue la tête, agite la main.

— Je le ferai à l'automne prochain. Il faut encore que je règle certaines choses et que j'économise de l'argent pour tous les frais d'inscription.

Il fronce les sourcils, boit une gorgée de vin. Il sait que je raconte des bobards, que je n'ai aucun plan.

— Tu devrais faire plus que ça.

Je perçois sa culpabilité. Il a peur d'être responsable du gâchis de mon potentiel, et il l'est probablement, mais s'il se sent coupable, il ne couchera pas avec moi.

— Tu sais comment je suis. J'avance à mon rythme.

Je lui décoche mon plus beau sourire de gamine culottée, qui vise à le rassurer sur le fait que c'est mon problème, pas le sien.

Après le dîner, il me ramène chez moi, mais quand je l'invite à monter, il me dit qu'il ne peut pas. Ça me scie en deux, mes boyaux se déversent sur le siège passager. Je n'ai qu'une chose en tête : dans un mois, j'aurai vingt-trois ans, et puis un jour trente-trois, puis quarante-trois, et avoir cet âge me semble aussi mystérieux qu'être mort.

— Je suis trop vieille pour toi ?

D'abord, il me fusille du regard, sentant le piège. Puis il voit mon visage, sincère.

— Je suis sérieuse.

C'est la première fois de la soirée qu'il me regarde, peut-être la première fois depuis cet épisode dans mon appartement à Atlantica, après notre face-à-face faisant suite à la confrontation qu'il avait eue avec Henry, quand il m'a peut-être violée, je ne suis toujours pas sûre.

— Nessa, j'essaie de bien agir, là.

— Mais tu n'as pas besoin de bien agir. Pas avec moi.

— Je le sais bien. C'est le problème.

Je me rends compte que c'est exactement comme cela que les choses devaient se terminer. Je lui ai donné la permission de faire les choses ineffables qu'il avait toujours désirées, lui ai offert mon corps comme scène de ses crimes, et il en a profité pendant un temps, mais dans son cœur, il n'est pas une mauvaise personne. C'est un homme qui veut être bon, et je sais aussi bien que tout le monde que la façon la plus simple d'y arriver, c'est de couper court à ce qui fait de vous une mauvaise personne.

Une main posée sur la poignée de la portière, je lui demande si je le reverrai bientôt, et il répond oui si doucement que je sais qu'il me quitte sans me brusquer. Ses yeux fuient comme si j'étais la preuve de quelque chose qu'il veut oublier.

Des années s'écoulent sans lui. Mon père fait sa première crise cardiaque ; maman obtient enfin son diplôme. Une après-midi d'été, alors que je suis de passage, Babe a un anévrisme alors qu'elle court dans le jardin, s'effondre comme si on lui avait tiré dessus, et papa et moi essayons de la sauver comme si elle était un être humain, en appuyant sur sa poitrine et en lui soufflant dans le museau, mais elle est morte, son corps est froid, et ses pattes sont encore mouillées de sa baignade dans le lac. Je quitte les services de protection à l'enfance et j'enchaîne les boulots d'assistante administrative – je déteste ce travail, les bureaux stériles, les trombones, Post-its et tapis berbères. Lorsque j'en viens à chercher sur Google : « que faire quand le travail vous donne des envies de suicide », j'arrête les frais, je me rends compte que cette façon de me maintenir en vie pourrait finir par me tuer, et je me trouve un poste à la réception d'un hôtel. C'est mal payé, mais cela me permet d'échapper à la dépression nerveuse qui couve en moi sous les néons.

Il y a des hommes qui ne deviennent jamais des petits amis, qui regardent derrière le rideau et aperçoivent le bordel en moi – littéral et figuré : l'appartement et son étroit passage entre les vêtements et les poubelles qui va du lit à la salle de bains, l'alcool, par litres entiers, le sexe en état d'ivresse avancée et les cauchemars. « T'es bien perturbée », disent-ils, d'abord d'une voix riante, *peut-être que ce serait marrant pendant un temps*, mais dès que je sors mon histoire d'une voix traînante parce que j'ai bu – prof, sexe, quinze ans, mais ça m'a plu, ça me manque –, c'est terminé. « T'as de graves problèmes », me lancent-ils en se dirigeant vers la sortie.

J'apprends qu'il est plus facile de fermer ma gueule, d'être un récipient dans lequel ils se vident. Via une application de rencontres, je fais la connaissance d'un type qui approche de la trentaine. Il porte un gilet et un pantalon en velours, se dégarnit, et d'épais poils dépassent du col de sa chemise – un sosie de Strane. Lors de notre premier rencard, je remue les pieds, déchiquette ma serviette en papier. Alors que nous n'avons bu que la moitié de notre verre, je lui demande : « On peut arrêter le blabla et baiser ? » Il s'étrangle avec sa bière mais répond, oui, bien sûr, si c'est ce que tu veux.

Au cours de notre deuxième rendez-vous, nous voyons un film qui parle de prêtres pédophiles. Pendant les deux heures de la séance, il ne remarque pas mes mains moites, les petits gémissements qui s'échappent de ma gorge. Généralement, je me débrouille toujours pour vérifier le sujet d'un film avant d'aller le voir, au cas où quelque chose serait susceptible de m'ébranler, mais avec celui-ci, je suis prise de court. Ensuite, tandis que nous marchons dans Congress Street en direction de mon appartement, le type déclare : « Les hommes comme ça savent choisir les bonnes personnes, tu vois ? Ce sont de vrais prédateurs. Dans une foule, ils savent repérer les faibles. »

Alors qu'il dit cela, je vois une scène de moi, quinze ans et les yeux écarquillés, séparée de mes parents, en train de courir, prise de panique, à travers un paysage de toundra. Strane est à mes trousses, et, sans cesser de courir, il me serre dans ses bras. Un océan mugit dans mes oreilles, occultant le reste des commentaires de l'homme sur le film, et je pense : *Peut-être que cela n'allait pas plus loin que ça.* J'étais une cible évidente. Il m'a choisie non pas parce que j'étais spéciale, mais parce qu'il avait faim et que j'étais facile. Chez moi, pendant que cet homme et moi couchons ensemble, je me dissocie de moi-même d'une façon qui ne m'était pas arrivée depuis des années. Lui et mon corps sont dans la chambre, alors que mon esprit erre dans l'appartement, se roule en boule sur le canapé et regarde l'écran noir de la télé.

Je ne réponds plus à ses SMS, ne le revois plus jamais. Je me dis qu'il se trompait. À quinze ans, je n'étais pas faible. J'étais intelligente. J'étais forte.

J'ai vingt-cinq ans quand ça se produit. Alors que je me rends au travail à pied dans mon tailleur noir et mes escarpins plats, je traverse Congress Street et il est là, devant le musée d'Art avec une dizaine de gosses : des ados, des élèves, essentiellement des filles. Je l'observe à distance, en serrant mon sac contre moi. Il guide les élèves à l'intérieur du musée – sans doute une sortie scolaire, peut-être pour voir l'expo Wyeth –, leur tient la porte tandis qu'ils entrent en file indienne. Des filles, à la queue leu leu. Juste avant de disparaître à l'intérieur, il regarde par-dessus son épaule et me remarque, vêtue de mon uniforme ringard, fanée et vieille. Pendant des années, je n'ai rien désiré autant que ses yeux sur moi, mais à présent, j'ai trop honte de mon visage, de ses premières rides et signes de vieillissement pour faire un pas de plus dans sa direction.

Il laisse la porte du musée se refermer derrière lui et je vais au travail, je m'installe derrière mon comptoir de concierge et l'imagine se déplacer dans les salles, talonnant les filles aux cheveux brillants. Dans ma tête, je les suis, ne le perds pas de vue. Voilà, me dis-je, ce que je ferai sans doute jusqu'à la fin de ma vie : courir après lui et ce qu'il m'a donné. C'est de ma faute. J'étais censée ne plus avoir besoin de lui avec l'âge. Il n'a jamais promis de m'aimer pour toujours.

La nuit d'après, il me téléphone. Il est tard, je rentre chez moi du travail à l'heure où les seules vitrines éclairées du centre-ville sont celles des bars et des échoppes qui vendent des pizzas à la part. En voyant son nom sur l'écran, mes genoux se dérobent sous moi. Je suis obligée de m'appuyer à un bâtiment quand je décroche.

Lorsque je l'entends, cela me prend à la gorge.

— Je t'ai vue ? demande-t-il. Ou bien était-ce un fantôme ?

Il se met à m'appeler chaque semaine, toujours tard le soir. Nous parlons un peu de celle que je suis devenue aujourd'hui – le boulot à l'hôtel, la parade infinie de garçons, la moue de déception sur le visage de ma mère, le diabète de mon père et ses problèmes cardiaques –, mais nous parlons surtout de celle que j'étais avant. Ensemble, nous nous remémorons les scènes dans son petit bureau derrière la classe, chez lui, dans le break garé le long d'une ancienne voie réservée à une exploitation forestière, la lande à myrtilles ondoyante où je suis grimpée sur lui, le cri de la mésange et le faux bourdon venu des ruches qui s'est faufilé par la vitre de la voiture restée ouverte. Nos détails se combinent. Lui et moi récréons les choses de manière saisissante, trop saisissante.

— Il y a une raison pour laquelle je ne me suis pas autorisé à me souvenir de tout ça, dit-il. Je ne peux pas me permettre de perdre le contrôle une fois de plus.

Je le vois dans sa classe, assis derrière son bureau. Ses yeux se promènent sur les filles assises autour de la table de séminaire. L'une d'entre elles lève la tête, le surprend en train de la regarder et sourit.

— On peut arrêter, dis-je.

— Non, dit-il. C'est bien le problème. Je ne pense pas pouvoir arrêter.

Quand il s'éloigne des souvenirs me concernant et qu'il commence à parler des filles qui suivent ses cours, je le suis. Il décrit la peau blanche sous leurs bras quand elles lèvent la main, les mèches qui s'échappent de leur queue-de-cheval, le rouge qui gagne leur cou quand il leur dit qu'elles sont vraiment précieuses et rares. Il dit que c'est insupportable, cette façon qu'elles ont d'exsuder la beauté. Il me raconte qu'il les appelle à son bureau, sa main posée sur leur genou : « Je fais comme si c'était toi », dit-il, et ma bouche salive comme si une cloche avait retenti, signalant un désir enterré depuis longtemps. Je me mets sur le ventre, cale un oreiller entre mes jambes. Continue, ne t'arrête pas.

# 2017

La semaine précédant Thanksgiving, l'article de Janine paraît, mais il n'y est pas question de Strane. Un paragraphe contextuel au début mentionne Taylor et le harcèlement en ligne dont elle a été victime. Le reste du papier évoque un enseignant dans un pensionnat du New Hampshire qui a abusé de certaines de ses élèves tout au long de ses quarante années de carrière. Il y a le portrait de huit victimes, avec leurs noms. Des photos les montrent aujourd'hui et à l'époque où elles étaient à l'école, des pages de leur journal intime et des lettres d'amour de leur enseignant ont été reproduites. Au fil des ans, il a usé des mêmes phrases avec toutes les filles, des mêmes surnoms affectueux. *Tu es la seule à me comprendre, petite.* Le titre de l'article cite le nom de l'établissement scolaire – reconnaissable, prestigieux, une garantie de clics sur Internet. Il est difficile de ne pas être cynique, de ne pas penser que tout se résume à cela.

Browick publie le résultat de son enquête interne au sujet des allégations contre Strane, rédigé dans une langue impénétrable dont le but semble être de masquer la vérité : « Nous concluons que tandis qu'une faute professionnelle de nature sexuelle a pu se produire, l'enquête n'a trouvé aucune preuve crédible d'abus sexuel. » Un communiqué officiel réitère l'engagement de l'établissement à encourager un environnement scolaire rigoureux mais néanmoins sûr et enrichissant. Dans une démarche volontariste, l'école proposera à son équipe enseignante une formation mise à jour sur le harcèlement sexuel. Voici un numéro de téléphone pour tous les parents inquiets. N'hésitez pas à appeler pour poser vos questions.

En lisant, j'imagine Strane suivant une formation sur le harcèlement sexuel, agacé de devoir se la coltiner jusqu'au bout – rien de tout cela ne l'aurait touché – avec les autres profs qui m'ont vue, ceux qui m'ont qualifiée de mascotte de la classe, Mlle Thompson et Mme Antonova, qui ont décelé des indices mais n'ont pas protesté quand ceux-ci ont été utilisés pour prouver que j'étais une fille souffrant de troubles affectifs. Je les imagine suivre la formation en hochant la tête pour marquer leur approbation, en disant que oui, c'est tellement important, nous devons être les défenseurs de ces enfants. Mais qu'ont-ils fait lorsqu'ils ont été confrontés à des situations dans lesquelles leur intervention aurait pu changer les choses ? Quand ils ont entendu parler des virées camping que le professeur d'histoire organisait chaque année avec ses élèves, quand des conseillers académiques ont ramené des élèves chez eux ? Tout cela a des allures de représentation théâtrale, parce que j'ai vu comment cela se déroulait, comment, rapidement, les gens levaient la main pour dire : *Cela arrive parfois,* ou *Même s'il a fait quelque chose, cela n'a pas pu être si grave que ça,* ou *Comment aurais-je pu y mettre un terme ?* Les excuses que nous leur trouvons sont révoltantes, mais elles ne sont rien comparées à celles que nous nous trouvons pour nous-mêmes.

Je confie à Ruby que j'ai l'impression d'être passée du deuil de Strane au deuil de moi-même. De ma propre mort.

— Une part de vous est morte avec lui, remarque-t-elle. Cela semble normal.

— Non, pas une part. Moi tout entière. Tout en moi ramène vers lui. Si je coupe le poison, il ne restera plus rien.

Elle me dit qu'elle ne peut me laisser tenir de tels propos sur moi-même alors que c'est aussi manifestement faux.

— Je parie que si je vous avais rencontrée à vos cinq ans, vous auriez été une personne complexe, même à l'époque. Vous souvenez-vous de vous à cinq ans ?

Je secoue la tête.

— Et à huit ans ? demande-t-elle. Dix ans ?

— Je ne crois pas me souvenir de choses me concernant qui seraient arrivées avant lui.

Je laisse échapper un rire, frotte mon visage avec mes deux mains.

— C'est tellement déprimant.

— En effet. Mais ces années ne sont pas perdues. Elles ont juste été négligées pendant un temps. Vous pouvez vous retrouver.

— Genre l'enfant qui est en moi ? Au secours. Tuez-moi.

— Roulez des yeux si vous voulez, mais cela vaut la peine d'essayer. Quel autre choix avez-vous ?

Je hausse les épaules.

— Continuer à traverser ma vie cahin-caha en ayant le sentiment d'être une coquille vide, boire pour oublier, abandonner.

— Certes. C'est une possibilité. Mais je ne crois pas que l'histoire se termine de cette façon pour vous.

Je rentre chez moi pour Thanksgiving, et maman a les cheveux courts, coupés au-dessus des oreilles.

— Je sais que c'est moche, dit-elle. Mais qui est-ce que je cherche à impressionner ?

Elle pose ses doigts à la base de son cou, où ses cheveux ont été rasés à la tondeuse.

— Ce n'est pas moche. Ça te va à merveille, vraiment.

Elle laisse échapper un rire incrédule, agite la main à mon attention. Elle n'est pas maquillée, et ses rides semblent faire partie intégrante de son visage plutôt que d'être quelque chose qu'elle essaie de cacher. L'ombre d'une moustache se dessine sur sa lèvre supérieure, et ça aussi, ça lui va bien. Elle paraît détendue d'une façon complètement inédite. Tout ce qu'elle dit est précédé d'un long blanc. La seule chose qui m'inquiète, c'est sa maigreur. Quand je l'ai serrée contre moi, je l'ai trouvée franchement frêle.

— Est-ce que tu manges assez ?

Elle ne semble pas m'entendre, regarde un point par-dessus mon épaule, la main toujours posée à la base de sa nuque. Au bout d'un moment, elle ouvre le congélateur, sort le carton bleu de poulet congelé.

Après le poulet, nous mangeons de grosses parts d'une tarte achetée à l'épicerie que nous accompagnons de café au lait aromatisé à l'eau-de-vie devant la télé. Pas de film spécial fêtes, rien de réconfortant. Nous nous contentons des habituels documentaires sur la nature, et de cette émission de cuisine britannique dont elle m'a parlé dans son texto. Tandis que nous sommes installées sur le canapé, je la laisse caler ses pieds sous moi, et je ne la secoue pas pour la réveiller lorsqu'elle commence à ronfler.

À l'intérieur comme à l'extérieur, la maison tombe en ruines. Maman le sait mais a arrêté de s'en excuser. Des moutons de poussière longent les plinthes, et du linge déborde de la salle de bains, en bloquent l'accès. La pelouse est morte et complètement cramoisie maintenant, mais je sais qu'elle a arrêté de passer la tondeuse cet été. Elle appelle cela le « retour au pâturage ». Dit que c'est bien pour les abeilles.

Le matin où je m'apprête à rentrer à Portland, nous buvons du café et mangeons de la tarte aux myrtilles à même le plat debout dans la cuisine. Elle regarde par la fenêtre, à travers la neige qui s'est mise à tomber. Deux bons centimètres ont déjà commencé à s'entasser sur les voitures.

— Tu peux rester une nuit de plus. Appelle le boulot, dis-leur que les routes sont trop mauvaises.

— J'ai des pneus neige. Ça ira.

— C'est quand la dernière fois que tu as emmené ta voiture au garage pour une vidange ?

— Ma voiture est en bon état.

— Il ne faut pas négliger ces choses-là.

— Maman.

Elle lève les mains. *D'accord, d'accord.* Je casse un morceau de la croûte de la tarte que j'émiette.

— Je crois que je vais me prendre un chien.

— Tu n'as pas de jardin.

— Je le promènerai.

— Ton appartement est tellement petit.

— Un chien n'a pas besoin d'une chambre à lui.

Elle prend une bouchée de tarte, tire la fourchette entre ses lèvres.

— Tu es comme ton père. Jamais content à moins d'être recouvert de poils de chien.

Nous regardons la neige dehors.

— J'ai beaucoup réfléchi ces derniers temps, dit-elle.

Je ne détache pas les yeux de la fenêtre.

— À quel sujet ?

— Oh, tu sais, répond-elle en soupirant. Les regrets.

Je laisse le mot en suspens. Je pose ma fourchette dans l'évier, m'essuie la bouche.

— Faut que je prépare mes affaires.

— J'ai suivi ces histoires. Au sujet de cet homme.

Mon corps se met à trembler, mais pour une fois, mon cerveau reste en place. J'entends Ruby me dire de compter et de respirer – longues inspirations, expirations qui le sont encore plus.

— Je sais que tu n'aimes pas en parler, dit-elle.

— Toi non plus, tu n'as jamais été très emballée à l'idée d'en discuter.

Elle plonge sa fourchette dans le bord irrégulier de ce qu'il reste de tarte dans le plat.

— Je sais, répond-elle calmement. Je sais que j'aurais pu faire mieux. J'aurais dû te faire sentir que tu pouvais me parler.

— Rien ne nous oblige à nous engager là-dedans. Vraiment, ça va.

— Laisse-moi juste te dire une chose.

Elle ferme les yeux, rassemble ses pensées. Inspire.

— J'espère qu'il a souffert.

— Maman.

— J'espère qu'il croupit en enfer pour ce qu'il t'a infligé.

— Il a fait du mal à d'autres filles aussi.

Ses paupières s'ouvrent d'un coup.

— Eh bien, je m'en fous des autres filles. Il n'y a que toi qui compte à mes yeux. Ce qu'il t'a fait.

Je laisse pendre ma tête, aspire mes joues. Qu'est-ce que cela signifie pour elle, ce qu'il m'a infligé ? Il y a tant de choses qu'elle ne peut savoir : combien de temps cela a duré, l'étendue de mes mensonges, comment je l'ai autorisé à le faire. Mais la petite partie qu'elle comprend – elle est restée assise dans le bureau de la proviseur de Browick et a écouté Strane me traiter de fille traumatisée et souffrant de problèmes affectifs, puis a vu des preuves photographiques de lui et moi tomber par terre – suffit à enclencher une culpabilité de toute une vie. Pour la première fois de notre existence, nos rôles sont inversés, et j'ai envie de lui dire de lâcher l'affaire.

— Parfois, papa et moi parlions de ce que cette école t'a fait, poursuit-elle. Nous n'avons jamais rien tant regretté, je pense, lui comme moi, que de les avoir laissés te traiter de la sorte.

— Vous ne les avez pas laissés faire, dis-je. Vous ne contrôliez pas la situation.

— Je ne voulais pas t'obliger à vivre un cauchemar. Une fois que je t'ai récupérée à la maison, je me suis dit, bon, ce qui s'est passé est terminé. J'ignorais que…

— Maman, s'il te plaît.

— J'aurais dû envoyer ce type en prison, c'était là sa place.

— Mais je ne le voulais pas.

— Parfois, je pense que je cherchais à te protéger. La police, les avocats, un procès. Je ne voulais pas qu'ils t'anéantissent. D'autres fois, je crois que j'avais tout bonnement peur.

Sa voix se brise, elle pose une main sur sa bouche.

Je la regarde essuyer ses joues même si elles ne sont pas humides, même si elle ne pleure pas vraiment parce qu'elle ne se l'autorise pas. L'ai-je jamais vue réellement pleurer ?

— J'espère que tu me pardonnes.

Une part de moi a envie de rire, de l'attirer vers moi pour la tenir contre moi. *Pardonner quoi ? Tout va bien, maman. Regarde-moi, maman. Regarde-moi – c'est fini. Tout va bien.* Entendre ma mère s'incriminer me fait penser à Ruby et à la frustration qu'elle doit ressentir quand elle reste assise là à m'écouter me draper dans les reproches. Au bout d'un moment, elle cesse de répéter les mêmes tirades, car elle sait qu'arrivé à un certain point, elles n'ont plus d'importance, que ce dont j'ai besoin, ce n'est pas d'absolution, mais de me tenir pour responsable devant témoin. Alors quand ma mère me demande si je lui pardonne, je lui réponds : « Bien sûr que oui. » Je ne lui répète pas qu'elle n'aurait pas pu arrêter les choses, que ce n'était pas de sa faute et qu'elle ne le méritait pas. J'avale ces mots à la place. Peut-être que quelque part tout au fond de mon ventre, ils prendront racine et pousseront.

Il continue de neiger. Je déblaie du mieux possible ma voiture, je roule sur l'allée de gravier, mais lorsque je pousse le moteur pour gravir la colline et m'engager sur la grande route, les pneus patinent. Je fais demi-tour et reste une nuit de plus. Pendant que nous regardons la télévision, il y a de la publicité pour les Jeux olympiques d'hiver – de fines particules de neige produites par un skieur acrobatique, un bobsleigh qui fonce sur une piste gelée, une patineuse artistique qui propulse son corps dans les airs, les bras repliés contre sa poitrine et les yeux fermés.

— Tu te souviens quand tu patinais ?

J'essaie de réfléchir : des souvenirs flous de cuir blanc craquelé, la douleur dans mes chevilles au bout d'une heure en équilibre sur mes lames.

— À une époque, il n'y avait que ça qui t'intéressait. On n'arrivait pas à te faire rentrer, mais je ne voulais pas que tu restes sur le lac sans ma supervision. J'avais trop peur que tu passes au travers de la glace. Papa est sorti avec le tuyau d'arrosage et a inondé le jardin à l'avant de la maison. Tu t'en souviens ?

Vaguement, oui – patiner une fois la nuit tombée, devoir manœuvrer autour de racines qui dépassaient de la glace irrégulière, essayer de trouver le courage de tenter un saut.

— Tu n'avais peur de rien, poursuit maman. Tout le monde pense ça de son enfant, mais toi, vraiment, tu n'avais pas peur.

Nous regardons la patineuse glisser sur la glace. Elle se tourne sur la pointe de ses lames, soudain en arrière, bras écartés, sa queue-de-cheval fouette son visage. Nouveau changement de direction, et la voilà sur une jambe, elle s'engage dans une pirouette serrée, les bras écartés au-dessus de sa tête maintenant, et plus elle tourne vite, plus son corps semble s'allonger.

Le matin, le ciel est bleu et la neige si éclatante que cela nous brûle les yeux. Nous parsemons la route de litière pour chat et de gros sel, et les pneus trouvent une accroche. Au sommet de la colline, je m'arrête pour voir maman marcher doucement jusqu'à la maison, tirant derrière elle une luge chargée de sacs de litière et de sel.

L'air empeste l'ammoniac tandis que je parcours les couloirs du chenil dont le sol en béton est peint en gris et en vert hôpital. Un chien se met à aboyer, ce qui donne le signal à tous les autres, un éventail de voix qui se répercutent contre le parpaing. Quand j'étais gamine, ça nous faisait rire, papa et moi, de penser que lorsque les chiens aboient, ils disent juste : *Je suis un chien ! Je suis un chien ! Je suis un chien !* Mais ces aboiements-ci sont désespérés et apeurés. Ils ressemblent plus à des *Pitié pitié pitié.*

Je m'arrête devant la niche d'un bâtard qui a une tête courtaude et un pelage gris fantôme. L'écriteau sur la niche décrit la race comme suit : *Pitbull, braque de Weimar ???* Les oreilles roses de la chienne pointent vers l'avant quand j'appuie ma main sur la cage. Elle renifle ma paume et me lèche deux fois. Remue la queue prudemment.

Je l'appelle Jolene après l'avoir vue basculer la tête en arrière et hurler en chœur sur du Dolly Parton lors de sa première nuit à la maison. Le matin, je la sors avant même de me brosser les dents, et nous allons d'un bout de la péninsule à l'autre, de l'océan à l'océan. Quand nous attendons au passage piéton, elle s'appuie contre mes jambes et me mordille la main, une manifestation de joie pure, et ses souffles haletants font de la buée dans l'air froid.

Nous marchons dans Commercial Street, après la jetée, quand j'aperçois Taylor qui sort d'une boulangerie, un café et un sachet en papier dans les mains. Il me faut un moment avant de croire que c'est bien elle, et pas mon cerveau qui prend ses désirs pour des réalités.

Elle voit d'abord Jo. Son visage s'illumine tandis que la chienne bat de la queue contre mes jambes. Et puis un temps d'arrêt quand elle me remarque, comme pour s'assurer que son esprit ne lui joue pas des tours.

— Vanessa, dit-elle. Je ne savais pas que tu avais un chien.

Elle se met à genoux et tient son café au-dessus de sa tête quand Jo se précipite sur elle et lui lèche le visage.

— Je viens juste de la prendre. Elle n'est pas très délicate.

— Oh, ce n'est rien, répond Taylor en riant. Moi aussi, je peux être intense.

D'une voix chantante, elle répète « C'est rien, c'est rien ». Jolene cambre l'échine, son corps entier frétille. Taylor lève la tête vers moi en souriant, un éclair de petites dents droites. Ses canines sont pointues et ressemblent à de petits crocs, comme les miennes.

— Je sais que je t'ai déçue, dis-je.

C'est cette rencontre due au hasard qui me pousse à lui sortir cela, le fait de l'avoir en face de moi alors que je ne m'y attendais pas, que je n'y étais pas préparée. Taylor fronce les sourcils mais ne lève pas les yeux vers moi. Elle continue à regarder Jo, gratte l'arrière de ses oreilles. Pendant un bref instant, je me demande si elle va m'ignorer, faire comme si je n'avais jamais rien dit.

— Non, répond-elle, tu ne m'as pas déçue. Ou dans ce cas-là, moi aussi, je t'ai déçue. Je savais qu'il ferait du mal à d'autres filles, et pourtant, il m'a fallu des années pour agir.

À ce moment-là, elle lève la tête vers moi, ses yeux semblables à deux mares bleues.

— Qu'est-ce qu'on aurait pu faire ? On n'était que des filles.

Je sais ce qu'elle veut dire – non pas que nous étions impuissantes par choix, mais que le monde nous obligeait à l'être. Qui nous aurait crue, qui s'en serait soucié ?

— J'ai vu l'article, dis-je. C'était…

— Décevant ?

Taylor se redresse, replace son sac à main.

— Quoique, peut-être pas pour toi.

— Je sais que tu t'es beaucoup investie là-dedans.

— Ouais, eh bien… Je pensais que cela me permettrait de tourner la page, mais maintenant, je suis plus en colère qu'avant.

Elle plisse le nez, tripote le couvercle de sa tasse de café.

— Honnêtement, elle était un peu chelou. J'aurais dû m'en douter.

— La journaliste ?

Taylor hoche la tête.

— En fait, je ne pense pas que le sujet lui tenait à cœur. Elle voulait juste surfer sur la vague, signer un bon papier. Je le savais en m'engageant là-dedans, mais je croyais tout de même que je me sentirais valorisée ou autre une fois l'article publié. À la place, j'ai une fois de plus l'impression qu'on s'est servi de moi.

Elle a un petit sourire, gratte Jo derrière les oreilles.

— J'envisage d'entamer une thérapie. J'ai déjà essayé et cela n'a pas donné grand-chose, mais il faut que je fasse quelque chose.

— Ça m'aide, dis-je. Mais cela n'a pas tout arrangé… D'où le chien.

Elle me semble fragile d'une façon que je n'avais jamais perçue auparavant, même pas quand elle et moi étions au café, ni dans aucune de ses publications Internet. Je vois à présent ce qui aurait dû être une évidence : elle était perdue et cherchait un moyen de tout comprendre – lui, elle-même, ce qu'il a fait, et pourquoi cela signifie toujours autant alors que cela paraît si minime. J'entends Strane poser, impatient et impénitent, la question qui doit résonner dans sa tête : *Quand vas-tu passer à autre chose ? J'ai juste touché ta jambe.*

Taylor me regarde :

— Au moins, on tente, pas vrai ?

J'ai l'impression que c'est le moment où je devrais ouvrir les bras et la serrer contre moi, commencer à la considérer comme une espèce de sœur. Cela pourrait se produire si nos histoires étaient plus similaires, si j'étais plus sympa – bien qu'il soit absurde de s'attendre à ce que deux femmes s'aiment uniquement parce qu'elles ont été tripotées par le même homme. Il doit bien y avoir un moment où vous êtes en droit d'être définie par autre chose que ce qu'il vous a fait.

Avant de partir, Taylor gratte une dernière fois Jo derrière les oreilles, et m'adresse un petit salut gêné.

Je la regarde s'éloigner, elle qui n'est pas une rumeur mais une vraie personne, une femme qui a un jour été une fille. Moi aussi, je suis réelle. Ai-je déjà pensé cela de moi aussi clairement ? C'est une si petite révélation. Jo tire sur sa laisse et, pour la première fois, j'arrive à imaginer comment ce serait de ne plus être à lui, de ne plus être lui. De sentir que, peut-être, je pourrais être une bonne personne.

Avec le soleil sur mon visage et un chien à mes côtés, j'ai de la place pour les bonnes choses.

Je n'ai d'autre choix que de partir de ça – la petite pression de la laisse dans ma main, le cliquetis métallique et le petit clic des ongles sur la brique. D'après Ruby, il va me falloir du temps avant de sentir que j'ai vraiment changé, il faut que je me laisse l'occasion de voir davantage le monde sans que Strane soit derrière mes yeux. Je commence déjà à sentir la différence. Il y a une clarté, une légèreté.

Jo et moi arrivons sur la plage, déserte car c'est la basse saison, et elle se met à flairer le sable.

— Tu es déjà allée dans l'océan avant ? je lui demande, et, les oreilles dressées, elle lève les yeux vers moi.

Je détache sa laisse. Au début, elle ne s'en aperçoit pas, ne comprend pas, mais lorsque je lui caresse le dos et que je lui dis : « Vas-y », elle traverse le sable comme une flèche, entre dans l'eau et aboie sur les vagues qui lui lèchent les pattes. Elle m'ignore quand je l'appelle, ne connaît pas encore son nom, mais lorsqu'elle me voit assise sur la plage, elle vient vers moi, la langue pendante et l'œil hagard. Elle se laisse tomber à mes pieds et pousse de petits geignements joyeux.

Nous rentrons à la maison sous le pâle soleil hivernal, et une fois dans l'appartement, elle va dans toutes les pièces, inspecte le moindre recoin. Elle doit encore s'habituer à la liberté et à l'espace. Je suis allongée sur le canapé, et elle regarde la place vide le long de mes jambes.

— Tu as le droit, dis-je, et elle saute sur le canapé, se roule en boule et soupire.

— Il ne fera jamais ta connaissance.

C'est une dure vérité, qui charrie à la fois du chagrin et de la joie. Jo ouvre les yeux, m'observe sans lever la tête. Elle s'imprègne sans cesse de mon visage et du ton de ma voix, remarque tout me concernant. Quand je commence à dériver, sa queue tape dans le coussin du canapé, comme un tambour, comme un battement de cœur, un rythme qui ancre. *Tu es ici,* dit-elle. *Tu es ici. Tu es ici.*

# Remerciements

Tout d'abord, je dois remercier mon agent, Hillary Jacobson, et mon éditrice, Jessica Williams, deux femmes brillantes qui continuent à défendre et à aimer ce roman d'une façon qui ne cesse de m'épater.

Merci à ceux qui ont œuvré pour aider à mettre au monde ce roman, à tous les gens chez William Morrow/HarperCollins, à Anna Kelly et à l'ensemble de 4th Estate/HarperCollins UK, ainsi qu'à Karolina Sutton, Sophie Baker et Jodi Fabbri chez Curtis Brown UK.

Je remercie Stephen King de m'avoir soutenue dès le début, et d'avoir dit oui à mon père quand celui-ci lui a demandé : « Hé, Steve, pourrais-tu lire le roman de ma fille ? »

Merci à Laura Moriarty qui a lu des ébauches successives de ce livre, et dont la générosité et les encouragements m'ont aidée à transformer cette histoire nébuleuse et tentaculaire en roman.

Merci aux formations d'écriture créative de l'université du Maine à Farmington, de l'université de l'Iowa et de l'université du Kansas de m'avoir donné la possibilité d'étudier tout en écrivant. Je suis profondément reconnaissante aux amis que je me suis faits dans ces ateliers, qui ont lu et aimé les premières versions de Vanessa : Chad Anderson, Katie (Baum) O'Donnell, Harmony Hanson, Chris Johnson et Ashley Rutter. Un merci tout particulier à ma tutrice de licence, Patricia O'Donnell, qui en 2003 a commenté en marge d'une nouvelle que j'avais écrite au sujet d'une fille et de son enseignant : *Kate, en lisant ce texte, j'ai eu la sensation de lire de la vraie fiction.* C'est la première fois qu'on m'a prise au sérieux en tant qu'autrice, et ce commentaire a changé ma vie.

Je remercie mes parents de ne m'avoir jamais conseillé d'abandonner pour me trouver un vrai boulot – mon père, dont la première réaction en apprenant que mon livre avait trouvé un éditeur a été de me dire : « Je n'ai jamais douté de toi un instant » ; ma mère qui remplissait notre maison de livres, et grâce à qui j'ai grandi entourée de mots.

Merci à Tallulah, qui m'a ancrée et m'a sauvé la vie.

Merci à toi, Austin. Et ici, je sèche, car que dire à un compagnon qui soutient aussi inlassablement et fait preuve d'une bonté à toute épreuve ? « Merci pour tout » – je n'ai pas mieux à offrir.

Merci à mes amis sur Internet qui ont toujours été mes premiers lecteurs, qui m'ont soutenue et encouragée au cours des dix-huit années que j'ai passées à écrire *Viens que je t'adore*. Certains sont toujours dans ma vie et d'autres en sont sortis, mais je vous suis reconnaissante à tous pour les années d'ivresse, de vulnérabilité et d'amour vache. Vous êtes mes amis les meilleurs et les plus chers.

Un merci tout particulier à une poète brillante, une sœur de cœur qui est aussi la meilleure autrice que je connaisse, Eva Della Lana, qui a été pour moi une source constante d'inspiration et de réconfort au cours de notre amitié. Que nous nous soyons rencontrées adolescentes, alors que nous traversions toutes les deux nos propres sombres paysages, et que nous nous en soyons toutes les deux sorties vivantes, nos voix, notre génie et nos cœurs indemnes – c'est vraiment remarquable, Eva, profondément rare, ne trouves-tu pas ?

Et enfin, merci aux nymphettes autoproclamées, aux Lo que j'ai rencontrées au fil des ans, qui portent en elles des histoires similaires de maltraitance aux allures d'amour, et qui se reconnaissent dans Dolores Haze. Ce livre n'a été écrit pour personne d'autre que vous.

## Dernières parutions

### Domaine étranger

**Jeffrey Archer**
*Qui ne tente rien*

**M. J. Arlidge**
*À cache-cache*

**Fatima Bhutto**
*Comme des lions*

**Lesley Kara**
*La Rumeur*

**Kiese Laymon**
*Balèze*

**Gilly MacMillan**
*La nanny*

**Rebecca Makkai**
*Les Optimistes*

**Alice Nelson**
*La consolation des inconnus*

**Rosa Ventrella**
*La liberté au pied des oliviers*

**Joost de Vries**
*Leurs ailes de géants*

**Elizabeth Wetmore**
*Glory*

### Domaine français

**Catherine Bardon**
*Et la vie reprit son cours*

**Fabienne Betting**
*La Théorie des poignées de main*

**Caroline Laurent**
*Rivage de la colère*

**Anne de Rochas**
*La femme qui reste*

Pour en savoir plus sur l'actualité des Escales,
vous pouvez consulter notre site Internet
**www.lesescales.fr**
et nous suivre sur les réseaux sociaux

Editions Les Escales

@LesEscales

@LesEscales

MIXTE
Papier issu de
sources responsables
FSC® C003309

L'Éditeur de cet ouvrage s'engage
pour la préservation de l'environnement
et utilise du papier issu de forêts gérées
de manière responsable

*Achevé d'imprimer par*
*Normandie Roto Impression s.a.s.*
*N° d'impression : 2003480*
*Imprimé en France*